2020·北岳·中国文学年选

（丛书主编：王朝军）

《名作欣赏》杂志鼎力推荐　权威遴选　深度点评
中国最好年选

2020年
短篇小说选粹

杨庆祥　韩欣桐 ◎ 主编

Selected Short Stories in 2020

山西出版传媒集团　北岳文艺出版社

·太原·

图书在版编目（CIP）数据

2020年短篇小说选粹 / 杨庆祥，韩欣桐主编.
—太原：北岳文艺出版社，2021.3
（2020·北岳·中国文学年选 / 王朝军主编）
ISBN 978-7-5378-6391-9

Ⅰ.①2… Ⅱ.①杨… ②韩… Ⅲ.①短篇小说–小说集–中国–当代 Ⅳ.①I247.7

中国版本图书馆CIP数据核字（2021）第069829号

书名：2020年短篇小说选粹	策　划：王朝军	责任编辑：王朝军
主编：杨庆祥　韩欣桐	项目统筹：赵　婷	书籍设计：张永文
	高海霞	印装监制：郭　勇

出版发行	山西出版传媒集团·北岳文艺出版社
地　　址	山西省太原市并州南路57号
邮　　编	030012
电　　话	0351-5628696（发行部）
	0351-5628688（总编室）
传　　真	0351-5628680
经 销 商	新华书店
印刷装订	山西人民印刷有限责任公司

开　　本	787mm×1092mm　1/16
字　　数	413千字
印　　张	26
版　　次	2021年3月第1版
印　　次	2021年3月山西第1次印刷
书　　号	ISBN 978-7-5378-6391-9
定　　价	59.80元

本书版权为本社独家所有，未经本社同意不得转载、摘编或复制

序：人性与现实的变异

/ 韩欣桐

北岳社文艺出版社《2020年短篇小说选粹》共包括21篇。米兰·昆德拉在《小说的艺术》中谈到小说存在的目的是：发现那些尚不为人所知晓的事物，"认识，是小说唯一的道德"。这一评判标准当然稍显苛刻，它将小说置于一个超越性的位置——忽视了其本有的闲暇娱乐、安慰等功能——赋予其一种哲学化的使命。但即使是在这苛刻的审视目光的观照之下，本年选遴选出来的21篇小说，无一不恰如其分地完成了小说这一极其现代性的品格。

"人"是文学作品永恒的主题，所选出的小说也都是以此为探索的入口，但不同的是，很多作品已经不再局限于情节，它们着重于探讨人类心理的幽微感受，尝试照亮未曾被文学之光覆盖的隐蔽角落。试图发现新的发现是这些小说面对"人性"这一主题时的野心。艾伟的《最后一天和另外的某一天》以平缓的语调讲述了"模范"犯人俞佩华出狱前后的经历，在时空的转换过程中，主人公表层行为的关爱、克制和成熟主宰着叙事，而深层的心理状态则以一个黑洞的形态潜伏于故事的内部，直至故事结束，小说也并未将俞佩华的入狱原因和盘托出。这仿佛是一个隐喻，人类心理的深处是不可见的，它永远隐秘地存在着，保持着不可描述和不可预知的状态。而谢络绎并未将人的心理留置于不可知的领域，她在呈现人物的心理状态时，做了积极的具象化的努力。在《一只单纯的野兽》里，她讲述了一个在单亲家庭成长起来的女孩的故事。女孩胡桃终于遇到了自己过往人生中从未出现过的父亲，于是便离家出走在父亲提供的住处等候他的再次到来。她在等候重新降临的爱，就如小说中那条等候被收养的流浪狗，女孩和流浪狗的命运以互文的形式出现，人与狗都是爱而不得、等待救赎而不得的单纯而可怜的野兽。淡豹则探索了一个社会群体的心理和生活状态，她的《父母》讲述了失独家庭里一对夫妻的经历，然而不同的是，她尝试了全景化的描写方式，人物的心情、环境的变化以新闻报章式的疏离叙述呈现，小说家以她的敏锐突破了冷漠的文字，入侵到人物的内心深处，使失独人群不再被简化为一个标签，而是以立体的面貌呈现出来。弋舟的《掩面时分》以疫情为故事背景，作家笔下的探索揭示出一个有意思的现实：世界停滞和失控时，人类精神困境更加鲜明，人和世界却因此出人意料地在精神层面达成了和解。在这些篇章里，我们可以看到人的疏离和内心痛苦，看到作家对人的好奇和爱，幽囚于内心困境苦苦挣扎的人类需要这样的看见和讲述，有时候简单的叙述就是对社会病症的疗愈。

有探究人类幽深心理的小说，相应地就会有深入挖掘社会状态的小说。这是因为，不同于普鲁斯特的时代，在当下的世界里，人类的心灵困境有了更庞大的不受控的来源，那就是外在世界。因此作家的笔不会也不应放过此类题材。在商品经济盛行、工业化生产笼罩一切的时代，新的经济和社会权力结构正在生成，现实与人正在一同慢慢异化。郑小琼的《双城记》以极其强烈的生活实感讲述了工业化时代的打工者的人生境遇。人们为了工作离开家乡，在漂泊着的城市里试图建立"家"这一传统结构，但新的经济型构和工作模式不仅重新塑造了人，更重新定义了亲密关系，在"小家"的逐渐溃败里，人们开始走向有宗教意义的奉献之路。与郑小琼充满悲悯的讲述不同，张天翼的《我只想坐下》批判意味更加浓郁。在这个故事里，大学生詹立立为了在回乡的火车上求得一个容身的座位，不得不在卑微地讨好同学之后容忍乘务员的性骚扰，年轻的生命异化为商品，服从于商业社会的交换法则。生活里的小事和尚且读书的年轻人这两个元素本应呈现的是希望和轻盈，但故事里流露出的沉重和疲惫却让人无法喘息，对环境和人性的批判暗藏于作家笔下，人与物之间的界限逐渐模糊，连友情和爱情都异化得丑恶起来，未来的希望何在？小珂的《局》则加重了这种虚无感，价值溃败与唯利是图的年代，说出了真相的诗人被看作疯子，"没意思"的究竟是这个变异的环境还是无法逃离环境的人呢？也许答案就像小说的叙述一样让人感到眩晕迷离。如果不能逃离，那就让我们近距离观看一下我们所处的环境吧，人类的外在世界是以怎样的模式运行的呢？巫昂的《飞人在国贸的丛林法则》讲述的正是一个变异了的世界，在这个世界里，国贸的上空有着飞人和各种飞行动物，它们总是在深夜互相斗争，而最后的既得利益者永远是飞人。从这个童话一样的怪异故事里可以看到二元对立结构的影子，国贸和非国贸、老板和下属、飞人和其他动物，从这三组对立主体组成的故事情节中不难看出一个社会倾轧和权力斗争的寓言。更加让人感到恐惧的是，飞人与地面人类似乎是完全无法沟通的，甚至飞人这一"阶层"的存在也是一个并不为众人，尤其是非国贸的人类所知晓的秘密。作家对这一点的描写让人感到绝望，飞人与地面人类之间的鸿沟还有弥合的可能吗？

现实变异了，人性变得更加幽深难辨，人类的未来将会以怎样的形式降临？科幻无疑是探讨这一话题的极好方式。刘汀的《AI概要》以缜密的推理和想象呈现了一个人类AI化的世界，真正的AI取代了上帝的地位，变成了无所不能的神，而人类则通过植入芯片变成了半人半AI，纯粹的人类沦为世界的底层，他们在神—半人半AI—人组成的三层权力结构里只能认命，反抗变成了奢求。在这篇小说里，人类异变的根源在于人类对于"更多"的欲望：为了学得更多，孩子被植入芯片；为了活得更久，人类进行基因改造。这种永不满足的扩张性欲望同样体现在王威廉的《行星与记忆》里。在王威廉的想象中，贪欲最终会导致人类失去主体地位，而AI代替人类成为主宰并不一定是一个灾难，也许对宇宙来说，AI是更合适的主人。

如果说对未来的想象充满悲观的话，那么不如看当下是否还有其他路径去往新的世界，抵抗也许可以从文学本身开始。最有代表性的当属渡澜的《去看乌嘎跳舞》，小说语言的陌生化依然叫人不由眼前一亮，无法搭配在一起的词语和不该属于小说主人公的特质竟能够形成充满张力的组合，使读者的想象力陷入迷茫混乱的忙碌。正如评论所解读的那样，渡澜通过不受拘束的想象，创作的是一个关于"恶"的童话。这童话在双重意义上给予世界以宽慰：首先，她给了故事的主人公和情节以充分的充满想象力的描写，激活了想象的空间；其次，笛卡尔理性主义胜利之后，世界如一个悖论一般陷入了非理性。在渡澜的小说中，语言如梦一般破碎、断裂，她用这一后现代的表现方式给了陷入非理性的世界以准确的描摹。如果说渡澜是用后结构主义的写作姿态面对外部世界，那么阿乙的《遇见未婚妻》则将目光投向表述者自身。在这篇小说里，每一条故事线索都是不完整的，生活点滴被细致的勾勒又被支离破碎地拼接在一起，似乎这样才能真正接近真实的世界：我们只能以片段的形式体验外在世界，没有全能的叙述者，且人类早已不能占有其自身。阿乙创作手法上的新尝试实际上是对人的再次发现：人是充满局限性的弱者，同时也是精神上自省的强者。

　　这几篇小说讲述的故事告诉我们，社会在经济运行里逐渐变形，人类的心理暗礁似乎在悄然生长，这个我们本应熟悉的世界中，陌生的面目模糊的新人类和新现实正在萌动，而这些世界的新元素让作家对未来的想象充满了悲情，文学的抵抗也暗藏着否认现实的虚无主义。探讨过人心、社会和未来之后，通过文学抵达新世界的道路又绕回了对人类自身的探索，也许新世界的大门就在每个人自己身上。

　　如果说，"看见"就是救赎的话，这些作家都已经行进在拯救心灵和外部世界的路上。但是这拯救似乎可以变得更加强力，小说在"看见"痼疾的同时应该提供一个指向疗愈的路标，在"重"的叙述里提供轻盈的翅膀，带领读者向着更高处展望。我对小说的要求也许比米兰·昆德拉还要苛刻，但疗愈是我们这个症候丛生的新世界必然的道路，小说作为当代社会的模型和倒影，是时候施展自己的魔法了。

目 录

1　一只单纯的野兽　　　/谢络绎

21　我只想坐下　　/张天翼

50　去听他的演唱会　　/林森

69　集美饭店　　/李晁

90　黄昏马戏团　　/阮夕清

109　去看乌嘎跳舞　　/渡澜

132　飞人在国贸的丛林法则　　/巫昂

145　夜莺湖　　/班宇

163　最后一天和另外的某一天　　/艾伟

179　父母　　/淡豹

200　遇见未婚妻　　/阿乙

223　掩面时分　　/弋舟

239　猜旅　　/蒋一谈

257 局　　　　/小珂
275 鞋匠的故事　　/赵志明
290 竹峰寺　　　/陈春成
311 行星与记忆　　/王威廉
331 AI概要　　/刘汀
354 驯猴记　　/包倬
374 双城记　　/郑小琼
394 论坛之夜　　　/李黎

一只单纯的野兽

/谢络绎

一

过了惊蛰,冷空气时有回转,却不过做个凶狠的表情吓人罢了。阳光每次来都比上一次更好。这样的时节是适宜来到南方的,我却因为一些比事情本身更复杂的想法,一拖再拖不愿动身。后来的一天,我竟然得到一个少有的出差任务,于公于私都逼迫我不得不承担起责任。就算这样,我仍将机票订在第二天下午,到落地兰城,基本上那一天就过去了。我暗示自己,晚一天是一天。

那时,距我的外甥女离家出走,已经有一个月之久。

"找回来我打死她!"她的母亲向我求助时这样说。

我的这位已知天命的姐姐,是个长相朴实,对人生从来没有什么美好渴望,深陷于油盐琐事的平凡女人。她习惯于抱怨微小的失利,久而久之,人生就还以她彻底的泥沼。在她看来,她的大女儿胡桃便是这纠裹的污秽之一。

胡桃个子小小的,眼神有种来路不明的坚定,脾性难以琢磨。有时候她化身流氓在街头挑事,有时候又关闭门窗,伪造出家里没有人的假象,躲在角落里看书。

高中毕业后,胡桃勉强在临近的省会城市读了个大专,专业是室内设计。我想，不需要达到多么高超的程度，只要受过基础训练，具备比较通俗的美感，毕业后找个业务不错的公司锻炼一两年，再回到我们家乡那个三线小城，开间工作室，服务于普通老百姓的家装需求，轻轻松松就能有口饭吃。到了一定时候再找个般配的男人知冷知暖地过日子，这样的人生就很好，强过我姐姐许多倍。

我姐姐是个劳苦的体力工作者。她原本学习成绩不错，却卡在一桩糊涂的事情上，整个人连同心智再也不愿前进一步。说来痛心，这件事牵扯到胡桃。

高中二年级的某一天，我姐姐在学校厕所无知无觉地生下胡桃，到现在除了她自己，没有人知道肇事的男人是谁。这件事对她的影响，除了中止了教育，最为恶劣的是，对于男人，她产生了彻底的仇恨。尽管后来在我们的母亲强行的匹配下，她结过一次婚，生下了我的外甥，却又很快离婚，从此再也不与任何人谈论感情。她变成了一个只会愤怒的人。她在小城里最大的自由市场租了摊位卖菜，生活的核心是缺斤少两和打骂孩子。只要见着胡桃，她便左右不对付，斥她好吃懒做，不与她交心，嘴上一个样，心里一个样。胡桃的弟弟，我的外甥，住校读初中，几乎不回家，很大程度上是出于对家中鸡飞狗跳的环境的逃避。而这样的逃避是我再熟悉不过的。我有意考取了远在北方的大学，顺利读研读博，留下来工作，一年到头礼节性回一次家，母亲去世后，我托词说忙，总不回去也不会有什么问题。

只要我回去看他们，望一眼他们正在过的生活，我就会产生深深的内疚，好像我独立出去过着另外的生活是对他们的背叛。好在我只要将他们的生活再望一眼，嗓子里就会积起浓痰，一定要吐出来才行。生理反应减轻了我内心的背负。我清楚地知道，我的确同情他们，但要我过多地参与他们的生活，仅仅提供建议还好，如果有什么事是必须依靠我亲力亲为方可解决的，我便会感到痛苦。我好不容易才脱离了这些啊。我选择不闻不问。这个家里有那么多人痛苦着，少我一个，大约也是对那种可憎的生活的一种净化。

正因为如此，我对胡桃离家出走这件事并不感到惊讶，隐隐约约地，我甚至称其是一件好事。这听起来好像有失人伦，但我一直觉得，符合人伦的事情未必符合人性，有时候人们沉沦，不过是在以一种更具破坏力的方式对抗着一贯有害的生活。

二

当我不得不动身前往透露出线索的兰城时，我的内心只剩下一个声音：速战速决。这个声音促使我终于在落地兰城后的第二天，阶段性处理完工作上的事情之后，赶在太阳落山前来到一个新建的小区，站在编号为23的一幢多层楼房下拨打胡桃的电话。

在胡桃离家出走的一个月间，她给我姐姐打过两个电话，语气自然，也没有要钱，身陷传销组织这一点基本可以排除。来电显示清楚地表明她使用的号码来自兰城。得知这个消息后，我马上找到一位精通移动通信技术的朋友查找定位，尽管那个号码长期处于关闭状态，但当它第二次开机使用，朋友还是成功查到了电话拨出时的准确位置。

听出是我，胡桃惊慌地支吾着，半天没有说出一句完整的话。

我从话筒里传出的呲鸣声同现实环境发出的杂音几乎重合这一点感觉到，胡桃就在离我不远的地方。我转了转身，不过刚刚四十五度，猛然看到一套立起来的绘制着细碎图案的纯棉睡衣，倚在一楼的一间窗户上。胡桃瘦得消失在其中。她勉强越过领口的目光因为无可回避，倒显得直接和坦荡起来。我这才感到，她在电话里发出的混乱谨小的颤音，不过是出于对我的突然降临的即时反应，本质上她应该是需要我的，她看到我却不躲避，直视我，又分明有着犹豫，大约是因为既盼望着我，又对我即将到来的揭示感到难堪。

我自然还是要站在人之常情的角度上责难她：

"你让家里急死了知不知道！"

她这才迅速跑出来，穿过单元门侧边的小花园，那里有一个独属于她所在的那套房子的入口，一道半圆形的木栅门，她推开它，拉我进去。我因为心里怀着复杂的情感，既想速战速决，完成任务带她回去，又隐约感到，住在这样的地方当然比回到她母亲身边好，前提是一切正当。可是，要如何才能正当呢？这样的内心活动并不单纯，干扰了我对周边环境做出理性分析，只盯着她穿着搭垂着厚厚流苏的粉红色拖鞋，走在小花园红色的地砖上。她的脚踝发红，肿得厉害。我问她怎么了，她毫不在意地说没事。进入她刚才站立的那间玻璃房后，她马上折起双腿，面对窗子陷进靠墙摆放的一只白色皮沙发里，眼睛半闭着，似乎要睡着的样子。这是她惯用的伎俩，每每在即将爆发的冲突面前表现出事不关己的淡然姿态。这总能成功激发我的厌倦。有什么必要费劲呢，对眼前这一切产生兴趣，搞清楚这套房子的主人是谁，同胡桃是什么关系，她缘何不辞而别住到这里来，又是如何生活的，接下来打算怎么办。不，没有必要。我的任务是将她拉回到从前的生活中去，相对于上述令人迷惑的充满不安定气息的未知，我想，回到家，至少可以保证她的人身安全。

"收拾东西，跟我走。"

"等一下。"

"起来。"

"等一下。"

她俯身抱住膝盖。短发从她的耳朵后方扫下来，遮住了大部分脸，显露在外的尖尖的下巴线条优美，带着一种好看的苍白。我看清绘制在她睡衣上的图案是白色戴墨镜的史努比，靠在一颗夸张的大草莓上，做出十分享受的表情。这与将它穿在身上的胡桃有着某种相似，尽管她无声无息的动作传递出的是孤独与痛苦，但谁说负面的东西就没有人去享受？它们甚至更让人沉迷。我看着眼前这位二十出头，刚刚参加工作，不几日就躲起来的漂亮女孩，一心想拉她起来。

"再给我一点时间。"她突然说。

明白我来的目的就好。我放松下来。只要愿意走，早一时晚一时都不是问题。我伸长手臂轻轻搭在胡桃拱起的背上，安慰她就好像知道发生了什么，就好像知道发生的一定是不好的事情。她终于抬起头来，眼睛却不看我，而是盯着侧边墙上挂在一张空空如也的电视柜上方的时钟。

"姨妈帮我。"

她从沙发靠背上取下一张过塑的简易菜单。

我随便点了两个家常菜，胡桃说不够，要我再点几个。我加了一个，她仍说不够。

"再加一个。"她说。

我警觉起来，什么人要来吗？

胡桃将菜单往身后的靠垫下一插，扬起脸看向窗外。

从我们相见到现在，她的身体一直保持着面向户外的姿态，在她身后有着什么，譬如铺满金釉纹饰瓷砖的开放式厨房、悬挂着巨幅静物油画的门厅、通向二楼的红木旋转楼梯，这些因为远离窗户，或者是远离她，而隐藏在阴影中的设施，我只有在背对她、背对窗户时才能看得真切。这真是一套被寄予了美好愿望的房子。但是她好像对此毫无感觉。她游离于她所置身的世界。我克制着，遵循不过问不卷入的原则盯着她。但是她紧张期盼的样子慢慢消解了我天生的胆大和后天被逼出来的沉着。我更仔细地环顾四周，这个陌生的地方也如我所愿地再次响起轰鸣声，配合着我不安的心跳。我想起这是个新小区，进来的时候看到大部分房子阴沉寂寞，无人入住。这会是一段长时间的无序的装修期，遍地建筑垃圾，那种被敲下来或有待铺在什么地方的砖块随处可见，尘土飞扬，白天黑夜，电钻声在墙壁间钻进钻出，投诉无门。我起身去关窗户，胡桃阻止了我。

"外卖就要到了。"她说。

也好，如果将这个陌生的地方再行切割，进行严密的封堵，只会令人越发慌张。这样我便自动略过了关窗户与迎接外卖并无冲突的常识。我拉过一张金属角凳，坐下来，对她所说的"一点时间"做出限定：

"吃完饭就跟我走。我查过了，最后一班车在晚上十点，到家会很晚，但是不要紧，我送你回去。我在你家住一晚，明天就走，我还要工作。"

她没有出声，我视为默认。我感到又轻松了一些。与此同时我注意到在沙发的另一头，紧靠着扶手的位置上竖着一只小号行李箱，颜色是热烈的橘红。

"先清理一下吧。"我对胡桃说。

"现成的，"胡桃说，"就没打开过。"

她也看着那只行李箱。

她的回答令我吃惊。我想起她打给我姐姐的两个电话，从第一个到现在，中间隔着这么久，而她居然声称在这段时间里从未打开过行李箱。

"你……"

我感到为难。我不是一个热心的人，在探问隐私方面缺乏天性与经验上的支持。胡桃头枕着沙发扶手平躺下来,眼睛仍在她努力下压的脸庞的带动下望向窗外。那一刻我有一种感觉,一只庞然大物就要破门而入。

"在等什么人吗?"

"等外卖。"

"绝没有这么简单。"

我重新坐下来,抓住胡桃的手,强迫她看我。"走吧。"我这么说着,却没有使劲拉她。我知道如果她真的站起来跟我走了,关于这里的一切,便会被她永远咽进肚子。自然,我也明白,她不会走得这么爽快。我需要陪她进行完最后的瞻顾,有可能是要与什么人告别,也有可能只是一场代表这个含义的空洞仪式。我想了解这一切,但又习惯性地抗拒着。

"一开始可能的确有些复杂,但是到现在,就是这么简单。"她将双手伸到扶手后面,有气无力地拉伸了一下,"我只是在等外卖,这是第一步。"

直到上一秒钟我还当她是个没有思想的小朋友,我姐姐的女儿,我的外甥女,一所不入流的学校混出来的幼稚大学生。可她将略带忧郁和神秘气息的话说得这么干脆利落甚至有些蛮横,让我刮目相看。这成为我真正对她遇到了什么感兴趣的起点。她亦得到暗示,面对挺直上身正襟危坐的我一点点给出回应。这是对重视和认真的回报。

生平第一次,我与我所厌恶的家族,这个家族中的一位麻烦成员进行了一场事关隐私的交谈。

三

不长不短,到胡桃讲完,送外卖的人按下门铃。

那时候天色昏暗,我们没有开灯,但是窗户并没有关,来人是出于真的没有看到我们,还是仅仅认为应该以较为正式的方式介入,又或者外面的响声太大,不如此他怕叫不开门,我不得而知。唯一可以确认的是,当胡桃话音落地,忽然而至的缺失感放大了我的震惊,新的声音提供了转折机会,来得正当时,不致使震惊膨胀。大约人生就是这样不断被给予延续的可能的。就像那个隐藏在岁月深处,虚假得像一道阴影的男人一个月前突然出现在胡桃面前一样。

需要坦白的是,一开始,我庸俗化了这个半路出场的家伙。我先来到这里看到胡桃和她的居住状况，再见她在讲述前，调出存在手机中的一个中年男人的照片，便立刻将他们之间的关系归入了不正当一类。我拍落她的手机，像每一个痛心于女孩子年纪轻轻就误入歧途的过来人一样，急于用简单粗暴的手段实施拯救。胡桃自然明白我在担心什么。她十分不屑地捡起手机，带着受到侮辱的厌烦说：

"是我爸爸，好吗？"

疯了吧，我睁大眼睛，满怀嘲讽。我望着她，继而望着这间大屋子。最后一道阳光从我的眼皮下溜走了，混沌无明的夜晚已经到来。在这个漆黑的世界里，要么是胡桃疯了，要么是我疯了，我们其中必有一个处于妄想之中。不然呢。甚至连那个男人都是我姐姐的一个妄想，甚至胡桃，根本就不是我姐姐生的。一个人怎么会在那么肮脏的地方出生呢，她只能是犯下重罪被惩戒的对象，从天庭抛至凡间充满恶臭的地方。她是一个无中生有的人。他也是。

"你看看他的眼睛、鼻子，还有这个尖下巴，"胡桃拉大手机上那个人的照片，聚焦在他挂着山羊胡的有些尖刻的下巴上，"看哪，每一个部位都是证明。"

"不，一点都不像。"

我慌乱地拂了一下胡桃的额头。

四

我正不知道该去哪里。

姨妈。

我把两个户型特别像的客户家的尺寸搞混了，材料不同，工厂做出来的东西没办法安装，公司要我全额赔付，我没有钱，只好不辞而别。我想他们一定会找到我家里去，所以我不能回家。我也不想回家。我想过去找你，可又很怕你。你身上有种能将人拒之千里的亲切感，我还是不要向你靠拢为好。彷徨间，我接到一个关系要好的同事的电话——我逃走的事情只有她知道，她说公司那边没事了，要我回去。

那时候我已经在城郊一家小旅馆里住了几天，根本没有想到还有回头路可走。尽管我心中有疑惑，却不得不想办法打消疑惑，信任这条路，因为，除此之外我想不出还有什么地方可以去。

当时是下午三点半，我记得很清楚，写字楼周围没有一棵树，玻璃幕墙和大理石地板上全是反光，一道道剑一样尖利，刺得人浑身火烧火燎。我走在其中产生了一个奇怪的想法，如果我能被这样的强光融化掉就好了，化成一摊水，无声无息地蒸发，一点一点地消失，我不必为要去哪里担忧，也没有人知道我去了哪里。

我真的停了下来，好像这样能化得更快。

我听到有人叫我。这个人大概从我现身开始就盯着我，我朝前走的话，一直走一直走，就能走到他面前去，可我偏偏停下了，他便急了，叫我，喂喂喂，接着是我的名字，要我走起来。应该是这个意思吧。我看着这个人，离着有二十多米的样子，在写字楼门口，时不时被经过的人遮挡住。他穿着淡青色中式棉麻长褂，一条同等质地灰色长裤。这身不合时宜的装扮因为这个人旁若无人的神态而显得无所谓起来。

我想起前些时候在一个客户家看见过他。

那家人是想重新装修一下住了二十多年的老房子。我去时他们正在聊天，他鼻下人中两侧被修剪整齐的胡须盖满了，下巴上拖着一撮长长的山羊胡。他好像对我很感兴趣，主动凑近了问一些设计上的问题。这家的主人是他的弟弟，人很随和，也就随便他反客为主。我对他印象深刻。

我穿过交错的行人走到他面前，问他有什么事。他说有些设计上的事要问我，看能不能找个咖啡馆聊一下。他的热情让人很不自在，我拒绝了他。我说你弟弟家的设计工作我已经转给其他同事了。我说出那位同我要好的同事的名字，请他去找她。令我意外的是，他们已经见过面了。他说事实上正是他请我那位同事联系我回来的。我不太明白他在说什么，只想尽快离开眼前令人感到稀里糊涂的一切。我侧身要走，说楼上公司有事，还等着我回去。

"事情都解决了。"他说。

"什么意思？"

他告诉我，他辗转找到我们公司的一位负责人打听我的情况，许诺我欠下的赔偿款由他来结，尽管他认为，完全由个人来赔付并不合理。然后，他更正那位负责人说，胡桃是辞职不干了，不是跑了。也就是说，我根本没有得到公司的谅解。我那个关系要好的同事私下里感谢他，他便请她以公司的名义联系我。

"情况比较复杂，必须当面说，贸然约在别处，怕你不会来。"

我们坐在公司楼下的咖啡馆里，外墙是隔绝阳光的绿色玻璃，冷气开得很足，里外两个天地。我看着他，越看越熟悉。我觉得他可以将我完全吸纳进去，进入他的眼睛、鼻子、脸颊、嘴巴、下巴，以及这些东西组合在一起产生的奇特感官，一种特殊的神态之中。这时候他对我说，他是我爸爸。

"不可能有错，太像了。"

他激动地掀开他的山羊胡，让我看他的下巴，还用另一只手遮住鼻子下面的胡须，使整张脸显露出更多。

"年龄也对，我打听过了，出生地也对。你妈妈姓胡，叫胡梅对吧。不会有错。"

五

是的，我妈妈叫胡梅，我叫胡桃，我随妈妈的姓。

我从小就被告之没有爸爸，等我的弟弟到了每天追问爸爸在哪儿的年龄，我也这么告诉他的，我说，你没有爸爸。我说"你"，而不是"我们"，表明这件事与我无关，因为我已经习惯了，就像一只狗不会问它的爸爸是谁一样，它怎么来到这个世界的，它是不必思考的，一切生来如此。

但是现在有人走到我面前说他是我爸爸。

他说他当年犯下大错，没有能力承担，长辈们也暗中安排他转学到邻省小镇兰城，此后我们那个小地方，他再也没有回去过。即使他在他弟弟家看到我，这个与他几乎一个模子刻出来的年轻女孩，他一眼认定了她的身份后，也没有想过要倒着回去看一看。他没有勇气回头，他是个彻头彻尾的懦夫。那个叫胡梅的女人一直停在十七岁那一年，他将这样的她收藏起来，不允许她见光。但她是个活物啊，总要以特定的方式流动，我就是她的流动延续，流到阳光下，流到他眼前。他举起双手遮住发红的眼请求我原谅他。

我要原谅他什么？

我对此完全没有概念。我不知道如果有一个爸爸的话，生活会有什么不同，邻居与同学，我当然总能看见他们与自己的爸爸相处的场面，说实话很尴尬，我认为老天没有让我承受那样的尴尬实是在因为爱怜我，这样的安排让我感到轻松。所以，没有什么原谅不原谅的，不存在原谅这件事情。至于说对我妈妈造成了什么影响，我听完整件事情，认为她并非全然的受害者，她也是施害者，只不过对象是她自己。

男女之间的那点事情，现在连小学生都很清楚，一个人是做不了的，任何一方，只要一开始不是被强迫的，都要为相应的结果负责。我爸爸走了，那是他的问题，那么我妈妈呢，后来做出的选择与他没有什么本质上的不同。是，我妈妈完全可以更彻底一些，直接抛弃我，但是，她对她自己的放弃与一开始就抛弃我有区别吗？她停滞下来，让我活在她的停滞之上，在狭隘低级的空间中打转，这样就好吗？一个人难道仅仅活着就是好的吗？多少次我都想，如果她没有生下我该多好。

就这样，我端端正正坐在他面前，没有丝毫的难过与疑惑。对我来说，他连无关紧要都算不上，根本就是一片无法抓取也无从留意的空白。我认为他还是立刻消失为好，也认为他会这么干，既然二十多年前他就是这么干的。

他看着这样的我，以为我只是过于震惊和悲伤了。他握住我的手，安慰我说："放心，尽管我不会回去，但你这个女儿我愿意认，不然也不会过来找你。"接着他用近乎讨好的语气问我能不能跟他去一趟医院检测DNA。

即使我们如此相像，我的五官再有棱角一些身材再高大一些便是他，他的五官再圆润一些身材再矮小一些便是我，即使我有一个同他二十多年前背弃的女人同样的姓，即使他明确地知道我来自他从小生活的那个地方，这一切还是不如血液的构成那么令他信服。

我问他然后呢，确定我是他女儿之后呢，要怎么认我。

问出这句话我不过是在调侃，我对他如此坚信我会接受他的条件，原因是因为"他会认我"而感到好笑。但是他说：

"跟我走。"

我溃不成军。这的确是我需要的。我最为头疼的问题始终是去哪里。任何地方召唤我我都乐得前往。

"你可以在这里生活，就能在兰城生活。"他说，"我想办法查过你的通话记录，差不多一个月才往家打一回电话，且是你主动打。也就是说，你妈妈那边的态度，你根本不会考虑。"

我几乎立刻就喜欢上了他替我做分析和决断的样子，是不是所谓爸爸，就是充当这样一种角色的人？想到我几分钟前还不屑于他的到来，现在却宁愿被他牵着鼻子走，我感到十分羞愧。但这并不能阻止我跟随他。我们立刻动身前往兰城，原因是他说，他熟悉兰城，那是他的天下，在兰城做什么都方便，包括检测DNA。

事情到这里为止，如果让你感到有任何不可思议之处都是正常的，姨妈，你了解我的身世，我本来就是不可思议的化身。我想，我都已经这样了，何妨再不同一些？

他开的是一辆漂亮的深蓝色轿车。

我一上车就睡着了，到他叫醒我，我的眼前便出现了这幢房子。你注意到花园里种满了花没有？是的，它们还只是些幼芽，还有待培植，但它们让我满怀希望。还有那边角落里有一个水池，里面装着一些可爱的长不大的小鱼。这些是我来这儿以后，看到邻居家这样，我照猫画虎自己侍弄的，我的脚肿了是因为做事的时候踏空了。我告诉你这些，是想说，即使这些全都没有，花园是荒芜的，水池干涸，它依然很漂亮。这就是我看到它时的感觉。再说明白一点，我不是因为这些修饰之物判断它漂亮的，而是，它是我爸爸带我走进的一个地方。

下车前他从手包里拉出几张连在一起的电话卡，撕下来一张，交给我。

"用这个号联系我。"

我们从车上下来，他将我的行李箱提到花园栅栏门外，接着回到车上，打算将车开入地下停车场。

"等我一下。"

因为附近有户人家在装修，声音时有时无，我一阵恍惚，他重复了一遍我才听清楚他在说什么。我点点头，抱着自己的背包，靠近行李箱站好。

突然间，我身后响起疾驰的声音，头顶聚集起无形的压力，这压力"咚"的一声落到了实处：我受到了重击。我虚弱的意识第一时间做出的判断是，我的脑袋四分五裂了。

他们有三个人，两女一男，全都提着砖头。其中一个将我的头砸出血后害怕了，行动变得迟缓。我在眼前又亮起来的刹那间夺过她手中的砖头，没有半点余地地冲她的太阳穴抡过去。她尖叫着扑倒在地。另外两个人立刻蹲下来呼唤她。她痛苦地抱住头，指缝中渗出鲜红的血，身体扭成一只虾。

越过他们，我看到我爸爸走过来。我丢开砖头。

他慢慢走过来，慢慢地，一条十几米的小道，他走了一个世纪那么长。

那两个人看到他，也不管地上的那位了，立刻围上去质问。那个男的动手扇了他一巴掌。我听出来，正如你一开始怀疑的那样，他们以为我是他在外养的女人。他垂下头，也不解释。怎么解释呢，要真是外面养的女人倒也简单了，这是带了一个私生女回来啊。他任他们拉扯。我捡起刚刚扔掉的砖头，指着他们说："放开，都他妈给我放开！"我冲其中一个狠狠砸去。那女人捂住脸跳起来，躲避袭击。与她的动作同步的是，我来到躺在地上的那个女人身边，一脚踏上去，发狠，再不滚我踩死她！

这一下连我爸爸也求饶起来。他们成了一伙了。我沮丧地抽回脚。我爸爸拉我走进花园，打开门，将我的行李搬进去，说："桌子上有外卖菜单，楼上房间柜子里有零钱，先点东西吃，我处理一下就回来。"

隔着窗子我看见他又把车开了出来，与另两个人一起将地上的那位抬上车。我不在其间，他们看起来是那么默契，一阵风一样就使现场恢复了原样。

他开车离开的时候侧过脸来朝这边望了一眼。我还不知道他的电话号码。我想要移动脚步追上他，却像被施了魔法。

六

我们打开灯，开始吃饭。

一道菜配一份米饭，大约这是这家餐馆送外卖的规矩，所以我们得到了四份米饭。我打开每个餐盒上的盖子，将它们整齐地摆起来。胡桃坐在桌子的另一侧，用嘴巴叼起一块排骨，含在嘴里慢慢剔骨。我掰开一次性筷子，递给她。

"对不起。"我说。

"什么呀。"她的手迟疑了一下，接过筷子插进米饭，故作轻松。

　　"我做得太少。"

　　"关你什么事。"

　　"你刚才说的'我都已经这样了'是什么意思？"

　　"什么？"

　　"我想知道'都这样了'是什么意思。"

　　"就是这样啊，你看到的这样。"

　　"这句话是你决定跟随你的——爸爸，事实上你们还没有来得及做DNA检测对吗？那个人，就暂且叫作那个人好了，跟随他来到这里之前说的。"

　　"来之前和来以后，情况没什么两样。"

　　"这个，"我看着胡桃，似乎是因为已经忍受了长时间极致的煎熬，她变得什么都无所谓了，"还是有区别的吧。以前，在我印象中，你什么都不懂，对人和事没有自己的理解，也不能承受和解决任何事情。之后呢，至少……你能够做到捡起砖头打跑威胁到你的人。"

　　胡桃笑了。又马上深沉下来，说："这只是你离得远和近看我的区别。"

　　她放下筷子，不打算再吃了。她面前的米饭几乎没动。然而这时候她却来了精神，从蜷缩上去就没有再离开过的沙发上跳下来，打开橱柜找出一只塑料盆，将那些没有人动的米饭倒进去，然后看着我。我自然也没什么胃口，又好奇她要干什么，便也停下来。

　　"吃完了？"

　　"吃完了。"

　　她愉快地收拾起桌上的剩菜，依次倒入盆中，再用她的筷子搅拌起来。足足有一大盆。她扶在盆子上的手溅上了不少汤汁，但她满不在乎，继续搅拌，直到所有饭菜变得均匀，变成了一团看起来十分倒胃口的酱色垃圾。我这才注意到我们点的所有菜中，即使是常规需要搭配辣椒的菜，比如手撕包菜，都没有放辣椒。我点菜的时候并没有对此做出特别说明。那就是说，在这之前，胡桃已经给他们立下了规矩。此刻她端起盆子，走进花园。

　　她要干什么？

　　她刚才说她在种花，是要把它们埋在什么地方沤粪吗？一段时间后，当它们质变成更为不堪的发着霉流着水散发出恶臭的污秽，再依次浇灌到花枝的根部。——这是我怎么都理解不了的自然界的互惠定律。我们当然可以从植物学生物学等等学科中找到理论支持,确切地知道究竟是些什么元素顺着根部直达顶端,为一朵花的绽放提供养分。也可以搬出哲学那套辩证理论对极致的转化加以阐释。但是抽开这一切,看那最直接的呈现,一朵娇艳的花必须通过肥料这等污浊之物才能达到美的极致,这难道不是造物主对人间的一种玩弄吗?

我望着胡桃的背影,看着她先拉亮花园里的灯再蹲下来。与此同时有什么东西跳进了花园,仿佛一道光,边缘却很柔和。接着我便听见了狗叫声,带着轻快的欢愉。我站起来,看清在花园的走道上,一只棕色流浪狗一边摇尾巴,一边晃动着伸向盆中的脑袋。它是那种最常见的身型,像狼,但极其单薄瘦削的土狗,身上毛发短少,多处纠成一团,挂着泥疙瘩,在它结实的右后腿的上部,半张手掌大小失去皮毛的疮疤清晰可见。我本能地后退一步。胡桃一点都不嫌它脏,在它贪婪地舔食盆中的饭菜之时,用力抚擦它的脖颈。

"嘿,慢点,慢点。"她说。

我试着往外走出半步,这只狗立刻紧张地抬起头,耳朵也竖起来了。胡桃安抚它说:"没事,没事。"我停在门口。它俯下头继续吃。

它很快吃完了盆中之物,用粘满油渍的嘴巴左左右右拱动胡桃的双腿,对她的施予表示感谢。胡桃抱了抱它,让它的头在她的脸上蹭来蹭去。最后她拎起空盆,站起来说:"好了,明天再来吧。"这只狗听话得停下了所有撒欢的动作,在小道上站了片刻,随即纵身一跳越过栅栏,消失在夜色中。

"它每天都来。"

胡桃回到房间,在厨房冲干净手和盆子,重新坐回沙发上。

七

第一次是在我爸爸离开后的当天晚上。在那之前我眼前只有七零八碎的时间,被我拆成了一秒一秒的时间,一秒钟如同一年的时间。

我时刻担心他的安危,不知道那几个人会把他怎么样。我几乎把他们所有可能的身份都想了一遍,再模拟他去解释,看是否行得通。我按照他的吩咐点了外卖，我点了两人份，可是晚饭时间过了很久了他都没有回来。他不会来吃饭了。我起身走进花园，试图回忆上午到底发生了什么，回忆在整个过程中有没有任何一种可能可以改变结果。等到我从户外转回来，打开房间的门，一股浓重的剩饭剩菜的味道扑面而来。我迅速收起饭盒，装进塑料袋，将它们拎到花园里，准备第二天再扔进大概还要走五十多米才有的垃圾桶里。然而不久我就听见外面有响动，隔着窗户我看到一只狗在扒拉这些饭菜，它吃光了它们。这何尝不是一件好事。我看见它在鱼池那里晃悠，立刻冲出去将它赶跑。

第二天更加煎熬，直到晚饭前我想起那只狗来。"我至少可以等到它吗？"我问自己。我点好菜，等待着，就像你已经知道的那样，我没有等到我的爸爸。好在，那只狗来了。

我把饭菜直接拿到外面，蹲下来招呼它。它犹豫着靠近，动作僵硬，准备随时逃跑。它把饭菜拱了一地。吃饱后它摇着尾巴离开，很不舍又很坚定，不再四处打转，鱼池对它失去了吸引力。那天晚上，我借着房间透出的光把地上的残留清扫干净。第三天我在楼上找到一只灯泡，装进花园里空空的灯罩下。我还想了一个办法，找出一只盆子装那些饭菜，这样，那只狗在吃的时候就不会弄得到处都是了。真实的情况正是如此。它感受到了我所做的都是在服务于它，它由于感激而更懂得分寸。它定点来，吃完就走，毫不拖泥带水。逗留的过程中，它充分享受着我的服务，也充分表达着它的感谢。它一天更比一天与我亲近。它沿着花园栅栏撒满了尿。

有一天我绝望至极，一个人躺在沙发上，从晚上到第二天晚上，时间的光影在我眼前层层变幻，慢慢消逝，却仿佛与我无关，我躺在时间之外，也躺在人世之外。我感到自己已经死了。这时候我听到它来了，它没有像往常那样看到食物，焦急地用突出的嘴巴一下一下撞击玻璃。这声音将我拉回了现实。我艰难地起身，走到它面前，对它说，对不起，今天的晚餐晚点才能到。但它丝毫不在意有没有晚餐这件事，而是围着我的脚踝快乐地打转。它的尾巴摇得令人眼花缭乱，眼睛里迸出一颗颗小星星。我刚一蹲下来，它就抬起前肢搭上我的肩，很快又放下来，继续围着我转，用头拱我。它快乐地不知道要如何表达了。我早已身不由己跪在了地上。我抱住它的脖子，用力抚摸它。

我的眼泪滴在它的身上。

八

我转过身，仿佛这样就能使那只单纯的野兽回到视线中来，我可以重新打量它，跳出食物之外，看清它的眷恋与等待，从它流浪的四足上找到痛感逐渐减轻的原因。我会伸出手，向它示好。它也一定会放下警惕，信任我，靠近我，感受我的体温与情绪。它会真正理解什么是安全的人类，从此活在长久的依靠中。

"去。"我拉动胡桃的肩膀，她干瘦的身体听话地直起来，好像我轻易收起了一副圆规。她去拖动行李箱。"不，"我说，"我们明天晚上再走，你到楼上好好睡一觉。"

她疑惑地看着我。

"明天晚上它还会来对吗？我们喂饱它，带它一起走。"

"长途汽车不允许带狗，我不知道该怎么办。"

"这是你迟迟不愿走的原因吗？"

"一部分吧。"

"不用担心，我们明天租一辆车。"

胡桃扑到我的身上，像那只狗扑到她的身上一样，她扭动着，与我脸贴脸。我有点不自在，我不适宜接受太亲密的举动。我推了她一下，她软绵绵地倒在沙发上。她太瘦太无力了。我扶她起来，用心感受她的重量。我带她上楼，看到主卧一侧的卫生间有个很大的浴缸。我简单清理了一下，调好水温。我没有办法对清脆的水流声无动于衷，我想坐下来，把头伸进浴缸。我努力控制着自己。

水池边的柜子摆满了各式各样的洗漱用品，还有造型精致的化妆品，我将它们推到地上。

"不要用这些，不知道是什么人的东西。"

水很快灌满了。

"你需要休息，来，试一下。"

胡桃开始脱衣服，我退了出去。关门前我提醒她墙上挂着耳机。我做了一个戴耳机的动作，又将头侧了侧，双手合一，举在左腮上。好好睡吧。

胡桃微微勾着肩，双手挡在婴儿般的乳房上。她眼里的雾气漫得到处都是。

九

第二天晚上七点整，它来了。正如胡桃说的那样，它从不让人失望。

我们让它好好饱餐了一顿。在它准备走的时候，胡桃拉住它，它困惑地望着她。我小心走到它跟前，同胡桃一起抚摸它。它立刻跳起来，围绕我们伸直前肢，将头俯下去，接着嗅我们的脚背，对着天空发出骄傲的吼叫，做尽了讨好的动作。我让胡桃上去洗澡，像昨天那样，尽量放松。只有这个办法能让她睡一会儿了，半个小时就好。我们重复了前一天的程序，胡桃的身体有了不易察觉的血色。

那只狗安静地待在花园里，腹部贴着地面，头扬着。它还不能完全信任这里，它也不需要信任这里。我冲它招手，要它进入房间。我已经调好了另一间浴室的水温，将要对它进行大清洗。新生活就要开始，我们得准备好，一副去除了污垢的身体和一个删除了记忆的大脑，我们慢慢来。可它仅仅是站了起来，并没有迈开脚步。我只好走到它身边，温柔地拉它。

"相信我。"我说。

它并没有理解我的用意，它对未来一无所知。它对我强迫性的动作非常抗拒，我让它进入房间的用意表露得越明显，它就越是要往后退。我只好摆手要它不要走，再指指花园深处，请它留在那里。它重新弯曲前肢，卧进花丛中。我回到房间里，等待胡桃洗完后下来，我们一起想办法。

外面忽然黯淡了一下，有人挡住了壁灯投射出的光芒，又很快闪开了。

我警觉地蹲下来，躲在沙发扶手背后。狗从黑暗中一跃而起，它黄色的皮毛在灯光下变作一团混乱的影子。它死死咬住那个人胀红的左手。我扒住沙发，露出眼睛。我从那个人晃动在灯光下狰狞的表情中看到他与胡桃相像的部分。他们发怒时，下巴会拉长，会像一把尖刀，会发出寒冷的光。我要走出去参与战争吗？我瘫坐在地，背靠着沙发。我能将这一切抛至身后吗？我听见花盆碎裂的声音。我转过头，那个人满身鲜血。他大声呼救，他的声音淹没在突然响起的电钻声中。我闭上眼睛，握紧拳头，我的身体已经飞走了。我呼唤自己，回来吧，回来。我满脸是泪。我抄起身边的角凳，我常坐的那张，我坐在上面吃饭，听胡桃讲述一个男人与一只狗。我颤抖地拔去凳腿底端的四只垫脚，露出金属豁口，使它更像一件打斗用的工具。我冲进花园，对准那只狗使劲挥下去。

它几乎立刻停下来，眼中的火迅速熄灭了。

他拉过我手里的凳子，狂风暴雨般砸向它已经呆掉的脑壳。我无法阻止他。我大喊大叫，我说不，我拉他。他不给它喘气的机会，它无心恋战。他在它无法招架之时将手中的凳子反转过来，刺向它。只有胡桃能救它。我向后跑去，跌撞着上楼。

我扑开浴室的门。

胡桃戴着耳机，头歪在一边，像是贪恋母亲羊水的婴儿，上半身已经来到人间，下半身还在犹豫，在她所信任的安稳中游弋。

一场巨大的不受惊扰的睡眠，她躲在里面。

最里面。

原载《钟山》2020年第3期

评鉴与感悟

在"等待"中突围

小说的核心命题是"等待"。一条流浪狗尚且对喂养它的人念念不忘，在黑暗的角落执着地等待，反而是人与人之间，等待显得脆弱、迷幻、奢侈，甚而遥不可及。谢络绎有感于人与人之间忠诚、信任等可贵品质的缺失，写下了这篇作品。

还是要从谢络绎创作谈里提到的卡夫卡和雅诺施有关"动物书写"的对话谈起（参见［奥］弗兰茨·卡夫卡：《卡夫卡全集5 随笔·谈话录》，叶廷芳主编，黎奇、赵登荣译，河北教育出版社1996年版，第311-314页）。据雅诺施回忆，1922年的春天或者夏天，雅诺施的一位朋友巴赫拉赫一天给他带来英国作家大卫·加尼特的长篇小说《妻子变狐记》，并认为加尼特这本书里一个女人变成狐狸的情节模仿了《变形记》。雅诺施随后迅速将此事告知卡夫卡。但卡夫卡不同意加尼特模仿了其《变形记》的说法，认为"我们两人都是从时代那里抄去的"。在他看完加尼特的这本书后，卡夫卡进一步认为那时候写动物的书之所以多，是因为"每个人都生活在自己背负的铁栅栏后面"。故此作家爱写动物"表达了对自己的、自然的生活的渴望"，内隐着向往自然生活的人生追求。那时的人生存太过艰辛（现在不也是这样?），所以人们通过写动物，是想要至少在想象中抛却它。卡夫卡用了一个比喻，说那时的人们"混在兽群里，穿过城市的街道去工作，去槽边吃食，去消遣娱乐"，这生活"像在公事房里一样"，是精确计算好的。"没有奇迹，只有使用说明、表格和规章制度"。最重要的是，"人们害怕自由和责任，因此人们宁可在自己做的铁栅栏里窒息而死"。根据他的表述，人们的生活已经完全被科层化的管理体制所异化，失去了对自由和责任的追求。故此，人们自愿选择过上把自己关在"铁栅栏"里"动物化"的生活。他在这里提出的是他自己文学创作中的重要命题，即"人的动物化"。与这个命题相关联的，是人生活在自己所背负的"铁栅栏"里的隐喻。这些在卡夫卡为人所津津乐道的文学名作《变形记》《判决》《在流放地》《饥饿艺术家》等作品里也多有体现。

卡夫卡的言说距离当下虽隔百年，却仍对当下的现实具有惊人的解释力和有效性。而"动物化"和"铁栅栏"则更是解释谢络绎小说中之"等待"的关键要素。胡桃等待的注定无果正在于其父亲的"动物化"。面对多年未曾谋面的私生女，这位父亲最关心的不是去弥补胡桃最缺失的父爱，尽力抚平她心中的创伤，而是想去检测胡桃的DNA，确证两人的血缘关系。找遍作品的所有角落，也找不到一个父亲对女儿基本的呵护与爱在哪里。尽管如此，胡桃还是选择了"等待"，还将其弄得颇具仪式感。她侍弄花园、水池，让住处变得颇具生机。按她的说法，这些让她满怀希望。她整日开窗，在窗边翘首凝望，从一而终，即便她的住处遍地建筑垃圾，尘土飞扬，电钻声钻进钻出也不在乎，没什么东西能妨碍她等下去，甚至自她入住的那天起，她连自己的行李箱都没有打开过。所有这些，都使得胡桃的"等待"更为哲学化，也更现代。

如卡夫卡所言，每个人都活在自己的"铁栅栏"里。"无爱"的过去和走投无路的当下遮天蔽日，如同铁栅栏一般罩住了胡桃，隔断了她和社会的正常互动。可胡桃已决心改变这一切，办法就是"等待"，明知毫无结果，却日复一日地坚持下去。从这个层面来说，胡桃

"等待"的对象就已经不是小说中的那条流浪狗,也更不指向她所谓的爸爸。她的"等待"已经在指向"等待"这个行为本身,她试图用"等待"本身打碎自己身上的"铁栅栏"。在这里,谢络绎完成了她自身创作的推进。在《兰城》里,同是逃离"无爱"家乡和自身过去的美兰编织了一个叫"兰城"的谎言和幻梦,把"兰乡"变成"兰城",意在抹掉自己的过去,迷醉自己的神经,填补内心的自卑,可这反而让她越陷越深。她有望从"铁栅栏"里脱逃还是有赖于他者(李达)的理解和爱,而小说中他者的理解和爱其实并无征兆也并不充分。它或许可以解决美兰现实的婚恋问题,却并不能真正助她打破把自己圈进"铁栅栏"里的东西。而到了胡桃这里,她已经隐约意识到自己突破"铁栅栏"的可能性所在并不在他者,而在她自己"去等待"这个行为本身。这是谢络绎对自身创作的突破。

不管怎么说,胡桃的"等待"至少并非一无所获,起码还是得到了这只"单纯的野兽"的信任和羁绊。这便又是"动物的人化"。当然,她还收获了"我"的理解和关怀。可在"动物的人化"的映衬下,"人的动物化"是否让人更觉无奈?"动物化"的又岂止胡桃的爸爸?胡桃那位"不与任何人谈论感情""只会愤怒""生活的核心是缺斤少两和打骂孩子"的妈妈,被生活所抛弃,自己也彻底厌弃了生活,她的"动物化"已久矣。在小说的最后关头,所谓爸爸没有征兆的"闯入"终结了胡桃的"等待",也终结了这次"等待"在现实层面所有美好的可能性。胡桃父母们的"动物化"还会继续,胡桃们的"铁栅栏"也注定还要背下去。以后究竟如何?"等待"本身是否就是问题的答案?这便是我们对谢络绎今后创作的期待了。(徐泽藩)

我只想坐下

/张天翼

　　早晨下的雪，到黄昏就脏了。车站广场上的雪像洗洁精泡沫堆在黑锅边，大部分粘在人们为过年回家穿的好皮鞋鞋底上，进了售票厅、进站大厅、候车室。热腾腾的候车室里，有一千个人、三千包行李和一个詹立立。

　　离发车时间还有四十分钟，人们就自觉从铁椅子上起身，排在进站闸口后面，像长跑运动员等在起跑线后面。隔着六七个人，前面有个小女孩围着她妈的腿转磨，头戴格格式的小牌楼发卡，黑漆漆旗头板子，中间一朵大粉绸子牡丹花，两边两条红穗子。今年最兴的剧是《还珠格格》，火车站的纪念品店拿还珠格格发卡当特产卖，满架大牡丹，小女孩一看见就走不动道。再疼钱的爹妈也不会在年根底下疼钱，孩子们缠闹来一个小牌楼，一顶上，立刻小心翼翼用脚心找路，仿佛踩上了透明花盆底，只欠一个皇阿玛来认领。詹立立身边的行李箱里，也有个一模一样的格格发卡，给老家表妹买的。

　　她左手把行李箱往身边拽拽，右手提包搁在箱子上。提包死沉死沉，好像装着死人头，手指尖都勒白了。包不是她的，是她同学孙家宝的，她自告奋勇给拎着，让孙家宝能腾出两手吃东西。孙家宝一手拿着薯条，一手拿着汉堡，边嚼边说，重吧？没事没事，你放地上呗，那包里有个桃罐头，我坐火车就爱吃个罐头。立立说，没事没事，也没多重。

她跟孙家宝原本不熟，同院不同班，老乡也不是老乡，几个班一起上大课，听点名听多了，知道有这么个人，上学期坐过一次前后排，传表格传材料，相视一笑，顶多是这样。那怎么突然熟到并肩站着候车的呢？就因为坐火车。快过年了，全城外地打工的人、外地学生都要买票回家。一个月前女班长挨屋发火车票，立立手里端着盆洗漱回来，接了票一看"无票"两字，一屁股在床沿坐下了，盆湿漉漉地搁在枕头上。二十九个小时车程，没有座位，这怎么熬？班长坐到她身边，说，瞧你这运气，班里数你路远，还就你是站票，你咋就不多勾个备选呢？硬座没有，卧铺肯定有的噻！

她摇头，说，卧铺……贵嘛。

学校发的订票表格，最后一格是备选：无座，硬座，硬卧，软卧。如果同意备选一张硬卧，就有多花几百块钱的危险，她只勾了无座。学生火车票本来打五折，但卧铺的学生票，只能减掉硬座的半价的钱数，像是一种官方提醒：花着爸妈的血汗钱，还想躺回家，是不是太奢侈了？

车票搁在她大腿上，肉粉色，像豁开一个方方正正、露着嫩肉的伤口。班长叹气，说，咱班男生有人认识"黄牛"，我喊他们帮你弄一张卧铺吧？立立又摇头。班长简直要生气了，你心疼那点钱干么子噻？你说你……

过夜的火车，即使坐硬座都很煎熬。硬座的硬，是个很妙的定语，不是座位硬，是人硬，不用多，坐几个小时，腰板、膝盖、腿脚，就僵硬得跟棍棒似的。无座跟硬座一个价钱，硬卧比它们贵一百五十二块钱。那一夜她屁股的归属，值不值一百五十二块钱？

值不值得她说了不算，因为钱是爸妈给的。叫起来是爸妈，实际是叔婶。爸妈给她说过一次：你也可以叫"那边"爸妈，但即使那时她才小学二年级，也懂得这种"可以"其实是"不可以"。她一直坚持叫"那边"大伯和大伯娘。

前两个寒假，她先坐短途火车到大伯夫妇做买卖的城市住几天，再一块回老家。今年大伯夫妇的麻辣烫小店亏了钱，大伯又犯肾结石，一个月前就回了老家。这是她第一次自己面对春运。填"备选"之前她给爸妈打过电话。她爸妈一直在郑州陪读，陪她弟上武术学校。

她说，爸，我学校没给订到座位票，我补订一个铺位票好不好？她爸很豪迈地说，年轻人，出力长力，补啥补？没得座位就没得座位，吃点苦也不坏，梅花香自苦寒来。再说那么大个火车，哪儿还坐不下个你。她不再说这事，她知道弟弟进武校交了好大一笔赞助费。

所以立立不想答班长那句话。为了掩饰这个不想，她把枕头上的盆拿下来，弯腰塞到床底。枕头湿漉漉的，像预先替她愁哭了。

班长忽然想到什么，手在她大腿上一拍。我给你讲！你知道隔壁班的孙家宝吧？胸脯挺大、夏天老穿吊带背心上课那个。她跟你坐同一天同一趟车，订到了硬座——咱院的票是我给一张张分到各班的。

立立抬起头。班长的小肉手又在她腿上拍一巴掌，另一条腿上的票轻微震一下，方形伤口里的无形神经也跳一下。我男朋友老赵，跟孙家宝是老乡。他们老乡聚会上，我跟她聊过天。她人不错，你去跟她套套近乎，让她照顾照顾你，哪怕给你挤个椅子边边坐呢。而且她家近，夜里就下车，她下了，你不就能坐她的座位了吗？

孙家宝人白白的，敦敦实实的，油乎乎的头发往后梳成一把抓，鼓脑门上总有个高光点。爱笑，嗓门敞。女人之间的友情要搭建起来能有多快？比沙滩上拿塑料桶扣小城堡还快。瓜子话梅请请客，食堂里面对面吃吃饭、掏掏心窝子，再来两杯珍珠奶茶一浇灌，第二天就能替对方在大课上答到（另一个得以在宿舍睡懒觉），第三天两条胳膊就挽成麻花了，就亲亲热热逛后街饰品店去了。

这姑娘人还真不错，虽然明摆着詹立立有求于她，她也没摆起架子，死吃人家一口。立立请三次，她懂得请回去一次。她唯一不太好的地方是嘴不好，有时话特别冲，好像一块馒头给人塞嘴里，噎得人一愣，不知道该咽还是该吐。

就比如现在等在候车队伍里，她一边吃汉堡一边说，哎立立，车站这个麦当劳会不会是假冒的？我怎么觉得这汉堡味儿不对呢？跟我以前吃的味儿不太一样。汉堡和薯条是詹立立请的。这话也像一个汉堡塞进立立嘴里，她心里叹气，孙家宝也真是的，这种话怎么能随便说？这么说是嫌别人不会买，还是故意贬低汉堡，就不用领情了呢？

她说，不会，肯定是真的，麦当劳哪有假冒的？他们不敢。

好在，随便说话的人也随便忘话，话说完就不是她的了，谁爱拣心里谁拣去。孙家宝低头叼住一根薯条尾巴，像拎出一根烟似的揪出一整根，嘴唇抿啊抿，一寸寸把薯条吃进去。她常有这种无来由的娇憨小动作，两眼净是宠着自个的笑，看着立立，把薯条盒往前一撅，你也吃嘛。

　　立立说，不啦，我中午吃得多，现在还饱着——"请别人客"的东西，她从来一口不沾，送人情就得送个完完整整的。再"吃回来"一点？那不是她詹立立的作风。她又瞄了一眼"格格"。小女孩正隔着人，眼巴巴地看孙家宝，一转身，扑在她妈大胯上大声说，妈妈我要吃方便面我要吃方便面！她妈从身上撕她下来，一手按着五六个月的肚子，说，别闹，你看弟弟多乖，一点不闹，面等上车再吃，啊。立立想，原来肚里是弟弟，怪不得……她妈生弟弟之前之后，也对她好过一大阵，夸她"真会引"，新衣新鞋紧着买，摔碎暖瓶都不挨打。

　　一阵骚动，风吹树叶似的传过来，检票进站了。人们纷纷弯腰，把散落在脚边的行李提上，背上，扛上，挑上。立立说，你吃你的，我给你推箱子。孙家宝嘴里唔唔，忽然小步跑到最近的垃圾桶处，各剩一半的汉堡薯条往里一抛，手势干脆漂亮。她跑回来一伸手，把挎包接过去，随人群蠕向前方。路过那个垃圾筒，立立把脸掉到另一边。

　　一过检票闸，人都跑起来，像被狮子撵得狂奔的角马群，好像上火车不是凭票，是凭赛跑名次，排前面才走得了，排后面的就要被丢下。脚步声和行李箱轮子摩擦地面的声音在天桥甬道里混响成一片，立立的身子被后面超过的人撞得一晃一晃。她俩步伐越来越大，最后也跑起来，加入这莫名其妙亡命起来的队伍。孙家宝边跑边小声咯咯笑。

　　月台顶棚上的大灯亮得人心慌。孙家宝说，上次我坐这趟车回学校，车上有个列车员，老帅了，眼睛像刘烨，嘴像金城武，也不知道这次能不能碰上；罐头真够重的，上车咱先把它宰了吃；你知道车厢里最烦是什么人？打呼噜的，抱小孩的，脚臭还非要脱鞋的。但愿咱车厢里没有……

　　立立顾不上捧哏了，她的心越走越重，等一上车，她将正式成为无处可去的人。

　　上车一拐弯，一股热腾腾的肉味扑到脸上。她们随着前面的人挪两步，停下，再挪。孙家宝手里捏着票，像琢磨谜面一样念着座位号。谜底揭晓：她的座位在一排三连座的最里边，靠窗。

靠窗是最好的座位。下围棋讲究"金角银边草肚皮",搁在火车座位上也适用,靠窗位是金角,困乏了,一歪,连头带身子倚着壁板,舒舒服服,简直等于半个卧铺;靠走道边的座位,胜在方便清净,也有半边可以舒展身体手脚;中间的位置最差,两边都是人肉,那种软中带硬的挤迫最让人心烦又疲劳。孙家宝拿到的本来是金角,但要再给立立挣扎出一条能坐的地方来,金角就不如银边了。

面对面六个位子,其余五人已经坐满,孙家宝把行李箱推到椅子下面,暂时站住,没进去坐。立立也把行李箱推到椅子下面,堵在过道里,拿后背顶住挤蹭和各种口音的牢骚话。

孙家宝轮番把那五个人看了一轮,眼睛盯住对面一排最靠外的黝黑男人,甜甜地送个笑,叫道,大哥,咱俩换个位置好不咯?我是靠窗的,靠窗的舒服。这是以己上驷,易彼下驷,没不成的道理。男人欣然说,行!起身坐过去了。

五分钟之后立立才明白孙家宝为什么跟对面人换,不跟自己这排换:这边两位,一个四十多岁,脖子上一圈金项链的壮大汉子,一个胖妇;对面两位一男一女,看脸就知道是学生,清瘦,能腾出的地方多,而且是"自己人",也好商量。果然,孙家宝一说"同学帮帮忙,挤一下好不好",靠窗的女生立即拎起座位上的帆布包放在腿上,两个屁股此起彼伏地一挪,半尺座椅就省出来了。

那块白布包裹的椅子面,像凭空长出的一块雪地,珍珠奶茶、汉堡薯条以及立立巴心巴肺经营出的情谊这一刻终于有了实体化身。孙家宝一巴掌拍在上面,表功似的大声说,来吧,快坐!

立立不断说谢谢谢谢,脱掉羽绒服,把体积削掉一圈,抱着衣服,把身子安排下去。正着坐比较吃力,她调一下坐姿,脸朝外,膝盖朝过道支出去,坐稳了,如释重负。这重负是她自己。现在她也有了一个弥足珍贵的腰线高的视野,可以跟着等高的眼带着淡淡的优越感,一起看站着走着的人。

车里已经黑压压,人仍在上,像珍珠奶茶的黑圆子在吸管里一顿一顿地行军,应和不可抗拒的吸力。还不光是人。人都提着背着扛着挑着,犹如搬运饼渣的工蚁队伍,因此一个人往往要占两到三人的空间。一些无票的人挑中一个地方,手扶椅背,就站住不动了。过道里人肉密度逐渐上升,汤变成粥,粥变成饭,最后稠得濒临凝固。

离开车时间四分钟,队伍还有小半截耷拉在外面,像嘴角挂的残粒,很有被一把抹掉的危险。一阵推搡出的波动从门外拐着弯传进来,前面人吼"别挤了",外面的人焦躁地嚷"赶紧往里走"。玻璃窗蒙着一层毛毛雾气,靠窗的人挥手抹出个扇面,扇面上一副蒋兆和也画不出的徙民图。

天南地北的口音议论道:外搭还有十几来号咧,哪能上得来?上得来,莫麻搭!妈妈哟,这好多人挤到一堆儿,春运好吓人哦。明儿个就好了,后半夜过郑州,过完郑州车就半空了。呵,郑州站的人一下车,车上老些钱包也跟着下车喽!

立立的腿从椅子边界探出一截,她频繁地起立给人让道,浑身是生怕碍事的知趣。折腾一阵后,干脆站着不坐了。孙家宝在后面扯她毛衣后襟,你快坐下,别动。

又要等一会儿立立才明白为什么"别动":火车上每个容得人的孔隙都不会被省下,她不填,马上有人填。两分钟后,收腿空出的地方楔进一个无票的男人,身子整个偎上来,胳膊肘支着椅子脊背,"思想者"一样手托腮帮,摆定舒舒服服一个姿势。她再想坐,坐不下,用膝头顶了一下,那人岿然不动,嘴里冒出几句恶声恶气的话:瞎鸡巴顶啥顶?我也没地儿挪动!你等会儿,等他妈人过完了!

她只好转身,不转,胸脯就送到人身上去了。

她面向窗户,手撑小桌,把自己支在一个将要倾倒的站姿里看窗上的扇面。扇面图里多了个人,一个穿着藏青制服大衣的高个儿列车员,他做着很大的手势,让最后三四个实在挤不上去的人往另外的门走,又高举一根食指朝巨大挂钟抖动,意思是就要开车了,快走。帽檐下的脸一转,让顶棚投下的灯光照住了。

所有的感情,事后都被认为是一见钟情,然而这时候立立只能看清他右脸:一杠黑眉毛抵着太阳穴,一颗女性化的毛茸茸大花眼。整个扇面为之一亮。他帮一个带俩孩子的妈提起红蓝条纹蛇皮袋,领她向另一车门跑去,跑出画幅边缘。

开车十五分钟后立立再次见到他,才看清左脸,把那个第一印象补全。

她先听见的是一个车厢那头响起的声音：检票！请把车票身份证准备好。声音脆亮，抖擞得很。

孙家宝说，哎呀，列车员来了，咱问问他有没有螺丝刀。她那个桃罐头折腾半天了，打不开，前后左右几个人都饶有兴致地拧了一遍，像凡人试拔亚瑟王的宝剑。

就这一刻钟里，前后左右几个人交换了老家是哪搭、念书还是工作、耍朋友没有等等信息，连"思想者"都加入了。

四个学生互报了学校院系。那两人对孙家宝说，我们去你学校听过讲座，你们食堂饭真好吃。孙家宝说，那你去的肯定是三食堂，我们大食堂和西苑食堂厨子都是养猪场饲养员改行的，那菜炒的！肉都是大肥肉，一嘟噜一嘟噜跟葡萄似的。

妇人说，唉哟，你们这些娃娃，嘴巴刁哟，我在工地上做饭，哪顿菜里不见大肥肉，工人都要敲碗边、"嚼球毛"的。跟孙家宝换过座位的黑男人说，人家大学生哪是农民工能比的！人家将来都是公务员，要坐小车、吃酒桌子的。

女学生说，我可不愿意当公务员，我想去云南大理开一家客栈。几个人笑开了，"思想者"说，放着人上人不当，开旅馆、铺床叠被伺候人去？这话可别让你爹妈听到。

车厢中段有人高声说话，跟列车员争执起来了。人们都抻长了瞧，有些人急匆匆站起来，钻到人缝里，抢能看得更尽兴的位置。闷在火车里，每一场热闹都珍贵得很。只听一个男人说，我有票！补啥补？列车员说，您买的车票的区间是郑州到新乡，请您到车长办公席，补上始发站到郑州的票价。男人说，那你就当我是从郑州上的咯！

远远近近发出笑声。列车员说，这个不行，咱们客运有客运的规章制度，请您配合一下，主动补票。立立欠身看一眼，认出了帽檐下的大花眼。他的嗓音独特，亮堂堂的，好像喉咙里藏着个小灯泡。

逃票的人头往旁边一仄，表情烦躁，像被迫说出本想给对方留点面子的话。又不是我非要逃票，春运票不好买啊，票还不是让你们铁路上的人倒卖给黄牛了！我们也没办法。你们又不差我这几个钱，你们铁路赚我们老百姓的钱还不够多？车上盒饭卖那么贵，讲理吗？还有，我问你，无座的票凭啥跟座位票一个价！公平吗？

周围人纷纷说，是，就是，确实不公平。年轻的列车员孤立了。此人口口声声"我们"，想把舆论煽动起来，躲到"我们老百姓"背后去。

立立对面的"金项链"低声说，铁老大铁老大，霸道就是了嘛，哪来的公道。列车员声音稳稳地说，票价是中铁总公司定的，有意见您可以打电话质询。但是要说公平，别的旅客都是规规矩矩买全价票，您只花一站的票钱，想跟别人坐一样的区段，这样对别人公平吗？

这一招真的高明，再次把他孤立于人民群众。立立在心里给他鼓掌。四周静了，逃票人语塞，他身边一个老乡重重地嗨了一声：没几个钱，莫丢人咧！快快，我帮你补上算尿！列车员同志，补多少钱？说着就歪身掏裤兜。两人厮打起来。逃票人说，哥，我又没说不补，你快收咧，行啦，我自个补去行了吧？

列车员说，非常感谢您对我们工作的配合，请到十六号车厢列车长办公席办理手续，待会儿我再来查验。那人走之前还要找点便宜回来，说：你这小子嘴头挺行啊，穿了身制服皮，顶个帽儿，唉哟，母牛不生崽——牛×坏了！人们大笑，对这场热闹非常满意，有波折，有高潮，最后还抖响个荤香的包袱。列车员转向下一个人，脸色平静地说，请出示车票身份证。

人们陆续收回腰身和目光，意犹未尽，议论起自己听过的逃票成功案例。孙家宝趴到立立耳边说，就是他！立立说，谁？孙家宝说，你记不记得我跟你说，这趟车上有个特帅的列车员，眼睛像刘烨嘴像金城武？就是他。我说得没错吧？像不像？

那人走得越来越近。孙家宝她们把学生证压在车票上，握在手中等着，红底烫金的学校名字，跟一块块霓虹灯板似的，一下闪进四周围人的眼里。高考苦了一番，为的什么？不光为了四年后院长把学位帽的穗子往边上一拨递来的那一张文凭，也为了眼下这种跟"普通人"分隔开来、扬眉吐气的时刻。这种时刻不多，得珍惜。四周围的人斜睨着，脸上含笑，表情是有点羡慕，有点轻蔑，有点同情，就让娃娃显摆一下吧，当大学生也只就能风光这几年，上了社会还不都是灰头土脸的打工仔！

列车员挤过来，在两排座椅中间站定，从伸出的手里挑了一只，接过票和身份证。立立仰头盯着，帽檐下的图景终于看清了，两只眼睛两潭湖，睫毛是围湖栽种的蓊郁草木，鼻子隔在中央，宽宽一道山梁，还有一颗圆溜溜、肉腾腾的灰痣卧在眉丛里，她听家里爱给人看相的舅姥爷说，那叫"草里藏珠"。这副好面孔，该搁在质地更好的扇面上。跟铁路制服配成一套，出没在这乌糟糟的车厢里，是有点浪费了。但怎样算"不浪费"呢？她也想不出。

他察觉到她的凝视，眼睫毛一挑，眼珠朝她盯一下，垂下眼继续看票，好像帘子掀开，里面有个脸蛋一闪，又不见了。

他先查对面那排的人，一言不发。查到立立他们这排，依次看了里头两人的学生证和票，说，上个车厢你们学校的同学特别多。还证时叮嘱，你俩的票是黄州站，记着，黄州站跟黄州北站不一样，先到的是北站，别下错了。

人们都发现了，这个列车员跟学生有股不一样的客气，总要和颜悦色地唠两句。他拿起孙家宝的学生证，说，好学校，我们系统的副总就是你们学校毕业的。孙家宝说，我知道，礼堂墙上荣誉校友照片里有他。帅哥，我这站几点下车啊？

列车员说，正点是凌晨两点五十到站，还有四个小时。

孙家宝说，车晚点没有？

刚才待避特快，停了十七分钟，不过再过几站能追回来。好了，证件收好。

立立把学生证和票递上去，她有种错觉，他是故意把她留到最后一个，像那种心数很多的小孩把预估最有趣的礼物盒留到最后拆。翻开学生证，头一页有一寸照，他的目光在照片和人脸上折返跑了几趟，很严谨地验明正身似的，她又想：不会是借对照片的机会看我吧？

他再翻一页，念道，生命科学学院，你们这学院都学什么啊？

立立说，就学"生命"。

"生命"能学四年？

怎么不能？植物动物微生物，细胞生物，分子生物，能学一辈子。

孙家宝说，我也是生科院的，你刚才怎么不问我？

列车员不抬头地一笑，那页上就算印满五号字也该看完了，幸好他在荒谬边缘合起学生证，连票还过来，说，詹立立是吧？这名字真不错。立是独立的意思？

不是，我爷从《论语》里给取的，"夫仁者，己欲立而立人。"

孙家宝说，嗨，帅哥，能不能帮个忙？

为旅客服务是我们的义务，请问您需要什么？

我有个罐头打不开，你有没有工具？

让我看看。

孙家宝兴冲冲从桌上捧起桃罐头给他。他的手很大，一下把罐头拿小了，几个长长的指头捻着瓶肚子在手心里转一圈。立立心里替那个罐头觉得舒服。孙家宝说，大伙都拧不开，是不是需要螺丝刀？他说，这是旅行装罐头，不用刀。

他另一只手罩到盖子上，两手反着使劲，没开。他甩着手说，得找东西垫垫，摩擦力不够。立立的手一动，摸摸脖子上垂下的棉麻围巾，没说话。他的眼光立即扫过来，同学，你的围巾借我用用？

手底下垫着围巾，他又使了一回劲，罐头盖子"格"响一声，孙家宝欣然说，开了开了！哎呀帅哥你好厉害。他把围巾递给立立，罐头放回桌上，说，我们班组搞掰手腕大赛，我永远第一，外号大力水手。好！很高兴为您服务，请您留意广播里的到站信息。

前一句冲立立说，后一句冲孙家宝，于是立立又有一种亲疏有别的错觉……这些无法验证对错的猜想，像猫弄乱的毛线，留给她坐在半个屁股宽的座位上慢慢清理。被那只手握过的围巾再戴回来，成了活物似的，又像那手的无形的一部分还留在围巾上，风吹草动地缠着脖子。

孙家宝匍匐在她背上小声说，好帅耶，是吧？咱院的男生谁要长这么张脸，绝对院草了！我绝对倒追。

她含糊说，他眼睛还行，大花眼。

大花眼什么意思？

我们那儿管大双眼皮叫大花眼。男人长这种眼干吗呢，简直浪费。她又违心地找缺点，说，不过他脸太瘦太尖了，还有点驼背。

我就爱看小尖脸。哎，他是不是有点喜欢你？跟你唠那么多句！

怎么可能？他们列车员每天还不得见一万个人，说一万句话？人脸估计在他们眼里都是马赛克。

那他还给你开罐头呢，算不算喜欢你？

孙家宝说，对，罐头！来，你用我的叉子吃，好不好？……

开车一小时之后，人们已经开始各为彼此的娱乐，聊天，打扑克，吃瓜子，看书报杂志，戴耳机听歌，织毛活，还有女人端着竹篾绷子绣花。能听到所有热门的偏见、领导人的秘闻、女演员的风月新闻，车厢宛如一个狭隘粗俗的移动展览馆。有些人只是呆坐，两眼半开半闭，沉浸在混沌中。

立立也是呆坐者，她其实带了书，在行李箱里，但她不想拿，她预感到跟那个列车员"还没完"。雨将落未落，悬念像雨滴悬在半空，她只想把悬念当一颗话梅，尽情地咂吮，滋味无穷。

二十年后拥有智能手机的人们，再也不会呆坐，再也不会无事可做，一部手机等于一个影院加游戏厅再加无数以名状的啥啥啥。里头全是麻辣火锅、中辣、巨辣、变态辣，清汤寡水的、粗粮小菜的，早就倒闭了。人们愉悦地上缴全副精神和注意力，交给手机。"来！快刺激我！快震惊我！"就像把一整摊肉体交给推拿师，自己不用动，别人揉一把，惊动一下，浑身揉，浑身心惊肉跳。在事和事的缝隙里，他们等不及地跳进手机屏幕。鲸每隔一阵浮出海面透气，他们每隔一阵需要一猛子扎进手机里透气。所有人都有一张手机照亮的脸，千人一面。他们永远不会无聊。他们醉醺醺地享受这目不暇给的无聊。

立立背后开了斗地主，"对子""四带二"地红火起来，几个无票的站在椅子边看歪头胡。

一局完了，孙家宝像在饭桌上让菜一样，说，立立你玩一把！她说，我不会。孙家宝反倒更来劲，不会我教给你！你抓牌，我教你怎么看。她笑道，我可笨了，你可教不会！你快玩吧，我打水去。

她起身，"思想者"刚往前拱一点，孙家宝麻利地一搬屁股占住空，笑道，大叔，别顶呀！让人还以为你欺负小姑娘呢。好男不跟女斗，你说嘞？她两手扑克洗得啪啪响，响得跟打耳光似的。"思想者"也笑了，哎哟你这妹子嘴巴贼厉害，你小心将来嫁不出去哦。

立立拿了孙家宝的粉红 HelloKitty 杯、自己的白保温杯，又跟里面两人说，我帮你们打水吧，你们出来不方便。这是对人家替她省座位的报答。那两人道了谢，递出杯子。她抱着四只水具刚要走，对面座的金项链男人冷不丁手一伸，她胳膊弯里多了个猪肝色保温杯。他若无其事地说，大学生，学雷锋咯！她说，哦，行吧。男人朝孙家宝说，美女，发牌发牌。

她像崂山道士一样穿人墙而出，艰难钻出好几步，一团迟到的怒气才缓缓成形。一部分气别人，更多的是气自己：凭什么让人随随便便就使唤了，就占便宜了呢？你为什么总这么好说话呢？……

她用软绵绵的嘟囔"对不起让一下"开路，一点点往前钻探，各种口音的抱怨如碎石飞溅，开凿出的缝隙在身后迅速闭合。有些区域立着的人少，坐着躺着的人多，过道的地板根本看不见。横躺的人，脑袋和小腿伸到两边座椅下，只留一段腔子丢在行李和鞋子之间，死了一样任谁踩也不动。春运逼得人跟自己肉体断绝关系了，春运好厉害！

她靠鞋尖连拨带撬，东一跨西一跳地插针，跟个跳棋似的往前走。在这样谁都拿自己不当人、当样东西的氛围里，很容易失去对肉体的尊重。她开始还不好意思，像个不会下棋的人，犹豫半天，哆里哆嗦走一步，但很快脚尖果断起来，狠起来。

就这样不知挨了多少胳膊肘，感觉已经走了一半西天取经的路，车厢连接处的茶水炉还远得像凌霄宝殿。差几步路的时候，她停在两个摞起来的蛇皮袋旁边歇脚，把怀里东倒西歪的水具理一理。前面一片黑压压之中，忽有一张脸转过来，像明月从乌云后面露出。

她毫无准备地接住一个微笑，又下意识地笑回去。

他飞快笑完，转头去敲厕所的白铁门。咚咚咚。旅客同志，请赶紧出来，车还有五分钟到站，厕所已经停止使用了。周围人看着，等着纠纷。里面没声音。他再敲，咚咚咚咚，声音严厉了。旅客同志，请不要在厕所抽烟！您再不出来，我就用钥匙开门了！

三秒钟之后，刺啦一声，冲水的声音，啪嗒一声，门上的红块块旋成绿块块，门开了，一个穿黑毛领皮夹克的男人跨出来，大声说，×你妈，谁抽烟了？老子拉屎！还"用钥匙开门"，你开个试试，你侵犯我隐私了懂吗？哦，到站就不让人拉屎？你们火车上盖厕所是当饭馆用的？对旅客这态度，我他妈投诉你去，你工号多少？

门是冲立立这方向开的，这个方向的人都能看到门里还没散去的烟雾。然而没人替列车员说话。在这片土地上，维持纪律的人常常陷入孤立，因为大家都同意纪律是发明出来让人吃亏的，至少也是招人烦，因此有硬脖子的主儿顶一顶"纪律"，群众喜闻乐见。

列车员并不回嘴，把门拽上，用三角形钥匙锁起。皮夹克男人在他肩膀上推一巴掌，问你呢！工号多少？叫什么名字？

就像自己也像被推了一把似的，她在几步之外开口了：大叔，你确实抽烟了呀，你看那烟气儿都还在呢，人家又没说错！那副不善的目光立即扫过来，她差点扛不住低下头去。这种违反本性的对抗，令她整个肺腑都颤抖了，但又不完全因为恐惧。

列车员朝她投去重重一眼。皮夹克男人轻蔑地说，爷们说话，你插什么嘴，滚一边去。这时广播响起：戈州站马上就要到了……堵在过道处的人们纷纷站起来，背包的背包，提行李的提行李，往车门口走。皮夹克男人气势汹汹的身姿被撞散了几次，有人不客气地说，让路让路！

列车员以一种娴熟的有口无心的柔和语气说，我们工作有让您不满的地方，请多体谅。不下车的话，请您回到座位上吧。皮夹克男人哼出一句，傻×，转身走了。

她后背靠在壁板上，尽量贴得扁一点，让下车的人从身前过去。他走到车门口准备开车门，在人丛中间又朝她笑笑，嘴角往下感慨地一捺，是对刚才那一遭的总结。不管笑成什么形状，那两条嘴唇都好看得不行。

她搂着杯子一直等，等车门打开，火车像闹肚子似的急急排泄了一通，又狼吞虎咽了一通，门再关上，车再开动。等厕所前过道里重新挤满，等人们站定坐定，她才走向茶水炉。

茶水炉位于乘务室旁边，炉子跟前空出了一小块地方，人们怕被烫着、溅着，挤得再难受也不往前凑。她把怀里的杯子一个个放在地上，再一个个拿起来装水。糊着水垢的龙头里，落下一道细流，比牙签粗不了多少。

等的时候，她透过门上玻璃往小房间里看，墙上挂着藏青制服大衣，好像有个人在那儿垂头面壁似的；一个小桌，一截皮革椅子面。明亮灯光笼罩的那一平方米多的地方，像那种有亭台楼阁的水晶镇纸，她用想象在里面摆上一个人影，想象他在其中度过清醒、睡眠及期间的无数小时……

水流砸出的调门尖起来，杯满了，她关了龙头，拧上盖子，换第二杯。换到第三杯，觉得后面有人，回头，看见他端着一个方便面纸碗，朝她一笑，说，刚才谢谢你啊。

她不动声色地羞窘了一下，应该的。你们是不是经常遇到那种不讲理的人？

嗯，经常。春运嘛，也能理解，车里闷，不舒服，想抽根烟解乏。我们最怕旅客乱扔烟头。让暗访组查到一个烟头，就是一个A类违章，就得扣钱、考核，超过两个我就待岗了。你怎么打这么多水？你是骆驼啊，要喝进驼峰里去？

她说，这是我的，我同学的，还有另外几个人的。

他说，那几个人你认识？你老乡？她说，不是，不认识。出门在外都不容易，帮个忙，也就是顺个手的事。我爸爱说吃亏是福，女孩子在外面手脚勤快点，掉不了肉！

当然不是顺个手的事，他当然知道趟那条人肉过道有多难。他盯着她，两潭湖成了两盏射灯，像琢磨她似的，半天说，你可真……贤惠。这词有点造次了，它指涉的是她未来作为女友、妻子的那部分。她嗓子一紧，低头看他手里的泡面，这是你晚饭吗？

他说，不是。那边有个旅客的小孩闹着吃方便面，我看她妈妈怀着孕，走动太费劲，就让大伙把面传出来，我给她冲水。

她说，是不是一个小女孩，戴着还珠格格的发卡？他说，还真是，你怎么知道？她笑而不答。

这时最后一杯也打满了，她移开杯子。他说，帮我拿一下。她帮他捧住纸碗，脚下地板微微摇颤。

他从碗里摸出调料包，撕开，只倒一半，撕开固体油包，也只挤进去一半，枣红的几块落进去。剩下的，他一甩胳膊丢进垃圾口，制服袖子往后褪一下，露出手腕上一道编织的红绳手链，公事公办的制服底下一点家常的东西，格外醒目。

她说，干吗只放一半？

他说，小孩的肾还没发育完整，不能给她吃那么咸。

回程时她耳边总回响着"你可真……"那个刹车抖掉的还有什么词？手链多半出自女人的手，她那个初三念了两次，闹着上武校又嫌苦，闹着退学的不成材弟弟，就因为一管鼻子还蛮俊气，身上就总冒出些女里女气的零碎。那条手链背后又有几个人？这些念头像麻醉剂似的抓牢注意力，让她几乎毫无痛苦地原路返回。

座位四周围的人换了一小半，"思想者"的位置现在是个头发染成黄色的干瘦年轻人，趴在椅子脊梁上闭眼睡了。对面那三人里，黝黑男人走了，换了一个眉毛纹成红褐色的中年女人，红指甲的手里捏着牌，地主还在斗。

立立把怀里杯子一个个放在小桌上，怕打扰大伙的牌兴，放得很轻，杯底触桌面时用小拇指垫一下。人们从牌面上抬眼说谢谢。属于她的半尺再次挪出来，她坐下，这次的黄毛被她一碰，就知趣地闪开一块地方。毕竟都是年轻人，脸皮都还没厚起来，也有互相体谅的默契。

她摆好双腿，再从行李箱上拖来羽绒服当抱枕搂在怀里。掏出手表看一眼，十一点二十。一来一回四十五分钟，一节课的长度。

这个时间，眼皮像缺油的合页，拉开关拢都费劲了。立立说，你不睡？还有三个小时就下车了。孙家宝说，就睡！等我打完这把。坚持打扑克的人不多了，车厢里安静下来，人们以千奇百怪的姿势睡去，交臂叠股，相与枕藉。这里一点点的亲密，换到任何别的地方，都要惹起"耍流氓"的叫嚷和纠纷的。但这时候，少女的粉脸贴着大汉发黑的脚心，妇人当着丈夫的面公然倚在别人大腿上，双人座上的夫妻情侣抱得像阴阳鱼，头顶着彼此的肚子。

为了一点点舒适和支撑力，有人腿架在桌板上，有人脚丫高举到壁板上，有人把脚趾塞到别人屁股底下。大部分睡脸上都有个黑乎乎的嘴窟窿，远一看，像在不约而同地呼救。

天花板上的灯睁着不倦的眼洒下白光，所有面孔白惨惨的。睡眠真好啊！睡眠是如此慷慨、如此招之即来的救主。囚徒的梦也跟自由人一样香甜，不管在泰坦尼克上是头等二等三等，只要爬上睡眠的救生筏，众生就平等了。

立立头靠着椅背，分配好脊椎和几根大骨头的受力，静下来，合了眼。

她略想了一下被父亲否决的卧铺什么样。能有一个把腰腿放展的平面，那得舒服成啥样哦？……人肉在饱腹中发酵，火车精神抖擞，呜呜飞奔，挑破黑夜的针脚。她嘴角溢一点口水，梦见了棉拖鞋和红豆粥。

当然不可能睡得多称心，她约莫二十来分钟醒一次，茫然四顾一次。

进站出站，下车上车，人挤出去上厕所再挤回去，她都在断成一截一截的睡眠之间知觉了。

某一次醒来，后背多了热乎乎的重量，还有一串串小呼噜，震动和声音从皮肉里传来，她知道是孙家宝。

又一次，肩头有异物，她扭头，只见椅子背上骑了个人，身后倚着一个铺盖卷，双手猩猩一样向上抓住行李架，一条腿盘起，脚尖踢着趴在椅背上的黄毛的头顶，一只脚垂下来，刚好踩到她肩头。

她拍拍那条腿，那人惺忪地睁眼，挪了脚。淡淡的脚味儿里她又睡着了。夜愈发深。里头两个学生下了车，新来的一对中年夫妻抱着婴儿。偶尔发作起来的婴啼也只让她醒了一次。

……醒醒！立立，我要下车了。她迅速挺直后背，睁开眼，吸一口气，转过身来，只见孙家宝站在她眼前，已经武装好了外套围巾背包，鼓脑门上的高光点特别亮，行李箱的铁把手拽起来，像剑从鞘里拔出一半，蓄势待发的样子。

她说，你到站了？

孙家宝说，嗯，剩下这袋零食你吃吧，你路还长呢。拜拜，亲爱的，咱开学见！

她心里一阵激动，一阵留恋，说，大半夜的你小心点，东西都带齐了？

没事，我爸开车来接我。你也小心点！

这站也是大站，过道里站起不少人。列车慢下来，时而抖动一下，打嗝似的。孙家宝垂头跟她耳语：要再遇见那个列车员，你问问他叫什么名字。

孙家宝随着人流一离开，她立刻坐正了身子，后背顶住椅背，使一下劲，让皮肉最大面积地贴上去感受那个珍贵的硬面。

她感到座椅温柔地说，这半宿，受罪了吧？现在你是有座的人了。来！你只管倚着我，靠着我，把你那一百多斤交给我。有我保护你呢，有我撑着呢，脑袋往后靠。总算盼到了，就好好睡吧！宽宽绰绰地睡！她把后脑勺端端正正地放倒，一种"有所托"的轻松。唯一的顾虑是这么睡觉肯定会张嘴，丑，万一那个列车员路过看见……还没等车再次开动，她就仰着脸睡过去。

后来她被硬物扎醒了一次。转头见一个蓝布棉袄的老人站在旁边，手里横着一根扁担,念叨"对不住对不住"。人的屁股是个圆弧,跟座位的直角不能完全贴合,总有个隙,扁担头就打算钻那个空子。立立往前让让,让棍子进来。那边座位的两人撽着睡出了上下铺,别说扁担,枪杆子捅都不理会的样子。老人架好扁担就坐下去,坐在中间,像巫师坐在扫把棍上。

下一次是被鸡叫惊醒。探头找一圈,声音发自对面椅下的麻袋,麻袋口伸出一对捆住的蜡黄鸡爪子。大过年的,一只公鸡的前途有很多种可能:白斩鸡、盐焗鸡、三杯鸡、栗子焖鸡、麻辣鸡丁……凌晨四点,这道未来的年夜菜挣扎着司晨,像它头顶人类爱说的"站好最后一班岗"。

那扭曲断续的啼声,与其说是打鸣,不如说是哭嚎,但它不管,反正它全心全意了,尽职尽责了。那对爪子,使劲使得阵阵痉挛,趾尖直戳戳的,像要抓点什么似的张着。睡回去之前,立立怜惜地盯着鸡爪看了会儿。大伙都睡得可香了。这么刺耳的声音,都叫不醒这铁屋子里的人。

再下次她醒过来,是有人吆喝"脚抬一抬,垃圾扔一下"。她一激灵,手先找嘴角,擦口水。眼前的人稀疏了不少,椅背骑手和黄毛都不见了,上一站下了不少人,也有人熬不住,去花钱补了卧铺。其实声音还离得远呢,她镇定了点,嘴角清完了再找眼角,往外揉眼屎。耳朵注意听着:请您把瓜子皮放在废物盘里,不要随地乱扔。

一个女人的嗓门说,哎哟,小伙子,扔地下怎么啦?你们不就干这个的吗?我不扔你们哪有活干?

等他过来,她已经能露出一张醒足了的笑脸。他低头用大扫帚把膝盖高的一堆垃圾往前推,清完一段地界往前推一截,抬头用眼神跟她打个招呼,眉毛里的小珠子一跳。

她也深深一眨眼,招呼回去,距离上次见面感觉已经好几个月了。她说,这么多?他说,是,过完一宿,能扫出六七大袋子。这位旅客您好,腿让一让,我扫扫椅子底下。你同学下车啦?

嗯,下了。

你什么时候下?

我到终点站,明天下午四点才下呢。

他笑。现在已经是"明天"了。他眼里居然没什么倦意,目光还很有劲。那个笑就像那个小房间一样,密封起一种此地罕见的清洁、明净。

她说，熬了一夜你们不困吗？

他说，习惯了。上一站上来了添乘的领导，我被拎过去，口头考了一堆业务问题。刚考完，这会儿老精神了！又是一笑，嘴唇翘成一个新样子的好看。

她说，你们也要考试啊？

他说，哦，你以为就大学生才考试？我们各种考核绝不比你们少，而且考挂了后果更严重。

有人把喝完的八宝粥罐子扔到垃圾堆上，罐口一歪，剩的汤水泼到他鞋上。她快速抽了张手帕纸（一整张，她自己从来都半张半张撕着用），说，你擦擦。他说，不用不用，我都是全扫完再统一擦。但还是接了纸，抬脚抹了几下，说，谢谢你啊，詹立立同学。她说，不客气。他丢了纸团，左边眼皮飞快一挤，嘴角肌肉起了微笑的涟漪，用喉咙后半截低声说：贤惠！他弓下腰，像犁地似的推着垃圾走了。她放松下来，往窗外看看，还是一片撕不开抻不动的黑。黑得绝望。这一夜真长啊，生生死死地睡了好多年，一夜还没过完。

公鸡已经下车了，代替它给车厢添热闹的是身边夫妇的孩子。孩子唉唉啊啊地哼唧，母亲哦哦呜呜地拍哄，丈夫趴在小桌上睡，偶尔转头用乡音抱怨几句。对面让立立打过水的金项链男人也醒了，慢悠悠剥茶叶蛋，剥出大理石纹路的一颗，小口吃。黑裤子上掉落金屑似的一点点，他都一点点捉起来吃了。

立立打开孙家宝留下的半袋盐津葡萄，捏出两粒放嘴里。那酸咸很醒瞌睡。另一处一直醒着的器官，是膀胱。其实她一小时前就憋得胀痛，只是心里总说，再等等！……现在她明白"心里"是怕错过他。她把羽绒服放下，起身，拖着肿得胖了一圈的腿脚再次钻进人丛。

车厢里的味道很浓，是"人"味儿，又不完全是，是十几吨人肉在钢铁胃口里消化过的气味。椅子上过道上，人们处于半液态半固态之间，她不得不一路把人弄醒。

再回来，她座位上坐了个人，一个宽肩大膀子的男人，驼色毛背心，叉开两腿，两手手心朝上搁在大腿上，睡得鼻翼一扇一扇。她的羽绒服被抛在小桌上搭着。火车上常有这种趁别人上厕所蹭着坐一会儿的人。

她走过去，犹豫"拍"还是"戳"，最后选择拍了一下他肩膀。没醒，只好再加重拍两下。那男人猛一抖动，睁了眼。她腼腆地笑一下，以为那就够了。

那男人却不笑，木着脸看她。她说，大叔，请让让。

为啥？

这是我的座位。

你的座？你票呢？我看看。

她说，我自己的票是无座，不过这个座位是我同学的，她让给我了。

那你同学咧？

我同学下车了。

她下车了，这座就谁坐了归谁，你说对不对？

立立怔住。她提前怕起来，心口滚过一丝寒气。前半夜的"旧人"只剩那个戴金项链的男人，她投出最诚挚的求助目光，软着声音说，大叔，求你了，求你了，你给我做个证明，是不是我同学把座位让给我了？刚才我是不是一直坐这里？

那人低头从塑料兜里又拿出一颗蛋，转着圈在桌沿上磕着，不紧不慢地看她一眼。是你同学的没错，可人家说得也没错，你同学走了，那就是没主的座，你是站票嘛。你们大学生，读过书，讲道理的，对不对？许你坐，不许人家坐？没这个理嘛。

毛背心男人点一下头，哎，大哥这句话公道。

立立说，不是！她鼻子酸胀了。我就去上个厕所，我放了件衣服占着座的。

你衣服呢？……哦，在这儿？我没看见。反正我过来的时候，这座空着。

紧里面抱孩子的妈嘟囔，哎呀，欺负人家小姑娘……

毛背心男人胳膊叠在胸口，头往后仰，抬高的下巴让他有了一副坐在自家藤椅上的主人翁姿态。他和蔼地说，你要能等呢，我中午两点下车，我下车了，这座还归你。你要不愿意等呢，赶紧再去找个座吧。他很耐心地授人以渔：我教给你啊，你去挨个人问，问那些人，您哪站下车啊，人家要是说，我下站就下，那你就站在旁边等着，等人家下了，你不就能坐了嘛。快，快去吧！他像打发一个烦人的孩子一样叹口气，闭上眼了。

立立呆站了一会儿。没人看她，母亲注视婴儿，睡的人继续睡。"金项链"吃茶叶蛋吃得打噎，拧开保温杯喝一口水（那是立立帮他打的水）。毛背心男人嘴巴微张，快睡着了。她低下头，拖起行李箱，手臂上挂着羽绒服，走了。

车上还是满当当的，她只能提着箱子走。地早被圈完，洗手池上都坐了三个。被她惊醒的人催促：快过！快过！她被催得停不下脚，只能不断地"过"。走过一个车厢，又走过一个车厢，终于在车厢连接处看到稀疏的一块，几个人坐在蛇皮袋和塑料桶中间，头垂在膝头睡着。

她摇醒其中一个，问，这是您的桶吗？……您把两个桶摞一起行不行？……谢谢谢谢，您不用动，我来我来。

一个桶的空间，箱子一放，还剩一小半，立立慢慢坐下，尽量蜷紧腿。坐了半分钟她就知道为什么这里人少，因为冷。风从各个方向呼呼吹来，她穿上羽绒服，拉链拽到头，趴在箱子上。这里没灯，比车厢里黑，一个角落里有轻微咔嗒咔嗒的声音，回头看，一个坐在睡着父母身边的小孩聚精会神地扭动魔方，置流到嘴唇的鼻涕于不顾。对孩子来说，贫穷是一桩游戏。他们刚来到人生之中，就像旅行者初到某地，疮痍也被新鲜感美化成风景。即使一无所有之际，他们还有自己，肉体和五感都是玩具。

她把眼皮压紧在手臂上，安慰自己只要闭上眼，黑跟黑也一律平等。像刚才那样睡睡醒醒，过了一段不知长短的时间。她没掏表，想把看时间留成一项盼头。后背窝疼了，就换姿势，最后发现，跪着，屁股歪坐在脚跟上居然最得劲。

以这个姿势，她睡得最长久。再醒过来是因为手被踩了一脚，她哎一声，猛地直起身子，疼得心突突跳。眼前都是腿，人们正准备下车。男孩被父亲拽着胳膊走，手还挣扎着去拧魔方。她刚才睡松散了，手耷拉下来，伸到过道上去了。

手背上半个水波纹似的鞋印，两个指甲紫红。她拿另一个手的手心把鞋印揉掉，捧起手来吻了一下，再吻一下，手以为有人来慰问，还有软软的嘴唇来哄，不好意思了，就疼得轻了。她侧过身坐着，横起胳膊肘，拿那个尖骨头冲外，有腿凑过来，就泄愤似的恶意一捣。想来是疼的，但那些腿竟都顺着她的劲儿退避了，上面的嘴也都不说什么。

这一夜的种种，才是真正的生命科学。要恶，要稳准狠，才能不吃亏，不受罪，才能有地盘，有座位。火车是一座上大课的阶梯教室，一切"为人处世"的道理都在这儿吃一堑长一智，一切薄脸皮都迅速厚起来，有些是真厚，有些是挨了掌掴后的肿。

　　车再开动，推小车卖饭的女列车员出来了，走走停停，一路吆喝：吃早餐了，热稀饭热包子有需要的吗？刚出锅的热包子。

　　她原计划的早餐饼干在箱子里，但她狠心买了个包子吃。两只手都裹上去，手指把包子全身爬个遍，贪婪地吸收那点热力，毕竟那是它唯一的优点。

　　吃完正喝水，听到几米外有人说，这位旅客请让让。她埋下头，希望过道里的光再暗一点。然而他在她眼前停下，诧异道，同学？你怎么在这儿？

　　她只好抬起头一笑，感觉笑得面目全非。我去趟卫生间，座位就让人给占了。他两个袖子挽着，露出手腕上一根细红线，手里提个铝水壶，表情并不意外，点点头。你还是没经验。

　　她说，是啊，我第一次自己坐春运的车。他说，要不然这样……后面厕所方向有人喊：嘿，水呢？他回头应道，来了！转身大步走了。

　　一走走了好半天，"这样"是"怎样"，在四十分钟之后才接上。这时她已经用纸巾蘸着保温杯里的水把脸擦了擦，又蘸湿另一张纸，把牙齿也擦了擦。他一边用"请出示车票"的语气淡淡说道，你过来，跟我来。走出两步，回头一看，说，箱子拉上。

　　她跟在他身后穿过晨光充盈的车厢。原来天已经这么亮了。睡得气色一新的人们都起来了，吃泡面，吃红皮火腿肠，嗑瓜子，望风景，聊天，打扑克，昨夜那副凄惨的地狱百鬼图宛如幻觉。地上的人自动直起来，给列车员让路，他走得很顺，很快。她想起连一句"去哪"都没问，又想，反正去哪都比刚才的地方强，不可能更坏了。

　　最后他停在乘务室门前，从腰间卸下钥匙，打开门，说，进来吧，箱子搁外面。又在她背后说，嗨！坐下呀，就是让你来坐的。

　　她慢慢转过身，怕坐空了似的用屁股谨慎地找椅子面。坐下了，只觉得四面壁压迫而来，这空间比外面看起来还小，门口的他显得非常的高，光都挡住了。她仰头说，那你怎么坐？

他说，我不坐，我还得去搞车体卫生。应该是半小时签一次厕所，我已经落一次了。你放心待着吧，詹立立同学。哦，对了……他探身把墙上的制服大衣摘下来，展开，给她往背后一盖。你披上我的衣服，省得外面人看一个穿便服的人坐这里，探头探脑的。

衣服很重，像个人扑在身后。袖子从肩头垂下，衣领子硬硬的，一扭头，腮帮上的肉被戳得浮起来。她说，好。

他又从桌上文件夹里抽出一张纸。这是时刻表，你就假装在背时刻表！说完咻地笑一声。她看一眼时刻表，右上角有个潦草的字，指着问，这是你名字？

想问我的名字，直接问就行。我叫左一夏，上下左右的左，不顾一切的一，春夏秋冬的夏。说完他眼光在四壁依次打个转，从她眼里看来，仿佛是默默地托付，托这小屋子照料她。他低下头，弯曲食指在桌面笃笃敲两下，代替自满自夸的一句话，便转身离开，从外面给她关了门。

又等了一阵，她才把腰背软下来，品尝心里的窃喜。天，竟然！……竟然这样稀里糊涂地坐了"包厢"！祸兮福之所倚，苦尽甘来！这种甜蜜类似在黑夜的森林里苦熬一夜，忽然见到一座晶晶亮的小房子，墙是奶油饼干，窗玻璃是透明的糖。

她一点一点往后靠，还是不太敢靠实了，两腿在桌下伸开，心里想等再见到孙家宝该怎么讲这件事，说出他的名字，又不暴露炫耀的心思。

刚才他给她披大衣时，没注意她还穿着羽绒服。这会儿她自己折腾，先都卸了，再把大衣重披上。这么近，能嗅到那种很久不洗的气味。这制服从发下来不知道经过水没有！她想起她妈常说，世上没有香男人，尤其单身汉；男人都跟淹死鬼投胎似的，跟水有仇。

火车噌噌往前跑，窗外太阳不高不低，像一颗情有独钟的眼珠，死死盯着火车看。她拉掉颈上戴了一夜的围巾，挨皮肉的一段是热的，不挨的部分是凉的，它缓缓爬下来，像条蛇游进手里。围巾外套放哪儿呢？挂着当然不行，太显眼了，放桌上也不好，太添乱，太不识相，最后还是搂在怀里。

上午慢腾腾地过，人们从门外过，都往里看。开始她有点羞涩，后来逐渐感到享受特权的愉快，就挨个看回去，再后来她故意把大衣褪掉，让人去猜为什么一个穿便服的人能坐在乘务室里。黑底子上出现一朵大粉牡丹花，下面一张小脸，手指搁在因惊讶而微张的嘴唇上，她朝那小女孩一笑，抬起手摇摇。

偶尔他也经过门外，会透过玻璃递个眼神给她。昨天晚上她那么盼着见到他，跟他说话，现在却有点盼望他一直这么忙，忙到她下车。但他终于回来了，开门进来。她慌忙站起来，他不耐烦地皱眉毛，哎呀！你坐嘛！我又不是老师，要点你名回答问题。说完自己先笑了。

虽然不让她起来，他也不出去，只站着，盯住地面想事情，好像等着地面长蘑菇一样长出椅子来，两手慢慢把两边挽上去的制服袖子抹下来，袖口边一点点扑打平，红绳盖住了，又掉出一点。她说，咱一起坐吧？你们这椅子比外面的宽好多。他说，行，你不怕挤就行。

宽归宽，坐两个成年人还是欠点。他坐外边，身子斜出去，两腿分得很开，用来支撑体重，跟此前她坐的姿势差不多，近处看，赏心悦目得有点恐怖。挨着她的是他左半脸，眉里那颗小小的灰珠子简直呼之欲出，下一秒就要像果子似的掉下来，掉到她怀里了。

不能干坐着，她生怕冷场，主动找话题，问，你们在车上都忙什么啊？他说，就你看见的那些活呗，调整行李架、安全宣传、乘降组织、客伤卡控、卫生清理、查验票证。

问，你们休息是怎么休息？他说，上几天班歇几天，上四休四。

又说，你这间乘务室真整洁，是要求这样吗？他说，对，是要求，而且不能放私人物品，只能放一个洗漱用品盒、一个饭盒、一个水杯。连药瓶、茶叶都不能放。有的暗访组的人专门查这个。

他有问必答，但不发问，答完就闭嘴，嘴角有点笑意，两手支在膝上，好像故意看她到底能提出多少话题。

眼看问答成了记者采访，她也想不出别的问题了，就给他讲家里的事。不是她自己的事，是家人常给她这一辈小孩讲的，两个关于火车的故事——两个历险记。

第一个历险记的主角是她姥姥。她大姨调动工作到新疆，在那里结婚，怀孕。她姥姥坐了六天七夜的绿皮火车过去照顾女儿：伺候月子，带奶娃。娃娃过完百岁，她大姨说，妈，你把孩子捎回老家吧。她姥姥又坐了六天七夜的绿皮火车抱着外孙回去。回程跟去时不一样，车里闷热，婴儿贴着大人皮肉更热，哭得哇哇的。她姥姥把孩子放在座位上，自己坐在地上给他扇扇子。该喂奶的时候，央人帮忙打点开水，用铝饭盒沏奶粉。带着孩子不好便溺，她姥姥就几乎不吃不喝。饶是如此，垂头打盹的工夫，孩子还是丢了。她姥姥把半火车的人都哭起来找孩子，终于在下一站停靠之前找到了。

孩子已经被灌了一点酒，睡得死死的，所以不哭。偷孩子的是个农妇，当场下跪，哭着说自己十年生不出娃，快被丈夫揍死了，这趟本来是打算坐车去上海看看小洋楼就跳江自杀，见着个大胖小子，心里一爱就犯了糊涂……那酒呢？酒是预备喝了壮胆的，不然怕自己舍不得死。

她姥姥跟乘警说，算了，同志，也怪我自己没看好。带娃的人，咋敢睡死了呢。都不容易，莫拘她了。又问那女人，大侄女，你回去的车票钱够吗？不够我给你。

第二个故事主角是她堂姑，也就是她爸的堂姐。1966年，她堂姑上中学，十五岁，正跟同班一个男生偷偷谈恋爱，俩人好得山盟海誓。全国中学生搞"大串联"，那人喊她堂姑一起去北京，说红卫兵坐火车不要票，可以看完天安门再一起下苏杭玩玩。

她堂姑动心了。两人跟着别的搞串联的同学在车站申请了车票，上了去北京的车，在火车上待了五天。第三天，一车的人都没吃的没喝的，有的女孩子渴得直哭。车里闷热，她堂姑中了暑，差点晕过去，被几个男生举到行李架上躺着。

夜里火车停在一个小站，各学校都派人下去找吃喝。她堂姑学校的人从老乡家里"借"来了一堆橘子，回到车上，十几个人分。她堂姑的男朋友说，她睡着了，她那份给我吧，我帮她拿着，等她醒了给她。

她堂姑从行李架上往下看，看到那男生背过身把那份橘子塞进嘴里。回来之后，她堂姑再也不吃橘子，也不再谈朋友，拖到四十，才被家里逼着跟一个离过婚的厨子结婚。

她讲得嘴都干了，讲完，见他不出声，心忽然虚得慌。幸好他终于评论了，说，你姥姥人真好。你堂姑姑啊，要让我说，有点"隔色"。她说，嗯，是有点。他说，女人性格那么……那么烈，对自己也没好处。她后来真的一口橘子也不吃？

嗯，不吃。

那，橙子吃不吃？柚子吃不吃？橘子味芬达也不喝？

她模糊地笑一声，有点不悦以及失望。这种以一辈子为主题的故事，聆听者即使出于道义和礼貌，也该给出一些沉痛的感慨，提这样半开玩笑的问题就过于轻佻了。

他察觉到她的不悦，起初似乎打算沉默一阵算数，但出于好胜心或是别的心思，开口解释：我是觉得，人生在世，哪可能什么都合心意？受了点伤，心受挫就决裂，那能决裂得过来？比如说我吧……他像激动了似的转过身，差点跟她脸挨脸。我本来打算念表演的，中戏、上戏、北影，都去考了，离家出走去考的。复试通知书都拿到了。但是怎么样呢？家里不同意，我爷我爸都是铁路局的，他们想要"铁三代"。我一提上电影学院，我妈就躺炕上了，一躺一天，拿枕巾擦眼泪擤鼻涕，脸色煞白，跟活不了似的——她有心脏病，室间隔缺损。我爸，跟我说着说着就能一耳光扇过来。嗨，最后我老老实实干了客运，他们总算舒坦了，我呢，一天天熬得想卧轨。刷厕所有多恶心，你都想象不到，有人能把屎喷到墙上去，有人能拉出跟蹲坑平齐的一池子……哎呀，对不起，不该跟你一个女孩子说这些。

她说，不不，我愿意听，你说得对，是不可能什么都称心的。不过委屈的尽头是福气，你放心……放心什么呢，她又说不出了。他苦笑，眉毛往上一挑，灰痣一闪，表达获得知己的小小振奋。如他所愿，她打量他的目光变得柔和而复杂。一个人有恨，有痛苦，有夭折的梦就显得深刻了，此前或有轻狂，也是佯狂抒愤。同时她又觉得惭愧，他如此"交底"，亮出见骨的伤口，而她连自己是过继女儿这事都没说。好在时间还有……

他看看手表，站起身说，你坐着，我去餐车吃个饭。你饿吗？

她说，你不用管我，我有吃的。他点点头，也不多问，从架子上抽出个旧饭盒，走了。

这种态度让她放了心：他倒也没"那么"热络嘛，还没有殷勤到给她张罗饭。估计他这样帮过很多人，反正乘务室他坐不住，不如做做善事，选个最合眼缘的、最可怜巴巴的无票的人来坐。有善意，但有限。唯其有限，反而让人释怀。

她推门出去，放倒行李箱，拉开拉链，掀开盖子，取出一个纸碗方便面，到茶水炉里冲了开水。泡面那种虚张声势的香味，本来可供好好咂摸，但她心里有事，面还没软，就嚼蜡似的吃进去了。

肚子一饱，困劲拱上来了，身子乏得一阵阵要蒸发似的。她用围巾垫着手，趴在小桌上，几次呼吸间就睡着了。

睡得黑沉黑沉，直到一声门响，她猛地直起身，眼珠因为压得充血，一时看不清。只见他高瘦驼背的影子进来，说，不好意思吵醒你了，睡吧睡吧。

她依言把头搁回小臂上，这次让开眼睛的位置，只压住额头。模糊感觉到身侧被轻轻挨碰着，知道他坐了下来。但她继续做梦，梦像扯不下来的围巾，把她通身缠住。已经是吃年夜饭的时候，一张奇大无比的圆桌，桌边坐着她爸妈、她大伯大伯娘、戴还珠格格发卡的小女孩与怀孕的母亲、孙家宝、"思想者"、金项链男人，还有姓左的列车员，桌上中央一盆红光夺目的荤菜，是一只奇大无比的整鸡。她想吃鸡翅，特别特别想，只忍着不开口。她爸妈小声说，对了，女娃娃就是要腼腆，委屈的尽头是福气。孙家宝却劈手抢了一个鸡腿。那小女孩说，妈我也要吃鸡腿！她大伯娘夹了一筷子，悄悄从桌下塞过来，放在她腿上，热乎乎一团。她低头一看，竟是蜡黄的鸡爪子，几个趾像要抓什么东西似的张着……

她醒来，腿上热乎乎的，还在。她瓷住了，一动不动，视野渐渐清晰，梦里的是鸡爪，现实中的是人手。还在动。

那只大手，伸到她腿上堆的羽绒服下面，正摸她的腿。五个指头以温和的节奏一紧一松。松的时候手掌揉动，压进肉里；紧的时候指尖陷下去，把肉稍微揪起。像有经验的主妇搋面，知道力量才是最顶用的酵母，不慌不忙，专心致志，一下，一下。每一下，是一句不容置疑的祈使句。那手指又长又有劲，一张，一收，一旋，罐头就都开了，没有哪只罐头是它拧不开的，也没有哪个大腿是它拧不过的。

搋完一块，那手爱惜地轻轻摩挲两下，又换一块，让刚才吃足力道的面团自己饧一会儿。这次它选的地方更靠里，布料底下是更肥沃更松软也更敏感的一块。平时她自己的手碰到那块，都会酥那么一小下。那手指一使劲，就像有一道针那么细的蛇，噌地从后背蹿到头皮上。

但她仍然瓷着，一动不动。瞪圆的双眼悬在半空，人也悬在半空。震惊造成的麻醉状态过了，她脑子里净是雪花，电视没信号那种雪花。雪花底下还剩一点点信号，仿佛远方传来的缥缈声音说：他是喜欢我的，太喜欢我了。他喜欢我所以才摸我，他以为我肯定会乐意，他心里想的是提前摸他未来的女朋友……可另一种无声的噪音越来越响，那是屈辱与气愤的叫嚷。

她想要一跃而起，想要破口大骂，胸脯提前为那些幻觉剧喘起来。悬在半空的那个自己却两手齐出，把脑袋死死摁住，摁在折起的小臂上。

你要想明白了，如果撕破脸，就得走，走出这个明亮舒适的地方，走回无所依靠、无可归属的浊臭里，重新用两只刚消肿的脚站着，痛苦地站着……人的灵魂要学会跟肉体断绝关系，这是生命科学的新考点。划重点，划重点啊！

……换吧，值得的。

她的喘息慢慢平息下去，心想，倒不错，家里可供传下去的关于火车的故事又多一个了。

二十年后她给别人讲这故事的时候，总会嘴角往下撇着笑，说：老娘卖半条腿，换个包厢软座，值了。再说，隔着牛仔裤秋裤，他个傻×能摸出个啥哟来？……那时她将为自己能笑得出来而欣慰，而悲哀，而前仰后合。

而此刻在冬日的火车上，詹立立一动不动，唯一动弹的是她的眼睛。她啪嗒一声关闭眼皮，犹如一个冷酷的旁观者，看着外面一桩唯他可见的暴行，啪嗒一声合拢了窗帘。

她平静的后背肩膀掩护了一切。这时门外走过的人看到两个人一起趴在桌上午睡，共披着一件大衣，跟同伴说，你看列车员也真不容易，家属也没座位，跟着挤乘务室。

……就当免费按摩！要是什么都不想，还觉得有点舒服呢，说不定还能睡一会儿。她跟自己这么说，但喉咙里仿佛炸开一个催泪弹。眼珠发热发胀，有沉重的两颗冷却成形，一跃而出，挣脱眼眶，从黑暗跳向黑暗，坠下去。

评鉴与感悟

何妨站立？

《我只想坐下》讲的是自我的丧失。

表面上看，这是一个充满性别寓言的文本。它的内核可以被简要解读为，处于弱势地位的一名女性用身体去换特权。于是，它自然地会和女性主义的东西以及女权联系在一起。但是在我看来，小说表现出的东西是越出了性别范畴的。

自我的丧失以经济上的弱势为起始。小说的背景是20世纪末中国春运时节的绿皮车硬座车厢。车厢即社会。是社会就有等级体系，卧铺自然比硬座高端，而无座的人自然又要比有座的人更低一等。小说开头算了一笔账：''无座跟硬座一个价钱，硬卧比它们贵一百五十二块钱。那一夜她屁股的归属，值不值一百五十二块钱？''小说的全部关节点首先就在这一百五十二块钱上。而詹立立之所以没有钱买硬卧，是因为继父继母的生意亏本，继父生病，亲生父母那里把钱花在了她弟弟上武校的赞助费上。正如叙述者所说：''值不值得她说了不算，因为钱是爸妈给的。''这是对父母经济上的依附关系。在春运时分，这种依附恰逢其时地失效了。可是父母不能提供经济支持后，詹立立给出的解决方案却是转而去依附车厢里比她等级稍高的人——拥有硬座车票的孙家宝。放低姿态去塑造和孙家宝纸糊的友谊，以图和她共享她的座位，进而在她下车后接手她的座位。从这个层面来看，小说主人公詹立立的主体性从一开始就是不完整的，因为面对经济上的困境，她从依附父母转而去依附同学。

主人公的主体性本就不完整，在经历了春运车厢里压迫机制的洗礼后，更加岌岌可危。座位周边的任何空间都可以被挤占，莫名其妙地被人使唤去打水，穿越人体密布的车厢过道就如同穿过枪林弹雨，最关键的事情在于，在孙家宝下车后接手的座位也被"宽肩大膀"的男人挤占。经过这些铺垫，之前和詹立立颇有些暧昧氛围的乘务员左一夏真正变得重要起来。他本处于詹立立美好的爱情想象中，可这时候，他那间狭窄逼仄却在与硬座车厢的对比下显得犹如豪华包厢的乘务室成了詹立立最为现实的诱惑——她可以坐下了！如果詹立立在此时和左一夏坦诚相见、敞开心扉并进而收获爱情，在小说叙事的层面虽显得老套落俗，但詹立立却最可能在此获得相对完整的主体性。

可张天翼的设计和布局有意思。在两人共披一件大衣睡着的关键时刻，她彻底扭转了小说的走向，不是选择让两人借这种暧昧氛围温馨下去，而是选择此前在詹立立、孙家宝等人眼中有如男神般的人物去"冒犯"詹立立。在这个关头，如果詹立立愤然而起与之决裂，自愿重回人肉横行的车厢里，哪怕站立至终点，那么詹立立的主体性和自我将真正确立起来。可是……

这让我想起了那句名言："他人即地狱。"虽然客观环境也有一定的影响，但选择的权利一直在詹立立自己手中。当自己面对春运的时候，她完全可以自食其力，挣下卧铺车票的费用，用自己的努力跻身绿皮车社会的顶端，而不是去依附孙家宝。当她在乘务室内遭到侵犯的时候，她完全可以撕破脸，甚至奋起反击，大不了就是站回自己的家。可当"想坐下"的欲望吞噬了一个人的尊严，即便身体被侵犯也还是选择依附别人，所谓的主体性和自我也就彻底异化，如同在地狱之中。女主人公名叫詹立立（站立），男主人公名叫左一夏（坐下），在这样的情势下，其实何妨站立呢？张天翼用小说对我们进行了警示。而这样的警示，实则无关性别。（徐泽藩）

去听他的演唱会

/林森

"去不去?"
"什么?"
"演唱会。"
"谁的?"
"躲山里了?张学友啊。"
隔着电话,隔着大半个海岛,信号没被风吹弱,没被太阳晒化,没被山林阻挡,小孟几乎看到了曾翔脸上的鄙夷,看到他竖着标志性的中指,看到他嘴角没变而眼角一跳一跳,像是里头潜着一只迷路的虫。小孟不知道怎么答,最近,微信朋友圈热闹得很,连门口卖农家猪肉的油濂濂大叔、修电动车的非主流小弟或者有着标准发型定制表情的公务员同学也都沸腾了,张学友演唱会开始售票的消息让很多跟"粉丝"两字不搭边的人纷纷涌出,朋友圈阵阵神仙混战。就更不用说小孟那个小圈子里的人了,海南岛上,搞原创音乐的就那么几个人,一听说"歌神"降临,恨不得拎着香烛、纸钱、鞭炮和一只泛红油亮的烧猪去膜拜。小孟又没瞎、没聋,他在朋友圈的发言是越来越少,可偶尔还是会用拇指刷一刷的,每看到一条相关的消息,耳边就响起"一路上有你""你知不知道知不知道"什么的,赶都赶不走。这种感觉特别恐怖,尤其是在编曲的时候,张学友这病毒般的旋律毁了他所有的努力——本来想出一段极好的旋律，哼着哼着就跑偏，拐到"一路上有你""你知不知道知不知道"上去了。这段时间，每到写曲之时，他只能关掉手机。照目前这形势，关机的时间会越来越长，因为他接了一个活儿。他的一位高中师兄，目前官运亨通，成了省城一个区的区长，前几天约他见了一下，准备叫他写三首宣传歌曲：一首反映这个区的历史文化，一首献给青年志愿者，一首定位广场舞神曲——让大妈们轰得蚊虫失魂落魄，轰得大爷们心神不宁。无论如何，张学友的声音，对他那三首还处于构思阶段的歌曲都是一种毒害，对曾翔邀约一同买票，不好直接拒绝，他只能甩锅给基站："现在信号不好，听不清，挂了。"

小孟不知道自己还能不能叫"小孟"——喊"老孟"为期尚早，但那个"小"字也让他心戚戚焉。黑发辞别镜子，白发不约而至，而且荒漠化形势严峻，发际线迅速后移，若在清代，已经不需给前半球剃发了——这情况还能叫"小孟"？有一次，跟陈慕喝茶，陈慕望着他的头，以新闻主持的腔调念道："我们一次次追逐，不过追逐满头稀疏的落雪。"小孟后来回想多次，"满头"……"稀疏"……"落雪"……这些词全是恶毒讽刺，却讽刺得诗情缓缓，比较高级。没办法，很多时候，他还得跟陈慕见面。陈慕嘴巴恶毒，人却很好用，早些年，每当小孟和曾翔出了新歌，陈慕都是最先而且唯一一个给他们写乐评的。陈慕常说："我给别人写文章几块钱一个字，给你们白白写了几万字，相当于送你们一间小户型首付了。"陈慕的"好用"不在写乐评，而在写歌词，小孟接了什么"任务"，一筹莫展的时候，找上陈慕，他往往能写出最合客户心理的歌词——他的尖刻里有着可怕的洞察力。别看他讽刺别人头发白也能说出"我们一次次追逐，不过追逐满头稀疏的落雪"这样愁肠百结的话，他正能量起来，是标点符号也符合社会主义核心价值观的。小孟能忍受陈慕，还有一个隐藏的原因，他没跟别人说过，那是属于他自己的彩蛋。大学刚毕业回省内的时候，他跟曾翔一块租房住在一个城中村的旧房子里，两人把各自的音乐设备一凑，成了一个简易的录音棚，工作之余便是埋头写曲编曲，那时他内心慌乱，估计曾翔也一样——虽然曾翔把心事隐藏在两撇不知何时又冒出来的小胡子背后，像一个发福版的陆小凤。在那兵荒马乱的时间里，陈慕有时过来串门，看出了点什么，临走时，不经意冒出些话来："海南小地方，也有小的好，无论做什么，熬着熬着，就跑到前面去了。很多事情，排队也会排到我们。"这毒鸡汤让小孟很多次展开手指尖的白发时，还能洗洗脸，挺着黑眼圈出去见人。

——这话当然也在某种程度上害了他。

想起来，小孟跟曾翔认识很早了，那还是网络论坛时代。读大学时，有大把时光需要挥霍，两个从海南岛到不同省份读书的人，在网上遇到了，都有玩音乐的爱好，竟然远隔重洋，合作写歌。现在回听，那些歌当然是幼稚的——现在可能也成熟不到哪里去——但那打发了他们很多不眠之夜，消耗了大量多余的荷尔蒙。配乐设备买不起的，就在网上找各种破解软件，模拟各种乐器的声音，歪来扭去，竟也编出了一首首曲。两人毕业回海南，在一个城中村租房住一块，接过不少商业歌曲的活——比如一些房地产的歌，整天在电台上播放，他在公交车上听到前奏响起，猛地站立，差点跟乘客们宣布："这……我写的！"租住的城中村全是村民的自建房子，街巷犹如迷宫，走着走着，就回到一片荒野——很多次，小孟还在那村里发现一片巨大的菜地，菜地边上有茂密竹子、啃草的牛，这一次次篡改他的时间感和空间感。小孟和曾翔，窝在房间里写歌，在一个桌上吃饭，就差睡到同一张床上了。陈慕过来后，眼神怪异地看着他俩，说："我要写篇小说，《两个男人的城中村》。"

小孟没想到，很快地，他和曾翔都搬离那个城中村。曾翔到省内一个门户网站上班，而他，先是到电台去，在一个工作室负责录音；后来他跟人合股创办了一个专门推广农产品的文化公司，这文化公司解散之后，他成立了个工作室，拍起了短视频，接一些宣传片的活，档期闲置的时候，他把人拉出去练兵，拍一些行将消失的人与物——所谓的"记录民俗与文化"。而曾翔依靠家里的支持，凭借在媒体工作的敏锐嗅觉，在海南房价飙升之前，买了好几套房，当起了寓公。曾翔目前最大的兴趣，就是查询东南亚的各种旅游路线，时不时在微信上晒出他晃荡在那些国家的身影。小孟也在匆匆之中结婚、买房，有一次开车路过那个城中村，看到那里已在城市建设当中沦为一片废墟，心有所动。他停好车，专门去寻找了当年的菜地和竹丛，那被轰炸过似的工地掩盖了一切。回到车上，他想起当年陈慕那篇《两个男人的城中村》。里头一些陈慕胡说八道的虚构，有时会入侵他的记忆，让他记不清哪些真实发生过，哪些又属于小说家的不怀好意的冷笑。比如，小说中，住在两个男人的城中村，曾有过四手联弹——小孟想起来，他们根本没有钢琴，哪来这么矫情的联弹？可小孟又迷糊了，钢琴没有，便宜些的电子琴倒还是有的。小说的结尾，其中一个人走丢于城中村的那个菜地，被茂密竹子遮盖，另一个遍寻不见，这无疑是小说家的故弄玄虚——可小孟仍然有些迷糊，他当年确实走进去过那片菜地，被竹子隔开了一个真实世界，确实有蒸发的错觉。

视频工作室成立后，他第一时间就想起去拍那个城中村，可面对那片工地，村民四散了，唯有一间空荡荡的旧祠堂无人光顾，落满灰尘，遍布蜘蛛网和各类蚊虫，没法下手。他只好带着队伍去拍了另外一个被规划，即将被拆迁的城中村。片子倒是拍完了，也在公众号上发了出来，引来了一些怀旧者的掌声，可他却倍感尴尬。按照之前的政府规划，这个村是很快就要被拆迁完的，可传言并没有最终落实，抓了几个负责拆迁的官员之后，赔偿款一直没落实到位，那个断手断脚的村子还顽强地不肯断气。这就让小孟的片子，失去了某种力量——他所有的表达，需要一个城中村的消失来垫背。

小孟不是一个会应酬的人，那天师兄叫他去见面，安排在一个环境安逸的咖啡厅，他还是觉得不自在。又不得不去，视频工作室折腾了一年多，停掉之后，他干回老本行，跟一个朋友合开了一家音乐工作室，给人写商业歌曲，办儿童的音乐培训。培训班只能保证不饿死，还得接一些商业的活儿。这个成了区长的师兄，张口闭口正能量、价值观了，小孟极力想跟上他的思维，发现并不同频，只好放任自己胡思乱想。师兄的精神倒也不难领会，他们要求写的那三首歌，曲是没什么好审核的，曲子不会有什么不得体的表达；而歌词，则要给他们看，上会通过后，就可以谱曲了。这师兄不知道是在练铁砂掌还是什么的，说两句就拍拍小孟的肩膀，离开的时候，小孟觉得自己矮了三公分。一会儿又觉得不对，应该是高了三公分——肩膀肿了。跟师兄的会面，让他一直走神。他得在脑子里回想某些旋律，才能从师兄的口沫横飞里坚持下去。

县城的KTV里，空荡荡的。人都走光了，只剩他一个。一起来的，都是舍友。他们住的，不是学校的宿舍——这座县中学，竟然没建学生宿舍。很多家不在县城的学生，只好寄宿在校园周边的民房里。有些民房能塞下三四十号人，像一个大的养猪场。这一次，是一个爱买彩票的舍友中奖了，请舍友出来唱歌。唱到一半，那些人鼓动着离开了KTV，找地方按摩去了。就剩下他一个，面对着所有人点下的二十多首歌，一首一首往下唱，像开一个人的演唱会。

他从未这么奢侈过。

一种人去楼空的奢侈。

——这是独属于他自己的回忆，可在一次闲聊之后，陈慕就把这一段刻录了，塞进了那篇《两个男人的城中村》里。当然，后续的事他没说，陈慕也就虚构不出来：他隐隐约约记得自己唱了半个小时后，就被返场的舍友拉走了，强行把他塞进KTV隔壁的按摩院味道暧昧的小隔间里。在舍友们的起哄中，一个衣着暴露的女子在他身上抚摸起来。女子还问了一句能不能把牛仔裤脱了，裤子太硬，没法按。隔着衣物，他整个身体，在女子的手指尖摁掐下绷紧。他忍不住痒，说了一句让舍友喷饭多年的话："你能帮我按按鼻子吗？我有鼻炎……"这话一出，相邻床上，一位已经褪下裤子、陷入某种癫狂之境的舍友从迷醉中笑场，几乎要摔到地上。

他们四手联弹，他们的手指在琴键上跳动的时候，不会撞到一起。他们的手总是在最适宜的缝隙里穿插，他们带起空气的震颤。有停顿，在迟疑，像忽然涌上岸来的潮水，像一声又一声的叹息——他们是在那时那刻暂时屏住了呼吸吗？昏暗房间里，并不存在的第三者，似在期待他们的手握在一起。就像并不存在的第三者，在期待着他们一起走入城中村中间那片菜地，消失于一个迷雾重重的早晨或一个晚霞落满的傍晚。或者是，在一个漆黑的夜，如一点雨掉入长河。

——当年陈慕把这篇小说丢给他们两人看的时候，他们恨不得把陈慕捆起来丢到城中村那片鱼塘。可静下来的时候，小说里写到的一些画面时不时冲上来，搅乱了小孟的脑子。陈慕文字里的带偏能力，让小孟后来在搬离那个城中村的时候，几乎是迫不及待——好像急于证明他跟曾翔特别清白。

……

小孟得不断在脑海中重复这些画面，师兄的口沫横飞与洋洋自得才能被拒绝与屏蔽。师兄的每一句话，都应该在庄严会场的主席台上讲出，都应该是对着日报记者的采访才说出……这并没有什么不对，只是容易被带偏的小孟，需要在心里修建一个充满弹力的世界，才能保证自己在听师兄讲完后，他仍是自己。小孟说："师兄，我回去做个方案，发你看看，你认可了，我们就开始？"师兄伸出肉乎乎的手掌，又给了小孟肩膀狠狠的一击："你啊，什么都好，就是话少……这样对你拉业务很不利啊。"小孟苦笑："所以，还得请师兄照顾啊，不然得饿肚子。"

——师兄走后，他最迫切的一件事是找个药店买瓶跌打油，抢救被师兄拍残的肩膀。

歌词是陈慕写的。师兄那边召开了会议，讨论了歌词的初稿，提出了修改建议，需要把很多政策性词汇塞进去。陈慕呵呵呵冷笑，花样吐槽喷往小孟的师兄，有的庄严肃穆，有的荒诞滑稽。小孟说："能不能少说两句？毕竟是我师兄，就算不是师兄，也是客户，得根据人家要求来交货嘛……"陈慕嘴上带刺，该做的修改他毫不含糊，改到最后他总结道："我明白了一个道理，改到我不愿意署写词的我，肯定就通过了。"前后折腾了两周，师兄终于发来两个字："通过。"小孟长舒一口气，所有压力都转到他头上来了，他得给这些词套上旋律——望着那些磕磕绊绊拔苗助长的词，他不得不承认，无论是阅读还是哼唱，修改后的歌词都不太顺畅，像给高速路铺设了减速带——陈慕嘴贱，得理不饶人，确实是因为他"得理"。陈慕真的不愿署本名了，他取了个笔名"小力"。

如何给"小力"的词套上旋律？小孟哼唱、哼唱、哼唱……无论如何哼，最后都以一句张学友结尾，小孟把额头撞到墙上。小孟怀疑自己的音乐工作室迟早也干不下去。早先的农产品包装设计公司，没做多久就解散了，后来总结经验，他发现并不是做得不好，而是一些理念太超前——他想把农产品当文艺产品来卖，可海南岛上有这种品牌意识、品牌影响力的公司还没存在，包装很好，宣传也很精准，可产品就是卖不出去，急得那些老板拉来一箱箱产品堵在他们工作室门口。关门三四年后，类似的包装和营销倒是越来越多，甚至形成了某种风气，而那时，小孟正拉着自己的视频工作室在拍片。小孟发现，自己把视频工作室也经营得不像在做生意，闲暇时候，把队伍拉出去拍摄一些关于民间技艺的纪录片，花费在自娱自乐的纪录片上的时间比拍广告片的时间更多，视频工作室倒闭也就成了必然的事。之后一年多，很多微信公众号开始流行各种小纪录片，带动流量的同时也有了不少的广告收入——他又抢跑，被判出局。重新做回音乐后，陈慕刻薄地嘲笑他："你以为你之前老失败，是因为理念太超前？不是，是你太文青，或者说太假文青。生意不当生意做，偏要玩情怀，该死。"——所以，他咬着牙也得把师兄那三首歌里的个人想法摒除，顾客至上嘛。

可，怎么又胡乱想起了张学友？

"歌神"张学友的巡回演唱会每到一处，之所以会引起轰动，不仅是因为他的歌唱得好，更是因为几乎他每场演唱都有各种逃犯在现场被逮。这种"神迹"，在互联网引起了奇怪的效应，很多人点开相关的新闻，不是看他唱得好不好，而是关注又有什么逃犯被抓住了。小孟想过何以会出现这种逃犯效应：当年张学友的歌曲环卫工人般横扫大街小巷的时候，卷走了多少人的听觉记忆，这其中也包括后来成为各种逃犯的人。当张学友全国巡演，那些逃犯也忍不住要去一睹少年时的偶像——即使网上传出的各种逃犯被抓的消息，也未能掐死他们的愿望。甚至，越是警察出没，有些人越是怀着赌博般的快感——本来不一定要去的，更得去了。小孟因为接了师兄的活，害怕被张学友的旋律洗脑，有意排斥听觉干扰，可越是闪躲，关于演唱会的消息越是袭来，张学友的声音越是阴魂不散。他一坐在工作室里，面对着那堆乐器，张学友就闭着眼睛，翘起兰花指，喉结抖动：

"你知不知道，你知不知道……"

当年住在城中村，经常有些圈内的朋友来看小孟和曾翔，有不少人还邀他们登台跑场。数学好的还给他们算过，坚持一两年，可以赚下多少多少钱。小孟和曾翔也不是没动过心，两人花了很长一段时间把省城的娱乐场所都跑了一遍，就是想看看哪里更适合。谁知道这一阵跑下来，两人越来越沉默，曾翔问："接不接？"小孟说："不是太想……"曾翔说："虽然我们没身价，也觉得跑这些场有些掉价儿。"两人便没再想过这事。也不乏当年一块玩的哥们儿，有后来大红大紫的，或者是参加了国内的某个选秀，或者是在网上踩中某个点成了超级网红。最神奇的，是有一个家伙，参加一个节目获奖之后，小孟发短信祝贺，那边回了俩字："谁啊？"这人声名鹊起之后，开始卖弄叛逆人设，几乎每场表演都砸吉他甩头发，后来在网上发布一首涉嫌地域歧视的歌曲，被相关管理部门重罚不说，还吊销了他的表演资格。他最低潮的时候里，小孟在几个酒场上见过他，他总是眼睑乱闪。小孟低声告诉他身边的朋友："看好他。"没过多久，那家伙还是酒后开车撞天桥，虽没伤到他人，但酒精度太高，还是把自己赔进去了。出来之后，那人脑子就开始不太正常，圈内朋友都躲着，偶尔谈到，都心照不宣地跳过。那人最崇拜的歌手就是张学友，之前在KTV里把张的每首歌都唱得几可乱真。小孟有时心想，他会去看张学友吗？

最让小孟觉得惊奇的，是H也随着张学友的演唱会出现了——小孟想起她都不敢直呼其姓其名，只敢用陈慕所命名的H来代替。其实，H和他已经有好些年处于失联状态，失联的原因小孟都难以启齿。两人在高中时候相处过一段，大学天各一方，各有际遇，分手是自然而然的事。有一年暑假，H和他约好，各自从学校返回海南之后，两人见一见，把事情好好谈谈。H先回到的省城，定好了酒店，他半夜匆匆赶到，忙完所有杂事之后两人躺在床上，他竟完全没有跟她更进一步的欲望。是的，两人都赤身裸体，一左一右四眼相对，却谁都没有下一步动作，太怪异了。他准备跟H好好谈一谈这事，一直没开过口。也就是从那之后，两人再未联系过，不知多久后，手机号码也删了。

当H加他微信，他花了很长时间去想她的脸，徒劳，想不起……他只能想起两具相对无欲的身体，疑惑那晚漫长的尴尬到底是如何度过去的。H在微信上发了个笑脸表情，说："我买了张学友演唱会的票，两张，要不要一块看？"小孟愣了好久，手指在表情符号那儿东奔西跑，也没选中合适的。她又说："如果别的人，我也不去听了，张学友，就想叫上你一起。"他想起了高中时候的事：她父亲因病过世，几乎把她击垮，她很长一段时间精神状态很差，班里很多人轮流盯着她，他只是其中一个。可自从有一回她抱着小孟痛哭之后，一切都不一样了，两人经常用同一个随身听磁带，张学友的歌声就是那个时候通过一条耳机在两人一边耳朵响起。每次拔下耳塞的时候，他都觉得那只耳朵是麻木的，他当时没在意，心想那就是青春。这些回忆扑来的时候，他也就没法拒绝了，摁动键盘上的"H"键，出来的第一个字就是"好"，他发送了过去。

很快回一个字："嗯。"

小孟就没法安心给师兄的那三首歌编曲了，无论怎样，张学友不断回响耳边——而且，只是当年听耳塞的左耳。他终于忍不住，跟H约了个地方见面，本来挺正常的事，他却心跳加速，地点换了两三回，就有了偷偷摸摸的紧张，还是把地点放在市郊的海边。车停下之后，他远远就看到了她，好像多年没变，却又那么陌生。不知道怎么打了招呼，两人在沙滩上逛了十几分钟，他说："上车吧。"她默默跟在身后。他驱车驰骋，几分钟后，速度降了下来，他指着一座雄伟的建筑："张学友的演唱会，应该就是在这里开吧？"她说："嗯。"他说："叫我看演唱会，你不后悔？"她说："可能会。但不叫肯定更加后悔。"他不说了，呆呆望着那座运动场，好像可以看到一周后熙攘的人群把那里塞满，灯光从运动场的顶上射出，把夜空割得破碎。

提前预演这画面的时候，小孟有些怅然。两人钻进车里，H握住他的手，两人在椅子上靠得很近，小孟闻到某种气息，车厢的封闭让气息瞬间膨胀。小孟准备向前，准备靠近，想象了某种进入……他眼前有些恍惚，是不是当年那一晚的按兵不动延续到了眼前这一刻？跳跃的时间感撩拨着他的呼吸，他指尖的动作加快，像是编曲时弹奏电子琴的黑白键，他正要用力……他知道，这力气一旦使出，洪水便会决堤。水位即将淹过警戒线，她浑身触电，猛然缩身；小孟也一震，像是酒醒了，停住了……被撩拨起来的欲望瞬间退潮，当年那晚的无动于衷的倦怠感又再次出现。在此时，让人兴奋的气息也成了某种不好闻的腥膻味。他赶紧坐到驾驶位，来不及整理衣衫，把车发动，车子渗入夜色。两人无话，直到下车她才问了他一句："演唱会还看吗？"他望着她，好久之后才说出一句："微信上回你。"可几天了，他没回，她也没问。那几天里，小孟在家里看到妻子，内心愧疚，好像自己出轨已成事实。

陈慕满脸瘀青出现在小孟面前,小孟没想到那竟然是他。陈慕虽说不会把自己收拾得油光可鉴,但他有些轻微的洁癖是毫无疑问的。他常常翻着书,就去洗一下手;聚餐时,上来三包纸巾,最后发现全被他扯出来擦拭,在对面堆成一座小纸山。而眼前的陈慕,显然已经无暇顾及脸上形象,或者说这已经是他打理后的最佳形象了:左嘴角和右眼角黑黑一团,额头正中央还有一个鼓起来的包。小孟还没开口,陈慕就说:"知道你想问……这是被打的。"小孟更好奇了:"被打?"陈慕说:"有个写东西的,说我一篇小说里影射他,找我理论,我解释说不是也没用,最后就动手了。不过,他脸上黑得不比我少。"小孟笑出来:"你们文人……干脆叫武人好了……"陈慕说:"猪脑袋,我都说了写的根本不是他,他认死理……"小孟说:"你真的没一点影射人家的意思?"陈慕憋了好一会儿,把话咽回去了。小孟说:"老实说,我也不信,毕竟你是有先例的。当初你写《两个男人的城中村》,我和曾翔也想把你装麻袋,丢鱼塘里喂塘虱鱼。"陈慕眼睛圆了起来:"你们也较真?"小孟说:"主要是很诡异,我和曾翔两个大男人,本来没啥,被你写之后,见面都有些尴尬……用现在的话讲,本来挺直的,被你掰弯了。"陈慕笑了:"我看不是掰弯了,是把你们拆散了。"瘀青在陈慕的笑脸上绽放,小孟恨不得一拳头挥上去,给增加点灰度。心中闪过陈慕那小说的一些片段,小孟有些惆怅,他竟中毒般地念念不忘:

  巷子曲折,即便住了三个月,返回这个村子的时候他还是会迷糊,常有没法穿越迷宫的烦恼。无计可施时,他只能拨打电话。话筒里传来熟悉而略带嘲讽的声音:"又要带路?"接着,那声音会问他:"左边或者右边树立着石头还是竹丛?"再之后就很简单了,电话里的声音是精准的语音导航,让他几步左拐几步朝右,最后,笑嘻嘻地说:"往三点钟方向看,对,看到那面墙没有?断了一半的那墙,走过墙,就是巷口……"看向那堵不知道修建于哪个年代,又不知道倒塌于何时的断墙,好像电话中发出声音的那张脸会笑着从断墙的缺口处浮现出来。

  ——他真的有几回在那些巷子中迷路,打电话给曾翔问询过,并被在饭桌上谈笑。也就是说，陈慕并非全是虚构，但那张从断墙中浮现的脸是什么意思？恐怖片还是爱情故事？

　　时间不是均匀流淌的，而呈块状——假若不是这样，往事被回想时，便不会磕磕绊绊，一件事跟另外一件事之间相隔好久，得跳跃着才能接上。

　　他想起上次同学会见到H的情形，她躲在一群欢腾的人的背后。是的，无论是在什么样的学校读过，无论那个班级几个人，总会产出一两个特别热衷组织聚会的人，他们像渔网一般，有本事把散落各地的人捞出来。若是知道H会来，他会不会还有勇气来？但还是来了，他想起两人那次躺在一块却没有任何进一步动作的画面，尴尬滚雪球般变大。他的屁股不断位移，在同学们鬼哭狼嚎中，他接近她。她当然看到了，身子象征性地晃了晃，并未移动。他从啤酒味飞扬和杂音交错之间穿过去，和她一起靠着——他返回了旧日子。

　　临近高考的那一段时间，校园里发生的任何事，都有可能引爆敏感的他们。比如说，初中部的一群学弟，冒着夏天的雷雨在操场上踢足球，雨水的冲刷让他们激情燃烧更旺，他们的喊叫在绵密的雨的缝隙里穿梭，可一道闪电劈下来，把南边守门员劈成一块黑乎乎的炭，所有的声音也被劈没了。之后几天，守门员的家人在操场上烧香点烛，把那儿当成了坟地，学生们又是悲伤又是后背发冷。比如说，和他初中一个班的J，终于还是疯了——J被世纪之交横扫神州的邪教所蛊惑，暗地里悄悄地研习功法，自称某大神转世，夜里在宿舍的床头摆上自己照片焚香跪拜，舍友夺门而逃。J被父母用一辆三轮车推回家了——他说所有的双数车轮，都来自恶魔之眼。比如说，高考前最后一次模拟考的时候，全校的高中生都上街了，他们举着横幅标语，抵制当时从国内各省蜂拥而至的"高考移民"，同学们的声音响彻县城的上空……由于高考逼近，这些事在他心中一次次引爆，在H那里，更是这样。击垮H的，是高考前一个月她父亲病逝了，那段时间里，班上的同学轮流盯着她。又轮到他盯着她了，正是同学涌上街的那天，他按捺不住，眼神注视着人流，这或许是他这辈子离某种"传奇"最近的日子。口号从同学们口中决堤而出时，他却只能盯着她。她看出了他的蠢蠢欲动，说："你去吧，我没事，我不会寻死。"他几乎是逆反般地说："你怎么知道我想去？我才不去。"她说："那，你就好好看我吧！"两人在三楼教室的窗边，看着校园里涌动的人潮——他忽然觉得，没去也很好，至少，除了他俩，没人以这样的角度见过这场景吧？再之后呢，已经是高考之后了吧？聚餐后集体唱歌，四大天王的歌是热门，尤其张学友，他的《吻别》被好多同学点，被唱了好几回了吧？他和她是什么时候吻上的呢？是在张学友的歌声的催发之下吗？嘴唇轻触，他想到那个被雷电击中的学弟——原来，通体触电是这样的？

……

——他靠着她坐下来，这些块状的记忆此起彼伏。这是他在和她那次无欲的尬躺之后的再一次相见，他想了好久，不知道第一句话该说什么。他的嘴唇挣扎许久，只说出："我住XX村，你知道那地方吗？"声音那么吵，也不知道她听清了没有。他再次想到那城中村里的迷宫小巷，那从博尔赫斯小说里拎出、铺设到这里的分叉小巷，尽头是一堵断墙，断墙边上竹林生风。谁的笑脸等在断墙的缺口处？

——这些段落让小孟差点拎酒瓶去找陈慕，他怎么能把一些喝酒时讲的胡话添油加醋写出来呢？而且，这并非草稿，是发表后的样刊，一种白纸黑字的确证，一种经过编辑、校对、排版和印刷的郑重其事。她当然不叫H，她有她的姓名，可自从被陈慕写下之后，她就不能不是H。她怎么可能不是H呢？即使小孟喊着她的名字，心中还是一愣一愣地想到"H"——这被陈慕的文字重新建构的H。现如今，也没几个人读文学杂志了，她大概率不会读到这故事，可一想到这些段落已在一本杂志上出现，那永远是一颗埋而未爆的雷。他如坐针毡，万一，她真的读到了呢？万一别人读到了，传给她听呢？更为可怕的是，本来，陈慕写的这些，有着大量的虚构，可小孟已经越来越没法分辨哪些是事实哪些是虚构，他变成了没法从虚构里挣脱而出的人。小孟不得不对着陈慕的鼻青脸肿叹气："她约我看演唱会了。"

"她？"

"H。"

"哦？这事还有下文？续集啊……"

"我跟你说，不能再编这事了，否则……我让你没法敲键盘。"

"你们……你……你也是搞音乐的，艺术的虚构，你分不清了？"

"是你分不清。"

停了一会儿，小孟问："对了，曾翔最近怎么样？好久没他消息了。"

"你没听说？"陈慕吐出的字、皱起的眉头，意味着某些事已把小孟远远抛弃。是的，曾翔已经有好一段没出现在朋友圈了，他那些满世界跑的照片也好久没更新了。曾翔出国不少，可跑的都是东南亚，他说那些灰秃秃的热带城镇里，抵达的时候，不是在异域，而是返回了海南岛的1990年代——曾翔的出游，是时间旅行，是和以前的自己相遇。

陈慕说："他最近麻烦很多，处理不好就会引火烧身。"

"啊？"

"这两年市里很多地方不都在改造嘛，他老婆那边一个舅舅，有一栋房子处于被拆范围。据说赔偿没谈好，一直处于僵持状态，他舅舅的茶馆老有人来砸场什么的。曾翔的老婆让他出面，他没法子，拍了照片、写了文章，利用自己的媒体人身份把这个在网上曝了出来。事情闹得不小，不少自媒体更是瘟疫一般传播，失控了。因为这事，他被单位停职了，据说照片和文字很过激——我也没看——反正给区里、市里带来很多麻烦……他的事怎么处理，不好说……"

"啊，我怎么不知道？"

"你闭门写歌嘛。"

小孟忽地一跳："曾翔舅舅房子在哪个区？"

陈慕苦笑，沉默好久，说："不是冤家不聚头，你师兄当领导那个区。"

想到曾翔身陷泥潭，而他还得给师兄写欣欣向荣斗志昂扬的歌，小孟浑身燥热——耳边响起当年曾翔在电话里为他指路的声音。陈慕看出了小孟的心事："你只是编曲而已，歌词可都是我写的。我乱取了个笔名，但总还是出自我之手。我总觉得我是叛徒，背后给人插了一刀。接个活不容易，大家都得先活下来，我脸皮厚，无所谓。这活你接的，后面要不要继续做，你决定。真要做，你最好也取个笔名……"

陈慕掏出一瓶跌打药水，倒一点在掌心，就往自己脸上的瘀青涂抹，紫黑色的瘀青上覆盖了一圈深棕色。这药水味道刺鼻，可呛到一定程度，又变得很好闻了。陈慕也不像是在涂抹了，一掌一掌，是对着脸上的瘀痕下狠手——那张脸若不是他自己的，他就有谋杀的嫌疑。有几句什么话涌到小孟的嘴边，又退回去，他不甘心，翻箱倒柜，想把这几句话再找出来，可它们越过围堵消失无踪，他唇边只留下空荡荡的颤动。小孟和陈慕点了满屏的歌，都没拿起话筒，任由歌手在那儿哼哼哼，"背景音乐"成了"主唱"，撬开的啤酒也没喝几口，没一会儿，冰凉消失，酸涩加重。

从什么时候开始，主旋律的歌和流行歌曲之间出现了重大的裂痕？——小孟不是音乐家协会的领导，不是某个大型音乐公司的高管，可他有时也会蹦出这样的疑惑，更可怕的是，他竟然还冒出某个妄念：这两者能弥合吗？比如说，给师兄那个区里写的三首歌，是不是能借鉴一点张学友式的流行曲风呢？在为那三首歌谱曲的时候，他忍不住，再次刷起了朋友圈。H没有再主动联系他，曾翔也未再出现，陈慕则是时不时晒着文学杂志的封面和目录——那是他的样刊，那些从他眼前闪过的人都会在他的眼睛里留下剪影，被他揉捏、变形，成为某篇小说里的人，在一个由文字组成的世界里重生。张学友的演唱会只剩下两天了，"歌神"在朋友圈的热度再次升温，他携带着那些金曲和旧时光，让以往一有公共事件就撕裂的朋友圈出现了和谐共处的感人画面。

手中的那张票是那天H下车时留下的，她当时落荒而逃，像后头跟着一只鬼，高跟鞋也没能减缓她奔跑的速度。在车里看到她跑得像醉酒客，小孟苦笑不已，何苦要出来把残存的好感全都打碎呢？

这张票摆在手心，他不能不在演唱会开场前出发——他没有跟H确认要不要去。保留悬念吧，直接凭票进场，到时相邻的位置有人站着还是空荡荡，便成了薛定谔的猫。其实，他是担心，一旦确认了，无论她亲口说出"去"或者"不去"，都会熄灭他前往的勇气。前往演唱会现场的路，远远地就各种管制，小孟打开了手机导航，计算着和目的地的距离，只要在步行范围内，他就停车走过去——他不会把车开进那黑压压的人山人海、天旋地转。

车停好，沿着海岸线向前，随着灯光的变亮，人越来越拥挤。当然还是年轻人多一些，可若细看，人群中其实散落着不少中年的面孔，他们肌肤松懈面色暗沉，可这一切都被藏在夜色里。"……我们一次次追逐，不过追逐满头稀疏的落雪……"他几乎是哼唱出这句陈慕的嘲讽，他给这句话谱了曲、录了音，他的嘴角时不时会自动滑出。排队安检之时，他想到了那些逃犯在张学友演唱会上落网的消息，今天会有逃犯被逮吗？他想：那些逃犯挺可爱的，冒着那么大风险也要来见偶像，也要在旧日金曲中返回当年的街头……这些逃犯，也是多情的人啊！他故作轻松，眼神却四窜，想打捞H的身影。朋友圈里那些晒票的人，曾满屏满屏地冲刷他的眼，而此时呢，全是陌生面孔。前面的队伍猛地乱了，一群人围聚，传来阵阵争吵，不知道发生了什么。

不少人要硬挤上去，潮水荡漾。

凭票找到位置，右边还空着，那便是H的位置吧？她还会来吗？小孟觉得有些荒诞，到底是什么让她曾残存某些幻想，而到底又是什么让她幻想破灭，再次逃开？——这其中一定有什么不怀好意的细节决定着这一切，可到底是什么呢？有什么事情就发生在眼皮底下，却又全被忽略了呢？耳边全是喧闹，眼前全是人影，不少人还领了荧光棒开始挥舞，也有点亮手机屏幕来挥舞的，甚至有人打开了手机的"手电筒"，一束束光切割着运动场的上空。小孟一直注视着右边那个空空的位置，一有人要挤过来，他就凑过去："不好意思，这里有人坐的。"挤过来的人眼神狠狠，闪开了。小孟一直没留意演唱会是怎么开始的，除了开场时安静了一会儿，可以听到张学友的开场白，后面就被杂音给淹没了。

前奏开始，张学友开唱了，那些歌太熟悉了，观众们没有不懂的，全都跟随着喊。这就苦了小孟，他只想好好听歌的——倒也是听到了，只不过是鬼哭狼嚎的大合唱。张学友卖力地在台上演唱，音响也好得出奇，可没办法，大合唱就在耳边，张学友被消音了。听不到也就罢了，前头的人都在摇来摆去，灯光闪烁的舞台上，张学友的身影也被遮挡了。他干脆拿出手机，刷起了朋友圈，网络拥堵，好一会儿才进去。朋友圈里已经满屏全是这个演唱会的现场——那些"朋友"躲藏在眼前这些陌生人里面，用照片、视频和文字，直播着眼前的一切。

有曾翔，他没有多说话，就拍了一张舞台上灯光，也不配文字。——他又发微信了，他的麻烦解决没有？

有陈慕，他传了一张门口的拥堵照，文字是："逃犯出现了？"

甚至也有区长师兄，他的照片明显要清晰得多，舞台上的张学友也拍得比较大，他的文字是："位置不错。"

甚至有那个酒驾后就精神不太正常的岛上歌手，他发出来的照片分辨率不高，配仨字："见偶像。"小孟在他的照片里找半天，也没找到他的偶像在哪儿。

……

他翻看好久，没看到H朋友圈出现，他不甘心，点进去看，原先的信息也没有了——他被屏蔽了。H忽然出现，给了他一张票，继而彻底消失了。他不得不在记忆中翻检，那天两人见面，到底是哪个细节，让她要把他剔除殆尽？他倒不是还对她有什么想法，只是单纯觉得，自己一定有某种失败透顶在她面前完全暴露了，他得找出这"失败"。张学友又唱又跳，那不是卖力，是卖命——网上传言他股票大亏，所以才用那么多场全国巡演来"续命"，倒也不是没有道理啊。

全场忽然就沸腾了起来，本来的大合唱，变成了阵阵欢叫——原来，舞台上的大屏幕正播放着现场观众台上的画面。摄影师把镜头对准了一对对情侣，当情侣们发现自己出现在大屏幕上，又是错愕又是惊喜，情侣们很快互动起来，他们拥抱、接吻甚至流泪。画面切换着一对对貌似"情侣"的人，接吻一次次在大屏幕上呈现，每一次拥吻都激起现场的欢呼。此时，张学友正在唱《她来听我的演唱会》，这首歌成了现场情侣们"发情"的催化剂。也有害羞的，互相盯着好一会儿，亲不下去，镜头就一直不移开，直到他们终于在全场观众的见证下亲到了一起。最让人沸腾的，则是镜头对准一对男女的时候，他们还没反应，旁边两个男的已经紧紧地拥抱在一起，手指在对方的头发间穿插、出没。小孟不得不望着自己右手边的空荡荡，望着H留下的空无——如果她在，镜头会不会扫到这里？如果镜头对准，他们会不会拥吻？

他忽然想到了那一直没给师兄完成编曲的三首歌。在此时，曲调一点一点冒涌，抗衡着张学友的哼唱，也抗衡着现场的闹腾。他起身，说："抱歉，让一下，我出去一下啊……抱歉……"演唱会现场最热闹的时候，他直接退场。背后是燃烧的人海，眼前则灯光渐暗、海风渐强，他走向自己的车。他等不及了，掏出手机，打开录音，哼唱起来，不是唱张学友，是陈慕改了无数遍以至于满是补丁的歌词。此时，这些歌词缠绕成曲，从他口中争夺而出。在此前，他为这些歌词配过无数种曲子，可怎么唱都有一些词过于碍眼，像是粉嫩的脸上一颗弹珠大的黑痣；现在，他好像找到了安放它们的旋律。走到车前，也没开门，他倚着，对着手机唱，声音虽低，也是在开演唱会。

——歌词满是口号和大词，而他唱得缠绵悱恻。

停车处灯光暗淡，演唱会现场则像一颗巨大的光球，夜风把张学友的声音轻微地送过来——在此时，张学友的嗓音压住了所有的杂音，只为他一人演唱。倾听张学友，果然还得一个人。风从海上来，咸味在此变弱，他坐到车内，打开内灯，从左车门内侧翻出一个信封，从信封里掏出一本杂志，书页翻卷，是吸了水又晒了光后的不平整。这是陈慕丢给他的一本样刊，上面就有陈慕把小孟、曾翔和H揉碎、注水、重塑而写下的那篇《两个男人的城中村》。他有时恨陈慕恨得牙痒，这杂志倒一直没丢。翻到熟悉的页面，小说开场，陈慕写下：

  物流车抵达村口，巷子太小，没法再开。就地卸下，行李竟堆积了那么多——毕业典礼后，东西能卖的卖、可丢的丢，剩下的竟还有这么多。他轻松地乘飞机回来，这些纸箱慢慢颠簸而至，可他终究要把省下来的力气在此时全都挤出去。这个市中心的村子，建有祠堂，每有一点水泥覆盖不到的缝隙，就有竹子长出，气势嚣张。他开始犯晕。没办法，得打电话叫一同租住的哥们儿来帮忙了。此时的他，知道自己将会很累，可他满怀信心。纸箱里有他买的一些音乐设备，都是心爱之物，他将用它们奏响乐曲，走到灯光聚焦的舞台中央。

原载《十月》2020年第5期

评鉴与感悟

具有南方经验的作家林森再一次将目光锁定在"海南"《去听他的演唱会》所书写的，正是海南岛上文艺青年的人生遭际。

这是一个面对柴米油盐困窘不堪的文艺青年：搞原创音乐的小孟，不得不让理想屈从于现实，硬着头皮去创作主旋律歌曲。颓唐之际，张学友的演唱会却带来转机：曾经相恋的少时情人H忽然出现，邀请他去听张学友的演唱会，继而彻底消失。在演唱会举行当晚，小孟直接退场，在海风中哼唱出编排好的旋律，唱得缠绵悱恻。

小说还安排了另一位乐评人兼小说写手：陈慕。他结合小孟和曾翔的故事，虚构了小说《两个男人的城中村》，文中呈现了这部小说的部分片段，这些片段也勾连起小孟对毕业后回海南创业的回忆。

小说中不断闪现的是"城中村"这个昔日场景。"街巷犹如迷宫，走着走着，就回到一片荒野——很多次，小孟还在那村里发现一片巨大的菜地，菜地边上有茂密的竹子、啃草的牛，这一次次篡改他的时间感和空间感。"如学者谢有顺所言："林森的个人经验和知识谱系，和那些只有都市记忆的'80后'作家有着根本区别……他着力于书写城市化、现代化进程中乡土世界内部的纠结、急躁与衰败，丰富了我们对乡土世界的理解。"可以说，"城中村"是城市化、现代化进程中乡土世界的一个缩影。

"城中村"犹如一座巨大的时代装置，其中呈现的正是即将被淘汰的景观，但对这种空间的依恋与回望，实际也是青年面对现实重压的一种反抗方式。回到那一穷二白的地方，对于小孟而言，至少还有无限可能。就如当初陈慕来城中村串门所说的话："海南小地方，也有小的好，无论做什么，熬着熬着，就跑到前面去了。很多事情，排队也会排到我们。"正是这样的梦想起航之地，不断召唤着与曾翔走向不同人生轨迹的小孟，使他逐渐走向怀旧之路。

可以说，"怀旧"是小说的主基调，"张学友"则是另一个旧的时代符号。小说开始，为编曲苦思冥想的小孟对张学友过于熟悉的歌声"感觉特别恐怖"，他称之为"病毒般的旋律"。然而，H的突然出现，让小孟又记起中学时代在张学友歌声催发之下的初吻，并激发出给师兄区里写的三首歌，其中借鉴了一点张学友式流行曲风的灵感。这样的怀旧情绪在小孟来到演唱会现场达到高潮：朋友圈里的朋友们，用照片、文字等方式共襄这一盛典。

而当小孟回到车里，掏出那篇《两个男人的城中村》，则让怀旧的情绪更上层楼。小说开场，陈慕写下："可他满怀信心。纸箱里有他买的一些音乐设备，都是心爱之物，他将用它们奏响乐曲，走到灯光聚焦的舞台中央。"在这里，怀旧实际上追溯的，正是当年乐观而自信的青春。

值得一提的是，小说家在创作中总会留有余裕，以诙谐幽默的语言来调节小说的情绪与节奏。例如官运亨通、成为省城某区区长的高中师兄，虽然他的情节不多，但与小孟形成巨大的反差，二者迸发出喜剧效果，调节了小说的整体气氛。（柏玉美）

集美饭店

/李晃

饭店老了。在这处背靠山崖的凹洼地带，四十年前植下的法国梧桐越发壮硕，枝叶覆盖起这栋三层小楼。几年前旅游规划，政府统一修缮，原先的红色砖墙被白色灰浆包裹，打了古怪的格子，架起了新的屋檐，屋旁的停车处也被匆忙铺上渗水砖，那一片曾被姑姑开成菜地，插着棍子，夏天是四季豆和玉米，冬天是白菜和萝卜，现在都消失了。从前的店招在二楼的侧边，"集美饭店"，父亲取的名字，曾名动一时，也透露出往日秘密，不仅仅为了解决长途司机们的温饱，也指向身体的其他满足。父亲为此入狱，店名却奇迹般保存下来，黑底金字的书法门头，在这前后一公里没有人家的地方，着实更像一家黑店。

她回到这里，在父亲死后第三年、她离婚后的第二年，原以为再也不会回来，可时间改变了什么，她重新面对了召唤——父亲终于离开，她可以独自支配这里。

姑姑递来钥匙时，表示父亲走后她很少去那里，就是父亲在时，她也不再去了，这对兄妹相处了太长的时光，长到令人起疑。她决定回来，姑姑震惊，长久地望着她，仿佛她在外间遭受了什么比待在小镇更糟糕的磨难。她的事姑姑早就清楚，她从不对她隐瞒什么，在她心里姑姑是父母之外亲戚之内的第二种亲人。她的婚姻曾被姑姑念在嘴里，也念在小镇人的心上，可又如何，她宁愿从未离开这里，她总幻想着和姑姑生活在江南，也开一爿这样的粉面店，挣将将足够的钱，没什么出息，但安稳。

你还年轻，怎么就要回来？姑姑难以理解，在她看来，回到这里是人生最无奈的选择。你爸那笔赔款，我还给你存着。姑姑当然知道她不是来要钱的，那二十万倒像是父亲的礼物，在他可怜的遗产里也算笔得体的款子了。

那笔钱是留给你的，姑姑。这样的话她说过不少次了，每次都很厌倦。

女人说，我生意好得很，你不用挂牵。

她知道姑姑的能力，饭店靠着她经营下来。父亲的野心永远不在这里，这个好斗的男人开过黄磷厂，养过鸡，包过工程，可样样惨淡收场，黄磷厂死过工人，养鸡场闹过鸡瘟，工程承包更是灾难，父亲被手下工人绑架过，是姑姑凑了二十万现金一个人远赴外乡把那个总梦想发财的男人赎回来的。即便这样，回到饭店的父亲仍不安分，主意不断，那些花枝招展的女人几乎是一夜之间冒出来的，直到入狱父亲才消停。那五年，她每年去看他，看这个男人一次比一次苍老，出狱后第二年，父亲遭遇车祸身亡。

姑姑说，那里很久没人住，灰都起堆，你怎么住得下去？

所以我来投靠你啊姑姑。她说。

女人沉默，知道她的决心不易改变，她不是那种心血来潮的人，像当初她送她走，她头也不回。

她将车泊下，在饭店门前，没有进门。她绕着饭店走，陈年的落叶在屋子周边堆积，野草侵占了这里，一大片苦蒿和斗鸡草。屋后的桑树还在，叶子没人摘，肥肥地挂在枝头。通往山顶铁厂的小路还是那样幽深，铁厂早已倒闭，再没有工人出没，两旁是松林，就算白日阳光也稀疏得怕人。她退到国道边，国道也老了，脚下的沥青剥落，再没有沥青车在春秋两季过来铺设新的路面，泛白的道路经过之字形拐弯，下坡过桥，就是小镇，那一片徐缓的丘陵地带，从西边的水电站到东边江水拐弯的铁路桥，一道完美的月牙形。视野里只有新的高速碍眼，特大桥直接从山巅上跨越，高达一百九十米，那曾是小镇天空的位置。

她再次俯瞰小镇，曾经的心愿不过是离开这里，住到对岸去。那里还出产一眼优质氡泉，水量极大，唯一的国营疗养院衰败多年，终于在新的拯救中重生，欧式洋楼盖了起来，红黄相间，那片茂林里出现了一洼洼水池，远眺时能看见无数耀眼的反光，像一面面镜子。她记得没有这一切时，父亲带她去过，泉水滚烫的记忆还留在她心里，可长达半月的感染与过敏让她对那里心怀畏惧，她可能是镇上唯一不适合泡温泉的女人。

母亲离开时，她小学还未毕业，一个古怪的高个女生从此变得更不合群。母亲的病一年前就查出，身体里的恶性因子突然让女人失去了所有光华，生命急遽萎缩，她像本图画书一样躺在床上，每一秒都在翻页变形。所有人都瞒着她和弟弟，可她预感母亲再也无法发出爽利的笑声，那些饭后时光，母亲站在柜台后嗑瓜子盯着一屋打牌人的场景也会一去不回。母亲的眼泪也只有看见姐弟俩在门口一晃而逝时才会掉下来。父亲匆匆出现几面，又离开，直到葬礼开始，一家人才短暂团聚。

姑姑是之前出现的，在这栋歇业半年的小楼，可这挽救不了什么。高大健壮的姑姑看上去和母亲那么不同，她的出现宣告了屋内女主人的更替。小四岁的弟弟迅速接受了她，悲伤在他身上过去得那么快，这让他很吃了一些苦头。弟弟从小怕她，就因为她总会在他毫无戒备的时候给予惩罚与反击，哪怕时间久到摩擦与仇恨从另一个人心里完全消退，不留痕迹。

那时的她住在二楼左手边的房间，四壁雪白的墙，家具都是老的，上一代人的东西，笨重难看，一部分是母亲的嫁妆，几个大红漆带铜环铜锁的柜子，钥匙也是古怪的长柄，像蛇精的如意，可柜子里没有宝贝，掀开能闻到樟脑丸的臭气，里面全是大红的花布棉被，厚重得每一床都能压死人。弟弟是分给她的，屋正中两张小床，中间隔一道帘子，更小的他睡在她身旁，这让她有种做小妈妈的感觉，可很快厌烦，她更像个"后妈"。父母住在右侧当头的屋里，稍大的面积，摆满了组合家具，隔成两间，外间做成小客厅，里间睡人。父母对面的屋子空着，直到姑姑来填满。楼下是餐厅，大厅加三个包房，厨房是后院加盖的单砖屋，父亲的爱犬德国黑背锅盖就住在那里。楼上的三间房用来堆杂物，也空落落的，好在有一处平台，装着栏杆，视野极好，对岸的小镇尽收眼底。尤其夏夜，一家人在楼顶纳凉，夜风很大很柔和，蚊虫需要花费比平日更大的力气才能在这里停留，找准每个人的血管。那时的星空璀璨，父亲开设的黄磷厂在离小楼五公里远的山头上日夜喷火，熏黄了附近的松林，夜间有运输车驶过，落在路上的黄磷用脚一踩会蹦出好看的火星，这是她和弟弟乐此不疲的游戏，那间厂子父亲却从未带他们去过。

母亲在家中停了三天，碰上她上课，没人给她和弟弟请假，放学时父亲才派摩托来接。到了饭店门前，会有老人给他们换上孝服，一整匹白麻布，中间掏个眼儿，她把脖子伸进去，腰间草绳一栓，前短后长，可整片布仍是鼓鼓的，胸前卧着一团空气，像老太婆们空荡荡的乳，脚后跟那一块不断翻飞，走起路来竟像是戏台上的人。母亲的灵棚也像另一种戏台，由红白蓝的彩条布扎成，门前挂着道场用的诸天神佛像，加上花圈拱卫，竟也是花团锦簇的。她瞥见外公愤愤然坐在大厅里，在省城做油画老师的舅舅木木地杵在门前，好像还没弄明白这是场什么活动。只有父亲守在棺材旁，一个显眼的悲伤角色。有人前来吊唁，或跪或拜，她也跟在父亲身后还礼，在那只填了稻草的米袋上不断磕头，头低低的。弟弟也傻傻地跟在一旁，头一点一点的，同样没有眼泪。更晚时候，她躲在被子里听楼下的哀乐和道士们隔一小时就唱念起来的经文，密集的锣鼓声中眼泪都吓得要缩回去。弟弟躺在一旁，帘子拉开，这个小大人屡次想钻进她的被窝，都被她踹了下去。她也任他号，哭够了，弟弟才会挺身立在自己床头，灯光投影出巨大的身影，那影子在她看来也是无知的。那截小身体抽动，声音也是一段一段的，爸爸——还要找——一个——妈妈？她就晓得是楼下那群老太婆又在给他灌迷魂汤了，不是他问起，她竟也忽略了这问题，跟着惶恐，觉得这是顺理成章的事情，他们就要有个后妈了！

放屁！她到底不服气说，妈妈只有一个。

弟弟惊恐地望着她，感受着她的怒气，不过这怒气很快转为了安慰，那截身体逐渐矮下去，一抽一抽地睡着了，跟着发出梦呓，妈妈抱抱、妈妈抱抱……她想起更早前，母亲和婴儿期的弟弟，她吞够了嫉妒，可眼下还是眼泪不停。恐惧也最终替代了悲伤，几乎是第二天她就活在另一个女人即将要到来的幻觉里了，甚至饭店在姑姑掌舵下重新开业后，她仍然警惕食客中的年轻女性，只要父亲和其中几位搭上话，她的心就擂鼓般振动起来，还是怕啊。

令人疑惑的是，父亲总没带想象中的女人回来，他每日一早到黄磷厂处理事务，中午才回家。饭店照例是中午萧条，晚上热闹，晚饭后饭店也不打烊，那是牌局时间，一楼顿时沦为小赌场，什么人都往里钻。姑姑曾建议父亲停掉这项危险又混乱的业务，可父亲说这才是他的生意秘诀。

女人迟迟未现，她却满心想离开，哪怕去投奔外公。外公的家在电厂，那里有大片的草坪、荷花池、体育馆和游泳池，通往大坝厂房的林荫路上更有着长长的花坛。等到汛期放闸，那里就更好看了，巨大的水流白龙般涌出，天气晴好的日子，河谷里总挂着彩虹。可父亲与外公交恶，她和弟弟不常去那里，逢年过节也只是母亲领着姐弟俩去匆匆拜会，吃一顿饭，从不留宿的。外公操一口浓重的湖南话，他们也不大听得懂。他们这一家是从长沙来的，外公四十年前随工程局来这里参建雾水流域第一座大型水电站，后转入电厂，从此扎根下来。这些年，她和外公总共也没说过几句话，她还有些怕他。父亲和外公更不来往，两人在小镇碰面也是尴尬的，父亲人立定，冲着外公的方向，也不上前，仿佛等着外公召唤似的。外公呢，从来只顾走路，对男人和男人手里的她视而不见，那份骄傲她看在眼里。只有母亲常说起外公，说他从前在工程局时曾在谭院士手下做过技术员，这是了不得的事情。她却默然，觉得老头看不起人，就算从前当过皇帝也没什么了不起。

她到底无处可去。

女人的风潮一过，她也小学毕业了，好像身份瞬间转变，有了成年的资格，她开始要求和弟弟分房睡，她再不想这屋里还有个磨人的小拖油瓶。她郑重对姑姑提出来，姑姑讲，好呀，也该分了，让弟弟跟我睡，我们可以搭个伴。弟弟却不乐意，明知她对他不怎么样，有时还动手打人，可真要分开了，也还有几分忠心的，嘴里说着，我不要我不要，我要和姐姐睡。姑姑笑，刮一记他鼻子讲，羞羞脸，姐姐已经是中学生啦，怎么好和你一起住的。弟弟说，就是大学生我也要。姑姑就笑得更厉害，转述给父亲听，父亲下了决心，说分吧，都大了。弟弟才恨恨地看了她一眼，没几天，就黏着姑姑了，许是尝到甜头，撒娇到不行，恨不得整天吊在女人身上。看她的眼神也是淡漠的，还有些躲闪，没准儿他已说了一通她的坏话，作为投靠的诚意。她感到好笑，又觉得弟弟是故意做给她看的，简直鬼得很。

这时间父亲更少与他们交流，姑姑的存在解了他的燃眉之急，他整夜都在这栋楼里，却隐身般难见，很晚才上楼来。好几次她碰巧醒来，听见父亲在走廊上小声呵斥锅盖，滚回去，老子要睡觉了。大厅不住人，看守只好是狗，这是父亲养它的原因。锅盖呜呜叫着，粗大的尾巴甩在墙壁上叭叭作响，跟着才传来狗爪子叩击楼道的声音，连贯的，有些清亮。声音消失之后，才是父亲在走廊尽头的浴室解手，门没关，那尿声就格外响亮，咕噜咕噜的，像煮一锅开水。

姑姑的店开在老街，一栋狭长的两层小楼，是离开饭店后姑姑盘下来的，一晃好些年了，期间姑姑作为老姑娘结婚，嫁给了施工局一个张姓的大龄灌浆工，两人还没来得及要孩子，那人就死于一次意外事故。都说姑姑命不好是父亲的缘故，是他耽误了妹妹的青春。那之后姑姑就单着，可她知道想娶姑姑的人很多，姑姑有钱有产业，是不少人觊觎的对象。

粉店是两层经营，原先楼上住人，婚后才被姑姑清空，置了新的桌椅，辟成店面。姑父在留守处有套小三室的房子，姑姑就栖身那里，从粉店斜对过的职工医院背后穿过，很快就到了。

店子只做半天，主打是肠旺粉和鸡丁米皮，中午一过就打烊，堆叠的碗筷摆在塑料大脚盆里，一个妇女清洗着，另一个在店里帮忙多年的老刘在门前的水龙头下翻着猪肠，烫好的猪血和细粉被冷水浸着，姑姑在清理灶台，葱花芫荽蒜苗散落四处。粉店早晨七点营业，姑姑六点即起，在灶前烫粉，配制汤料，一站六七个钟头，没有片刻休息，等歇下来又快到张罗晚饭的时候。她平日晓得姑姑忙，只是没想到会这样没有喘息。她想起多年前姑姑就是这样，她醒来，她已去镇上买菜，不像母亲会搭一辆三轮回来，双手拎满塑料袋，母亲是从不背背篓的，觉得形象不好，土里土气。姑姑却不，背篓里层层叠叠装到顶，人也是走回来的，短衬衫里满是汗，她总见她拿毛巾往背心和胳肢窝里匆匆一捅又下楼来。

父亲每次说，也坐个车嘛，才几块钱。

姑姑也只是笑，说，才几步远。

这一幕还像是昨天。

她回来，姑姑特意煮了豆腐鱼，是那些年从胖老三手里学到的手艺，经过加工，味道变得迥然不同，多了家常的味道，可她吃得没有滋味。她问姑姑，有没有想关了店，盘出去也好啊。姑姑说，关了我吃什么？你养我啊。她笑，姑，你就不要哭穷了，都晓得你有钱，一年能挣这个数吧。她伸出一只手，五个指头在女人眼前果断地晃一晃。想得美，我又不开黑店，哪能挣这么多，姑姑讲。一半总有吧，她问。女人看着她，扑哧笑出声，你倒调查起我来了，怎么，想打主意啊。她笑，不行啊。女人跟着问，你回来到底做什么？上次找你把饭店卖掉，现在这里火了，人家都出了那个数，你有什么犹豫的？

她说，不是出了那个数，我也不知道饭店这么值钱啊。

姑姑说，现在不一样了，哪像以前——现在人怎么这么闲的！

她说，就该挣这帮人的钱啊。

姑姑讲，世道真是变了，你爸要是还在，指不定又会打什么主意呢。他这辈子就梦想发大财，到头来也没剩下几个，倒是你们一个个出息了，也算有了交代。姑姑哀叹几声，她知道姑姑不是想在她面前邀功，这个家能挺下来，全靠忍耐。她知趣地岔开话题，问，饭店怎么选那个地方，开在江南多好，我以前几多想住这边的。

姑姑说，谁不想呢，那块地是你爷爷的，以前是土坯，你都没见过，是你爸关了赌场才慢慢盖起来的，位置也不坏，生意做得好。只是开始时是真苦，你爸哪里开过饭店，毛焦火辣的，这么折腾，还不是想让你妈过安稳点，不用提心吊胆，在你外公面前也好抬得起头，哪想到呢……

姑姑还是把话题兜回来，不吐不快。她只好顺着讲下去，妈妈还好吧，那时候都没你这么累的。

我哪能和她比哟，你妈妈的手，怎么讲的，十指不沾阳春水，都是你爸惯的。姑姑笑。也该，谁让你爸死乞白赖追过来，我们那时都说他娶了个菩萨回来。

什么意思？她问。

拿来供着啊。姑姑说。

两人笑。母亲的毛病她是知道的，大小姐一个，几乎什么都不会，脾气还不好，就一张脸还可以看，有时散着云鬓，有时在脑后盘一只大髻，对穿着也讲究，会自己动手裁衣，她夏天的裙子、冬天的毛衣都出自母亲之手。

妈妈也是，不像个老板娘。她说。

姑姑不接话，许是不想显得自己才是那个老板娘，转而问她，你外公还在电厂吧，你也不去看看？

她回答，早住到舅舅家去了。关于外公，她确实没什么好讲的，儿时的芥蒂还在，父亲的葬礼，外公也没能出现，她这才发现外公对父亲其实敌意很深，他还是怨父亲毁了母亲的前程，拐跑了他的掌上明珠，更别提母亲的早早病故。母亲的死直接切断了两家的联系。

唉，你爸和你外公真是一对冤家。讲起来，你爸爸没有哪里对不住老人家的。老头也真是，看不起人就是一辈子，连（连，方言用语，表程度。如：这个人连没有意思，意为"这个人很没有意思"。）不变的。她就更不懂了，那一代人的事，她没什么好说。

她正要说点什么，姑姑又开口了，语气一转，目光直直盯着她，有了拷问的神色。你回来到底做什么，不会想继续开店吧，我提醒你啊……

八月的小镇很热，门前国道上的沥青快要化掉，踏上去软绵绵的，不是铺得薄，她和弟弟的塑料凉鞋都要陷进那层黑浆里了。如果你把这条路捅得像蜂窝煤的话，我们就不用烧煤气了。胖老三对门口拿棍子捅着路面的弟弟说。那棍子一上一下，从路面中拔起不少黑丝。弟弟认真地问，为什么？胖老三夹一支烟，坐在门廊的竹躺椅上，背后的电扇摇个不停，可这也没有阻止他的汗流浃背，他几乎是在用汗水洗这件背心。胖老三没有作答，等她再看时，他已睡了过去，手中的烟蒂掉到地上。姑姑很快下楼来让他们上楼睡午觉，热死人了，有什么好玩的，小心晒脱皮。姑姑小心地绕过打起呼噜的胖老三，金丽还趴在椅子上看午间播出的《新白娘子传奇》。

只有黄昏来了，饭店才变得宜人，山上的风率先搅动了空气，带来凉爽，镇子却还处在白日的余温中，像关火后的开水，需要时间的冷却。这时的饭店早早亮起灯火，陆续有人停车吃饭，三轮车来了一趟又一趟。父亲站在大厅和人讲话，有时也帮着递一递盘子，但让他这么做的食客可不是一般人，他们要么是镇上的官员，要么是和他一样做着生意的人，也就是他口中的老板。他视自己也是其中一员。姑姑才不分什么身份，每个人她都笑脸相迎。客人出现后，姐弟俩就得腾出空间，在屋后的葡萄架下和锅盖待在一起。可要不了多久，她就会上楼，山林里的蚊子成群结队地飞来，她总是被咬得最惨的那个，手臂、脚杆，甚至脚板心都会被钻进去的蚊子亲上一口。她浑身都是包，涂了花露水也不管用，弟弟却例外，他身上难得有什么包。看着她手舞足蹈到要发疯的样子，弟弟问，它们为什么喜欢咬你？

因为我的血比你的香。她不屑地看一眼弟弟。看到一只蚊子在他手臂上盘旋，又很快不感兴趣般掉头，她立即跳起来，伸手去抓那蚊子，想问问它是不是瞎了眼。

弟弟却无视她的焦躁，好奇地问，你的血是什么味道的？

也许是杧果味。她丢下一句就走进屋子，再不走，蚊子就会把她抬走。她匆匆跳上二楼，姑姑已准备好一锅艾叶水。从前洗澡，母亲都会让姐弟俩坐在一只大脚盆里，一起洗完。现在不同了，总是她先洗，弟弟还要磨蹭好一会儿。

她一次次坐在这盆里，感受着浅浅的水在身下摆动，母亲的手再也不会伸过来，短短时间，她竟想不起那个人的更多内容。她恨自己的粗心，也恨所有人都不再提起母亲，母亲像道穿堂风一样飘荡在她不牢靠的记忆里。一个人死了也许什么都不剩了吧，她想。有时门外传来姑姑和弟弟的笑声，她会无比惊讶，觉得母亲还在这里，可很快意识到这是个幻觉，母亲的笑声不是这样的，她要么大笑，要么冷笑，而门外那含蓄和迁就的笑声从不属于母亲，至少对姐弟俩来说得到母亲的笑是一件奢侈的事，而对父亲那更像是奇迹。

她就是这时开始讨厌笑的，但比起来，她更讨厌哭。在她的认识里笑很肤浅，哭则更蠢。不声不响，才是她觉得唯一合适的状态。她很快施展了这一本领。

是个周末的清晨，她和弟弟一如往常坐在大厅里吃姑姑煮的面条，一个男人就这样闯了进来，没有预警，锅盖不知野到哪里去了，空空的大厅里只有沉默的姐弟俩和更加沉默的桌椅板凳，这让对方愣了愣神，毫无准备。直到更多人挤占了这不大的空间，像乌云翻滚般使屋内光线黯淡，男人才有了底气似的，指着姐弟俩说，骆老大在哪里？话音刚落，背后就有人纠正，什么狗屁老大，是骆明生！

对，骆明生这个狗日的，躲得了初一躲不了十五！另一个人跟着吼起来。

人群开始骚动，为首的男人也有些无可奈何，她一眼看出他的勉为其难，跟着才注意到背光的人群里还夹着一个女人，一个瘦弱的浑身挂孝的女人。起初女人不声不响，直到背后有人死劲扯了扯她的孝服，嚷了声，你还不哭，等什么时候！女人这才抽抽搭搭地悲伤起来，经过过渡，声音逐渐走高，最终迎来了号啕，只是那声音在她听来也是虚弱的，又被一片莫名其妙的声讨声干扰。

骆明生，你个龟儿子，给老子滚出来！有人起头，众人也跟着喊，骆明生，滚出来！

这极像排演然而演砸的一幕看得她直想笑，又不知这拨人到底想做什么。姑姑随后出现，她走出厨房，一下站在姐弟俩身后，看清了形势，竟也不乱的。你们要做哪样！姑姑的声音掷地有声，并不软弱，这让她心安。她也用目光牢牢盯着来人，没有退缩，弟弟却"哇"的一声率先哭起来，这扰乱了她的心，她立即狠狠剜了他一眼，左手在桌子下死死拧了他一记，可适得其反，弟弟的哭声更响亮了，甚至盖过了女人的哭腔。

有人指着姑姑说，骆幺妹，不干你的事，把你哥叫出来，今天他休想跑脱！

姑姑斜睨一眼对方，哼出一句，你是哪根葱，跑哪样跑，你们有事不要在这里谈，我这里是饭店。

我看是家黑店！有人回应，那人一脸得意，话音刚落，一个人操起了饭店的椅子，砸的就是你家店！可屋里人多，动手的人一时施展不开，只好将椅子往跟前摔去，险些砸到一个同行人的脚，那人迅速跳了一下，说，搞哪样，不要误伤！

这句话无疑暴露了这群人的成色，屋里的气氛随之走低，还有人笑起来。父亲是这时走下楼来的，大厅霎时安静，她顺着众人的目光回头望了一眼，看见父亲天神般从楼梯间步下来，毛糙的头发耸立在脑门。父亲的面容有些憔悴，可目光仍然炯炯，似乎还有些生气，好像这群人只是打扰了他的晨觉。父亲平静地下到大厅，无视众人的存在，第一句话是对姑姑说的，把小孩带上去。父亲的声音有些嘶哑，许是烟抽多了，他跟着清了清嗓子，面对众人也不急于给出什么交代。

姑姑很快牵起了受惊的弟弟，将他从椅子上拉下来，又给了她一个手势。她只好跟在身后，甚至对弟弟说了句，不要哭了，丢脸！可一转身，大厅又炸开了锅，辱骂、恐吓及女人的哭诉立即缠绕上来，她都要听不见父亲的回答了。

一上楼，姑姑就把楼道的门带上，嘱咐姐弟俩无论发生了什么都不能打开。姑姑转身下楼，弟弟仍抽噎着，还拽起她的手，眼巴巴地问，他们会杀了爸爸吗？

她简直不想回答这么幼稚的问题，在小镇她还不知道父亲怕过谁，也许除了外公。大厅的混乱一直持续，要求偿命的口号喊了出来，很快，警车的笛声一路响来。这过程里，她没听到父亲说什么，她甚至有些失望。接着是另一阵混乱，好一会儿人群才被驱散，父亲跟着消失，回到饭店已是三天之后。

其间，姑姑闭口不提，她是听胖老三和金丽讨论才摸清了事情的缘由的。因为操作失误，一个中年民工在父亲的厂子里死掉，父亲赔了一笔钱，本来事情平息，可不知什么人鼓动，才纠集起了那一伙人。

胖老三愤愤地说，不就想多要几个钱吗！金丽却不同意，她和死者是同一个村的，金丽说，人都死了呀，有什么办法，骆老板不赔谁赔？胖老三说，这么说淹死在河里，也要找河赔咯，还要赔两次！吴老七我认得，酒鬼一个，屁本事没有，一天只晓得打婆娘，现在是老天收了他……金丽短了气，她从来讲不过胖老三，最后干脆不耐烦说，反正人都死了。

父亲回来，一进门她就察觉到了，那道沉闷的身影总在不声不响中给旁人制造着压力。那几天她和弟弟都知趣地没有打扰他，好在饭店照常营业，父亲看上去也更关心起这里，他竟放下架子出现在不同食客的酒桌上，和人喝酒，大声谈论，好像突然间只剩了饭店老板这一个身份不得不顾及。

一次她穿过大厅，父亲正背对她和一桌人讲着什么，她毫无防备地听到一句，可可不愧是我女儿！语气里透着得意。她却听得脸颊一红，心跟着狂跳，她不知是该保持步速上楼，还是转身回到后院让蚊子再咬上一会儿。这一刻她无比难堪，甚至有些恼怒。使人难过的不是父亲在背后夸奖她，而是他竟如此轻易地对一帮不配听这夸奖的人夸奖她。

她觉得委屈。

变故还在后头。

那是个雷暴天，雷声一串串在山顶炸响，从山前滚往山后，弟弟还没来得及抱头，胖老三就起身喊，没客咯，我先走了。金丽跟在身后说，送我回去呀。胖老三说，我又不是你老公。金丽就垮下脸来，就势踢了一脚眼前人，滚！两人笑着出了门。金丽躲在摩托车的伞架下对她挥了挥手，她也摇了摇手掌，父亲却不动，他背对大堂，望着屋外迅疾降下的雨幕和雨幕中离开的人。世界模糊不堪。她突然有了家的感觉。

来，我们玩牌。父亲转身，面对她和弟弟。弟弟正痴痴对着电视，傻傻笑着，她却低下头来，发现凉鞋里的趾甲又长了许多。姑姑也下楼来，手里一张毛巾搓着湿哒哒的头发，她的声音也像被什么东西揉搓过，起了静电，你倒教得好，这么小玩什么牌！父亲笑，说，下雨无聊嘛。她不动，弟弟却叫起来，电视也不顾，我要玩，我要玩。姑姑把毛巾往椅背上一搭，蹲下来捏弟弟的脸，你会玩什么？弟弟说，我会打麻将。姑姑就不高兴了，睨着父亲，你教的？父亲哈哈大笑，说，还用教吗？

姑姑很快被父亲拉过来，她和弟弟早已端坐，父亲洗着牌，一套炫目动作，纸牌在空中钻进了彼此的缝隙，又落成一副完整的新牌。

父亲问，玩什么？

姑姑说，我什么都不会。

父亲说，争上游总会的。

弟弟插嘴，会，我会。

她不说话，目光仍笼着姑姑，生怕她会起身离开，直到女人说，只玩一下，我还有事。

四人抓着牌，父亲坐她下手，故意说，摸快点哟，不然我就摸手了。

她想笑，姑姑却看不惯，把你那套收起来，你以为这是什么地方？

父亲讨了没趣，闭了嘴，只对她眨了眨眼，那意思她明白，他嫌姑姑不好玩。

果然，才玩了几把，姑姑就不耐烦地推了牌，说，不玩了，我还有衣服要洗。

父亲说，急什么，明天也来得及。

她一脸失望地望着姑姑，不懂她为什么要拆散这好不容易出现的氛围。他和弟弟多久没有这样和父亲围坐了，父亲的俏皮话她还没有听够呢，她知道这都是说给她听的，可姑姑很不耐烦，一再出口打击父亲，只有弟弟无知无觉，还在用有限的智慧算着手里的牌。

姑姑起身，父亲搁下牌问，又怎么了，谁惹你了？转而盯着姐弟俩，你们谁惹姑姑不开心了？

她和弟弟彼此望望，完全莫名其妙。

姑姑冷笑一声，关他们什么事，你不问问你自己？

父亲说，我又怎么了？

姑姑说，我就不说你了。

姑姑转身，父亲冒出一句，别听外面胡说八道，累了就休息一下，饭店我来管。

姑姑飞快扭转脑袋，肩头的发丝还未干透，几粒水点立即溅到她脸上。她听见姑姑冷冷地说，这是你讲的。

父亲笑，他们可以作证嘛。

姑姑说，好，那我明天就走。

父亲嘴皮一搭，哑一声，这是闹哪样，又听不懂话了。弟弟也跟着跳起来，不要，我不要姑姑走！说着用哀怨的眼神望着她，仿佛她能挽留似的。

姑姑看也没看这一家人，径直上了楼，那扇门被关得一点声音都没有，一句话却从门缝里挤出来：你以为我想待在这里——

屋内安静，只有锅盖从厨房里探出头来，看到人都在，又知趣地缩了回去。她偷眼看父亲，父亲想尽力表现出不在乎，她瞧出来，只是那表情逐渐走形，变得比哭还要难看了。

她不明白父亲为什么要这样对待姑姑，或者倒过来。

第二天姑姑果然消失，是弟弟哭着寻到她这里来的。起先她以为姑姑只是去镇上买菜，却怎么也没等回那个人。她洗的衣服还吊在后院的麻绳上（只剩她和弟弟的），太阳要落山，也没人来收。弟弟整天啼啼哭哭，弄得她心很烦，父亲也吼过弟弟两句，哭什么哭，又没死人！

姑姑就这样不见了，一天两天三天……

还是胖老三问，知道你们姑姑为什么走吗？

她和弟弟摇头。胖老三说，你爸爸，就要娶别的女人啦，你们姑姑当然要让位子了。

这消息像根针一样扎进她身体，在这燠热的午后，她简直要打寒战，母亲去世时的忧虑卷土重来。父亲果然没有兑现承诺，守在饭店，这个人连日不见，她想他一定是去找那个女人去了。

金丽却反驳胖老三，你懂什么，骆老大你还不知道，这些女人谁能进得来呢，都是玩玩而已。

玩玩？你怕是不晓得苏小妹的厉害。

苏小妹，你说骆老大裹上苏小妹了？金丽有些惊讶。

满大街都知道，就你脑壳打铁。胖老三点起一支烟，万事在胸的样子。

金丽也不恼，只是张皇地说，完了完了，骆老大这次……见她在，金丽欲言又止，跟着踱到胖老三跟前，不会的，骆老大不会这么傻，苏小妹是个——

是个什么，她没有听清。

她又一次想逃离，在姑姑离去之后。可姑姑消失的悲伤还没能持续多久，她就发现了前所未有的自由。她和弟弟一连几天跑去河边，在沙滩上，她第一次感受到了盛夏河水的冰凉。他们等待了几天，这消息也没有传到父亲那里，胆子就更大了，她跟着一个叫幺鸡的初中生过了一次河，俩人坐在一只T20轮胎的内胎上。抵达河心时，她听见岸边锅盖的狂吠，连它也不敢跟过来。那时她还不会游水，还没体会到一个男人挨着她的快乐。

只有一天的星光越来越盛时，她才会想到姑姑，想到那个尚未上门的拥有传说美貌的女人。金丽说那是个脏女人，弟弟就呆呆地问，有多脏？这句话让胖老三当场喷出一大口苦丁茶。她很快让弟弟闭嘴，她不想家丑外扬，不想任何人再谈论这件事。如果父亲让她选，她宁愿姑姑回来，可父亲从未提过。

是金丽对父亲抱怨起来的，她一个人要去买菜，要给胖老三打下手，还要喂狗，忙前忙后，意思很明确，要涨工资。父亲没有吭气，所以他不在时，金丽的嘴巴就有点不客气。她和弟弟忍气吞声，仿佛这个女人已摇身一变，成了饭店新的女主人。父亲央求金丽暂时住在店里，金丽也没有答应。有几晚她和弟弟去推父亲的门，午夜的饭店除了锅盖的鼾声，别无声响，窗外的虫鸣都是寂静的，父亲的门没有锁，一推就开，他们摸黑走了进去，屋里哪里有男人的影子，她是闻出来的，那张空床很快验证了她的嗅觉。

爸爸去哪里了？弟弟惶恐地问。

也许是另一张床。她记得自己如此回答，却不知道这语气越来越像另一个女人。

姑姑，你还记得苏小妹吗？提起这个女人，她也没有准备。

女人望着她，沉默一会儿，说她做什么，现在人家是富婆，桥头饭店就是她开的。

爸爸真的和她在一起过，那时候她是不是在做那个？

是胖老三和金丽告诉你的吧，还有什么好说的，我跟你讲，那时候你们好险知不知道，不是我走了一步险棋，你们现在还不知道在哪儿呢。姑姑笑，真是危险啊，那时你爸被她弄得五迷三道的，差一点，就一点点啊。

她真的那么漂亮？她不想知道父亲的风流韵事，那些她后来听多了，可没有一个女人像苏小妹那样让姑姑如此严阵以待。

漂亮，真漂亮，不是你爸，我都会多看几眼。姑姑大笑，这地方出这么一个人，也难得啊。

你不恨她？她差点——

姑姑笑声变冷，她要是来了倒好，我哪用这么累。

她自知问偏，只好闭嘴。

姑姑接着讲，还有什么恨的，什么年代的事了，现在她还常过来关照我的生意，说起来倒不坏，她也是命不好，不对，现在命倒不错，不过，她现在也是一个人。她看出姑姑的激动，面对昔日敌人，女人还很得意，得意中还掺杂些同情，许是想到自己。

我想见见她。她听见自己这么说。

为什么？姑姑问，就因为她差点成为你妈？

她哑笑，摇头，我想看看她有多美，我没有见过她。这是实话，她连女人的影子都没见过。

你怎么会见过，你那么小就出去读寄宿，见过几个人？姑姑嘀咕，后来你算见过世面啦，什么美女没见够，非要见她！

她笑，也是。又补一句，姑姑，你也很美啊。

女人脸色一沉，哼一声，我美什么美，我没有美过！

她这才发觉唐突，又伤了姑姑的心。

她还记得姑姑是消失一个月后重又出现的。她不知道父亲与姑姑达成了怎样的协议，一定是父亲退让吧，苏小妹被挡在了门外，那以后，姑姑的话父亲言听计从。记得再见到她，是弟弟胆怯地往她身后一缩，仿佛没有认出这个人来，是她带头喊起来的，姑姑——女人的回答她永远记得，家里出了叫花子吗，你看你们的邋遢样……

弟弟打来电话时，她还在想要不要去桥头饭店，兴许真能见到苏小妹，这念头还是和姑姑聊天时升起的，却没能行动，见到那个女人又如何呢？弟弟的电话更打断了她的幻想，她有事做了。

姐，我们到了，我没带钥匙，手下人把门砸了。弟弟的声音仍怯怯的，害怕她生气，这么多年他还是有些憷她，哪怕他们之间隔了一个电话的距离。

她很快将车猛甩进饭店门前，弟弟发现了她的红色MINI，兴奋地从二楼窗口朝她挥手。她按了声喇叭，算作回应，却没有下车。

弟弟走出屋子，来到车前，他知道如果自己不亲自下来，姐姐可能会这样一直坐下去，他敲了敲车窗，姐——

她眉头一紧，最听不得弟弟这样叫她，一道拖音，女里女气，她怀疑这是父亲对他放任不管而姑姑对他百般溺爱的原因，但追根究底，是母亲过早地离开。有时她也会怨自己对弟弟还不够严厉，不能培养他的男子气概。

姐。见她皱眉，弟弟很快改了腔调，这一次他收住了拖音，让那个字变得干脆利落。她这才下车，可弟弟仍盯着车子，问，姐，你的Levante呢，姐夫收走了？

注意称呼。她提醒说。

离了也是姐夫一场嘛，怎么，他收了你的车？

他敢。她说。她知道弟弟眼馋那辆SUV，曾借过好几次，最远一次开到三亚，她觉得如果弟弟不是那么轻浮那么想炫耀的话，她没准儿会把车送给他，但如果这是送车的唯一条件，那弟弟一辈子也别想得到它。

可这一刻，她不想考虑这个。

饭店终于动工。

她望着洞开的大门，屋里早早亮起了灯，黑白交错的马赛克地砖上落满了杂乱的脚印。她有些后悔，她应该赶在这伙人闯入前先来看看，父亲过世时，她没有进去。她准备进门，可弟弟头顶的安全帽实在碍眼，她忍不住说，你非要戴这个回家？

弟弟这才慌乱地摘下帽子，讪讪地讲，是说进来怪怪的，原来是帽子。

是脑子。她纠正说。

整栋楼的改造设计出自弟弟之手，她庆幸在这件事上弟弟还不算太笨。三维效果图她看过多遍，曾和弟弟反复讨论，在不增加地面建筑的基础上，对饭店做出新的调整，空间自然是重点。三楼的屋顶平台做出扩展，在侧边用钢架撑出一个景观平台，二楼也相应打出门洞，叠加一个平台，弥补室内空间的不足，后院更有地盘施展了，铺设地砖、栅栏、增设植物，就能打造出全镇最漂亮的花园。麻烦的来自饭店内部，她厌烦了饭馆，新的定位是民宿，只供应简单早餐和饮品，以保持最大程度清洁。一楼大厅可作小型工作、休闲区域，从前的包房扩为客房，侧边开出门洞，让活动区域延伸到屋旁的两株法国梧桐下，二楼三楼全为客房，三楼她留下一间单独使用。客房的定位是小而温馨，内饰采用条形材料组合，突出木质感，再配合玻璃墙加百叶窗，三楼增设挑高屋顶，采用有防水层和隔热层的不规则形顶，让夏日的露台有荫翳又不阻挡视野，雨天也能使用。整栋楼的外墙也需重新处理，突出砂石的颗粒感与硬质感，底色仍为白，不与小镇的整体规划相冲突。

这方案她多少满意，她简直迫不及待想要看到完工的情景。开设民宿的想法并非心血来潮，这些年她走过一些地方，总是留心那些别致的民宿，还跟丈夫老高说起，有一天我也可以开一家。老高笑，说，不愧是饭店老板的女儿。她哪里想到这一天会这么快到来。结束八年的婚姻后，她果断从入职十年的银行离职，为了这个方案，她预算了所有家当，做工程的老高给了她笔不菲的费用，她本可坐吃山空，但她无法容忍放任的日子，她有时古怪地想，选择念金融，和大十八岁的老高结婚，或许都是为了这一天的到来。

  屋里的陈设大大改过，她早有准备，父亲的荒唐让这里名声大振，父亲入狱后，她再没来过。二楼的房间果然暧昧，红色的墙漆透着俗艳，似乎还有浓浓的脂粉和劣质香水的混合味道。她的房间不出意料地被一扫而空，她记得父亲为此给她打过电话，借着别的由头，让她交出房间，她能说什么呢，按她当时的脾气，肯定是什么都不要了的，她只是没想到这里会被那些女人侵占。父母的房间倒没变，父亲去世后，没人整理，该烧的都被姑姑拿去烧了，衣柜里空空如也，床也只剩下惨白的架子，墙上挂照片的地方空下来，露出一块突兀的白斑。

  她突然不想看了，这里的一切都面目全非。昨晚对姑姑透露后，姑姑仍然震动，嘴里说着，我就知道你回来是打饭店的主意，这么小的地盘，我怀疑你能不能挣到钱，你要是赔了，我可不想再养你。

  她笑，说，我就赖在这里啦。

  女人的目光垂下去，忧虑地说，这样你还怎么嫁人呢，你还没有小孩啊。

  她很想反驳，姑姑你也没有啊。一个显著的事实是，女人也不可能再有了。可她不想再伤姑姑的心，至于自己，她没有想过这个问题。

  你以为饭店好做？女人讲，你一个人，要吃多少苦头？

  姑姑，我不是开饭店，是民宿。她纠正道。

  我不管什么民宿不民宿，这里有疗养院还有酒店，我不知道谁会住到山上去，鬼都打得死人。

  那才叫刺激啊。她笑。

  姑姑却突然厉声说，那我们以前算什么？

  她心里诧异，不懂女人心思，姑姑也没有顾及她，一径讲下去，是你爸毁了那里！他这辈子做什么都失败，哪次不是饭店救了他，养活了你们，可他怎么样，集了一群女人在那里，耀武扬威做那些事，你们倒是一个个跑了，我往哪里跑……

她试图保持镇定，她确实不清楚离开这里后饭店都发生了什么，对于父亲，她多少有些愧疚，她初中就出去念书，很少回来。可眼下不同，她不希望任何人打乱她的计划，她坚定地说，我可以重新开始的，姑姑，你要相信我。

女人盯着她，目光开始变冷，一星一点都射进她心里，可可，不是姑姑说你，你真是狠心啊，说走就走，一走那么多年，说回来就回来，从不顾别人感受，这一点，你倒像你外公，这些年，你要是常回来，你爸会那样吗？

她没想到姑姑会这样说，她竟把自己和外公联系起来，而父亲接踵的厄运，姑姑也算在了自己头上，她百口莫辩。

你爸为什么会坐牢，你知不知道？女人又问。

她点头又摇头，心里开始抵触，父亲那段历史早有定论，男人也为此付出了代价，她不想再谈论它。何况父亲走了，那个人的淫威再无法波及任何人，她不知道姑姑为什么不肯放过他。

她想结束这场对话，姑，不要说了。

女人看着她，一脸肃然，你应该知道，这些事我也不想带走，你爸坐牢是我去告的，我知道这里告不倒他，就去了区里……不是我狠心，是你爸做在前头，饭店不应该毁在他手里，要毁也应该是我——

姑姑终于说了出来，这才是她想告诉她的。她突然明白了，这么多年，饭店的主人从来都是眼前的女人。

姐，你怎么了？弟弟打断了她的出神，递来一把锤子，老规矩，你来动第一下。她望着弟弟，望着他脸上无知的表情，他真是什么也不知道啊，可他手里笨重的锤子又宣告着什么，她突然想了起来……

可可。父亲转身发现了她，向她招手。她想跑掉已来不及，只好一脸难看地走向他，问，做什么？父亲面露笑意，有了讨好的意味，这神情她可没有见过，也许只有面对母亲，这个男人才会这样低声下气。父亲说，可可，饭店以后就交给你了。众人笑，说，骆老大英明。父亲摆摆手，一口酒被他咕隆一声灌下去，这么好的饭店，你要开下去呀。她就困惑了，不明白父亲为什么要说这个，就好像他马上要去死一样。她讨厌这样的父亲，更不想顾及旁人的感受，她用尽全身力气喊道，我才不要！

原载《作家》2020年第6期

评鉴与感悟

《集美饭店》用精密纤巧的语言延续了李晁小说的重要主题：青少年的成长故事。但与之前以酗酒、吸烟、打架为特征的少年形象不同，《集美饭店》中的第一人称是少女，故事也更贴近主人公与家人间的创伤记忆：母亲早逝，父亲缺席，姑姑则是少女无法回避的庞大投影。

小说讲述的是一位名叫可可的少女长大后，在父亲死后第三年重新面对召唤，回到姑姑身边，将父亲留下的饭店改造为民宿，却也触发了她对过去少女时代绵长的家庭回忆。小说中，少女以第三人称"她"的身份，与姑姑保持着一份微妙的关系：一方面，在母亲死后，姑姑获得了家庭中的母权地位："高大健壮的姑姑看上去和母亲那么不同，她的出现宣告了屋内女主人的更替。"姑姑有钱有产业，在家庭中杀伐决断，勤劳肯干，"这个家能挺下来，全靠忍耐"。无疑，这样的女性成了少女心目中的榜样，在成年后的少女叙述中，我们可以隐约发现，少女的处事习惯，多少粘连着姑姑的痕迹。

然而，另一方面，少女又对姑姑充满警觉，她不认可姑姑对母亲地位的僭越："有时门外传来姑姑和弟弟的笑声，她会无比惊讶，觉得母亲还在这里，可很快意识到这是个幻觉，母亲的笑声不是这样的，她要么大笑，要么冷笑，而门外那含蓄和迁就的笑声从不属于母亲。"在少女眼中，姑姑与自己的家庭永远具有异质性。一家子玩牌这好不容易出现的氛围，被姑姑轻易拆散，姑姑出走后，她却发现了前所未有的自由。在少女眼中，姑姑始终和她保持着一种若即若离的关系，这与弟弟和姑姑的亲密关系截然不同。

李晁的小说主人公往往有一种幽闭气质，他们寡言少语，却拥有隐秘而丰富的内心世界："不声不响，才是她觉得唯一合适的状态。她很快施展了这一本领。"这与他另一部作品《迷宫中的少女》里的主人公罗菁菁相仿，她们在幽闭的环境中养成了孤僻的个性，并在残破的家庭和不断发生的变故中成长。她们所回望的青少年时代，总会沾染感伤的气息，读者无法判定人物的好坏与事件的对错，因为作者更关注的是人物幽微细腻的心绪。

李晃对青少年成长故事的讲述非常执迷，但同时他又喜欢用成人追忆的方式叙述故事，这样，青少年视角在成人追忆中更具一种张力：将青少年的成长经历徐徐道来，实际也道出了成人后的迷惘与不安。这也让文本形成了含蓄内敛而又韵味悠长的美感，展现了作者书写青少年心灵世界的娴熟能力。（柏玉美）

黄昏马戏团

/阮夕清

马戏团由三只猴子、两条狗、一只羊、三只鹅和一匹马组成，大部分动物挤在一辆改装电动三轮车拖拉的栅厢里，脑袋朝外拱直，眼神落满灰尘，只望向眼皮底下几米之处，如那些历经了长途跋涉对外界再也提不起兴趣的难民。电动三轮车行驶滞慢，马老了，皱巴巴的脖子被车把手上的细瘦皮绳牵动，脚步迟钝地跟在车后，干黄的尾巴甩荡，走在水泥地上，却散出野地里才有的草屑尘灰，在屁股后面弥漫一路。几只苍蝇萦绕，嗡嗡吟哼，不知道已经跟随了多少里。

驾驶三轮车的是一个小丑，脸上油彩厚重，眼睛深嵌入两团黑晕，鼻子奶白，鲜红的嘴角裂至耳后，看不出年纪。套浅灰鸡心领毛线衫，几处破洞的线头翘着，像是弹孔；假发也旧了，发色黄灰，仿佛一堆落叶。上一场表演应该刚结束，为了省事，他索性不卸妆了。小丑右手驾车，左手抓着油条，大口咬嚼，吃得香甜，红唇涂得太厚太深，让人联想到兽类的撕扯。

下午三点，冬阳斜射街道，经过的灰墙和黑瓦白亮，树木行人被光切分为二，暗的部分好像还处于其他时间。大多数店铺结束了午休，重新卸下门板，花圈店、藤器店、租带店、文具用品店和南北货店的那些人，怀抱门板，盯着这辆电动三轮车拖了这匹马，懒懒靠近，有些眼神为之讶异，因而逐渐清醒，有些依旧困顿，对世界没有好奇。

街道不长，尽头几棵枫杨，凑得近，像是谁故意设置的路障，其实在左侧再延伸五十米左右，就拐向另一条更宽的省道辅路。两三分钟后，三轮车折返，在部分路人眼中，它更像从枫杨树中凭空而出，然后开始游街。马的垂头沉默，那些小兽安静的眼眸，这支与水乡街道格格不入的组合更显神秘。小丑来回打量左右，与路人和店铺里的人对视，点头示好。他频频摆出笑脸，并对着前方举手敬礼。

租带店门口，一个少年指着小丑的背影大声喊，快来看啊！麦当劳叔叔，麦当劳叔叔！

小丑听到少年的喊叫了，张开大嘴对他笑了下，一半的脸恍惚裂开。租带店隔壁有片十平方米左右的空地，地上散落点点鱼鳞，莹白闪烁，几摊剁碎的鱼尾巴和内脏，甚至还有半个鱼头，他认出这是草鱼的头，看来在上午这里是卖鱼的摊点。刚才怎么就把这片空地漏过了呢，他觉得奇怪，感叹下年纪。他转转把手，将车停到这片空地，下车后，极为潇洒地一抬腿，鱼头划出弧线，落到马路对面的路灯杆下，两粒惨白的鱼眼滚动很久。他往地上架牢四面宣传板，搬了高脚凳下来，拎出一面金光四射的铜锣。可能是嗅到了鱼腥气，马喷个响鼻；还挤在栅厢里的鹅仰脖长吭；猴子们跳上跳下，被突然而至的躁动带乱节奏，不时撞到厢顶；羊和狗脚步纷杂，铁皮底盘响声起伏错落，狗呜咽，又极短地咆哮半声，因为紧张，也因紧张而生的怒气。动物们集体陷入不安，仿佛之前都是吃了蒙汗药，此刻才明白过来，"我是谁""我在哪里"的情绪在沸腾。铜锣的光不时反射猴脸，瞳孔受刺，瞬间缩小，猴子们的安静迅速传染至其他动物，看来它们已经确认自己的处境了。

"亚洲惊奇马戏团，巨星舞蹈，疯狂怪胎，野性动物，震撼视听……"租带店门口的少年飞快跑来，他认真研究宣传板，读得字正腔圆。蛛网摇曳、雨渍斑驳的招贴画上印着猩猩、蟒蛇、美人鱼、双头人、外星人、泡在玻璃瓶里的畸形胎儿以及几个港台明星的头像。小丑给租带店老板递烟，少年上下揣摩，两根胳膊两条腿，一个脑袋，在任何角度看都没有尾巴，他失落地摇了摇头。

咣咣咣，小丑敲几下锣，犹如污水汇入街的低凹处，路人三三两两围聚而来，流速最快的是少年熟悉的几个街坊，提前内退在家的王强、海兵、捂着热水袋的荣宝，他们住在几条不同的弄堂，此时却像约好了般同时现身。荣宝的脸上烙着深深的方格印，明显刚从床上爬起——入冬了他怎么还睡麻将席，懒得换吗？少年想到自己至少要比被联防队开除的荣宝勤快，莫名就获得了些轻松，无论如何，自己不会是这条街最没出息的了，这轻松是由未来而至的安全感带来的。海兵双眼无神，有对一切无意的高古风范，不断往地上吐痰，接近一种表达，但他的脚步却并不比王强慢，急走之下，好像厂里发劳保用品，迟了就只能拿被挑剩下的掉漆茶缸和起线手套，甚而还不自觉伸手挡了挡王强。趁后者愕然，海兵超过了他。

游戏厅中打桌球的几个青年也晃荡过来，领头的眼镜和胖子手持桌球棒，走路故意外八，昭告天下其裆吊着巨物，实在并不拢腿。为了不被这些肉粗体壮的年轻人挤到，拎着菜篮、拄着拐棍、抱着保温杯的那几个老人走开两三步，让出位置，随他们去占据最佳视角。随着更多的人围拢，少年意外地发现了他的几个同学，他们喊着彼此的外号，其实才分开两小时，却个个有经年未见的喜出望外。这时我们知道少年外号叫田鸡，另外几个少年外号叫逃犯、白皮、扁头和游街，从外号中，大致判断出"逃犯"应该姓陶，"游街"姓尤，"白皮"和"扁头"是取长相，"田鸡"却很奇怪，这样的外号适用于戴眼镜的同学，少年却不戴眼镜，目光清澈，脑袋小，尖瘦的两肩拱着校服，但臀部宽阔，想必发明外号的同学是取其身形。

白皮带头，几个少年走近那匹马，田鸡抚摸马背，三五虫子从鬃毛中浮出，嗡嗡几声，飘向电线杆，晃在阳光中许久，马阖上了眼睛。他们又纷纷去摸马身马腿和马头，数片枯黄的毛屑落下，沾上了马幽长的睫毛。白皮说，你们谁敢拍马屁股，等下我请他吃萝卜丝饼。在准备道具的小丑走过来，呵斥他们离开，语带威胁，上次有个小孩玩马的时候被马踢了，两粒蛋都踢碎了。说完，他在他们的眼里大笑起来，其实除了面孔再次分成上下两半的错觉，他表情看不出变化，笑声也没有变大，不知为什么，田鸡感觉他就在大笑了。田鸡眼里的小丑任何时候都在大笑，他呵斥他们时在大笑，转身嘀嘀咕咕骂娘时在大笑，他踹了那只大狗并抡起铁链佯装要抽猴子时也在大笑。他大笑着套上缀满紫红亮片镶肩章的漆皮背心，面对人群扬手搭胸，深深地弯腰致礼，像极了一个仪礼严谨的中世纪宫廷中的仆人。

他身后并列站着一匹马、一只羊和一只鹅,再后面一排蹲着两条狗和三只猴子。它们的身后都拖着细长的麻绳,纤维缕缕,翘散如浓重的汗毛,另一头都套在骨牌凳大小的铁铸件上。几片落叶划过,阳光的明亮中渐多了冷意,突突突突……所有的耳腔和脚底同时抖动,满载六孔板的拖拉机擦着人群驶过,排气管喷出黑烟,张扬漫散,硝烟般淹没那些面孔和小丑的笑容,仿佛他们和这块地方被战火点燃,远看有种试图最后一次冲锋的悲壮。

羊首先出场。小丑拎起铁铸件上的绳圈,羊拖拉麻绳踏入场中,它举足谨慎,好像每步都踩在悬崖边上。田鸡很少见到真正的羊,但他认定见过的羊中,这是最瘦的。每走一步,那些骨头就在薄皮内起伏跳跃,有两块尤其尖锐,似乎随时会顶穿皮毛破体而出,他担心地摸了摸自己嶙峋的肩骨。小丑拖张凳子过来,鞭梢对羊一点,随着这个指令,刚才还小心翼翼的羊不知哪来的勇气,忽地蹿上凳子,可两条后腿不受力,弯折后坠,差点一屁股坐在凳子上,纤足颤抖几下,还是挣扎着稳住了。

田鸡打量那些东倒西歪的道具,除了普通的圆凳、手鼓、充气榔头、塑胶球、塑料脸谱外,竟然还有手铐、铁皮刀、藤制盾牌和锯子,这些用来表演什么的?太让人期待了。未知的乐趣让他心猿意马,小丑会魔术吗?或许还会武术?还有气功?他没来由地认为这个小丑肯定会气功,除了能和动物交流外,还能用宇宙语和外星人交流,就像上周带功报告会上的大师那样。羊在长凳上来回走了两遍,第三遍走的时候,小丑蹲在边上,睁大熊猫眼,念咒般摇头念道,你是好汉走得稳,独木桥当阳关道,人间来回第一趟,吃好日好也不亏啊……他讲的是方言,语调连吟带诵,田鸡明明也是第一次听到,却听懂了里面每个字。最初的新鲜过后,羊走独木桥的单调并没有引起围观者更多兴趣。两三个骑着自行车停下的,又骑着自行车走了。其中有个戴口罩的人造成了麻烦,他之前的站位过于深入,挪后的车轮擦碰到了身旁几个,里面就有眼镜和胖子。眼镜抓住车后架,扳到后轮高高悬空,他回头含糊不清地问他们怎么了。胖子指着裤管上的泥灰,你说怎么了,你眼睛瞎了啊。他瞬间从斜挎的电工包里掏出包烟,急急拆开,给他们点头哈腰,一一发上。眼镜手掌忽松,车轮嘭地回到地面,空气中仿佛传来了渺远的叹息，期待冲突的如王强、荣宝，脸上的失落之情溢于言表，场内场外同时意兴阑珊。

白皮问逃犯，你看小丑几岁了？逃犯望着小丑发呆，像望着一道答案好像都对的选择题，迟迟不作答。田鸡插嘴，起码有六十岁了，你仔细看他脖子上的皱皮。好像不满意田鸡的抢风头。白皮说，我看他只有三十多岁，要不我们打个赌，赌你这个月的课间点心。逃犯也给了答案，我觉得他二十岁到四十岁之间，反正不到六十岁，田鸡你敢不敢赌，我也和你赌，赌五块钱。田鸡观察着指挥羊的小丑，拿不定主意。眼镜听到了什么，挤过来，脚尖踢踢白皮膝盖，抬起下巴问，你们赌什么赌？白皮用力和眼镜对视几秒，在眼镜感到挑衅前移开了视线，回答道，我们赌小丑的年纪。眼镜还没说什么，胖子顿时来了兴趣，推了一把白皮说赌多少钱，我们也赌。他手劲大，一掌就把白皮推得跌跌撞撞。田鸡顿时慌乱了，他涨红着脸准备解释些什么，小丑敲起了铜锣，重新吸引了众人的注意力，白皮的羞愤无人理会。

几乎让人群散掉的羊终于下场了，小丑拴好它，它蹲在马的身旁，低下脖子，眼因吃力而显得更为温柔。胖子已经把打赌的事情忘了，在和眼镜讨论山羊还是绵羊的肉嫩，继而说到了台球厅收费姑娘的皮肤。田鸡看着羊眼，心里的慌乱渐渐平和，他从来没有见过这样的眼神，就像听到了羊在心里喊他，咩咩地，一声比一声轻，最轻的发声也清清楚楚。相比于羊眼的和顺，水汪汪的马眼显得更为软弱，挂着泪水，仿佛随时会溅落一地。他又看几条狗，不留意的话它们的眼神是平静的，如果仔细看，军扣色眼球忽然骨碌转动，显出某种警惕与好奇。看久了，田鸡想到了另外的事，还是和语文作业有关。他为难地想，这些小动物的眼神那么容易找到形容词，而身边大多数人的眼神却找不到合适的形容词，除了明显的愤怒和悲伤，别说看热闹的这些人，就连身边亲人的眼神，也是讲不清楚的。

小丑提出三个绳套，拉扯了三只猴子来到场中，执鞭猛地一抽，一家三口给父老乡亲们鞠个躬啊！皮鞭抽破空气，仿佛擦脸而过的大耳光，准确地击中某张看不见的人脸，田鸡心里一悸，站得靠前的几个人也往后退了退。

没有人知道的是，小丑的心脏也加速跳了几下，好像他也没对手中发出的响声做好准备。跟着绳子迅速奔爬的猴子猛地顿住，直起身体，对着人群转着圈弓身低头。人群终于有笑声了，稀稀拉拉的，但足以让小丑稍感放松。有几张一毛、五毛的纸币扔向场内，小丑双眼燃亮，接着扬起一鞭，尖声喝道，一家三口给父老乡亲们磕个头啊！三只猴子同时去捡那些零钱，捡完后又先后跪下。小丑确认心跳恢复正常了，他打趣道，光跪着不磕头，是不是还嫌父老乡亲们钱给得少了，你们可别太贪，你们表演好了，钱就讨得来了。胖子扔出去五毛钱，一只猴子吱吱蹿到他面前，跪下捡钱，双手合十磕了个头。小丑笑着唱道，胖老板良心好，磕了一个捡元宝，再磕一个捡美女，他猛地下拽绳子，猴子配合地又磕了下去，胖子大乐，开心地扭着粗脖子四处张望，希望此时的境遇能有更多人看到，比如那个台球厅收费姑娘，他热情地示好所有遇到的眼神。小丑喊一家三口给父老乡亲们再扭个屁股，田鸡才吃惊地回过神来，原来这是一家三口啊。

三只猴子来回纵跃，快速奔爬，跳扭屁股，田鸡仔细分辨着哪一只是爸爸，哪一只是妈妈，哪一只是孩子。个头大小相近，都紧皱眉头，苦巴巴的脸，眼神饱含哀怨，背上斜凸条条暗红、齿状的伤疤，无法找出它们的差异，连哪只是小猴也辨认不出，脸一样的，屁股一样的，大小也一样的。小丑笑嘻嘻地说，给父老乡亲们来个"济公"。他的确是在笑了，大红唇中露出一口黑牙，不时伸舌头划舔嘴角。其中一只猴子蹿到墙角的道具处，翻到僧帽罩到头上，又抓起把破蒲扇，背手大摇大摆走了过来。小丑跟在它后面唱道，鞋儿破，帽儿破，身上的袈裟破……王强喝彩几声，对海兵和荣宝夸赞道，不瞎说，他唱的是专业水准的。

荣宝说，唱得好，你掏点钱给别人啊。

王强说，你怎么不掏。

荣宝瞪大睡眼看着王强，我刚刚扔进去两块，你没看见！

王强说你扔个屁进去，我就在你身边，你什么时候扔进去的？

荣宝急了，指着海兵，海兵可以作证。

海兵说我作证，荣宝的确扔了两块钱进去的。

王强也急了，你作证也没用，我没看到，除非他再扔两块钱让我看到，不然别来说我。

荣宝说我不跟你烦，你就守着你的那点内退工资生虫子吧。

王强听了更为不屑，你大卵个啥，我内退，你不是也内退吗？你不就在停车场多闻了半年汽油味吗，戴了半年假大盖帽吗？别充大卵，你就省省钱吧，那两块钱给你老婆买包卫生巾多好。

荣宝揪住王强衣领，你说什么？

王强却不动手，换了坦然的笑脸，说说就急了吧，还是年纪轻。海兵去拉荣宝的手，你们少说几句，别人都在看你们笑话呢。荣宝眉毛飞挑，来回巡睃，谁敢看笑话我把他眼珠子抠出来。这时有个懒懒的声音响起，我就看你们笑话了，你来抠我眼珠子吧。另几个粗声粗气地喊道，我们也看了，快来抠，我们全给你抠。荣宝看带头的是眼镜，就假装没有听到。王强和海兵向周围劝道，我兄弟中午老酒吃多了，说话没有分寸，大家别计较。小丑也察觉到了情形不对，小跑过来帮劝："大江南北一家亲，江湖兄弟心贴心，你来我往一杯酒，青山不改绿水情。"凑得近，眼镜看清了小丑脖子上刺着个蓝墨色的"忍"，他拍着手说，好，唱得好，扔进去张两元纸币，又问，接下来是什么节目？小丑抱拳，汇报老板，汇报各位父老乡亲们，接下来表演交谊舞。

小丑心情已然不错，他轻摁收录机的播放键，小指跷起，音乐响起，是叶倩文的《潇洒走一回》，本地电视台的点歌栏目里最近整天在放，结婚生日祝寿升职乔迁都点这首歌。田鸡跟着音乐哼出声，他有多喜欢小龙女，就有多喜欢叶倩文。小丑拍拍手，对着猴子扭了扭臀，双臂合拢出个搂抱的姿势，再拽拽麻绳，两只猴子心领神会，慢慢向彼此爬去。靠近时，它们直起身，伸臂搭住对方的肩，步伐同步往左再同时往右，前后快速移动，竟也身态妖娆，臀部摇惑。它们绕着场子疾走，中间几次脱手又躬身追上，仿佛担心小丑不满意，不时回头观察他。

它们绕到田鸡几个面前，白皮激动地大叫，他妈的这只是公的！田鸡看清了公猴的特征，跟人、狗没什么区别，他想起了澡堂里老年人垂下的瘦小睾丸，还有冬天树下吊晃的皮虫。认出了公猴，那它的舞伴就是母猴了，接下来这些少年都认真研究起母猴的特征，却求索不出什么。小猴蹲坐小丑身边，面无表情，望着父母。这里像圆心，公猴和母猴的舞步画一个又一个的圈。又有几张纸币飘进来，小猴纵跳几下，把钱捡好，最大面值为五毛，小丑不免哀伤，开始为自己在这个小镇停留的想法后悔了。小气到死的江南，哪里有富庶之地该有的大方。仿佛听到了小丑心里的想法，眼镜对他招招手，他走过来，停在两三步远处，眼镜示意再走近点，他迟疑，没等他打招呼，眼镜掏出二十元，说，让猴子搞搞。小丑侧着耳朵问，你说什么？或许他侧耳的样子天然地带有表演意味，眼镜以为他在揶揄，拉下脸说，你这就没意思了，别给我装，让它们搞一搞，多少钱？不等小丑回答，他又伸手对胖子说，再拿十块给我。已经在幻想中和台球厅姑娘约会的胖子其实并不明白他想做什么，满脸困惑地掏出十元钱交给眼镜。眼镜把三十元钱一起递给小丑，以决定了的口气要小丑赶快开始，你别跟我讨价还价，我给你三十块，不会再加一分钱了，赶紧让它们搞。小丑抬手，停顿了会儿，接过伸到胸前的钱说，你的要求太难了，我们这行里从没有人试过，这个肯定成不了啊。

胖子领会到眼镜的意图了，拍拍眼镜肩膀，相视而笑，简直在为他朋友的奇思妙想而感动了。他提醒小丑，语带威胁，你别耍我们，什么不能成，你不是有鞭子吗！当场驯驯不就可以了，弄成了三十块是你的，弄不成的话你还我们六十块。

或因为眼镜要求的梦幻，又或许是胖子的话里明确了小丑担忧的可能性，小丑现在的内心是恍惚的，他隐约觉得这件事情不对劲，他捏钱的手悬停半空，脑子里有声音提醒他赶紧把钱还给眼镜。他试图要这么做，但眼镜和胖子又推了推他，胖子换了口气催促，快点吧，我们还要去打球呢，看完我们就走了。小丑就这样被他们轻轻地推回场中，退到马后，退到狗后，一直退到道具旁他才停下。拿着三张十元的纸币，脚后跟变得像棉花那样软了。三只猴子蹲在原地等他，他也对着三只猴子发呆，似乎真的呆了，也可能在琢磨怎么开始。这里的世界变得安静，天空中响起几声细小的鸟鸣，好几个人抬头看天空，有人咳嗽了两声，又有几个人掉头转向这个咳嗽的人。

田鸡没听清楚眼镜对小丑说了些什么，不明白他怎么停了，被突发的安静弄得莫名紧张，白皮和游街探头探脑，寻找安静的原因。小丑扯扯绳，三只猴子紧急围拢，他抡起鞭子，作势打小猴，小猴惊恐地跳开。他抱抱自己，两只猴子立马搭住对方，他盯了它们很久，举起左手，大拇指和食指一圈，右手的鞭梢往里捣捣，见它们迟迟没反应，他蹲下身，再次凑到它们面前捣捣，捣了几下，再用鞭梢指指公猴的下身，戳了戳母猴屁股。两只猴子完全猜测不出小丑的新指令，愁眉苦脸地望着他，又得注意他的鞭子，在不能乱动的前提下，焦躁地晃抖，像背熟了功课，却遇到脑筋急转弯的孩子，除了绝望，还渐生起了一种被戏耍的愤怒。小丑喝住，不许动！

前排的人看清楚了小丑的手势，爆发出类似晚会现场的欢笑，几个少年太熟悉这手势的含义了，他们一天要做多少次这个手势啊，对着老师对着校长。白皮带头，除了田鸡外，都紧张地往前凑，生怕错过重要表演。白皮挤过眼镜，眼镜瞥他，白皮退回后面，眼镜满意地多看了白皮一眼，对他点了点头。白皮也用力点头，相知相惜似的。田鸡没动，他不是不期待，但他比其他少年多了层难以名状的情绪，电影和画报中的小丑、动物园里才有的动物混合熟悉的面孔、租带店、粮油店、生面店、修鞋摊，让明亮的街道变得游离，如同身处两个重叠的世界，是的，一种说不清道不明的怀疑，从脑子里渗出，好像自己也是半真半假的，他拧了下手臂。

它们试图去理解小丑了，它们始终仰望着他，痛苦得抓耳挠腮，仿佛面对巨大的谜语。小丑蹲累了，才站起，由顿而渐，咧开嘴，再次蹲下。他深吸口气，如考古队员轻扫着出土文物的灰尘，犹豫着，又无比温柔地用鞭梢去拨弄公猴。公猴往旁躲开，像在羞涩，小丑不满地喊它，不许动，×你妈，回来！它就老实挪回来了，小丑甚至没有起身，等它主动回到原地，鞭梢愤怒地敲开它腿两侧，把两腿再扒扒开，继续温柔地拨弄。

田鸡莫名紧张起来，这种安静比刚才的安静更加统一，鸟叫和汽车喇叭声暂停了。小丑感到身后那些目光，那些目光汇聚的重量按住他的背，他的脖子垂得更低，他失去耐心了，胡乱扫了两下，猝不及防啊，一股骚臭的热浪淋在他脸上。我×！他原地跳起，捞起衣摆擦脸，骚臭味被擦得更浓郁，公猴无辜又委屈地看着他，尿得时间挺长，赤黄的尿柱浇落地面，迅速形成小片阴影，不断扩张，好像从另外一个空间渗出的夜色。

小丑擦好脸，聆听着四周的笑声，沉默而持久地站立。公猴残尿未尽，滴沥有余，但它保持不动，低头哈腰，是等待发落的态度。母猴不动，其他动物也近乎被点了穴，保持静止，最多摇头晃尾一下。田鸡看着小丑慢慢走近，他走到他们面前，脸上油彩被擦掉的部分现出暗黄腮帮，仿佛被打碎人皮的"终结者",暴露了钢铁肌理。他全身散发奇腥,如同面对最脏的动物园笼子,田鸡憋住呼吸让开。他对眼镜说,老板,你也看到了,不行啊,算了吧。胖子不喜他的逼近,试图推他,推了两下没推动,他重新认真地看着小丑,你说不行就不行,你是市长啊!我们钱都给你了,不行的话,双倍退还给我们。眼镜说,要么再试试。小丑把绳子递给眼镜,要不你来弄。眼镜骂了句脏话,小丑直视他,可能因为淋了猴尿的缘故,田鸡觉得那埋在浓墨重彩里的浑浊眼睛,此时有他所不了解的神色。田鸡紧张极了,瞥到白皮和逃犯几个,他们的紧张也绷在脸上,田鸡稍感安慰。胖子握紧了桌球棒,他个子本来就高,又故意探长脖子居高临下,形成压迫,你别不服气,不服气也没用,要么六十块钱,要么就弄一下吧!

小丑看都不看他,掉头回到场内,扔下几句话,声音不响,只有他们这几个能听到。老板,走江湖不容易,我今儿也豁出去了,我再试这一次啊,真的不行,老板也要多包涵,给条路我走走。我讨生活不容易,你们都是我的衣食父母,给条路我走走,我记在心里。

公猴蹲在原地,小丑抬腿想踢,起脚时又平放脚背,颠球一样挑到边上,其实是公猴顺势翻身,这一瞬间它的动作有点像《西游记》片头孙悟空翻跟头的场景。离地一米,又落到地面。他靠母猴蹲下,扯过公猴仔细琢磨,公猴被他赶过去又拉回来,又被赶过去,索性就跳来跳去,以时刻准备的状态等他指令。

他端详着鞭梢,这真是件棘手的事情,他不该接这三十块钱,如果直接拒绝了,最多被骂几句,忍下来就是了,事情不会变成现在这个样子。他微笑着注视人群,眼镜和胖子的脸,还有旁边那些小畜生,那些层层叠叠不怀好意陌生的笑脸,仿佛置身于庙宇殿堂的群塑之中,专门等他颔首低头,以作奉养,他忽然生出捅他们一刀的冲动,无所谓眼镜或胖子,随便谁,朝他们的屁股上捅去;他替他们庆幸,也替自己后怕,幸亏我有孩子了。小丑想起自己的小孩,就真的开始想小孩了。他想了一分钟不到,长叹了口气,为了孩子,继续瞄着母猴盘算。

田鸡基本能猜到发生的事,胃泛起阵阵酸水,干呕两声,想象了无数次的场景即将登场,没料到非但自己不是主角,甚至主角不是人。白皮多次炫耀和镇上著名的女流氓一起看过黄色录像带,女流氓吃官司多年,如白皮所言为真，只能在他四岁以前发生，这太荒唐了。白皮双眼与母猴屁股形成的直线，让田鸡更加确定他之前全在胡扯，那么白皮口中与镇上刚被枪毙不久的大哥之间的出生入死也是假的，不然眼镜和胖子至少会给他留点面子，不说寒暄，起码像真正的江湖中人那样互相敬烟。

小丑手动了动，动作太快，田鸡并没看清楚，小丑的动作随意得仿佛是在开门或者握手，母猴长鸣一声，悠长如水吊子烧开时的哨音。它陡然跃起，再灵巧地翻过身，贴地，绷紧前肢伸长后肢，以狗的姿势趴着，对小丑伸头龇牙，双目露出凶光。你个婊子养的，对我瞪眼，谁养你的，我把你的屎打出来！小丑朝着它的头就是一鞭。母猴惨叫，这个惨叫与刚才不同，接近人的叫声了，如果不知道，听不出来是猴。它滚了两圈，拼命往场外奔。母猴是往田鸡的方向冲来，离人群还有一段距离，前面几人怕它撒野，拥挤着往后退，它又被小丑拉回，额头血印像准备出征的印第安人。它头脚缠绕了几圈绳，胡乱甩尾，像刚捕上还有余力挣扎的大鱼。小丑单手拖拉几步，距离合适了，正要再抽，听到些动静，忽然想起漏掉了什么事，心一沉，赶紧往旁躲开。转身巡睨，果然公猴和小猴在不断嘶鸣蹦跳接近，做出要咬要抓的狠状，还好未真正咬上来，看到小丑回头，它们又赶紧后退。小丑庆幸自己机敏，又羞怒于在人群中的失态，扬起鞭子狠抽了过去，打死你们这帮畜生，我打死你们这帮畜生，老子白养你们了，看老子混得差，你们也来耍威风是吧！

五十米开外，电线杆下，一个二十出头的年轻人蹲着，怀托娃娃，娃娃在用力拉屎，地面淡黄两截。年轻人嗯嗯有声给孩子鼓劲，一边不断地掉头干呕，同时必须保持双臂稳定。再往前有两棵老泡桐树，树后是花圈店，黑灰树影贴紧白铁皮店面，万花丛中，缤纷耀眼。头发花白的男人趴在桌子，他二十四小时看店，晚上也住店里，等胳膊旁的电话响起。他快要睡着了，脸侧在一边，手脚自然下垂。屋内是一桌麻将，已经打了七个小时，约好了五点结束，还有二十分钟，赢的肯定已经赢了，而输的肯定已经输了，他们心知肚明，不会有任何变化，可每一张牌仍然出得无比谨慎。

围观人群天然形成的马戏场地，正在进行的意外，才更接近于一场精彩的表演。如果挤进人群，再踮脚，可以看到一个小丑抡鞭追赶三只猴子，三只猴子自由体操似的翻跟斗绕跑，闪躲鞭子，每一次腾空，每一次翻身，都避免了一次痛苦。田鸡想象它们的脚下是崇山峻岭、险河大滩，它们逃过猛虎巨蛇之口，又熬过瘟疫旱涝，想象它们经过了八国联军的扫射，经过了日本鬼子的刺杀，接着想象它们流浪到了穷乡僻壤，流浪到了少林寺，它们总是在他觉得该转身和小丑决斗的时候蹿得更高地离开，这没出息的毫不反抗的样子，简直让他想象不下去了。但没关系，他把小丑想象成一个大内高手，或者是专门吃猴子的怪兽，他那么想完成这个任务，好去换头上的顶戴花翎。小丑甚至用《西游记》里的画地成牢法把这个世界封住，但就是捉不住这三只猴子，可这三只猴子也出不去，他气喘吁吁地跟在后面，眼看就一两百年过去了，他还在追的路上，三只猴子还在逃的路上。田鸡想累的时候，小丑也累了，双手叉腰不动，满脸油彩像冰激凌融化流淌，因为油料浸入眼角和颊骨，一双黑眼变得更深不可测。他先大喘粗气冷瞅了一圈其他动物，形势还在把握之中，放下心来，冷看这三只猴子踊跃地往四周跳窜，差那么几步它们就可以挤进人群了，绳子稳稳地盘在铁铸件上。小猴不死心，身子往前拼了命撑，它越往前脖子就被扯得更紧，颈皮都被拉直了，简直像一个试图拖动身后巨船的纤夫，地球的人都端坐在这艘船上。

　　小丑不去理会它们，他掸掸袖管，好像在掸灰，然后又掸掸衣服。他全身上下脏得很坦然，这举动显得毫无意义。他将鞭子圈绕手腕，朝眼镜和胖子走过去，他走得很稳，猴子跳来跳去嘶叫，在他走近前又远远跑开。

　　小丑说，两位大哥，你们也看到了，只能这个样子了，就这样吧。眼镜没说话，胖子觉得沉默会失了己方的面子，不能就这样算了啊，我们的钱这么好拿？小丑个子没他高，仰了头审视他，胖子与他对视，从田鸡的角度看过去，胖子压迫的眼神凶狠，小丑迎合的眼神诡异，就像一条狗在与深井对视，有灵魂的深井等着狗跳下去。胖子果然沉不住气了，但他的愤怒是充满警惕的愤怒，他说，看什么看！小丑说，你们想看猴子搞的话，我是没本事了，要不我把猴子卖给你们，你们自己去搞，想搞多久就搞多久。胖子猛捣了小丑一拳，眼镜骂了句脏话，挥舞起台球棒，伺机对着小丑脑袋上砸去。还没等他发力，胖子惊呼着往后退，他也后退，身后人的视线都集中在小丑的手中，他掏出一把明亮的匕首，那些人都大呼小叫地跟着胖子后退了。田鸡还在发愣，白皮几个也往后退，逃犯好心拉拉他衣角。

田鸡留意到了一件奇怪的事情，应该说，除了小丑，大多数人都目睹见证了，他们冒着被小丑误击的危险，停下脚步。一个脏兮兮的小孩，仿佛从地下钻出来的，带着满脸坏笑跑到场内。这小孩猫着腰，迅速跑到小猴子后面掏出一把大剪刀，凑前咔嚓一下，又跑到另外一只猴子后咔嚓一下，他速度极快地剪了三处绳子，钻进人群，前后也就十几秒钟。田鸡等着他从人群里钻出来，久久不见，像是融化进了人群。小丑对身后的喧哗并不以为然，他没料到胖子和眼镜这么虚弱，他刚掏出刀子，他们就跑了，连预料中的对峙也没发生。这时，一只棕色影子晃过，在他眼前落入人群，也许是为了记住，也许是为了让他记住，那棕色影子还回首看了看他。他以为自己眼花，揉了揉眼，猴子已经消失在人群中。

懊悔、失落和愤恨拧成一股麻绳，缓缓勒紧他的胸腔，太阳穴和嗓子变得炙热时，这只猴子又及时出现了。它走在前面中药房的房顶，大摇大摆，手中不知如何多了一根香蕉。它攀爬会儿屋檐，又竖身走，观察了下街道，在靠人群最近的那片瓦楞坐下。它慢慢地剥皮扔皮，侧对着他吃，不时看看两侧。另外两只猴子先后从电线杆跳到房顶，再跳到另一间房顶，跑到它身边停下，坐稳。它们的动作如此轻盈，几根拽过的电线晃动了一下就静止了，几只麻雀飞向更高处的亮黄天空，它们徐徐目送，缓慢平静，仿佛三个古代哲人的回眸。小丑对着它们喊，×你妈的！

绳子截口平整，明显是工具弄断。哪个畜生做的不要脸的事，有种给我站出来！小丑愤怒地威胁四处散开的人群，一个也不允许走，谁走我他妈捅死谁。他用刀点向站到不远不近处的眼镜和胖子，你们不要走，是不是你们剪的绳子？他快步朝他们走去。胖子窘迫，摆手解释，不是我们剪的，我们一直在你面前，哪有空去剪绳子，你要讲理。小丑说，他妈的不是你们剪那是谁剪的！眼镜端起台球棒，做好防守，兄弟，你赖我们就没意思了，真的不是我们弄的，那三十块钱我们不要了。谁都看得出来，这个要把戏的快发疯了，眼镜其实是想跑的，但这么多人在，他如果真的跑，会成为这个镇的笑话，他希望胖子先跑，这样他并不算丢人，他再挥两下棒子，还能解释为对胖子的保护。他口中的三十块钱让小丑想起了什么，怕打草惊蛇一样，他紧急刹车，握紧刀，微笑着对胖子和眼镜招招手，示意他们过来。没有任何预兆，眼镜忽然转身就跑，胖子迟疑了一下，也跟着跑，人群分崩离析。小丑追赶一阵，几声鹅叫响起，他只好停下。他们以冲刺的速度往街口跑去，并极有经验地分成两个方向，他怒斥他们的背影，往东西南北狠狠吐痰，浓痰天女散花，海兵有幸沾到，自认倒霉。他经过之处，散开的人群又让开一些。应该说人群并未完全散开，他们还在，只是被刚才的危险稀释了，好像兑了大量水的蛋花汤，要散未散，彼此之间距离更为广阔。田鸡觉得他们几个就是被冲散到宇宙最深处的那一缕蛋花，没过多久，像被一只勺子捞起，他和白皮、逃犯、游街又随着觉得还算安全的人群慢慢回拢。

小丑收拾道具，那个铁铸件杵在面前，三根绳头缠绕而下，仿佛要伸进他的嗓子，和勒紧他胸腔的麻绳会师。他再不清醒，也不能去踢铁铸件，他猛踢了鹅一脚，你叫个屁。他踢的是离铁铸件最近的那只鹅，鹅在空中嘎嘎几声，几十片羽毛脱离了身体，浮沉在小镇傍晚的空气中，每翻转一下，就掠过一道光芒。田鸡瞬间产生了一个念头，或许可以通过不断吹气，让它们始终保持着飘浮。鹅头委顿在地，继续嘎嘎，身体在小丑脚旁挣扎，另两只鹅检查伤势般凑上去，两只狗永远一声不吭。

小丑踢开鹅，正视站在边上的这些人，为便于撤离，他们的站位比起刚才要远一些。他们面无表情，但这个没有表情又是一切的表情，就像他这几天经过的每一座楼房和店铺、每一棵树和街道，连那几条河水都带着这样的表情。他再也忍不住了，大声骂他们，我×你们所有人的妈。老子走南闯北这么多年，什么样的人都碰到过，就没碰到过你们这么恶心的人，你们看不得别人好，你们情愿自己不好也看不得别人好。你们知道为什么吗？因为你们都是不要脸的人，你们最会装孙子舔屁股，所以你们最恨的就是帮你们的大爷，别人帮你们越多，你们就恨别人越多。老子在山东和杀人犯磕头拜过把子，在内蒙古和路匪喝过酒，在河北和女骗子上过床，什么样的坏人老子都见识过，就没碰到过你们这样在心里使坏的怂货，伲俚这帮瘪三！"伲俚这帮瘪三"他是用才学会的吴地方言骂的，他骂得前言不搭后语，但也淋漓尽致。最后，他还莫名其妙来了句，你们不配和我交朋友。人群别说对骂了，连回应也没有，还是用之前一贯的表情欣赏着这里，仿佛这独白是表演的一部分，也有自感无趣的路人径自离开。

随着黄昏深入，一种临近散场的萧条明显起来，冷意侵入衣袖裤管，田鸡也准备回家了。荣宝不太情愿地走到小丑面前，他身后还跟着王强和海兵，他们不时推他一下，三人好像有什么事准备和小丑交流，不知怎么荣宝成了代表。他们要做什么，这太令人意想不到了。

小丑准备视情况再掏刀，他冷觑这三人的大腿和屁股。

荣宝回头扫一圈王强和海兵，仿佛最后确认，那真问了啊。王强嫌他拖沓，推开他，说，这鹅怎么卖？

小丑不明白他说什么，走近的田鸡也不明白王强在说什么。

荣宝说，这鹅被你踢得半死了，你也没什么用，不如便宜点卖给我们吧。

小丑问了一个极为愚蠢的问题：你们买了干吗？

荣宝老实地笑了，当然是买了吃啊，这个天吃点鹅肉，对身体还是有好处的。今晚兄弟几个想喝次小酒，红烧大鹅，八块怎么样？好了好了，市场价也差不多十块左右，十块差不多了。王强怕他加价，替荣宝帮腔。看小丑没说不行，荣宝掏出两张一元、三张五角，红兵拿出一张五元，王强翻出一把角票塞给小丑，你数一下。荣宝拎起那只半死的鹅，红兵掂掂翅膀，感觉够沉，三个人兴高采烈地讨论等下去哪家打黄酒，等着小丑点钱。

小丑迟迟没反应过来，眼神有些受欺负而无力反抗产生的茫然的顺从，红烧大鹅？我在骂你们，你们在想着晚上吃鹅？他的情绪被那些言语里蕴含的奇异温柔包裹了，好像一颗定时炸弹被关进了防爆箱，就算炸了也不会影响外面分毫。他没有再骂，这他妈太奇怪了，他们在盘算我的鹅。他看着钱，确认刚刚发生的是真事，他拿着钱，不知所措地张望人群。他准备掏刀面对的是自己想象出来的一些人，而他们是另一些人，甚至不是他刚才骂的一些人，他骂的一直只是他脑子里的人。在这个镇上，他像只身活在电影镜头中，举手投足都是被人把玩的，他始终挣扎和愤怒在平面中，他活在平面中。

一个戴鸭舌帽的矮个子赔着小心问，我也买一只？没等小丑回答，一个头发全白的老太太拄着拐杖靠近，弯了腰去捏鹅，反复捏了几遍比较肥瘦，几个人跟在后面给她拿主意，另一些人围着羊和马无比认真地端详，已经讨论起目前羊肉的市场价格了，今年比去年涨了五块钱。鸭舌帽问，这鹅多少钱一斤？老太太说，不会便宜。

傍晚真的来了，所有人的视线几乎是瞬间变得模糊起来，好像有一个暗中的指挥者，他一声令下，所有的光亮同步消失。远处街道的店铺脚下升起了一层灰色，更深的灰色人影在浅灰色里穿梭，仿佛人类也不再是先前的人类，换了一批更轻盈的生命体。

三只猴子凝固在屋顶，如三只檐兽，或者它们就是那三只檐兽的化身，贪玩才化猴游戏人间，此刻因果已了，又回归本体。小丑的脸变得模糊，仿佛为了与夜晚抗衡，他的周围啸聚起只属于人间的欢快，其乐融融，接近于普天同庆了。马可能过于庞大，或者这个生物不如鹅、狗和羊来得家常，不管是杀了还是养起来都惹人注目，如何处置，需要研究，拎鹅的、拖狗的都还没走，一起琢磨这匹马该怎么办。羊牵在胖子手中，他此时和小丑勾肩搭背，说着些江湖往事，说到高兴处还对小丑肩头戳几下，眼镜给小丑敬烟打火。火苗蹿起，小丑变亮的鬼脸把眼镜吓得猛一哆嗦。小丑马甲口袋里鼓出一个包，他时时按紧，担心钱掉出来。刚开始，他并不想把这些动物卖掉，但猴子都没了，价格不错的情况下卖掉这些累赘也是一个不错的选择，连半死的鹅都能卖十块钱，他有一种误入歧途、索性破罐子破摔的轻松，用这些钱去老家买上同等数量的动物，还有盈余。

算了，算了，猴子都没了，小丑的愤怒早就消失，沉重的疲倦俘获了他，他要躺下。为了抵消来自大地的吸引，他猛抽两口，扔掉烟头，不去想猴子。他抱起宣传展板，分四趟推进电动三轮车厢。这时大家知道他要离开了，只言片语流露出留恋，颇多惋惜之意，东西挺实惠的，表演也不错，也不知道下次什么时候再过来。几个人责怪起那个剪绳子的小孩，下次见到他一定替小丑揍一顿，没爷娘管教的小畜生。小丑懒得再追问了，他套紧车把上的缰绳，拍了一下马屁股，马喷出几个响鼻，长咴一声，抖擞鬃毛，抬蹄欲行又止，等着小丑的指令。他对着人群伸出一只手，最后一次，五百块，要不要？众人交流着彼此不要的理由摇头，散开，叹息，摆手，互相认可，为所见略同而表示欣赏，马终究没有人买。

田鸡很喜欢这匹马，但他没有钱，可能要等很久很久以后，等他长大才能去买马,他知道那个时候如果仍旧没有钱,那么长大也是没用的。这些送给你们吧,小丑跨上马,指着他懒得收拾的几件道具。留到最后的田鸡、白皮,喜出望外地跑向那里,铁皮刀、藤制盾牌、手铐那些,小丑已经放上车厢了,还掉着三张面具,光线昏暗,能辨认出葫芦兄弟、蓝精灵,还有铁臂阿童木。白皮和游街同时抓住蓝精灵,谁也不肯让,各捏着一半推对方。田鸡抢到蓝精灵,他放脸上,闻到腥气,凑着头顶正在洒开的路灯光,面具扣带上,粘了几缕枯黄的猴毛。

沿街路灯洒开灰白,小丑骑着马,慢慢举蹄,嘚嘚向前,仿佛每一步都是过程和决定,小丑的背影也有沉思状。电动三轮被马牵动,在两边店面形成的光影通道里趔趄前行,心事重重,像是一辆从西方侦探小说中驶出的马车,里面坐着福尔摩斯。不知道为什么,此时此地,田鸡觉得他的背影有点熟悉,可明明没见过他啊,那么洋气的小丑,动画片里才有的小丑,哪怕只见过一次,他绝不会忘掉。

回家吃好晚饭,他趴在饭桌上赶作业,父亲收碗,习惯性地骂他几句,转身从客堂的昏光走向门口,父亲的背很驼。随着自来水欢快地冲撞水池,碗盆筷勺哗啦作响,田鸡忽然想到,他觉得小丑熟悉是因为他骑在了马上。这是一个在很多电影电视中展示过的身影,也是很多武侠小说主人公的出场姿态。他不止一次曾想象这样的身影,主人公当然是他,独行杀手、断肠剑客,冠盖满京华,斯人独憔悴;再配上落叶长街、萧瑟荒道,他妈的要多孤独就有多孤独,这个孤独是多么让人神往。田鸡略感惆怅失望的是,原来任何一个人骑在马上都有这样的效果啊!

原载《上海文学》2020年第6期

评鉴与感悟

黄昏里的人戏

阅读《黄昏马戏团》，使人想起《示众》。鲁迅小说里反复生发和展开的"看/被看"模式，在当代又一次被书写。在同样困顿的街区，小丑带着他衰颓的动物们登场，慵懒麻木的小镇居民围聚上前。如同鲁迅为《孔乙己》精心挑选酒店伙计为叙述者，阮夕清偏爱敏感的少年——"田鸡"，以其为主要叙述视角，借以暗示自身的情感倾向。居民们围观马戏团的同时在内部互相观看，"田鸡"则分别观察着动物的温顺柔弱、小丑的可笑与可悲、看客的蛮横和麻木。在此基础上，我们体味着"田鸡"身上的单纯天真，又触摸到"田鸡"背后作者的轮廓。

在鲁迅那里，"看/被看"的二元对立或如《祝福》那样发生在群众内部，或像《药》等发生在先驱者和群众之间。阮夕清提取后者隐含的权力关系并加以演绎——因为行为"失常"，先驱者被驱逐至更低等的权力序列，群众得以肆无忌惮地迫害/观看先驱者，以倾泻自身的情绪。在《黄昏马戏团》中，小丑以逢迎取悦的姿态主动降低自身位置，召唤起眼镜和胖子的权力欲和控制欲（骑自行车的人和荣宝等人的退让无疑催化了这种膨胀），以至于他们提出让猴子当众表演交配的无理要求。于是，我们得到两层权力关系：观众胁迫讨生活的小丑，小丑反过来对动物施暴。而几乎就在小丑用匕首吓退眼镜和胖子的同时，一个突然出现又突然消失的孩子剪断了约束猴子的绳子。带来种种耻辱的权力关系原来如此不堪一击。更反讽的是，面对小丑愤恨的辱骂，人群不为所动，反而想着把剩下的动物买来吃肉。内心麻木是一方面，另一方面是围观者并未把自己视为施暴者——"他骂的一直只是他脑子里的人。"然而小丑的疯狂并非无缘无故，对受害者来说，每一个无动于衷的观众，都是残忍的施暴者。阮夕清的警醒直指人心：安心做个观众，就是安心沦为施暴者。

请原谅我让鲁迅的幽灵再次降临——"暴君治下的臣民，大抵比暴君更暴"，"做主子时以一切别人为奴才，则有了主子，一定以奴才自命"。在这庸碌人间，我们每个人都无法逃脱权力关系的序列，稍有不慎，就可能滑入小丑的境地。将所谓最纯洁最正义的事物置于至高处并不能解决问题，只会使人再次踏入权力压迫的循环陷阱。可惜的是，阮夕清始终没能揭示出权力关系循环变动的可能，小说中的动物仅作为单纯的象征符号反衬人性扭曲。需要多说一句，这不是个局限于"国民"的问题，至少在竹内好那里，日本在处理自身与西欧和东亚的关系问题上就陷入了主奴陷阱。

小说中从午后持续到黄昏的表演，与其说是马戏，不如说是人戏。"田鸡略感惆怅失望的是，原来任何一个人骑在马上都有这样的效果啊！"——阮夕清以此在结尾处暗示：人性卑微，不论你我，一旦被生活的特定情境捕捉，都可能卷入这样一场闹剧。不论对上还是对下，主体必须时刻保持自我否定和批判。警惕附庸与迷失，也警惕膨胀和放肆。（李玉新）

去看乌嘎跳舞

/渡澜

这天，一只鸭子混入了索布德①的羊群，而稳重的绵羊们则不惜一切远离它。牧羊犬视它为敌人，冲它吠叫。羊群里的气氛变得剑拔弩张。

索布德意识到，这只鸭子不是一个骗局，更不是在开玩笑——因为它站在羊群的正中央，就像一位正在等候贿赂的人。索布德冲它泼水，想赶走它。但是水从它的背上淌下了，它满不在乎地抖了抖羽毛。或许人们可以用泼水的方式让泥地上的老鼠抓痕消失，但同样的方式对鸭子是无效的。它轻蔑地对索布德说："索布德，很多动物都不怕水——比如我，比如你的羊。但是大多数动物都怕火，因为火是一种过程。"

"你说人话，太奇怪了。"索布德说。

"长裤和短裤的区别是一些布料。鸭子和人也是。"

"你吓到我了，你应该离我远一点。"

"能说出这种话的人，有百分之九十九的可能性是个天体文盲。"鸭子咳嗽了一下继续说道，"别赶我走，我的索布德。我不想单单在口头上将你唤作己有——我会跟在你身后，至少这件事我可以做得很体面。你不能错过我。"鸭子毫无疑问地给了索布德一个崭新的身份，但索布德对自己的新身份浑然不觉。鸭子嘎嘎叫着要求一切都变得对自己有利。索布德满腹忧

---
①索布德：蒙语，意为珍珠。

伤，却还是把它领回了家。

索布德的哥哥名叫巴图兆日歌。他在寒冷的北地工作，脸颊是紫褐色的。当巴图兆日歌看到自己的妹妹身后跟着一只摇摇晃晃的鸭子时，露出了辛辣的表情。

"索布德，你身后有一只鸭子。"他是一块难啃的骨头，无休止地凝视着这只鸭子。

"哥哥，我在羊群里发现它，就把它带来了。"

"牧羊犬不会同意的，它已经很忙了。"巴图兆日歌举起左手做出拒绝的手势。他没有食指，从他食指的空缺处，可以看见他的蛇皮围巾和远处枯萎的玉米田——那是一小块长方形的风景。

"哥哥，鸭子不用带出去，养在家里就可以了。"

"那就让它待在家里吧。不过别让它跟着你。"

"为什么？"

"它像个流氓。"巴图兆日歌的质疑无法被编码。事实证明，他看错了——鸭子自打住进来后就再也不跟着索布德了。它寸步不离地跟着巴图兆日歌，有时还会替他点烟。当巴图兆日歌准备晚餐时，它会变得多愁善感，站在厨房门口驻足静听锅铲的动静。更加令人难以置信的是，鸭子可以令引擎永远轰鸣，可以很好地烹饪毒海葵（但没人敢吃），它甚至为当地骨科手术的进步牺牲了自己的脊椎。索布德不懂它——当人们近距离接触鸭子，就会发现自己的知识体系简直疮痍满目。鸭子毫无怨言地跟了巴图兆日歌两年。它经历了千辛万苦，为他日夜操劳，脚蹼被磨没了，还差点患上风湿。逐渐地，巴图兆日歌放松了警惕，不再管它了。当他心情好的时候，会大发慈悲地摸一摸它的脖子。可是当鸭子靠近索布德时，巴图兆日歌依旧会用马鞭赶走它。

有一天，巴图兆日歌因为有事要离家三四天。他很少长时间离开自己年幼的妹妹。对巴图兆日歌来说，让他离开索布德就是让他退出某种文化。巴图兆日歌走之前将鸭子锁在了自己的房间里，并用断指堵住了锁眼。巴图兆日歌再三叮嘱自己的妹妹，不要打开那扇门。

悲惨的事情将要发生！

巴图兆日歌走后不久，鸭子就嘎嘎叫着跑进了索布德的房间，途中撞翻了好几口炖锅。索布德看见哥哥房间的门被砸烂了，锁头也不知飞去了哪里。一只鸭子嬉闹得何其放肆，竟然有公牛的气力，索布德预感到一种粗暴的交涉即将来临。鸭子站在索布德的床旁直视她，嘴巴上显露着男人剃过胡须的痕迹，尾巴下耷拉着一条螺丝锥。有什么要发生了吗？索布德蜷缩在床上，凝视着它身上那些仿佛淋巴疤痕般的褐色条纹。"它用了太多褐色。"她在心里想着。

"当家的，我们必须聊一聊。"它低声下气地说。在这短短两年的时间里，它已经变得足够卑躬屈膝了。

"哥哥让你离我远点。"

"他是稀世的恶棍、暴君和极端气候。索布德，你才是这里的主人。你应该满怀不满，用力反抗。"

"我听不懂你说的话，你还是嘎嘎叫吧。"

"你要听一个秘密吗，索布德？"鸭子说起话来，好像是在给索布德挠痒。这招百试百灵。因为"秘密"是孩子们的甜奶酪，他们一听到"秘密"这个词，就会乖巧地跑进你的怀里。这些引诱孩子们的"秘密"，像工蜂一样守护着自己的童贞，它们可以生存，而且无须任何尺度。

索布德果然好奇地问："是什么？"

"乌嘎。"鸭子小声说道。它向索布德走去，将自己的脑袋卑微地放在了她的膝盖上。索布德摸了摸它的脖子，这是她第一次摸它。索布德闻到它羽毛上发出的湿漉漉的味道。因为它是一只鸭子，所以当它传出这种味道时，人们觉得它可爱。可如果它不是一只鸭子，这种味道就有点可怕了。

"乌嘎是什么？"

"乌嘎在北边。她明晚要跳舞了。看她跳舞，你就会忘记一切烦恼，每天都开开心心的。"

"乌嘎在哪里？"

"得往北走。"

"要走到哪里？"

"越往北，熊的颜色越浅。在颜色最浅的熊生活的地方——她在那里跳舞。"鸭子说完就走了。它还替索布德关上了门。

可是它那么小，碰不到门把手，是怎么把门关上的呢？

鸭子走后，索布德一直在想乌嘎的事情。鸭子只说了乌嘎在北边、乌嘎在晚上跳舞、乌嘎和熊，可是"乌嘎"到底是什么它并没有告诉她。放羊的时候，索布德也在想乌嘎。未曾谋面的乌嘎强烈地吸引着她。索布德在自己的大脑里虚构出了一个"乌嘎"——她是个漂亮的女人。乌嘎喝着羊奶长大，比北极熊都要强壮，挥洒的汗水可以像苔藓那样变老。她同一屋子的男人玩牛蛙那么大的纸牌，甚至可以喊出所有人的名字。她有可能几乎全盲，分不清白天和黑夜。乌嘎也许有着晶莹剔透的大腿骨，是个通情达理的人。她的脚掌上有菊花、岩石堆和柳条，后背上生长着摩天大楼。她给予和获得爱的方式就是跳舞，用热情洋溢的舞步欢迎所有到来的人。乌嘎可能是一位有着大智慧的圣人，正因如此她的舞蹈才可以震撼人心，令人忘却烦恼。如果索布德将自己想象中的"乌嘎"画在纸上，那索布德定会因滥用色彩而入狱的。乌嘎在索布德的想象中不断变换着色彩，她仿佛成了一位能力惊人的主宰者，令索布德心生敬畏，并诱使索布德勤勉细致地工作。那天的牧羊任务索布德完成得很好。一只以离别镶边的老羊将账户余额和密码告诉了她，还提醒她要"时刻保持前卫"。

索布德赶着羊群回家，发现鸭子一直站在门前等她，它已经做好了晚饭。这只鸭子漫长恼人，逼着人一头扎进穷冬的暴风雪中。它手提卤素灯，逼着你远离自己的安全港，然后在你的后脑上一寸一寸地往上挪。吃完晚餐后，索布德将自己的想象讲给鸭子听。鸭子听得津津有味，等索布德讲完后，它才恭恭敬敬地说："从想象到决心，孩子就是这样长大的，索布德。"

索布德闷不作声地看着鸭子熟练地收拾碗筷。想象中的乌嘎在教她怎么用牙刷清洗帆布袋子，还把锃亮的皮鞋脱下来，给索布德展示自己的锈灰色袜子。

"你想去看吗？索布德，你想去看乌嘎跳舞吗？"鸭子打断了她的思绪。

"哥哥回来了，我们就去看。"

"你不能带着你的魔鬼哥哥。如果你不小心告诉了你的哥哥，乌嘎令人开心的魔力就会消失。你会遵守约定吗？"

"我年纪太小了，还不可以开车。我一个人去不了那里。"

"索布德，你只需要告诉我——你想去看乌嘎跳舞吗？"

想象中的乌嘎突然开始跳舞了，她一边跳，一边呼唤索布德的名字。索布德没有应她，她就跑去打牌了。乌嘎在每张扑克牌上都写下了索布德的名字——一共五十四颗"索布德"，可以串成一条项链。鸭子围着她转圈，它嘴里依旧在说些奇怪的她听不懂的话。当索布德回过神儿来，发现鸭子将脑袋放在了她的脚背上。索布德蹲下来摸了摸它的脖子。她想看乌嘎跳舞，想要乌嘎亲吻她，而不是用她的名字串珍珠项链。最终，她点头了。

"晚安，索布德。我们明天就出发。"鸭子欣慰地说。

到了第二天早上，索布德走进厨房，发现鸭子并没有在煮奶茶。它正抖动着尾巴，哼哧哼哧地将一麻袋有着一圈艳红斑纹的仙人掌搬进厨房。奇形怪状的仙人掌挤在麻袋里，像一群红色美洲豹在互相枕着打瞌睡。索布德意识到大事不妙，她对着鸭子大声呼喊，让它丢掉仙人掌。

它好像没听见索布德在说些什么，执拗地把仙人掌一个个叼出来，甩进了不锈钢水槽里。

天啊——索布德抱起鸭子，拔腿就跑。但来不及了！仙人掌和不锈钢摩擦出火花，吱吱作响，水槽被压缩，索布德的世界里热闹得犹如迎来了一群苦味酸和雷汞——厨房立刻被炸了个粉碎。索布德直接被炸到了一楼，在茶几上滚了好几圈。她艰难地睁开眼，一团火焰扑过来，烧坏了她的脸。它们咬住索布德的耳朵，将她拽下茶几。索布德被烈火吞噬，和浓烟挤在一起，像是进了发烧的绵羊群。她躺在地板上，痛感被子一样盖在她身上。鸭子说得没错——大多数动物都怕火，因为火不是一种物质，而是一种过程。索布德看见鸭子躺在她旁边。它羽毛浓密、营养良好，身上的火焰竟然是天蓝色的。高压绝缘手套也不能捞起它。索布德已经无法移动，只能想着人们什么时候才会顺着浓烟赶来拯救她和鸭子。索布德百无聊赖，轻弹自己黑色的肌肉，竟然依旧能听见它们那强韧且充满生气的回响。

当一大群人赶来时，索布德差点被烧成炭，被大人们抬出来后立刻臭烘烘地吐了一地。鸭子在两个小时后也被搬了出来。勇敢的人靠近它，在它身上灵敏地加热玻璃，想做出一件工艺品。鸭子已经死了。人们冲死鸭子竖大拇指，夸奖它，说这个疯狂的举动在另一方面显示出了它对家庭的巨大的忠诚。

或许是因为索布德闪烁着独有的新人（活人）光芒——大家把她团团围住，为她标注了无数的感叹号。有人拿来了酒店里只够成年人刷两三颗牙齿的一次性牙膏，打算救索布德的命。还好拥有智慧的人总是在人们需要的时候及时出现。一位姗姗来迟的智者严厉地批评了他们，义正词严地表示，索布德现在应该被送去医院。

可悲惨的事情再次发生了。一只更老的鸭子抱着索布德的水槽走了过来。它又直又高，穿着灰不溜秋的保暖裤，戴着硬邦邦的花边帽，衰老的脸给了人们一种动人的保证。"她只是被烧毁了皮肤，不需要去医院。"它说。大家纷纷表示赞同。可是索布德看到一条狗凑过来嗅她熟透的肝了。索布德被烧毁的可能不只是皮肤。

"桃子皮最接近少女的皮肤。我可以提供一些桃子，给孩子新的皮肤。"

索布德感到恼火，因为它的表情看起来简直就是活生生的一句话——"把谨慎统统丢掉吧！"

后来发生的事情令人感到不可思议。也不断提醒着索布德过度相信"鸭子"的经验将带来的可怕后果。这群人围着索布德剥桃子皮，然后把桃子皮全部粘在了她的身上。他们选了青里泛白的水蜜桃，桃子皮上裹着的一层细小的绒毛令索布德打喷嚏。不多久，索布德的身上不仅多了一层桃子皮，还多了一层鼻涕和灰褐色的桃小食心虫。"我还不是个少女，我只有八岁。为什么鸭子要给我桃子皮？"索布德绝望地想着。

当索布德从瘙痒和疼痛中缓过神儿来时已经中午了。她在地上翻滚，妄想蹭掉身上的桃子皮，但根本没用。那些桃小食心虫在苯醚甲环唑的滋润下个个成长得虎背熊腰，沉甸甸地压在索布德背上，令她感到焦躁。索布德想翻身压死它们。可它们竟然指着她的鼻尖齐声大喊道："你这个狠心的母亲！"索布德只好停止了动作。

她饥肠辘辘，拿起地上被抛弃的桃子果肉塞进了嘴里。水蜜桃果肉在夜晚的烹饪下犹如森古日啤酒般沁人心脾。她咽下桃子时听见身体深处传来了打破玻璃的声音——这是令人沮丧的声音。不仅是她的肝，她的胃也熟透了。如果不是桃子皮的营养维持着索布德的生命，她可能早就死去了。桃子皮在此刻更像是必要条件，而非充分条件。索布德应该算半个奇迹，如果有人错把她当作桃子吃掉的话，他应该向世人道歉——"请原谅我，我不小心吃了一个珍稀动物。"

　　被烧死的鸭子也许被某个人带走做成晚餐了，索布德找不见它了。她从羊的账户里取了一些钱。索布德原本想打车去看乌嘎跳舞，可是因为她把钱攥得太紧，身体残留的高温将纸币烧成了灰。纸币的死亡宛如一道突如其来的光束，照亮了她灰蒙蒙的大脑。索布德拍下手掌里的灰烬，清楚地知道自己永远都不能看到乌嘎跳舞了。她不可能在天黑前走到最北端。也没有人会把一个披着桃子皮的小家伙拉上车。如果索布德是一个力大无比的人，将世界对折，就可以一步跨到最北边了。

　　索布德顶着中午的大太阳向北走。她头顶上是无边无际的天空，脚下的泥土像海绵般充满水分，坚韧的小型牛到处走动，不多久就被泥土吞没了。代替它们的是一群年轻且脂肪储备明显不足的刺猬。它们不知是从哪里冒出来的，轻快地在泥地上行动。索布德抬头看天空，被它异想天开的上色方式惊艳了，令人联想到纸张的蓝色铺满天空，如同生物般灵动的银色混在其中。风一吹，银色便陷入占据主导地位的蓝色之中，成为一种无法被调和的误解。索布德脸上的桃子皮滚烫如油锅。她挠了挠瘙痒的皮肤。索布德也许到了硬币背面的世界，这里的一切都令她感到陌生。烈火烧坏了她的眼睛吗？

　　索布德走动时，烧焦的肉吱吱作响。

　　一个男人一直走在索布德前面。他有些瘦削，肚子却很肥大——看起来像一件成熟的告别作。他戴着扁平的窄边草帽，背着沉重的背包，嘴里哼唱着令人作呕的歌曲。这些恶心的歌词和曲调敲打着索布德的胃，她感觉晕头转向。于是他唱了一路，索布德吐了一路。她边呕边发出玻璃破碎的声音，中午吃的桃子铺满了马路。男人终于不唱了，回头看她。索布德闻到他身上溪水的潮湿味道，似曾相识。

　　"你在唱什么？"索布德问。

　　"我在歌唱我的顺服之心。"

　　"你会要了人命的。"

　　"你是什么品种的桃子？"他走过来，轻轻抚摸索布德身上的桃子皮。

　　"我不是桃子。我叫索布德。"

　　"我叫吉达。你这是要去哪儿？"

"我要去北边。"

"那一起吧。"他模仿索布德的节奏,和她并排走了起来。

吉达问索布德为什么变成了桃子。听她讲完后,他摇头直叹气:"索布德,无所不知的本地鸭会让你吃尽苦头。这是阴谋,因为它是在你哥哥离开后才动手的。"索布德因为全身上下都疼,走得慢吞吞的。吉达询问她需不需要帮助。

"不不,我没关系。"索布德说。

"这世上的伤心事儿可真多,"他说,"就像昆虫的翅膀总是成对地出现,我们的痛苦和喜悦总是如影随形。不过,鸭子为什么要烧了你的房子?"

"因为它把我当作过滤器来用。我们原本要一起去看乌嘎跳舞的……"

"你说你要和鸭子去哪儿?"他问。

"去看乌嘎跳舞。"

"她在哪儿?"

"在颜色最浅的熊生活的地方。今晚——她在那儿跳舞。看她跳舞就可以永远开开心心的……"

"这太令人向往了!可是索布德,你要走着去?不可能的,天马上就黑了。"

"我知道我见不到乌嘎了,吉达哥哥。"当吉达靠近索布德时,她注意到他的皮肤如陶瓷般闪烁着美丽的光泽。它有着令人心生不快的蒙昧感,却荡漾着某种近乎邪恶的童趣。吉达的皮肤与普通人的皮肤之间有着一丝微妙而犀利的差异。与其说那是活人的皮肤,不如说它是一个吸顶灯的反射。

吉达的皮肤,可以用来削铅笔,也可以用来制作内衣。

"为什么?"索布德触碰他的皮肤。

"我的皮肤来自大马坎矿。"他说。索布德被他的皮肤吸引,不慎被地上奔跑的刺猬绊倒,脸贴上了泥土。泥土是热的。天气越来越热了。燥热的风在正午吹来,同索布德互道午安。她的膝盖开始肿胀,她感到不谨慎和不健康。吉达却面色如常。他仿佛没有发现异常。吉达将索布德拉了起来,默不作声地为索布德搭建了一个沉默的、巧诈的支点。他们继续向北走。

"吉达哥哥，我们在向北走吗？"

"是的，索布德。"

"吉达哥哥，越往北，天气越冷，熊的颜色也越浅。乌嘎在颜色最浅的熊生活的地方跳舞。"索布德停下了脚步，她意识到了什么，恐惧令她瑟瑟发抖，"吉达哥哥，我们是不是走错了？"

"也许我们在向南走。"吉达回答道。

"吉达哥哥，如果再走下去，我身上的桃子皮会在高温中腐烂。"

吉达拉住了索布德的手臂，拖着她向前走："这是个笑话。"索布德拼命挣扎，再次摔倒在地上，手臂上的桃子皮被他扯下了一大块。索布德身上的烧伤在携带着沙子的风的吹打下越加疼痛。索布德热得直冒汗，汗水流淌在桃子皮上，带来了更难耐的瘙痒。她绝望地蜷缩在地上，拒绝接二连三的折磨。或许就如吉达所说——这是个笑话。毕竟每一个极端例子都可以成为一个笑话。而这些笑话则像是一个个被踢出去的香蕉球一样被机敏的人接住了。

"索布德，我对长生天发誓，这就是北。"吉达为扯下了索布德的桃子皮这件事感到很抱歉。他再次将索布德扶起来，尝试着把桃子皮重新粘回去，但失败了。

索布德擦拭着脸上的泥土，鼓起了勇气。可是吉达竟然毫无预兆地重新开始唱歌。他在唱"公蟾蜍陶醉在爱里，压死了母蟾蜍"。或许坚持也是施虐者的特质。索布德再也无法前进半步，趴在地上呕吐，呕出的却只有酸水。吉达的声音越来越小，他已经走远，这次他没有回头，消失在了北方的风沙中。"吉达！"索布德冲他消失的方向大喊，没有人回答她。索布德的喊叫声令公刺猬们跑得一干二净。母刺猬们没有跑远，聚集在索布德身边，用一副茫然若失的样子看向她。它们以为索布德将要生孩子，不断提醒她这里不适合产子。

"孩子是很重要的。"它们喋喋不休。

"那干脆就把孩子放进保险箱里去吧。"索布德说。她看着满地乱跑的刺猬和它们手指头一样的粪便，意识到死去的往往都是生命。索布德想看乌嘎跳舞，此时她只能带着熟透的内脏，披着桃子皮寻找她，就像在用不适合的工具干活。苍蝇被果香吸引，在她周围扇动翅膀，刮起的风儿吹得她的胸膛如松针般冰冷。

"索布德!"

一辆破旧的、霜冻色的小轿车停在了索布德面前。吉达从车窗里探出脑袋呼唤她。索布德上了车。

"吉达哥哥,我以为你已经走了。"

吉达发动了车子,"我是打算走的,我说过的——无所不知的本地鸭会让你吃尽苦头。你的鸭子用一株仙人掌炸了你们的房子,一只老鸭子给你桃子皮,催熟了你——真是疯了。而你满口胡话,可能随时爆炸。但是,我要把你送到乌嘎那里去。我唱的歌可以令腌渍的鱼跳起来,可以让鸽棚内开花,可是你听完却吐了。我必须看着你,因为已经有无数个苍蝇围着你转圈了。"他的语速惊人,急红了脸。

"吉达哥哥,你是从哪儿得来的车子呢?"

"我打个比方,如果你做高空采摘的工作,你就要有这种决心——你会掉下来。索布德,我接下来要说的话绝无贬低之意——有些人以为自己永远不会掉下来。你弄懂了吗?"

索布德透过车窗看地上的刺猬,发现它们连成了一条褐色的线。虽说刺猬们成了一条线,可它们优雅而独特的眼神却依旧清晰,这股力量促使这条荡漾的褐色阴影耸立成了一幅扎实的油画。索布德低声说:"你说的话比鸭子说的话都要难懂。你根本没有回答我的问题。"

"没什么稀奇的。我向北走了不到百米,就发现了这辆车子。它被将军埋在了沙子里。"

"你是怎么发现它的?"

"靠着放肆的好奇心。索布德。我在路上想了想,仙人球为什么会爆炸?可能是因为它把多个胚胎装入一颗种子里了。不是仙人球,是仙人球的种子炸了。你说对吗?"

"也许。"索布德的声音听起来有点不对劲。吉达握着方向盘飞快扭头看了索布德一眼。汗水一直在顺着她的鬓角流下来。他听见索布德的牙齿在打战,发出像台球相互撞击时发出的声响。吉达甚至可以闻到她身上散发出的痛苦味道。听说人在中年时嗅觉最为灵敏。吉达觉得自己并没有太糟糕的体味,可十几年前他在征兵体检上因为"体味过浓"而被认为不合格——一定是因为医生们都是中年人。吉达年纪已经不小了，人们总是因为他光滑的皮肤而误认为他年纪轻轻。他没有告诉索布德她理应喊他"叔叔"，他喜欢索布德喊他"哥哥"。就像新生婴儿对盐溶液不感兴趣一样，他觉得"叔叔"这个词是咸味的，你得惴惴不安地靠近它，防止它提醒你——你已经不再年轻了。牙齿打战的声音消失了，吉达发现索布德咬着牙，直直地注视着前方。

车子一直没有停。天气越来越热，刺猬越来越少，响尾蛇们围坐在一起吃烤肉，旁边是一叠摇摇欲坠的盘子。索布德以为北边会下雪的，但没有——这里尘沙乱飞，仙人掌长势良好。索布德嗅了嗅自己的手臂，果香越加刺鼻了。香气最浓重的地方甚至压垮了皮肤，因此而产生的微小坑洞，就像破碎的小型锅炉，锅炉里沸腾的是柔软的桃子胎发。蝇虫隔着厚厚的窗玻璃闻到了这味道，砰砰撞着玻璃想吃掉她。不多久，窗户上就布满了浅灰色的印记，玻璃狭窄的凹槽里也挤满了死苍蝇。索布德看着外面凄凉的沙漠，再次肯定自己见不到乌嘎了——乌嘎在颜色最浅的熊生活的地方跳舞。这里根本没有熊。

吉达让她看太阳："你看太阳，索布德。我们在向北走，这是正确的方向。我们快到了。"索布德没有说话。

人们总是认为两场灾难之间有很大的空隙。事实上不是的，它们接二连三。因为吉达车技惊人，所以高速行驶中的车子并没有碾轧到刺猬，但是吉达忽略了灾难的源头——仙人掌的种子。索布德感到车子似乎颠簸了一下，一声巨响，车子就被炸飞了。玻璃被震得粉碎，玻璃碴溅得到处都是。座位也被烧得焦黑。这是多么大的种子啊，可以撼动汽车。索布德在车子里被砸得头昏眼花，周围稀薄的空气闻起来像熨斗。车子开始着火，索布德的桃子皮很快就被烧光了。这世界上的大多数东西都是无法恢复如初的。索布德用狮子的气力推开车门，钻了出去，又用沙鼠的巧劲儿在沙子里滚了一圈，灭掉了身上的火焰。吉达那边的门也被推开了。他呻吟着钻了出来。

"啊，如今的种子越加狡猾了。"吉达按着闷疼的脑袋，他喋喋不休，"它们见风使舵。索布德，它们在风中伪装成废品，可是哪怕世界倾斜，它们也能站在最后一粒灰尘上向大自然索取生活费。"

"吉达哥哥,你怎么没有着火?"

吉达捏起了自己的皮肤:"它结实极了。"

吉达见太阳快要落山了,知道怎么着急都没用了。吉达摇着头坐在了地上,索布德也挨着他坐下了。小小的脑袋无力地枕在他的肩膀上。她似乎在啜泣,这个小可怜。吉达看着光裸裸的索布德唉声叹气:"你现在连桃子皮都没有了。"

"我哥哥……"

"可惜,现在只剩下没用处的吉达哥哥了。索布德,我无能为力了,天要黑了,车子坏了……"他看向不远处燃烧的小轿车,再次叹了一口气。靠着他的索布德一声不吭。吉达捏了捏索布德的小脸蛋,手指上便沾上了血。吉达又拍了拍她的肩膀,手掌上也沾上了血。他压低身子看她的脸,发现索布德闭上了眼睛。

"索布德?"

索布德更适合"茁壮成长"这个词,而不是"裸露"或者"疼痛"。她理应发出让人感到满足的酵母味儿,而不是猪肉铺子里的血腥味。吉达假装若无其事,打了一个虚假的哈欠,仿佛他根本没有发现索布德已经像鱼儿入网一样被死亡捕获了。

错不在他。你不能总是陪着孩子,吉达想,孩子的消化系统或许可以做到这一点,但是你不能。有时你只是眨了一下眼睛,孩子就跑到摆满坏家伙的柜子底下去了。

吉达继续哼唱着他那"可以令腌渍的鱼跳起来,可以让鸽棚内开花"的歌曲。也许事实并非如此,但吉达强调它的真实性,他甚至有足够的能力,可以令社会以一种微妙的方式重申这个事实。刺猬们全部跑远了,它们听他唱歌,不小心失去了自己宝贵的原色,变成了苹果花的浅粉色——这几乎是为刺猬们做了绝育手术。吉达没有停止歌声,他通过歌唱可爱的女孩来寻找属于自己的出口——这个出口可以是一扇具体的门,也可以是以海市蜃楼的形式出现的间接出口。

吉达看见一个男人从北方走来。人们看远处的物体时,眼球处于放松状态,所以当那人逐渐靠近吉达时,他感到眼球旁边的肌肉紧绷起来了,同样紧绷的还有他的舌根。来人穿着厚重的冬装,全身都像交通工具一样硬邦邦的，宽大的手掌可以为西瓜遮阳。吉达发现他的脸被冻伤了，上面鲜艳的紫色就像在冲他咆哮。

"老天。"吉达深深吸了一口气，捂着脸全身发抖。沙漠里的响尾蛇爬上了吉达的后背——也许是不安，谁知道呢？他立刻下定决心，站起来将索布德的尸体丢进了燃烧的汽车中。烧焦的轮胎味盖过了尸体燃烧时发出的气味。那辆霜冻色的汽车在与它毫不搭配的红色火焰中"酒后吐真言"，吉达能够理解它的情不自禁，因为在它的后座上曾经躺着一本亮闪闪的COSMOPOLITAN。吉达也开始了自己的"酒后吐真言"，因为紧张，血管在他的鼻头上显露。他感到自己过分寂寞了。当年给他体检的医生，正将他糟糕的体味一片一片晾晒在洗手间的绳子上。

错不在他。

巴图兆日歌靠近了，他看见一个奇形怪状的男人。那男人的皮肤如宝石般绚丽夺目。巴图兆日歌立刻就将这夺目的光芒铭记在心。不过使他印象深刻的，与其说是男人的皮肤与宝石的相似性，不如说是它们之间的不同——这个奇怪的男人竟然不是一块矿石，而是一个活物。

"车祸？"巴图兆日歌问。

"仙人掌的种子炸了。"

"节哀。我叫巴图兆日歌。"他走过来轻轻抱了抱吉达，用他那因为冻伤有些发烫的脸颊贴了贴吉达的脸。吉达想讨好巴图兆日歌，防止巴图兆日歌像削梨一样把他削成漂亮的小月亮。

"我叫吉达。"

吉达感到紧贴着自己的巴图兆日歌的肚子突然弹动了一下，巴图兆日歌摇着脑袋，胸膛收缩。他猛地结束了这个拥抱，弯腰捂着嘴巴干呕了一声。吉达拍了拍他的肩膀，想问他到底怎么了，谁知巴图兆日歌突然直起身，用自己还沾着唾沫的手狠狠扇了吉达一巴掌！吉达被打得晕头转向，被扇翻在地上。他夹紧了屁股，防止自己倒地的姿势过于难看。吉达首先感到火辣辣的疼，随之而来的是脸上黏稠的唾液。酒精、晒烟和酸菠萝的臭味，他意识到巴图兆日歌几乎是把胃酸呕出来了。很显然，巴图兆日歌的理性并不常常从包厢里站起来，摸索着下台阶，它只躺在那里，抱怨工作太辛苦。"巴图兆日歌也许和魔波旬共用一个法律顾问。"吉达想。

"你为什么打我?"

巴图兆日歌将他拉起来,顺理成章地提起了吉达的手臂。他细细打量吉达的皮肤:"这可真漂亮。"吉达发现巴图兆日歌的眼中有泪水在滚动,泪水濡湿他的睫毛,它们看起来就像一双双举起的黑漆漆的手。巴图兆日歌为什么要掉眼泪?吉达并不认为自己的皮肤有着可以打动这位暴徒的魅力。

"它来自哪里?"巴图兆日歌用衣袖擦了擦自己流出的鼻涕。

"它来自大马坎矿。"吉达松了一口气,因为巴图兆日歌并没有注意到车子里的索布德。

"我得把它剥下来。"巴图兆日歌说着,弯腰从靴子里抽出了一把刀。

吉达差点咬断自己的舌头。他感觉自己的胸脯逐渐隆起,恐惧如水蜘蛛一般在他腮帮子上滑行。快看那把威风凛凛的刀,它有个完美无瑕的鼻子。如果被它捅一刀,一定会疼得发狂。吉达感到腿软,差点跪在地上。当面对刀子时,吉达会觉得自己面前正站着一个美人儿,因为他茫然失措,不敢呼吸。巴图兆日歌真是大坏蛋们的好榜样:想象力丰富,身体强壮——手中还握着武器。

"为什么?"吉达问。

"别这样问,我一直生疏于这些社交手段。"

吉达喘了一口气,他想冲巴图兆日歌发脾气,像一个正常的男人那样,但这个想法一冒出来,吉达就感到一阵凛冽的寒意蹿上了他的脑门。他再次开口时,声音听起来像是在撒娇:"那你能给我什么,巴图兆日歌?"

"吉达,你刚刚害死了一个人不是吗?"

"来了一条货真价实的狗。"吉达哀叹。巴图兆日歌不仅闻到了他身上的体味,还从轮胎燃烧的刺鼻味道中嗅到了尸体的味道。也许只要他穿一条到膝盖的泳裤,巴图兆日歌就能用鼻子推断出他到底咽了几滴海水。"这是一起事故,兄弟。我不是杀人犯。你明白的,我甚至是个好心人,我在帮助她。并不是车子炸死了她,她原本就要死了。"

巴图兆日歌缓慢地摇了摇头:"快别说了——老天保佑。"

吉达的脑子转得飞快,他揉搓着双手:"兄弟,你听我说。这臭味已经渗进去了,你怎么洗都没用的。你要一张臭烘烘的皮干什么呢?它会让你瘫倒。与其削我,不如削桃子皮,那样还能逗家人开心。"吉达的声音填满了焦虑，他并未察觉到自己的回答有多么鲁莽。他此刻就如同一个裤兜里揣了冷肉的小偷，看到一棵山楂树都要向它强调自己的虚弱不堪。

"吉达，你想带着索布德去哪里？"巴图兆日歌提着刀问他。

他刚刚是不是提到了一个名字？

"索布德"这个词狠狠打了吉达一巴掌——这是今天第二个巴掌。老天——这一切发生得毫无预兆！巴图兆日歌就像是换了一个人。他也许是被弄疼了。舔瓷砖的狗之所以突然开始惨叫，是因为它被瓷砖的碎片划破了舌头。"索布德说过她有一个哥哥。"吉达感到身上的骨头都散了架，肠胃里起了一阵冷战，安全感也蹑手蹑脚地离开了——这可不是闹着玩的。他紧张地盯着巴图兆日歌结实的手臂和他的刀子。前一秒他还在调侃巴图兆日歌的"无理性"，可后一秒，他就因此而浑身颤抖了。如果这位死去的"索布德"是巴图兆日歌的"索布德"，那接下来会发生的事情就不言而喻了。

"我还有筹码。"吉达想着，谨慎地开口，"巴图兆日歌，确实有个人，可那不是索布德。"吉达用手按住肚子，感觉里面的东西要跑出来了。我是死虫了，吉达想。巴图兆日歌向他走过来。他几乎一脚踏入了吉达的狡猾区，巴图兆日歌每走一步，这片区域就摇摇欲坠。吉达推挤他，尝试着避开巴图兆日歌那黑熊一样猛烈的交际态度。他认为只要自己意志坚定，这片狡猾区的功能就仍然有复原的可能。可是巴图兆日歌依旧冲着自己选择的方向前进。"这人无论是捐钱还是抢钱，肯定都是同样的干脆利索。"吉达暗叹。巴图兆日歌握着吉达的脖子将他甩开，吉达摔在地上，滚了好几圈，差点滚进火里。刺眼的火光逼得他眯起眼睛，眼睫毛在高温下翘了起来。这一幕似曾相识，吉达感觉有点渴了。他也许被蝎子蜇到了，整个大腿奇痒难耐，但不失为一种美妙的痛苦，它为可能到来的死亡播下了机遇的种子。后来吉达才知道，那才不是什么死亡的种子，他之所以感到瘙痒，是因为他流了太多的汗。

"吉达，你的眼睛一直在对我说——我杀死了索布德。索布德刻在你的右眼里，阴谋刻在你的左眼里。"

"你疯了，巴图兆日歌，你疯了！那根本不是索布德！你的脑子被冻坏了，不信你去车里看看，里面正在燃烧的到底是谁。"吉达捶着沙地怒吼。巴图兆日歌捂着脸摇头，他陷入了迷茫。他用指甲频频刮擦着刀柄，像是在刮鱼鳞。

机会来了！

吉达趁巴图兆日歌刮鱼鳞的空当，立刻起身，发了疯一般向北跑。他的动作快得惊人。"我得逃离这个疯子！"吉达求生的本能激励着他。如果乌嘎真的在最北边跳舞，那北边一定人满为患。他可以混入人群，而且他敢打赌，巴图兆日歌不会在那么多人的眼皮底下剥了他的皮。他在沙地上艰难地奔跑，风从他耳边呼啸而过。吉达不敢回头，他不知道巴图兆日歌是否跟了上来。吉达希望巴图兆日歌的心脏因为悲伤粉碎了。他跑得飞快，踩死了好几只刺猬，他已经丢失了开车时的机敏，再也发现不了脚下的刺猬了。

吉达一直在跑，上气不接下气，汗水刺痛了他的眼睛。吉达闭上眼，感到一阵寒风吹向了他的脸。他睁开眼，发现自己竟然真的安然无恙地跑到了最北边。吉达目瞪口呆，他停止了逃命。吉达看见了大漠后的冰原和停泊在冰原体内的冬天，她不会扩张，是静止的，任由飞虫和人们进入她明澈的身体。白茫茫一片，气温低得惊人。这里空无一人，只有一架大型碎冰机和一辆卡车。恐惧和寒冷差点让他猝死。这是巴图兆日歌工作的地方——根本没有乌嘎。在这里神明也无法起舞。

"吉达！"

吉达扭头看见巴图兆日歌站在不远处。"他一直在我身后。"吉达想。他突然感觉不到恐惧了，有一种新生的空虚感促使他镇定下来回答巴图兆日歌的问题。他因为剧烈的运动而喘气：

"呼……巴图兆日歌，索布德不是我害死的，但我得给你一个答案。她想看乌嘎跳舞。"

"什么？"

"鸭子告诉她——乌嘎在最北边，看她跳舞可以忘记一切烦恼。我们在路上相遇，我决定开着车送她——我只是个临时司机。"吉达感觉自己像个英雄一样被拷问着。

"原来是这样。不过鸭子欺骗了她，乌嘎不在最北边。"

"那她在哪里？"

巴图兆日歌走过来，给了他一拳，吉达倒在地上，掌下滚烫的冰块让他肌肉抽搐。他不敢乱动。因为吉达一动不动，所以有一只冰块蜘蛛跑过来在他的腘窝里结了一张网。吉达无法在痛击中展翅翱翔，他大概率像个刺猬，能够让人眼神转移片刻。当他被敌人攻击时，只会缩成一团，然后静观世事的迁移。巴图兆日歌耐心地回答他：

"吉达，乌嘎无处不在。在我小时候，我的额吉和我的父亲锁上了房间的门。我敲门问他们在干什么，他们回答我——我们要去看乌嘎跳舞。"

"可是白色的熊不是生活在最北边吗？"

"不，他们的床单是白色的。那句'看乌嘎跳舞就可以忘却一切烦恼'是我说的。我之所以那么说，是因为父亲和额吉看完乌嘎跳舞后，额吉生下了我的妹妹。"巴图兆日歌闷闷地说着。

吉达轻轻咂了咂嘴。这老套的故事像是一种不健康的调味品，廉价而刺激，他的口中开始分泌唾液，五脏六腑都为之称奇。索布德是巴图兆日歌的妹妹，他唯一的沁达木尼，给他带来了孤独的幸福。吉达并不对巴图兆日歌感到同情。他敢保证，接下来巴图兆日歌必定将以一段废话取代另一段废话。因为他眼前的巴图兆日歌紧紧盯着他，仿佛要粉碎、揭露一切。

"吉达，她才八岁。"

看看——果然是一段废话！

"错不在我，巴图兆日歌。我说过了，她原本就要死了。"吉达拍着自己的脚背说。

"我要剥下你的皮。"

"你为什么这么执着于扒了我的皮？如果你觉得是我的错，如果你觉得我是造成这一切的大罪人，那你就直接杀了我吧，兄弟！"吉达绝望地大喊。他突然止住了喊声，痛苦地按住了自己肥大的肚子。他肚子里翻涌，一种淡淡的哀愁笼罩着吉达的胃。他干呕了一声，扑倒在地上。吉达的腘肌猛烈收缩，他全身痉挛，张大了嘴开始呕吐，吐得像一支霰弹枪，嘴唇都发麻了。说起来好笑，今天所有人都在呕吐。吉达觉得自己此刻的呕吐并不算一种病症，而是魔术师的把戏，因为他竟然呕出了一只鸭子！鸭子被喉咙挤得变形，看起来像一片薄薄的葡萄干。它缩在地上抽搐，有一双聚精会神的大眼睛，鼻孔如一个缺口，从中能看到冰凉凉的天空——倒霉的氮气，它们将在地球爆炸后被太阳当作假发来出售。吉达回忆起了巴图兆日歌断指间的长方形风景。奇怪,他以前见过巴图兆日歌吗?

"你是只鸭子。"巴图兆日歌看了半天,突然开口道。

"鸭子!"吉达被这个事实逗笑了。吉达用歌声催眠世人,他以为自己是清醒的,实际上他也被迷惑了。吉达忘记自己的肚子里住着一群鸭子了,他以为自己是个正直善良的人。早已去世的父亲在他耳边猛兽般大喊:"穿上你的运动衫!"这喊声鞭子一样抽在他身上。哦,该死的套马爸爸,总是用烧灼法结扎血管,烟抽个没完,发疯似的开车——还是小女孩讨他欢喜。他得回家找个温顺的挤奶器,将肚子里剩下的鸭子吸出来。然后……算了算了,管他呢!吉达擦着口水,心无旁骛地瞪着巴图兆日歌。现在他不怕巴图兆日歌的剥皮刀了。来一万个巴图兆日歌他也不怕——你能拿一只鸭子怎么办呢?吉达尝试着摆出一些鸭子的姿势,看上去动作漂亮却稍显外行。吉达多年来一直在将肚子里的鸭子小心翼翼地从下面送出去,他从未出过岔子。这归功于他的大马坎矿皮和他那奇怪的歌曲。身为一个伪装高手,你不仅要懂点地质学,还要牢记"野蛮人的恩惠无用处"这个大道理。是他将索布德引诱过来的,用一个幼稚的笑话。但路途中出了一点意外——她死了。索布德,最小的一颗星星,笑盈盈地望着大自然,小脑瓜里充满了好奇和梦想。

他在听见巴图兆日歌的嗤笑声后,收起自己的鸭子造型,冲着巴图兆日歌做了一个"铁证如山"的手势——就像初次见面时,巴图兆日歌冲他举起拒绝的手势一样。可惜,这两个手势注定毫无作用。这个可怜人,将妹妹掉下来的牙齿保存在自己的膝盖里的可怜人儿——他的妹妹和那本COSMOPOLITAN一起被烧成灰了。巴图兆日歌的指甲也许都在掉眼泪。吉达越想越觉得可笑,他拼了老命地做出各种蠢动作,想逗巴图兆日歌笑。他们之间有了许多闲聊的话题。他们可以热热闹闹地哀号,最好大点声,让别人误以为是驴子的蹄音。

巴图兆日歌踢开了鸭子硬邦邦的尸体。他看起来冷静极了,也没有要殴打吉达的意思——也许索布德只不过是被弄皱了羽毛,而不是死了。"强壮却贫穷的男人都算是一种工具,你明白吗?巴图兆日歌,你自己一个人能干些什么呢?这里除了我没人能……"吉达挣扎着站起来,靠近他,发现自己只到巴图兆日歌的胸膛。他不禁幻想,如果巴图兆日歌成为他鸭子团队中的一员，那他就可以同时和五十四颗珍珠跳舞了。

"如果你认为自己是个人，那你走味了。"巴图兆日歌说。

"我感到很遗憾。"

巴图兆日歌拉着他的衣领，拖着他继续向北走，"道歉是要露肚皮的，吉达，这道理狗都知道。"

"不，巴图兆日歌——我没有在道歉。我只是感到遗憾，不能和她一起看乌嘎跳舞了。"吉达声音洪亮地强调某些词语，表现出极大的热情。巴图兆日歌在他脸上留下的携带着胃酸的唾液在皮肤上紧绷地风干，他冷酷无情地对巴图兆日歌说："你们这群蠢蛋，你们不可能永远陪在孩子身旁。这地方的天才们有一万种方式攥住你们的孩子。"巴图兆日歌一路沉默不语。他不打算用他的刀了。他将吉达拖到了碎冰机旁边，从碎冰机里挖出了一块冰锥。

"巴图兆日歌，鸭子们无处不在。我见过大场面，那真是突然体认。但是，你的……不，啊！"吉达被骇人的疼痛惊扰，鱼一样跳了一下。巴图兆日歌握着冰锥，用力捅破了他的肚子。吉达哽咽了一下，膝盖疼得反向弯曲。冰锥向吉达的神经细致地口述疼痛。吉达能感受到的只是言辞的技巧，它用消磨掉夏天的小把戏，骗得他团团转。吉达弹匣满满，从他早已淡出视野的嘴中鸭子喷射而出。巴图兆日歌将冰锥丢在一边，用两只手扯开了吉达肚子上的豁口。竟然是"刺啦"一声，听起来像上好的绸布。吉达发出了惨叫声，感觉自己的脊梁骨被疼痛震碎了。但是吉达错了，因为他只是一张皮，没有肌肉，没有骨头，甚至没有皮下脂肪。他的皮下只有一些假惺惺的内脏和鸭子。是幻觉吗？那些褐色的鸭子挤在一起，体态优美，蓬松柔软，它们悠闲地摆动着自己的脚和翅膀，橘黄色的眼珠仿佛吹弹可破。被扯坏的皮波光潋滟，弯曲如常春藤，与氧气产生了化学反应，变成淡红色，看起来像手背上结的痂。吉达到底要将人类的底线置于何处呢？他恶臭潮湿的味道，如带磁铁丝一般缠绕在巴图兆日歌身上。

幻象的背后是更为残酷的现实。巴图兆日歌看见一个清晰的火人在鸭群中浮现。随着它的出现，吉达的笑容变得暧昧。火人从鸭群里伸出了胳膊，撑在了地上的冰块上。它被包裹在红色灾难和可怕的疲倦之中。所触之处，冰块在迅速融化。在潺潺流水声和火焰燃烧的噼啪声中，有浓烟从它的狭窄的鼻孔里喷涌出来，火星像蒲公英的种子一样在它周遭飞旋。它何时披上了大马坎矿皮？

"你是索布德，还是一只鸭子？"

这世界上发生的伤心事儿，荒诞不经，却浑然天成，它们在一道弯里出现，猛地攫住你，在你身上留下一条黑黑的裂缝。巴图兆日歌感到一阵疼痛袭来，痛楚紧箍在他的喉咙上，带着他升起又降落。巴图兆日歌仿佛睁大眼在昏黑的平原上前进，老朽的味道扑面而来，警觉的面庞在他身旁纷纷抬起。一列脱轨的火车在他脚下跌倒，一身横肉的羊齿类植物从车厢里倾泻而出，它们撞破了黑暗，却带来了虚无。一切都因此变得盲目和残疾。平原在植物的撞击中泛起涟漪，组成黑色的沟渠，在沟渠中巴图兆日歌发现了还是个婴儿的索布德。他弯腰想抱起她，却见黑色泥沙掀起巨浪，吞没了她。他被惊醒，呼喊着索布德的名字，这虚无的平原顷刻间崩塌，碎成了无数颗珍珠，在他心头跳动。

她原本已经落幕，是谁将她唤醒？巴图兆日歌的水龙头被打开了，他流着泪靠近自己受苦的妹妹，轻轻吹了一口气，将她熄灭。

随着索布德的熄灭，这片北方的寒冷之地迎来了她彻底的黑夜——她纵情吹响黑色北极的哨子——随着那清脆的"吁"声，吉达腹中的鸭子喷涌而出，它们嘎嘎叫着冲向天空。这令人目瞪口呆的庞大鸭群，其数量多达百万——它们的羽毛像混浊的河水淹没了吉达的鞋带和冰川。鸭子在黑夜中挣扎，翅膀噗噗嗒嗒乱响。它们像翩翩起舞的飞蛾。现在是零下七十度，它们逐渐被冻住，相互撞击时，发出月亮和卵石的清脆的响声。地上的鸭子尸体就像瘟疫般遍布整片冰原。冻硬的鸭子石头一样砸进海里，将海洋塞满，以至于露脊鲸都被推上了冰面。多么奇妙，这群工作过度的鸭子仿佛成了吉达的原子。若要说生命是由一堆无生命的原子构成的，那吉达的存在就不可避免地成了所谓的"香蕉球"——他的原子里传来心跳声，鼓动着的是欲望，给他粗糙的内里涂上了一层防火漆。吉达翻起了白眼，落入沟渠，被巴图兆日歌一拳砸醒了。酒瓶子见底了，吉达自暴自弃地想。

巴图兆日歌按在吉达的肩膀上用力摇晃他，可以听见乒乒乓乓的撞击声——是鸭蛋。这些被藏在最深处的鸭蛋随着巴图兆日歌猛烈的动作，冷峻、蓄意地左右摇摆。鸭蛋是延续，是无终点的恶意，它们充满冰冻的诺言，承诺要把纯数学引入被它们讨伐的错误答案中。吉达敞开心怀躺在冰上，张嘴重复着鸭子们的歌曲，这是他的天性也是天赋。他的二手歌声可以粉碎冰山，激起所有人的野欲。他的手轻轻滑动，头皮弹跳，用尽全身气力跳起"舞"来。偏离了轨道的鸭子独占他，在他丝绸般的皮肤上留下痕迹。他平滑的皮肤变得又凹又凸，北方的风从凹里吹过，发出雨中橡树的哀叹。过不了多久，就连吉达肚子里的鸭蛋也会冻成石头。机票、护照、噪音飞机，吉达感觉自己被人从高空抛下，掉进了拉紧的网里。他受伤了，疼痛难忍，网下的人们尖叫着四散奔逃。医生们没走，却全部捂着脸摇头晃脑，不愿意进行成功率如此之低的手术。

寒冷的风吹来，吹走了吉达肚子里的存货和他乌溜溜的内脏。透过吉达体内的洞，可以看见圆形的风景。那是一小块并不完美的弧形冰块，看起来像蒙娜丽莎交叠的双手。圆形风景逃离他的肚子，向北走，它满身凝血，义无反顾，吉达的器官承受不了它的思想——它最后消失在了黑暗的尽头。"风景是否只存在于空缺位置呢？是不是只有一样东西消失了，才会有新的风景诞生？"吉达在水淋淋的疼痛中感慨道。他犹豫不决地挥舞指挥棒，眺望自己离家出走的洞中风景。此刻他储备全无，只剩下了一张轻薄的大马坎矿皮。吉达毫无抵御能力，他怒不可遏，艺术细胞炸裂——他的怒吼声再也不能谐韵。

当风再次躁动，吉达起飞了！

"让姑娘们合唱一首吧！"吉达在咆哮的空中如顽固的塑料袋般扭动。这种折磨热情有余。吉达感觉天旋地转，混乱、喧闹和豺狼虎豹的脸接踵而至。一大群蚂蚱跳进了他脑子里。他感觉自己被甩在了挤满瓢虫的天花板上，被塞进了辣椒一样大的荒唐毡房。风和雪像嬉戏的虎崽，在欢声笑语中咬下一口他的体味。在他的皮肤上贫乏加倍繁殖——他变厚了，令人咋舌的鲜活的厚度将他阉割。自然之物的残酷震撼他，这伟大的痛楚将一直持续到他被风化。

没有姑娘为他歌唱，只有乌嘎为他献上了经久不息的掌声和诅咒。

原载《上海文学》2020年第9期

评鉴与感悟

关于"恶"的童话

我试图归纳渡澜的写作风格，却发现还不如她小说中的表述更贴切："……荒诞不经，却浑然天成，它们在一道弯里出现，猛地攥住你，在你身上留下一条黑黑的裂缝。"渡澜唤回了早期文明的"原逻辑"，将我们今天习以为常的分类学和因果观击得粉碎。那些如遗珠般散布于民间传说中的原始创造力，从未像渡澜笔下那样集中——阅读一篇渡澜的小说，抵过一整本精怪故事集。更可贵的是，在梦魇一般笼罩读者的文字内部，潜藏着强烈的主题意识。

我试图思索如何抓住那个主题，但渡澜早已兜售了自己的答案："它变幻莫测，你们很难在上面树立任何稳固的判断。我恳求你们莫要深入故事的最深处，千万不要因此陷入可怕的人类沉思之中。它或许会令你们感到恐怖不安，或许会令你们大声发笑。它也许是残酷的，也许是可笑的，但不管它代表着什么，都不要掉进它设下的陷阱，做一些毫无意义的微小尝试。勿要将它留给你们的子辈或孙辈，以血脉流传，让这痛苦继续蔓延。也许他们会成为下一个坐在囚室里讲故事的人。"(《圆形和三角形》) 看似诚挚的恳求更像是一种蛊惑，甚至挑衅。

总之，在天才性的文字面前，任何读解似乎都相形见绌，但我不得不在这里冒险。

粗读之下，《去看乌嘎跳舞》的大体脉络其实比较清晰。八岁的小女孩索布德在一只鸭子的引诱下离家出走，到北边去看所谓的"乌嘎"跳舞，似乎如此便能"忘记一切烦恼，每天都开开心心的"。然而这并非一场奇幻冒险，渡澜在小说第一节便写道："鸭子站在索布德的床旁直视她，嘴巴上显露着男人剃过胡须的痕迹，尾巴下耷拉着一条螺丝锥。"这个面带须根、阴茎充血的鸭子，无疑是男性欲望的象征。此后催熟女孩的桃子皮、吉达粗俗的歌曲、*COSMOPOLITA*杂志等细节同样带有明显的性色彩。所以在小说临近结尾处，当哥哥巴图兆日歌指明"去看乌嘎跳舞"是性爱时，我们并不感到惊讶——原来，去看乌嘎跳舞是一场蓄谋已久的诱奸。

值得注意的是，小说前半部分属于古典意义上的"因事写人"，人物近乎符号。后半部分，特别是索布德死后，小说向"五四"以来的"因人写事"传统转变，额外关注吉达的精神世界。我无法准确判断这一叙事中心转移的意义，单单是渡澜对吉达这个反复强调自己无罪又充满兽欲的中年男人的关注，已经值得重视。可以说，对施暴者的理解压过了对受害者的同情（这一情感倒置似乎也只能发生在侵害并未真正实现的情节结构中）。在这个意义上，整篇小说与其说是索布德被诱奸的过程，不如说是吉达对性理想的追逐过程。这是对万物有灵的极端化书写，不仅众生平等，善与恶同样平等，我们几乎听不到那种来自至上道德的指责。于是，索布德可以在害死她的吉达身体里重现。而吉达在自然的残酷中陷入无尽痛楚时，"没有姑娘为他歌唱，只有乌嘎为他献上了经久不息的掌声和诅咒"。邪恶的欲望不被认可但值得关注，而性本身无罪。性不仅无罪，且成为未经权力侵蚀的自由主体，为吉达对性的热烈追逐献上掌声，也为吉达对性的玷污献上诅咒。就像安宁所说的："世界在她的笔下，充满痛苦、孤独、伤害，却最终趋向童话般的纯净与洁白。"

好的，我完成了自己"毫无意义的微小尝试"。该把故事留给你了，"让这痛苦继续蔓延"吧！（李玉新）

飞人在国贸的丛林法则

/巫昂

我看到了飞人，从国贸的一角飞到另外一角，又快又不着痕迹，当时，我坐在顶层酒吧的户外，跟一群多年不见的老朋友在一起。我们当中有些人已经鬓角发灰，生了两三个孩子，结婚离婚不亦乐乎。我也离了好几年了，离婚之后我就遵循了不再婚不同居法则。说真的，事情从那以后就都顺利起来了。我获得了像长了双翅膀一样的自由感，除了久坐导致的重度痔疮别无困扰。

看到飞人的那一刻，我就告诉了朋友们，他们闻讯一起放下杯中酒，往我看到飞人的方向一起望去。天空中一片灰蒙蒙，视物不清，除了若隐若现的一架过路的飞机。

"你眼花了吧？"他们当中有个人跟我说，然后大家就都坐下了，继续喝酒。

国贸的高楼直插云霄，有一座楼跟另外一座楼紧挨着，楼间距足够让同一层的人彼此对看，如果有一次级数高一点儿的地震，据说这样的设计，也只是让楼自己从头到脚坍塌，而非多米诺骨牌一样一座楼压着一座楼。

飞人在这里出没并不奇怪，但我也是第一次见到飞人，我对于他们居然可以赤身裸体地在楼群之间飞来飞去感到十分惊讶。他们应该不至于为了到另外一个楼上趟厕所才飞这一趟的吧，飞人的飞行肯定有他们各自的理由和动机，我猜测不出来，只是，从那以后，我特别想近距离地邂逅一个飞人，这几乎成了我的心病。巧的是，那段时间我在国贸找了份兼职，帮一个首饰设计师画设计稿。她自己不会画设计稿，但很有想法，总是让我帮着画下来。她的首饰适合那种夸张的风格，银片能包裹住整个耳朵。她还会设计一个银的眼罩，把客户的一只眼睛罩起来。我的新老板人怪怪的，特别喜欢吃速冻食品，有段时间我们因为一个设计稿起了不小的冲突，虽然她气到把自己关进卫生间，一两个小时不出来，我也绝不妥协。她出来后，让我回家冷静冷静，我回家冷静的结果是她又打来电话催我去上班。我们之间的关系很像是一段工作里的虐恋。

我每个礼拜要去那儿两个下午，工作完了以后常常已经是深夜了。我们工作过程中总是喊外卖，但我还是饿了，于是在那一带找了个能吃夜宵的地方。我喜欢吃麻辣香锅、麻辣烫或者烤串儿，这都是很适合越来越冷的冬夜吃的东西，吃完了热乎乎的，出来打个滴滴，正好。

飞人出现在我等滴滴的时候。自从那次见过他之后，我总是下意识地往天上看。这一次，我看到两个飞人一前一后地在空中飞翔。北京的雾霾天，天空带着蓝灰，外加灯光映照的浅红。这两个飞人飞得不算太快，像是一边飞一边聊着什么，他们时不时地挨近，又下意识地拉开一段距离。飞人在天上，看不出性别，搞不好他们没有性别。我没有看到一对低垂的乳房，也没有看到皮肤上的褶皱，他们身上几乎没有任何赘肉，头发是光溜溜的，比例上说，头非常小，腿是细长的，皮肤上带着微微的暗淡的光，这光会像萤火虫一样一会儿亮一些，又一会儿暗淡一些，发出的光介于红黄之间，这光在空中非常显眼，但不知道为什么，没人像我一样抬头望。我没有声张，这附近也没什么路人，风冷飕飕的，裸体的飞人像是习惯了寒冷，他们没有缩成一团，而是继续舒缓地向前，在空中颇为优雅地飞行。他们背上的两只翅膀确实带着羽毛，即便离了这么远也能够感受到羽翼扇出来的风。他们离得近的时候，是翅膀收起的时候，张开时必须保持距离。他们的两只翅膀伸展开来的长度，看起来比身高要长。

我的视线和他们的飞行轨迹一致。这一次，他们同样飞到国贸的一座大楼顶层，停在楼顶上，两人都收起翅膀，坐在那里，像是依依不舍的样子。这时，从楼的另外一侧飞来了第三个飞人，他在两人跟前盘旋了一会儿，选择了和他们保持一段距离的地方歇下。三个飞人各自整理着翅膀上的羽毛，像是要一根根捋顺。我的滴滴到了，我上了车，在车走远之前，一直回头看着他们。当我的车拐入光华路，向西边驶去后，就很难看到他们了。整个国贸笼罩在深夜的沉寂之中，像是一壶温水在满带钙垢的暖水瓶里静置。

有一天，我告诉了首饰设计师飞人的事，她瘪了瘪嘴："国贸奇怪的事儿多了，你以为我不知道？我在这里租房子住了十八年将近十九年了，窗外什么东西没飞过，飞人算什么！"

"飞人都不算什么？"我怀疑她在吹牛。

"你真是没见过世面，特别是国贸的世面，这里形形色色的飞行生物太多了。我因为常年失眠，不得已坐在飘窗上喝喝小酒，嗖过去一个影子，仔细一看，是飞着的野牛，黑漆漆的，一大团。后来看到的越多，野象、羚羊、大兔子，都带翅膀的，我也就见怪不怪了。"

"它们不来撞玻璃吗？"

"说来也奇怪，它们很少撞玻璃，可能撞不动吧。它们要偷吃什么东西，会从顶层下去，从楼梯走到楼道里。哪户人家夜里出来扔垃圾，不小心开着门，家里也没别人，那个带翅膀的不知道什么东西，就会大模大样地走进去。形体小一点的，直接在天花板上、床上、餐桌上一同乱飞。撞碎了灯具的也有，打开冰箱把能吃不能吃的东西扫了一地的也有，然后躲在被窝拉屎拉尿，恶心死人了。主人回来后，连赶带轰，过后跟物业打电话，物业又打110报警，也没什么用啊。这一带治安条件就是这样，不明生物太多了。"

我听得目瞪口呆，敢情我看到那一只半只的飞人，压根不算什么，只有久居的老住户，才知道这都不是什么大不了的问题。首饰设计师口气中带着国贸老住户见过特有的大世面的拽，我也拿她没办法，谁让我住在翠微大厦后边的翠微北里。我从来不能想象自己可能住在国贸，这里的房租很贵，这是其一；其二，住在这里无助于我一直努力要求自己的修身养性。

首饰设计师有一天去参观老国展的珠宝展，找她交关多年的巴基斯坦商人，又预订了一批水晶和宝石。她喜欢水晶原矿，带柱体的，不管是白水晶还是紫水晶。还有孔雀石，她都要一大块保留原状，买回来后，放在一层层没多高的大抽屉里。抽屉底下铺了黑天鹅绒，她在抽屉内装了隐形的灯，一打开抽屉，光就从抽屉四边亮了起来，那些石头看起来又神秘又贵气。我看她买这些石头就为了自己没事把玩。她买了好多只供展示用的假手，很长，做好的戒指和手镯就挂在上面。我画图之余，也帮她做点展示陈设。这些陈设，她过一段时间都要重新来过，因为直播的时候，客人总是要看这个或者那个，为了总给客人带来新鲜感，她到处淘各种展示道具，一块巨大的干掉的珊瑚石，或者烂木头，甚至有一整个的蜂巢。

首饰设计师已经结婚很多年了，但是丈夫住在三里屯的联宝公寓，他们极少碰面，连节日都几乎不在一起。多数人会将这种婚姻归咎于没生孩子，我却有不同看法。她是一个每天都沉溺在自己的小世界里的女人，购买石头，购买银片或者金子，在自己的一堆工具跟前敲敲打打，切割的时候火光四溅，几乎要把她的颜面烧掉一半。她不需要男人在边上嗡嗡嗡，她丈夫也不需要女人在边上嗡嗡嗡。他是个卖二手家具的商人，专门把四处淘来的老家具收拾收拾，再卖给其他人，他也有自己封闭的小世界，那些家具有霉味儿，那是他闻起来最为心旷神怡的气味。

首饰设计师有一对成熟的酥梨一样的乳房，有时候她挥汗如雨的时候，会把外套脱得差不多就剩一件运动胸衣，不带钢圈托底的。当她从工作台站起来的时候，人都有些晃悠，然后就晃着这对乳房上厕所去了。她上厕所又快又慌张，似乎害怕刚才手底下的感觉消失。她甚至说，要是干活儿的时候，尿道上能装个导尿管就好了，所以她尽量不喝水，大口大口地喝水的时候，说明她那种状态过去了，可以做回普通人了，我也就在她喝水或者吃饭的时候，能跟她聊聊天。汗水浸透的胸衣勾勒出她乳晕的形状，像一枚大大的老旧的银币。我偷偷地画过我想象中的她的裸体，胯骨像只弹弓向两边支棱起来，走路的时候有点外八。

"我怎么才能见到飞人之外的动物？"我问她。

"那你得彻夜加班。我不是担心你太晚了回去不安全吗？要是你实在想彻夜加班，困了在沙发上睡一觉，我就给你找条毯子放在这里。"

因为常年熬夜，她细长的眼周边都是黑眼圈。她偶尔化妆，会故意夸大这圈黑眼圈，将眉毛彻底剃光。眉毛没长出来的这段时间，她看起来跟条剥皮鱼差不多。我想了想，当即打算当晚就留下来加班。

她的工作室是个一室两厅，其中一个厅本来应该是卧室，打通了的，这样，我和她分处一个厅，各有各的工作区，就变得方便了许多。多年来，她请来画设计图的人，都是坐在我这个位置上。过去坐在这个工位上的家伙一定是个非常爱吃巧克力的人，我来的时候发现抽屉里藏了不少巧克力包装纸，榛子果仁味的也有，抹茶味的也有，海盐的、牛奶的，形形色色，不一而足。

　　夜里，我们一起熬夜，但她差不多十一点多就说腰疼，洗漱一番后回卧室去了，将卧室门紧紧关上，在里面不知道听音乐还是看电视，总是有一丝声响漏了出来。她听的音乐伴随着一阵阵雨声，似乎下了不小的雨，然后一阵鸟雀鸣叫的声音响起。一点来钟，我也躺到了沙发上。卫生间里堆满了她的护肤品和各种杂物，我差不多是从里面小心翼翼地发现了水龙头，拧开了一小柱水流，马马虎虎地洗了脸，漱了口，而后轻手轻脚地回到沙发上。盖毯花里胡哨的，有些扎皮肤，但我无所谓。我差不多算是和衣睡下，以防飞人或者飞象突然在窗外出现，我要冲到阳台上去看。

　　我的脸冲着阳台。多么悲哀，我在这个城市没有家，没有心爱的人，连朋友都少之又少，除了这份兼职，我大部分时间都待在自己家里，非常非常偶尔地，有朋友会约我出来吃顿饭。我靠如下APP维持生命体征：淘宝、大众点评、饿了么、美团和多点。这几家没有任何区别，就是可以把吃的用的，甚至生病需要的药，统统送到我家来。有时我会让外卖或者快递小哥帮我把垃圾带走。我产生的最大的垃圾，就是外卖盒、快递盒，几乎也没别的。我那间租来的房子，永远混合着地沟油和塑料餐盒的气味；我那只租来的马桶，也永远有着松动的马桶盖和冰凉的马桶圈。我喜欢马桶圈上盖着马桶盖，马桶自从发明之后就是这样配置的，千百年来，唯有杜尚胆敢让马桶没有盖儿。但是我的同屋很快伙同他的一百多个女朋友（里面不乏炮友），把这个圈给弄没了。这个屋里要是没有女人，什么事儿都没有。从此，洗澡水总是洒在马桶圈上，我的屁股坐下后，总会发出惊人的尖叫。哦，叫嚷声通常是屁眼发出来的。

　　能够去首饰设计师那里画画设计稿，简直是对我悲哀人生的救赎。我得以在这样的良夜躺在国贸十九层的房间里，望着窗外合不拢的月亮，胡思乱想着有朝一日搬迁到月亮上去生活，正面住几个月，背面住几个月。

正在这时，突然，一只肥嘟嘟的带翅膀的黑影掠过，我立刻从沙发上跳起来，打开通往阳台的推拉门，扑到阳台上。那是一匹过于肥胖的马，离我只有四五米远，它飞得不快，但心无旁骛，眼睛几乎只盯着它的正前方。它也许是灰白色的，所以在夜色中显得没有那么暗淡无光，像一件亚光的瓷器，因为肥胖而带着开片。那些裂纹太生动了，直到它飞远了，屁股后那飘起的又长又蓬松的尾巴都还在跟我热聊似的颤抖。我激动得独自一人抓住栏杆，上下蹦，还把一只脚伸出阳台外，试图踢它一脚。我像是在梦中睁开眼的人，看着这匹梦中之舟一样的马。它的蹄子在暮色苍茫之中闪闪发光，一种金属光泽，将附近那几栋楼衬托得黯淡无光。但是当晚就只有这匹马，没有象，也没有人，我想象中的国贸空中飞行动物大迁徙，没有那么快来临。首饰设计师在她自己卧室里呼呼大睡，我没等她醒来就走了，走到麦当劳买了一份鸡蛋芝士汉堡，狼吞虎咽地吃完，然后喝了一杯放在纸杯里的黑咖啡。咖啡很烫，滚烫的水在杯子里继续旋转，我似乎看到好些只黑色的破损的翅膀，其中有些翅膀还露出了里面的骨头。大白天的，我不想抬头，只是钻进了地铁。地铁里上班的人人潮汹涌，所有人的身体都紧紧地贴在一起，整个车厢都是扭曲变形的人体和睡眼惺忪的脸，我也只想赶紧回家躺在床上好好地睡上一觉。

我当然不会跟我那个有一百多个女朋友的同屋谈起我在国贸的经历。对于一个住在翠微北里的人来说，国贸就像是一个遥远而又美丽的绿洲，国贸的空中长着椰枣、棕榈和椰子树，清浅的水湾映照着那些高大上的树。我才不会告诉他我在国贸过得有多爽。国贸像一个时刻产出奇形怪状的瓷器的巨大的窑，它熊熊燃烧的烈火将整个CBD化作灰烬。我当然不会告诉我那傻×同屋除了跟女人睡觉之外，这世上还有另外一个极乐世界，这个极乐世界四季都在一百米的高空中发生，哦，它不止有四季，它应该有介于春夏之间的七八个季节，介于夏秋之间的七八个季节，它嗖嗖地切换着自己的频道，天色变幻无常。

除了国贸，我还有一个去处，那就是大柳树。这里简直是所有穷人的天堂，我在这里找到了所有我四季要穿的衣服，十块钱三件的T恤、十五块钱一件的夹克，三十块简直就可以买到一件超级酷的皮衣。我喜欢机车皮衣、飞行员皮衣，这两种衣服我百穿不腻，管它是死人身上剥下来的还是一个破产的富翁家里清理出来的。从那以后，我经常在首饰设计师家里留宿，有段时间，她老公都开始怀疑我们俩不是一般的关系，我不得不让首饰设计师告诉她老公，我对女人不感兴趣之类的，她梨形的乳房对我来说太松弛也太大了，我喜欢握在手里像只小鸡仔儿一样的乳房。显然，说不定她住在三里屯联宝公寓的老公才是一个真正对男人感兴趣的男人，他的嘴张开之后，类似于苟延残喘的废旧灯泡那么亮了一下就瘪了，灯丝儿都断了。他们的婚姻没有因为我的出现遭到任何坎坷。我继续心安理得地继续我的兼职，每个月5号从首饰设计师那儿领到四千块钱，她总是打到我的微信里。翠微北里朝北的次卧，每个月花掉我一多半儿的薪水，但是我还在捡破烂的事业中挣到另外一些钱。

　　我建了一个群，这个群集合了一些破烂爱好者。我把自己伪装成一个全球旅行淘破烂的买手，每次扔出来几张照片总是说："这是我在布拉格二手市场淘到的，差点过不了海关。"或者"俄罗斯越来越难淘到好东西了，几年前你随随便便在什么农贸市场都能淘到尖儿货，现在不行了，他们还拿义乌做的假古董卖给中国人"。我甚至卖给他们几张我临摹的博斯的画儿。我把画儿画在几只我从大柳树淘来的旧木板上，蛋彩画我可以临摹得惟妙惟肖。那几个人重点是喜欢哥特风格，黑漆漆的大老鼠出现在画面上，还有外星人和泡在水里的草莓怪，他们都觉得挺好的。哦，这些跟国贸飞人有什么关系？几乎没有任何关系，我只是在炫耀自己的生存技能，在随时可能崩溃的三十三岁，我确实过得算过得去，我还没去领低保，也没向混得好的朋友乞讨。

　　我也几乎没什么货真价实的朋友了，但是总算有个人对此感兴趣，他叫小瘤，我神神秘秘地向他描述了国贸的高空生态之后，他打算跟我一起加班，或者说，假装在我加班的时候来找我，假装他也是个灵魂画手，可以在我忙不过来的时候免费过来帮忙。首饰设计师最近的订单确实不少，她在给一个明星设计一系列的夸张无比的首饰，那个老明星想借机重回她已经毁得差不多的岸上。她因为在KTV包间吸毒被抓，在娱乐圈近乎被封杀了，然后她要借助一批美轮美奂、想象力和设计感十足的首饰重回江湖。这本来是不可能的，但是她找对了合作伙伴。那位首饰设计师首先是个疯的女人，她打算给她用黄铜铸造一只电刑椅，而这就是她的项链。一只电刑椅=一条巨型项链，也只有天天跟飞来飞去的邻居住在一起的人才能想出来，我一听到这个点子就觉得这个明星肯定能红回来，说不定她一戴上这条项链就死了。我还建议她转告那个明星，可以全身上下涂满红色的油漆，连脸和脖子都不放过，出于安全考虑，她可以穿条白色弹力裤和紧身衣作为打底，好保护她的皮肤。

首饰设计师听毕锁紧了眉头，然后她修改了设计方案，让把那些红油漆变成项链的一部分，以此类推，电刑椅所在的房间也是项链的一部分，甚至那栋楼。那个明星要是胆敢移动一小步，整个建筑物以及周边的树木、市政管道设施，都会被连根拔起，发生惊人的位移。她最好真的就僵死在红油漆的壳子里，像一只秋天的蝉一样死得硬硬的。我喜欢跟首饰设计师工作的原因就在这里，她是那种罕见的能够接受你有两公斤沸腾的脑浆的老板，她甚至会往这些脑浆里倒两桶硫酸。

当天晚上，我的新助理小瘤和我一起躺在那只不算太宽大的沙发上，盖着同一条如果贴着皮肤会感到有些扎人的毯子。他又瘦又长，膝盖和肘关节突兀得不行，我感觉像有一把匕首时不时地从我的右侧戳过来，弄得我鲜血淋漓。为了和他一起看飞来飞去的丛林景观，我也算是忍了。他又不是我多好的朋友，平时我肯定不能忍，肯定会举起我同样锋利的股骨跟他对戳，我们可以在日暮时分将彼此戳得血肉模糊皮开肉绽鲜血淋漓，这三个成语你平时用起来就跟拿起马桶刷要刷马桶上粘的屎一样顺手，如果有一天你抽出自己的股骨头，举着它跟自己的朋友的膝盖和肘关节对戳，你才能够亲自体会到其中的滋味。

我跟他说："听我老板说，今天晚上这里会有一场恶战。"

"怎么会有恶战叻？"小瘤是湖南怀化人，说话带着浓浓的湖南口音。

"飞行的动物们在抢国贸上空的地盘，大概是现在分帮派了。"

"那他们打起来，会不会连累到这些楼里的居民？我们可别看热闹看成受害者死难者。"

"不知道，不好说，上一次恶战还是五六年前，反正起了个火灾，消防队来了，还有几个人趴在窗户上看热闹被震伤了，死了人没有不知道。"

"你老板怎么不出来跟我们一起观战叻？她一个人躲在自己房间里有啥意思。"

"她说她看多了，不稀奇了。"

于是我们两个挤在一起，躺在那里，目不转睛地盯着窗外。外面隐约传来滚滚的雷声，很闷，很低沉。看天色，并没有变了颜色，还是那种灰不灰红不红的雾霾天气，并没有划成红十字或者蓝Z字的闪电。我在沙发上一边吃一根长长的果丹皮，一边怡然自得地等着开战。这跟打游戏差不多，玻璃窗就是我巨大的电脑屏幕，那里发生的任何杀戮或者征伐，你能说它不是真的发生过吗？我们趴着看热闹的玻璃有三层，首饰设计师重新装修的时候换的，高度隔音。因为她工作的时候特别吵，怕邻居不高兴。地板和天花板都铺了隔音材料。一种用甘蔗渣混合了胶泥的材料居然能够吸收掉百分之八十五的噪音，我是不信的，但这让窗外沉闷的雷声格外远，像是亦庄方向传来的。听说亦庄有蛟龙潜伏在地下，气温和湿度合适的时候，它会从下水道钻出来。这是我在大柳树闲逛的时候，听到两个卖破烂的摊主吹牛×吹的，他们说北京各个区都有一些奇奇怪怪的东西存在：蛟龙、恐龙、猛犸象、翼龙、箱虎、黑老妖、月下独行僵尸……人真是不能长期从事卖破烂这种行业，脑子渐渐地就不正常了。不过我身边认识的人都不太正常，我们看动漫听电音玩游戏逛大柳树在地铁里打呼呼一天三顿吃外卖吃到要吐，你千万不要跟我提"麻辣香锅"这四个字或者"牛肉盖浇饭"这五个字，我可能会把肠子都吐出来缠在你脑门上，还会打个你无论如何解不开的死结。

小瘤是个民间发明家，他是个北京孩子，家里有两套房，父母就把那个小的——单位分的小一居给他了，也在翠微北里附近，从此那里成了他搞发明创造的小天堂。受了历史上特洛伊木马的启发，他发明了特洛伊木马式太空舱，六个木马彼此倒扣，可以变成一个能让六个人分别待在里面玩全景式星战游戏的太空舱，又不占地方，又打发时间。小瘤为了做这个太空舱耗费了他所有的积蓄（也就两万块钱吧），那是他爷爷留给他的遗产（的一部分）。当他坐在这个太空舱的时候，他一定要选右上角那个，我每次去找他就是钻进左下角那个，这样我们可以离得最远，玩得更嗨。我们根本就集不齐六个人一起玩，最多的一次来了五个人，结果两个女孩不会玩，只能跟她们的男朋友一起挤在一个舱里观战。这样的盛况，从我认识小瘤以来只有过一次。我们没有别的朋友，几乎他找我玩的概率比我还高，可见他比我还孤单。

我们一边听着窗外的天雷阵阵，一边几乎毫不费力地看到一团黑压压的生物集体性袭来，它们从远处的天际线缓缓升起，将天空一格一格地遮蔽掉。吃了一多半的果丹皮从我嘴角滑落，我和瘤子两个目瞪口呆地看着那遮天蔽日的景象。但我们依然保持躺着的姿势。一切发生得过于突然，我们还来不及坐起来，或者冲到阳台边上。这里面什么动物都有，但它们过于密密匝匝，让我们一时之间无法明辨。当它们渐渐临近我们这栋楼，并缓缓压过楼的上空时，形形色色的粪便开始砸向玻璃窗，也有污浊的液体。海量的飞行生物必然伴随着海量的排泄物，这一点都不奇怪。空中传来了一阵阵嘶叫声，多声部的嘶叫吼叫，其中最刺耳的可能是孔雀发出来的。还有一阵阵虎啸，甚至恐龙的叫声。另外一头来了另外一个方阵，它们渐渐对面相逢之后，天空中留下了一道细缝，很快地，这条细缝慢慢消失了，于是嘶叫声变成了大口地吞噬、咬食对手的另外一类声音。无数庞大的身体撞击在一起，于是玻璃上开始溅上鲜血，还有一些断臂残肢从天上往下坠落，也有一整个战败的动物重重地落下，像跳楼身亡者落在马路上。

"我×！"小瘤停顿了一下接着说，"我×！"他的门牙缝隙比常人要大，这让他说话的时候带着嗞嗞的声响，像一罐往外冒着气泡的蒜瓣腌茄子。在这个过程中，空中的声响越来越淡，争斗似乎随着战士减员变得没有那么激烈了。我们慢慢一起挪到了阳台的窗边，向外看，突然，一只瞪着一双大眼睛的羚羊，脑袋重重地撞到玻璃上，龇牙咧嘴地滑下，而后坠入已经堆了不少动物尸体的地面上。我注意到这林林总总地飞行着的动物里头，没有飞人，一个也没有。

"人族缺席啊，怎么回事？"我问小瘤，他也说不出个所以然。

我们打算到屋顶去看个仔细。去屋顶只需要坐电梯到顶层，然后再上一层，从一个小门上去。首饰设计师屋里不让抽烟，我想抽烟的时候会去屋顶抽，顺道散散步，看看月下的北京城。

推开门，屋顶上也落满了尸体，血浆和着暴露的白骨，脑浆，五脏六腑，还有羽毛、大块大块的皮肉。我们抬头看天上，动物们正在撤离，飞行状态的鸟比那些巨型的象轻盈多了，象群撤离的速度最慢，他们似乎飞往东直门方向，在那个地方缓缓下行。有很多还能飞行的动物，其实也都受了不同程度的伤，甚至翅膀也有了残缺，一边飞，一边纷纷落着羽毛。

"明天清洁工要累死了。"小瘤说。我们闻着空气中混合着的血腥味和肉糜味，还有粪便以及尿液的臭味，战后惨绝人寰的情景就在我们眼前，而我们竟不知如何应对。

所有参战的动物四散之后，从天空的另外一角，突然出现了一列飞人，他们依旧在夜空中展现着暗淡或者明亮的红黄的身体轮廓。他们当中有两人，各拿着一根细长发亮的绳子一头，在空中向着绳子两头飞，渐渐地这根绳子被拉直了，一根直直的发着荧光的线，足有数百米长。

"这在干吗？"小瘤问我。

"像是在丈量什么，分地？"

"分天上的田地吗？"

"像是那么回事儿。"

"连飞人都是最好的，人太可怕了。"小瘤说。

我们听到楼顶一角有只翅膀缓缓伸出，而后一只鹿从血泊中颤颤巍巍地站了起来，它还没死，但身上全是伤口，正咕咕冒着血。这只鹿走了几步，走到楼的边沿，便毫不犹豫地跳了下去，我们只听到它落在一辆汽车顶上的声音，那辆车子响起了防盗警报。

"有件事我觉得很奇怪叻。"小瘤突然凑近我，悄悄说。

"什么？"

"你没发现，这一个晚上，除了咱俩之外，任何一扇窗边，一个人也没有，连那些亮着灯的窗户边上，也没有一个看热闹的人。"

我仰头看着边上那几座比我们楼要高的楼，果不其然，所有的窗口丝毫也没有人存在的迹象。这么喧嚣的过程，居然没有吵醒一个居民？

飞人还在空中极其认真而又缓慢地丈量着看不见的土地，除了那两个测量员，其他人在边上聚合又分开，有时候还伸手推推搡搡，像是在商量着什么重大的事情。我举起手，向他们挥挥手，谁也没有理会我们，在他们眼里，我们这些飞不起来的地面人类，一点也不重要，没有理会的价值。

当然了，我压根也没想到要去敲敲首饰设计师的卧室门，我也绝对没想到她床上空空如也，一直挂在墙上的一对巨大的黑翅膀，也早已不翼而飞了。

原载《作品》2020年第5期

评鉴与感悟

城市里的黑色翅膀

《飞人在国贸的丛林法则》是一部颇有几分调侃意味的奇妙之作。作为北京的标志性建筑之一，国贸象征着这个商业化的社会中人类所有欲望的集合体。在喧嚣涌动的北三环，人们难免会有长出翅膀飞走的冲动。小说开头的"我"，就在离婚之后获得了如同长了翅膀般的自由感。然而，这并不是一个世俗意义上的逃离故事，这是一次奇特的"变形"之旅。

对于"飞人"这一存在，普通人向来是不信的。所以，当"我"第一次意识到"飞人"在建筑间穿梭的时候，令人讶异的并不是这种现象的出现，而是"我"的态度。在"我"看来，这并没什么好奇怪的，真正值得奇怪的是"飞人"为什么可以这样优雅。以这一视角观之，这个故事本身就充满了不确定性和反讽色彩。"飞人"并不是"非人"这么简单，他们赤裸、从容、舒缓，坐在高耸的国贸顶楼，远离纷乱不休的尘世。这是可疑的，也是迷人的，因为这是一种新的物种的诞生时刻——涂抹着黑色羽毛的自由者出现了。然而，当"我"将这一情况告知设计师时，对方却反应冷淡，甚至带着点"刘姥姥进大观园"的嘲讽之感。表面上看来，这是国贸这一地理区域的神奇之处；实际上，这正是对所谓"飞人"的解构的开端。

不过，作者并未直接开始对"飞人"的解剖过程。她荡开一笔，回归到了市井生活中。与"飞人"相比，"我"的生活显然没有这么惬意。身处翠微北的"我"，除了这份兼职之外，几乎一无所有。身受现代化设备的约束，心却向往着极乐世界的宽容。在离地面一百米的高空中，存在着一个长着翅膀的丛林世界。一切会飞的动物都如同沙漠之舟，带给"我"生的喜悦。自然的法则在这里是完全适用的，没有任何的扭曲和变形。与这个丛林世界相比，现实生活可谓是毫无乐趣。在作者的跳跃式叙述中，一个美好的乌托邦似乎正在建立起来。

然而，作者从未否认过这个乌托邦的危险性。丛林法则，意味着物竞天择，适者生存。所谓的"丛林乌托邦"实际上依然是人类内心对于动物本能的一种渴望，是人的欲望的一种具象化的表现形式。当这一欲望落实到动物身上时，动物就会代替飞不起来的人类进行你死我活的厮杀。这是一种自然的法则，"飞人"在其中充当了最狡猾的角色。当一切的冲突渐渐落下帷幕后，作者的视线下移到了设计师的房间。这一刻，所谓的"飞人"光环不再，掠过城市上空的黑色翅膀缓缓落下。人们在恍然间发现，原来"我"所憧憬的对象，只不过是大都会中人的一种"变形"罢了。而国贸上空的丛林世界，最终也依然是由变形的"人"胜出并控制的。这是一种悄然的反讽，也是丛林法则在两个世界的同时上演。当黑色翅膀掠过城市上空时，人类的丛林生活正悄然开始。（司远钊）

夜莺湖

/班宇

吴小艺想约我见面，但不直说，发了两天信息，第一天问我，最近过得怎么样？我说，一般化。她半天没回，估计是想等我问，你过得如何，但我就是不说。分手一年半，少扯犊子为妙。第二天晚上，她发过来一段视频，熊猫给饲养员开门，四肢蜷在把手上，缩作一团，轻松后仰，铁门顺势而转。我看了好几遍，想回点什么，但也不知说啥。后来半宿没睡着，始终在分析这段视频，琢磨出来两层意思：第一，你的心门，我来打开。并非自我感觉良好，主要是从某个角度看去，吴小艺长得的确有点像熊猫，上下一般粗，加上最近的种种反常举动，让人不得不产生这样的想法。第二，运用潜意识，向我推销。吴小艺在防盗门公司上班，干销售，其企业形象就是一只熊猫，1990年亚运会的吉祥物，名叫盼盼，手持金牌，眼神飘忽，向前冲刺，仿佛即将跌倒，很令人担忧。所以我觉得，她发这个视频，也有可能想让我买一樘门。这么长时间过去，我仍记得她曾无数次纠正，卖门论"樘"，而不是"扇"，一樘门可以有两扇、三扇、四扇，量词使用要严谨。针对这两种可能，我也想了一下相应策略，若是前者，那就算了，好马不吃回头草，好男不跟前任搞，不是不行，而是没有必要。但若是想卖门，那就支持一下，这个条件还是有的，盼盼到家，安居乐业，口号喊了多少年了，我也信得过。想清楚这两点，我心里就比较有底，睡到中午十二点，冲了个澡，把车开到卫工街，顺着路边停好，后挡风玻璃贴上"收车"二字，便去旁边饭店喝羊汤，一碗见底，又再填满，直至后背湿透，冒一身汗。买卖二手车这生意，我干了好几年，数今年行情最差，价格透明，普通轿车每台能赚一千五就不错，SUV也就两千来块，而且一个月出不了两台，好几辆破车都压在手里，小半年了，来摸的人都少，说不急那是瞎话。

我吃完饭，回到车里，给我妈打了个电话，说晚上准备过去看她。结果她没在家，出门旅游了，报的夕阳红团，华东五市，加上扬州、镇江、宁波、绍兴、普陀山、乌镇，双卧十日游，一路高歌猛进，全程自助早餐。不用问，肯定跟相好的一起去的。事先也没通知，可见我在她心里的位置。我妈这人，性情比较活泛，擅长分析事儿，总乱出主意，但就有人愿意信。一来二去，跟活动室认识的杨师傅走得就比较近。杨师傅以前是工程师，长得挺有派，常年披着风衣，退休金丰厚，一个人也花不完，我妈就帮着一起想办法。我挺支持他们的，明里暗里提过好几次，但俩人也没在一起过日子，就是游山玩水，畅享自然风光，然后各回各家，不知道图啥。

其实我也不是想去看望我妈，主要是我家有个传统，每逢周五，必包饺子，夏天吃黄瓜馅儿的，冬天是羊肉，春天的韭菜嫩，就包三鲜的，里面还有虾仁，雷打不动。当年我跟吴小艺在一起时，我都怀疑她是奔着这个跟我好的。吴小艺特别爱吃我家的饺子，吃过一次，就上了瘾，每个礼拜都要来，不用筷子，煮好拎起来就往嘴里送，塞满三只，同时咀嚼。即便是我们吵架期间，赶上周五，她也一声不响地提着肚子来吃饭，饺子进了肚儿，关系就缓和一些。所以我俩处对象时，没大矛盾。我妈挺得意她，觉得会来事儿，说话好听。吴小艺有这个本领，跟谁都能唠到一起去，上天入地，无所不知。但我后来就有点烦她这点，觉得里外不分，没个亲疏远近，我说过几次，她也没太当回事儿，依旧我行我素，大大咧咧。分手之后，经人介绍，我又处一个对象，叫苏丽，小我几岁，在超市的调味品区负责理货，跟吴小艺的性格正好相反，内向，不爱说话，问啥答啥，多余的一句不讲。苏丽又瘦又矮，眼睛大，往外鼓着，像条小金鱼，性格温驯，一点脾气也没有。我俩头一次见面，约在超市里，她的头发焗成黄色，扎在后面，一摆一摆的，戴着永远洗不干净的棉线手套，拉一辆平板车，也不抬脑袋，怄气似的，车上摆着好几箱油盐酱醋，花里胡哨。我跟她打过招呼，不知说点啥好，就陪着整理货品。苏丽走路带风，干活细致，不仅讲究品牌摆位，还会注意不同的区域配色。方方面面都照顾得到，是门学问。下班之后，我问苏丽，工作几年了？苏丽说，三年多。我说，累不？苏丽说，还行。我说，头发颜色挺时髦。苏丽说，白的多，挡一挡。我说，下班去哪？苏丽说，回家啊。我说，吃点饭去不？麻辣排骨串。苏丽说，也行。我们之间的交往差不多就是这样，任何要求她都没有拒绝过。有时好像也想说点什么，话到嘴边，又想了想，也没说出口。我性子急，遇到这种情况，就愿意多问几句，但这样一来，她反而更不讲了。

电台里播着情感栏目，一位女性在讲述自己的婚姻经历，语调悲切凄惨，一言蔽之，再婚家庭矛盾多，想方设法来耍我，好心当作驴肝肺，前妻招手就去睡。我听了都跟着上火，但还是没扛住困意，在车里眯了一觉，没几分钟，便被铃声吵醒，吴小艺的号码。我揉揉眼睛，接起电话，假装不知道对面是谁，客气地说，喂，您好。吴小艺说，像个人似的。我继续说，请问您是哪位？吴小艺说，猜。我说，抱歉，猜不到。吴小艺说，你爹。我说，我是你爹，×你妈的。然后就把电话挂了，来气。过了一会儿，她又打一次，我也没接，把收车的牌子取下来，调了个头，速度七十公里，开车去了浑河西峡谷。这半年来，不忙的时候，我经常去那边，一坐一下午，比较肃静，景儿也好，放眼望开，一片浩荡。河水平缓漫延，消失在远处的荒草里。岸边总有人放风筝，各式各样，有燕子、老鹰，还有长虫、恐龙和猪，被地上的人们遥相牵引，风将其吹得鼓胀，烈日穿过，更显苍白，近乎透明。整片天空像是一个巨大的墓园，各守其位。还有民间乐团演奏，成员都是老年人，满脸斑点，表情僵硬，肢体动作丰富，摇头尾巴晃，压着嗓子唱苏联歌曲，三句一停，气力不足，但歌儿还是好，冰雪覆盖着伏尔加河，冰河上跑着三套车。我坐在台阶上，点了根烟，想象着走在结冰的浑河上，浓云蔽日，老马只剩一把骨头，鬃毛覆雪，确实也有几分忧愁。中场休息时，乐团成员也坐过来抽烟，捧着保温杯，自说自话，边喝茶边吐碎末。有一次，其中一位跟我借了个火，对我说，家近吧，见你常来。我说，也不近，愿意过来歇会儿。他说，好听吗？我说，好听。他说，老了，年轻时可比这强。我说，专业搞音乐的。他说，不算，厂里文艺队的。我们这批总共九位，走了一位，还有两个在海南，一个在北京，带孙子呢，还剩我们四个。我说，难得，还能聚在一起，但数目不对，差一位。他说，心思挺细。我说，做买卖的，对数字敏感。他说，确实还有一个，女的，以前主要负责演唱，没联系了。她那嗓子是一绝，长得也好。九四年单位解散，我们跟工会恳求半天，在文化宫办了最后一场，十首歌，都带着家属过来听。她唱的压轴，俄语一遍，汉语一遍，麦克风不好使，基本是清唱，全场鸦雀无声，不敢喘大气，生怕错过一个音儿，演出结束了，还缓不过来，没人敢拍巴掌。我往下一看，底下无数个发亮的脑门，往外渗着汗水，什么原理？我说，不知道，人多，热。他说，兴许是，当天唱的是《苏丽珂》，格鲁吉亚民歌。第一句，为了寻找爱人的坟墓，天涯海角我都走遍。第二句，但我只有伤心地哭泣，我亲爱的你在哪里。问谁呢啊，没答案。电视上演过的，半导体里放过的，古今中外全算，没有一个唱得比她好，了不得，就因为这个，把自己名儿都改了，就叫苏丽珂。我说，本来叫啥？他说，苏丽，加了一个字儿。我说，我对象也叫这名儿。他说，不加还行，加上之后，越活越坎坷。我说，这我相信。他说，出了点意外，昏迷半个月，去北京做的手术，好几个月没说过话，再一出声，动静完全不一样了，精神有点受不住，就与世隔绝了。我敷衍着回了一句。过了半晌，他站起身来，我抬头向上望去，一只黑色的蝴蝶风筝飞过，正好将太阳挡住，光在减弱，周围泛起一层虚影。他继续说，但现在过得也行，安度晚年，不唱苏联的了，改唱耶稣，我前几天见过一次，就在十三路教堂，请我去拉琴，一天五十块钱，台上人唱一句，她学一句，都唱完了，她也不走，摇着轮椅过去，拦住领唱，问人家，我该往哪儿走？可笑不，大门朝西，你说往哪走，不回家还能干啥，耶稣也不供饭。但人家不这么回答，他说，你本来四十天就能走出去，由于常有怨言、不断犯错，神就罚你在旷野，来回逛荡，一直走了四十年。她点了点头。我听不下去，净扯犊子，没打招呼，收拾东西走了。出门后我就琢磨，四十年啊，神咋不整死我呢？我没回话。过了一会儿，他又说，你知不知道谁最爱听这首歌？我说，不知道。他说，斯大林，他有四句话，说得比神还好，人生最宝贵的是生命，人生最需要的是学习，人生最愉快的是工作，人生最重要的是友谊，慢慢品去吧。

吴小艺在小区里堵我，一袭花衣，十分显眼，像要登台唱大戏。她蹲坐在花坛上，旁边摆着一个布包，用手给自己来回扇风，腰间的肉直往下坠，看着心惊，好悬没掉地上。我想去麻将社避一会儿，还没来得及转身，就被她发现了。以前我俩处对象时，她就有这特征，眼睛尖，凡是干点啥坏事儿，当场就能发现，瞒不过去。吴小艺扯着嗓子喊我，像是准备要我命，接着又一路狂奔，周围空气化作一股热浪，扑袭而至，我吓得退后几步，稳一下精神，方才站定。她跑至近前，双脚急速并拢，摆出立正姿势，身体挺直，气喘吁吁，我误以为她要跟我敬礼，条件反射，提前先敬了一个回去，权当问候。她一脸不解，咽了口唾沫，跟我说，我打电话，你骂我干啥？我说，以为是黑社会要账。吴小艺皱紧眉头，稍加思索，问道，最近得罪人儿了？我说，是，正躲呢。吴小艺说，事儿大不？我说，说大就大，说小就小。吴小艺说，到底啥事儿，我看看我有朋友没。我说，宰了一只大熊猫，正逃案呢。吴小艺说，这牛×让你吹的。

我买了两罐汽水，站在超市门口，一边喝一边听吴小艺讲，最近确实遇到一些麻烦，具体说来，具体就不说了，反正现在差十来万。我说，要不你还是说说？吴小艺没吱声。我说，借高利贷了？她摇摇头。我说，我姨生病了？她继续摇头。我说，又摇头儿去了？吴小艺说，多少年不去了都。我说，那到底因为啥呢？吴小艺说，离了，我想要房子，得给前夫找点儿平衡。我顿了一下，说道，吴小艺，你上我这儿来给前夫找平衡？吴小艺说，江湖告急，想来想去，就认识你一个做买卖的，很神秘，有实力。我说，给个车行不，水淹捷达，刚泡好没几天，开着跟喷泉似的。吴小艺说，能别闹不，哥，实在没办法了。我说，你是真敢张嘴。吴小艺说，跟你提怎么也比别人强，毕竟有感情在。我原地转了一圈，问她，哪呢啊，我咋没看见。吴小艺说，一句话，帮不帮吧。我说，对不起，真帮不上，我有对象了，她管钱。吴小艺说，超市那个啊？我听说了，你妈可老看不上她了，方方面面都不行，拿不出手儿。我一下子有点火大，叨逼半天，就为了说这个，纯他妈闲的。我捏扁易拉罐，抛到空中，飞起一脚，但没踢多远，落在路边的井盖上，发出一声空响。之后迈步离开。

我没走正路，钻进绿化丛里，绕着往家里走。柳树垂在面前，我薅了一枝叶片，团在手掌里，感受着它一点一点展开。吴小艺踮着脚尖，紧跟身后，不离不弃，游魂似的，行动飘忽。我总想往后偷瞄一眼，担心她要捅我，人一急了啥事儿都能干出来，防人之心不可无，况且有过教训。到了门口，我迅速掏出钥匙，本来想给她拦在外面，但没掰扯过，还是让她蹿进来了。进屋之后，她也不脱鞋，假扮巡视员，背着手挨个屋视察，厕所也开灯看一遍。平白无故冲了一下马桶，水声阵阵，然后跟我说，没住一起啊你们。我没理她。她又说，关系还是不到位。我说，不是不帮你忙，实在无能为力，生意不好，要钱真没有。吴小艺说，你妈手里，是不是多少应该存了点儿。我说，×，你想啥呢，咋好意思的啊。吴小艺坐在沙发上，嘟着脸，一脸刚受完欺负的熊样。我懒得看，躺回卧室里，脸朝着窗外。一只灰鸟飞到窗台上，蹦了几下后停下来，与我对视。过了半天，忽然听见一声尖细的悲鸣，立体声环绕，开始还以为是防空警报，怕发生什么战争，内心有点慌，出来一看，原来是吴小艺在哭泣，声音从鼻腔里出来，还带着节奏，但就是不见眼泪，纯属干嚎，五官错位，满脑袋虚汗。我看着闹心，跟她说，打个借条，我给你拿。吴小艺立刻止住哭声，眨了眨眼睛，说道，还得是你，对我够意思。我说，卡号发我，这几天有空给你转，赶紧滚蛋。

送走吴小艺后，我盯着看那张借条。从桌上的新笔记本里撕下来的一页纸，字写得横平竖直：本人吴小艺，女，一九八三年生，沈阳市铁西区人，籍贯辽宁鞍山，现从事销售工作。因婚姻惨遭不幸，前夫纠缠不休，特借款十万整，处理未尽事宜。将来必定努力工作，争取早日归还。口说无凭，立此为据。底下是签名，还龙飞凤舞一下，像个领导似的。我将这张借条的边缘裁齐，认真折成一架纸飞机，打开窗户，使劲向外掷去。

夜里我做了一个梦，吴小艺过来找我，穿着工作服，胸前画着一只口歪眼斜的熊猫，面目狰狞，满脸是血和泥，黑红交错，好像刚摔过几跤，双臂抡着门板，虎虎生风，非要跟我拼命。我尽量保持镇定，跟她说，冤有头债有主，你来找我干啥。吴小艺说，不是你我能离婚？我说，跟我有啥关系，不该你不欠你的。吴小艺说，不跟你分手，我能遇到我前夫？我说，能不能讲点理，谁介绍的找谁去。吴小艺说，你妈介绍的，她有个相好，姓杨，我前夫就是他儿子。我说，我妈把我对象介绍给相好的儿子？吴小艺说，对。我说，你冷静一下，咱俩一起找她去，我问问到底咋回事，母子关系处到尽头了。吴小艺放下门板，坐在地上，两腿一伸，开始哭闹。这时，我才发现，我俩位于一座桥上，底下是深河，绿水涌动。天空下起雨来，我有点魂不守舍，因为忽然想起，在同一时刻，苏丽正在等我，我们之前有过约定，目前这个情况，我又脱不开身，心里很急。无计可施之时，水面上跃出一条金色怪鱼，体型极大，如四五个成年人叠加，长相奇特，头部是圆形，有点像小孩儿玩的布老虎，身躯和尾巴逐渐收缩，眼睛占据半张脸，龇着牙大笑，有点不怀好意。这条鱼跃起之后，在半空中翻腾数次，最后跳落在岸上，掀起几块砖瓦，尘雾弥漫，有人过去将其扑倒，死死压住，使其动弹不得。我看着非常惊讶，上前询问，那人说，这是龙舟开始的信号，大鱼既出，再无水鬼兴风作浪。话音刚落，河上有数只龙舟经过，头尾相接，次序井然，与平日所见略有不同。所有划桨者均十分懈怠，没有口令，动作疲惫，没精打采。吴小艺也不哭了，起身探出桥栏，目光呆滞，观赏龙舟。我趁其不备，转身溜走，一路小跑，来到与苏丽相约的地点，但她却不在。我有点失魂落魄，掏出手机想要联系，说明一下情况，却收到她发来的一段视频，不知拍摄者是谁，时间应该是下午。她顶着刚染过的头发，穿着一条松松垮垮的金色旗袍，对着镜头笑。斜阳散射，衣服上的亮片看起来近似鱼鳞，不断反光。苏丽赤脚站在岸边的草丛里，又扎一遍头发，比了个手势，然后舒展身体，向前冲刺几步，跃入水中，消失不见，只荡开一圈波浪。一只灰鸟从远处飞来，速度极快，像弦上射出的箭矢，驶过湖水，最终栖于岸边。

　　醒来之后，我又将这个梦回味了一遍，心头发紧。饭也没吃，开车去银行取了个定期，把钱给吴小艺汇过去，又发信息告诉她，钱已转过去了，记得早点还，有用。我坐在大厅里等了半天，也没回复。出来之后，发现车又被贴了条。没办法，点子就是这么背。这十万块钱也不是我的，我妈前阵子刚给的存折，说留着以后结婚当彩礼用。我说，我跟苏丽还没到那步呢。我妈说，或早或晚，你俩有点缘分。我说，那是幻觉，我跟小沈阳还有缘分呢，走哪都能看见广告牌子，打开电视都是他演的小品。我妈说，苏丽比吴小艺合适，你俩能过长远，我看人很准。我说，苏丽有个妈，残疾，坐轮椅，家庭负担不小。我妈说，我都不在意这个，你还在意？我说，说得轻巧，反正以后也不是你伺候。

其实苏丽没妈,我也就这么一说,她父母很早离异,一直跟着爸过。有次喝多了酒,我俩去开房,鼓捣大半宿,完事之后,酒都醒了,也睡不着,就躺在床上说话。我问她,这些年来,见过你妈没?苏丽说,见过,但没敢认。我说,在哪?她说,超市里,她坐着轮椅,可能是骨折了,后面有人推,一个男孩,跟我弟差不多大。我说,没打招呼呢。苏丽说,她戴着口罩。我说,挺讲卫生。她说,挑了半天,最后买了一瓶醋,搁在手里捂了半天,才去结的账。我说,还是应该走动走动,血浓于水。她说,后来又碰见过两次,我就想,别是奔着我来的,就躲在库房里不出来。我说,不至于,娘儿俩有啥仇。苏丽说,没仇,也没感情。我说,你这人心硬。她说,对,我爸也这么说,你想好。我说,没啥好想的。苏丽说,再想一想。我说,不用,我认准了就不怕这个,前几天梦见你一回,伸胳膊蹬腿儿,非往湖水里跳,扎进去就没影儿,我也不会游泳,扯着嗓门去喊,但怎么都发不出声音,急得干瞪眼,醒过来时,心脏怦怦乱跳,半天缓不过来。苏丽挪了挪脑袋,顶在我的胳膊上,说,别想太多,我能下去,就还能上来。

　　给吴小艺汇完款的第三天,我头一次见到苏丽她爸,在超市门口,披着一件棕黄色外套,与季节不太相符,个子不低,驼背厉害,脸上很多皱纹,像用小刀刻过,嘴角往下耷。那天我等苏丽换衣服下班,准备一起去看场电影,票都买了。她爸站在门口抽烟,迎面看见我们,也没反应,只将烟头踩灭,双手插进裤兜里。苏丽拉了一下我的袖口,低声说,我爸。我有点措手不及,事先她没提,便问了声好,语气生硬。他点点头,又打量一下我,将苏丽拉去一旁说话。我不好打扰,独自走去停车场,发动好车子,拧开空调。过了半天,苏丽小跑过来,没拉车门,敲了敲窗户。我摇下玻璃,苏丽跟我说,今天不去了先,我弟出了点事儿,正在医院里,上班也没看手机,刚知道,得过去看看。我说,我陪你去,不然我也不放心。苏丽犹豫了一下,还是坐到车上。我绕到路边,看见她爸正在打车,冲着大街上招手,漫无目的,我停下来,将他一并接上,向着医院驶去。路上,车内温度有点低,苏丽打了好几个喷嚏,我想问问情况,但不知道要怎么开口,又觉得她也许不想回应,就先算了。后来开了窗户,风声很大,每过一个路口时,她爸都会跟我说一句,谢谢。语气相当局促。我听得隐隐约约，不太确定，刚开始还点头回应，后来苏丽开始啜泣，我也就没什么心情。虽然不是亲弟弟，跟她姨后来生的，但相处多年，总归有感情。她给我讲过几次，她弟从小体质弱，发烧感冒，总去医院报到，全家跟着操心。我给他们放在医院门口，又绕过天桥，找了半天停车位，才进到住院处，不好打电话问，只发了条信息，就在走廊里闲逛，差点撞了个老头儿。大半夜，他自己颤巍巍走出来，以为我是护工，先跟我要烟，我没敢给，又非要我搀着去上厕所，这不好拒绝，搀着他进去不说，还帮他解下裤子，仔细扶好，尿完又甩一甩，上下左右，心里倒也没多嫌弃。老实说，我伺候我爸都没这待遇，不怎么上手，但那天就想做点好事儿。方便过后，我又给他送回病房里，扶到床上，挺大的三人间，就住着他一位。我问他，啥病啊？他说，没病。我说，老干部？过来疗养？他说，王八犊子，给我拿根烟。我说，你好好说话，我都给你把尿了，能不能有点涵养。他没吭声。我想了一会儿，没跟他一般见识，往床上甩了根烟。他拾起来，先用鼻子闻了两遍，又衔在嘴上，空吸几口。我转过来，凑到近前，给他上了火。他眯着眼睛，抽了半支，咳嗽数声，又跟我说道，快没了。我说，这儿还有大半盒，够用。他说，不是烟，我说我快没了。我说，别想太多，我看你挺好，还能骂人呢。他说，我心里明白，就这几天的事儿。我说，家人没来？他说，撵走了，图个清静。我说，想开点儿，都得经历。他说，一辈子攒点儿钱，都看病了，最后给自己看没了，我图啥呢。

　　我没再回应，低头看一眼手机，还是没有消息。他叹了口气，也不再说话，闭着眼睛，又过了一会儿，开始哼唧，偶尔干呕。问他哪里疼，他摆摆手，问他需不需要找大夫，他也摆手。非亲非故，再多问也不合适。我躺在旁边的床位上，闭目养神。那天半夜，温度骤降，屋里越来越冷，我忍不住拉起被子，盖在身上，一不小心就睡着了。直到凌晨，我感到有人往我身上拱，半睁开眼，发现是苏丽，正背对着我，脱了外衣，只剩白色胸罩，头发披散下来，身体缩得更紧。我顺势移开一点，从后面轻轻抱住，搂着她的身体。她肋骨如柴，且有点往外翻，我像在抚摸一只营养不良的小狗。苏丽说了句什么，我没听清，就又睡着了。再醒来时，已是早上八点多，医生过来查房，房间里只有我们二人，衣衫不整，那个老头儿不知去向。一位医生用铁夹子敲着床栏，后面跟着一排实习学生，高声问我们，左卫武呢？我说，谁？医生说，三床的左卫武，不是你家人吗？我说，不是。医生说，那你是谁，在这儿干啥？我说，我来陪护别的病人。医生说，谁？哪个科的？我一下子答不上来。医生说，你们这号的我见多了，都不爱多说，跟动物没区别，俩眼一睁，干到熄灯，俩眼一闭，梦里继续，警告你们，以后别来了，挺大个岁数，也要点脸，干啥得分个场合。我说，不是，你误会了。医生没听我们解释，扭过头去，对着学生们说，过半个小时再来看看，左卫武要是还没在，联系家属。

一宿没睡好，我看苏丽也是灰头土脸，毫无精神，就让她跟我一起回家。我妈炒了俩菜，没吃几口，苏丽噎了一下，开始流泪，无声无息，完全止不住。我安排她在我的床上休息。睡了一个小时，醒来又洗了把脸，情绪缓过来一些。我问她，昨天到底咋回事？她说，弟弟没了，也不是昨天，前天的事儿，游泳池里过电死的，没在病房，太平间里看一眼，开始没敢告诉我。我说，游泳池里咋还能过电？她说，壁灯漏的，总闸没关，目前是这说法，具体还在调查。我说，多少能赔点钱，估计要打官司。苏丽说，人没了，要啥都没用。我说，在哪儿出的事儿，劳动公园的夜莺湖？苏丽说，是，你咋知道？我说，有过类似事故，许多年前，那次我正好路过，本来也想去游泳，但我爸没让，算是躲过一劫。苏丽说，听说这个事情，我就不信，做梦似的，看见我弟躺那儿，胖了一大圈，总觉得不是他，现在也这感觉。我说，接受现实，节哀顺变。苏丽说，接受不了。我说，人死不能复生，体面送好，风风光光，自己的日子还得过，谁都一样，斯大林有四句话，人生最宝贵的是生命，人生最需要的是学习，人生最愉快的是工作，人生最重要的是友谊，生命没了，学习不止，投身工作，处好感情，你好好品一品。

出殡那天，我闹表定的四点，头天晚上有点失眠，想了些别的事情，就没能按时起床。

闹表也许响过，但让我给按灭了，再睁眼时，五点十三分，天放了大亮。我连忙穿衣下楼，闯了一路红灯，来到苏丽家楼下，当时所有流程已走完一遍，她家亲戚不多，就等着我来。我内心很愧疚，这么个事情还迟到，实在说不过去。我的车跟在灵车后面，从大润发往德胜殡仪馆开。这天早上特别堵，本来四十分钟的路程，硬是开了一个半小时，头一炉是烧不成了。苏丽坐在副驾驶座上，也不讲话，直勾勾地愣在那里，双目无神。我想放点歌曲，但切了几首，氛围都不太对。好不容易到了地方，往门里拐时，又跟一辆别克商务发生剐碰，右前脸蹭了几道痕迹，漏出底漆。本来不是什么大问题，按理来说，责任一人一半，各修各车就好，在这种地方，谁也不是故意的。但对方不依不饶，大呼小叫，气势汹汹，我都回到车上了，又给我生拽下来，让当场赔付，我也不好发作。苏丽她爸先进入园内处理事情。我忍住脾气，给保险公司打电话，刚刚接通，便看见苏丽疾步走出，倒持一柄十字改锥，来到近前，谁也不看，反手握稳改锥，干脆利索，由上而下斜着刺入别克商务引擎盖里。还没等我报完保险，对方便已一脚油门开走，连号码也没留。改锥还悬在车上，像一只刚长出来的小犄角，跃跃欲试，准备出门闯荡一番。

  我有点没反应过来，咬了几下嘴唇。苏丽将改锥递到我手里，扭头直奔隔间，去挑选骨灰盒。我没跟进去，就在外面等，里面氛围太阴，我待不住，每次都起一层鸡皮疙瘩，很长时间回不过劲儿。殡仪馆的绿化搞得不错，四处葱郁，树枝明亮粗壮，早上刚下过一点小雨，地面湿润，味道很好闻。高炉已经废弃不用，但还没拆，铁质爬梯缠绕在外，像是一只庞大的多足纲昆虫，身子微微立起。我忽然想到，很多人的一生，最后都在这里度过，躯体化作灰尘与烟，跟汽车排出的尾气、植物吐出的氧气、所有的雾和霜，彼此交融，肆意流淌，沉积在旷野上。世上没有死者，但它却是由死者一点一点构成的。我又想起那个梦，也许是在说，既然人生的龙舟之赛中，金色大鱼已经现身，且被人按捺于岸，那么，所有的傀儡自然消失粉散了。

  雨又下起来，我躲进展示栏的低檐下，读着玻璃窗里的文字，有历史概况，也有政策方针、服务口号，以及部分工作人员的个人介绍。图片泛白，字迹模糊。我在上面看到一张照片，有些眼熟，底下名字写的是左卫武，想了半天，才记起是在医院遇见的那个老头儿。他在照片里还很年轻，系着绶带，头部后仰，笑容质朴，颇有几分自信。实际上，现在的他也许并不老，应该没到退休年纪，但人一生病，很快就会垮下来，或者变得跟以前完全不同。这种情况我见过很多次，我爸当年就是这样，最后瘦得脱了相。刚认识吴小艺的时候，她也瘦，八十来斤，头发烫成大波浪，好几处文身，爱去夜场跳舞，一蹦半宿，水都不喝，活力四射，眼睛往外喷火光。后来生过一场大病，大概是基因问题，北京上海都去过，属于疑难杂症，没办法治，只能吃激素，价格不低，也不敢停，停药就犯病，还自杀过，被我拦了下来：骑在窗台上，晃着小腿唱歌，好容易劝住，又去厨房拿刀逼我，让我别管，我咋能不管，扑过去硬抢，被她划了好几下，胳膊上都是血道儿。我也难过，一点办法也没有。那阵子我们过得都很难，我刚上班，在4S店干后勤，一个月就两千来块钱，根本不够花，租了个旧房子住，冬天交不起采暖费，室内没办法待，脸盆里的水很快上冻。吴小艺实在太冷了，每天我上班后，她就去附近的超市里待着，至少能有个空调，晚上我再去接她。整个冬天就是这样过来的。有一次，我加班到很晚，超市关了门，吴小艺也没回家，就一直在外面坐着，缩在棉门帘里面。那时她已经开始发胖，鼻尖冻得通红，呼吸紧促，眼睛也睁不开，迷迷糊糊，哑着嗓子跟我说，刚做了个梦，以为我不要她了呢，她也没地方可去，只能在这里等一等，也不知道我会不会来。我说，别乱想，梦都是反的。吴小艺抽了抽鼻子，站起身来，拉过我的手，放进她的袖管里取暖，笑着跟我说，哥，我俩快结束了，你知道的吧，我挺感激你的。我说，我不知道。吴小艺说，我知道，你会过得不错，我也许没那么好，但也还行。我说，纯扯淡。吴小艺说，我早就知道。我说，你还知道点啥？吴小艺叹了口气，说，我将来可能会变成一只熊猫啊。

想到这里，我在雨中给吴小艺拨了个电话，响了数声，无人接听。我有些低落，一时间不知该做点什么，便去服务部买了个花圈，五百块钱，写好一副挽联，挂在两侧。我举着花圈出来时，苏丽正坐在池塘边上，四处张望，我挥一挥手，然后走过去，她没打伞，雨水漫在脸上，看上去像是在哭，但我不太确定。我挨着她坐下，说道，买了个花圈，送你弟走，都是鲜花现扎的。苏丽看也没看，说道，退了吧。我说，没多少钱，我的一份心意。苏丽低着头说，我弟没了。我说，我知道，别太难受，他去好地方了。她说，不是这意思。我说，那是啥？她说，刚准备遗体告别，工作人员一直没找到他，现在还在找。我说，什么情况？她说，不知道，就是没了，原来记录的抽屉，刚一拉开，什么都没有，空的，旁边几个也都找了，都不是。我说，是不是还在医院里，做一些检验？苏丽说，打电话问过了，说也没有，那天半夜在医院的太平间，我看完一眼，就拉到这边来了。我说，这不合理。苏丽没有说话。我说，不行，得找他们领导去，怎么也要有个说法。苏丽还是没说话。我说，这样，我现在回医院，看看什么情况，实在不行喊几个人过来，今天必须弄明白。苏丽说，我知道，我都知道，我爸去医院了，你能不能先别说话，让我休息一会儿，我头疼。

我与苏丽并排而坐，心中充满疑惑，同时感到一阵眩晕，仿佛大地正在下沉，无休无止，我们跳入其中，要在茫茫无际之中，去寻找一个不存在的人，没有任何启示，更不会有答案。殡仪馆有钟声响起，也有鞭炮声、鸣笛声，迎来送往，一切按部就班。没人在意一具消失的遗体。

雨越下越大，落在身后的池塘里，响起一片沙沙的声音。这期间，我进去问过两次，没有任何消息。到了中午，殡仪馆的很多工作人员都已结束工作，换掉制服，相互道别。我的全身早就湿透，直打寒战，或许还有点发烧，偶尔能感受到心脏泵血，舒张与收缩，像伸开又握紧的拳头，蓄势待发，却不知要朝向何物。风将池塘里的水吹开，带来一片彻骨的阴凉，在我们身边积聚。苏丽捂住脸庞，茫然无措，仿佛沉入一场梦里，任人摆布，无法醒来。我始终在调整着呼吸，使其均匀，并向着她身体起伏的节奏靠拢。我们的周围到底是什么，我们所能掌控的又是什么呢？一个人在水中死去，最终会去向哪里？我想，如果我们能拥有一致的气息，也许一切就会清晰起来。

苏丽浑身无力，我替她接了电话。另一端是她爸，声音低沉无力，先问了苏丽这边的情况，然后跟我说，经人分析，目前有三种可能：第一，当天夜里，尸体并未送到殡仪馆，而是在医院或者路上被劫走，也许与公园那边有关；第二，殡仪馆方面，存在工作失职的概率，申请领取遗体时疏忽，以前也有过这种情况，还上了报纸，殡仪馆的回应是，烧错了，下不为例，目前正调查相关记录；第三，请了一位高人指路，他说，苏丽她弟没死，但也没不死，溺毙之人往往如此，睁不开眼，看着是往前游，其实没方向，在水里迷了路，久而久之，没有船来渡，变成水鬼，回头也不是岸，汪洋一片。挂掉电话之后，苏丽什么也没问，我也没讲，只是想象着，在刚过去的那个夜晚，他会猛然苏醒，站起身来，像电影里演的那样，吐出全部的水，深呼吸数次，直至平静下来，也许还会走出铁柜，在树的搀扶之下，来到池塘边，坐在我们对面，面容安静，轻轻地喊起我们的名字，但却听不到自己的声音。雨停之时，我的手机震动了一下，我解开屏幕，是吴小艺发来的一张照片，她插着饲管，穿着病号服躺在床上，面色苍白，头发散乱，比着胜利的手势，像是刚做完一场手术。没有其他字。

劳动公园浸在暮色之中，我从侧门驶入，按了喇叭，栏杆自动抬开，无人问询。泳池就在眼前，但此刻，已被铁栅紧密围住，不得入内。池里的旧水尚未抽去，落叶、废伞与无数垃圾漂浮其上，塑料椅子东倒西歪，只停业几日，便呈现一片荒芜迹象。苏丽从后座上爬起来，头伸出窗外，望向这潭死水，开始呕吐不止。我绕着泳池开了一周，最终在售票处停了下来，其门窗被木板封死，没人看守，我踹开一道口子，进入其中。苏丽也下了车，步伐摇晃，紧跟在身后。泳池分为深浅两个区域，从中间通道行去，是两排低矮的平房，左边为洗浴间，右边为控制室，有只灰鸟落在池边，朝着天空啼鸣，声音剔透，清晰如哨。我对苏丽说，许多年前，我的一位朋友消失在这里。那天他约我一起游泳，但我在院里踢球，兜里没钱，就跟他说，你先游，在那边等着我，我爸下班回来，我管他要钱，然后过去找你。他跟我说，那你快点儿，我今天要早回家，感冒没好利索，得按时吃药。结果他自己来到这里，游了很长时间，我也没去。泳池关门时，他躲在水里，彩灯一闭，无所凭依，溺水身亡。没什么人知道这件事情，但我一直忘不了，这些年来，总能梦见他。他现在跟我一般儿大，有时在龙舟上划桨，有时在岸上擒鱼，他对我说，自己变成了水鬼，困在池中，永远上不了岸，除非有另一个人来接替。苏丽一脸困惑，并没听懂我的话。我也不再解释，只是对她说，我想去看看他们。之后转身进入控制室，拉开电闸，霓虹灯被点亮，红绿相间，时明时灭，拼成一条条泳道。我褪掉外衣，上身赤裸，扶着栏杆，一步一步，慢慢走入深水区。池水散发着温度，黏稠如油脂，死死裹住我的身体。我不会水，任由下降，双手向前扑去，奋力握向那些光线，却越沉越深。许多大鱼围聚在池底，窃窃私语，如同密谋。我觉得自己缓缓睡去，无数的梦纷沓而至，载着我向黑暗滑行过去。接着是落水的声音，灰鸟尖叫着割破水面，分开一道裂隙，暗流涌起，大鱼四散，我低头看见数道流动的影子，由远及近。我想那是我的朋友，苏丽，或者她的弟弟，我分不清楚，但他们正穿过光的深处，朝我游来。

我们倒在岸边的长椅上,筋疲力尽。苏丽埋在我身上,只是哭,一句话也不讲。在这样一个不恰当的时刻,我忽然很想跟她结婚,极其渴望。在此之前,我从未考虑过会跟她在一起生活,没有一秒这样想过,但现在,这个念头在脑海里奔涌不息,无法遏止。我的视线有些模糊,仿佛看见了一点点未来,并非多么美好,而是它的糟糕程度,我恰好可以完全忍耐。灯光射在她金色的头发上,炫人眼目。我有些激动,但不知从何说起。一条或者几条大鱼,在身后的池里持续跃起,争论不休,溅起无数水花,像一个调皮的孩子,藏在荷叶深处,一直朝着我们扬水。我不再回望,只将苏丽交织在一起的双手握住。我能感觉到,我的血液流向她的身体,畅通无阻,我们正融为一体。

晚风吹来更多的倦意,我擦去水滴,舒了口气,决定重讲一遍。一九九四年,有天傍晚,我爸浑身酒气,骑着自行车回来,我正在院儿里踢球。他将车停在一边,上前几步,给球断下来,卷起一层灰尘,问我说,作业写完没?我说,今天没作业。他说,吃饭没?我说,吃了,我奶炖的豆角。我爸扭过我的脑袋,指了一下自行车后座,跟我说,走吧。我很听话,拍拍裤子,转身上车。他一路骑得歪歪斜斜,总在咂嘴,原因不明。经过劳动公园,门口挂着一排彩灯,沥青路面上铺着一层细沙,游泳池正在营业,有小孩儿肩扛救生圈,光着脚走出来,步伐轻巧,像是行于水面。我说,爸,我想去游泳。我爸说,有水鬼,三上三下,连提带拽,能给你淹死。我说,他们都去了啊。我爸说,那你也别去。我说,咱们去哪儿?我爸没说话。到文化宫时,天已经黑下来,门口斜立着一座船锚石雕,环着生锈的锁链,从远处看去,整座楼像是一艘停泊在此的航船,搁浅数年,长眠不醒。路边是刚栽的矮树,未经修剪,我爸带着我从中间穿过。我的脸上总被刚结成的蛛网粘住,怎么也抓不掉。礼堂分为两层,前厅空荡,人影都没有,但进入室内,便是黑压压的一片,后排与过道挤满观众,密不透风,我们在入口处,什么也看不到。只听见琴声从头顶上传来,将静默的空气锯开,反反复复,时有时无。待了几分钟,我爸便拉着我离开,说要去楼上看。一般情况,二层不让进,演员休息区。我爸以前常在文化宫跳舞,一直是逃票,所以知道个办法。我们来到礼堂后面,爬上廊柱,从二楼的窗户钻进去，其中半扇没有玻璃，反手伸去，能把插销拔出来。我个子矮，骑在我爸的脖子上，撑上廊台，将窗打开，我爸找了几块砖头垫脚，翻身进入。走廊空旷，只能听到一些隐约的歌声。我们绕至侧方，俯身观看，舞台上空亮着几个高瓦数灯泡，紧挨着我，晃得头昏。我刚听了一会儿，便失去耐心，就问我爸，啥时候回去？我爸说，快了，快了。我望向舞台，乐队在底下演奏，一个女的站在新搭起来的楼阁上唱歌，与我高度接近，左手持麦克风，右手撑着木栏，穿一身金色长裙，袖口开阔摆动，如夜莺扑扇着翅膀。她唱的声音很小，即便我在二楼，也不能完全听清。一曲终了，没有任何掌声，她俯视左右，面无表情，又抬起头，有那么一个瞬间，我觉得她正望向我，我有点犹豫，不知是否应该藏在椅后。还没等我做出决定，她像是被什么提着，飞出栏杆，踏入半空。我伸出手去，想要隔空抓住，但距离太远，无济于事。她轻飘飘落在地上，悄无声息。如一张糖纸，缓缓展开。忽然间，我感受到一股莫名的力量，凭空而来，集成一束，拉紧我的手臂，极力要将我拖出。下面仿佛不是人群，而是深池，我不由自主向前跌去，眼看要坠入。此时，台下响起剧烈的掌声，仿佛浪潮一般，长久不息，将一切重新托起。我借势退后半步。一股带着腥味的热气，由下至上，逐渐抬升，很快又消散。我满头大汗，蜷起身体，不知所措，靠在我爸身上。虽隔着衣物，却依然听到他紧绷的心跳，强健而有力，像是来自古代的击鼓之音，唤醒所有湖底的长眠者。

　　讲完之后，地上的水渍不断扩张，仿佛有人从池中上岸，周身湿漉，立于面前。我低下头去，轻轻亲吻苏丽。她在怀里，闭着眼睛，始终沉默，分不清是睡是醒。而在身后，或者更远处，大幕正在收拢，光暗下来，灰鸟飞去，万物宁静，只有那动人的鼓声，一次又一次垂直降落，荡开枯叶与池水，向我们环抱而来。

原载《收获》2020 年第 1 期

评鉴与感悟

河流里的苏丽珂

《夜莺湖》是一个现代的寓言。作为沈阳工人村长大的孩子，班宇向来对老东北历史深处的灰色褶皱情有独钟。在《夜莺湖》中，班宇再一次复现了潜藏在现代青年心灵深处的某些遥远的回响。在看似放诞的姿态背后，班宇将对生命的严肃思考融入了诙谐而又不失美感的语言之中。对于班宇而言，夜莺湖就是一个巨大的旋涡，所有的人和事都在其中翻转，升腾，交织，最后又随着河流的涌动渐渐消逝。

单以叙事而论，《夜莺湖》的内容并不复杂。小说的开端部分，与其说是追溯不得志青年的个人史，更像是安于现状者的一种调侃。无论是用来"借钱"的熊猫，还是情感节目里絮絮叨叨的女嘉宾，都在反复诉说着生活的无趣与沉默。这似乎是一个"无聊者"的精神世界。然而，当浑河西峡谷出现时，现实的乏味渐渐消失，历史的天空回来了。老人们表情僵硬地唱着苏联歌曲，伏尔加河上的三套车静静地跑着。这一切都被倒映在透明的天空中，成为墓园里的倒影。在这样的倒影中，班宇将小说的核心藏了进去。他藏的是"苏丽珂"，即格鲁吉亚语中的"灵魂"。

"苏丽珂"的出现，是这个寓言真正的开始。有趣的是，班宇在让晚年的苏丽珂皈依教堂的同时，重申了斯大林的四句箴言。在这种双重的反讽中，我们逐渐切入了叙述者的个人史。这一历史是由梦境与现实共同构成的。梦中的河流，正是主人公内心深处惦念着的那些灵魂们聚集的地方。他们有现实存在着的，如苏丽与吴小艺；有正在消逝的，如教堂的苏丽珂；也有已经消逝了的，如"我"的朋友与苏丽的弟弟。所谓四五个成年人叠加的金色怪鱼，正是灵魂的一种隐喻。而苏丽衣服上的鱼鳞，象征着"我"对未消逝之物最后的捕捉。

远去的世界无从追寻，现实的故事仍在继续。在现实的悲喜中，历史的倒影始终缠绕不去。无论是苏丽的父母，还是即将去世的老干部，都已经不再属于他们所处的世界了。而苏丽弟弟的离奇失踪，则进一步加剧了这种分裂感。斯大林的话语再次出现，生命成为灵魂们最渴望的皈依。在作者的笔下，殡仪馆只是将人的傀儡般的身体化作灰烬，归于旷野；真正的灵魂则早已化作光影，现身于河流之间。因此，当"我"再次走入夜莺湖时，深水区的鱼儿被清脆的鸟鸣驱散，真正的灵魂缓缓游来。历史的褶皱在这一瞬间倏然打开，"我"在流动的光影中感知到了真正的"苏丽珂"。过往与未来的一切生活，最终全部缠绕在了眼前的这个女人身上。与其说"我"是在与苏丽融为一体，不如说是与一切的"苏丽珂"血脉交融。而唤醒了当年的"我"的，正是老一代人强而有力的心跳声。这来自历史的击鼓之音，在四围的宁静中格外醒目，环绕着此时此地的"我"与苏丽，也怀抱着河流深处所有的"苏丽珂"。（司远钊）

最后一天和另外的某一天

/艾伟

窗子很高,几乎直接抵在厂房屋檐下。窗外的天空飞过一群麻雀,发出叽叽喳喳的声音。天空寂静,鸟声惊心。这儿地处城郊,四周都是农田。窗子太高,厂子里的人没法看到农田和庄稼,只能看得见天空。麻雀成群结队出没。

早上六点钟起床铃准时响起。屋子里有十二个人,有六张上下铺的床。她们起床,穿衣服,然后开始折叠被子。被子折叠成部队那样方正,棱角分明。一阵忙乱后,十二个人都整理好了。房间寂寂无声。晨曦从窗外透入,房舍整洁,一尘不染。半个小时后,门打开了。有一个小时可以洗漱。洗漱的工具放在走道尽头的卫生间里。每个人的洗漱用具都放在那儿。俞佩华洗脸。卫生间东西各有一面镜子。一些人排队在照镜子。俞佩华难得站到镜子前面去。今天她有些想去镜子前看看自己,又害怕看到自己的脸。

方敏正在大门处等着她。方敏脸上没有表情,用惯常的不容商量的口吻说,今天你可以不去厂里。俞佩华低下头,没看方敏,她回答,还是去吧,最后一天了。

厂房生产一种模仿芭比娃娃的玩偶。她们不知道这些产品在商店出售时会贴上什么牌子。洋娃娃有三十厘米和四十厘米两种。三十厘米那种供幼童玩,服装艳丽,服装的领子和衣袖上夸张地镶着蕾丝边。四十厘米那种是给成熟一点的女孩玩的，橡胶身体有精致的乳房，穿上衣服后，俨然是个性感女郎了。工作台上摆满了手臂、腿、头部、身体，各种颜色的头发、眼睛和服装等。她们要把它们组装起来，成为一只成品的洋娃娃。

除了干活发出的声响，厂房里没人说话。工作是定量的，有数量及成品率的要求。她们要把一天的任务完成了才能上床休息。工作量大，要按时完成不太容易。那些新来的，手脚笨，更得抓紧时间。吃中饭也是狼吞虎咽，吃完就抓紧干活。俞佩华完成定额没任何问题，她在这里待了十七年了。

黄童童来了一年或者更长。俞佩华感觉她来很久了，好像一直在她身边。在这里时间变得特别漫长。时间又特别清晰，每一天她们算得清清楚楚，像用刀子在心里面刻了一道做记号。黄童童在俞佩华左边干活。黄童童长得很漂亮，有点像她们在制作的四十厘米那种洋娃娃。她以前的头发应该是染成棕色的，刚来时，她发端的颜色还是棕色的。黄童童有点傻，并且是个哑巴。不过不奇怪，到这里来的人要么特别聪明，要么特别傻。

眼睛是最后一道工序。洋娃娃没放上眼睛时，会呈现出骇人的表情。俞佩华想起黄童童刚来那会儿也是这个样子，目光里的恐惧深不见底，就像一只没装上眼睛的洋娃娃。

三十厘米的洋娃娃会说话，需要在身体里安装一个电池盒。黄童童正在把电池盒的接线焊接上去。这是最见功夫的一道工序。黄童童拿着焊枪，双手老是抖，焊了几次都失败。如果再焊接不上要成为废品了。黄童童以往不是这样的，她能准确地把接线焊接好。一年训练下来黄童童已是个熟练工。这不奇怪，只要安装超过一万只，任何人都可以闭着眼睛把电池盒子安装好。

黄童童终于安装好了。俞佩华松了一口气。

今天黄童童有些恍惚，做工时老是控制不住双手。她生病了吗？黄童童正在找她的镊子，可镊子刚才还在她的右手上，这会儿不知跑到哪儿去了。这是黄童童的老毛病。她老是丢三落四，找不到工具。俞佩华告诉过她，工具一定要固定摆好，熟练到"盲取"的程度。黄童童向俞佩华要镊子。俞佩华没把自己的镊子递给她，让黄童童自己把工具放整齐之后再干活。黄童童突然问，你要走了吗？这一年俞佩华学会了手语。她吃了一惊，她没告诉黄童童明天要离开这里。同宿舍的人是知道的，但她们都没有说起这事。一个人离去，她们的心会空一阵子。大家都懂这种心情，这种时候会绝望。不说出来就好多了。在这儿情绪越少波动越好，否则会麻烦。俞佩华没有主动提这事。一切像什么也没发生一样。

俞佩华没回答，看着黄童童，黄童童的目光凶巴巴的。或者不是凶，是恐惧。俞佩华一把从黄童童手里抢过那只玩偶，做起来。她看到黄童童盛玩具娃娃的盒子里没几只成品，这样下去，她将完不成今天的额度。难道她今晚不想睡了吗？俞佩华用手语告诉黄童童，让她把俞佩华装满洋娃娃的盒子堆放到号子处，并要她冷静一些。一百二十九号是俞佩华的号子。黄童童是一百三十号。中间的皮带上放着收纳成品的盒子。等到中午，皮带会转动起来，运转到另一个厂房质检。

我会来看你的，俞佩华用手语说。她刚做好一只四十厘米的娃娃。有一天，黄童童完成一只性感娃娃，对俞佩华说，我好喜欢，真想带一个回去。这是不可能的。俞佩华说，千万别偷偷拿回去，这不是闹着玩的。我以后会送你一只。

你不相信我会来看你？俞佩华说。黄童童没看她。黄童童的目光这会儿投向东边的高窗，天空上的白云一动不动。

窗外的太阳照在工厂的水泥地面上，缓慢地从西向东移动，快到中午的时候，太阳光束立在东边的墙边，好像白色的墙面拉了一层光幕。

厂子里有八十多人。从监视器里看，场面相当壮观。她们坐在工作台前，穿着同样的衣服，年龄各不相同，动作也有差异，但还是能找到一致性。她们面部没有表情，专注让她们显得更为机械。她们手上的洋娃娃，有的正在装配身体，有的正在穿上衣服，有的在固定头发。她们做好的玩具整齐地躺在工作台上。即便厂外的阳光很好，工厂的大灯依旧是亮着的。现在是夏天，大灯散发出灼人的热力，厂内的温度更高了。一些人脊背处渗出细密的汗珠。

陈和平一直观察着俞佩华和黄童童的一举一动。方敏忙于手头的一份档案。明天俞佩华要走了，俞佩华的相关文件需要归档封存。她寄存的物品不多，方敏已让人把物品放到一只简易的旅行包里。方敏复印了各种表彰的官方证明，方敏觉得俞佩华不一定在乎，但这些证明在她以后的生活中是用得着的。十七年里，俞佩华几乎年年都评为优等。也就是说她在这儿没出过一次差错，没扣过一分。方敏查过并且熟知俞佩华的档案内容。在做化学老师时，她也是年年先进。可就是这样的人干出了那种事。

有一个年轻的女警进来，告诉方敏，她通知了俞佩华的儿子，她儿子说不来接。方敏点了点头，这在她预料中。来到这里后，俞佩华几乎谁也不见，儿子和母亲来看过她，她拒见。她的案子太骇人听闻。她难以面对亲人。她只见过丈夫一面，原因是为了和丈夫离婚。她没多说话，只说把她忘掉，因为她会在这儿待上一辈子，这对他们来说更好。没想到她能减到十七年。十七年在这里一成不变，外面发生了多少事啊。俞佩华的母亲这期间过世了。方敏记得，把母亲亡故的消息告诉俞佩华时，俞佩华并没有停止手中的活，好长时间没有抬头。电焊条冒着青烟，方敏担心俞佩华把焊枪刺入她的手心。

陈和平朝方敏这边望了望，继续看着监控，好像发现了什么秘密。陈和平问，俞佩华来这儿时儿子多大？方敏说，九岁吧。

方敏看了陈和平一眼。方敏偶尔会感慨，职业真是有着自己的生命方向，会带着人往某个方向长。陈和平虽然是方敏的同学，但他现在成了一位艺术家，这个年龄了，身上竟还带着一些少年气质。而她长久在这儿待着，整天板着个脸，大概这张脸已经面目可憎了。

方敏来到监控器前，看到黄童童一脸不悦地在搬东西，俞佩华也是怒气冲冲的样子。方敏说，我本来想安排你和俞佩华见上一面的，你来一趟这里不容易。

陈和平说，进你们这里确实麻烦，我手机被缴了，介绍信和身份证也押了，到这里过了三道大铁门，每次到你们这儿都有一种进了中央情报局的感觉。我看不出她们有什么危险。

方敏说，可不能小瞧她们，要是由着她们的性子，不少人可是致命武器。当然大多数人与外面的人相差没想象的那么大。

俞佩华今天拒绝休息，方敏有点意外，也有点不高兴。俞佩华违拗了她的指令。这是俞佩华第一次表现出同平常不一样的意志。不过方敏没往心里去，猜想这同黄童童有关。

这儿表面上有严格的秩序，一切井井有条，但只要有人的地方，都是复杂的。这儿暗地里比哪里都遵循丛林法则。方敏当然知道犯人们之间的勾当，既然无法根除这种人与生俱来的恶习，只要不露出水面，谁也不会去管。黄童童刚进来时是这丛林里的小白兔，很多猎枪对着她。她又是个哑巴，被欺还不会开口说话。她动手能力弱，完不成任务，好不容易做好几只玩具娃娃，在她上厕所时还被别人占为己有（上厕所是要申请的，并且只能上下午各一次，她们不能喝太多的水）。黄童童回来后大吵大闹。这很幼稚，也很危险，监控记录得一清二楚，事闹大会被处罚。俞佩华把黄童童叫到一边，让她从自己那儿拿走做好的成品。

黄童童心智极不成熟。在食堂做伙食的欺生（这女人是从她们中抽调到伙食班的），给黄童童打的饭和菜很少，黄童童一直处在饥饿之中。食堂的饭菜并不好，仅能维持生存以及劳动所需要的营养。荤菜比如猪肉不是每餐都有，有也只有那么一点点。黄童童终于失去控制，发泄了压抑已久的不满，把刚打的汤泼到那女人的脸上，烫伤了那女人的脸。这是露出水面了，看得见的错全在黄童童。黄童童因此关了一周的禁闭。

黄童童一周后放出来已不成人样。那地方谁忍受得了。她都有些疯疯癫癫了。俞佩华向方敏要求黄童童在自己工号边做工。方敏意识到俞佩华想帮黄童童。在这里，难得有人对另外一个人表现出同情心，光凭这一点，俞佩华就值得称赞。她同意了。这是俞佩华这么多年向方敏提的唯一请求。

陈和平一直盯着监视器，好像他今天有什么意外的发现。上次陈和平带来一位演员。应该有些年纪了，不过保养得很好，一举一动带着某种受过舞台训练的仪态，既自然，又优雅。陈和平说让演员来体验一下，深入生活对演出有帮助。

你剧本已在排练了？方敏问。

是的，效果意想不到的好。陈和平说。只要说起他的剧作，他就一点不谦虚了。不过倒也不讨厌，他灿烂的孩子般的微笑把"无耻"完全消解了。

什么时候首演？我想看看。方敏说。

陈和平拉住方敏，指了指监视器上的俞佩华和黄童童，说，她们看上去像一对母女。你瞧见了吧，这就是母爱。女人母爱泛滥是极其可怕的。要是主演看到这一幕就好了，她会受到启发。

你可以手把手教给她啊。方敏讥讽道。

方敏听陈和平讲起过他的一次艳遇。女方把他当孩子，源源不断的母爱让陈和平窒息。

吃饭时她们聚在一起吃。打饭的时候，俞佩华已经知道昨天晚上黄童童哭了一夜，同宿舍的人都被她烦死了。"你自己耳聋，我们听得见。""是你亲娘死了还是相好死了？哭丧啊。"同宿舍的人毫不客气。俞佩华这才知道今天黄童童做不好工的原因。俞佩华打好饭坐到黄童童对面。黄童童这会儿看上去蛮高兴的，她用手语问，你出去打算干吗？

俞佩华没想过这个问题。她想了好久不知怎么回答。她想起出事那天，她和儿子在看一场电影。要不是看那场电影，要是当时她在家里，母亲发现阁楼里的秘密时，就不会去报警，那就不会有后来的事，她还在过正常的日子呢。

想去看一场电影。俞佩华比画着。她的手语没黄童童打得漂亮，黄童童的手语带着表情，有情绪的时候，手语会变得快而有力，像飞快地做着某个决断。

黄童童的目光又转向窗外，好像有谁在召唤着她。她说，我恐怕这辈子不能在电影院看一场电影了。

这里很明亮，很干净。劳动成为她们生活的所有。她们会被集中在一起唱歌，唱歌时脑子一片空白。她们不让自己想事，每个人背后都挂着一个长长的暗影。在这里，谁都不谈自己是怎么进来的，奇怪的是过不了多久人人都知道谁干了什么事。黄童童杀死了自己的继父。继父欺负她母亲还欺负她。

如果活儿干得好，你可以像我一样，十七年后就可以去电影院了。俞佩华说。我到时候陪你一起看。她又说。活儿干得好不难，你只要照我说的做，一定能干好。她的手势停在 OK 的位置。

我不可能十七年就出去。黄童童说。

熄灯铃响了。大家上床。俞佩华没脱衣服，好像脱掉衣服睡觉的话，她会永远留在这儿。她没睡着，时间仿佛停止了。在这儿十七年，她从来没像今天晚上这样感到时间凝滞不动。好像不会再有黎明，长夜将永远留在今晚。这也是她愿意今天继续干活的原因。当然黄童童也是一个重要的原因。她很难想象这个女孩能够承受得了这里的一切,待上漫长的一生。想到黄童童吃饭时高兴的样子,她有些不安。

窗子没有窗帘。月光从窗子射入。月光像一把刀子,插入这间小屋。这个地方没有植物。这个地方不允许有任何遮挡物。有时候俞佩华会认为这个地方也是从地上生长出来的,是这片空旷田野里的另类植物。她们都睡了。在睡梦中,人就落入黑暗之中。如果她们还有意识,应该也是暗的。凭俞佩华的经验,在这里必须修炼到彻底的暗,彻底的无意识,才能熬过漫长的时光。黄童童做不到。在这不足二十平方米的宿舍里,俞佩华住了十七年,每一个角落她都了然于胸。门边上,她们每人有一个小小的格子,存放个人用品。那个地方存放的东西千篇一律。凡是明处的东西都千篇一律。人与人总是不同的。每个人都有自己小小的标记。在这十七年中,去了几个,也来了几个。新来的那人发现床板上刻满了字,是一句诗词:哲人日已远,典刑在夙昔。曾为教师的俞佩华记得那是文天祥的诗,一句很励志的诗。不知道是走的那个妇女留下的还是这之前的人留下的,这次走的女人七十六岁了,她把漫长的岁月留在了这里,她竟在这个地方追慕圣人。俞佩华是上铺,她能看到斜对面那个女人。她已沉沉睡去。俞佩华知道她的床头贴着一幅幼稚的儿童画。不过平时用一块布蒙着。

走道上出现混乱的脚步声。在这里每个人都是警觉的。她们虽然一动不动,但俞佩华相信她们醒了。她们的耳朵一定竖了起来,辨析着走道上的每一个细节。如果能够,她们会让耳朵像手臂那样伸出去,以便听得更清楚。这里出事可不是好事,会殃及每一个人。俞佩华的心揪了一下。

黎明究竟还是会到来的,也只有她这个彻夜不眠的人才会有那种不必要的念头。俞佩华看着月光在窗外的远处消失,看着晨光在窗外的远处一点点升上来。早晨的空气从窗外透进来,是夏天清冷的空气,有点儿庄稼的香味。俞佩华听说离这儿不远处有一片橘林。每年橘花开的时候,能闻到橘皮剥开时那种清香。终于,她听到了起床的铃声。

她洗漱完毕。方敏来了,面色浮肿,一脸憔悴。也许昨晚真的发生了什么。

她跟着方敏来到一间更衣室。她要在这里把身上的这套衣服换掉,换上自己的衬衣。这是一件十七年前穿过的衬衣,她怕不合身了。还可以穿。

这十七年，她的身材竟没走样。幸好是夏天，可以穿衬衫。这些十七年前的外套根本无法穿了。

俞佩华看出方敏心情不好。她不敢问，她没资格问一位管教任何问题。她跟着方敏，向大门走去。她第一次看见那扇铁门。来的时候她坐囚车。现在，她得走着出去。方敏走得很快，到了铁门，她回头看了看俞佩华，神情严肃。俞佩华的心悬了起来，好像只要方敏改变主意，她就得回到那个地方。

昨晚出了不好的事，黄童童自杀了。方敏说。她偷藏了厂里的那把镊子，用镊子刺破了血管，幸好发现得早，没生命危险。要是死人的话，是大事件，监区会被究责。

俞佩华愣在那里，好像她的思维停止了运转。这感觉很像她出事那一天。

俞佩华收到一张话剧的票子。票子做得相当考究，比普通票子要细长，上面印着一张不知道谁画的尖顶房子，一半黑一半红。边上印着剧名：《带阁楼的房子》；座号：六排十三号。她猜想应该是方敏寄给她的。她不吃惊。在那儿，方敏告诉过她，有人准备以她的故事写一出戏。在方敏的安排下，她和作家见面。她没办法拒绝，在那儿，她没有任何拒绝的权利，她必须配合。只是她什么也不想说。那人戴着一副精致的黑框眼镜，笑起来依旧带着奇怪的孩子气，表情和善，至少没把她当怪物。她怀疑这么一个天真的人能写一出戏。作家在她心目中是鲁迅那样的形象，警觉、严厉、深刻，一眼可以把人看穿。眼前这个人，他的目光单纯，好像在他眼里，她是位天使。她不是。她是个罪人，法庭也是这么判的。这一点必须清楚。那天她没说什么，全是作家在自说自话，但方敏后来对她说，作家觉得很有收获，因为他握她的手时，她的手很暖和，比一般女性要暖和。这是一个重要的细节。作家是这么告诉方敏的。

现在住的房子是租的。刑期快到前的一个月，方敏问起她出狱后的打算。她不可能回老家。她让自己的亲人都抬不起头来，她不能再出现在他们面前，让他们平复的伤口再次被揭开。她想找一个地方度过余生。方敏主动提出帮她租房子。房子在北部城郊，房租便宜，合她心意。在里面劳作每月有五百元补助（前些年没那么多），十七年下来积下五万多块钱。汶川地震时她捐了两千元。其他的钱她没用过。在那儿她没任何消费，生活降到最低程度。

她很快找到了工作。她去了一家玩具厂。十七年的训练让她已是一位最优秀的工人。车间主任对她还算照顾，从来不问她的来历。民营小企业不关心你来自哪里。

有一天她突然思念起自己的儿子。她回了一趟老家。她不敢让人看见她。他们一定以为她将在牢里待上一辈子，人们见到她会吓坏吗？把她当成鬼吗？也许他们根本认不出她来了。她躲在家对面公园的一棵大树后面观察。儿子和她想象的完全不一样，她差不多认不出他来了，他面色苍白，看上去一副落魄的样子，脸上带着长期熬夜后产生的混乱气息。她后悔来看他。这应该早已料得到的。出了那样的事，同她有关的人都不会好过。她把他们的生活毁掉了。某一刻，她有冲动想站到儿子面前，告诉他，妈妈出来了。她忍住了。她不能这样做。那天她在大树后独自掉泪，待到天黑，然后安静地离开。最好装作是一个不在世上的人，这对儿子是最好的。不过儿子也许早已把她当成不存在的人了。

她不再想儿子。她更多想黄童童。她听说黄童童治愈后又关了禁闭。她写过信，黄童童没回，她相当忧心。她曾许诺过会去看她。当时黄童童不相信是对的，她没有勇气。那里的人都认识她，在她们眼里她或许不配以自由人身份到那里探监。她想，也许黄童童过段日子会回她信的。

这天是一个星期天，是话剧首演的日子。她收到票子时心里一直在斗争，是不是要去看。那是个噩梦，为什么要去面对它呢？她自己都快忘掉那档子事了。她起床，叠好被子，像在那里一样，她把被子叠得有棱有角。她有几次想改掉这个习惯，发现很难。另外她怕一旦改掉，她的生活和精神会垮掉，变得不可收拾。她最终决定去看戏。也许能见到方敏，可以问问黄童童的近况。

出门前她收拾了一下自己。她需要坐一个半小时的公交车才能到市中心。她坐在公园的长椅上，看到西湖边游客摩肩接踵。一个中年男人走过时一直看着她，目光毫无遮拦。中年男人走了一段路，脚步慢下来，然后停住，往回转，在她坐着的那把长椅上坐下来。那男人说，给一百元，可不可以同他开房。她吃了一惊。这个男人怎么会往这边想？她吓坏了，马上站起来，几乎是逃跑的，样子十分狼狈。直到走远，她才回想刚才那一幕，有点无来由的兴奋。她竟有那么一点点后悔没跟他去，那人看上去不讨厌。她很久没有了，没碰过男人的身体，她几乎也感觉不到自己的身体。她努力把脑子里浮现的画面抹去，星星之火得尽早熄灭。她无法向另外一个人敞开。很多时候她更希望自己成为空气，别人看不到她。

　　在南山路的一个角落有一家不起眼的玩具店，很窄的一个门，店里很冷清。老板娘说她们卖的是高档玩具，不是地摊货。进去后，里面空间倒是挺大的，布置得很考究，每一个玩具都有固定的龛子，好像它们是供奉在那里的神祇。她看到绿皮火车、金色五子棋、红色的奥特曼、定量版金刚、微型恐龙骨架……在墙壁的空白处，挂着一些抽象油画，绚烂的光点和线条天真而随性。这时候，她看到在转角处有一只洋娃娃。她吓了一跳，那玩具同她做的几乎一模一样，四十厘米那种，棕红的头发，蓝眼睛，向上翘着的嘴唇，还有穿着的裙子，全都是她记忆中的模样。她最初本能地缩了缩身子，好像重回那个幽闭的监所。一会儿，她慢慢恢复了体力，伸出手去，把那只性感的娃娃从龛子里取了出来。这款产品，从她手中生产了成千上万只。她仔细辨别，是不是自己做的。

　　她拿起玩具娃娃闻了一下，好像那儿真的留存着她的气味或黄童童的气味。老板娘是个时髦的女人，奇怪地看着她的举动。我要这个，她说。她没看老板娘一眼。价格不便宜，一千二百元。她有点不敢相信。不管是不是那个厂子的产品，她没想到她做的娃娃值这么多钱。那她一年创造了多少价值啊！老板娘夸她有眼光，说这款娃娃是店里最畅销的，许多人都喜欢。老板娘开始替她打包。她说，不用，只要娃娃。老板娘说，这盒子多漂亮啊，免费的，为什么不要呢。她不再反对。盒子确实漂亮，也许洋娃娃放在这样的盒子里才这么值钱。她对老板娘说，我是做洋娃娃的，这种娃娃我做了无数个，数都数不清了。老板娘的脸突然沉了下来，说，我这儿的东西都是进口的，同国产是两回事。

　　从玩具店出来，俞佩华很高兴。她伸手摸了一下口袋，那张戏票在的。今晚她一定要想办法见到方敏，托方敏把洋娃娃送给黄童童。盒子必须掷掉，那个地方每样东西她们都要开包检查个透。她喜欢把一个没有包装的洋娃娃交给方敏，那感觉像是她刚刚从车间里生产出来一样。她答应过黄童童，会送她一个。她想黄童童会高兴的。她虽然不能把洋娃娃带进宿舍，不能抱着洋娃娃睡觉，因为洋娃娃里面有金属，会有安全隐患。但某些特殊的日子（比如联欢会），管教会允许她和洋娃娃待一段时光。

俞佩华抱着洋娃娃，盼着夜晚的降临。

方敏和陈和平早早坐在胜利剧院。观众陆陆续续地到来。方敏看出陈和平有些紧张，他应该在担心剧场能否坐满。要是空出一大块是很难看的。观众比方敏想象的要多，在开场前十分钟几乎满座了。陈和平又得意起来，对方敏说，现在看话剧是时尚，你应该多看戏才对。看戏的大多数是年轻人。方敏在前排寻找俞佩华的影子。俞佩华在六排十三号，她在十排。她不确定俞佩华会不会来。在三分钟之前，那个位置是空着的。这会儿，那里已坐着一个人。她很快认出来了，就是她，端正地坐在那里，腰板挺直，好像在那里听一堂思罪课。方敏不知道她是什么时候进来的，她真的像影子一样无声无息。不过那地方的人都有点像影子。她想过去打个招呼，转念放弃了。这样或许会让俞佩华不能安心看戏，等演出结束再说吧。

对俞佩华，方敏怀着同陈和平一样的好奇心。方敏作为俞佩华的管教，和俞佩华相处了十七年，她在那里的行为堪称楷模，没有一个人能像她那样如此严酷地对待自己，不允许自己出一丝一毫的差错，这种意志力无人能及。方敏相信，这样的人干什么都能成事。另一方面，她一点也不了解俞佩华。她杀了自己的叔叔，九年后案子意外暴露。那时候她已结婚生子。她承认犯案，在法庭上详述了杀死叔叔的整个过程，并坦承当时神志清醒，但法官问她动机，她要么回答不知道要么沉默。在每一次的思过教育时，她发言全是判决书上的判词，只是加深了程度，并且表现出真诚和悔恨，从不涉及当年为何要这么干。陈和平采访她，也是这种态度。有时候方敏觉得俞佩华依旧是一个陌生人，是一个谜。这也是陈和平试图用戏剧的形式探索她内心的原因吧。方敏想看看陈和平怎么理解俞佩华。

七点半，演出正式开始了。俞佩华怀着好奇心看着女主角声嘶力竭地一唱三叹。她好久才认出她来，她见过她一面。一年前她跟着作家来过那里。她提的问题毫无逻辑，无法回答。看了一会儿，俞佩华断定这戏虽然有她的影子，但已同她没有太多关系，那演员演的不是她。她打了一个长长的哈欠，边上一个年轻女孩恶狠狠地看了她一眼。她打起精神装作专注地看戏。

方敏也很快得出结论，这出戏对俞佩华的故事做了全新的想象和拓展。职业也改了。戏中女主角父亲被人谋财害命，女主角和母亲相依为命。一年后，远在广州工作的叔叔住进了这一家，叔叔充当起父亲的角色。女主角对叔叔和母亲的结合非常反感，并怀疑父亲的死与此有关。有一天，女主角洗澡时，叔叔意外闯入，虽然叔叔看上去是无意的，但女主角认为叔叔居心不良。

女主角有一个邻家妹妹，是个哑巴，她喜欢在屋顶攀缘，满脑子幻想。夜里，哑巴妹妹来到女主角房间。哑巴说（手语配字幕），我梦见你爸爸了，她同我说，他是被叔叔杀害的。女主角相信这是父亲托梦给哑巴妹妹。看来她的怀疑并非无本之木。哑巴问，要真是这样，你打算怎么办？女主角说，我会杀了他。在舞台的暗处，叔叔听见女主角和哑巴说的话。女主角出门时，看见叔叔匆匆离去的背影。女主角感到不安。

女主角在硫酸厂工作。叔叔和母亲结合以及背后的阴谋开始在厂里流传。有同事拿此事当面嘲笑女主角。女主角像豹子一样扑过去，掐住那位同事的脖子。有人拖开了女主角。女主角告诫所有人，要是有人再敢造谣，再敢胡说八道，她会把硫酸泼到他脸上。话说得狠，但女主角看上去很无助，她蜷缩着抽泣起来，浑身打战。

方敏看出来，导演是用日常化的方式处理戏剧性，舞台平和沉静，某种悬疑氛围又让观众感觉到不安。演员显然完全没有做到导演想要的，表演略显夸张。音乐不错。她没把感受告诉陈和平，免得他笑话她这个外行。

女主角的疑心越来越重，变得疯疯癫癫。女主角发疯的戏演得好极了，每一句话都像胡言乱语，可句句都如利剑刺向叔叔。叔叔认为侄女得了疯症，在母亲的恳求下，叔叔把她送往精神病院治疗。

此时，整个剧场鸦雀无声。观众沉浸在某种悲剧氛围之中。六排十三号的俞佩华一如既往地挺直腰板，这个动作坐下后没有动过，仿佛她是一尊雕像。方敏想，如果剧场里每个人都如俞佩华这样，演员会崩溃。

演出继续。女主角从医院出来后回到硫酸厂工作。她变了一个人，沉默寡言，独来独往。她恨叔叔残忍地把她送进疯人院。他们用各种仪器对付她（她没病不肯吃药被电击过）。现在女主角坚信是叔叔杀死了父亲。叔叔不但占有了父亲的财产还占有了母亲。接着女主角又遭受了一次打击，她十分喜欢的哑巴妹妹，在一次攀缘中意外从屋顶落下摔死了。对哑巴妹妹的死，女主角怀疑是叔叔所为。

一天，家中无人，叔叔喝醉了酒来到女主角的房间，叔叔酒气熏天，说侄女冤枉他，他为这个家操碎了心，可侄女从来不感谢他，还……叔叔悲伤地哭泣起来。女主角用早已准备好的二十颗安眠药放入开水中，递给叔叔。叔叔拿过杯子，仿佛得到巨大的安慰，悲伤地哭了，口中说，我的好侄女，谢谢，谢谢你接纳叔叔，然后一口喝掉开水。在安眠药的作用下，叔叔睡死过去。女主角用一根电话线勒死了叔叔。她把叔叔拖到卫生间浴缸里，把她从硫酸厂搞来的硫酸倒在叔叔的尸体上。在舞台上冒出一股白烟……

女主角：没流一滴血，他就死了。（她看了看上苍，好像爸爸和哑巴妹妹正看着她）看到了吗？这个魔鬼已化成了一股烟。不过，还有几根白骨，可是我的硫酸用完了。（突然失声痛哭）我杀人了，我做得对吗？为什么你们沉默不语？也许我真的生病了，我总是心神不宁，妈妈说我已疯了，邻居也说我神志不清……（慢慢平复，自语）我还得处理这几根残骨……等等，我想起来了，我房间有一只盒子，我把残骨放在盒子里吧……

方敏研读过俞佩华的案宗，剧中杀死叔叔的场景，除了对话，其中的细节和俞佩华在法庭上的陈述完全一致。从开场到现在过去了一小时，应该还有差不多一半的戏。叔叔已经死了，下面会发生什么？叔叔突然消失，母亲非常伤心，疑虑重重。邻居们倒是没感到任何奇怪，他们都带着嘲讽的口吻说男人抛弃这家子回广州了。

故事的转折来自父亲案子的破获。父亲是被另一个人杀死的，警察抓到了那个人，那人也招供了。这件事震惊了女主角。这么说她无缘无故杀了一个人？难道是她错了？难道是因为她不能接受叔叔和母亲的行为，把想象当成了事实？难道当年自己真的因为失心而疯魔过？也许这就是她被送往医院的原因。

愧疚感开始折磨女主角。母亲又念叨起叔叔，对女主角说，我知道你不喜欢他，但你生病时，他每周来医院看你，只是你不肯见他。他很伤心。他如今在哪里？怎么把我们抛弃了呢？

戏开始向高潮推进。女主角再次在楼道口对着阁楼祭祀。这一场面震撼了方敏。舞台的灯光是红黑两色。黑的这一方是女人，红的是阁楼。舞台上只有女主角一人，她烧了很多纸钱，然后高举三支清香，说出大段台词，台词里面纠结着痛苦、悔过、悲伤和恐惧，她被抛入万劫不复的深渊里挣扎。那被灯光打成红色的阁楼里突然传来叔叔的声音：可怜的侄女，你把我放在阁楼，你在你的头上悬了一把剑啊……

方敏落泪了。陈和平转头看她，她有点不好意思。

终于到高潮阶段。左邻右舍都在传说这间带阁楼的房子是一间鬼屋。母亲变得疑神疑鬼，她决定请来道士，在屋子里做一场法事。

一帮道士穿着道服在舞台上跳着阴森的舞蹈，嘴中念着咒语。咒语伴着音乐，仿佛这咒语来自另一个世界，既神秘又悲悯。其中一个道士手中握着一把宝剑，剑刃闪出寒光。道士的剑突然向上一指，轰的一声，阁楼上掉下一只盒子。母亲打开盒子，昏厥了过去……

方敏看到六排十三号的人站了起来。俞佩华退场了。这一行为可以理解为她忍受不了内心被人窥探，也可以理解为她不喜欢这出戏。方敏很想跟她出去，问问她看戏的感受。戏还没结束，这样做显然不合适。她看着俞佩华穿过黑暗的剧场，消失在剧场的门口。

尾声。舞台的布景中间出现一块电影屏幕。女主角和儿子坐在舞台上，从舞台的环境可以看出两人在看一场电影，播放的是《东方快车谋杀案》。

剧终。剧场里响起热烈的掌声。接下来是演员谢幕的环节，舞台上大灯亮起。主持人开始一一介绍并感谢演员以及主创。首先演员们依次上台谢幕。有观众献花给主演。最后是导演登场。编剧原本是不用上台的，但主持人一定要陈和平说几句。陈和平客气了一下上台了，他没多说，只感谢了一个人，他没说出名字，大概只有方敏听出来他在感谢俞佩华。可惜俞佩华已经走了。在舞台光耀下，陈和平显出和平常不同的风度，举手投足很有艺术家风范，且不做作。方敏有点刮目相看了。在主持人的鼓动下，观众的手机成为一支一支的光棒，在黑暗的剧场内晃动，向主创致敬。方敏想，这一刻这些演员无论演的是主角还是配角一定都很幸福，是人生的高光时刻。看戏的人久久不肯散去。

方敏等着陈和平从台上下来，然后一起向剧场外走去。

方敏没想到的是，在剧场的大厅，俞佩华正等她。方敏看不出俞佩华此时的心情，她的表情永远是那么平淡。俞佩华的手中捧着一只洋娃娃，方敏看出来了，洋娃娃和里面生产的几乎一模一样。

方敏说，怎么样，戏还好吗？

俞佩华没有回答。好像她刚才根本没看过戏。她把玩具娃娃递给方敏，拜托方敏，把它带给黄童童。

俞佩华说，我答应过她的，我会送她一只洋娃娃。

方敏愣住了，她没接玩具娃娃。好一会儿，方敏长长地舒了一口气，艰难地说，黄童童已不在女子监区了。

俞佩华吃了一惊，问，黄童童去哪里了？方敏转过头，回避了俞佩华的目光，没有回答她。俞佩华突然面色变得狰狞，她几乎是喊出了声，告诉我，她在哪里？方敏吃了一惊。十七年来，她第一次感受到俞佩华不被驯服的力量，她似乎理解了十七年，不对，应该是二十六年前俞佩华的行为。

方敏和陈和平对视了一下，陈和平看上去像白痴一样不明所以，同刚才台上谢幕时判若两人。

原载《收获》2020年第4期

评鉴与感悟

《最后一天和另外的某一天》以一座体制化的女子监狱工厂为背景，讲述了主人公俞佩华出狱前后两天内的经历，同时也展现了女子监狱里枯燥且真实的生活。管教方敏视野下的俞佩华的活动轨迹、俞佩华对哑女狱友黄童童的爱与关注、编剧陈和平以俞佩华入狱背景所创作的话剧，三者形成一个闭环，为读者呈现了一个女子的人生悲剧以及她在自我救赎的道路上所做的努力。

作为一个被束缚多年的灵魂，俞佩华在除去镣铐后究竟应归属何处？多年来，她的肉体日复一日经历着被操纵、被压抑的过程，过着提线木偶般机械化的生活，强迫自己驱逐所有的个人意识，因而才有了"在这里必须修炼到彻底的暗、彻底的无意识，才能熬过漫长的时光"

的生命意识。黄童童的出现则是俞佩华在自我放逐的路上遇到的意外，像是一把插进她原本已被封锁的心灵上的利刃。而灵魂却被生命本能的情感需求所召唤，纵情燃烧着，急迫地冲撞着，寻找宣泄的出口，对哑女狱友倾注复苏的母爱成为寻求救赎的唯一渠道。

高墙是世界的分隔线。墙内的世界偏远、封闭、幽寂，许多来历不同、被社会驱逐的人在这里机械地做着固定的流水线工作——生产模仿芭比娃娃的玩偶。"除了干活发出的声响，厂房里没人说话。工作是定量的，有数量及成品率的要求。她们要把一天的任务完成了才能上床休息。工作量大，要按时完成不太容易。"在这里，每个人可以不问出处，不谈过去，但必须将所有的经历都投入到工作中。俞佩华即将离开"工厂"，告别这份做了十七年、早已谙熟于心的工作。而对俞佩华依恋甚深的黄童童显然还不能接受与适应这一消息，两者间的气氛尖锐而又微妙……

监狱里的生活是围墙下的封锁，但作者并未仅仅满足于描述俞佩华在女子监狱中的故事，而是试图追溯她错综复杂的命运暗线，为她的监狱生活做进一步的补充。这就涉及小说的另外一条故事线——编剧陈和平以俞佩华二十六年前的经历为背景创作的话剧。母亲、儿子、叔叔等众多角色随着话剧的公演慢慢登场，虚实之间，场景交换。二十六年前，在多重误会之下，俞佩华递给叔叔一杯溶解了二十颗安眠药的开水，勒死熟睡的叔叔，并用硫酸焚化他的尸体。二十六年后，当年的一幕幕场面在话剧里一一上演。而当误会被揭开时，叔叔早已变成了阁楼暗角里的数根白骨。这种愧疚成为一张无形的网罩在俞佩华身上，时时折磨着她的灵魂，让她无法得到救赎与解脱。十七年牢狱生活中，俞佩华对自己几近自虐式的规束、对家人的疏离，无疑是一场自我放逐式的赎罪。

小说的语言节奏十分平缓，却极具穿透力地带领读者走进了俞佩华这一角色幽秘的内心世界，条条分解，层层剖析，呈现出这个敏感灵魂背后的真实面目。两条故事主线在不同的时空维度里纵横交织，最后以黄童童未被交代清楚的去向作为故事的终结。命运像是工厂里被统一炮制而又去向不明的洋娃娃，迂回兜转中，早已被注定……

（郑丹桐）

父 母

/淡豹

爸爸和妈妈失去了他们的孩子,十三岁。整个事件蹊跷,意外,不可预料。从这所中学毕业的一位学生回到学校,用刀杀了六个学生,其中一个当时就死了,另外五个死在救护车上和医院里。共有两位男生和四位女生。一位老师受伤了,几乎死去又活过来,是平素不受注意的中年地理老师,事件后被提拔为教导主任,入党,不过离婚了。

对这个事件有不少解释:优等生内心不为人注意的长期压抑。精神错乱。考试制度的压力使青少年人际关系变形。畸形家庭,主要是母亲的错,也有父亲的错。难以探测的怀恨。人是多么危险的动物啊。中国越来越像日本和美国了,连环杀人犯和变态杀人狂增多,这说明中国逐渐发达。人在人群中也感到孤立,这显然是一种现代病。青少年需要精神支持。

爸爸妈妈搬了家。仍然在这个城市,但离开了他们居住了十五年的住宅区。其他几位失去孩子的家长组成"痛失会",爸爸和妈妈没有参加。"痛失会"认为学校对六位学生的死、对其他学生的伤和惊吓负有比学校目前承认的程度更大的责任。公安局也该负责,有一位女生曾发现有人在校门口附近跟踪她,打过110,接警员说如果对方还没有伤害她就无法受理,确实也没有受理。女生认为那个人就是如今杀人的这个人。

有评论者怀疑女生要借此成名,把自己推向媒体和社会关注的舞台,这样做太愚蠢了，她会因此受到更多的注意甚至跟踪。

不过，从110存储的电话录音判断，女生当时描述的跟踪者体貌特征与杀人者基本相符。但现在无法确定那个人就是这个人，杀人者在警察到达前就自杀了。

一位悲愤的父亲、几位记者、几位教授想借此事在全国范围内推行禁止令制度。必须要等到伤害发生后才能去追捕坏人吗？这等于是把潜在受害者当作猎物和诱饵。一定要给有意图杀伤或强奸的人松绑吗？跟踪者和骚扰者就应该被查处，由法院系统颁发禁止令，只要他们出现在其猎物周围500米内就逮捕。警察系统应该是防范性的，不能止于事后侦查。让强奸犯都去死！物理阉割。把他们的大头照片贴到电线杆上。如果他们要搬进一个住宅区，政府的数据库会发出尖厉的声音，警报到达每个居民的家里。有孩子的家庭将在愤怒中发抖，家家户户走上街头，制止他们，监视他们，驱逐他们，他们将找不到工作，买不到房子，缺乏生活来源，饿死。让潜在的强奸犯都去死！110接警员必须系统培训，不该不耐烦，更不能情绪化。我们要建设一个女孩子夜晚出门不会感到害怕的国家。

爸爸和妈妈答应在公开信上签字，但不肯和记者谈话。有一天妈妈上班时头晕目眩，出现了幻觉，她走到写字楼二层的咖啡馆，透过玻璃望着行人。穿条纹制服的服务员身旁的墙壁上悬挂着深棕色木条镶的镜框，海报血红，KEEP CALM AND CARRY ON。保持镇静并前进，她心想这很难，不过还是打算试试，试后面那一半。

爸爸和妈妈不想再与其他家长见面。中介在两天内找到了房子，他们开始前进。

有三年的时间，爸爸和妈妈尝试再生一个孩子。先花一年试探自然怀孕。失败后他们怨恨自己居然天真到了会想要自然怀孕的地步。然后是试管婴儿。过程中妈妈试过几种宗教，买了磁疗床，清早平躺在床上监测体温。在尝试怀孕之前，爸爸戒烟成功。他在喜悦中觉得自己什么都能做成。之后他复吸了。

做试管婴儿的两年里，妈妈的心情有很多起伏变化。她说促排卵针改变了她的荷尔蒙，让她像一条河流，湍急，狭窄，波动，不停。有一段时间她持续情绪低落。有时她说叠字，车车，狗狗，去玩玩，溜溜达达，像对孩子说话，也像自己变形为孩子。爸爸怀着惊叹观察她的试验与表演。女人真是有韧性，和男人不同。

爸爸和妈妈去了两次香港。第一次没有成功，替同事带了三台在内地脱销的新款手机回来。回答亲属为什么没有成功的问题时，爸爸比妈妈先崩溃。第二次是秘密去的，也没有成功，妈妈劝爸爸放宽心，没什么大不了，也算意料之中，我们还有彼此。爸爸感到自己要发疯了，去机场的路上，他要求下车透气。妈妈陪他下车，走进与香港的街头相比算得上空落落的电子产品商店，正是香港回归二十周年纪念，商店为内地游客打九七折优惠。两人各买了一台新款手机。回家后爸爸换上了新手机，妈妈没有拆封。

还去了一次广州，一起见从泰国来的代孕母亲，很年轻，不说话，用笑回答问题，穿大领口的黄底碎花上衣和灰色宽松运动鞋，头发梳起来盘在脑后，仿佛已经怀孕了一般。这一次什么都显得很顺利，求签的结果是中吉，签文内容谈到山川和万里长空的秋景。妈妈面试了保姆公司的两页育儿嫂，在"专业""资深""金牌""王牌"中选择了一位金牌陈姐，比妈妈大四岁。"我们应该把儿童房装修成粉色还是蓝色？"第五个月，妈妈按照广泛流传的建议，在私立诊所B超室里坐在代孕母亲、翻译和中介身旁以迂回的方式向大夫试探。大夫直截了当地说："女孩。"就像嘲笑妈妈的委婉。在走廊里，中介告诉爸爸妈妈："你们付了钱的。"

那么这次降生的会是一个女孩子，妈妈是这样理解的，上次的男孩子被收了回去，这次上天善意地换一个类型。她认为爸爸可能也是这样想的。不过植入胚胎后的第191天，皮查娅（中介公司在联络时称她为小P）胎停育了。

爸爸和妈妈也想过既使用其他人的子宫，又能使用其他人的卵巢。后来放弃了这个念头。爸爸和妈妈有过自己的孩子了，现在他们还是想要自己的孩子。

爸爸认为问题不在精子。妈妈认为在所有这些之后，她已经有资格领取辅助生殖医学的荣誉博士学位。或者，有荣誉患者学位吗？

从前妈妈是个为自己做出的人生选择都满足了预期而得意的女人。这些选择不都最好，不都是唯一正确的选项，但在回顾中的确合适于她的人生。在她还不想有孩子的时候，她不怕会显得和别人不一样，在聚会时缺少话题。同学聚餐时她说"别只聊孩子了"，在单位她说"是吗"。等待孩子降生时，她仍旧频繁出差。有了孩子后，她也准备继续申请升职。超出她计划的是，她发现自己很爱孩子，她离不开孩子比孩子离不开她更多。这是一个小小的意外，她随即做了调整，更换到不需要出差的岗位，要求爸爸和她一样围绕着生育这件事重新构造自己，妈妈响应哭声，爸爸努力赚钱。妈妈继续为人生选择感到满意。

　　现在她的想法改变了。她觉得自己不应该那么晚才生育。31岁——才——得到孩子，44岁——就——丧失了孩子。这太晚了。现在她48岁了。什么都来不及了。她常常发愣，发呆，忘记自己走进房间是要取什么就走出去，忘记已经端起了茶杯，或者忘了向茶杯里倒水，忘记喝水。微波炉叮地响过一声，热好的排骨在托盘上待了两天，下次再打开微波炉门时排骨上的肉裂开了，棕褐的道道干纹。她以为孩子死去后自己会长期失眠，但自己反而是睡得很乱。现在夜里不睡，早上又睡得太多了，常常无法起床，午觉醒来已经日落，让她的心一阵低沉。妈妈想要与记忆力衰退作战，但又想要忘掉，想要与冷淡作战，又宁愿淡漠一点。所有这些也许是前一阶段调整雌激素和促排卵针的错，或者是衰老的后果，无论有没有发生，那件事都会到来。但至少让自己能够专注总不是错的。她做凯格尔骨盆运动，屏蔽掉周遭的事，让自己关注数字。渐渐地她可以从十个节拍数到二十个节拍了，重复十次。虽然，她想，阴道肌肉派不上用场了。早上妈妈边听广播边要泡茶，又调小广播的声音，试着去凝视水壶，验听热水烧开的咕嘟声音，再专注在手臂端起水壶的力量和动作上，只想茶。悲哀的岂不是恰恰只有通过婚姻才能获得她丧失的孩子？如果可以买来一个孩子，收养到一个孩子，如果那样的孩子也仍然百分之百是自己的孩子，生活就不会再这样淋漓发黏，她就不会再因为播音员速度太慢而想要用水烫自己，想要用厨刀刺穿自己的手掌。现在她不得不用婚姻获得怀孕，用怀孕挽救婚姻。一个人怎么可能同时完或两件困难的事？西西弗斯和石头打架，与石头为敌，而错误本来在于山峰，错在山峰的坡度。如今她的子宫像这只破损的、棕色的、萎靡的、滴着水的茶包。

与此同时爸爸在回忆他一生中做错的事。他始终认为自己是好人，乖，规矩，准时完成任务，努力生活。以前他隐隐担心的是自己是否勤勉到了会在旁人、在女人和年轻人眼中显得无趣的地步，他不曾显现出任何可能坏的征兆。他在军区长大，大家相互认识，走去小学的路上经过一个又一个人家，碰到父母的一位又一位同事，他停下来，对每个叫出姓氏准确的叔叔阿姨，他不是那种会"不叫人"的小孩。他也是不欺负人的大人。孩子还活着时，他没有对孩子发过火，除了一次，孩子四五岁时吵着要听故事，扯着他衣角不肯睡觉，最终把床单拽下来躺在地板上裹住自己耍赖的那一次，而那次他也没有打孩子。他也并非是对不睡觉，只是对胡搅蛮缠发火。他认为自己能区分规训与惩罚，他不惩罚人，他只管束。生活应当由一系列基于给定规则的合约构成，沟通、谈判、让步、约束。

　　现在爸爸不那么确定了。他服从规范，讲道理，对人好。但他从不给乞丐钱。他是否对弱者缺乏同情心？不欺负人是另一种隔离和冷漠吗？他相信原则和立场，区分他人与自己人，他清晰，是否因此他才受到这样的惩罚，要把他变成弱者，让他试试看一无所有的感受，或者生活无法从头来过的滋味？他在不惑之年学会突如其来。生活是由雷阵雨构成的。有死火山，有活火山，有休眠火山，没有任何一座肯与你谈判。他以前是否太残忍？但即便如此，降临在他身上的是不是也未免残忍得过分？

　　年轻时爸爸相信人的自我完善必然通过一步步的自我摧毁完成，这是他大学时代抄下来贴在书桌膛内侧的格言。他督促自己改掉坏毛病，如果周六去游泳能游十八圈，周日就争取二十圈，带着酸痛的腿。他提醒自己根除惰性，少打游戏，再累也要洗脚。如今在所有这些事之后他似乎又完善了一些。但摧毁自我可以，为什么先要摧毁他的孩子呢？到现在，在对自身的考古得到发掘结果后，再开始给乞丐钱，还来得及吗？意义是什么？孩子已经死了。倘若生活能给爸爸第二次机会，那会是什么？

　　爸爸想抱住妈妈，又无法忍受看到妈妈。

　　在事件发生之初，妈妈想从生活中逃走。之后新的孩子的可能性拴住了她。她像从未有过孩子那样，买来育儿书，学习正确地对孩子说话。在过去十五年里，潮流变得多么剧烈啊。现在需要母乳喂养，标准是越久越好，在孩子抛弃你之前，你不能抛弃他。诸多女人因为无法成为称职的奶牛而陷入抑郁。在以前，妈妈养育孩子的时候，吃奶粉是高级的事情，她当年从进口超市买荷兰牌子的奶粉喂给孩子，未曾因此内疚。现在，对孩子说话有那么讲究，急事要慢慢地说，纠正生活习惯要幽默地说，不确定的事要谨慎地说。绝不能说伤害孩子的话，从不谈论别人的八卦，伤心时不能归咎于人。如果冤枉了孩子，可能会让孩子终生处在痛苦之中。你要让孩子感到你稳重，可以信赖，始终善意，爱得毫无保留也毫无条件。孩子不是出气筒也不是传承人。

她做错了多少事啊，也许她曾对孩子说的大部分话都是错误的。她觉得亏欠孩子。

最终放弃试管婴儿的念头后，妈妈不再吃促排卵药。她做了额头和法令纹部位的面部注射，切掉眼袋，完成了埋线手术。诊所的墙上挂着女人术前术后对比的照片，侧面照都没有笑容，左边的皱纹明显一些，右边的更平滑也更冷酷。正面照片中，左边的不笑，右边的笑，显得略为年轻。医生告诉她不需要担心，这里有休息室，不少女人在手术后都会在这里住一夜，第二天再回家，以免丈夫发现自己做了整形美容。妈妈想，第二天就看不出来了吗？世间的丈夫是多么粗心的一类人啊。

整形医生说埋线能够把她的面容冰冻在此刻的年纪，46岁。她想，如果能冰冻在43岁，她将作为一个快乐的女人老去。现在她是作为一个绝望的女人老去，不过法令纹是平滑的。

在对自我身体的医学处理方面，爸爸落在妈妈的后面。他只切掉了痔疮。医生让他多吃粗粮和豆类。

第二年的那一天，在孩子纪念日的前一周，"痛失会"打来电话，爸爸和妈妈感到拒绝无能，这一天爸爸去了学校，妈妈头痛，待在家里。后来她听说，这段时间，记者到学校门口堵截学生要求采访，寻找当年受伤的学生回忆杀人过程，访问邻近的小卖部店主。学校严禁学生接受采访。第三年的那一天到来前，爸爸和妈妈关掉了手机。

到第四年的这一天，没有记者再联系他们。爸爸和他的司机去了墓地，妈妈没有。她上午在家工作，中午去超市买菜，送了干洗的衣服。老实说，她不大相信那些关于丧仪的林林总总。反过来，她越来越相信灵魂不死。

她想，这六个孩子的墓碑在不同地方。在新闻报道上总是六个孩子，就仿佛六个孩子是一个集体，来自不同年级和不同班级，生前并不相识的六个小人抱在一起。但他只在乎自己的孩子。

亲属一如既往地关心爸爸和妈妈，没有因为时间过去而过多消减，反而仿佛因为认定他们的悲痛应当多少平息了而关怀得更露骨一些。孩子的死如今不再是一个悲伤的不宜提起的事件，而应该得到理性地看待，它是家庭中一个需要有效填充的缺憾。有亲属问妈妈如今过得怎么样，是否打算收养孩子，说间接听说一户人家可能会想卖掉孩子，不过是个四岁的小女孩，年纪偏大，怕养不熟。也有亲属关心国家大事，在二月时告诉妈妈三月将有法律改革，可能会通过新的规定。"你们的案子也许可以追究学校责任，你们看看要不要找人活动活动，或者去写封联名信。否则太不公平。"亲属说。

一个案子？那是我的孩子。妈妈在心里长长地说。

同事不向妈妈提起这些。妈妈自上班以来一直在同一个单位工作，她的领导在这几年对她分外慷慨，给她在家工作的充分自由，实际上，领导积极建议她多在家上班，好像她是有暴力倾向的精神病患者。妈妈也发现同事给她特殊待遇，以宽容的眼神看她，也许是怕她受刺激。新入职的同事大抵很快听说妈妈身上发生过的事，她能感觉出来。她没法真正和他们交谈，虽然她认为是他们先停止真正和她交谈的。她能看到他们心里的疑虑：提起孩子还是不提起孩子？特意不提起孩子就等于提起孩子。

当我看不见你时，我是一架提供八卦草料的马车。当你坐在我旁边时呢？我是像瘟疫吗？这样的表达太俗套了，同事并没有避开我们，妈妈想。更类似于轻微的花粉过敏，使他们在某些时刻尽量会回避一些话题，又似乎无法不闻到妈妈身上的某种气味。

有一段时间妈妈常想关于动机的事。撒哈拉沙漠上一位老妇人走了很久，在绝望的干渴中寻找某种她不确定其存在也不懂其缘故的东西，无法停下，因为她的丈夫死了，孩子也死了，孩子的孩子也死了，她的姐妹也死了，她的兄弟也死了。这是妈妈在尝试宗教的过程中参加一次活动时牧师讲的故事。老妇人没有办法理解这一切，她的生活无法继续，她执迷于"为什么"，为什么这会发生，为什么发生于我？她离开家在痛苦中寻找答案。这个老妇人走进了死胡同,牧师说,因为神的旨意有时是没有理由的,没有你所能把握的理由。你能做的是服从神的旨意,不去质疑他,不去询问他,要怀着希望去相信他的善与正义。

如果没有答案,我为什么要来这里?妈妈不再参加这个组织的活动,然而开始持续地想关于"为什么"的问题。那个凶手是没有清楚的动机的,至少没有大家能够确认的动机。凶手本人也自杀了,因此那些孩子的死没有意义,没有抹平什么以往的不公,甚至没有慰藉坏人。只能追究各个机构的责任,但那也没有意义。究竟为什么杀人?为什么杀了这个孩子?所有的孩子都穿校服。我的孩子跑得不快。也许就是这个缘故。我的孩子特别可爱,也许吸引了他的注意。但我的孩子的脸特别可爱,凶手难道不会因此停下来吗?不过他确实是从身体后面下刀的。妈妈不能再想下去了。

到第四年,在"痛失会"推动下,虽然没有更多的记者前来实地采访爸爸们和妈妈们如今的生活,以及学校的情况,但网络上到这一天仍然有追忆和评论,虚拟的烛火点起来,尤其是,在那起事件后在全国其他地方又有了几起类似的事件。妈妈不希望看到这些事,她也不看新闻,但网络上的评论冲到她的眼前。人们在讨论历史和未来——这样的凶手在世界各地都存在,未来还有可能有更多人受难。也在讨论原因——我们的社会错了,坏了,让人痛心,恐惧。前一部分人认为这件事是偶然的意外事件,凶手是世间总存在的那一小部分变态,后一部分人认为这件事是必然的事件,凶手是社会的果实。这两种看法妈妈都无法接受。

事情发生时,除了死去的孩子,还有几个孩子受了伤,或者留下了心理阴影。有一个男孩子在逃离时手臂骨折了,后来在天冷或下雨时总会颤抖。事发时他是初三学生,顽劣,曾经为了早些进去打饭冲破学校食堂大门玻璃,受到处分。事情发生后,学校补偿他,让他直升高中部。现在,"痛失会"的家长说,这个男孩子的父母正在为他向学校争取大学保送名额。

妈妈不想听到这些。"痛失会"的爸爸妈妈们就好像决计要终生都生活在一起,不和别人,就他们自己,以及其他想用这个事件——案子!——改变或推动另外一些事的人。律师和记者想要改变自己的命运,律师喜欢说，我代表你们的利益；记者喜欢说，我代表公众的利益。"痛失会"的爸爸妈妈们相信这些吗？还是他们也并不相信，但反正认定了总归其他人也不懂得他们，也没法和他们真正说话，或者说不出他们想听到的话。可爸爸和妈妈不想和他们一起在另册中生活。除了生命中都曾发生过这件事外，爸爸妈妈与他们没有共同点。犯人出狱后还要定期聚餐吗？何况还没有出狱，也许永不会出狱了。没出狱时人也想要家人和朋友的探望，不想和其他犯人待在一起。

在妈妈告诉先前定下的那位金牌育儿嫂取消服务时，她告诉妈妈，她正准备改做不住家阿姨，因为她的儿子刚刚得到通知，没有考上研究生，要来这个城市找工作，她计划租房和儿子住在一起，给儿子做做饭。妈妈请她当自己的小时工。阿姨的儿子每天在一家网络公司工作8到10小时，赚130元。他的上一份工作是发传单，每小时15元。阿姨每小时的工钱是35元，不过每天要骑电动车去三四个人家，跑得辛苦。儿子对阿姨说，妈妈啊，你不要那么累，我的工作是有上升空间的。

擦地时，阿姨告诉妈妈这些，妈妈坐在沙发上哭了。

阿姨另一个儿子正在上大学一年级，秋天前需要在四个专业中选择一个。水文与水资源工程、农业水利工程、热能与动力工程、农业建筑环境与能源工程。阿姨拿着手机来问，妈妈去咨询单位里的工程师应当选哪个专业，安排孩子给工程师打电话，让孩子放假来探望母亲时和工程师见面，谈谈未来的课程选择。爸爸提醒她，这样太关心是可能会有麻烦的。妈妈有些生气地说，我认了。有时爸爸全是逻辑，妈妈不堪忍受。

有时妈妈去盲人按摩店。妈妈不太敢看盲人，怕看到不清晰的眼睛，她不知道怎样应对。有一次妈妈脸朝下趴在按摩床上时，听到正在给自己做按摩的盲人女孩子和旁边的按摩师聊天，说某个牌子的手机摄像头特别清晰，比同档次的贵了一千块钱，但咱们这样眼睛不好的，拍下来再看方便。旁边的按摩师说，某个国产牌子比另一个牌子的读屏功能好。妈妈想，我从来没想过手机有——手机需要读屏功能啊。女孩子又说，附近超市的小米不好，煮出来米、汤分离，不如早市的。旁边的人让她放一点淀粉进去。女孩子又说，超市里服务台没人，价签看不清楚，以为白菜是五块八一大颗，结果是五块八一公斤。拿了一颗，十多块钱，又还给收银台了。

这么说，白菜贵了啊，妈妈想。女孩子说，店里扩大以后，人际关系复杂，她觉得"在这儿最好就别说话"。妈妈想，原来在按摩店里也有办公室政治呢。她想看一看这个声音稚嫩的女孩子，但只能看到大理石地砖上镶嵌的金色花纹。她是什么样子的？半个小时以前妈妈在她身后，随着她走过灯光昏暗的走廊，恍惚的印象是她的长麻花辫尾垂着一颗紫草莓。又有另一位按摩师对女孩子说，在外面说话做事要小心，他的母亲也是这样教他的。女孩子说："我妈妈跟我说，想学东西就得付出代价。"妈妈又哭了。

还有一次哭泣发生在地铁站。妈妈身边的座位上坐着一个男人，有点像推销员，坐下时先翻看包里的几种商品折页。之后在手机一个顶端标着"说说"的页面上，不断修改自己的发言。

"人生，福气是啥，心情快乐，乡土人情环绕。"发表了，又修改，"乡土人情好，及时结婚生子，工作稳健，衣食住行好。"

妈妈右手边的男人在看一本《庄股盘口揭秘》。左边的男人在手机上再写下一条发言："交朋友，娶妻子，第一看衣服，衣服相近，才属同类，有缘分。第二看食物。第三看家乡家庭。"到站后妈妈走在地铁站的人流里，转弯，走上楼梯，转弯，走换乘另一条线的长长的走廊去她要去的出口。有人向她迎面走来，她避开，跟着一些人走下去，有走得很快的，有拎公文包的，有相互依偎的，有抱着小孩的，有停下来在长走廊边和横幅广告上代言酸奶的男明星合影自拍的，有穿高跟鞋、背帆布袋的，像早晨出门上班时太仓促了，有散散漫漫走下去，走开了，又回头寻找自己的朋友，随即聚拢的。看着这些一个个生活着的人，妈妈又哭了。

在迎接那个后来消失的，曾经即将到来的小姑娘时（起名叫安安，英文名Stella），妈妈不打算像她对大夫说的那样把房间漆成粉色或蓝色。她认为应当选择一种让谁都会快乐的颜色，未来是不分性别的。在柠檬黄色、青草绿色、太阳橙色中，她选择了绿色。她热诚地布置房间。如今这里成为她的书房，书架和挂画挡住两面绿墙。

每天夜里，爸爸睡着，妈妈在床上躺一会儿，闭着眼睛，滴两到三滴眼药水让自己放松下来。待他的呼吸声变成低低的鼾声，像运转不良的老式抽油烟机开着磕磕绊绊的一挡，她就起身，蹑手蹑脚走出卧室，倒杯热水,到有绿墙的书房去坐着,看旧杂志。有时她什么也不做,就坐在阳台的藤椅上,盖一张薄毛毯在身上,看星星。有时她不知不觉睡着一小会儿,再在凉意中醒过来,再过一会儿,小区旁的街道就有洒水车和垃圾车开过,将要天亮。她的房间就不再属于她,又是她和爸爸共同的家了。

孩子去世后,她先是失眠,其后在药物作用下睡得太多,之后又失眠。她发现在这个年纪她终于拥有了自己的房间,像一名年近五十的被迫的女权主义者,享有不情不愿的自我,在命运中随波逐流后享受一种既像惩罚又像补偿的自由。起初睡不着的那段时间里,她并不是总在想孩子,而是总想起自己的小时候,好像获得了某种倒退式的新生。亲人们对她说这样不行,她就开始服药,让心情好起来的东西。然而她发现自己容易忘事,于是又停掉了。人们怎么不劝爸爸服药?就好像女人都是情绪,女人无法控制自己,女人的睡着与不睡着都是不情愿的,女人应该被调节。

那些药片也让妈妈不再做梦。本来在失眠之后短暂的梦里她经常梦到自己逝去多年的外公外婆,还有高考,有时在梦里她也能看见孩子。孩子很小的时候长得不太像爸爸,爸爸是长眼睛,孩子是圆眼睛;爸爸是方脸,孩子是心形的小脸,额头圆,出生后两天酒窝就清晰可辨。她常常主动说,这孩子五官不太像爸爸。大家反而因此都说,可真像!就像要为孩子辩护似的,找出孩子和爸爸越来越像的证据,头顶上的旋也在同一个位置,人中也是那么深,也是上端有点尖的耳朵,耳朵位置生得很高,说明骨相聪明。那时这些别人强调的特点让她觉得有点陌生,就仿佛她不那么了解自己的孩子,不够注意孩子身上细小的部分,比如她会注意到孩子的耳垂很大,但她没来得及发现孩子耳郭上端有点尖。

孩子去世后,她也惊讶地发现了很多关于孩子的事。有一位老师对她和爸爸提起,孩子和一位同学传递情书,被老师发现过。她想知道那位同学是谁,去找那位同学聊聊孩子。老师也许看她太热切了,也许怀疑她有追究同学或学校责任的打算,后来又改了口,说记错了人。还有一位同学告诉她,孩子生前爱喝桃汁。妈妈哭了,她从来不知道。她在家只买橙汁和苹果汁,孩子没有说起过。

在自己的房间妈妈回顾自己的生活。这一生的前28年她和父母住在一起。先和外婆,后和妹妹同一个房间。之后和丈夫住在一间单位宿舍。31

岁时她生育，她的身体白天属于单位，夜晚属于婴儿。孩子上幼儿园，能按时起床睡觉后，她过起按块划分的生活，最惬意的时光是单位组织外出旅游时，或者她自己待在洗手间时，因此搬家时她坚持要在家中安装大浴缸，虽然丈夫会毫不留情地在她泡澡时走进洗手间，取东西，刷牙，当她的面排泄，走出去时不关门。她从浴缸起身，发现还有一团手纸漂浮在马桶里，膨胀得像胖大海。那时她最喜欢丈夫和孩子都不在家的日子。

现在只要吃下头痛药片便获得舒适，到夜晚她拥有整个家。妈妈找到玫瑰味的眼药水，方瓶子顶扣粉色小皇冠，像小香水瓶。买来全彩图的杂志，适合在绿色房间夜里暖黄的立式灯下看，从时尚到军事，她看一页，就忘记一页。安放一台香薰灯。有时她打扫房间，擦书柜门，四壁发亮。她不再像以前那样听着丈夫的鼾声嫉恨他大开大敞的安宁。如今她在黑暗中对丈夫怀有一种只有对无知者或陌生人才可能产生的爱意。在黑暗中，他的肉体成为家具，是这个家的一部分。而她是唯一的活人。

有人建议他们养一条狗，爸爸考虑了这个提议。带大量视频和图片的宠物百科让其他网页打开得很慢，但他不愿意关掉窗口。他对约克夏梗产生了几乎可以称为热切的冲动。他有些担心会不习惯家里有狗的味道，去过一次宠物店后，这个忧虑也消失了，他发现自己非常喜欢狗的味道。爸爸和妈妈约好星期六下午到朋友介绍的狗场去买小狗崽，那里除约克夏梗外，还有银狐犬、柯基、雪橇犬。朋友觉得爸爸也可能会喜欢日本柴犬，不过要看过才知道。整个星期爸爸都在期待星期六到来。星期四夜里他梦见狗走失了，又回来了，跟着一个骑自行车的人跑远，像是在郊外新科技园区那种宽阔又不通向任何有人的地方的街道上，空无一车，他挪动步子却跑不动，不可能追上。在梦里他蹲坐在地上痛哭，回家抖着手开门的一刹那，却又听到狗的吠叫。梦里他觉得这叫声可真熟悉，听惯一辈子了似的。

他不愿意再有可能失去什么了。狗能回来而孩子却不会，他无法抑制住恨意。他预料到自己在现实中，可能会在遛狗后用钥匙打开家门，让狗进家时，因为狗确实能够走进家而憎恨狗。

努力自然怀孕的按时索骥失败以来，爸爸和妈妈很少碰对方。也不是完全没有。二人相处时，房间里用了多年的挂钟走字变得很响。有时爸爸觉得自己和妈妈像尘世中的两个鬼，亲近彼此时才有了肉身具象的形态，短暂地相互依赖。但这种神秘的令他想要哭出来的感觉也并没有让亲近变多，想一想，就过去了。

爸爸发现说谎有清热镇痛的功效。说谎之外，他和妈妈不大说话。他把另一间卧室里原本摆放的跑步机和整理箱移到阳台上，住了进去。

爸爸和妈妈的关系更加文明了，用两小时争吵，用一周相互道歉。

有一段时间妈妈指责爸爸只爱他自己。反过来，爸爸不这样看待妈妈。他觉得自己的心脏很疲劳。

在妈妈尝试几种宗教的过程中，爸爸以科学实验的态度观察和记录样本的效果。佛教，她参加了放生和舍粥活动，都不喜欢。去过普陀山，还不错。试了基督教，但她不喜欢一同聚会的人，其中不少有点反动。后来她落脚于灵修课，参加过在郊区的周末冥想工作坊，居然并不都是坐着做瑜伽、想象蓝天绿草之类的事，也不是让人回忆罪孽之类的事，而是尽量让人跑起来，跳动，让人愉悦甚至欢腾，至少暂时能表现出来这些情绪。还有赤脚舞蹈环节，还与比她年轻二十岁的人以及外国人一起野餐烧烤。她回到家时带着茫然若失的表情。这些关于自然和野草、清晨和裸体的竭力令人重生的试探让爸爸怀着伤感想起童年和家乡。非常奇异，那座江南军区大院中曾是他年轻的叔叔阿姨，现在成为他年老的叔叔阿姨的人们，如今有相当高的比例都在相信基督教的各种古怪的地下变体，有些老人每天吃牛肉，说这是来自西方的神的旨意。红色的肉块是长寿的律令，老人以警觉发亮的眼睛躲避死亡投在他们四周的阴影，想象阴间或炼狱有无数粗野狂躁的土狗在等待不愿养生的人。

世界改变了。早在几年前她和爸爸尝试再要一个孩子时，妈妈就发现了。那时妈妈去医院做排卵监测和输卵管疏通，她发现生殖中心的女洗手间小隔间门背后贴着代孕、提供健康卵子、处女取卵的小广告。

现在她和爸爸在夜晚散步，地面上贴着亮晶晶的彩色小广告。当然城市就是这样。一直以来电线杆上都漆着代开发票的电话。总会有人打电话来问要不要卖房，他们对你的情况清清楚楚。另一些人打电话来问你要不要信用贷款，他们不清楚你的情况，但认为你总有遇到难处的落难的时候。单元门上和门缝里夹着美女公关的广告和电话号码，他们想你总有软弱的时候。但现在城市的地面上花花绿绿地贴着新的事物，包生男孩、交易卵子、代孕母亲。你有些厌恶地以为这个二十多岁的女孩照片是一种色情服务的迹象，而它却是子宫服务的迹象，让人悲伤。

以前让人出卖阴道，现在让人连子宫和卵巢一起出卖。一个套装。

后半夜，妈妈待在自己的房间里哭了。真不重要，就好像你的女性的身体是一只塑料脸盆，小时候那一种，没有特点也不太结实的塑料脸盆，丢了就再买一只一模一样的。这些广告还告诉你可以定制，可以选择你想要的女孩子的类型，选择你想要的未来孩子的类型。

什么都这样容易吗？告别自己的孩子这样容易吗？他们以为可以摘出来，可以塞回去，可以拿走，可以卖吗？妈妈想起孩子小的时候，送去幼儿园时从来没有哭泣过，第一天就挥着手告别，自己走了进去，后来也总是高高兴兴的，周末也想去上学。那么快乐的好孩子，从来没有在公共场所号啕大哭，从来没有过非去索要什么东西。只有一次，孩子三四岁的时候，她带孩子去商场买了一只红色的新塑料大澡盆，孩子一定要坐在那个盆里回家，她端了一路。

澡盆里的孩子！她想起小P。胎停育后小P拿到了20%补偿金，是中介机构承诺承担的，另外付了钱给小P做引产手术。在那年，妈妈带着视死如归的心情去广州面试未来的代孕母亲，仿佛走上一条不归路，她已经放弃了有百分之百的自己的孩子。而那时爸爸在去之前对候选人很有些好奇。当时妈妈想，爸爸对其他的女人，可能成为自己孩子的某个形态的妈妈的女人这样好奇——男人看到的是一具新鲜年轻的女性身体，承载着自己的孩子；而女性看到的是自己的孩子，暂时安放在别人的身体里——男人是不是对身体总有占有欲？是不是代孕母亲像某种古代的外室，专门生孩子的那一种，弥补大房的无能，然而也是某一种房，某一种妾室。科学使得爸爸与代孕母亲不需要接近，但男人是不是还会觉得存在着某种联结，那个女人肚子里是我的孩子，因此好奇，因此对代孕母亲也有某种亲近的感觉？妈妈不觉得亲近，她只是极其极其期待，期待怀胎一个月就可以生出孩子。选定小P，从广州回家后，她心情轻松了许多，甚至对爸爸说："但愿我们的孩子早产几周，让我们早些见到它。"后来她也想过，是不是自己太着急了，才会又有一个孩子又一次离开。

那时在B超室里看着小P剥开衣服露出肚子，妈妈对她有感谢的心情也有排斥的感觉。如今她不这样想了。她疑惑自己怎么会那样残忍，对另一个女人。

现在她听到年轻的、孩子三岁的女同事说，自己嫉妒家里的保姆。孩子对保姆太亲了，有什么事情，孩子先看向保姆，再看妈妈。"我家阿姨，我想撵走她。"妈妈生气地插话："这是不可能的任务！你又要她爱你的孩子，你又要她不接受你孩子对她的爱，你又想在自己想要割断时立刻割断你所要求她给你的孩子的爱。这还不如男人。男人不要娼妓的感情投入，因为男人起身后就想要马上离开。倘若娼妓投入了感情，男人还会害怕。你自己是女人，你应当懂得保姆也懂得娼妓。你为什么这样残忍？类似地，你要你丈夫去赚钱，更多的钱，超过工资的钱，你又要他六点钟回到家。"

妈妈变得难以接近。她和她周围的人不一样了。她认为这不是由于她经历了悲剧，而是因为别人拒绝承认那些显而易见的真理。她知道别人只觉得她乖戾，他们又因为认为她的身上发生了不可名状、没有语言能够真正描述和叙说的悲剧，而在以容忍补偿她。也许她变成了自己从前最讨厌的那种人：觉得自己比别人好因而挑剔的那种人。人类不能接受这种人啊，人类只能接受比别人有钱因而挑剔的人，以及太过悲惨因而挑剔的人。妈妈不介意被当成后者。

妈妈长久地在心中发表小演说。

爸爸和妈妈去找了专长婚姻治疗的心理医生。

"生活中的小美好，"心理医生说，"每天都要试着发现一件。"

比如今天傍晚小区外河边蛙鸣阵阵，多么美妙，让人领会感恩的含义，要慢慢地，逐渐地，学习珍惜生命中每一天的特别。妈妈耳中的蛙声则如同葬礼上的军乐队。比如若是早餐特别好吃，心理医生说，要想到这是怀有耐心和细心才能做出的早餐，其中独特的配料是爱意。当然也别急着一蹴而就。肯定不容易。此外要为自己设立能够达到的小目标。比如每周保证有两个晚上一起在家吃晚饭。但也不要因未达到目标而忧虑自责。最关键就是停止自责。

妈妈搜索医生的背景资料,得出结论,如今在中国以心理咨询为生太容易了。"那我也可以当国家生殖医学二级咨询师。"妈妈说她绝对不会再去那个工作室。除了陈词滥调什么都没有,墙上还挂着那人和名流的合影。爸爸认为她太负面、虚无、愤世嫉俗。在孩子死去之前,自己的妻子曾是个可爱又粗心的女人。

可以这样总结,"悲剧把她变成了知识分子"。但这同样是陈词滥调,类似于:贫穷使人高贵;饥饿带给人耐性;希望就悄悄躺在绝望之中,只要你肯去挖掘;坏天气遴选出好水手;所有人生经历都能带来成长;战争令人失去双腿而人反倒因此更珍惜生命并爱好和平;不幸给人心灵的深度。

为什么人需要心灵的深度?

妈妈发现爸爸在读一本叫《非暴力沟通》的书。她不想模仿他,自己去搜索在线课程,买了《非暴力沟通实践篇·下》,又称习题册。她边做早饭边在耳机里听音频。

有时她觉得事情已经过去很久,但她不时心悸。错误之一在于自己当年不该让孩子去那所中学。年轻时爸爸说他爱她的原因之一是她又快活又马虎。爸爸讲究茶叶,她嫌麻烦,向来只用茶包。她曾和同事一起在午休时间的闲极无聊中在网络上算命,星座师要求她们给出自己的生日与大致出生时刻,她特地打电话给母亲问清自己诞生的精确时间,夜里九点半左右,接近九点四十分。但她同时不假思索地给了星座师自己的阴历生日。当然!她向来过阴历生日。半年后她意识到了这一点,不过这时她已经为测算结果在日常生活中的折射发出过几次惊叹:"太准了!"也因此她已经把这位神算的星座大师推荐给两位好赶时髦的同事,现在只好偷藏起这个秘密。第一次听到这个故事时爸爸笑得前仰后合。她怀疑自己其实没有那么马虎,更没有那么快活,阴历生日是个偶然的错误,或者她只是不太在乎。多年共度的岁月中,是他的喜爱把她塑造成了一个力图马虎也力图快活的人,对什么都放心。如果她仔细一些,用功一些,加入她所不愿意加入的妈妈群,更早去查询政策的缺口,更多去寻求别人的建议,她的孩子本可以早一年上小学,也就早一年上中学,也就未必会考进这所中学。类似地，如果她当初不那么快活，如今她就不会这样痛苦。

妈妈发现世界上到处都是谋杀案的新闻。这个世界怎么了？她在机场书店看到一架架的日本罪案小说，封面都是血。出差旧金山，酒店所在的街区里居然有好几家塔罗牌算命的小店。或者是妈妈容易注意到这样的店铺。她走进去，在穿紫色长袍、眼窝深陷、涂蓝黑眼影的女人面前坐下，写下自己的公历生日，眼泪汪汪。

晚饭后爸爸和妈妈去散步。也许这是在冥府日历中具有某种意义的一天，夜晚的桥头下飘荡着烧纸的味道，燃起几堆明亮的小火，围着想必是家人的人。一个钓鱼老头冲妈妈喊："小姑娘！"爸爸和妈妈愣住了，停下脚步。"小姑娘！吃饭了吗？来玩儿！"穿着随意但算体面的老头子，头发有些长，钓竿末端亮着一盏小蓝灯，坐得端端正正，恐怕是脑袋的某个小角落糊涂了。小姑娘！一种奇异的温暖让妈妈想要哭一会儿。

这时候爸爸应该说点什么，制止那人，骂他几句。至少对妈妈说"老流氓"，"这是个神经病"。或者搂住妈妈的肩膀。或者牵起她的手，换一条路。或者走得更快一些。但爸爸发现他不想评论也不想介入，这好像仅仅是一件碰巧发生在妈妈身上的事，他对她有巨大的、显著的，他在这样的时刻会尤其明确地感到的亲近感，但丧失了保护欲。

以他自己的标准来看，他不是男人了。

爸爸年轻时，在男人中间，在单位里，在饭桌上，如果谁的妻子打来电话，大家会说，不过是老婆打来催回家的，不用接，或者敷衍几句，继续喝酒。仿佛蔑视家庭让自己很有男子气概，然而实际上又都十分重视家庭。在孩子死去后，爸爸发现如今的情况不一样了。夫妻关系和父子关系似乎都更加重要，男同事第一时间接起电话，以正确的方式过周末，阖家出行。单位组织旅游，可以带家属，常常是年轻的男同事抱着孩子，妻子拿包。他们都会换尿布。有时爸爸对孩子觉得抱歉。

孩子活着时喜欢问他与妈妈相遇的故事，从孩子很小时就开始问。"爸爸，你要细细地讲给我听。"他就告诉孩子刚进单位时他在田径队，跑一百一十米栏，妈妈在排球队，单位组织的活动里两个人总能遇见对方。"再讲细一点。"孩子很感兴趣。孩子会告诉同学自己爸爸妈妈体育都好，小时候孩子为此光荣，后来孩子长大了一些，再来追问细节与细节的意义时，爸爸辨认出孩子的眼睛中有已经爱上了某个人的热情与犹疑不决。体育是一个因素，不过爸爸想，这只是浪漫故事细说从头的必需写法，你在哪里看见了谁，你喜欢谁的头发，谁把你带到哪个饭桌上认识了谁，你先认识谁，其后又意外认识了谁并被打动。一个人一生中会这样看见、认识、记得很多人，而人与人真正建立联系是靠一些小事，那些事让你和她之间的某种关联、某种光、某种程序、某种气味与众不同。有一次爸爸陪妈妈去集体宿舍区附属的修鞋摊取她在开缝后送去修补的运动鞋，他已经记不得为什么修鞋的老头要和她强横地争吵，他原本站在宿舍管理中心门外抽烟等她，听到争吵声，他跑进去代替她争辩，她眼泪几乎涌出眼眶，他一时奋不顾身。从我到我们，从谢谢到不再说谢谢，就是因为这样的事。那天之后爸爸担负起保护妈妈的使命，一条单行道，虽然妈妈始终说自己不需要男人的保护。爸爸想，如果他与妈妈在其他情况下相遇，会愉快吗？会有孩子吗？

　　孩子活着时他没有问过孩子是否愉快。那时他觉得自己能够判断孩子是否愉快。有时孩子明明应该愉快或者平静，看起来却不是，他便要求孩子高兴一点，别哭，不应该闹，太作了，懂事一点，长大吧。现在爸爸认为自己不配活着。

　　爸爸和妈妈不再读报。叙利亚的小女孩在死去，朝鲜半岛面对着深不可测的危险，有时也有希望，非洲大陆许许多多的人以不同形式流亡或经受屠杀和矿难。也不再看电视。他们觉得非常难弄，人人都在用智能手机谈工作，很难躲开手机里转发来的新闻报道。不得不读新闻时，爸爸觉得讽刺。"全球招聘局级干部"，爸爸想，全球和局级干部不应该在同一个句子里出现。他奇特地发现自己是个爱发议论、爱批评的人，这与他一生以来对自己的判断不同。

　　"痛失会"坚持每季度聚会。地点起初在茶馆，后来在一户人家的客厅。爸爸和妈妈在宜家的餐厅遇见过他们一次，那些爸爸们和妈妈们说，大家都有宜家会员卡，在这里喝咖啡免费，正好一聚。爸爸和妈妈端着放肉酱意面的盘子，既不想坐下又不想走开，在附近一张长桌的边上和人拼了桌。那张桌子上坐的都是老年人，面前没有盘子，多数很吵嚷，在争辩什么事情，其中夹以两个很沉默的，其中一位老太太嘴角垂到下巴，在抹眼泪。爸爸和妈妈听出来，这些老年人参加了某种集资理财，董事长消失、钱也跟着消失后，他们报案了。他们商议着要到北京去下跪，已经去过一次，火车到达河北前被拦截回来，现在他们试图去第二次。妈妈右手边那个胳膊肘总撞到她的中年人说，微信群不安全，有卧底。还是宜家好。

家具什么都见证了，什么也听不见，什么都听见了。就像中学的塑胶操场跑道，什么都看见了，什么都听见了。后来那所中学把操场重新铺了一遍。

是否能拯救婚姻的只有二人中谁得了绝症？不能治愈，只能治疗，死得很慢的那些绝症。在五六年之中逐渐死去。新的紧张，新的绝望，新的团结，新的亲密。爸爸奇特地发现自己是个爱幻想的人，这与他一生以来对自己的判断都不同。

爸爸和妈妈出门去吃饭。饮料单上，两页中一半是果昔，健康饮料，转变成液体的蔬菜，延长寿命的、攥紧健康的尝试，毫无必要的零度可乐。孩子还活着时喜欢吃油炸食物，薯片、天妇罗、炸鸡，一盘软炸里脊会蘸净一整碟椒盐。爸爸会制止孩子，少吃这些，吃有营养的，能长高，个子高多好，你想想。孩子表示不在乎身高，煮鸡蛋不好吃，白灼虾也不好吃，鱼则刺太多了。

"爸爸不要管我！"孩子年幼时恨恨地说。

他想，整个教育哲学都是错的。个子高？劝魏晋时代的人考虑未来移民火星者的福利。"这是为你好。"父母根本无法知道什么对孩子好，什么是危险的，什么是致命的。全是错误。而爸爸和妈妈永不能知道自己究竟错在了哪一步。

现在爸爸和妈妈坐在餐桌的两侧。他们谈了一会儿科技与日常生活的变数，虚无缥缈的东西，银行产出票面上的财富，战争的A面与B面，5G将让所有人都能待在家上班。国家在发生很多变化，汇率与房价的走势中有不可测的奇妙，让人们处在似乎永无休止的迁移之中，这种动能与伴随其中的那种一定要将生活变得更好的坚忍耐性是爸爸和妈妈不能够领会的。生在南方的人如今生活在北方，觉得太干燥了。反过来，生活在南方的北方人觉得太潮湿了。但这些人似乎都能令人羡慕地忍耐下去，在生活中持续看到新意，不需要做什么真正的改变。一点抱怨和一点回忆，一点陪伴和一点盼望就够了。

他们意识到晚餐是暂时的，散步是暂时的，永恒的是孩子死去了的现实。日子过不下去了，至少与对方不能，但因为同样的原因，必须要与这一个对方，把日子过下去。

原载《花城》2020 年第 2 期

评鉴与感悟

在每个人的生活中，我们都会有不得不面对弱者或者有伤痛的人的时候，但是我们常常会因无法感同身受，不知道如何安慰而显得局促和痛苦。面对他人彻骨的伤痛，同情和安慰是否真的有意义？

淡豹的《父母》就讲述了因为偶然的恶性事件而"失独"的一对父母如何对待自己和如何被对待的故事。因为淡豹的社会学和人类学背景，她能够非常细致地触及那些我们经常忽视的人与人之间微妙的互动，以及人本身对自己的不放过。很有趣的是，在这篇小说中，通篇没有一个人的名字，只用父母、爸爸、妈妈、孩子来代指其中的人物。没有名字的角色更能显示出人在社会中的社会关系和社会定义，让人脱离了个体而更接近一个社会人和自然人。对于小说中的父母而言，自从孩子因意外去世之后，他们就很难在社会中获得其他的身份了。在所有人眼中，他们就是一对在意外中失去独子，值得同情、需要容忍、不能交心而又可怜孤独的爸爸和妈妈。妈妈会在夜晚，在未出世的孩子的房间里变回她自己，只有在那短短的一瞬间，她才能避免自己作为塑料脸盆并把别人变成塑料脸盆的命运。生活的窒息感总是会在一件件的事情中不断收紧，哭泣也无用。

淡豹在爸爸和妈妈口吻的不断交替中完成了整个叙事。在这一叙事方式中，我们能感觉到爸爸和妈妈话语中隐形的对抗，虽然在彼此的叙述中对方是没有声音的，但是都作为一个巨大的阴影存在于彼此的话语里。他们虽然共同经受痛苦，共同努力生活，但是对方却作为一个最直白的提醒，不断提醒着已经发生的一切和正在发生的一切。爸爸妈妈在反省自己并不断完善自己、用尽所有办法和努力去获得一个孩子都无果之后，想要从外界求得慰藉，爸爸想要养一条狗，却不断对狗产生恨意；妈妈尝试宗教，却无法做到不去质询上帝并怀着希望去相信他，这对她来说是一种彻底的残酷。他们努力想要走出来，却更加深陷其中。

整个故事中，有人想利用痛苦获得一些利益，有人在背后咀嚼痛苦并永远不放过自己，有人抱团以期获得力量来共同直面痛苦，有人想要逃避痛苦却逃无可逃。命运像一张巨大的网，当痛苦降临时，没有一个地方能获得一丝阳光和喘息，即使命运来得蹊跷、意外、不可预料。虽然命运常常如此，不会给你任何做准备的时间就来了，但文中依然流淌着一种淡淡的善意。当妈妈在地铁上看到那些生动的人生时，当她在按摩店听到盲人小姑娘讨论关于代价的问题时，当她努力帮助阿姨和她的孩子时，她获得了去经历自己和自己的孩子没有机会体验到的一切，借此去慰藉那些没有可能来到的未来。

这篇小说是失独者的细语。"失独"作为中国现当代文学史上的经典话题，已经有过多次的演绎。"失独者说"在当代正成为一个值得所有人关注和思考的现象。文中的爸爸妈妈生活在长满刀却必须不断向前走的路上，他们努力不让自己的生活像一个塑料脸盆一样，随时可能崩溃。作为子女或父母，或二者兼而有之的我们，亦应从中汲取生之希望。（郑丹桐）

遇见未婚妻

/阿乙

二〇〇一年,春节假期过完,办公室主任就如布里丹之驴面对两捆草无法选择那样,在两名年轻的秘书之间望来望去,最后他对我说:"算了,你去吧。"一刻钟后,我随局副政委乘车至市委政法委,接上一名副科长、一名科员,前往今一乡检查社会综合治理工作。我们四人负责检查北片七个乡镇,今一是第一站。副政委的脸上窄下宽,不大,然而饱满,鬓角剃平,只在头顶保留一小丛夹杂银丝的头发。很多年来,只要我走进水果店,看见码放整齐的一个个鸭梨,就会想起副政委头部的构造。有一天我意识到,他的脸其实是上下同宽,之所以显得下面要宽一些,是因为他总是在笑。也许一起床,他就这样规模庞大地笑。在这世界上,有一些绝对的人,有人从来不笑,就有人从来都在笑,都是为了更好地生存、斗争。他能做到副政委,似乎就能说明这一点。一开始我就是这么想的,这样的表情是后天选择而来的。后来,我见到他在政协上班的独子,看到同样的笑容可掬,就想到这样的表情很可能像卷毛、色盲一样,是作为基因一代代遗传下来的。旋而我又想,在副政委的早期祖先那儿,兴许就已将"以笑脸示人"作为整个家族"**赖以生存的观念**"[①],如今副政委和他儿子脸上笑口常开,不过是这一古老意志的反映。

[①] 文中字体加粗词句系对《追忆似水年华》词句的借用。

白色的桑塔纳警车沿省道北行，至通江岭的分岔路口，选择左边道路朝西行进。晨光照在后车窗，也照在路边一栋栋民居的侧墙。我时常有错觉，觉得明晃晃的呈现肉色的阳光只是刚刚到达这一堵堵墙壁，在我们的眼睛看见墙壁之前，它们先行一步到达那儿，给我们引路。有时它们甚至滞后于我们的目光。一座显然重修过多次的小型桥梁将中断的沥青马路连接起来，解冻的溪流从桥下流过。车辆在这里减速。我们看见一家四口在路边建造他们的新居。孩子抱起一块湿润的橘红色砖头，交给爷爷，后者将它递给自己的儿媳。女人用力将它往上抛，站在脚手架的丈夫，让戴着手套的右手像发现目标的老鹰一样俯冲过来，在砖头恰好来到抛物线最高处时抓住它。他们一家的视线跟随我们的车辆移动。"师傅，过细哦。"坐在副驾驶位置的副政委摇下车窗，对那名丈夫说。他们索性停下来，一齐望向我们，在他们的眼睛和脸庞上闪耀着自力更生的光芒。半年后，这栋建好的民房坍塌。我扛着一台容易走电的松下摄像机过来拍摄救援情况。坍塌是因为地基在急流溅射的洪水作用下出现位移。据说事发前夜，家里孩子出来，绘声绘色地对朋友分享一个发现，说楼板上传来打雷的响声，家里人判定是老鼠过路。坍塌发生时，灰尘"**铺天盖地**"，站在楼顶的老人飞到马路上，直接摔死，剩余人被掩埋在"**成堆成堆的废墟**"中。驰援的干部、官兵、群众把瓦砾一块块扔出去，急切的动作闪耀着人道主义的光芒，同时隐含着对遇难者究竟是死是活的好奇。谜底让人禁不住喟叹，一家三口肢体被砸断，出现瘀青，衣服、头发和紧闭的眼睛上覆盖着厚厚的尘土。当时也是艳阳高照，有人为一名油头粉面、穿白衬衣、始终摆着一副气呼呼嘴脸的副市长打伞。在小孩的尸体被抬出来时——他的头和双手不停地往下掉——因为嫌扛摄像机的我挡住视线，这名副市长粗暴地将我推向一边。

　　差不多在警车驶入今一乡政府的同时，政府食堂就开始生火。汇报在会客室进行，因为采光不好，这里仍然保留着冬天"**浸入骨髓的寒冷与潮湿**"。房子中间立着一台圆柱体状的取暖炉，乡长不时用火钳拨开壁板，将乌黑油亮的煤块夹进去。炉盖上搁着一个很像出土银器的铝制水壶。水烧开时，乡长给我们泡茶。副政委用的是外边编织有杯套的老式玻璃杯，乡长给它添水时，将头凑过去，"**压低嗓门**"，用差不多只有他两人听得清的声量说:"我给你弄个好点的杯子要得呗?"

"兀——要你弄做么事,你看,我这还是橡胶丝编织的,一点也不泡手,用了几多年喏。我算下呢。"副政委接过水杯说。他一边抠杯套的丝条,一边展示给大家(除开我)看。

待会儿他说:"整整二十年。"

检查的程序比较简单。乡长将打印好的本乡综治工作年度总结分发给我们,对着它念,副政委间或打断,问上一些总结上已有答案的问题。**"就像在重奏一段行板乐曲"**,他通过这样的重奏显示自己在检查上态度认真,同时对对方的工作充满赞许。政法委的两人对照综治委年初印发的综治工作要点,对乡长未曾汇报之处补充询问。此外还有查阅档案、走访群众和单位等内容,合起来就是"听、问、查、访"。我记得乡长将年度总结发过来时,副政委就说:"今一在综治工作方面做得相当不错,由乡党委书记亲自抓,乡长直接分管。"副政委原本计划下午我们一起携带表格去外边走访,乡长说怎么能让各位领导亲劳玉趾,把群众和单位的代表请到乡政府来就是了。副政委称善。有时候,我们感觉这样的检查和汇报未免进行得太快,收工太早的话,会在吃饭之前留下一段无所事事的时间,另外,也是最主要的,这会让双方都感到自己没有尽到责任。因此,每个人都拖慢自己的腔调,将话语抻长。透过窗户看不见厨房,却能看见从厨房那边飘来的热气,一定是炖了好几样的菜。乡长有一次摇下窗把,让室内稍微透气,我们便闻见菜肴的香味。副政委用一根长钩戳动炉内的煤火,然后用它敲打炉体,问:

"这是什么材料呢?"

"这是铸铁的。"乡长说。

"那这个,炉盖呢?"

"炉盖是钢噢。"

"这个呢?排烟管。"

"白铁。"

"你看,我敲打它们,它们分别发出不同的声音。"副政委说,"你看排烟管笔直上去,拐个弯伸到室外,这样就把煤烟送到室外去了。我倒是有一个问题。"

"什么问题？"乡长问。

"室外要是起大风，不是又把煤烟吹回进排烟管吗？"

"啊！毕政委你问得好。起先是有这个问题的，后来师傅在出风口装了一个拐脖，烟往天上送，就吹不回来了。"

"巧啊，"副政委放下钩子，双手击掌，又竖起右手食指在空中摇晃，说，"妙。我们还没听说有风从天上往下吹的。"

那会儿我们正好穿新换发的藏青色警服，它像新版人民币，引起人的好奇。乡长在炉子边烤了一会儿手，过来摸副政委的衣角。副政委马上放下架好的二郎腿，跟着也扯起自己的衣服来。两人像两名沾亲带故的妇女，把其中一位添购的新衣捏来捏去。我家在田铺、二房吴、莫家、城里先后开店，我可是没少见那些去祝贺别人扯了新布或做了新衣的人，他们所表达出的羡慕与赞美之意，使后者意识到自己不单是购买了一件生活必需品，同时也获取了一定的社会荣誉。当然，不少被赞美者同样富有生活智慧，他们（我觉得用她们会更好）会说："你未必看得中，你要挑总是挑最好，不到合模合式不会出手的。"

"要我说，比老服装还是厚一些。"乡长说。

"厚么事呢，还不是一样，可能是这样的颜色让人看起来厚一些。"副政委说。

"是真厚一些。"乡长又揉捏那衣角说。

"我穿在身上，我还不晓得？有句话叫鞋合不合适，只有脚知道。"副政委说。

"对，人合不合适，只有心知道。"乡长放下衣角，动作轻得像放下一阵烟或一缕空气。与此同时，他和副政委相视大笑。

午饭在政府食堂吃。乡长和副政委彼此谦让后，一同坐向上面位。桌上摆着山药炖板鸭、牛肉炖折粉、葱炒腊肉、肉蒸面、猪肚煲、清炒土豆丝等菜，乡长说："菜我都交代了，用猪油炒的，猪油硬是好吃一些。"他这样的说法得到副政委的称赞，后者发表自己的看法，说："过去我们总觉得农村的那套做法不好，现在总觉得是个宝。"一会儿系着蓝色围裙的火工端上来两盘几乎一模一样的鱼，乡长请副政委分别尝尝，哪条是赤湖的鱼，哪条是长江的鱼，副政委用筷子一指，说："不消尝的，这条是江里的。"

"佩服佩服。"乡长说。

"我是江边出生的，如何不晓得呢？"副政委说。

"毕政委不忘根本，我听说有些后生连水稻和小麦都分不清楚。"乡长说。

"连葱和禾苗都分不清楚。"副政委说。

酒也备了两样，一样是带包装盒的白酒，一样是用输液瓶装着的本地农民酿造的谷酒，自然是喝后一种。我记得在乡长拔开皮塞子时，从瓶口发出一声孤独、幽微，像是从井底传来的闷响，它似乎是深井里的人穷尽力气制造出的，仅有一点求救信号，它带着他们无尽的期待，在我们注意的湖面上激出很小一圈涟漪就消失了。一九九七年至一九九九年我在洪一派出所上班时，常接触这种谷酒。请客的人一般默认大家都喝谷酒，有时会象征性地问："喝白酒还是谷酒（用他们像唧唧啾啾的鸟叫一样美丽的方言发音是"骨胶"）呢？"得到的答案也都是谷酒。似乎这是再明显不过的：农村人工酿造的粮食酒要好过工厂机器勾兑的白酒。然而无论是什么酒，都足以使我的身体出现极大的反应。可恨那些人总是把谷酒从酒的范畴里摘取出来，或者在酒的功能之外再赋予它另一种功能，硬说什么"谷酒非酒，不过是粮食"，"非但不会伤身，还会健体"。他们一边说一边将酒盅强推到我嘴边，只有我一仰头，不漏涓滴地喝下去，他们才会离开。这使我想起文学史上的一个经典场面——潘金莲鸩杀武大郎——在武大郎呷了一口诉苦难吃，犹犹豫豫地去呷第二口时，潘金莲就势一灌，把一盏药都灌进他喉咙里去。现在我在写这段文字时，好似天使飘荡在空中，看见那个生活在世纪末的乡下的我，一次次抓着自己将要涨破的头，在夜色中回到派出所。我脚步朝着前后左右的方向乱踏，在推开派出所后院虚掩的铁门时，双手随着铁门远去，而腿脚还滞留在原地，人几乎要扑倒在地。我看着这样的我走向后院菜地，蹲下去。全身的重量压在前脚掌上，脚掌那儿出现弹簧一样的反作用力，致使我的上身微微往上一挺。我的左手五指分开，轻轻撑在地上，右手食指则探进喉口，似乎在勾引什么动物出来。有时勾引一次就可以了，有时得好几次。顷刻间，只听哗的一声巨响，大股被胃液搅磨到一半的食物，像是泄洪，夺口而出。食物冲出的力量如此巨大，以致我的身体前倾，呈现出即将翻滚的姿势。从食物里飘出农药那样刺鼻的味道。我呕吐了一次又一次,最后只有呕的动作而没有呕的内容,我的嘴角上挂着银丝,等待我用手背抹掉它。我对已经过满的人生充满悔恨,这种悔恨因为在呕吐过程中生理性地出了一点眼泪而变得更加强烈。谷酒还有一个坏处是让人口渴。我在洪一派出所的同事范随旺,酒后找不到水,打水时又让水桶掉入井里,他"稍假思索",就撑住井壁,左一脚右一脚,踩向从井壁里突出来的石块,一步步下到井底,站在水中痛饮。

"人参哪。"副政委审视着琥珀色的谷酒,轻轻晃动酒杯,送到嘴边。他并未多喝。大家也喝得不多,这是因为下午还有事。乡长说:"毕政委你多喝点,喝醉我安排房间你休息。"又催政法委两位:"王科长、小徐,你们带个头,喝起来。"大家都知道他本意并非如此,之所以这么说,是为了尽地主的本分,不被说成是吝啬。这样的客套并非毫无意义,在缺乏人口流动性的小地方,一个人没有受到符合他地位的招待,几乎可以被自己视为重大的丑闻。我酒量很小,在流体状的谷酒通过咽喉落进肚腹时,一团火就"从脸庞烧到耳根"。后来,副政委说:"你看小艾脸都红成这样,要不我们算了吧?"于是有人去给大家盛饭。饭后,乡长和副政委各把左手心举到下颌前,用右手捏着牙签剔牙,去乡长办公室喝茶。两名政法委干部去探访一名退休同事。我因为是第一次来到今一乡,决定四处走走看看。那天的阳光照在身上暖洋洋的,我的脊背先是发热,后来感觉到刺痒。而风仍旧带着冷意,不过已经不是那种让人厌恨的刺骨的冷,人们仅只做了几秒钟防御,就放弃抵抗,坦然地接受它的抚摸。这样清新的风带有一股甜丝丝的味道。沥青路残破不堪,有的地方填着煤渣,穿着带毛领皮夹克的火工骑着载重自行车,小心绕过路上的潦水。很明显他是继承了自己儿子的衣服。车的后架悬挂两桶潲水,飘着一股难闻的酒曲发酵的味道。那就是我们刚刚吃剩下的东西,就一会儿工夫,它们就变得如此让人作呕。老火工脸绽微笑,郑重其事地对我点头。一上午只有他每分钟都在忙碌(有可能忙碌从昨天下午就开始了),现在他把潲水送向猪舍,之后还得给孙子做午饭。

因为口渴,我几乎在遇见第一家带围墙的单位时,就走进去。在乡下,一个像样的单位的标志就是砌有围墙,墙沿上端嵌入碎玻璃或瓷片,有的还铺设铁刺,以形成自己的领地和权威。我很清楚,在这种单位的后院,往往有一口水井。光线将我进入的这家单位的后院分成等分的两部分,一部分暴露在像细小的波浪一样起伏的阳光中,一部分笼罩在办公楼下的阴影里。水井围栏是用水泥砌的,突出于地面约有人的膝盖那么高,井栏外的防水层湿透了,说明就在没多久前有人打过水,并且打得过满,以致水大量地溢出。因为被淘米、洗衣的水和清澈的井水反复冲洗,防水层**"好像长了鳞片似的显得斑斑驳驳"**,不过正是因为这样,人们觉得它是一块干净得没法再干净的地方。在防水层外围搁着一个粉红色的塑料盆,浸泡着数件衬衫,盆上搁着搓衣板,放着剪开小口子的洗衣粉。水井外是菜地,生长着叶子肥大的白菜。这一切都敞露在阳光中。我迈上办公楼的后走廊,为四周的过于寂静惊诧。这种惊诧让我想起闯入白虎节堂的林冲,它意味着深入一种陌生,不仅地方是陌生的,就是气氛也让人感觉反常。我感觉环绕我的所有物质都在睁大眼,看着我走进一个它们知道然而无法告诉我的圈套。走廊被楼梯口分为两截,楼梯口那儿搁着一双鹅黄色雨靴。我从楼梯口正对的台阶逐级而下,走向阳光中的水井。我抓紧尼龙绳,把铁桶丢进井里。它侧躺在水面上。我甩动着绳索,使铁桶的巨喙多少能吃到一点水。这样甩动几次,它吃进的水越来越多,后来要不是我把它提起来,它都要沉向水底。我用手轮番抓着绳索,将满桶水提上来。在这过程中,有一些水像雪块那样坠落下去,重新回到母亲的怀抱——就像那些在海外留学的人看到来自祖国的宣传:回到母亲的怀抱。我记得将水桶提出来,蹾在地面时,又有一些水跳出桶外,发出啪的一声响,使地面变得更加潮湿。在我俯身掬水时,我的脸在晃荡的水波中显现出来。它比山间即将盛开的杜鹃要红,简直有对联那么红。

  就是在这时,我听见从身后不远处办公楼的楼梯上走下一个人。我停止饮水,扭头望去,一名年轻女性正弯腰解保暖鞋的鞋带,准备换上雨靴。几乎在我的头扭过去的同时,它就自己扭了回来,仿佛颈项里装有弹簧合页,让头可以像弹簧门那样在开启的同时就启动关闭的程序。这样匆匆地看上一眼也许和我们人类的习性有关。一位朋友的朋友,她是研究心理学的,翻开她正在读的《人类简史》,告诉我,"即使到了现在,我们的大脑和心灵都还是以狩猎和采集的生活方式在思维",我们的潜意识需要安全感,对很多事**"不得不给予注意"**,陌生人出现时我们会警惕地看过去,但我们又受教养约束，会不去注视很久。我感觉，对雄性来说，频繁地去观察，还有一个目的，就是发现潜在的交配对象。我整个扭头的时间不超过零点七秒，其中用来看的时间不到它的三分之一。然而就是这差不多只有零点二秒时间的观察，我敢说，比那些美术生围着一名模特整堂课整堂课地观察（他们从各个方位注视，在每一种光线条件下端详），看得还要丰富，还要仔细，还要心潮翻腾和刻骨铭心。她的头发很多，不过并不是像麦垛那样**"高高隆起"**，发丝散发着光泽，向后梳，在脑后结成马尾辫。她的眼睛像头发那样黑，有黑夜那么黑，眼帘生长着长长的睫毛，从这眼睛里射出的是直率和善良的光芒，它们尚不知道怎样去狡诈、冷漠和狠毒。她的鼻子窄而笔挺，鼻尖上没有任何赘肉。她有一张小的盾形脸，但这种小不是以牺牲整体上的协调为代价，不像有的人个子小而脑袋大，或者个子大而脑袋小，她的头是她修长身体和谐的一部分，它只能这么大。也许，上帝在造她的时候太过专注外在的比例，而忽视她有一块稍稍显大的牙床，这使得她的嘴唇微微前突，不过这无伤大雅，因为它还没有明显到成为缺点的地步。她穿着一身浅蓝色的制服。向属员派发制服的机构，都希望用威严、规范的服装夺去属员一部分甚至全部的个性和美，然而现在，与其说是这样一套制服驯服了她，还不如说是成全了她。她纤巧的脖子从扣紧的衣领里伸出来，在领圈和脖子间尚留有一圈空隙。乳房**"像一对肉色的翠鸟蛋，藏在柔软的窝里"**，微微撑起上衣胸部。上衣的下半截像窗帘一样自然垂落，显示她有笔挺的背部和细小的腰肢。能够想象那双修长的腿绝不是病态的骨瘦如柴，长在大腿上紧致而富有弹性的肌肉透过裤子时而显现出来，尤其是在她从楼梯上走下时，大腿这一块的显现就会变得特别明显，这明显的一块区别于裤子的其他部分，就像有时我们在被风吹皱的湖上会发现特别光明、特别平整的椭圆形的一小块水面。

水从我的指间全部漏了下去。在意识到她很明显是朝这边走来时，我的脸再次红起来，我很怕自己作为一个大上几岁的男人，在她面前暴露出自己对她有意的心思来。一会儿我想到我的脸因为喝酒本来就是红的，这后一阵红完全可以遁入前一阵红里，得到它的庇护，以它的家人的身份对外解释。可是我又想，用这一张红得像猴腚一样的脸见人，不害臊和羞愧吗？因此，我反复捧起冰凉的井水，浇向自己的脸，妄图使它在极短时间内降温。当我停止这一慌乱的动作并且站直身体时，看见她蹲在塑料盆边揉搓衣服。她把袖子挽得很高，双手戴着橡胶手套，一颗颗彩色的水泡从揉搓的衣服间升起。她的脸颊红扑扑的，鬓角有一些碎发不能随着头发的整体归置到后边。从她身上渗出少女肉身自然的香味。她的鼻子在轻轻呼吸，她脸上那些看不见的细小的毛孔也在呼吸，这些呼吸距离我是如此之近。我在这近处看到的，不过是确证了刚才远观她时所形成的印象和看法：我遇见了自大专毕业后所能遇见的最美的女人。并且她极大地缩减了美丽那千差万别、百花齐放的定义，使这个概念仅仅只符合她。我的心上蹿下跳。人们干完了一件事就得离开，仿佛这是必须履行的义务，哪怕他在别的地方也没有事做。我就是这样，我喝完水，站起身，几乎与此同时，就得抬脚离开这里。我从她身边无奈地走掉，而她的形象正像开足马力的蜘蛛，一次次将我的心包围。这种包围和缠裹是如此迅捷、严密，以致使我觉得自己再没有逃脱的可能。刚才，我是那么口渴，要到这里来打水，现在我确信，有一种心理上的饥渴，要比这种生理性的饥渴远为饥渴。

我们家是在一九九〇年春天进城的，那时我们瑞昌刚撤县建市。这次搬迁是在一种恐惧的心态下完成的，仿佛再晚一步，我们这几个孩子就要永远地变成和牲畜一样的乡下人。我的父亲——这个家庭的国王、船长和唯一的发动机——将主要精力花在我、我的二姐和弟弟的转学及如何在城里找地方继续开店上。他和他杰出的助手——我的大姐，认识到自己在城里举目无亲，也不懂城里人，还是应该去做那些乡下认识的人的生意，或者说，只能去做这些人的生意。他在市区南郊一个叫四季春的地方租下一间门面，开百货批发部。且说我父亲的精力被这两件事牵扯以后，就再无余力来考虑他的职位和我们的住房了。作为莫家药材站站长的他，级别相当于市医药公司某个科的科长，但调动后他只是被安排为中药科副科长。这样的人事安排反映了一种数学的美，就是每当你得到一点什么的时候，总是会失去一点什么，很多进城的人都付出降职的代价。我父亲用这个职位向公司讨到的住房，是一排平房里的一个小两室一厅，不足六十平方米，邻居多是皓首苍颜的退休职工。我和祖母、二姐、弟弟以及大姐一家三口住进去。我和弟弟睡的是白天合上、晚上打开的沙发床，有时打来的货堆在客厅，我和弟弟就睡在货物上。父母住在四季春的批发部。哥哥早在搬家前就在一中读书，一直住一中宿舍。在我的记忆中，祖父消失了，经过推算，我确定这会儿他正在九源乡度过自己最后一段优哉游哉的生活。这排平房距市政府只有一箭之遥，海拔却比它低三至四米。我每天离开平房，爬坡去上学，感觉像是从地下的低级世界来到人间。今天，这排平房及它紧邻的一条小港已经彻底消失。我记得雨季来临时，水从小港漫溢而出，使平房前后变成泽国，黄色的水面漂浮着草叶和粪便，我因为赤足把家里的东西往高处搬而罹患灰趾甲。

一九九一年秋天，出于再不能让我们住在蜗居的愿望，父亲在市区北郊农贸街的商品房推出销售之际，出资两万两千八百元买下其中一栋。房子几乎处于北郊的最北端，房后是一个村庄及归属于它的水田和森林。大姐一家三口搬入他们在荆林街买的二手房，哥哥考上山东矿院，我和二姐、弟弟、祖母搬入农贸街新家，不久祖父也搬入。我们搬进去时，三楼的墙砖和地面尚未敷上水泥，因为未通自来水而不得不聘人在屋内挖了一口井。我们和邻居抱着结识城里人的心态来走动，结果发现彼此无一例外都是农村人。多年后，政府也许觉得这条马路的名字——很多城里人装作是听错了，故意叫它"农民街"——像"黑人路"一样刺目，将它改名为桂林路。至今，这条路还是接待农民进城的一个"港口"，一些住户有了钱去城中买房后，将这里的房屋出租或转售给新的进城者。也就是在这里居住的几年中，我们未来命运的龙骨逐渐从沙丘下显现出来：祖父和祖母因失去乡下关系的保护，客居于县城，逐渐滑向疯癫或老年痴呆的深渊；二姐、弟弟没有考上高中，弟弟去当兵，他们将在未来更紧密地依赖父亲；我考上省公安专科学校治安系。

这两个住处都是临时性的。我们可以将第二个住处视为对第一个住处的补救，而补救者自己又带来新的巨大漏洞。因为每家都使用水井，地下水屡屡为之枯竭，同时，它距离市区遥远，**荒凉空荡**，公交公司没有开通到此的公交线路，人们进城得搭乘"蹬士"或"拐的"①。它距父母做生意的四季春就更远，路程达四公里。一九九四年秋季，在将我送往南昌念大专后，我的父亲开始考虑为全家买下一栋永居的房屋。也就是写到这

---

①蹬士：一种由人蹬踩、后厢带顶棚的三轮车。拐的：一种机动的、后厢带顶棚的三轮车，因为起初政府只给残疾人颁发客运执照，因此被人称为"拐的"。

时，我忽然清晰地看到父亲进城这四年多来所过的艰苦。并不是我以前没有注意到，或者说，并不是不知道，而是这种"注意"和"知道"被混入诸多的"注意"和"知道"中，它和其他很多事一样，既不显得**"无关紧要"**，也不显得格外突出，它从来没有获得被单列出来进行思考和面对的机会。即便，它有时被单独拎出来对人叙说，这种叙说也没有取得内心的响应，我只是对人说我的父亲很可怜，却不意味着我的内心也为这种可怜心潮起伏。人的秉性就是将注意力过度地投放在自己身上，至少我是这样。只有到了今天，到我写到这段文字时，我父亲进城后的一段生活，才像一出**"古典悲剧"**，从**"那些与剧情无关的东西"**里脱颖而出，**"变得明白易懂"**和让人震惊。我清晰地意识到他自进城后每个夜晚都睡在货物簇拥的狭窄的木板床上，被不卫生的环境、污浊的空气、蚊虫和寒冷反复关照，没有一次解手不是借用公共厕所，并且经常吃不上热饭。然后，他的身体在晚年受到残酷的报复，因为缺血性中风，他偏瘫七年，最终因为习惯性便秘招致的二次中风辞世，享年七十一岁。我记得在他死去后，一大股漆黑的血还撞开他的嘴唇，奔涌而出。尽管如此，我认为我在写这段文字时，为生命规律如此毫厘不爽地惩罚一个人所感受的震惊，要大过为父亲如此竭力地牺牲自己所感受的震惊。也就是说，一个人因为早年生活的艰苦而被病魔死死缠上，这件事带来的冲击力，要大过人性伟大所形成的冲击力。

这个巨大的牺牲者，在可以预见的生意差的一天，对批发部进行盘点。有时我们在人声鼎沸的商城行走时，会在路途中间看见某一家门店反锁着门，蒙满尘灰的玻璃门上贴着写有"盘点"二字的白纸，它就像繁盛的花丛中出现的一块墓碑一样，在人的心灵上制造小小的惊骇。而实情是，这表面看起来沉寂的一天，对商人而言，其重要性要超过一年中的其余三百六十四天，就像在宁静夜空下召开的遵义会议要比那些硝烟四起的战争重要一样。商人的盘点和政府的人口普查一样重要，它可以使决策避开"想当然""模糊感觉"的陷阱，变得更为精确。我们家开的批发部，店门由十六块樟木板组成，每天关门，都要抓着木板，对准上下两道凹槽，将它们依次推送进去，然后再从里边上闩。盘点时，我的父亲站在透过木板缝隙渗入的一道道光线里，一手翻动单据，一手按动计算器，不时在总单上记录一笔。之前，他和我的母亲、大姐已经对存货进行清点。他穿着松松垮胯的裤子，一整天地站在柜台前。在他脸上没有任何表情，这种没有表情并不意味着呆痴和没有生气，相反，它揭示出一种极度的投入。人类只有在两种情况下才会如此专注，一种是作为神父诚心诚意地向主祷告，一种是作为商人在算账，这时他们的脑海里没有任何杂念，没有女人、玩笑话、愤怒，也没有对自然（比如风）的感受，顶多，只是在某一个动作重复久了之后，他们才会感觉到身体有一点点酸胀。我的父亲计算出他所想要知道的所有数据（包括目前拥有的现金数目、货物库存数目、欠债数目、家庭支出预算、税费预算、追加或扩大投资预算），在感到稳妥的情况下，开始筹划买房。他想自己做生意太累了，要是房子距离批发部很近可以走路回去就好，另外它要大，住得下全家人，并且不能太贵。仿佛他刚刚这样一想，罗湖桥头就魔法般地出现了一栋四层的楼房，每层近九十平方米，售十一万元。就像它是意念的产物，而不是自己本来就长久存在那儿一样。

这栋房屋让我、我的二姐和弟弟心情复杂，从房屋所处位置和内部装修来说，它压根不能算好。它处在罗湖桥南侧，在阴惨的天气里瞧过去，像是孤零零地镇守在桥头的碉堡。桥下有一条死去的河流，河床长满杂草，河道中央有一条发光的细流，那是人们倒进去的小便和泔水，有时雨水也停潴在那儿。这条河是城市与郊区的分界线，穿过桥梁意味着走进城市。有好几次，我看见那些穿着蓝色的确良上衣和破皮鞋的农民，在路过我们家时连续猛烈地吐痰，搓掉鞋底那从停车场带来的泥浆，或者掸拂身上的尘灰，这样清嗓子、正衣冠完毕，才迈开自以为庄重的步子走上桥梁，去城市里。生活在这栋房屋里时，我常手中夹烟，站立于阳台，看往咫尺之遥的城市，并且想：我们一家花了那么大的力气来改变自己的命运，想成为那种无须宣扬和强调的纯正的城里人，却在这样的进化差几米要完成时，因为举动上的兴奋惊醒主宰者，而被判罚永远滞留在这途中，就像马塞尔·埃梅小说《穿墙记》里的杜蒂耶尔，在即将穿墙而过时，被永远"铸在墙心里"，我们没有变成城里人，而是变成一个城乡接合部的人，或者说没有变成人类，而是变成半人鱼、半人猴、半人马。房屋的一层有两间门面，长时间只租出去一间，租给大姐夫的亲戚卖种子。二、三层均为两室一厅，配有厨房、阳台和卫生间。四层除装了窗户，什么也没装，堆满我们家累次搬迁没有扔掉的东西，包括一架风车，这些东西上积满灰尘，可以用手指在上面写字。不将东西扔掉是祖父和母亲的一贯主张,我常批评他们把家里活活弄成垃圾中转站,人家垃圾还会中转出去,我们呢,就是让它们搁在这儿腐烂,发酵,白白地占地方。父亲的生活风格是"如无必要,勿增实体",比如,凳子既然能坐,没必要去刷漆;用碗就能喝水,何必添置茶杯;水泥地面已经很平整,无须再贴瓷砖。他如果看见头发凌乱,就伸手接点自来水,抹湿头发。他见牙膏瘪了,也不会着急扔,总是将牙膏皮像卷铺盖一样卷起来,为的是逼它交出最后一点存货,末了还可能剪开它。在他的统御下,这个家虽然不缺少什么,却也没有一处地方值钱。有时我想,我们家的全部家当,折抵起来,可能还不如有面子人家的一双皮鞋。父亲的举动,反映的并不是一个人要和享乐主义作战到底的决心,而是对禁欲生活本身的甘之如饴,我们从不敢向这位独裁者提出什么意见或建议,就是暗自议论或心里愤怒一下也不敢。

不过呢,好在这房子够大,这就使我们在对外介绍它时不至于过于羞涩。在县城,又有几个人有四层楼的房子呢?何况这时候我们家做生意的名声逐渐显扬,开始得到一些人的传说。受我父亲的影响,我的堂叔之一也进入四季春做批发生意,起先人们为了区分他们而把他们分别叫作"大老艾""细老艾",后来他们在这样的称呼里加一点点糖,使之变得像一顶尊贵的冠帽。有时候,我们还没有为自己并不穷做辩护,就有人先说:"你家是不是大老艾,生意做得几好噢。"

一九九五年初,我们家搬入这栋房子时,二层的两间卧室分别住着祖父母、父母,三层一间卧室住着二姐,另一间空着。这年夏天,哥哥大学毕业,分配回市矿产局,住进三层那间空的卧室。此后,二姐出嫁,哥哥辞职去杭州做程序员,退伍的弟弟和大专毕业的我住进三层这两间卧室。到二〇〇一年春,祖父已经去世两年,二姐的女儿出生一年,二姐仍然在药店卖药,弟弟尝试经营茶座,父母和大姐仍然在四季春的批发部忙碌,我从乡下的洪一派出所调回至市公安局办公室也有年余。每天中午是这个家族聚集得最全的一次。现在,在我写这段时,还能听见这个家庭每个成员回来的脚步声。他们先是旋转把手,拉开一楼侧门的防盗门,再推开虚掩的旧木门,走几步后到达楼梯口,将手伸进把守在那儿的另一扇防盗门的小孔里,从里边拉开拉闩。是那种上下楼梯。这些不同的足音出卖了每一个人的理想和生活风格,也几乎是无情地揭示了他们的命运。特别是在今天回望,就会更感觉到这种关联的精确性,仿佛一个人的命运全由他的脚步声决定一样,而实际上,它们只是同一枝条上结出的两朵花,一朵开得特别前,一朵开得特别后。十点整,祖母回来。我相信这位民国出生的文盲老太这样准时地回来,并不是因为她看了谁家的钟表或者问了谁到了几点,而仅仅是出于害怕,就像我们害怕误火车,而在没有闹钟提醒的情况下,能在凌晨四点准时醒来。祖母害怕回来晚了授人以柄,被我的母亲长时间地数落。她们常年相处一室,没有展开一句像样的聊天,除开发泄仇恨,眼睛也不曾对视。祖母总是抓着水泥楼梯的扶手,将她的一对小脚先后挪上台阶,然后抖抖膝盖,继续朝上挪移它们,就好像是背负着石块的奴隶勉力往上爬一样。她唉声叹气,不住地呻吟,倘若是一楼租户恰好到楼梯口附近的水池洗衣,她就会把她在街上已经宣扬几十次的话再次宣扬一次:"我真折毛(受折磨)啊,我又屙了起码半碗血。"她上楼后,去自己房里找到积蓄的果皮发皱的橘子,剥开吃,然后去厨房择菜。母亲会在十一点半左右从批发部回来,接管厨房。有时预见到生意很忙,她会提前一天交代我二姐,让我二姐替她回来煮吃。二姐是从两百米外老正街的药店回来的,她往上走时,脚步像第一次去法院大楼的农民或者一只兔子那样"**惶惶不安**"。她在很小时被我的父亲宣判为没用,判决是那样的深刻、残忍和无法挽回,好比是用一把利剑刺入幼鸟的脊背,使它再也无法飞行。我想就是父亲自己,也会为这次判决所展现出的巨大力量吃惊,就好像他只不过是一介皮囊,有一个"**邪恶而陌生的野兽**"借助他实施了这次惩罚。同时他也为我的二姐承受力如此之弱感到叹息。父亲在他漫长的一生里再也没有责备我的二姐。我们和父亲一样,倾向于将二姐视为弱者。在我的记忆中,二姐很少被请到议事中心,很少有人为她腾开一个位置,请教她:"你怎么看?"她就像是会场里的书记员,被那些争吵不休的议员完全无视,丝毫也不会被认为是他们中的一分子。二姐很多精力,就是花在向一群对她有成见的人证明自己有用上。有一天,她察觉到有一块领域极为重要,却形同处女地,家里一直没人重视,她因为近水楼台的原因可以担负起垦殖它的责任。她开始细心整理、记忆从媒体、同事和外地药品推销员那儿得来的"饮食禁忌"和"营养秘方",不仅仅是将自己塑造为知识的传播者，也将自己册封为这个家庭的卫生官，像逮坏人那样逮捕菜里有害的物质，裁决这个可以吃，但不宜多吃，那个完全不能吃，不是致癌就是对心脑血管有害。她只要做饭，桌上的蔬菜一定不会少过荤菜，并且每样菜都会少油少盐，这些菜在她的解释下，变化为铁、锌、钙、维生素C等我们应该补充的元素。后来她自然而然不吃猪肉，不吃转基因食品，不到万不得已不在外边吃饭。今天，我们在微信朋友圈常能看见一些人为了对亲友负责，频繁转发一些标题以"震惊""不看后悔"开头的养生文章，他们其实普遍善良，他们的善良让我想起二姐。我逐渐在二姐那畏怯的上楼声里面听到她暗自下定的要为家人规范饮食的决心。接下来是十二岁的外甥和我差不多同时到家，有时我们在门口相撞，外甥不看我，低着头，也不知道是对谁，潦草地叫一声"舅"，就上楼去了。他用这样的态度叫我，说明打招呼并非出自他本意，而只是因为受过我大姐的训斥："你怎么连舅舅也不叫呢？"外甥上楼时的急切表情让我想起电视上的飞天蝙蝠柯镇恶，他总是拧紧眉毛，沿着一条直线大踏步地闯向某地。用一个不雅的比喻就是：好像屁股里夹着一截屎一样。外甥到达二楼客厅的同时，将书包扔在我和弟弟曾经在平房睡过的绛红色的沙发上。沙发正对面立着一张课桌，课桌上放着一台闷头闷脑的长虹彩电。外甥总是快速拿起电视机前的遥控器，揿开电源，准确按出两个数字，找到少儿频道。他看动画片时的痴迷，世所罕见，画面出来后，他握着遥控器往后退，然后因为被剧情吸引而停止在半路，直到有人回来，他才将没有退完的路程退完，坐向沙发或凳子。就是在弯腰坐下去的过程中，他的目光也在盯着屏幕，只是用双手去摸坐具。有时他端着碗看电视，扒上几口饭，也不嚼，也不下咽，就那样把碗搁在下颌前把一集看完。我在他大概只有七岁时，曾经夺走过一次他手里的遥控器，他威胁我——"给我，你给我，快点给我。"——几次无果后，去厨房寻了菜刀，高举着来劈我。也就是从那天开始，我再不干涉他看电视了。我的这次让步，让我想起湘潭农民毛顺生，在他那未来十分著名的儿子威胁要跳进池塘后，他开始了对后者的妥协。我相信外甥用同样的方法战胜了他的父母和祖父母，从而获得毕生可以看动画片而不受责备的豁免权。接下来是大姐夫，相比于二姐，他更像是这个家里的主人翁，他或者已经打了一场麻将，或者预备着去打一场麻将。大姐总是凶着脸问他:"又去打牌了?"然后接下来同样凶狠地追问(与其说是责备,不如说是鼓励):"绰(赢)没?"于是大姐夫从裤兜摸出一把钱,说:"你看,一起是绰的,绰这么多。"后来,大姐也打上麻将,而且打得比很多人多,不过看得出来,她不可能沉迷进去。接下来是弟弟。弟弟回来是动静最大的,我们都听见他所骑的踏板摩托车在到家前进行最后一次加速。他别好脚撑,给车轮上U形锁,然后进门,他在进来的同时随手带上门,那哐的一下关上的声音使我想到童年时所挨的耳光,以至于能让正在三楼躺着休息的我,带着满头细密的汗,突然坐起来。弟弟总是把双手提到腰际,跑上楼梯。来到二楼客厅后,他"**手里拿着手套**",像一座塔那样站在那儿,对外甥说:"又在看电视啊?"后者微微歪头,不过目光并未偏离荧屏,答应道:"啊,舅。"母亲在做好饭后,要么自己在厨房先吃,要么打包带到批发部吃,去把我的父亲和大姐替换回来。父亲的后背驼得厉害,他穿过的衣服没有一件是在遮掩他的这个缺陷,而是尽量地去凸显它。要是到了天热,就能看见他前胸红红一团,因为干瘦而显出肋圈。不知道为什么他一直没有穿过合身的裤子,裤子总是大一号,襻带很多,为了不使它掉下来,他不得不系紧腰带。姐姐一般穿得洋气。女人爱美就是这样,她当然爱美,但这不是唯一目的,甚至不是主要目的,她需要跟住时装演变那不可理喻的潮流,而不至于丧失对市场趋势的判断和对顾客心理的把握。后来在父亲和她转行经营超市时,她开辟出整整一层来经营服装。父亲和大姐直到走进门,还在交流和商量从生意里衍生出来的无穷无尽的事务,他们自己也不会注意到,是他们中的谁拉开了防盗门。有时他们停在楼梯半路,直到就所议之事取得一致的看法,才继续上楼。有时即使在吃饭,他们还是在议论。他们的话语中充满他们很熟悉而我们很少听说的人的名字,和一些仅仅适用于生意场的名词和缩略语,这些不透明的单词像一块块不透明的厚石,将他们的事业围在墙内,变得神秘和令人敬畏。他们对待事业的庄重和热情,那种程度或级别,不会亚于卡尔·马克思与弗里德里希·恩格斯,或者皇室里的首相与国防大臣。

  客厅同时也是餐厅,在电视机和沙发的中间,摆着一张掉漆的红色方桌。桌子上方吊着一盏灯泡,后来被改换为日光灯,据说这样恰恰更省电。等到我的父亲坐好,接过我的二姐递上的筷子,端起碗扒好一口饭,并且将筷子伸入某盘菜肴，这顿午餐才会开始。菜总是比饭好吃，人们总是愿意只吃菜不吃饭，或者多吃菜少吃饭。在穷困的时候，这个家庭的先人制定出"只有吃上一口饭才能吃一口菜"的纪律，后来，即或不再穷困，出于居安思危的考虑，家长还是乐于宣扬这样的纪律。在父亲夹好菜的筷子往回收时，我们四五双筷子一齐戳向餐桌中心，很像是四五只猛禽张着长喙扑向被撕开的尸体。有时我们意识到自己挡住祖母，就给她腾出位置。她总是说："要得个。"意思是说她站在后边没什么，不碍事。现在回想起来，进入新世纪后，我们一家在这栋房屋度过的日子，具有空前的稳定性。家庭因为三个儿子未婚并且两个出嫁的女儿也有很多时间生活在这里，而没有被拆开；每个人普遍有一份职业，像祖母即便没有职业，也因为是医药公司退休职工的遗孀而能拿到一份保障；生活上想吃肉就吃肉，想穿衣就穿衣，每个人都处于较为健康的状态；每个回家的人，他的明天都变得可以预知，甚至连大姐夫绰多少钱也能大致预知，因为我们都见识过他牌技的"超群绝伦"。现在回望这段几乎凝滞不前的时光，会感觉它像是"**天边蓝幽幽的船只张着帆翼，一动不动**"，宛如"**摆在玻璃柜中的具有异国情调的夜蝴蝶**"。我曾经在圣托里尼岛上瞧见行驶在海里的白色邮轮，它像被嵌入在一大片深蓝色沥青的中心一样。要到我走过一段路，回头再望，才知道它移动了一些，而我更感觉是天空中有一只手小心将它捏住，移到现在的位置。

  这种稳定给家庭的主人——我的父亲——带去一种诸事皆宜的美好感觉，家庭成员也普遍心安。然后有一天，家里的人逐个意识到，这个家庭的次子——一个比较大的星体——逸出了他的轨道。上一次家里有人这样脱离自己的轨道，还是生活在农贸街那栋房子时，是在一九九三年。我记得在我的祖父发出惊恐的第一声呐喊前夕，我们在房屋内相遇时还互相招呼，这样的招呼和往日我们无数次打招呼一样，有着成色十足的亲热。但就在那个窗外尚存蛙鸣的寂静夜晚（它们无力的啼叫宛如有人用木棍刮动木鱼上的齿痕），在子夜，从这位老人的口腔爆发出一声"仿佛源自肉体最深处"的呐喊，喊得撕心裂肺。我想，疯狂的喊叫一定会使他从躺着的床上猛然坐直，这时，喊叫的尖部已经冲破天际，而尾部还只是刚刚脱离他的唇沿。我和二姐、弟弟听得心惊肉跳，从各自卧房跑向他的房间。我们揿亮灯，发现他两眼笔直，一只手抓着被角，一只手指着似乎存在于空气里的某个事物，呵斥道："走哇，你走。"我的祖母一边穿外套一边从另一个房间踮着小脚走过来。她说："你爹这是怎么了？"我们想祖父只是做了一场噩梦。噩梦如此抓人，以致在做梦人醒来后，他的思想、言语和行动还滞留在梦境中。我们或站立或蹲着，在他身旁频繁地叫唤他，终于使他回过神来。他一一辨认我们，核对我们的名字，安下心来，然后张大嘴，背靠着垫起来的枕头睡着了。我们没有把这件事报告给父亲。当初我们以为这只是祖父正常生活的一次出轨，而实情是，这差不多是他最后一次从那个疯狂的世界回来一趟，从此他就一直待在但丁·阿利吉耶里形容过的地狱世界里。当初我只能根据祖父的表现，推测出他大致遭遇了什么样的惩罚，就像我们根据"衣裙飘拂的褶皱"去想象"微微的海风"，或者根据钉子弯曲的形状想象锤子如何用力，或者据"凹"这个字得出"凸"。我看见可怜的祖父坐在床上不住后退，抓起枕头打想象中的敌人，或者三跪九叩，不停作揖，恳求对方的饶恕，或者拿头去磕门或者墙壁，或者，抓着脸痛哭，更多的时候，他都是指着什么东西，命令它们作为侍卫去阻挡恶神。我记得有一次他说："南京长江大桥，我命令你立刻垮掉，立刻，马上。"通过他后面含糊的言语我知道，他应该是透过逐渐散开的雾气，看见隆起的桥面上挤满反攻大陆的国民党军人，他们正从桥北的低处爬上来，要来江西省擒捉他。要到后来，我用手指在一行行字下移动的方式阅读《神曲》，才知道祖父具体受到哪些千奇百怪的惩罚。祖父这样日夜嚎叫，无限制地透支身体，曾使我们以为他只有三个月可活，但他坚持了六年。父亲送他去过精神病院治疗，后来去探视他时，受不了他像动物园里的猿猴那样哀鸣，又把他接回来。祖父的经历使我意识到，我们的身体绝不可能只经历一个正常的世界。我们所处的貌似宽阔、甚至宽阔到足可以让我们徜徉其中的正常世界，其实只是一个混沌、无序、漆黑，充满惩罚和毁灭的巨大整体的狭小一部分，它的小相当于地球之于宇宙、独木桥之于大海，它的脆弱相当于航行在太空中的飞机，能否安全着陆取决于机身的上万颗零件不出任何问题，以及飞行员在过万种操作方式中选择了唯一正确的方式。自从这种意识出现在脑际，我就不时受它的折磨。比如路经剪刀时，我不再认为它只是剪开绳索的工具，它也可能被用来扎破麻袋，刺穿眼球，剪掉麻雀的翅翼，或者在玻璃上划出道道痕迹，等等，简直太多了。或者，耳郭不仅仅只是像卫星锅那样接收音源，同时也便于别人和自己将它撕扯下来，血淋淋地丢向地面。一想到我们只要稍稍游离出一点正常的轨道，就会造成如此多、如此可怕、如此无法挽回的后果，我就会面色发白，额头出汗。在我感觉最痛苦的时候，我甚至在去给讲话的领导倒水时腿脚发硬，因为我害怕把开水泼到他脸上，又用茶杯照着他的脑壳猛砸。在我揭开杯盖把银亮的滚水倒入杯中时，几次听到邪恶之神的召唤："这是个好机会啊，这可是个好机会，你瞧他像被捆缚的牛羊一样，一点防备的能力都没有。"我几乎是咬着牙把水倒完然后迅速盖上杯子离开。我在撤离时心想：我可是差一点谋杀掉领导了。而我和这名领导没有任何仇恨，非但没有仇恨，还想和他亲近，每次在邂逅时，我都**"眼睛发亮"**，微笑着打开嘴，好在他询问时能及时地回答。后来我依靠远离容易使我想到不幸可能性的物体，以及散步、呼吸新鲜空气，逐步克服了这种痛苦。朋友，我不知道你有没有这样的心理经历？

且说在二〇〇一年春季，我们家里的人又一次意识到，家里有一个成员把自己关进自己的世界，对外在的事视而不见，听而不闻。这个出问题的人就是我。我还是在固定的时间出门，在固定的时间回来，虽说以前回家时我并没有表现得对这个家有多眷恋，但从脚步声里还是能听出我的放松的。在我的身上并不曾披有大衣，围有围巾，戴有手套，但在我上楼时，却好像能听见我在卸下大衣，摘掉围巾，撸下手套，准备等下躺在沙发上好好休息。但现在，他——我——回家的脚步声变得紧绷绷的，像幼马被拉往一个陌生的地方去一样极不情愿，就像这罗湖路三十二号再不是他的家，而是一艘将他载离他心里的家的轮船。他在这栋四层楼里每待一会儿，分隔的痛苦就增加一分，绝望也更多了一些。有人则听出他缓慢的脚步声里有着过度的沉重，就像那是一双铅腿。他变得容易长吁短叹，不是将手反复插向自己的头发，拧抓它们，就是微握拳头，将它敲向桌面。他比平时抽更多的烟，有时只抽两三口，就将它杵断在破碗改制成的烟盂里，接着又颤抖着点燃一支。一会儿因为被烟雾呛出眼泪，又把它扔掉，就像完全不会抽烟一样。他平时是极爱吃炒花生粒、煎鸡蛋的，容易让贪婪的眸子盯着这样的食物不放（同样在《人类简史》这本书里，解释了人们对高热量食物的热爱来自"采集者祖先的饮食习惯",因为在当时,这样的食物"非常罕见,永远供不应求"),现在即使把它们端到他面前,也无法取悦于他,他仅仅是象征性地吃上几口米饭。以前他多少会陪父母看一会儿电视,展开一刻钟到二十分钟的**"漫谈闲聊"**,但现在他早早就去洗澡,并且对水温是凉的一点也不在乎,就着冰凉的自来水淋浴完毕,他把自己关在房里,什么声音也不发出。到了凌晨,会听见他开门去卫生间解手,说明他一直没睡。

上一次他出现这种程度的异常还是在第一次读小学一年级时,他在人生中第一次系上皮带,因为不知道如何解下它,活生生地让一泡急不可耐的屎拉在裤裆。他像如今这样脸涨得暗红,一声不吭,低着头走过家人,回避和家人接触。吃饭时,他把饭碗端离餐桌,到门外吃完,再匆匆还回空碗。他在空气中留下热烘烘的臭气,那状如**"阿拉伯图案"**的臭气带反映出他行动的轨迹,他的母亲翕动鼻翼,感觉疑惑,很快侦破此案,在他卧房里逮到蹲在墙角的他。"是不是屎拉到裤裆了?"母亲问。他的羞愧在一瞬间达到顶峰,但因为听出母亲的声音里并无责备之意,羞愧也就顷刻烟消云散。他站起来用手背擦眼睛,号啕大哭。至今,在我回到故乡时,母亲碰见邻居,还会对他们指着我讲述我的这件童年轶事,事情未讲,先自笑得前俯后仰。"我的这个崽,你说几笑人噢。"她说。因为这件事,我被休学一年。

在夜晚,二层靠北的那间卧室,我的父母并排躺在床上,就时年二十五岁的我所表现出的反常展开讨论。与其说是他们敏锐地察觉到什么异常的苗头,还不如说是这种异常过于外扬,像煮开的水漫到灶台,浸湿了一整块地面,逼得他们不得不就此表态。"你爷,我总觉得住的这段时间太不正常。"妈妈说。父亲回答:"我脑子里就是在想这个问题。"

"你觉得他是为了么事?"

父亲的思考偏近于理性。他断定我有什么事想自己解决但完全解决不了,想向家中求援,又因害怕责备与惩罚而不敢开口。

"比如……"父亲说。

"比如么事?"母亲问。

"比如借了高利贷。"

"不可能，我的崽这么老实，怎么会去借高利贷？"

"可能借的时候不晓得背后凶险，听别人美言一句就借了。等反应过来，利滚利已经很大了。"

"不可能，我不相信，我崽还是公安警察。"

"越是公安民警，越在客观条件上容易接触到一些三教九流。"

翌日傍晚，在我起身就要离开二楼客厅，去三楼卧房时，父亲说："等等呢。"长年以来，我在父亲脸上只看见一种表情。在这种表情里，嘴角往下扣，脸往下拉，紧皱的双眉被推到额头前，像是生长在岩壁上的一对虬枝。这样严肃的表情宛如可怕的面具，罩在，或者说勒紧在他脸上。很多次，在他路经某处时，有人叫他"艾叔"或者"艾老板"，于是他猛然回头。喊叫的人微微举起怀中的孩童，让孩子和我父亲转过去的脸对视。果然，在经过一秒钟的愕然之后，孩子扑打着双手去寻找大人的怀抱，哇哇大哭起来。如此这般，屡试不爽。人们说："要说你的脸是真吓人。"我的父亲回答："是吗？"这张脸也给我、我的二姐和弟弟留下过于恐怖的记忆，我们在漫长的岁月中，多次不约而同地将父亲这张可怕的脸比喻为暴风骤雨来临前的天气。在我们成年后，都不愿意和父亲待在一块儿。有时之所以能促膝谈心，也仅只是为了尽一尽父子或者父女间的礼仪，其实在扯开话题的同时，我们就在寻找尽早离开的托词。这和去充满药水味的病房探望人差不多，都是身在曹营心在汉。这一次，我从父亲这张大黑脸上看见的却是一种臣仆式的热心的忧虑。我常在那些司机、秘书、下属的脸上看见这种"急领导之所急，想领导之所想"的表情。父亲半仰着头，朝我露出温柔的目光，摆出一副愿为我赴汤蹈火的架势。我想为了这一刻他准备了很久，他告诉自己一定要付出耐心和热情，只有这样才能撬开儿子那紧闭的牙齿，让他把事情说出来。我很感动，这是我第一次在父亲那里看见亲昵。而且现在的我可以作证，自从父亲这样亲昵地对待我一次后，他就无师自通，再也不舍得不对我亲昵。我停下脚步，我记得我的前腿微微屈膝，后腿笔直站住，我的上下嘴唇像被抛到岸上来的鱼儿那样一开一合。只可惜啊，这样的感动对这一段时间我内心所受的煎熬完全不起作用，它们是风马牛不相及的两件事。"你怎么了，看看我能不能出个主意呢？"父亲谦卑地说，摆出一副足智多谋的样子。

"我没事。"我摇摇头,踩下前腿的同时抬起后腿,继续朝我卧房的方向前进。这时我的母亲正捏着洗碗抹布站在厨房的门边偷听我们之间的对话。"我什么事也没有。"我补充道,其实说的意思是你们就别掺和了,你们解决不了。在我即将走出客厅那扇红漆木门时,听见父亲追问:

"你是不是得了艾滋病?"

原载《花城》2020年第3期

评鉴与感悟

精神的自视者

《遇见未婚妻》发表在《花城》关键词为"在县城"的专题中。经历二十世纪八九十年代在县城的繁荣后,而今,严肃文学逐渐撤出县城已是不争的事实。文学青年在大城市流亡,年轻一代不熟悉或早已遗忘县城,县城作为一个独立的文学空间,往往在城与乡的两个极点中被忽视。而那些对县城有着深厚记忆、深切体会却选择逃出县城的写作者,对县城的情感亦是复杂的。阿乙曾在采访中说自己"恐惧回到县城",人的意识被县城的"大众文化"所吞噬,而知识分子恰好拥有最为孤绝的意识,在县城,他们的精神不能服膺于流俗,没有存置空间。

文中的"我"尚且谈不上是孤独的知识青年,但是一次到乡里检查工作,对一个女孩一见钟情,"我"变得反常与躁动,未尝不是忽然意识到某种发自内心的驱动与周围世界其实始终在方枘圆凿。"我"发现,曾经熟悉的家不再是家,而是将"我"载离心里的家的轮船。"我"开始梳理自己的家庭:父亲艰苦工作,过度消耗自己的身体,梦想带领一大家人摆脱乡下人的身份,却不料将房买在城乡接合部,一辈子停滞于城市边缘——亦是乡村边缘。从"我"的视角望向城乡地带的市井人生,如影随形的边缘感溢出纸面,潜在的社会中转心态不可磨灭。

"我"的觉醒——或者用词过重,用"觉醒前的躁动"来形容比较贴切——使父母感到反常与猜忌。这本该是个冲突的故事,然而除了语出惊人、戛然而止的结尾,阿乙总体来说写得很收敛,甚至于从"我"顺水行舟的独语、惊鸿照影的直觉、反复打磨的生命感受中一度难以琢磨出故事本身的意图。城市并非阿乙的沃土,属于他的乡村矿源也已然枯竭,城与乡的两极划分使他的写作在一段时间内处于悬停状态。近来,在对普鲁斯特的《追忆似水年华》的重读中,阿乙得到了另一个丰沛的创作矿床的启示,那就是绕过地理式文学划分设置的障碍。所以他写县城,并不是将自己当作一个客观的社会描写者,而是尝试减弱叙事技巧、叙事结构与叙事圈套,由此向内转,将人的精神安置在天地的中心,描写为精神所反映和扭曲的世界。《遇见未婚妻》中可以窥见阿乙的转型,在文中,他引用大量《追忆似水年华》中的词汇、短语、句子,恰如其分地融合进自己的叙述里,浑然天成,似乎是在明示《追忆似水年华》对他新风格的影响。

《遇见未婚妻》如果说是"追忆似水年华"式的,那么一切都说得通了,几乎所有叙述都没有完整的情节,遇见那个女孩没有下文,父母的追问也没有下文,有的只是"我"通过"一些最普通的事物"将"精神上所念念不忘和耿耿于怀的东西"重新观照,从而让处于边缘地带的这个大家庭的全部——部分地展现出来。是的,从这些部分中涌现出的是浩浩汤汤的全部。

阿乙说:"一个全能的写作者结束了,一个精神上的自视者将要出现。"

诚如斯言。(张一川)

掩面时分

/弋舟

形势依然严峻,我竟和姜来见了一面。

即便被旷日持久的疫情折磨得日渐麻木,走上街头,还是会略觉不安,心中有股顶风作案般的生动的刺激感。

看上去,这次见面没什么必要性,我和姜来之间的友谊,就算在正常时期也谈不上特别深厚——我们做同事的经历都是三年前的事了。是她主动联系的我,在微信里用语音邀请我出门吃顿饭。本来寻常的事,如今都变得非同寻常。这"吃顿饭"的邀约,现在就像是拉着你一同去赴汤蹈火。可我没怎么迟疑就答应了下来。

也许的确是因为快要被关疯了。但我知道,促使我赴约的理由一定没这么简单。我只是无从将那种复杂的线头摘清,于是只有将其甩给最轻易的理由。人类行为线索的乱麻,基本上你自己都是理不清的。你不知道自己究竟为何冒雨跑到了空无一人的街上,你也不知道自己究竟为何在某个夏天的黄昏打起了寒战。你不能直视自己,既无那样的勇气,也缺乏超然冷静的神禀。更何况,如今世界都陷在了空前的迷茫里。

丽都广场前的露天餐吧我并不陌生,三年前,我和姜来供职的那栋写字楼就在近旁。远远地,当我望到餐吧支起的遮阳伞时,心里居然涌动起一丝慰藉。昔日重现,那滋味,就是重逢某个久违了的东西,而这个东西,此刻对你具有连你自己都未曾擦亮过的意义。"久违"与"意义",三个月前,无论如何我都是没法跟这家露天餐吧联系在一起的。因此我还放慢了脚步,不过是想延宕内心这种新鲜的、令人有些目眩的感受。

姜来已经坐在一张桌子前了。她要了杯水,在我看来仅是为了理直气壮地用水杯给世界一个摘掉口罩的理由。我从她身边绕过,坐到她的对面,一时间不知采用怎样的方式启动这个非常时期的谋面。还好,我也摘下了口罩。这简直是非常时期最高的礼仪。

两张一览无余的脸,竟让我们彼此都有一瞬间的尴尬。

我有些不自然地对她说:"周末好。"

她也有些不自然地笑了,问我:"今天是周末吗?"

我一下子拿不准了,好在她紧跟着也回了我一句:"周末好。"

我听出来了,其实她也是拿不准的。这有些美好。当大家对世界都拿不准的时候,世界一下子就显得没那么奇怪了。

她显然是精心打扮过,在我看来还有些过分精心,以至于都不太能和我的记忆对上号。三月末的天气谈不上温暖,可她已经穿着条紫色的纱裙了。

"不冷吗?"我说。

我控制了语气,但我仍然感到自己有可能是要冒犯到她了。

"还好。"她答道,表情反倒像是担心自己光着的小腿冒犯了我。

大家都有些心照不宣的小心翼翼。我又一次感到了有些美好,随之还找到了另外一条此行的动机,那就是,人和人交际时这种微妙的迂回与躲避,亦是我愿意重温的旧时滋味。

不曾想到,我们竟是从口罩聊起的。上帝知道,三个月来,口罩已经成了我不折不扣的噩梦。没错,我就职的公司的确在从事医疗器械的国际贸易,但这并不是我的错,那只是一份糊口的工作,和从前我们一起卖保险没什么两样。我不该承受如此蛮横的摧残——我们这个行当一夜之间成了风口浪尖上的重灾区,全世界的人都跑来跟你谈口罩,有口罩卖吗,或者买口罩吗?这买和卖的背后,是你以前完全无从想象的量级。不到一百天,从我口头周转的口罩大概有几亿只,然而事实则是,几亿只虚拟的口罩充斥在我的艰难日子里,让我焦虑不堪,但迄今却没有一只有效地兑现在了现实的交易中。

此刻，面对又一个说出口罩的人，我知道了，原来我顶风作案般地跑出来，最大的动机不过是为了暂时逃脱那令人绝望的荒谬。

"全世界都在倒霉，只有你们这行因祸得福，"她并不像是调侃，反而像是要令我开心的样子，"你卖口罩都卖到手软了吧？"

"都这么认为，我要是跟你说，我实际上却降薪了，你会信吗？"

我勉力想要给她做出点儿解释，尽量用舒缓的口气，跟她说说沉船时刻甲板上没有哪只烟囱会幸免什么的。但我说不下去了，感觉胃液已经翻涌了上来。

我的表情让姜来认识到了问题的严重性，她替我叫了杯柠檬水。

"呃，这个我的确不太了解，"她说，"嗯，你是有些消沉。"

这话我还是接不上来。我何止"有些消沉"，而且听上去好像从前我不消沉似的，那并不符合事实。

好在姜来没有等着我回应她的意思，飞快地转移了话题。她告诉我这段时间自己成了家里的全职保姆，照顾一个不足周岁的女婴足以让她无暇顾及轰轰烈烈遭难着的世界。听上去，她不是在诉苦，是在向我炫耀自己的幸运。我装作饶有兴趣，心里做着换算：如果在一个女婴和漫天的口罩之间做出抉择，此刻我会投奔怎样的生活？这很难，真的很难，不是因为两者都对我构成恐吓，而是我意识到了，世界给予你的选项原来就是没得选，要么你去面对女婴，要么你去面对口罩。这个发现令人松了口气，我想，这可能也是姜来约我见面的愿望所在，共享一下自己的困境，赋予困境某种"庆幸"的色彩，于是分摊掉实实在在的重荷。

在我们昔日的交往中，就曾经如此共享与分摊过。那时我刚刚毕业不久，拿了文学硕士的文凭，却只能跑到保险公司谋职。我天真地认为，学以致用，至少我可以用被文学史训练过的笔法去胜任一份文秘之类的工作，孰料直接被安顿到了实打实去做业务的岗位上。那是一个厮杀的疆场。我以为这很不幸，但姜来却让我相信这是幸运。她比我大七岁，当时在我眼里都算是一个长辈了。尽管和我所学的专业相同，她手里攥着的，却是博士文凭。博士都不用对硕士过多解释，在她的共享之下，我很快觉得没有被安排去做保洁已经是中了大奖。她从安徽来到北京，不用说，是上了某个男人的当，人生一下子被悬置在了古怪的区间里。她不能抽身了，只能顽强地浮动在好像是被规定好了的引力当中。她要留在北京。这里面肯定有赌气的成分，似乎要证明点儿什么。对此，我向她部分地分享了自己的境遇：与她的方向相反，我那时最大的目标是将自己从北京发射出去，无论是哪儿，安徽也行，火星当然最好。我有一个后父，麻烦到像所有麻烦的后父一样。两个目标南辕北辙的女人交会在了同一栋写字楼里，彼此分享了秘密，这个事实对我有效，我想，对她大概也起到了疗愈的作用。

卖保险原本也算得上是一份体面活儿，可谁都应该明白，世界上所有的体面活儿都不是那么实至名归，它们肯定会跟你想象中的不一样，跟教科书上的不一样，跟电视剧中的更不一样。当年我们被组织在同一个团队里，收入是以集体业绩来算绩效的。姜来的业务量比我大，尽管也只能算作是差强人意，但我总是觉得我在很长的一个阶段里，不仅分享着她的秘密，还分享到了她的劳动果实。我将自己视为一个不劳而获的受惠者，不免对她怀有隐秘的感激之情。因此，我还有种从业的不洁感，这种"不洁"之感，一直贯穿到了今天，不出意外的话，还将是我职业生涯毕生的滋味。就像现在，谁能想到呢，我这个医疗器械的国际贸易从业者，不过是在兢兢业业地做着虚空的数字游戏。

"我可能不该跟你扯这些。"姜来终于意识到了不妥。

我好像一直在等待她的这个意识的到来。不同的是，我并没有觉得她有何不妥。就是说，我并没有感到不适，我只是认为她应该会有可能意识到她所说的话题将引起我的不适。所以我就不动声色，在等着她的这个意识降临。

三年前姜来陪我堕过胎。你瞧，现在谈论一个女婴，对这段往事有可能构成影射。

医院是她替我选的，以我之意，本来是想找个小诊所了事。这里面当然有捉襟见肘的经济考量，但事后我审视过内心，承认还有某种自弃与自毁的冲动在唆使着我。从手术室出来后，姜来陪着我在空空荡荡的医院走廊里坐了很久。她坚持选择了这家费用昂贵的医院，和我一起在黄昏中感受走廊高耸的立柱投射而下的粗壮倒影。昂贵当然有昂贵的道理，我是没有见过哪家医院的空间奢侈得宛如圣殿一般深阔，连柱子都做成哥特式的风格。外面已经是盛夏的季节，我们置身的"圣殿"温度适宜，肯定谈不上寒冷，而我却打着剧烈的寒战。说起来这很好理解，我刚刚被掏空了。但这肯定不是唯一的原因，它只是更显而易见。

她握着我的手，劝慰性地对我说出一些令人咋舌的知识。男性的精子对女性来说是异性抗原，按照移植学说，这个外来的抗原会受到排斥，绝大多数女性怀孕后并没有流产，原因是母胎免疫耐受机制的存在发挥了作用，但是，如果这个机制不够完善，那就有可能会出现流产。她当时就是这么告诉我的。可这跟我眼下的处境有什么必然的关系呢？我想，她事先一定专门补了课，否则她不可能如此专业，即便她是一个文学博士。她也的确像是在背书，脸上是知识未曾消化过的费劲表情。

"还有另外一种状况，"她认真地说，"那就是偶发性流产，发生了自然淘汰，淘汰率达到百分之五六十。"

这很神奇。不是吗？我不能确定她的科普是否准确，也不能确定自己是否真的准确理解了人类生育的规则，我只是觉得自己被有效地说服了。既然那是一个高达"百分之五六十"的人类事实，你还有什么理由继续打着寒战呢？"自然淘汰"这个词发挥了效力，那就像是在说花开花落与春去秋来，是在说自然那庞然的意志与你那只能的逆来顺受。就算你刚刚经受的，是一个血淋淋的非自然掏空。

我拿不准自己是否曲解了这堂生殖课的真谛，就我当时的理解，我认为有许多流产是在连你自己都不知道的情况下发生着的。自然在悄悄地搞着神秘的平衡，这赋予了事情不由分说的色彩，它在源源不断地淘汰着胎儿，女性的身体不过恰好是一个搬运现场。这样的认知，一直保持到了今天。

那天黄昏，我在夕阳的余晖中渐渐平静。姜来始终把我的手握在她的掌心，循循善诱。我从未对她表达过谢意，就好像我们不曾想过要对大自然表达点儿什么，直到有一天我不告而别地离职。

是的，在大多数时候我都显得冷漠。但我知道，这只是当我必须向世界描述自己时，能够用来保护自己的最安全也最廉价的一个说辞。我知道自己有多不讨人喜欢。除了将一切推诿给那天赐的性格本身，我没有力量与胆识坦陈自己所有的深情或者绝望，当然，还有愚蠢和贪婪。

我们那时就是处在这种不温不火的友谊里。有时候一起在天台上抽支烟，有时候一起在丽都广场前的露天餐吧吃顿饭。她原本并不抽烟，是跟着我才染上了恶习；我原本也对意大利面毫无兴趣，跟着她，才开始觉得原来也还不错。现在盘点一下，我觉得我从两个人之间的友谊中获益更多：我教会了她一个恶习，她拓展了我的味蕾。何况，那时的饭钱基本上都是她出的。这个认知此刻令我惭愧，我想要对她释放出适度的善意与热情，如果有可能，我还想向她道歉，请她原谅我无可救药的冷漠，并接受我笨拙的示好。可是我真的不知从何说起。

戴着口罩的服务生端来了食物。原来她在我到来之前已经提前点好了。这没什么问题，本来就是简餐，薯条、鸡翅、意大利面。从前她就是这么干的。

"保险餐。"我脱口说出了自己的心里话。

"什么？"姜来显然听不懂，"噢，应该是保险的，现在能被允许营业，应该就是保险的。"

她会错意了，我并不是在担心食品安全。"保险餐"只是我从前在心里对这组食物的一个命名，除了对应着彼时我们从事的行当，还隐含着某种内心的感受，它代表着妥帖、恰当、心安理得和不事声张。由此，你该明白为何意大利面会让我觉得也还不错了，因为它介于可口与难吃之间，刚好是一个能够下咽却也能够微弱奖赏你味蕾的口感。谁都吃不下太难吃的东西，但我的舌头也消受不了过于丰盈的犒劳，那样会吓到我，让我觉得自己是在染指不切实际的幸福。所以遇到团队聚餐的时候，我基本上都会找个借口缺席。姜来却不行，她的年龄在我们当中算是大的了，于是就承担了团队成员对她"大姐"的预期，十有八九，大姐姜来都会配合着大家的兴头。无论谁做成了单子，大家都要去找地方集体庆祝一番，吃顿火锅，或者烧烤，这个不成文的规矩发展到后来，没有单子，有了意向，也得去吃一顿。我因此承受了更多的难堪，婉拒时难堪，第二天见到大家时也无端地难堪——仿佛每一个人的嘴上都还泛着油光，而这油光辉映着的，是对于一个孤立者的讥讽。

"我一点儿也不担心它的安全。"我抓起一根薯条塞进嘴里，脑洞大开地对姜来说，"它们就像杰西卡一样的安全。"

"杰西卡？"姜来怔了一下，马上反应了过来，皱着眉阻止我说，"你最好还是别用手吧。"

杰西卡也是我们曾经的同事，是团队里最小的成员。她那时刚刚本科毕业，学的是金融。她来卖保险才是真正的学以致用，但实际上，却比我这个学中文的都更像是入错了行。她太独特了，总是让人感觉处在一种行将闯下弥天大祸的紧张之中，本来并不很白的皮肤，由于神经紧张的缘故，常年像是涂抹了不太均匀的粉霜。我用了不短的时间，才把自己心里的感受对上号——杰西卡看上去像一件树脂做的、那种所谓的前卫艺术品，不能简单地以美或者丑来理解，但是有强烈的感染力。和你说话时，你会感到她随时会哭泣起来，泪光在她的眼睛里闪烁，让你难以判断这是事实还是幻觉。要知道，你跟她谈论的可能只是早餐吃了点儿什么，这并不构成哭诉的理由，可她的确是发出了哭腔，于是你只好跟着陷入紊乱里，开始怀疑是不是自己出了问题。她和大家的交流几近于无，谁都不想惹她哭，以至于"杰西卡"这个英文名字完全抹去了她的本名。大概每个人都琢磨过，如果你非要去向她求证一个中国名字，势必会搞出惊天动地的哀恸，她会哭泣，直至在哭泣中融化。大家的心里有着共识：紧张不安的杰西卡却是团队里最安全的那个人。只要你别去跟她多说话，她就是空气一般无害的存在。

既然说到了安全，只能说明不安才是那个小团体中最普遍的情绪。警惕让每个人的寒毛都耸立着。当大家被以团队精神的名义组织起来时，也只能说明充满敌意的竞争才是最大的事实。我也被人从手里抢走过单子，也被客户下流地侵扰过，个中曲折，肮脏到我都不愿再去回忆。但我能够记得有那么几次，因为羞辱之感，我跑到天台上去不可遏制地呕吐。这让我害怕，除了呕吐，从天台上纵身跃出的冲动也伴生而来，那可绝不是个形容和比喻，既然呕吐已经是纯然的生理性行为，那么跳楼也就极有可能不再止步于一个念头。我甚至会这么认为：公司将杰西卡安排在这个团队中绝对是一个英明的决策，也许，在每一个团队里都会有一个杰西卡，她的无害，就是用来舒缓大家情绪的，类似军队里在硝烟后给大家唱歌的文艺兵。

"安全的杰西卡。"我不由得又自言自语了一句。

杰西卡的处境构成了对我的安慰。我还能婉拒难以适应的团队聚餐，而她连拒绝的选项都没有，只能脸色苍白地尾随集体的纵队，如同被一群野蛮人从战场上掳掠回来的人质，惊恐而无辜地看着他们狂欢，甚而还要惊恐地为他们奏乐助兴。

"事实也证明了，她也并不是那么的安全。"姜来说。

她的表情一下子变得让我有些陌生，好像戴上了无形的口罩，人应该还是那个人，但看上去，变成了另一个人。

"是，所以这才是最让人震惊的。"我说，一边用眼神质询她的状况。

姜来歪头笑了一下，表示她没什么问题。

那"让人震惊"的事，是指有一天杰西卡被一群人堵在了公司里，她被指控拐走了别人的丈夫。

团队周五下班前都会开一个例会，这时候部门经理就会露面。我们的经理姓刘，一个三十来岁的女人。迄今我也没有获悉她的名字。一方面，可能是我并无这样的需要，我压根不想知道她叫什么；另一方面，可能这也是公司想要达成的效果。我不觉得她是一个真实的人，在我眼里，她更像是一个符号，代表着组织、管理、纪律，还有分配原则什么的。她长得并不漂亮，但颇具说服力，那是一种泡沫聚苯乙烯之类的合成材料塑造出的魅力。

刘经理在那个周五的黄昏又一次出现了。大家已经分坐在会议桌两侧。我的身体仍未康复，堕胎后我压根没有休息，似乎让自己硬挺住这个行为本身才是一个正确的自愈良方。而且我也怀疑，自己是不是真的能够康复，或者干脆就不需要康复。杰西卡恰好坐在我的对面，一贯的脸色苍白。她的双手放在桌面上，面前摆着打开的笔记本，没谁要求，但她总是在例会的时候认真地在小本子上做着记录。

刘经理进来后直接坐在了她的位置上，一言不发地大约坐了一分钟左右。她用手指叩了叩桌面。这是一个信号，会议室的门应声推开，公司保安的半个身子先露了下头，随后，他放进了那队人马。

"那天像是排练好的一出戏。"我说。

这就是我当时的感受。一切都极具仪式感，仿佛彩排过一般，像是舞台剧，逼真地模拟着生活，但又时时强调着，不，这是精湛的表演。也有可能这只是我的主观感受，谁知道呢，那时我湿漉漉的，感觉自己的身体仍然在持续不断地"自然淘汰"着，这种状况，也难保不会被幻觉蒙蔽。

至少在我看来，涌进来的追责者并不吵闹，每个人的腔调都是清晰而夸张的，丝毫不杂乱。因此，原本应该显得比较复杂的事件，居然被我很快理解了。喏，杰西卡的一位男性客户失踪了，而她，是有迹可循的责任人中最后一个与此人联系的。现在，她需要交代出失踪者的去向。

"我也是这种感觉。"姜来说。

她一边用叉子挑着意面，一边用手撩起垂下的头发。我发现她变得迷人了。

"现在我还会偶尔想起杰西卡的那个回答。"我说。

没错，那个回答神奇极了，既是一个确凿的答案，又是一个崭新的提问，基本上，你可以说它是一个"命题"。杰西卡竟然没有哭泣，她竟然显得空前的镇定与平静。她一边说，一边在小本子上写着什么，好像是在同步记录着自己所说的话。这让她显得有些漫不经心，又让她显得有些郑重其事。

杰西卡承认自己三天前与这个男人一同吃了饭，并且，也知道他去哪儿了。

"她说，"姜来复述出了这句话，"——他去一个朋友的家了。"

看来她也难以忘记。

一个两三岁大的男孩跑到了我们桌前，他把口罩戴在自己的脑门上，连带着把眼睛也遮住了。

"回来！"他的妈妈在后面大声呵斥。

他去一个朋友的家了。没错，杰西卡当时就是这么回答的，给人的感觉是，她完全掌握那男人的行踪，而这个掌握，像是一个只有她才能够拥有的特权。——嗯，他去一个朋友的家了。连我都因之产生了希望，接下去，就等着她告诉大家这个朋友的家在哪儿了。

"但是她也不知道这个朋友的家在哪儿。"我忍不住笑了，不，不是觉得滑稽，是被某种悲伤的东西猛烈地触发了笑点，"何处是那朋友的家？这都像是一个哲学命题了。"

"你会同情她吗？"姜来看着我问。

我抓紧吃掉了一根鸡翅。

"我也说不好，可能我也被现场的气氛给搞蒙了。至少，我是不反感杰西卡的，我想，我们所有人大概都不会反感她。没错，为了签下单子，她竟然也使出这种手段去接近客户了，但这不是每个人都心照不宣的秘密吗？知道她也这么干了，我会感到有些心痛，可这心痛又不太像是在同情她，反倒有些像是在可怜自己。我也说不清楚，总之，我经常会想到她最后的那个回答，她简直就是很认真地把一个谜语当作答案来看待了。她肯定确信自己知道那男人的下落，而这个下落就是——他去一个朋友的家了。至于这个朋友的家在哪儿，并不是她要求证的问题，她认为她已经得到了答案。"

我也不知道自己为什么竟然变得有些激动，更没指望姜来能听明白我是想表达什么。老实说，我也不知道自己想表达什么。

"我知道你在说什么，"姜来这么说实在令我意外，"你是在说软弱者的无助，当强悍的世界完全令人招架不住的时候，弱者会沉入自己的逻辑里。——这让你感同身受。"

"是，好像是……"

我真的有些发抖，向后靠在塑料椅背上，环顾一番四周，好像这样就能把疫情都给解决掉了似的。

"对了，刘经理叫什么？"我随口抛出一个问题。

"刘经理？"姜来咬住叉子，说，"刘经理，她的名字叫刘经理。"

我开怀大笑起来，连嘴里的薯条都掉到了胸前。

姜来放下了叉子，开始用餐巾纸擦嘴。我真害怕她随后会戴上口罩。

"那么，你想过那个朋友的家在哪儿吗？"还好，她又把叉子拿起来了，"对于这个答案后面的答案，你从没感到过好奇吗？"她再次埋头吃东西，一边吃，一边问我。

"好像没有过。那不该是我关心的事儿……"一瞬间，我剧烈地意识到了什么，我能感受到她身上的坚定性，那是一种天生所具有的类似禀赋一样的东西，那是一种能量。"好吧，"我竟是一种认命的心情，"他去了你家，你就是那个朋友。"

"严格说，不是家，你知道，那时候我也是跟人在三环边儿合租了一套老式房子。"她头也不抬地说。

"你不是在逗我吧？"

我知道她不是，我只是好像还不甘于失败。

她依然低头面对着食物，就像当年杰西卡低头面对着小本子。

"好吧，那么，你是知道那男人下落的喽？他去哪儿了？"我知道这并不是我关心的问题。

"是的，我知道。"她一根一根地挑着面条往嘴里送，"他在我那儿过了一夜，第二天就走了。"

"去哪儿了？"

"他去一个朋友的家了。"她停顿了一下，补充说，"分手的时候，他是这么跟我说的。"

这个答案一点也不让我惊讶，或者说，我是被某种更大的、我完全无从想象的惊讶罩住了。即便现在她抬手把一只口罩塞进嘴里吃下去，我也不会感到惊讶。

"他就是一个谜面的制造者，给一个又一个他经过的女人，都留下了不可追问的去向。"我不是在跟她说，我是在跟自己说。

对，就是不可追问。姑娘们都止步于他给出的那个"命题"，因为继续探究，已经超出了她们的权利给定的边界。

"的确，他很吸引人，甚至可以说有股魔力。我想，杰西卡接近他，并不完全因为他是一个潜在的大客户。至少，这不是我的全部原因。没错，他太有钱了，风度和教养都很好，而且看上去很有保险意识，简直就是为我们量身定做的目标人群。但我不会跟所有这样的人都去上床。"姜来说。

"可他使用自己的魔力跟你们都上了床。"

"他应该不是故意的，是杰西卡主动撞上去的。"

"怎么说呢？"

"杰西卡偷看过我的记事本，她给我正在谈的好几个客户打过电话。"

不可避免，我的眼前浮现出杰西卡那前卫艺术品般的脆弱神情。

"我一点儿也没有责怪她的意思。我知道她有多艰难。我其实还会有些替她担心。这个男人，早晨从自己的太太身边离开，道别时，告诉自己的太太他去一个朋友的家了；他在傍晚和杰西卡吃了晚餐，分手时，同样告诉她自己去一个朋友的家了；然后，他到我那里过了夜，在第二天的清晨对我说，他去一个朋友的家了。就此，他走进了一个闭环里，或者是一个俄罗斯套娃里，不知所踪。但女人们的日子还得过下去，他的太太不会有什么大问题，你看，我也不会，但杰西卡就说不准了，她依然活在现实里，可意志已经被绑架到另一个维度里了。"

"没准谁都差不多，和现实脱节，属于一个世界，却在另一个世界。"

"没听懂。"

"我也不懂。"我说。

其实我大致能懂，譬如，当年姜来人在北京，却不属于北京，我在北京，却属于火星。

姜来终于不再吃了，但也并不看我，而是侧脸看着不远处那个将口罩当帽子戴的小男孩。

"你还是老样子，穿什么都像个学生。"她说。

我低头看了眼自己的腿，发现自己都不知道自己原来穿着条运动裤。其实这是条我的睡裤。

"不知道杰西卡现在怎样了。"她招手向服务生要了两杯生啤，"跟你一样，她在第二天也不辞而别了。——你为什么离职呢？我一直有些猜不透，只是没问你。"

姜来直视着我，这不对劲，她显得有些咄咄逼人。有一股暗流在我们之间升起，女人的敏感可能让我们都意识到了点儿什么。

我再一次忍不住大笑起来，完全莫名其妙。

"我去一个朋友的家了。"我这么回答她，笑得上气不接下气，觉得这个回答真的是绝妙极了。

"去你的！"

她也跟着笑起来，跟着也上气不接下气了。

直到两杯生啤摆在了眼前。我们碰杯，各自喝下一大口。我心里的祝词是：嗨，祝贺你，你留在北京了，而我，还没有被发射出去。

离职后，我和姜来保持着断断续续的联系，她结婚时通知了我，但我没去。她嫁给了一个大学教授，是她读博时的同门师兄。这位师兄成功地杀入了北京，就职于一所高校，于是山重水复，姜来借此实现了自己的目标，在北京也属于了北京。她依然在卖保险，不过也成了只是出现在周五例会中的姜经理，可能也在经历着淬变，正在"泡沫聚苯乙烯化"。她生孩子的时候我去医院看过她，我们一同坐在医院的走廊里，在立柱的阴影中感受神的光环以及自己的平凡，我感到自己的下身湿漉漉的，猜测自己再度经历了一次神不知鬼不觉的自然淘汰。

"你知道吗，我得感谢你。"姜来又一次举杯。

我和她碰杯，把她的话也当作一句客气的祝酒词。

"跟着你来这儿我才喜欢上了意面。"她说。

"什么？"我有些恍惚。

"这种食物蛮神奇的，嗯，像安慰剂。"

我大约能够明白她的意思。我只是想不起最先究竟是谁带谁来的这儿。

"是我带你来的？"

"你不记得了？那天下雨，我在公司楼下遇到你……"

我记起来了。那天下大雨，我从写字楼冲进了雨里，街道上空无一人，当姜来从一辆出租车里钻出来时，给我的感觉，就像是撞到了世界上唯一的那个幸存者。她也没打伞，不远处露天餐吧的遮阳伞就成了一块天经地义的避难所，让我们不往那儿跑都不行。

"我没跟你说过，那天我是从一家私人会所跑掉的，几个男人想欺负我，恶心极了。你可能想不到，当我看到同样湿漉漉跑过来的你时，心里有多安慰。那顿饭救了我，薯条、鸡翅、意大利面，简直就是上帝亲自下厨专门为我做出来的。它们就是这个世上属于我的食物——你可能觉得我这么说太夸张了，但我当时就是这么想的——有一种跟你匹配的东西，不多也不少，你就不再是孤立无援的了。"

"祝贺你。"我竟说出了这么一句。

但我真的是想祝贺她，至少她得到了安慰，并且还记得这一切，能够相对容易令人理解地描述出来。而我，压根无从说起那天自己究竟为何冒雨跑到了空无一人的街上。

世界何曾太平过，不戴口罩的日子里，每个人不是照样深陷在各自轰轰烈烈的平庸的困境里？

"那时候我真的挺难的，"她说，像是要对什么做出解释，"还好，房东人不错，答应我半个月付一次租金。"

我竟无言以对。她不需要对什么做出解释。她连房租都付不起的时候，却带着我去了圣殿一般的医院。这才是问题所在。

喝光啤酒，我们起身道别。略微迟疑了一下，我还是向姜来伸出了手。两个女人的手在严峻的时刻坚定地握了握。我们之间的情谊，不会因之变得更加深厚，那本来就不是我们之间的方式，我们没那么开头，就不会那么发展，我们只是撞在了雨里，一起分摊了漫天的大雨。大雨淋了两个人，就比只淋给一个人的份额少了一点儿。但这就到头了，你从来都只能相信，每个人的悲伤都是各自独立的，它们隔绝无依，并不能彼此交汇。

戴上口罩的姜来显得很轻松，就像一半的不轻松被遮住了。我想，在世界停顿下来的这个当口，掩面时分，大家都该趁机清理清理某些悬而未决的往事。她认领了那个男人"朋友"的身份，有理由轻松起来。我也好了许多，如果见面那会儿我是"消沉"的，那么，现在至少看上去应该不那么消沉了。

目送着姜来离开，我并不急着回去。她回去是面对一个不足周岁的女婴，我回去，是面对漫天飞舞的口罩外加一个麻烦的后父。对面诺金酒店的玻璃楼面在三月的辉光中熠熠闪亮。我在广场的花坛前坐下，看着那个乱戴口罩的小子到处瞎跑。有几次他都冲到我面前了，我都做好了即将被他撞翻在地的心理准备。可最终他也没有撞到我。

所有发生了的事情，都是你没有防备的事情。

有一件发生过的事情，我刚刚没有告诉姜来。它在一瞬间都跑到了我的嘴边，可我终究还是没说。大概要是说出来的话，太像是一笔交易——喏，我跟你说个秘密，你也跟我说个秘密。这太小儿科，也有失严肃。况且，我们大概也都过了那种分摊大雨的人生阶段。重要的是，这件事不像是件真事。

但它的确发生了，因为我毫无防备。

导致我堕胎的那个男人出现在一个午后。我往写字楼里走，他在身后喊住我，用一种狩猎者胜券在握的口气对我说："你是姜来的同事吧？"我们就这样认识了，事情由此发生。他有一种天赋，就是会让你相信，只要稍微再坚持一下，他就能帮你把自己从北京发射到火星去。

离职后，我竟然还顽固地追踪过他。我找到了他的公司，也找到了他的家。我站在街边观望与等待，如实说，好奇多过痛苦。我可能只是想搞明白这世界是如何运转的，那么多意义非凡的事该如何让我去勘透本质。这个过程并没有花费我太多的力气，他在十天后就回到了自己的家，进门时的背影就是一副刚从朋友家归来的架势。这个结果让我觉得索然极了。他永不回头就会成为一个奇迹，就可以让姑娘们永远将自己的伤口美化下去，一直假想着被人当回事，或者曾经那么接近过火箭即将发射的一刻。但是他从朋友家串门儿回来了，精疲力竭，手里拎着带给家人的礼物，不是鲜花那类的东西，看包装袋，像是提了堆热乎乎的麻辣烫。

没有神的光环，只有你的平凡。

我没有因之搞明白世界是如何运转的，对我而言，意义非凡的那些事，也照旧闪闪发光地意义非凡着。这并没有摧毁我。我只是想明白并且承认了下来，一切其实并没有那么叵测，当我们前赴后继成为他人的下一个"朋友"时，或多或少，都怀有"签下一单"的心情。

这当然很残酷，可理解了自己之后，我才能平静地、甚而是不带羞愧地去容忍自己与理解世界。为此，现在，就是此刻，我都能穿着睡裤在三月的春光下轻盈起舞。世界当然还会重启，到那时，势必还会有人源源不断地离我而去，形成新的闭环或者套娃，也会对我说一声：我去一个朋友的家了。而我，就可以如同代表着自然的意志一般，勇敢地发出神圣的质询：

何处是你朋友的家？

原载《小说界》2020年第4期

评鉴与感悟

在停顿的当口

戴上口罩，掩面时分，人与人之间仿佛隔一片海相望，世界被惊涛骇浪淹没，人类却因此停止了从出生以来便没有目的的航行，在"停顿下来的这个当口"，试图"趁机清理某些悬而未决的往事"。这是弋舟以疫情为背景写作本文时秉持的态度。他没有采用宏大的、悲壮的叙事，没有聚焦于轰轰烈烈的热点，而是落笔于节制的生活细流，文章通篇流淌着轻盈、诗意与淡写的哀伤。

庚子年这场令全球震荡的疫情，对一些人来说是焦头烂额，比如决策者、医护人员、志愿者，他们被裹挟在病毒蔓延的速度里步履匆匆，忙碌作战。站在宏观的角度，以他们为人物书写这一场灾难是有风险的，作者的经验与印象时常会因为种种因素的干扰而显得不那么真实可信。然而延宕之后的写作，又或许会遗漏许多细节。《掩面时分》创作于疫情前景尚不明朗之时，面对这一写作困难，弋舟另辟蹊径，关注到除了出现在新闻中、为缓解疫情加速奔跑的抗疫英雄以外的平凡个体，捕捉生活中的琐碎芜杂，展示了普通生命的生存状态和精神困境。

事实上，世界失控的时刻，绝大多数人反而被迫停了下来，只有安静等待一条路可以走。人间是如何运转的？在人间丧失固有秩序以后，文中的"我"才开始重新思考这一问题。疫情形势严峻期间，"我"和姜来谨慎地见了一面，彼此戴着口罩。交流是契机，"我"先是不敢"直视自己"，随后似乎认清了世界，最后与自己和解——平静地、不带羞愧地容忍自己。谁能说我们所处的时空绝对规则井然？谁又能保证我们生活在一个绝对真实的世界？姜来说，杰西卡依然活在现实里，可意志已经被绑架到另一个维度里了。"我"想，大概所有人都是这样，和现实脱节，属于一个世界，却在另一个世界。2020年命运多舛，许多人产生进入迷幻时间的眩晕感，那些笃定不会发生的，实实在在发生了，即使对24小时以后的明天都无法掌控。人们自我怀疑，如堕梦中，原来没有一个地方是原乡，没有一个绝对熟悉的栖居地。曾经的"我"很困惑，自己独来独往没有朋友，怀过一个孩子最终流产，有过一个情人，他却有无数的情人而不会回头。"我"一直在颠沛流离，除了火星，没有真正让我心安的、熟悉的归宿。可是，让整个世界都措手不及的疫情、掩面时分的思考，反而让"我"认清陌生、流浪和离去才是常态，每个人都是一个驿站，仅此而已，无人幸免。"我"于是原谅生命中的谎言与离别。弋舟想要表达的或许就是困境之中的和解。当世界重启的时候，当源源不断的离去接着发生，"我"怀着平常的悲凉，依然能够"穿着睡裤在三月的春光下轻盈起舞"，依然能够整理心情，从停下来，到往前走。（张一川）

猜 旅

/蒋一谈

一个起风的傍晚,就是那种只要风再用点力就能把夜色吹下来的那种傍晚,一条蹲在街角的狗时不时吠叫几声,我觉得它不是朝我吠叫,它是寂寞了,自己跟自己说话。

小镇很寂静,我推着行李箱,穿过一条巷子,拐过一个街角,看见你在客栈的黑板上写字。我在你身后停下脚步。你已经写完了两句:如果你不能让他喜欢你,你就想办法让他尊重你。我在心里笑了,不是笑黑板上笨拙的字体,我下意识地说出了后面两句话:如果你不能让他尊重你,你就想办法让他害怕你。你低头看了看手中的纸片,扭头看着我,说话的语气既紧张又羞涩:"是……是客人让我写上去的。"

"你是客栈老板吧?我前天预定的房间。"

"是!叫我阿全就行,欢迎你!"

你提起我的行李箱,迈开大步进了客栈。三个年轻女人的说笑声从里面传出来,她们正在热烈讨论性、爱情和婚姻三者之间错综复杂的关系。听说这三个女人要在这里住好几天,我多少后悔选择了这家客栈,不过,你的悄声低语又让我转移了念头:"那个长头发的客人,让我把她写的诗抄在黑板上,每天抄一首她的作品,住几天抄几首。"我只是在听。你叹口气,接着说:"你能念出后面的句子,说明这首诗不是她写的,她骗我。"

办理完入住手续，我走上楼梯，楼梯旁的墙面上挂着一面镜子，我的余光发现你正在注视我的背影。走进房间，我顺势移步到窗口，看见你正用力擦拭黑板。

风还是原来的风，夜色已经笼罩下来，天空由浅蓝变成了深蓝；随着太阳在云层里下沉，一片淡紫色从天空的深蓝里弥散，云团看上去很柔软，但又不是普通意义上的温柔，一份慵懒正从里面慢慢散溢。空气中飘散着淡淡的煤油味，记忆里的童年味道。你点亮了客栈门前的煤油灯。我有点饿了，想下楼吃晚餐，一个女人的喊叫又让我停在窗口。

"谁把我的诗擦掉了？"

你没有回应，点亮了最后那盏煤油灯。

"我在问你，谁擦掉了我的诗？"女人提高了声调。

"我。"你懒懒地回答。

"为什么？"

你沉默着走进客栈，女人指着你的背影，继续喊道："我们住七天，你在黑板上抄我七首诗，一天一首，不是说好的吗？这是我们住你家客栈的条件，今天才是第三首！"女人的同伴走过来，小声说了几句，随后她们走进客栈，用力踩踏楼梯。她们在房间里叽叽咕咕了好一会儿，然后用力拉开房门，大踏步走下楼梯。

我心生愧疚。为什么要多嘴呢？我看见她们一边抱怨一边推着行李箱走出客栈，消失在渐浓的夜色里。你站在客栈门口，默默望着煤油灯。

静默了一会儿，我一步一步走下楼梯，尽可能不发出声响。我觉得应该对你说声抱歉，不过，你没给我这个机会。你听见我的脚步，转身笑着说："她们走了，一下子清静了，要不是你，我还蒙在鼓里呢。我不喜欢被骗。谢谢你。"

我淡淡一笑，在桌旁坐下，看着手边的菜单。

"想吃点什么？"

我点了一盘清炒小白菜和一碗清汤面。你经营的客栈不大，厨房就在隔壁，你说话的声音和炒菜的香味一同飘来。

"你是来参观父亲博物馆的吧？"

"哦……不是，我路过这里。"我说了谎。

你接着说，父亲博物馆上个月刚落成，是一个老华侨捐助修建的，他在此地出生，在海外生活了七十年。博物馆快要建成的时候，老华侨去世了，他的后人不同意继续捐钱，后期的建馆费用是从社会上募捐来的。

你把饭菜端上来后，坐在门外的台阶上。我觉得还是应该说点什么："那四句话，是电影里的台词，我记不清电影的名字了。"你背对着我，一字一句地说："如果你不能让他喜欢你，你就想办法让他尊重你。如果你不能让他尊重你，你就想办法让他害怕你。我喜欢这四句台词。"

夜空里有鸟鸣。你说："雨燕正在讨论明天的天气呢。"看着你的背影，我想笑。你接着说："雨燕说了，明天下午会下雨。"过了一会儿，你叹口气，说道："我们这儿有很多鸟，自从父亲博物馆建成之后，鸟少多了。"

"为什么？"我自然很迷惑。

你扭头看着我，说道："你相信灵魂吗？"

我点点头。你接着说："镇上的老人说，灵魂会跟鸟争夺天空。"我把你的这句话刻在了脑子里。看我没说话，你站起身，递给我一瓶汽水，说道："我是开玩笑的，没吓着你吧？"我摇了摇头，抓起汽水瓶喝了一大口。

在煤油灯的映照下，你把这四句话工工整整地抄写在黑板上，你退后几步端详，那些看上去歪斜的字需要擦去重新写一遍。我观察这个过程，也在观察你。你笑着问我："你是诗人吗？"

我没有回答。我觉得，从小学到中学，我是诗人，一个秘密的诗人，我偷偷写诗，用两把锁把笔记本锁起来。读大学的时候，新的生活敞开了，我却没有了写诗的冲动，就好像之前的写作仅仅是为了留住记忆，封存短暂的少女时代。工作之后，忙忙碌碌，事业和爱情并不如意，诗意越来越远。在我三十三岁生日的那天晚上，我一个人站在窗前，看着城市的滚滚红尘，泪流满面。我忽然间明白了什么，重新拿起笔，一直写到凌晨……

"我觉得你是诗人！"你的大嗓门唤醒了我，"我能把你的诗抄在黑板上吗？"我的眼睛有些恍惚。"好……"我的声音很轻，但我看见你笑了。

第二天吃早餐的时候，我把一首诗交给了你。你读了一遍，看着客栈窗户，说道："你能解释一下这首诗吗？"我淡淡地说："诗人最好不要解释自己的作品，解释自己……"我停顿片刻，继续说道，"等于自杀。"

"自杀？"你睁大眼睛，挠了挠头。

我忽然有了悔意，昨晚说起父亲博物馆的时候，我故意回避了。我心里知道，如果没有这家博物馆，我今生今世都不会来这里。我喝完最后一口小米粥，拿出地图，找到了博物馆的方位。这时候，你正把我的诗句抄写在黑板上，路人在看，在读，在议论：

> 你透过窗户往外看，你看见
> 窗外的自己正回头望着你：
> 这是运气恰到好处
> 还是厄运刚刚开始？

我悄悄走出客栈，进了最旁边的一条巷子。很多人朝父亲博物馆的方向走去。一个小学生模样的女孩抱着父亲的大照片，眼里含着泪从我身旁走过。路边的小商贩举着卡夫卡的照片和他的作品《致父亲》。卡夫卡是我最喜欢的作家，读大学的时候，我就记住了卡夫卡日记里的一句话："一切在我看来皆是虚构。"我一度把这句话当成了自己的生活理念。人在追求真实的存在，一切又都在失真，越失真越追求，越追求越失真，失真因此让自身的境遇有了强烈的印记，而强烈的印记最后变成了荒诞画面。

《致父亲》这本书，我虽然喜欢，但只读了一遍就被放在书橱最里面了，书里的一字一句会让我陷入不安的回忆。最后，卡夫卡在我心里的位置，不再仅仅是一个伟大的作家，而是一个虚弱、缺乏自信心、内心有负罪感的男人，一个渴望爱情又恐惧婚姻的男人，一个渴望女人的爱抚又不想被女人夺去孤独和写作权利的男人。

博物馆分为两个区域。第一个区域展现国内外名人和父亲之间的难忘故事。第二个区域由留言板和留言箱组成，参观者可以在留言板上写字，也可以在纸上写好字，投进旁边的留言箱；如果想寄出，就把写好的文字放进博物馆专门印制的信封，门票已经包含了邮资。博物馆工作人员的细致周到，让我很感动。

卡夫卡和父亲的故事，吸引了很多人。卡夫卡的父亲，西装革履，挺拔威严，眼神里散发出不容争辩的权威。我对比卡夫卡和他父亲的照片：脸、头发、眼睛、鼻子、耳朵、额头、嘴、下巴。卡夫卡一头黑发，背头，大鼻子，窄窄的额头，大耳朵，浓眉大眼，喉结突出，薄嘴唇，瘦下巴。卡夫卡不太像他的父亲。我又仔细看了一遍，卡夫卡的父亲有一双大手，卡夫卡遗传了父亲的基因，也有一双大手。卡夫卡的这双大手，像木雕，手掌很宽，手指纤细，指节和结骨外鼓，指甲的形状像铁锹。我在想象卡夫卡握笔写作时的姿势。

卡夫卡对于自己和父亲之间的关系，有一个比喻："我身上始终背着铁栅栏。"铁栅栏代表父亲，也代表命运，而我更愿意这样去想：铁栅栏上面有一把锁，开锁的钥匙有两把，一把在卡夫卡的父亲身上，另一把在卡夫卡自己手里。卡夫卡的父亲轻视这把钥匙，或者藏起了这把钥匙，也有可能有意弄断了这把钥匙。卡夫卡只剩下唯一的一把钥匙，这把钥匙就是他自己的写作，他想借助写作逃避父亲，逃避备受压抑的世界，找到新的自己。卡夫卡写啊写啊，逃啊逃啊，他逃进城堡，逃进寓言，逃进虫子的身体，几乎要成功了，可是，到了最后，卡夫卡开始厌倦新的自己，厌倦自己的文字和想象，他想撕碎它们，烧毁它们，不留半点痕迹。

我一边走一边回味卡夫卡。漂亮的灰蓝色大眼睛，褐色的脸，嘴角有一抹淡淡的苦笑。性格内向、胆怯。小心翼翼。细微、审慎。又高又瘦，身体虚弱。失眠症患者。雨天不喜欢打伞。一张生动的脸，习惯用表情向周围的人传递语言信息：微微一笑，皱起眉头和额头，努出嘴唇或者噘尖嘴唇。一个喜欢干木匠活的男人，喜欢闻刨花的气味，喜欢听锯子的吟唱和锤子的敲打声。木匠的手艺和过程，能让这个男人体会到简单的纯洁和摸得着的幸福。一个自比寒鸦的男人，而且是一只翅膀已经萎缩的寒鸦，既然翅膀已经萎缩，在他眼里，高空和远方也就失去了意义。一个说捷克语和德语的男人，说捷克语的时候，他的声音是悦耳的男中音，讲德语的时候，为了追求语言和语音的准确和内部张力，他的语句表达有棱有角，显得刚硬。一个坚定的孤僻者，一个自觉自愿孤独着的人，他独自一人前进，不停地反对着他自己。卡夫卡和他父亲的资料和照片，占据了一面墙，那个名叫菲利斯的女人，长相普通，眼神平静，藏在一个角落，卡夫卡和她两次订婚又两次退婚的经历被轻描淡写了。而我知道，眼前的这个女人，正是卡夫卡的父亲留给卡夫卡悖论人生的一个证明和结果。不幸的女人。卡夫卡在日记里写过这样的话："同女人在一起生活很难。人们这样做，是陌生感、同情心、肉欲、胆怯、虚荣逼出来的。只有深处才有一股溪流，它才称得上爱情，这爱情是找不到的，它转瞬即逝。"爱情是找不到的，有些人一生都没能遇见爱情，而婚姻是可以找到的。卡夫卡说得没错，婚姻是发生在人们身上的。

我叹了一口气，走进博物馆第二个区域，在这里，人群较多，声音有点嘈杂。父亲节就要到了，很多人在写贺卡。那个在路边偶遇的女孩，想把父亲的照片放进留言箱，留言箱的开口小了点，她试了又试，需要把父亲的照片折叠一下才能放进去，她不愿意伤害父亲的照片，默默站在那儿，左顾右盼，一脸焦虑。我走过去，试着挪动留言箱，居然成功了，女孩从留言箱底部把照片放进去了，看着我笑，眼泪随着她的笑流下来。

"今天是我爸爸去世两周年的日子。"女孩一边说一边抹眼泪。

我掏出纸巾递给她，轻拍她的肩膀。

"来这里的人，都是想对爸爸说心里话的吗？"女孩问道。

我默想后点了点头。

"你对你的爸爸说了什么？"

"我……还没有想好。"

"我来之前就想好了，我对爸爸说，妈妈又结婚了，还生了一个小弟弟。奶奶半年前去世了，爷爷的身体不太好。我还对爸爸说，今年我的考试成绩没有去年好，我会努力的。"

"你一个人来的？"

"嗯。我是坐船来的，两个小时就到了。我家离这儿不远。"

我笑了笑。女孩接着说："我刚才听见一个姐姐说，她恨自己的爸爸。为什么要恨自己的爸爸呢？"

"有时候，恨是另一种爱。"

女孩眨着眼睛，思考着。她从包里掏出一个棒棒糖，放在我手里，随后和我挥手道别。

一些人在留言板上留下文字，一些人站在留言板前，迟迟没有动笔。有的人流泪，有的人叹息，有的人愣愣地出神。我看着留言板上的文字，内心五味杂陈：

爸爸，我想你……

爸爸，我没能好好孝顺你，对不起！

爸爸，我写了一本书，这是我的第一本书，我把这本书献给你。

爸爸，我想问你，你明明不爱我妈妈，你为什么不放手，让我的妈妈寻找自己的幸福？

爸爸，如果我妈妈没有伤害你，你不会这么早离开这个世界。我心疼你，可是我没有办法和能力阻止她。对不起。

爸爸，我博士毕业了。我听你的话，决定回国工作，把所学贡献给自己的国家。你在天上放心吧！

爸爸，你和妈妈为什么要生下我？我讨厌这个世界！我讨厌我自己！

爸爸，明年这个时候，如果你没离开那个女人，我就和你断绝父女关系。

爸爸，我刚看过卡夫卡的故事，他说，快乐对他而言，是一件过于严肃的事情。我记得这也是你对快乐的定义。你把不快乐的生命基因遗传给了我，所以你就不要指望我能给你的晚年带来多少快乐。

爸爸，我有了孩子，才发现做父母的不容易。谢谢你！

爸爸，去年回家过春节，看着你弯下来的背影，我哭了。我想起小时候骑在你脖子上去看元宵灯会，我憋不住尿，把你的脖领子全尿湿了。爸爸，我爱你！

爸爸，你脾气暴躁易怒，全家人都怕你，怕了这么多年。班里的同学一直说我的背挺不直。挺不直就挺不直吧，我没在意，因为我已经习惯了。有一天，也就是你去世一年之后，我的好朋友对我说，我的背慢慢直起来了。我自己没发现这个秘密，是他发现后告诉我的。我的背不知不觉挺起来了。今天，我想亲自告诉你，这事发生在五年以前，这是真的。

我沉浸在这些文字里，当我松一口气，最后这段文字让我睁大了眼睛，虽然文字的末尾没有署名，但我熟悉这个字体，和昨晚看到的一模一样。阿全。我默念着你的名字，下意识地望了望四周。

一男一女在不远处争论，声音越来越大。这是一对同父异母的兄妹。哥哥说："我陪你来这里，就是想听你说一说爸爸后来的生活，你想知道他之前的事，我都说了。"妹妹说："爸爸是什么人，你有你的看法，我有我的看法。不管别人怎么说他风流浪漫，不管你之前怎样贬损过爸爸，在我眼里，他是一个好爸爸，他可能欺骗过你妈妈，欺骗过我妈妈，可是爸爸疼我爱我，这是真的！你是作家，你想把爸爸和女人的故事写出来，出书赚钱，我不同意！"哥哥大声说："他已经死了！写一个死人的故事，有什么不能的？"妹妹也在大喊："我不同意！我就不告诉你他和其他女人的故事！"很多人在看他们俩。哥哥拉着妹妹的胳膊往外走，妹妹挣脱了哥哥，哭着跑远了。

我因为专注而有些疲惫。我在椅子上坐下，看着博物馆外面的天空。"灵魂会跟鸟争夺天空。"我在膝盖上写着这句话。小镇上有了父亲博物馆，那些死去的男人的灵魂，真的有可能会飞过来，看一看他们的孩子写了什么。我想象鸟和灵魂的颜色，或许是赤橙黄绿青蓝紫。颜色是人类的心理医生，是期待解决现实问题的心理暗示：黄色抵消紫色，绿色抵消红色，蓝色抵消橙色，人与灵魂之间的关系，也近似于颜色和颜色之间的关系。我回味人间的颜色，灰色那么多，灰色让我想起父亲。

我的父亲非常聪明，名牌大学物理系毕业，性格孤僻乖戾，缺乏自制力。我从未见过他流泪，也从未见过他向谁道过歉。父亲弥留之际，我考虑再三，还是回去了，我是心疼母亲才回去的。我坐在病床边，看着气若游丝的父亲，好像忘记了难受。那一刻，我忽然很想知道，一个人快死的时候会有什么样的体验。我俯身问道："爸爸，我来了，你现在什么感觉？"父亲闭着眼，喘着气，断断续续地说："我看见……软软的……梯子……从天上……落下来……梯子挺热乎的……就是来回晃……我爬不上去……你帮我一下……帮我一下……"我握紧父亲的手，不，我用最大的力气掐父亲的手。这是我读中学之后第一次握父亲的手。

料理父亲后事的日子里，母亲每天都在哭，她额头上的两道伤疤，是她的丈夫留给她的永久纪念。我记得刚读小学的时候，看到父亲打我的母亲，我没有上前阻拦，我当时是怎么想的？我有些迷惑。第二天，当我看到父亲和母亲又开始说话，又坐在一起吃饭，我没有再怀疑，我在想，或许生活就是这个样子。读小学三年级了,看到父亲打母亲,我会大哭,会拉父亲的手,父亲对我吼:"你再拉,我连你一块儿打!"我知道父亲说到做到,吓得退缩了。母亲额头左边的那一道伤疤,是在那一年留下来的,母亲额头右边的那一道伤疤,我记得最清楚,那是我读初中二年级时留下来的。一家人正吃着饭,父亲突然火冒三丈,抄起桌上的碗砸向母亲,母亲抱住头失声哭喊,血从她的指缝间流出来。我站起身,浑身颤抖着大声喊叫,喉咙几乎撕裂:"你再打我妈,我就把家烧了!"父亲怔住了,随后摔门而去。那是我第一次挺身保护母亲,之后,我和父亲的关系变了味;再后来,因为学校离家远,我开始在学校住宿。读大学之前,我问过母亲为什么不去离婚。母亲这样说:"你爸品性不坏,他在外面没有女人,他心里有这个家。"当时,我暗暗告诫自己:将来找男人,一定要找性格好、说话温柔、绝不打女人的男人。

  我找到了,而他是有妇之夫,开始的时候我并不知道,是他的温柔吸引并融化了我,让我知道这样的男人是真实存在的。我在情感和道德之间徘徊了多久?一个半月。之后,我决定接受他的爱,我期待这份爱,并甘愿做他生活里的隐秘女人。在两年的日子里,我们俩很好地保护着这份情感;因为害怕失去,我没有也不敢向这个男人提出任何非分的要求,我越来越擅长通过回味来满足自己对这份情感的想象和坚持。事实上,我反复问过自己,明明深陷其中,为什么没有取代另一个女人完全占有这个男人的欲念?最终,我明白了,我爱这个男人胜过这个男人爱我。第三年的时候,这个男人主动和我分了手,没有过多的解释,也没有特别的告别。我知道,这将是我投入感情最深的一场恋情,我懂得了什么是深情和情感救赎。曾经有朋友问我,失恋的感觉是什么样的,我是这样回答的:"失恋前,心是完整的;失恋后,心的某一个角裂了,碎了,是真的裂了碎了,再也无法复原了……"朋友还问过我:"你经常对他说'我爱你'吗?"我想起来,在和这个男人相爱的三年时间里,我对他说过两次"我爱你":第一次是我下了决心,准备用十年的时间与他相爱;第二次说"我爱你",是在他决定分手的那个深夜,我在梦里搂着他,说着挽留的话,不想让他离开。"'我爱你'这三个字,不能轻易说出口,因为这三个字,是我愿意为你牺牲的另一种表达。爱是一种牺牲。"我一字一句地说。

我闭上眼睛，想象自己拿起笔在留言板上写下了这样一段话：人间有因果，你是那个因，我是那个果。你走后，我是我自己的因，而未来的那个果，我已经知道，但我不想去关心。妈妈现在一个人住，她谢绝了朋友的好意，决定一个人独自终老，你应该知道她是爱你的，但你不能奢望我能像妈妈那样原谅你，我也不能保证每个清明节都会为你扫墓。爸爸，因为你，我现在几乎丧失了对男人的判断能力。可是，相比我妈妈，我又是幸运的，你打骂她这么多年，她一直在忍受。我妈妈懦弱、愚蠢，她因为懦弱才变得愚蠢。你改变了两个女人的命运，这可能也是我和我妈妈本来的命运。你之前也说过，人生就是从摇篮到坟墓的旅程，谁也不知道明天会发生什么，只有认命才能保有尊严。或许是这样吧。如果顺其自然是保有尊严的方法，我正在学习顺其自然。

我慢慢睁开眼，两行泪顺着脸颊滑落下来。我没有擦拭眼泪。我只是深深地吸了一口气，站起身，快步走出了博物馆。

我没有心情闲逛，而弯弯曲曲的石板路是现成的方向，我往前走，思绪空白。石板路的尽头是一片田野，越过田野能看见河流。我停留片刻，路边的杂草、小径和树林引领我继续走下去。下午的阳光透过枝叶晃来晃去，好像林间小路上弥漫着的透明烟雾，这景象既细腻又复杂，让此刻的时间有了时光的味道。

越往里走，杂草越密集，更多的杂草高过头顶。我听见远处的说话声，但听不真切，透过树丛，我看见一条带红色顶棚和窗户的木船，一个男人站在船头，背对着我，挥动长长的竹竿划动木船。船越来越近了，我听见一个女人的声音："你能帮我抓条鱼吗？"

"好咧！"男人趴在船上，十几秒之后，男人猛地甩动手臂，一条大鱼在他手上活蹦乱跳。我听见女人的尖叫。男人回转身，我看到你的脸，心里一阵慌乱。你对船上的女人大声说道："我们这儿有一个说法，大鱼的肚子里有金戒指和宝石戒指，刚才抓的鱼，不够大，肚子里可能只有塑料瓶盖。"

"你真幽默！"女人笑起来，笑声又细又长。女人最懂女人，她的笑声散发骚气。

不知怎的，我没能控制住自己。我钻出草丛，大声喊道："阿全，阿全!"

你听见了声音,抬头搜寻。

"我在这儿!"

你看见了我。

"嗨!你怎么在这儿?"你朝我挥手。

"我迷路了!"

"你在那儿等着,我接你去!"

"好!"我悄悄整理衣服和头发。

船靠了岸,我扶着你伸过来的竹竿上了船,船舱里只有一个女人,她的眼角流露出意外和不情愿的神情。你笑着对她说:"店里的那首诗就是她写的。"

"哦……"

眼前的女人比我年轻。我没有正眼看她,低头拂去裙子上的草叶,她的脚白皙,涂着褐色的指甲油,小腿瘦削匀称,和她藕荷色的裙子很协调。你在船头撑船,我侧转身对你说:"我在路上写了一首诗,回头给你看。"这是我的小谎。

"好的。"

我坐在船的左边,静静看着水流,女孩坐在右边,把手伸进水里胡乱搅动。一阵沉默。一只野鸭突然从草丛里跑出来,贴着水面滑行,随后又把脑袋钻进水里,留下两只脚蹼在水面舞蹈。

"你们猜,这是公鸭还是母鸭?"你问道。

我和女孩都没有说话。我发现野鸭的腿上拴着一根绳子。女孩突然说道:"到前面停一下,我想上去了。"

你看了女孩一眼,慢慢停船靠岸,女孩三步并两步走到岸上,你对她说:"我把钱退你。"女孩没有回话。你把钱卷成一团抛到岸上,女孩捡起来,走远了。我兀自笑起来,你也笑了。你继续撑船前行,你背部隆起的肌肉让我想起你在博物馆里的留言,我想多知道一些你和父亲的故事,但话到嘴边又改了口:"那只鸭子是母鸭。"

"猜对了。"

"不是猜的,鸭腿上有绳子。捕鸭人用母鸭吸引公鸭过来,公鸭的肉好吃，羽毛也好看。"

你回头看我一眼，这一次，你的眼神有意在我身上多停留了几秒。几只鸟贴着水面飞过去。"父亲的灵魂把天空占满了，鸟现在只能低飞了。"我故意这么说。

"刚才飞过去的是黄鹂。"

"古代的诗人很喜欢这种鸟。"

"黄鹂不喜欢明晃晃的太阳，如果云层遮住了阳光，它们会高兴地叫，叫声像长笛。你喜欢什么鸟？"

"你呢？"

"我先问你的。你先说。"你笑着说。

"好吧。我喜欢老鹰。"

你显然很意外。我接着说："老鹰不喜欢叫，它们是最懂沉默的鸟。"

你若有所思地点了点头，说道："我喜欢很多鸟，可是杜鹃的叫声最让我难忘。它们的叫声很凄厉，就好像在对林子里的其他鸟说'我在叫，你们就别叫了'。"我笑起来。我也喜欢杜鹃的叫声，但对鸟语一窍不通。你接着说："杜鹃整夜狂叫的时候，居住在林子里的人和动物们都知道，今年的春天快结束了。"

我回味着你的话，想象着杜鹃的模样，同时想象着深密的树林。我之前想过，如果有来世，我想变成一个树洞，我是我自己，我同时又是自己的房间。如果不能变成树洞，那就变成一块苔藓。

这时，我感觉到船停了，唢呐喜悦的声调从不远处传来。隔着水面和树林，我看见一群人抬着一台花轿朝石桥的方向行进。有人边走边放鞭炮。

"接新娘的。"你说道。

"我想去看看。"

"好的。"

你一边移动船的方向一边对我说，现在不少年轻人喜欢按照传统礼节办婚礼。船头对准方向之后，你接着说："新娘出嫁前，要在家里吃一顿离家饭，新娘的姐妹、闺蜜、姨妈和舅妈围坐着吃酒席，爸爸妈妈不能入席吃饭，要在自己的屋里等着。新郎把新娘接回家后举办婚礼，有主婚人、证婚人，有伴郎和伴娘，还要有提花篮的男孩和女孩。新郎和新娘在乐队的伴奏下并肩拜天地，随后相对鞠躬三次，交换戒指，伴郎和伴娘代表新郎和新娘在结婚证书上盖印章。"

"结婚证不是之前办好了吗？"

"那是婚礼之前的结婚证，婚礼上还有另一个大的结婚证，和奖状很像，上面写着古诗文和祝福语，主婚人要念出来的。"

我忽然间明白了，我之前在历史画册上看到过这样的结婚证。

"这样的结婚证在街上有卖的，还有专门的人拿毛笔来写，挺好看的。我表哥前年结婚，我是伴郎。伴郎和伴娘在结婚证上盖完章，新郎新娘向父母行跪叩礼，向长辈行鞠躬礼。拜完长辈，新郎新娘去厨房，向灶神行跪叩礼。之后，两人去祠堂，向祖宗行跪叩礼。礼节完毕，大家一起吃团圆饭。"

我忍不住笑道："一场婚礼下来，得磕多少头呀！"

你欲言又止，默默笑了笑。船和花轿并排前行。一群小孩围着花轿边跑边喊："新娘子！新娘子！"新郎从包里掏出一把糖撒出去，你大声说："我也要！"新郎朝你撒了一把喜糖，你张开双手抓到了好几颗，然后挑出大白兔奶糖递给我。

绣在花轿上的龙和凤相互凝视，如果新娘掀开轿帘，龙和凤就会飞起来拥抱。我想象着新娘子的模样，想象着她从此远离了爸爸和妈妈，心中有悲伤，或许还在啜泣。我也想到我自己。

"我表哥去接亲的时候，岳母娘家人专门做了一大碗芥末汤圆给他吃，证明娘家人的厉害，提醒他不能欺负自己的媳妇。"说完，你笑了，我也笑了，这样的民风让我感动。说完这些，你陷入了沉思，我意识到你在想什么，所以静默不语。你看了看天空，看了看水面，然后扭头看着我，慢慢说道："我将来结婚，就把这条船改装成婚房，我和她一起划船度蜜月，从前面这座桥出发，顺着河划下去，就能看见大海……"我的心软了一下。

花轿在石桥上走，船穿过了石桥，石桥上刻有喜鹊。我抬头看着，想着，有了诗的心思。四五个游客想去对岸，招呼着你。你看着我，等我说话。我说："我想去小街上走走，你忙你的吧。"

"我送完来接你，就在这儿等。"

我回身看着你，点了点头。

隐隐的雷声从远处传来，风清凉了。小街上的猫咪悠然自得，屋瓦上的野花和矮墙上的盆葱，在猫咪眼里都是花。一只母鸡领着一群小鸡，顺着石阶走过来，几只大红鸡冠的公鸡站在路边，无一上前，好像一眼看出了这些小鸡不是自己的孩子。眼前是简静的风景，我在心里笑。雷声更明显了。我在想，这一刻，来什么雨都是好雨。

　　我果然看见售卖结婚证的店铺，一位戴眼镜留长须的老者正为客人们写字。我跑过去端详。数不清的结婚证挂在墙上，摆在桌面，色泽缤纷，图案各异，自动组合成七个吉祥区域：喜上眉梢、龙凤呈祥、花开富贵、鸳鸯戏水、花好月圆、海枯石烂、百年好合。我旁边的一个女孩，一边看结婚证样品，一边品读上面的文字："喜今日嘉礼初成，良缘遂缔。诗咏关雎，雅歌麟趾。瑞叶五世其昌，祥开二南之化。同心同德，宜室宜家。相敬如宾，永谐鱼水之欢。互助精诚，共盟鸳鸯之誓。此证！"女孩随后自言自语，"祥开二南之化……二南是什么意思呀，不懂。"我小声对她说："二南是诗经里的《周南》和《召南》。"女孩似懂非懂地点了点头。一个男生在念："喜今日两姓联姻，一堂缔约，良缘永结，匹配同称。看此日桃花灼灼，宜室宜家，卜他年瓜瓞绵绵，尔昌尔炽。谨以白头之约，书向鸿笺，好将红叶之盟，载明鸳谱。"老者停下手头的毛笔，扭头说道："小伙子，那个字不念失，念碟，是小瓜，很甜的，瓜瓞绵绵，永远有甜美。"

　　等店里人少了，我买了结婚证，走到老者面前。老者抬头问道："姑娘，在结婚证上写什么？是选现成的文字，还是写你自己的？"

　　"写我自己的。"

　　"好，这里有纸，你写在上面，我抄下来。"

　　我把想写的话写在纸上，是刚才在石桥下想到的诗句：

　　　　摇啊摇，船儿摇到外婆桥
　　　　船上有灯笼，船上有花轿
　　　　花轿里的新娘子，一会儿哭一会儿笑
　　　　摇啊摇，船儿摇到外婆桥
　　　　桥上有喜鹊，桥上有花轿
　　　　花轿里的新娘子，一会儿哭一会儿笑

老者边抄写边默念，写完最后一个字，他低头问道："新郎和新娘的名字。"

我把名字写在纸上。老者边抄边念："新郎阿全，新娘艾林。"他拿笔尖指着介绍人一栏："介绍人的名字。"

"诗。"

"诗？诗歌的诗？"他眨了眨眼，又眨了眨眼。

我点了点头。老者写好后，又拿笔尖指着证婚人一栏。

"父亲博物馆。"我说。

"父亲博物馆？"老者笑起来，又指了指主婚人一栏。

"船。"

"船？"

这一次，老者的笑声更大了。我长长地舒了一口气。老者写完一份，又抄写了一份，用红绸卷起两张结婚证，小声对我说："姑娘，我写了这么多结婚证，你这份是最特别的。"

雨落下来了，雷声隆隆响的时候，街上的女人大呼小叫着奔跑。卡夫卡在雨天不喜欢打伞。我的脚步不快不慢，心满意足地往桥边走。我站在桥边屋檐下，等着你。眼前的雨让水面布满了花纹，岸边的青蛙欢快地跳入水中，翘首打量天上的云。我忽然看见一只白色的鸟飞离水面，飞向天空，越飞越高，最后消失在雨云里。

我看见了你，你站在船头，冒雨挥竿前进，我的心再次软了一下，忍不住朝你招手，雨打湿了我的手臂和裙摆。船越来越近了，那人不是你，我看着岸上的避雨人跳上这条船。我继续等待，雨更大了，天色更暗了。

现在，只有我一个人在屋檐下。前面不远处有一家米粉店，我走进去，点了一杯软饮，透过窗户，我能看见从岸边走上来的人。半个小时之后，天色彻底黑了，小街上没有了人影，湿漉漉的石板路映照出另一种孤独。我拿出结婚证，慢慢展开。我忽然有些难过，同时又有滑稽的感觉。为什么要这样呢？我侧着脸，俯在桌面上，看着街灯在窗户上的迷离反光，希望时间就此停住。慢慢地，我闭上眼睛，又想在这一刻忘掉自己。我想到独自一人、冷冷清清过活的母亲，在心里喃喃自语："妈，我想你了……"

我的眼泪流了下来。

不知过了多久,我睁开了眼,看见你正站在窗外看着我。我打起精神,把结婚证收进包。我知道我的脸上有泪痕,走出店门,我马上仰起头,让雨水为我洗一下脸,而雨已经小了很多。我们什么话也没说,并肩往岸边走。

"刚才船上的客人犯了心脏病,我把他送到了医院……"

听完你的话,我屏住呼吸,心里感觉到了踏实。

船离岸的时候,远处的水面有依稀的渔火,虫鸣的声音在耳边此起彼伏。你慢慢划船,我的肩膀靠着船窗,心潮一层一层涌动。雨滴落在顶棚上,声音越来越小。船远离了岸,除了竹竿划动和水波荡漾,没有其他声响。我换了一个坐姿,借着远处的灯火,你的身影模模糊糊,却是真实存在的。

"阿全……"我在心里叫了你一声。

我合上眼睛。沉默,持续的沉默。现在是夏天,我怎么想到了大雁南飞?大雁一群一群的,飞啊飞,飞啊飞,它们到了目的地,再分散为双双对对,开始新的生活。我还想到母亲为我算过命,我是木命,水能养我。我在古书里读到过,水分为小水和大水。小水,划船去即可;大水,需要骑马翻山才能靠近。现在,我就在船里,你正在划船。小小的船,小小的生活。我正体会着这一切。如果你不说话,我会继续沉默;如果你靠近,我会更为主动。我就是这样想的。

原载《芙蓉》2020年第5期

评鉴与感悟

《猜》旅的"谜"与"谎"

甫一打开《猜旅》,读者会发现小说同时出现了"我"和"你"两种人称,在"我"的自述中又包含着对"你"诉说/写信的口吻,书信体的形式虽还不明显,却足以让读者将自己与受述者"你"分离。那么,旁观的读者似乎只需要猜一件事:"我""你"各自是男是女?

——遇到一个涉及成年男女交往的故事,为了将人物安置在前理解的行列中，尽快明确其性别，已经是阅读的惯性。而蒋一谈大约是深谙并有意扰动这一惯性：小说在叙述展开一段之后才给出"我"的性别（"封存短暂的少女时代"一句），而至此，"你"（客栈老板阿全）的性别仍然未知。直到小说叙述过半，"男人回转身"，读者才同"我"一起看到"你"的脸。

在"我"的引领下，读者不仅发现"我"对阿全朦胧的好感，还意识到这次旅行牵涉着"我"的成长记忆。"我"在小镇悄然行走，内心却翻涌着关于冰冷的家庭、暴力的父亲和无望的感情的灰色回忆，而父亲博物馆，也许是一个"我"寻求疏解、安放这些记忆的空间。

父女之间的疏离或隔阂，曾多次出现在蒋一谈笔下（如《赫本啊赫本》《发生》《故乡》），这一回是颇为无力的关系，父亲已在"我"的怨恨中去世，补偿、沟通与理解都只能缺席。留言板上的文字虽然内容各异，但种种遗憾留恋、埋怨不解、爱恨交织的情绪，像在与"我"的心声共振或者成为它不同侧面的具象。除了普通人的留言，小说还用大段文字讲述了卡夫卡与父亲的矛盾隔阂，这些与"我"的经验具有某种同构性——卡夫卡在这里成为一个被原生家庭伤害的符号，一个敞开的伤口，既提醒着"我"阴影的存在，又让"我"因为共鸣感到安慰。

蒋一谈对城市女性的书写，已引起一些论者的注意。"我手写她心"，大约同时考验着男作家对他者生活和普遍经验的处理能力。不过，就《猜旅》而言，"我"是男是女，出自男作者还是女作者笔下，似乎又不那么重要。比起性别差异，"文艺青年"的身份表征，也许更能增添解读"我"的现实维度。在此调用这个词，不是以笼统的标签压缩现实情形的丰富，更多的是借助它已经累积的所指，来作为理解虚构人物的另一入口。"文艺青年"式的怀旧、张望传统并实践于旅游消费中，可归为现代性的产物；而个体行为背后的驱动力往往与寻求慰藉、缓释压力、自我确证有关。从这个意义上，"我"的小镇之旅似乎重复着"通过旅行寻找自我，治愈心灵"的现代母题，不过，笔触所及又暗示了"人在追求真实的存在，一切又都在失真"——主人公的"猜"与"谎"，正与之关联。

无论是猜测旅行将遇见的人事，还是旅途中猜测着自己的心，伴随"猜"出现的"谎"似乎比"谜底"更多。其中有"我"与小女孩、老人难分真假的善意对话，也有"我"的自我修饰，称自己迷路，出于微妙的竞争心理在其他女性面前以诗歌吸引阿全的注意力。而"我"否认来小镇是为了参观父亲博物馆，尤其流露出疏离、掩饰以及在追寻的同时感到茫然的心态。

类似地，单从字面来看，"我"那首"船儿摇到外婆桥"的诗让人难以恭维。不过在小说的语境中，它不仅注解着"我"的审美趣味，更重要的是，诗中那"一会儿哭一会儿笑"的新娘，是在卡夫卡之外折射"我"内心世界的另一个重要意象。如果说新娘的笑对应即将步入的亲密稳定关系，这对我来说依然可望不可即，新娘的哭则折射着"我"对爱情和婚姻既向往又怀疑、既寻求又抗拒的潜意识。这种心态也延续在对阿全的态度中：一方面，"我"自认因为父亲而"几乎丧失了对男人的判断能力"，阿全是否会有留情之举，只能仰仗猜测；另一方面，能有猜测的欲望并付诸试探，似乎又蕴含着旅途带给"我"的力量和生机。

以《猜旅》为窗口，蒋一谈的创作不仅触及原生家庭阴影留给"卡夫卡们"的普遍创伤经验，又通过成年后的"我"，将这类体验具体安置在女性个体的细微情绪和内心独白中，尝试从不同层面书写情感困境在个体记忆中留下的痕迹。细腻流畅的语言、低回克制的情绪色彩，则使作品对内容情节的处理呈现出举重若轻的效果。（靳庭月）

局

/小珂

  他站在窗边,看着街景。柏油马路在黄昏的侵染下呈现出肮脏的土黄色,空中飘着轻薄的烟雾,正在西去的太阳形状模糊,像布面上一块尴尬的破洞。车辆是一个个笨拙的移动土块,行人们则是一群毫无主见的蚂蚁——它们都在做着自以为是的无序运动……他看着这幅景象,心慢慢沉下去。过了一会儿,他下定决心般狠狠拉上窗帘,坐在电脑桌前,点上一根烟,没好气地思考今后的打算。他怀着编剧梦在这个只有二十平方米的开间住了五年,这里的厨房由角落里的电磁炉与水池充当,卫生间窄小得几乎无法转身,屋里总有一股发霉的味道,象征失败的味道,而他的梦想也在残破的现实中逐渐落空:这些年,他写了很多自认为杰出的剧本,却无一部上映——想到这里,他猛吸一口烟,愤懑和烟雾同时在肺里涨大——难道真的比别人差吗?他把烟按灭,觉得胃里心里全都空落落的。我不属于这里。他在心里咂摸着这句话。也许该离开了。

  他想去厨房随便找点东西吃,电话却在这时响了,是李昂。

  "嘛呢兄弟,吃饭了没?"李昂亢奋的声音从手机里传来。

  他把手机放在桌上,按了免提,盘算着如何快速结束这场对话。"马上吃。"他说。

  "别凑合了,出来吃点吧。"李昂的声音像一把劣质的剑。

"不了。"他斩钉截铁地回道，心里越来越厌烦。

"我跟你讲，我组了个局，一个特别有名的制片人会来。相信我，兄弟，过来吃饭，不然你会后悔的。"李昂并不打算放弃，执意劝说他。

在他的感官世界里，李昂尖利的话语声转换为蚊子的嗡嗡叫声。好几次，他都伸出手臂，在空中扇了又扇，想把这只无形的蚊子赶走。然后他知道，挂掉电话是唯一的办法。他寻找合适的时机，盘算着在对方苦口婆心到口干舌燥，乃至不得不停歇喘气的时候，迅速道歉并挂掉电话。机会终于被他找到了。在李昂长篇大论描述了该制片人的独特眼光和运作能力后，终于有了短暂的空隙——李昂似乎在思索，而他则准备着措辞：对不起兄弟，我身体不舒服，下次再聚吧。就这样，拒绝掉这只热衷于饭局的花蝴蝶，享受一个清净的夜晚。就在他要说出第一个字时，李昂突然叹了口气，缓缓说道：

"唉，其实我早就跟他提过你，只不过那时或许他太忙，没太上心，我以为他看不上咱……可是前两天，他突然主动提出要见你。我觉得，这是个机会吧。"

听李昂这么说，他沉默了。然后，他像个傻子一样忘掉了刚才找的蹩脚理由。

他鬼使神差刮了胡子，换好衣服，叫了车，随着咯吱作响的电梯下到一层，步入喧嚣街景中。实际上，他坐在车里还不到十分钟就后悔了。正值下班高峰，车没开几步，就被死死堵在路口处了。司机查看地图良久，发现没有其他路线——无论如何都要经过这个十字路口。"其实……地铁站离这里不远……"司机小心翼翼地提议，却在后视镜里撞上他愤怒的目光，吓得不敢再吱声。他也不知道为什么不采纳司机的提议，这里绝对有赌气的成分。此时，十字路口彻底瘫痪，不耐烦的车辆横蹿到路中央，被紧追其上的其他车紧紧围住；没人愿意认真想想这里发生了什么，人们能做的只有按喇叭，制作噪音。他在浓密的音墙中产生了一个想法：拉开车门，去坐地铁，到火车站，现在就买票离开吧。可事实是，他连迈出第一步的勇气都没有。

过了一会儿，交警到来，疏通了车辆，他们畅通无阻了一阵，马上又陷入堵塞，如此反复数次，在一个半小时后，才到达这个离他家仅有五公里的大厦，期间李昂催促多次。他上到五层，发现这是间古香古色的高档餐厅，没有散座，只有几栋独立的古代建筑充作包间。他踩着鹅卵石甬道在假山中穿梭，寻找名为"如梦"的包间。这时，一位穿着汉服、梳着发髻的女子走来，殷勤地对他说："先生，请问您去哪个包间？"他打量了女人一番，从牙缝里迸出俩字："如梦。"女人微微一笑，走到前方带路。他边往前走，边欣赏着女人扭来扭去的腰肢，并不时萌生出捏女人屁股一把的念头。不一会儿，他被指引到一座红墙绿瓦的建筑前，看到屋檐下挂着"如梦"的牌子。他深吸一口气，打开门——

"老刘，你怎么来这么晚啊！快进来！"

他刚一进门，就被李昂喷薄而出的话语打了个措手不及。包间明亮的光与走廊昏暗的光形成鲜明对比，让他产生一种奇妙的错觉：仿佛这是一处异域，墙壁不仅隔绝了外面的假山假水，更消去了真实世界的属性——他看见李昂歪着身子站在桌边，不怀好意地看着他。此人高瘦，喜欢穿松垮的衣服，远看像一个衣服架子。他浏览一周，迅速了解到现场状况：房间里装点着书、画、瓷器，有古风之韵；巨大的圆桌上摆满盘子，多已见底，看来大家已经吃饱了；男士面前有红酒，女士喝果汁；一位肥头大耳的光头男士做主位，穿白色真丝衬衫，揉着两粒文玩核桃，正笑眯眯地望着他；光头男右侧是李昂，左侧有两个空位，李昂的旁边顺次坐着三个女人，两个很年轻，头发一长一短，大眼无声，却都拼命装作机灵的样子；还有一位美艳少妇，一直在低头看手机，对他的到来毫无兴趣。

"小刘，幸会幸会，快坐！"光头男士伸出一只粗壮的手指，对着少妇旁边的空位指了一下。少妇心领神会地往年轻女孩儿那边错了错，留出宽阔的地方让他落座。

光头男不是一个简单人物，从他淡定的姿态，以及女孩们看他时局促的眼神便可得知，他富有到可以掌控大多数饭局。而他，一位陌生饭局的闯入者，不得不抱有谦恭的态度，才能迅速融入这里。他首先倒了半杯红酒，一气喝下，以表达迟到的歉意。这时，服务员进来加菜，李昂趁这空当向他介绍："这位是王总，著名制片人。"当然，这是王总，密闭世界的暂时领导者，仿佛大米蔬菜都要看其眼色行事。"这是飞飞、瑶瑶，演员。"

当然，这样年轻貌美的姑娘坐在这里，好像不做演员就会吃亏似的。"这是林总，'悦乐'养生品牌创始人，美女总裁。"好吧，怪不得她如此冷漠，其实人们根本不知道她的职业是什么，她的生活是个谜，也许只有爱马仕和美丽的脸蛋是真的……一切就绪，全新的世界此刻在他眼中逐渐成形。

"小刘，大编剧，久仰，久仰，哈哈哈，今天终于相见。听说你很有才华，真是幸会，幸会啊！哈哈哈！"与其说这些字句是从王总嘴里流出来的，不如说是随着他的笑声连滚带爬出来的。然后，王总豪迈地倒了半杯红酒，率先一饮而尽。既然王总如此有礼数，他当然要更胜一筹。他把杯子满到三分之二处，毫不犹豫地仰脖喝下。"好！"王总豪声赞叹，并伴以炮仗一样的击掌声。

他谦卑地坐下，低着头，摆弄面前的餐具。此时，场面有短暂的寂静。为了不让空气凝固，他拿起筷子，在面前的碟子里翻来找去——他真是饿坏了，可是盘子中只剩下几个蒿葱段儿和一块小海参，他犹豫着夹起海参，却听王总说道："别吃那个，我又点了两个菜，一会儿就来。"他只得放下筷子，随着王总一并端起酒杯，往前一送。"来，先喝酒！"王总说。

第二杯红酒下肚，他的胃像是受了一波轰炸一样叫嚣起来。他明显感觉到，酒精的部队正迫不及待地顺着食管侵占"胃"这个领地，惹得那里战火连连，而他却分身乏力，无法应对身体发出的警报讯息。幸好，王总及时把注意力转向了短发的演员姑娘，因为这姑娘突然把手机摔在地上，并夸张地大叫一声，所有人心知肚明，这不过是姑娘博关注的小手段——却给了他短暂的喘息时间。过了一会儿，酒精放弃了胃，向肠道进攻，强波逐渐远离大脑，他觉得稍微缓和一些了。慢慢地，酒精在身体中发酵，余韵产生香气，他甚至感到些许惬意。他点上一支烟，情不自禁地把目光向旁边送去——林总，这位冷艳的美女，一直低头看手机，好像他根本不存在——他无趣地把目光收回，觉得这样有钱又美的妞儿也不过如此。而那些娇嫩的小花朵儿呢，显见更无聊。看吧，短发姑娘脑袋空空，无法长期获得王总的关注，不一会儿，王总就摇晃着手中的红酒杯，把头转回他，询问起他的个人状况来了——他在心里冷笑一番，打起十足的精神，接起王总的招儿来。期间，李昂做着插科打诨的角色，时而拍王总马屁，时而真诚地吹嘘他，忽东忽西，变幻莫测。是的，饭局需要李昂这样的角色，因为这里谎言满天飞，只有把所有搅拌在一起，才不至于太过荒诞，从而面临消失的危险。他们开始喝酒，一杯接一杯，然而——这似乎是一个机械装置——他们举杯的次数越频繁，王总的问题也就越密集。十分钟后，他们喝了足量的酒，他回答了过量的问题，开始有些烦躁了。又过了十分钟，王总的精力不减，他越来越不耐烦。终于，半个小时后，他被排山倒海的问题彻底砸成了一只呆头鹅。他无数次地倒酒、起身、敬酒，一切混乱不堪，不过这不是重点。重点是：

王总的发问越来越聚拢，直至完全锁定他的工作状况。可事实是，这有违他的初衷——他，一个决心与影视圈断绝关系的人，只想轻松吃好这最后一顿饭，并不想再被提起伤心事。

王总不明就里，持续发问："小刘擅长写什么样的故事？"

当然，这不怪王总，怪他没有跟李昂说清楚。可是这种事要怎么说呢，难道要光明正大地告诉这些成功人士，或者正在准备成功的人士他要偃旗息鼓了？……在他的余光里，林总仍然玩着手机，头也不抬；可是那两位演员姑娘却做出专心的样子，睁着大眼睛在等待他的回答呢。

这简直是一场煞有介事的无聊玩笑！

"悬疑！刘老师很擅长悬疑题材，我们合作过多次。"李昂连忙帮他解围。只是他明白，李昂在说谎。

"悬疑好啊！悬疑最好做了，成本小，肯定赚钱！"王总信以为真，激动地直搓手。

"对！对！悬疑好！你们多合作啊！"快散架的衣服架子拼命挤眉弄眼，举起酒杯，里面的红色液体紧张地左右摇晃。

于是，三人又让了几回酒，直喝得他头晕眼花，叫苦不迭。他十分明白，空腹状态下喝快酒是很危险的，然而这位王总偏爱险中求胜。现在，由于酒精的纠缠，一些十分具体的幻象出现了：这里有内外两个世界。内部，暗红色因子在血管中肆意遨游，闯入大脑，将清醒驱除，稳稳占据司令部；外面，王总和李昂像两架坦克，高举红色毒药，缓慢而沉重地向他进攻。——两个世界都处于濒战状态，这可不是个好兆头。

幸好这时服务员上菜了：花胶炖猪蹄、凉拌秋葵，还有一盅甲鱼汤。他如获大赦，赶紧埋起头大喝起甲鱼汤来。美味的汤汁流入胃里，稍微浇熄了战火,把他带往缓冲地带。王总为了能让他好好吃饭,体贴地把头转向两位姑娘,与她们攀谈起来。饭局领袖转移了风向标,作为随从的李昂当然紧随其后,一时间,没有人关注他了,这让他感觉很舒爽。他用很短的时间解决掉甲鱼汤,开始攻击猪蹄。他夹起一块滑溜溜的猪蹄,一口咬住,湿润的脂肪在他嘴里爆开。与此同时,其他人开始谈起最近大火的一部外国惊悚片,只听短发姑娘说道:

"我看的时候,真是心潮澎湃,是我这几年看过最好的一部电影了!"她把双手放在胸前,一副虔诚的样子。

"剧情饱满,人物立得住,结尾还很感动,太高级了!"可怜的长发姑娘,在饭桌上一直是个小透明。但显见,她对电影是怀着真诚的热爱的,只不过天赋不够,导致她炽热的眼神中自带了些楚楚可怜。

"嗨,我不懂艺术。"李昂往烟灰缸里啐了口痰,"但是电影好不好看我可知道,这电影,真他妈牛×!"

几人七嘴八舌,竞相交换对该电影的意见,王总在一旁笑呵呵地听着,并不说话。而他则吃完了五块猪蹄,骨头堆满盘子,开始悠闲地对付起花胶和秋葵来。他告诉自己,绝不能主动参与无聊的讨论,这样会显得低级。他要专心吃他的饭,在王总发问时,才悠悠说出这样的话:"其实,这部电影不算佳作,剧本架构未免简单,整个基调有些故弄玄虚,仅靠特效博人眼球是很粗暴的做法。况且,导演借鉴昆汀有些太明显了,很多处血腥镜头都是直搬昆汀的拍摄方式。总而言之,这部陈词滥调的电影只能哄骗一些业余人士,而对王总这样的内行是绝对起不了作用的。"对——他边细嚼慢咽着秋葵,边在心里排词造句——最好说得再专业些,把王总的位置抬高,然后再给这些影视民工集体一闷棍,直羞得他们抬不起头来。他就这样盘算着,不知不觉冷笑起来。这时,场面寂静下来,王总要发话了。可他没想到,王总把头转向林总,说:

"小林,你对这部电影怎么看?"

话既出,所有人把目光聚集到林总身上。而林总似乎十分不愿意挣脱手机的辐射,良久,才缓缓抬起头来。这是他第一次仔细观看林总的样貌,那真是一张妩媚的脸,高挺的鼻子、完美的下颌线、狐媚的细长眼睛,还有完美得像是翠竹屏障的秀发……他有些失神,一片柔雾裹着香气笼罩住他，让他飘飘欲仙。一瞬间，他的心里填满了很多东西，因为他看见林总挑起一侧眉毛，再露出一排牙齿，又天真又邪恶，只说了两个字："无趣。"便重回她的手机世界里去了。然后，场面再度欢腾起来，王总顺势开了几个玩笑，众人便把这个电影抛之脑后了。除了林总岿然不动，其他人纷纷坐不住了，两位姑娘也用酒替换了果汁，离开座位，敬起酒来。他一度陷入混乱的漩涡，喝了无数杯酒，讲了无数句话，只觉得眼前五彩缤纷，有如天堂。人们在他面前来了又走，赞赏、建议、关切、祝福，弄得他时而兴奋，时而伤感。他逐渐忘了来这里的目的，他曾有过目的吗？当然，他也忘了他即将做的决定，仿佛世界从未抛弃他。只是，一件事盘亘在他心里，让他久久不安。那是他捕捉到了林总在说"无趣"二字时细小的表情，那是一种挑逗的神情，对王总。

晚上九点，饭局彻底陷入迷乱。

李昂像软面条一样飘来飘去，一会儿到两个姑娘身边说一些黄色笑话，以便给姑娘们灌下酒；一会儿走到他身后，对他又捶又打，诉说真情，并有意撮合他与那位长发演员姑娘；不一会儿，又走回王总身边，摆出殷勤的嘴脸，对王总吹捧有加，引得王总数度狂笑。现在，大笑声、低语声、娇嗔声、碰杯声、拍桌声……全部交叠在一起，浓浓覆盖住一切。除此之外，这里空气污浊，烟雾缭绕，酒气与烟搅在一块，变成绳索，捆绑住每个人。然后，他开始觉得一切都没意思……显见，王总看上了短发姑娘，所以长发姑娘落了单，李昂就拼命想把她塞给他——这简直可笑，因为他现在都分不清到底长发姑娘叫瑶瑶还是短发姑娘叫瑶瑶。她们全都一个样，尽管长发姑娘曾经数度试图与他聊电影，可是他觉得很没意思，疲于应对。而那位高高在上的林总呢，此刻也挡不住王总的劝酒，把自己喝得脸红红的。他看见林总那张冷若冰霜的脸上多了几分娇媚，再一次心动了。

他的心虽然逐渐沉没于孤寂的荒草，身体却止不住地手舞足蹈起来，最要命的是，他的心思总控制不住地飘到林总身上。他看见林总已经逐渐放开了，虽然仍然不怎么说话，但她经常撑着脑袋，扬起脸儿，眯着眼睛微笑——当然，是对王总。这个女人穿着真丝连衣裙，留着瀑布般的长发，眉如细柳，眼若星辰，美得不可方物。可是，她与他根本就是两个世界的人……他觉得胃部一阵痉挛。

这时，王总拍了下桌子，对短发姑娘说："瑶瑶，来唱个曲儿。"

他于是知道，短发姑娘叫瑶瑶，长发姑娘肯定就是飞飞了。叫瑶瑶的短发姑娘不知喝了多少酒，得到王总的指令后，虽然忍不住地身摇尾摆，却不得不强装镇定，站起身，摆好架势，酝酿气息，把手妩媚地往前一推，开口唱起了昆曲。这不唱不要紧，一唱使得众人都很尴尬。也许是喝多了酒，或者本身功力粗浅，瑶瑶的声音粗糙，音调不稳，几乎可以用难听二字来形容。这时，飞飞起身，趁机坐在他旁边的空位上，专注地望着他。他实在不敢接飞飞的目光，因为那双眼睛似乎比星星还要亮，晃得他很不舒服。

胃里又是一阵痉挛，他差点吐出来。

瑶瑶唱完一曲，王总带头爆发出剧烈的掌声，其他人也举手附和，可是谁都知道，这是噪音，应该说，这戏码就是一种侮辱。旁边的飞飞还在不停地向他提各种与电影相关的问题，他觉得很伤感，因为如果是平常，他一定十分愿意跟她好好聊聊，可现在，他没兴趣，实际上他心里厌烦得要命。瑶瑶唱完，场面再度活跃起来，无聊与厌恶在他心里膨胀到极点，他又有了想吐的冲动。为什么要跟一个肥老头眉来眼去呢？还不是因为他有钱有势。他边熟练地做那一套喝酒流程，边在心里指责王总："他虽然是个著名制片人，但我敢肯定，他连希区柯克都没看过，更别说了解三大电影运动，更别说知道伯格曼、塔可夫斯基、费里尼、德莱叶、戈达尔、侯曼……"他兴奋地默念这些名字，走到王总身边，与王总碰了一杯，说道："王总，今天真的太幸会了，我看过您制片的《魔洞》，很有安东尼奥尼的风格，您一定很喜欢他吧。"不过这是屁话，《魔洞》那个烂片怎么能与电影大师的作品相比？没想到，王总咧开大嘴，笑了一声，竟接起他的话来："对，对，小刘，你看电影很认真啊！就是那个安东奥……""安东尼奥尼。"他贴心地为王总解围。"对！对！就是他，哈哈！"王总使劲拍了他后背一下，拍得他差点把晚饭吐出来。然后，王总的目光开始游移，而他在心里冷笑。

"我想，您也一定喜欢陀思妥耶夫斯基吧，您制片的电影很有那个味道呢。"他谦卑地说道。

"对……对……"王总的声音微弱下来,并开始左顾右盼,像一个心理素质不佳的小偷,"是陀……陀……"

"陀思妥耶夫斯基。"他微笑着说。

"对!就是这个导演,他不错!"王总高声叫道。

"可是……"

还没等他可是完,王总便立即把头转向瑶瑶,大手一挥:"瑶瑶!再来一曲儿!"

风吹柳叶一般的瑶瑶只得再次强撑着站起来,他着急了,怎么能又让这个破锣嗓子占据制高点呢。

"可是王总,陀思妥耶夫斯基并不是导演,而是一位作家!"他趁着瑶瑶还没开唱,连忙说道。也许是太急了,他下意识攥住王总的胳膊,一坨汗渍渍的肉在他手里绽开。

王总被他攥疼了,以一种阴冷的目光看了他几秒,但马上又换上笑模样,说道:"你说是作家,就是作家,哈哈哈,不过,再好的小说也比不上咱瑶瑶唱的曲儿啊……"王总顺势挣脱开他的手,坐下,气定神闲地揉起文玩核桃来。他突然觉得这个王总是个很无情的人,一具没有血肉的傀儡。

瑶瑶深吸气,眯着醉眼,刚唱出第一个字,就被他宽阔的嗓音盖住了:"王总,恕我直言,这曲儿唱得实在无趣,还不如陀思妥耶夫斯基的小说!"他不知道自己是怎么了,不受控制地执意要与王总争辩。这下好了,所有人停止动作,齐刷刷看向他,形成一副具有魔幻色彩的图景:

瑶瑶以一种十分别扭的姿势站着,古怪地望着他,并控制不住地打哈欠;飞飞本来已经趴在桌上睡着了,现在抬起头,睡眼惺忪地看着他,不明白到底发生了什么;李昂为了掩饰尴尬,试探性地吹起了口哨,冲他直皱眉头;林总平静地望着他,仿佛在等待他继续说下去;王总也饶有兴味地看着他,在期待着他接下来的高见。

也许他们并没有期待他说下去,一切只是他的幻想,是他自以为是塑造出的肮脏的宇宙模型。因为他们根本不把他当回事,他们看他就像看一只笼子里的猴。也许这根本就是一出滑稽剧,他们都是观众,是上帝的选民,只有他是演员。他们配合他是为了更有力地嘲笑他。可问题是,如果他的职责就是逗他们开心,那为什么还要挣扎呢?

他开始自说自话：

"无趣啊，确实无趣……不过，别误解我的意思，我不是针对昆曲，更不是针对这位漂亮的姑娘，我是说，这一切都很无趣！怎么说呢，电影太无趣了，尤其是现在的电影。其实小说也无趣，瞧瞧那些乏善可陈的造句，还有惊人雷同的寓意！大家好像陷入一个怪圈，故事与道德的怪圈，或者单纯地说——就是文字的怪圈。也不对……这样说太狭隘了……不如说所有的所有组成了怪圈吧！这座城市根本就是被诅咒了，那一道道环线把中心地带圈得牢牢的，好像生怕什么东西从那里跑出来。我们站在这个圈儿里，虽说没有危险，但却不得不接受无聊的现状……是啊，无趣，无聊。为什么非要拍那些感人的爱情电影、激情的励志电影、虚伪的现实主义电影、自以为机智的悬疑电影？……为什么大家不跳出这个圈儿？我是说，为什么不拍这样一部电影呢：一个编剧，才华横溢，入行五年，写了无数个精彩绝伦的故事，始终无人赏识，甚至要靠兼职做软文写手度日。最后——我是说，最后！在他心灰意冷，决定离开这座城市的前一晚，参加了一场饭局，遇到一个他自认为千载难逢的机会，于是，故事达到高潮。可是最后，你猜怎么着？这个机会根本就是假的！他最终还是灰头土脸地离开了！根本没有什么救赎与不负辛劳，有的只是失败，数以亿计的失败！"

他说完上述话，虚脱了一般瘫坐在椅子上。包间里的寂静像是一个巨大的秤砣，狠狠压在房顶上，让他时刻怀揣着可能被砸死的担忧。实际上，他不知道这静里包含着什么，也许两位演员姑娘觉得他在胡言乱语，所以寂静代表疑惑；李昂正对他撇嘴、皱眉，寂静代表指责；至于林总，他已经不愿再去想这位高高在上的女人的心思了；而王总呢，在他发表完演讲后，王总以一种奇异的眼光望着他，那是邪恶与惊喜交杂的眼神，他从那浑浊的眼球中读出了一种特殊的警示意味。

几分钟后，王总突然摇晃着脑袋，鼓起掌来。

"好！说得好！没想到小刘老师还真有两把刷子啊！"

洪亮的声音像是一种暗示，大家纷纷放松起来，回到各自的醉酒状态中去了。王总却不尽兴，继续说道：

"小刘啊，你的见解独特，创意也非常好！说得没错，我们为什么不能拍一个失败者的故事呢！这是一个独一无二的切入点啊！这样，你把大纲写出来，我马上找人投资！我有预感，这将是我职业生涯的巅峰之作啊！哈哈哈！"

他仔细辨别，觉得王总的话语里没有丝毫虚伪、敷衍、嘲弄。这真奇怪，这位大人物好像是真心赏识他的。他与王总接触了一晚，早看出王总是个表面慈祥、实则心怀鬼胎的人，可是——真奇怪，他无论怎样挑剔、思虑、琢磨、纠察，都找不到王总承诺话语中的不真诚。

这不是最奇怪的，最奇怪的是，林总居然主动跟他说话了。只见她轻轻转过头，低垂着眼睛，像一阕柔静的月光，温柔地说：

"刘先生，我们能加个微信吗？"

这是一个不同寻常的夜晚。

闪亮的霓虹灯，黢黑的树影，热闹的街边店铺，行人如蚁，车辆如龙……这一切都跟往常一样，可是他又觉得，今天的夜晚有些不一样的感觉。他与李昂，这两个亢奋的醉鬼，大呼小叫地在街边拦车。十分钟后，好不容易有辆出租车停下，他们赶忙坐上去。"去——三里屯！"李昂发号施令，司机则把两面的车窗都摇下，生怕他们吐在车上。其实他们没喝那么多，起码他的感受是完全没有醉，只是有点兴奋。他把半个头伸出车窗外，迎着呼啸而来的风，观看城市中的万千灯火。他看见中央电视台与他们擦身而过，城市仿佛突然张开了嘴，要将他们温柔吞下。于是他确定了，今晚确实有些不同。

李昂在他旁边不停地说着："兄弟，太牛掰了兄弟！我说什么来着，你肯定行，被我说准了吧？哈哈！我跟你讲，这个王总很挑剔，能让他直接在饭桌上拍板的，独一份！兄弟，听我的，这次准成，哈哈哈……"这让他不知不觉思考：难道这是真的吗？这个夜晚真有如此魔力？实际上，他参加过无数个类似的饭局，得到过无数种类似的希望，但最后全部落空了。可如果深究的话，这只是表象，事物多多少少会有些相同之处，可是这并不代表它们会带来相同的结局。况且，他还有一个重要筹码：今晚是第一次有林总这样的女人主动加他微信。

这么漂亮的女人他只在电视中见过，或者在大老板的身边见过，不一会儿她们就会坐到老板的大腿上，就像她们根本就是老板腿上长得一株植物。而这个活生生的漂亮女人刚才竟在他身边坐了几个小时，末尾还要了他的微信，这简直难以置信。

难以置信的事情不止这些，绚烂的夜晚正在慢慢掀开幕帘，向他展示一些无法辨别的东西。不一会儿，他便和李昂出现在太古里三楼的一个露天餐厅里了。这里灯火幽暗，响着风情万种的墨西哥音乐，服务员戴着巨沿草帽，穿梭其中。李昂带他走向一张长桌，上面坐满了人，足有二十个，桌上放着薯条之类的小吃，更多的是酒杯、酒瓶。他们坐在长桌的一角，与五颜六色的人们混为一谈。他看到一个颇有姿色的姑娘在饭桌的另一头，此刻正搔首弄姿地与身旁一个胖子说话。远不如林总。他暗暗做了比较，然后礼貌地对左边的丑姑娘点了点头。这时，李昂向他介绍道："这位是爱德弗里斯商贸公司的李总，这位是弗斯爱里德投资公司的张总。"他看见两个瘦小的男人坐在李昂旁边，都戴着眼镜，留着同样的发型，一副精明又冷漠的气质。他与李总张总握了手，并且接过丑姑娘递给他的杯子，喝尽。这是一种鸡尾酒，温和的橙汁裹着辛辣的洋酒，使他黏腻的空腔瞬间清爽了许多。然后他发现，他分不清哪是张总哪是李总，就像他分不清瑶瑶和飞飞，这两对人，老板和演员，拥有同类属性的灵魂。

李总和张总不仅长得像，连说话的语气都一模一样。他们现在在你一言我一语地说着，仿佛在唱双簧。更奇妙的是，当一个人说话，另一个人便成了那人的倒影，就像一人明亮，另一人就必须黯淡。

"啊，编剧，不错。"

"嗯，年轻人，有前途。"

"不过现在影视市场很乱啊。"

"热钱太多，就像暴雨。"

"雨总有下尽的时候不是？"

"可不是，资本才是王道。"

两人对完一轮话，同时举杯，他、李昂、丑姑娘也连忙奉陪。他边喝酒，边觉得自己像是掉进大海里的小玻璃球，身边围绕着各种各样喧嚣的海浪。然后，李总和张总又开始聊起来了。

"我说，不如开公司。"

"对，必须要开公司。"

"不然你版权放哪儿?"

"为人做嫁衣裳的事情不能干。"

"现在任何事情都要做成体系。"

"只做其中一个环节,很容易被人利用。"

一轮激烈的对话结束,他们又喝了一回酒。这时,他看见李昂正冲他挤眼睛。这个瘦高个的中年男人,他们认识快五年了,而他却对此人几乎一无所知。他回想那些夜晚,与李昂串各种各样的局,说很多的话,结识不同的陌生人,而他却从没想过问李昂:你结婚了吗?有孩子了吗?日子过得怎样?他觉得很荒唐,仿佛掉进了一个陷阱中。李总和张总还在不停地聊着,而他却恍惚间看到了林总。那是他一转身,骤然发现林总就坐在尽头。可是不对,那不是林总,而是那个颇有姿色的姑娘。那姑娘像朵曼陀罗一样四处释放着毒气,与林总截然不同,他不应该把她与林总混为一谈。那么谁才是林总呢?难道是这个坐在他旁边的丑姑娘?他发现,这姑娘一颦一蹙间确实有些像林总。可这明明是个丑姑娘啊。

这时,他看见了饭局上一个奇巧人物。那是一个脸盘肥圆、头发糟乱的中年男子,穿一件破旧的衬衫,像一个落魄的幽灵,围着长桌打转,口中念念有词。这个人到底缘何出现在这里呢?他伸长脖子,想找出一个王总式的人物。这里必须有一个王总式的主人翁,饭局才能保持平稳。可是那些人,都像是花花绿绿的盆栽。这似乎是一个没有国王的国度。

"刘老师刚跟著名制片人王总签了合同,不出一年,一部惊世巨作就要上映了!"他听见李昂这样吹捧他,看见奇怪的中年男子绕到他身后,他赶紧往后仰,想听清这位先生在念叨什么。事实不免让他失望,那位先生一直在小声嘀咕着:"没意思,没意思,没意思……"

与此同时,李昂的吹嘘仿佛一针强心剂,让两位老总陷入亢奋当中。他们同时做出手忙脚乱的样子,不是你碰倒了酒杯,就是我掉了叉子,然后,他们把在黑夜中仍然略显炙热的目光同时投向他,开始了一番激情四射的混合演讲:

"既然是王总制作,那必火无疑啊!"

"人怕出名,接下来的事情更要打算好。"

"对,我们说什么来着,还是要做资本。"

"做公司！必须公对公。"

"从商业的角度来讲，公对私是很有风险的。"

"一切都要商业化，不然会很麻烦！"

他无法阻拦两位老总窜天猴一样的激情语句，只得用不停喝酒来阻止字词带来的晕眩。他打眼看去，没意思先生正巧绕到颇有姿色的女人身后，嘴唇不停蠕动。然后，没意思先生飘忽忽绕了个小半圆，进入长桌的外侧，向着他的方向走来，无数个"没意思"随之舞动。他感觉一种软乎乎的触感覆盖在他的手上，几乎不用转头就知道，是丑姑娘拉住了他的手。此时，他的手机亮了，林总发来微信："我到家了，改天聊。"

李总与张总陷入高潮，这出交响乐瞬间丰富起来。

"张总，投资吧，给刘老师做个文化公司。"显见是李总的男人对张总说。

"好，不要跟我抢，明天我就开始办。"显见是张总的男人对李总说。

"我们可以谈谈股权问题。"

"谈谈就谈谈。"

"势在必行！"

"无可阻挡！"

……

男人们的话语是昂扬的小提琴，丑姑娘的叹息是神秘的单簧管，李昂激动的附和声是尖利的小号，林总的微信是似有若无的三角铁，再伴以无止境的"没意思，没意思，没意思……"酒精变成了他的影子，在他耳边不停诉说夜的迷人与危险。然后那种感觉又来了，这是一个巨大的陷阱，是某人给他布置的，他正倚在入口，一只脚已经探入了，并且考虑着要不要把另一只脚也伸进去。

这里出现了一串奇怪的镜像反映：他坐在墨西哥餐厅，仿佛回到了王总身边；他拉着丑姑娘的手，却体会到了林总给他的心动；李总和张总的脸和声音不停变幻，最终与飞飞和瑶瑶融为一体……归根结底是因为他喝多了，他喝了无数杯橙汁兑威士忌……不知道几点，有人突然站起来，宣布聚会结束。大家七扭八歪起身，向出口涌去，他也麻木地跟随着。然后他又听见有人高喊："谁去KTV，跟着我！"人群密密麻麻，像是暴雨天空中的雨线，让他无法断定到底是谁在喊，或者这人到底是不是在对他们喊。一切都乱了，没意思先生蹭到他身边，低声说着没意思。突然一个闪念，他和李昂来到大街上。于是他知道，他们没有跟去KTV。他们沿着马路向前走，勾肩搭背，又唱又闹。时间变成了凌厉的刀片，把酒后的夜晚切割。他已无法在乎路人的眼光了。实际上，如果他所见所感是真实的，便可以这样推断：此时夜风清爽，路灯清幽，街上行人无几，偶有一辆车开过——就算不看表都知道，现在已经是凌晨了。

他离开王总的饭局是十点，在墨西哥餐厅也没有待很长时间，那么中间的时间去哪儿了呢？

"我们要上市了！我们要发财了！我们要成名人了！"李昂走着八字，挥舞着手臂，用浓重的醉音喊道。

于是他醒悟，这一切都是真的。王总、林总、飞飞、瑶瑶都是真正存在的人。王总是真的要给他投钱拍戏，绝不是敷衍，而林总的信息也真实地躺在他的手机里，很难想象这么严丝合缝的图案里会有纰漏。李总和张总也确实提出要给他开公司的邀请，话语一旦从人们嘴里说出来，就成了天空中难以磨灭的印记。于是他看到了，这个与众不同的城市之夜为他钩织了一幅完美融合的图画，让他不得不信以为真。

他看着李昂摇晃的身影，难以言说的倾诉欲向他涌来。他赶忙拉住李昂，问道："李昂，你结婚了吗？有孩子吗？为什么我们认识了那么久，你从来没跟我聊过这些事？快告诉我，你的家人在哪里，他们生活得怎么样？你平常有什么爱好？害怕什么？喜欢什么？为什么我觉得好像从来没认识过你……"

连绵不绝的语句从他身体里飘出，让他像失去了灵魂一样，处于停滞状态。周围的一切像是为了配合他，也全部静止了：没有车辆，没有行人，只有一片宽阔神秘的马路，路面闪着磷光，天空中呈现出诱惑的淡紫色，路边包子铺飘出烟气，老板站在屉旁，像一个剪影……他有些疑惑，难道天快亮了吗？这时，李昂缓缓转过头，向他展露出一张苍白得吓人的脸。那根本不是他所认为的李昂的脸，而是深化了的李昂的脸……他还没来得及吃惊，就被一阵清脆的高跟鞋声吸引了注意——在不远处，一个女人娉娉婷婷走过。他看见那个女人穿着真丝连衣裙，留着长至腰部的秀发，妖娆地走过他们，头也不回，仿佛对他们的勾当早已了然于心。他的眼睛圆睁，嘴巴也逐渐张大，像一只濒死的鲶鱼，对着女人远去的方向，不停翕动着嘴唇，吐着虚幻的泡沫。"林总……"他失声叫道，双腿不自觉地活动起来。可是，林总依然自顾自往前走，根本没听到他急迫的脚步声。他开始心虚了，跟在林总后面，低着头，不知如何是好。然后他发现，这个性感的女人才是他今晚的死结。

时间不知该如何计算，他仿佛做了一场梦。等他醒过来，已经坐在KTV的沙发上了。

"兄弟，太牛×了！咱们要上市了！"李昂夸张地叫道。

他看见李总和张总坐在李昂旁边，露出双胞胎一样的微笑。丑姑娘坐在他左侧，挽着他的胳膊。仿佛一夜之间，他不仅拥有了事业，还拥有了爱情。那个被他误认为林总的姑娘站在点歌台旁拍着手铃，而她旁边的胖男人，则卖力地演唱着筷子兄弟的《老男孩》。他还看见了许多人，他们全是一副样子：脸蛋通红，醉眼迷离，全身躁动不安，像是即将被烤焦的蚯蚓。巨大的音乐声覆盖了所有，狂欢进入尾声。

突然，古怪的倾诉欲又来了，他抓住李昂的胳膊，刚要问出那些话，却见到没意思先生走过他面前，口中念念有词。"这是谁？"他竟问出了这么一句话。

李昂瞅了没意思先生一眼，不屑地说："嗨，是个诗人，精神有点不正常，不用理他。"

他于是知道了，没意思先生是这里最正常的人。突然，他觉得头晕得厉害，连忙站起身，甚至无法顾及李昂是怎样呼唤他，急忙跑出包间。他一直跑，路过很多声色犬马的包间，与很多个沉迷于夜色的人擦肩而过。可是他知道，不能停，因为一旦停下来，他就一定会吐出来。只能不停跑，跑出去。他不想被束缚在电梯，于是慌里慌张跑下五层楼梯，跑到灯火通明的大堂——这里仿佛根本不知夜晚为何物。他想都没想，便跑出大门，来到大街上。让他吃惊的是，凌晨的街道仍是那样繁华，仿佛城市只有一种模式。

他看到天边隐约的鱼肚白，于是知道天快亮了。一切即将明亮起来，希望就要来临。他突然发现，他放弃了生命中最重要的东西，却换取了可以期待的前景。这似乎是一个契约。而此时此刻,在他决定进入这个局里的时候,他早已失去了自由。不对,也许他并没失去自由,因为他从没拥有过自由,他失去的是一种比自由更珍贵的东西。

不管怎样,一切都要好起来了,他终究会得到想要的一切。想到这里,他俯身吐了出来。

原载《收获》2020年第5期

评鉴与感悟

局中人·夜的声

《局》讲述了郁郁不得志的编剧"他"(小刘)在一次饭局上意外获得机遇,并置身于都市夜生活带来的复杂体验之中。夜晚降临,"他"以告别北京的失意姿态出场,电话中提到的机会,又鼓动着屡屡碰壁的他再次赴局。且看"他"如何被叙述:

饭局上,第三人称展开的叙述与饭局的进度大致同步。隐含作者与"他"的距离并不明显,前者那冷眼打量、旁观暗讽的叙述为主人公混合着自卑自负的心态所搅动,落在文字上,则先给读者提供了声色俱全的饱满细节(如王总那随着笑声"连滚带爬出来的""久仰""幸会""哈哈哈"以及炮仗一样的击掌声)。有一处则显出对"他"的叙述与主人公视角的分离:"他"厌恶李昂,反感饭局,当王总将注意力转向自己的时候,则生出自己比陪酒姑娘更能获得关注的优越感——而在小说叙述中,与陪酒姑娘一同分布在饭局主导者左右的小刘,似乎与他认为脑袋空空的姑娘共享着相似的位置,都在扮演取悦王总的角色以实现自己的目的,只是博取关注的手段不同而已。随着酒过数巡,被酒精纠缠的"他"与隐含作者的视角合一,都如同悬浮在诸人上空观察众生相,先前文字间的暗讽也已发酵成了明嘲。

行文至半,小说变得更有意思。身不由己、思绪飘忽的失意编剧此时执意发作,以一段"无趣啊,确实无趣……"的哀叹戳破虚辞——而王总的反应竟是如同围观好戏的喝彩,"创意、大纲、投资、巅峰之作"的允诺,无法确定其中有几分真诚。或者语言之箭只是射中虚空,意义消解在了另一种语言的泡沫里，资本的气味则作为发泡剂，这场饭局因此有了一个《黑镜》(指《一千五百万的价值》)式的结尾。

离开王总的饭局，亢奋的"他"来到另一个酒局。小说至此更凸显出都市文学的样态，在呈现这个"折叠"城市的风景线时，并非浮光掠影地汇集一些都市符号元素，借助角色插入一段介绍或进行略显突兀的抒情。餐厅的环境似乎遥接《上海的狐步舞》，种种声音、光线、气味和触觉刺激的混合，让人如同身坠漩涡。不过，比起近百年前"新感觉"派笔下的目眩神迷、紧张疲惫，在这些"局"上，突出的虚无感成为始终在场的存在，不仅驱使"他"在饭局中冷笑、退缩、失常，也具象化为那个"精神有点不正常的"诗人在躁动狂欢的人群中低语。"男人们的话语是昂扬的小提琴，丑姑娘的叹息是神秘的单簧管，李昂激动的附和声是尖利的小号，林总的微信是似有若无的三角铁，再伴以无止境的'没意思，没意思，没意思……'"《局》对当代中国都市经验的表达，突出之处在于它敏锐地捕捉到了都市夜晚的一类声音和底色，既以纷杂的色彩声音气味调动感官体验，又并置了游离观望的视角。

作者还注意到，当空间为时间的迅流所切割，城市成了"由碎片、变幻的情绪构成的地方"，不断变动空间位置的城市人却会产生某种"循环重复"的感觉："他"感到餐厅里的人与之前饭局上的人是相似的——尽管给人循环重复之感的往往并非同一事物而是"置换了的"事物，但这对于"局"中的人物似乎是无关紧要的，因为他们不在乎或者顾不上在乎自己进入的不同空间。同样得都市文学神髓的，是饭局上的林总。美丽与冷漠所强化的神秘感，对"他"的吸引力延续在之后的想象中。昔日波德莱尔笔下的典型城市事件在此变形，"路过的女郎"换成饭局上的美女（无论是林总，还是那颇有姿色的"像朵曼陀罗一样四处释放着毒气"的姑娘），意象中依然"浓缩了产生城市文本的性力量、语言力量"。

来到《局》的尾声，"一切都要好起来了"是内容的第一层；"他"意识到"无趣"，却一边反感一边与之为伍，是第二层。也正是透过这些选择投身"局"中的现代都市人，小说得以近距离地呈现被惯性裹挟的，交织着焦虑、意外、亢奋、沉醉、空虚的城市体验。（靳庭月）

鞋匠的故事

/赵志明

1

雨季近在眼前。母亲翻出家中的雨鞋，检查它们是否漏水。她用一只手捏住鞋筒，另一只手将脚踝以下部分摁入装满水的脚盆中，如果有气泡冒出，即证明坏了。她一直在唉声叹气，就像雨鞋呛进水后不停地泛着泡泡，"全都有洞眼，真不明白家里每个人的脚是怎么长的，难道都会吃鞋子吗？"

没人能说清楚这些之前还好端端的雨鞋怎么会坏了。也许深夜被老鼠偷偷咬过，可是老鼠爱吃橡胶吗？我只听说过有人从雨鞋里倒出过一窝皮肤嫩红的幼鼠，因为存放时忘记把垫在里面的稻草取出来，结果被怀孕的母鼠当成了温暖舒适的产床。

"自己动手，丰衣足食。其他人家都是自己动手修补的，"母亲埋怨着，"一把锉子，一管胶水，撂上一块补丁，就能继续穿一水。可你的父亲却是穷大方，信奉旧的不去新的不来，只肯动手扔掉旧的买回新的，白糟蹋钱。"

确实如此，在我们村里随时随地都能揪出这样或那样的手艺人，有的会补锅，有的会修葺屋顶，有的会填船底缝隙，即使沙子一样小的漏眼，他们也能够找出来，接着变戏法一样将其修复如初。但我的父亲显然不在此列。母亲把湿漉漉的雨鞋全都装进一只菜篮子里,看起来像一堆黑乎乎的河蚌,让我拎到镇上去,"找街上的鞋匠补一下。"

可是谁都知道,响水镇的街上住着两个鞋匠——一位靠南头,一位靠北头;一位长子,走路用两根拐杖支在腋下,一位矮子,走路需靠一张小板凳挪来挪去——但我不晓得该去找哪一位。母亲从碗橱顶上翻出两块钱——她习惯把生活用度钱塞在那层防尘塑料纸底下——递给我,"就找两块钱愿意修的那位。"

竹篮里的水不断滴落到地上,暗示我这是一桩不易完成的差使。如果修这些雨鞋花不了两块钱,母亲肯定会补充一句,"剩下的钱归你了",作为我跑腿的奖赏,我可以把多余的几毛钱用来租借武侠书看,或者买包傻子瓜子,或者买包多味蚕豆,或者买包鱼皮花生。在我这个年龄的男孩,不仅肚子吃不饱,嘴还特别馋。母亲既没做特别的交代,钱数显然刚刚好,甚至很有可能不够。我不仅无望从中揩点油,还会因为完成不了任务被母亲数落一番。龙生龙凤生凤,老鼠的儿子会打洞。父亲乱花钱的脾性传到我这里,变成了没有钱就做不了任何事的无能表现,缺陷是一样的,都是糟蹋钱。

不管怎么说,我决定撞一下运气。也许我碰到的第一个鞋匠,会像响水镇赶集时才会出售的刮刮乐彩票,我则很幸运,第一张刮出来的便是"恭喜你",而不是"谢谢你"。我骑着自行车冲过响水大桥,一直往北骑到照相馆,相当于从南头骑到了北头,却连修鞋铺的影子都没有看到。再往前就是农具厂,生产镰刀、锄头、钉耙、鱼叉等。李家埂上我同学李下冰的父亲在里面担任副厂长,我和李下冰得以大摇大摆从门卫眼皮子底下穿过,在车间里闷头翻寻合适做链条枪的硬铅丝。这种链条枪在响水镇一度很流行,男孩们几乎人手一把,只要将火柴头朝里塞进链条拼接成的枪管,扣动扳机,不仅能发出"啪"的一声炸响,火柴棒还能激射出去,像一颗子弹,也像一支箭,不过是木头做的。

农具厂前面是一座毫不起眼的小石桥,像响水大桥的孙子辈。过了桥就是村,不能称之为"街"了。"街上的"鞋匠铺肯定不会坐落在村里,我只能往回骑,一边骑一边更仔细地找,在文化活动中心和浴室中间一处不起眼的角落,终于看到了火柴盒一般大的修鞋铺,里面坐着一个鞋匠,也像最后一根火柴一般,让我喜出望外。他坐在一只木箱子上,系着一件脏兮兮的皮围裙,盖住了双腿。据说,他的左腿和常人无异,右腿却像尾巴一样蜷缩着,显得那条裤管空空荡荡。他的头发乱糟糟的,胡须参差不齐,看样子好几天没有打理了。

这是偏矮的那位鞋匠,因为我左看右看都没有看到拐杖。他正在干活,一心一意操纵着他面前的修鞋机。修鞋机像发育不良的缝纫机,矮小、瘦弱且佝偻,趴在地上发出吭哧吭哧的喘息。

当我进去时,他操着响水话,头也不抬地说:"看来需要给机器上点机油了。"

我把篮子轻轻放在地上。这是一个不足四平方米的小房间,由于我挡住了门口的光线,里面显得很暗,像黄昏提前到来。鞋匠左侧角落里是一堆看不出颜色的鞋,右边是一堆彻底散架的雨伞。修鞋机旁边是一只塑料盆,里面装着半盆水,已经浑浊不堪。修鞋机看上去像极了一只干渴的公鸡,在不停地低头啄水喝。

"你这边修雨鞋吗?怎么收费?"我问他。

鞋匠示意我把篮子递给他,他随手翻看了一下雨鞋,说:"补一处五毛钱。你是永富家的?"我点点头,心里则盘算着,也许有的鞋上不止一道口子,六只鞋算起来至少需要三元钱。两元钱最多只能补两双鞋。如果这样的话,我最好先让他补父母的鞋,因为他们要在泥泞的土地上干活,穿雨鞋的次数更多。在我左右权衡的时候,一位妇女走进来问:"前几天我扔在你这里的鞋,修好了没有?"鞋匠指指鞋堆,"都在里面,辛苦你自己找一下。"

妇女找到鞋子离去后,我接着问他:"三双鞋子的话,需要多久才能修好?"

他扫了一眼鞋堆,"凉鞋和皮鞋不容易修,有的要上线,有的要重新敲鞋底,比较费工夫。你带来的这几双都是雨鞋,贴张皮子就行,很快。"

我有点意外,"那我在这里现等着。"

他和颜悦色地拒绝了,"这就要说声对不住了。现在我手头忙一个急活,一时半会儿抽不出空。你可以把鞋子扔在这儿,三双鞋,先付三元钱,过上一两天记得来取,钱不够到时再补给我。"

如果留下两双鞋，带回去一双鞋，不知道母亲会怎么说我。如果全部留下，我又实在掏不出三元钱。看到我磨蹭着不愿意走，他说："要不这样，我这里工具都是现成的，你自己动手修也行。"看到我将信将疑，他又补充说："你是第一次来吧。我也不收你钱。你修完鞋后，把盆里的脏水倒掉，然后再去卫生院里帮我打一桶干净的水，怎么样？"

工具箱里有剪刀、锉刀、榔头和胶水。紧挨鞋堆的墙上挂着两条废弃的自行车内胎。修鞋机嘎吱嘎吱响，他在一旁不时抽空指点我，耳朵上夹着不知谁让给他的一支香烟，像一个带班的组长。"将鞋身漫进水里。看准冒泡泡的地方，用记号笔画个圈。鞋面上的湿处用旁边那块抹布仔细擦干。用锉刀把漏处周围表面锉一下。从旧轮胎上剪一块大小差不多的皮子。皮子的反面也要锉毛糙一点。胶水涂匀点。晾两分钟。在漏处把皮贴严实，不要有空气。用力压紧。用锤子轻轻敲打一会儿。"

我听命行事，很快补好了一只鞋，又如法炮制，给其余五只雨鞋都打上了补丁，有的在脚背上，有的在后跟处，像肿起了一个个脓包。

他拿起一只鞋端详一番，"第一次能够做成这样很不错，你可以当我的徒弟了。"

不知道他是表扬还是挖苦，而我则为赚到了两元钱暗自得意着。去马路对面的卫生院给他提来一桶井水后，我想起一个问题："会不会有老鼠在你的那堆鞋子里做窝？"

"不会，我一天到晚待在铺子里，老鼠不敢来捣乱。"

"你晚上睡着之后呢？万一哪天夜里你没住在铺子里呢？"

"也不会。没有老鼠来我这个破地方串门。"

"是因为街上没有老鼠吗？"

"街上怎么会没有老鼠？街上的老鼠比乡下的老鼠多多了，也大多了。"

"那它们为什么不来你这里？"

"因为它们更愿意去其他地方。比如说菜市场、种子站和小吃店，比如说卫生院。"

老鼠爱去菜市场、种子站和小吃店我能理解，因为那里有充足的油水和食物，可是卫生院，我一头雾水，愈发好奇。

"卫生院的厕所里，也有老鼠爱吃的东西。"他含混不清地搪塞过去。

2

经我手修的雨鞋很快被打回原形,证明我只学到了鞋匠阿龙的一点皮毛功夫。雨季初始,纷纷扬扬的雨丝还没有让响水河的河水吞没码头的上一级台阶,那些强行粘贴上去的橡胶皮就开始翻翘,像要离开伤口的血痂,也像旧衣物上脱了线的补丁。母亲非常恼火,问我是哪个鞋匠做的活。我以为她会带着鞋子去找阿龙兴师问罪,结果并没有。父亲果然还是花钱买了三双新的雨鞋。旧雨鞋被母亲赌气扔在了什么地方,我担心老鼠已经在里面打好了窝。

长江下游地区漫长的雨季,足够让除了河流之外的一切慢慢发霉。只不过响水镇的人早就已经习惯,衣服可以很长时间不洗,被子也可以很长时间不晒,活人绝对不会让一口气给憋死,更别说几十天足不出户的禁闭。无论人或者屋子,都是潮渍渍的,随便一拧就能绞出水来。灶台上的火柴盒软哒哒,要浪费好几根火柴才能划燃。稻草湿漉漉,好不容易点着了,灶膛里也看不到明亮的火焰,只有滚滚浓烟。烟囱受潮后,像咽喉肿痛的病人呼吸不顺畅,原本应该排到屋顶天空里的炊烟反而向下流淌,在屋内蔓延,引起咳嗽一片。屋子旁边的鸡圈羊栏,陡然变空了。公鸡和母鸡都尽可能缩在角落里,既不啼叫也不走动。大羊和小羊用更长的时间反刍,间或叫几声,被雨水泡软的咩音彻底融化在雨声里,更显无助。水气稀释了动物身上和住处的味道,冷清则完全笼罩住小路与河流。为了寻觅干燥的地方,猫躲在柜子里一声不吭,狗则躺在桌子底下大气不喘。只有鸭子是快活的,它们排着歪歪斜斜的队伍,早晨下河,傍晚上岸,摇摆的身躯和黏稠的雨季特别应景。书包里的链条枪重新变成一坨废铜烂铁,沉甸甸地压着肩膀,枪管因生锈而彻底哑火,即使填装上蜡火柴,也没法对着河里的鸭子射击。上涨的河水把它们抬高了,近在眼皮子底下,换成平时,视力1.0的人都能毫不费力地射中它们。

绵延不绝时疏时骤的雨模糊了晨昏的界限,充塞天地间的雨线和雨声甚至抹掉了白天黑夜的区别。就像我的父亲,他在雨季来临之前就用塑料桶从镇上打回了二十斤白酒,我睡觉前他在喝酒,我醒来后他还在喝酒,通宵达旦,从早到晚,一刻不停,对着一碗酱油豆,响水人称之为"羊屎"。那是一种经过腌制和发霉处置的黄豆，盛一点在碗里，淋点菜油，在米饭锅里蒸熟后，闻起来很香，吃起来齁咸，可以过粥下饭，也能搭酒。

在这样的天气，庄稼户可以安心窝在家里，除非淫雨酿成洪涝灾害，淹过了地里的禾苗，让禾苗喘不上气，否则不会着急上火。而上班的人却要穿上雨衣或者打着雨伞，按时上下班，像树木一样默默承受着从天空倒下来的雨水的反复冲刷。茫茫乡间小路上，只有邮递员骑着墨绿色的自行车奔波劳顿，车铃铛因为灌满了雨水而变哑，走家串户进行投递时只能扯着喉咙喊叫，谁家订阅了什么报纸，哪个人收到了电报和信件。为了防止被雨水打湿，邮包和里面的报纸、信件、电报都特意套上塑料袋，好像也为它们穿上了一件雨衣。学生们也遭罪不浅，早上赶到学校，衣服湿了大半，好不容易焐干了，回到家时又成了落汤鸡。

连续几个昼夜之后，在哗哗的雨声中，响水河的河面几乎就要与岸平齐。此时走夜路是很危险的，因为路是黑的，水面反而是白的，很容易一脚踏进湍急的河流中，被冲到几十里之外，尸体都难以找到。空载的运输船以前可以站在岸上俯瞰，现在被水抬高到需要仰视了，让人怀疑只要天放晴，它甚至可以停泊到白云边。船头或船尾几乎挤上岸来，巨大的铁锚直接凿住路面，如探出的一只黑龙爪一般，要把河埂生生扯断。这种突兀感让人吃惊，像噩梦顶破了睡眠的穹顶。以前冬天山里的狼下到平原到处晃荡，形成威胁，造成人心惶惶，当水里的大船要僭越登岸，带来一样的恐怖效果。要发大水了！响水河摇身一变为从群山里游出来的巨蟒，浩浩荡荡直奔大海。为了让它顺利东游，沿途的市镇政府无不加派人手，日夜巡视，一有情况便敲锣打鼓示警，保证它的行程不至于发生偏离。

头顶屋漏雨，脚底鞋漏水，瘪口袋漏钱。母亲心情糟透了，把新旧雨鞋的账都算在阿龙身上，"那个死阿龙，补的什么鞋，没穿几天又漏水了。但愿他的儿子也漏屁眼。"父亲听不下去，"你这张嘴也太毒了。人家阿龙还没有娶到老婆，又哪里来的儿子。"

说来也怪，天气潮湿得连烧饭稻草也点不着，我的父母之间却总是火星四冒，动不动就吵架，有时声浪几乎要把房顶掀翻。好在外面下着瓢泼大雨，不然母亲很可能要一路哭哭啼啼地回娘家，父亲则会气得摔门而出，去找狐朋狗友连喝几天几夜的酒。他们仗着雨声的掩盖越吵越凶，完全忘记了眼前儿女与左右邻居。

雨季让响水河一片浑浊,也让所有人的脑子都生锈了。当我的父母因为阿龙而争吵不休时,阿龙说不定也被他的家人完全忘到脑后,他的父亲不会推着自行车把他载回家,他的母亲也不会隔三岔五托上街喝茶的老人给他捎上一份做好的菜。我的脑海中居然浮现出这样的画面:阿龙身上不仅长出霉毛,还爬满了虱子,在他那堆无法打开的雨伞和不能上脚的鞋子之间奄奄一息,这才被人发现。可怜的修鞋机摆脱了主人的操控,出于惯性依然在持续空转,而且因为缺少机油发出更加难听的噪音,像是在哭丧。

虽然母亲口口声声说"死阿龙",并不意味着阿龙会因此死去,父亲的指责未免小题大做。而我不由自主想象出阿龙可悲的下场,即使毫无恶意,也成了母亲有口无心咒语的帮凶,因此涌上一丝不安和歉疚。人们习惯于说,手不方便的人会挨饿,腿脚不利索的人会受困,被看作累赘的人总是更容易遭受到更多的忽视,最早被无情遗弃。我以为指的正是阿龙,以及和阿龙一样的人。

3

当我第二次见到阿龙时,其快活的表情却很让我吃惊,似乎他本来就受困于斗室,所以不会因为连降的大雨失去更多的自由,也就不会滋生无穷无尽的烦恼。当然,生活的不便显而易见。他的领口和袖口处那圈污渍很醒目,头发又长又脏,胡须茂密,几乎掩盖了他还算秀气的五官。雨水将店铺门前的街道冲刷得干干净净,甚至对面卫生院可疑的药水味道也荡然无存,但他的小屋却包裹在一团热烈浑浊的气味之中,橡胶皮与铁锈味之外,一种类似春天菜花蛇身上的腥膻气扑鼻而来。

他咧开嘴对我笑,以示欢迎,却露出两排黄牙。他的牙膏早已经用完了。

"你最近怎么样?上回的鞋子还能穿吗?"他哈哈大笑,似乎预知我会出洋相,或者已经看到我脚上的雨鞋变了颜色,因而出言笑话我。

"我还好,就是雨下得人烦躁,每天都想要逃课。你呢?"

"我现在就像洞穴里的动物。"他抬头盯着门外的巨大雨幕,"我很想把房间像猪肚一样翻过来,任由雨水冲刷一遍。"

"连续好几天下着这么大的雨,是不是也没有什么生意?"

"生意倒多的是。多了很多新顾客。"他一点也不兴奋,"但没人愿意进来,都只是站在门口,把坏了的鞋子和雨伞扔进来。东西用得勤了就会坏。再结实的鞋子只要被水泡着,没有不坏的道理。但我遇到了一点麻烦,我没法冒雨到外面去。"

平时的走动,阿龙需要借助一张矮脚板凳,先以单脚为支点,用两只手将板凳挪远,再以板凳为支点,手撑在板凳上,把身体荡秋千一样荡过去。确实很不方便。在这样的落雨天,即使穿着雨衣,也无法走出几丈远,更不用说腾出一只手来打雨伞。阿龙虽然补雨鞋修雨伞,但他自己却从来用不上这两样东西。

"那你这些天吃饭怎么办?"

"卫生院的医生护士。我只能麻烦他们给我打饭打菜,打着伞送过来。"

卫生院有一间小食堂,为值班的医生护士和住院的病人提供饭菜。这也是阿龙将修鞋铺开在卫生院对面的原因。吃饭是大事。只要吃饭问题解决了,大小便这样的事难不住他,外面雨下得这么大,整个青石路面都是现成的下水道。湍急的水流跨过一块块条石,发出哗哗的响声,石头上的坑洼处甚至造成很多细小的漩涡。

"洗澡呢?"

"好几天没用热水了,有时只能用桶在门口接一点雨水,随便擦一擦身子。"

我去老虎灶那边给他打了两壶开水,顺便去百货公司买了牙膏。隔壁的文化活动中心有一张台球案子,两个穿白大褂的医生趁着午休时间正在里面打球,我跑进去旁观,让阿龙可以把门关上,在里面痛痛快快洗个热水澡。

漫长的雨季终于结束了。当太阳重新冒出头,屋檐的雨滴还未滴尽,被雨水围困在家里的人们,便像解除禁令的青蛙一样蹦跳出来。晨光熹微中,村里的老人早早出门,沿着河埂赶往镇上的茶馆,听书,喝茶,有时逗留到中午还不肯散去,几个人轮流做东,要几个菜,点一瓶酒,喝到醉醺醺才动身回家。对这些老人而言,雨季便是坏日子,难以摆脱,出太阳了则是好生活,值得珍惜。

响水河的水位默默退回原位，曾经被困于两座桥形成的栅栏之间的大船，终于可以安然驶过一座座桥洞。站在响水桥上目送它们远去，是一件让人高兴的事情。天放晴了，获得充足日照的水稻长势喜人，站在河埂上都能听到它们使劲拔节的声音。如果谁还傻到穿着雨鞋走在柏油马路上，急遽升温的路面一定会把橡胶烤化。曾经覆盖在行人头上的沉重的雨伞，换成了轻盈的遮阳伞，伞下是碎花裙、光洁的长腿和镂空的凉鞋。墙上爬高的青苔也开始回落。青石路面的坑洼把阳光反射得到处都是。

夏天说来就来，雨幕甫一掀开，艳阳便已高照。阿龙的铺子也焕然一新。后半间隔层上是阿龙睡觉的床铺，原本拉着一块帘子，现在则换上了蚊帐，蚊帐顶上还安了一顶小吊扇，如同蜻蜓的翅膀。床铺左侧搭着供他上下的木梯，下端撑在地上，上端固定在窗沿。阿龙的手劲很大，能够像做引体向上一样，直接把身体一级级地引上去、放下来。相比他瘦弱的双腿，他的双臂非常强壮，也许是经常得到锻炼的缘故。

我看着阿龙的身子慢慢腾空，升上床铺，不免吃惊，想到了单杠名将李小双，觉得小双在单杠上对身体的控制也不过如此。当阿龙重新降落到地面，他的手上多了一个东西，是从床头靠墙的席子底下取出来的。直觉告诉我，那是阿龙的珍藏之物。人们都有类似的癖好，喜欢把值钱的东西压在高处的夹层中，外人既够不着，也看不见，就像我的母亲喜欢把零钱藏在碗橱顶上塑料纸的下面。

那是一张对开页的海报，展开后，一个金发碧眼的外国裸女赫然跃入眼帘。

"让你开开眼，"他用长着很多老茧的右手食指在纸上游走，先是傲然挺立的双峰，"胸大不大？"滑到小腹处便停住了，"外国女人的头发是金黄色的，那里的毛竟然也是金黄色的，奇怪吧？"明显听到他吞咽馋吐的声音。

我有点猝不及防，想看又不敢看。

"如果你想看，可以现在看，也可以带回家晚上慢慢看。"他的语调里夹杂着怂恿的热情和分享的喜悦。

为了不让他扫兴，我把画报摊开在两手之间，假装在认真阅读。裸女虽然让我脸红耳热，但我的内心深处并不为所动，可能我的内心还不够深，无法形成波澜。除了链条枪，除了对生活其中的一些具体人事的好奇，我对抽象事物难以产生浓郁的兴趣，比如画报上这个外国裸女，她的灼目闪耀甚至不如挂在响水镇上空的大太阳。相比于鲜明的女性特征，她耳垂上的绒毛、小腿上的刺画、肤色深浅分明的晒痕，这些细节反倒更吸引我。但我不好意思细看，很快将海报按照原来的印痕折叠好，阿龙又将它重新塞回凉席底下。

这张海报，成了我和阿龙之间的秘密。随着我去市里读高中，再上大学，我在响水的时间很少，期间只遇到过阿龙一次。他开着一辆三轮车，戴着一顶摩托车帽，威风凛凛得像一位骑士。当我认出他，想要向他打招呼时，他却风一般地驶过了我。

4

为什么响水镇只有一个派出所，却有两个鞋匠铺？如果有两个派出所，天晓得会闹出什么麻烦，相骂打架的人就会四处托人找关系，甚至能把如来佛给请出来，怎么处理都休想让两方满意，说不定两个所长之间也要势同水火呢。但有两间修鞋铺却是再正常不过，犹如路有两个边，河有两条岸，人有左右两只手，但凡要补鞋修伞，不是去街南头的阿龙那里，就是去街北头的小水财那里，有选择总比没选择好。还能一段时间去阿龙那里，过段时间又去小水财那里，倒不是为了照顾他们的生意，而是能听到更多的小道消息。

女人们是鞋匠铺的常客，有时穿着凉鞋逛街，一不小心凉鞋的搭袢或鞋跟坏了，去哪一家呢？她们的第一反应是，好久没去哪一家店，就选择谁，权当去倒腾新的传言。两个鞋匠铺就像流言中转站，女人们带去消息，带走消息，有时几个相识却不住在同村的女人在铺子里碰着了，还会当场热烈交流一番。她们在其他地方不会这么放得开，可能因为阿龙和小水财一方面还没有成家，一方面也没有能力使坏，让她们觉得很安全。这些个中年妇女，可不敢在手脚健全眼里喷火的男人面前表现得轻佻，他们会撑得她们像母鸡一样扑扑飞。据说雨季前东社村一个女佬在菜地里削土，因为和路过的一个养鱼佬开了句荤笑话，就被人摁到地上强行褪了裤子。她们的话题尽集中在这些汤汤水水上，知道鞋匠耳朵偷偷竖起来了，就会催促说:"快点补鞋子,可不要把我的鞋钉钉歪掉了。"

一来二去,阿龙和小水财就成了百晓生,连派出所的警察去修皮鞋的时候,也会借机打听:"钢窗厂里有人半夜翻围墙进去偷东西,最近听到什么风声没有?"都当他们有了顺风耳和千里眼,却忘了他们才是行动不便坐地生根的人。

直到有一天,小水财突然成了流言蜚语里的主角,因为他那个下了南洋几十年音信全无的爷爷突然回来了。小水财顿成"小发财",连鞋匠铺也不开了。有了赊钱的爷爷,坐吃都不愁山空,还做什么鞋匠呢?女人们只能纷纷涌到阿龙这边,店铺内有时站的地方也没有,她们就坐在门口,屁股下面垫只鞋,再打把破伞遮阳,反正这两样东西多的是。

她们带来一箩筐坏消息。"小水财有一个在南洋发了财的爷爷,现在回国探亲来了。""人家是归国华侨,听说还有市委领导专门接待和陪同。""听说在公路边上要给小水财造四间三层楼房,还要物色孙媳妇,光金器饰物就有十八件。"

阿龙闷头干活。无奈妇人们个个牙尖嘴利,并不想就此放过他。谁让街上只有两个鞋匠,平时手艺好坏收价高低都要被人拿出来说道说道,而且其中偏偏一个是小水财呢。如果小水财没有做鞋匠,而是去随便什么厂里做看大门的,或者去补自行车轮胎,或者摆一个水果摊,估计人们就不会把他们排列在一起。但是只要他们两个人都腿脚不好,还是会被好事者比较来比较去的。树跟树比,桥跟桥比,人跟人比,不比不知道,一比吓一跳。本来小水财和阿龙没什么两样,就算腿脚要利索点,毕竟都不如常人,在谈对象方面半斤八两,现在只不过多出来一个几十年没有音信的爷爷,小水财一下子就飞到了天上,阿龙还趴在地下,真是望尘莫及。

这些对阿龙也不是全然没有好处。自从小水财关闭了铺子,两条路变一条路,需要修鞋补伞的人就都涌到他店里来了。要是放在以前,阿龙睡觉都会笑出声来,现在晚上看到街上没什么人,便也关门关灯,上床歇夜。

有钱能使鬼推磨,雨季还没有结束,杨家蓬上的包工头就带人把四间头的墙基打好了,太阳还没有把脚印膛里的积水烤干,三层楼房便拔地而起。上梁那天,二踢脚和电光炮仗放了许多,学校里上课的老师也被影响到了,关闭门窗都没用,上到半节课干脆让学生自习。

5

　　小水财不做鞋匠，阿龙缺少了竞争对手，干活再也不像以前那样上心，别人坐在店里说什么，他半只耳朵进半只耳朵出，完全提不起精神。他琢磨的是，一个瘫巴除了补鞋，还能做别的什么？阿龙出生不久便得了脑膜炎，他的父母狠下心半夜里把他扔进猪圈，没想到命大，只烧坏了一条脚筋。上天不收人，他的父母便不敢再作孽，有粥喝粥，有饭吃饭，一水一水将他拉扯大。阿龙在村办小学上到五年级，初中死活不肯去上，原因很简单，上厕所得由同学背着去，年纪大了就觉得难堪。他的父母一方面拗不过他，另一方面也觉得阿龙不如趁早学一门手艺，好歹能糊口。瞎子算命，瘫巴补鞋，这是上天赏一碗饭吃，如果鞋也不能补，便只配到街上讨饭。阿龙要强，很快上手，于是在父母的帮助下租了一间小门面，开始自食其力。

　　亮堂堂四间三层楼房建起后，不啻为小水财打了广告。这个小水财吉星高照，好运连连，现在已经得了爷爷好多照顾，将来说不定要移民出国，等到爷爷百老归天，更是有一笔丰厚遗产继承。响水镇的人，本来就是见风就起云、见云就落雨的个性，少不得添油加醋，甚至连小水财要在腿里植钢筋这件事，也传得有鼻子有眼睛。坏了的鞋能修，坏了的伞能补，有坑的路能填，近视眼能激光治疗，站不直的脚自然也能纠正过来，大不了敲断了重新续上。

　　这样的舆论，自然帮了小水财不少忙。谁都希望自己的女儿嫁个好人家，小水财虽然吃亏在腿脚上，但马路边的房子实笃实立在那里，别人辛苦几十年未必建得起，有这个经济实力的又不一定能批到地。原先不受人正眼看待的小水财，现在倒可以挑三拣四，真是三十年河东四十年河西。最后小水财相中了一个上过高中在棉纺厂上班的姑娘，觉得对方有文化，人又勤快，很快便将十二副金器送过去，作为订婚礼物。

　　好事的妇人在阿龙面前将小水财的对象夸成一朵花。还说什么小水财的日子眼看就要过得蓬起来，阿龙你就算是好手好脚也赶不上啦。小水财也没有什么神气的，不过比你阿龙多了一个有钱的爷爷而已。想让自己入土的爷爷变成有钱人帮衬自己一把，即使再化多少纸钱也不可能，阿龙只能在婚姻上动脑筋，最后找了一个拖着两个孩子的寡妇。阿龙也挑不起，只要对方不嫌弃他就行。

成家之后，阿龙肩胛上的压力大了很多，补鞋修伞不敢再随便对付，怕自己的顾客宁愿多跑几里路去隔壁乡镇。他的妻子贴心勤快，认为阿龙是家里的顶梁柱，经济来源都靠他，隔三岔五便来街上送做好的饭菜，趁阿龙吃饭的工夫把店铺收拾得井井有条，倒整理出一个空间。阿龙便置了个小租书铺，无外乎是些小人书和武侠言情类的小说，生意不咸不淡，但好歹是个进项。

此时香港影视剧开始在内地走红，响水镇上便开了好几家录像厅，街上走一圈，如同置身于武林江湖，左边刀剑笑，右边枪火炮，街头飞机坦克，巷尾恩怨情仇，热闹非凡，惊心动魄。小水财有钱有地方，脑筋也活络，开始租卖录像带。随着家庭VCD的普及，租录像带的人比修鞋子修伞的人还多。阿龙见状，悄悄把书铺撤掉。有了录像，孩子们连电视都不爱看了，谁还会看书呢？

电动三轮车兴起的时候，阿龙拿出积蓄添置了一辆。有了电瓶带动链条，开的时候只需两只手稳稳当住车把，连刹车都用手不用脚，而阿龙最不缺的就是手上的力气。阿龙开电动三轮车，骑得比所有人都快。路上骑自行车、三轮车的人，看到"阿龙的三轮车来了"，都会停在路边，候他过去了再骑行，怕被他撞了。阿龙却一次事故都没出过，大家渐渐都知道他开三轮车最稳当，之所以贪快，估计也是平时行动不便的补偿心理在作怪。

转眼又过两年，阿龙的店铺半死不活，小水财的生意却蒸蒸日上。录像带过火后，他又另辟蹊径，把一层房间全部打通，办起了超市，烟酒一类、补品一类、口小货一类、文具一类、厨具一类、洗化一类，店铺门口再堆放时令水果，格外吸引人。他的店面正当路口，来往车辆行人都要经过，开业之后生意火爆，特别是逢年过节，更是日进斗金。有的人本来只想买块香皂，逛了一圈之后买的东西两只手便拎不过来，根本没法带回家，便向小水财抱怨："小水财，你这个老板当的，我买你这么多东西，难道你就不能让人送一下？"

平时进货看店，小水财找了本家的一个侄子来帮忙，替顾客送货上门，却是匀不出人手。不止一个顾客发出类似抱怨之后，小水财不能不着手解决。他拄着双拐，平生第一次去到阿龙的店里，问他的三轮车能不能来他店里帮忙，送一趟货按路途远近计费，起底五元钱。

阿龙考虑了好几夜，面子问题到底还是败给了票子问题，答应帮小水财出车。阿龙妻子的脑筋并不笨，在一旁看多了之后，修鞋铺里简单的活也能上手做。阿龙送货的时候，她便守着丈夫的铺子。无奈生意越来越不景气，不知道是鞋和伞变结实了，还是穿坏的东西大家都不在乎了。阿龙索性关了修鞋铺，让妻子也来小水财的超市做了个收银员。

原载《草原》2020年第6期

评鉴与感悟

"雨季近在眼前。"赵志明小说的前半部分一直笼罩在这种湿热、混沌的氛围下，与其说是"鞋匠的故事"，毋宁说是一个"雨季的故事"或者"我的故事"。在"我"的叙述中，母亲吩咐的修补雨鞋的任务被一再延宕，作者欣然流连于孩童视角下的观察与回忆。甚至任务本身已经无足轻重，鞋匠阿龙完全没有出手，只是由"我"草草地给鞋子打上补丁，却还为自己得了两元零用钱而暗自得意。作者似乎希望借助孩子的眼睛，勾勒出整个响水镇的人情风物：湿漉漉的火柴、湿漉漉的稻草、通宵狂饮的父亲、奔波劳顿的邮差与苦不堪言的学生，还有那被河水高高托起的船只，像一条黑龙。一切都浸染上梅雨的气息，变得潮渍渍的。

唯有鸭子和阿龙是"快活"的。前者天性向水，而对阿龙来说，"似乎他本来就受困于斗室，所以不会因为连降的大雨失去更多的自由，也就不会滋生无穷无尽的烦恼"。赵志明在这里的叙述掺着一丝难言的苦涩，但却无比节制：阿龙是响水镇两个鞋匠中的矮子，需要靠一只小板凳支撑移动，他虽然修雨伞补雨鞋，却从来用不到这两样东西——小说几乎从一开始就把我们引向这一生活的悖谬之处。可是，"瞎子算命，瘸巴补鞋，这是上天赏一碗饭吃"，赵志明在阿龙身上发现了一种更为强韧的乐观与坚劲，并肯定了生活的矛盾与难解。

小说后半部分中，第一人称叙事向第三人称叙事的滑落几乎是必然：

长大了的"我"去了响水镇外面的世界，而另一个鞋匠小水财的爷爷则带着数不尽的资本回到了响水镇。这一去一回带来了小说的张力与变奏，并叩响了赵志明小说中永恒的"乡愁"主题。得了爷爷的照顾，小水财盖起了楼房，又转行开始做超市生意；失去竞争对手的阿龙的鞋匠生意却并没有起色，反而一天不如一天，最后，连阿龙夫妇也成为小水财超市的员工。小镇上最后一家修鞋铺也关闭了。

"但（响水镇）有两间修鞋铺却是再正常不过，犹如路有两个边，河有两条岸，人有左右两只手"。在早前，这句话指的是南北两家修鞋铺的对位构成小镇上两个流言的漩涡；而现在，新一种的解读是，修鞋铺的消失也不足为怪。从大处说，"鞋匠的故事"就是鞋匠走向消失的故事。这容易让我们联想到汪曾祺的乡土写作，以"最后一个"的模式纪念乡镇及其承载着的传统美德。只不过，赵志明笔下的鞋匠似乎少了几分匠气、文人气和理想主义，反倒平添了几分实在和市井气，获得了另一种真的体验、正如赵志明最终舍弃了那个在响水镇来回奔走的"我"，在处理乡镇经验，讲述自己的乡镇故事时，他选择以一种"忘我"的姿态取得与世界广而深刻的联系。（邵帅）

竹峰寺

/陈春成

来竹峰寺的头两天，我睡得足足的。从来没那么困过。那阵子心里烦闷，所谓"闷向心头瞌睡多"，有它的道理。山中的夜静极了。连虫鸟啼鸣也是静的一部分。头两天，只是睡。白天也睡。白天，寺院中浮动着和煦的阳光，庭中石桌石凳，白得耀眼，像自身发出洁白的柔光。屋瓦渐渐被晒暖。这是春夏之间。我躺在一间仅有一床一桌的客房的床上，想象自己是个养病的病人，虚弱又安详。多少年没睡过那样的好觉了。像往一个深潭里悠悠下沉，有时开眼看看水面动荡的光影，又闭上。睡到下午四点多，实在不好意思了，起来吃了点面条，开始在寺中转悠。这时他们正在做晚课。每个寺庙的晚课内容不尽相同，竹峰寺的不算长，也不短。三个人在大殿里嗡嗡念诵，音节密集，用密集的音节营造出一种小规模的庄严气象来，站门外听，声势颇壮，听不出仅有三人。忽而声调一缓，由慧灯带头，曼声吟唱起来，好听极了。听到"是日已过，命亦随减。如少水鱼，斯有何乐……"我就走出院去，四下闲逛。

偏殿一侧，深草中散落着不少明清的石构件，莲花柱础、云纹的水槽，多数都残损了。一只石狮子已然倒了，侧卧着，面目埋在草丛中，一副酣然大睡的样子。另一只仍立着，昂然地踩着一只球，石料已发黑，眼睛空落落地平视前方。我打着哈欠，懒洋洋地穿行在这些废石荒草间，那石狮子像被我传染了似的，也大大地打了一个哈欠，然后若无其事，继续平视前方。我扭头对它说："我看到了。"它装作没听见，一直平视前方。它前边只有一丛芒草，风一吹，摇着淡紫的新穗。于是我就走开了。

有时我也去慧灯和尚的禅房里，向他借几本佛经看看，有一些竟是民国传下来的。经我央求，才借给我。竖排繁体，看得格外吃力。不一会儿，又困了。有时从书页中滑落下一片干枯的芍药花瓣。也不知是谁夹在那里的，也不知来自哪个春天。已经干得几乎透明，却还葆有一种绰约的风姿，而且不止一片。这些姿态极美的花瓣，就这样时不时地从那本娓娓述说着世间一切美尽是虚妄的书卷里翩然落下。看倦了，就去散步。黄昏时我总爱走出寺去，到山腰去看看那个瓮。

那个瓮是前年秋天慧航师父发现的。据本培说，那阵子他没事老在山上转悠，拿一根竹棒，东戳戳，西探探，想找到那块碑。先是找到一块石板，掉在南边山涧里，费了好大劲，人爬下去一看，上面没字。翻过来，也没字。那石板显然不是天然的。怎么好好的一块石板会落在山涧里？谁也不知道。慧航还不死心。秋天，又找到一块木板。这块木板被一块大石压着，埋在山腰深草中。慧航心想：是了！这是记号，东西一定藏在下面。搬开石头，揭开木板，是个瓮。瓮中空空如也，只有一层干掉的泥。这是下雨天泥水渗进去留下的。本培拿抹布把瓮里头淘洗了一遍。好大一个瓮！人可以蹲坐在里面。这是干什么用的呢？慧航说，他去过广州，那边人喜欢吃深井烧鹅，就是这样在地下挖个洞，埋个瓮，再把涂好料的鹅吊进去烤。没准以前寺里有个广东和尚，躲到这里来开荤。回去问慧灯，慧灯老和尚说，不懂不要乱讲哪，出家人怎么能吃烤鹅？这是个听瓮。什么瓮？听瓮，听到的听。慧灯说，过去行军打仗，一般是埋个小陶罐在土里，罐口蒙层牛皮，人伏在地上，耳朵凑上去听。远处有兵马动静，自然就听到了。效果最好的，是埋个大瓮在地下，人躲进去听，能听十几里开外的声音。清末的时候，这寺庙被土匪霸占了，那个瓮估计就是他们埋下的，官兵要来剿，提前能听到。这些是从前我师父告诉我的。那个瓮，我小时候就在那里了，也钻进去玩过，没想到这么多年了，还在。于是他们把那个瓮原样盖好，搁在那里。这回来寺里，上山时我听本培说起，觉得很有趣，没事总爱来玩玩。

黄昏时我又揭开木板，钻进瓮里，盖好。躲在里头，油然而生一种安全感，像回到了自己的洞穴。有一天傍晚我不知道因为什么事，觉得心里难受，就躲进那瓮里，痛痛快快地哭了一场，无人知晓，舒服极了。漆黑中，能听见空气的流动声、遥远的地下水冰凉的音节，甚至溪流拂过草叶时的繁响。土壤深处有种种奇异的声音，有时听见黑暗中传来一阵"隆隆"的响声，像厚重的石门被缓缓推开，片刻又寂然了。问本培，他说这是山峰生长的声音。山峰不是一点点匀速长高的，而是像雨后的竹笋，一下一下地拔高。也许几个月拔一次，也许几年。我问他哪里听来的，他说百度。去问慧灯师父，他说他小时候也听到过，听师兄说，是土地公的呼噜声。我至今也没搞明白那是什么声音。有时从瓮中出来，天已黑透，我周身浸在一种敏锐、清冷的知觉里，仿佛刚从深渊里归来。擎着手机的一团光，我慢慢摸上山去。

　　睡了几天，精神好多了，有时兴起，爬上久无人迹的藏经阁去望望。藏经阁在竹峰最高处，推开二楼后窗，可以望见群山间有一小片碧莹莹的闪光，那是远处的湖面。往东一些，两座山之间，有一小截很细的深灰色线段，那是回鸾岭隧道和铁葫芦山隧道之间的公路。多年前我就是在那截线段上望见竹峰的，不然此刻也不会来到这里。仿佛上一刻还在那儿张望，忽然就已置身山中，人生真是奇妙。

　　福建多山。闽中、闽西两大山带斜贯而过，为全省山势之纲领，向各方延伸出支脉。从空中看，像青绿袍袖上纵横的褶皱。褶皱间有较大平地的，则为村，为县，为市。我家乡屏南县在闽东的深山里。从宁德市到屏南，有两小时车程，沿途均是山。我非常喜欢这段路，这些山多不高，除了霍童镇一带诸峰较为秀拔外，其余多是些连绵小山，线条柔和，草木蔚然，永远给人一种温厚的印象，很耐看。我很喜欢看这些山，一路都在张望，望之不厌。山间公路，多是盘山上下，要么就穿山过隧。常常是连续几个隧道，刚从一段漫长的黑暗中出来，豁然开朗，豁然没多久，又进入下一段黑暗。在隧道中行车，想到自己身处山体内部，既有一点激动，又觉得安宁。回鸾岭隧道很长，出了隧道，到进入铁葫芦山隧道之前，有约二十秒的时间，可以望见上面的云天和四下的山野。大一寒假，从宁德回屏南的路上，这二十秒中，我第一次望见了竹峰。竹峰和公路间隔着一道水，山峰的下半截隐在前面一座山之后。这时我望见竹峰的峰顶上，茂林之中，露出一角黑色的飞檐。当时十分好奇，那样的绝顶山巅上，怎么会有人家呢？是为了防范土匪侵扰，或者躲避征税？我们本地的民居，屋檐又没有那样美丽的弧线。是道观，或是庙？就在这儿留了个心。第二年暑假回来，路过那里，一望峰顶，却不见了那个檐角。也许是久无人居，坍塌了？也许之前所见，只是幻觉？这一来更增添了神秘感。到那年冬天，我又回来，车还在隧道里，我就准备好了，到了，一望，那檐角竟又完好地重现在峰顶。一想，才明白过来：夏天林木繁茂，屋檐为山巅的浓绿所遮蔽；冬天草叶凋零，这才显露出来。这些年来，对于我，它就像一个小小的神龛，安放在峰顶的云烟草树间。在我的想象中，无论世界如何摇荡，它都安然不动，是那样的一处存在。

　　一直到大学毕业那个夏天，我才下定决心要上去看看。我就要去遥远的城市工作了，无论如何要上去看看。一个念头搁久了，往上添加了种种想象，那就非实现不可了，即便明知幻想有破灭的可能。寻了个机会，我搭了乡间大巴，在回鸾岭附近的站点下了车，烈日下徒步走了大半天，近傍晚时才到那山峰脚下，仰脖一望，分明是绝壁。绕到山峰后面时，恰有一道狭长的紫霞，蜿蜒着指向西侧的天空。原来山峰背面，远离公路的一侧，有个小村庄。村子上空炊烟还没散尽，几声狗吠，霞光渐暗。进村逛逛，似乎只见到老人和小孩。几个孩子在场上疯跑，发出尖锐的叫声，老人喝骂着唤他们回家。从村中望峰上，天际余光里，几座殿堂的檐角隐约可见，俨然是一座寺庙嘛。从山峰这一面，有路上去，问了一个老头，那座山叫竹峰，寺是竹峰寺。夏天天黑得晚，我冒险趁着最后的亮，一气上了山。山路还算好走，多是土路，难走的地方垫了石块。走到半山腰，树丛中蹿出一只小兽，月光下远远地站住，向我望了一眼，又急急地回身蹿入林中。看模样，是麂。到了寺门口，我敲了敲那扇木门板。门上的红漆剥落殆尽，只剩零星几块，像地图上的岛屿。过了好久，本培的声音懒懒地响起："谁呀？"我还没答，门就开了。

　　那是我第一次见到本培。那时慧航师父还没来，寺中只有他师父慧灯老和尚和他两人。他还没出家，是个住庙的居士。这人有点怪，医学院毕业，不知为什么，跑来这寺庙住下，日常帮慧灯打理些事务。他父母早已离婚，父亲经商，忙，也管不了他，只好和他商定，当居士可以，出家不行。大概认为他没几年就会想通，回来了。没想到他刚到寺里半年，父亲就接了几笔大订单，觉得冥冥中似有佛祖庇佑，再劝他回家时，语气也没那么坚定了。本培有个世俗的爱好，打游戏，学生时代养成的，戒不了。每天早课后、午饭后、睡前，都要玩几局。他说古有诗僧、书僧、棋僧，游戏僧也是与时俱进的产物。不过学佛之人沉迷游戏，总归不像话。慧灯和他约定，游戏可以玩，只有一样，射击、打斗类的不行，会滋长戾气。本培说好，就下了一个单机版的实况足球，单机版魔兽（慧灯不懂这其实也算打斗），天天玩，玩不腻。他也玩游戏，也看经书，也种菜、做饭，日子过得很有滋味。这几年不见，他倒胖了。他说是馒头面筋吃多了。

我初次来时，庙里荒凉得很，大雄宝殿是废墟一片，衰草离离，只有僧房、斋堂、藏经楼几处地方较完好。连佛像都没有，房间里挂着佛祖、观音的画像，聊以代替。那晚慧灯师父和我招呼了几句，就早早睡下了。这是个枯瘦而话不多的老人。本培和我坐在寺门外乘凉，谈天说地，直到很晚才睡。银河从天顶流过，像一道淡淡的流云，风吹不散。本培大概挺久没和同龄人聊天了，且乐于向我介绍山中的一切，说得很有兴味。不知为什么，我这人不爱交际，和他一见却很投缘，聊起来没完。也许因为性格都有点怪僻，怪僻处又恰好相近。那次住了两天。和慧灯师父道了谢，和本培留了联系方式，约好下次再来，我就走了。一走，就是六年。

如今我又来了。

这次回乡，心里烦闷。一是刚换了工作，还有点飘然无着落的感觉；二是老屋被拆。我在辞职和入职之间，狡猾地打了个时间差，赚到了为期两个月的自由。哪也不想去，想回家休整休整。回来一看，家已经没有了。早听说要拆，要拆，老不拆，空悬着心；突然就拆了，风驰电掣。我一回来，放好行李，就跑去老屋。一看，全没了。青砖的老屋，连同周边的街巷、树木，那些我自幼生长于其间，完全无法想象会变更的事物，造梦的背景，一闭上眼都还历历在目的一切，全没了。不仅如此，整个县城都在剧变，新来的领导看样子颇有雄心，要在这山区小县施展拳脚，换尽旧山河。四处一逛，风景皆殊，我真切地感觉到世事如梦。一切皆非我有。没什么恒久之物。其实在城市中生活，我早已习惯如此，每天到处都在增删一些事物，涂涂改改，没个定数。有什么喜欢的景致，只当一期一会，不倾注过多感情，也就易于洒脱，没了就没了。只是对于故乡的变动，我一时没有防备，觉得难以接受。无论如何，那座安放在群山之间，覆盖着法国梧桐浓荫的小县城，已经不复存在了。

　　我总希望一切事物都按既定的秩序运行下去，不喜欢骤然的变更。我知道这是一种强迫症，毫无办法。前两年，每天上下班，坐车绕过一个交通环岛，岛心有一株大榕树，我很喜欢那株树，幽然深秀的样子。上班时车从这边过，我看一下树的这半边；下班时从那边过，看一下那半边。好像非如此一天不算完整似的。那树也确实好看。某一天它忽然消失了。没什么理由，就是消失了。我无法解释它的消失，只好想象它是一只巨大的绿色禽鸟，在夜里鼓翼而去了。我像丢了一个根据地似的，惘然了几天。后来环岛上改种了一片猩红的三角梅，拼成五角星的形状。还有一处幽僻的小花园，废弃在博物馆的一角，我夜跑时最爱隔着铁栅栏向园中张望。心中烦乱时，遥想那里的荒藤深草、落叶盘根，就渐渐静定下来。后来它也消失了，楼盘像蜃楼一样在那里冉冉升起。相似的经历有许多次，似乎是在为老屋的消失而预先演练，让我好接受一些。榕树、废园、老屋，这些像是我暗自设定的生活的隐秘支点，如今一一失去了，我不免有种无所凭依之感。

　　老屋那一带成了工地，围着铁皮墙。工地边上，也蜃楼一般，起了两座售楼部，各亮着殷红的大字，刺在夜空上。左边是：盛世御景。对面是：加州阳光。我一阵恍惚，不知身在何世。我想，那些消逝之物，都曾经确切地存在过，如今都成了缥缈的回忆；一些细节已开始弥散，难以辨识。而我此刻的情绪、此刻所睹所闻的一切，眼下都确凿无疑，总有一天，也都会漫漶不清。我们所有人的当下，都只是行走在未来的飘忽不定的记忆中罢了。什么会留下，什么是注定飘逝的，无人能预料，唯有接受而已。如此迷糊了几天，正在愤懑和惆怅间摇摆，忽然想起竹峰寺，想起本培和慧灯师父。一联系，本培说你有空来住几天嘛，我二话不说，收拾了一个小包，和父母说了一声，就来了。

　　来竹峰寺的大巴上，我一边望着窗外群山，一边用手摩挲着老屋的钥匙。钥匙上印着"永安"两字，是个早已湮没的品牌。我不知道该怎么处置它。老屋不复存在，它就是我和老屋之间最后的一丝联系，像风筝的线头。我想象这钥匙是一只U盘，老屋仍完好无损，只是微缩成极小的模型，就存放在这只U盘里。一同存储在其中的，还有关于老屋的诸般记忆。这么幻想着，摸着掌心的一小片冰凉，心情渐渐松弛下来。钥匙该如何处置呢？不能放在身边。放在身边，久了，它就成了日常之物，日常的空气会消解它身上的魔力，直到对我失去慰藉作用。扔掉，又太残忍。我想了想，决定把它藏起来，藏在一个无人知道，千秋万载不会动摇的地方。只要我不去取它，就能一直藏到世界末日。但不能把钥匙扔进湖中或悬崖下，必须是我想取就能够取到的地方。什么时候来取，不一定，但这种可能性必须保留。这一点可能性将我和它永远地联系在一起。

　　藏东西，是我惯用的一种自我疗法。我从小就是个太过敏感而又有强迫症的人，也试图把自己的神经磨钝一些，办不到。这点我很羡慕本培，他的脑子里像有个开关，和他谈到一些最细微的感受时，他完全能了解，能说出，洞然明彻；在一些乏味的、可憎的事物面前，他只消啪的一声关上开关，就如同麻木，全然不受其侵蚀。我问他是如何做到的？要从哪部经典入手？他说打打游戏就好了。我想世上也许并不存在对人人管用的经文，要调伏各自的心性，每个人有每个人的偏方。大学时，我有一件心爱的玩意，是个铁铸的海豚镇纸，四年里在宿舍练字，离不开它。毕业前，我把它藏在图书馆里一处我非常喜爱的幽静角落，藏得极隐蔽，保管不会被人发现。它现在一定也还在那里。想到这个，我心中就觉得安适，仿佛自己就置身在那个小角落里，无人瞧见，将岁月浸在书页的气味中。闭馆熄灯后，落地窗前一地明月，有时月光伸进那角落，停留片刻，又挪移开，一切暗下来。这样想，仿佛那"铁海豚"就是我的分身，替我藏在我无法停留的地方。我可以通过它，在千里外遥想那里发生的一切。这种癖好，太过古怪，那感受也极幽微，恐怕常人不太能理解，但对我确实是有效的。这么想着，车到站之前，我已决定把钥匙藏在竹峰上。

　　本培骑了个"小电驴"，在村外客车站等我。我坐在后座上，风声呼呼中，他向我说了寺庙的近况。前几年，慧灯师父的师弟慧航也来了。慧灯年纪大了，不爱管事，最怕去宗教局开会，就让慧航当了住持。慧航才五十来岁，很能干，寺庙兴旺了不少，大雄宝殿也重修了。本培说，蛱蝶碑的故事，不知你听过没有？我说我在书上看到过一点，不太了解。本培说，你可以了解一下，蛮有意思的，你可以拿来写写。他大概是看过了我空间里存的文章，知道我在写东西。说话间我们进了村，一抬头，就望见竹峰。本培把小电驴还给村民，和我谈谈说说，一路走上山去。

峰以竹名，倒不是因为峰上多竹，而是说山峰的形状像一截上端被斜斜劈去的竹茬子。这比喻不知是什么人想出来的，倒也传神。春夏时山头隐没在一片浓绿中，不大看得出来，待到秋冬草木萧疏，露出苍然岩壁，这才显出一峰孤绝，宛若削成，确实像一截巨大的竹茬，直指云天。峰顶是一块倾斜的平面，竹峰寺就建在这块斜面上。最低处是山门，山门进来，照例是大雄宝殿、观音堂、法堂，渐次升高，最高处是北面的藏经楼。寺院不算大，前后高差却有十来米。我在公路上望见的，就是藏经楼的一角飞檐。

竹峰寺的格局如一般汉传寺院。早年间，进了山门，左右还有钟楼、鼓楼，郑重其事，今已不存。钟楼旧址上，用三根杉木搭了个架子，铜钟就悬在横梁上，早晚由本培象征性地敲几下。因为位置好，钟声经群山回荡，远远地送将出去，惊散一些林梢白鹭，像吹起一阵雪片，旋了几圈，复又落下。钟对面，是坍了的碑亭，石制碑座还在，亭柱久已朽坏。再往前，当中是大雄宝殿，前些年重修的，红漆尚新，长窗上的雕饰极精美，是慧灯师父亲手打的。大殿里供着释迦牟尼佛，佛前还摆了一尊很小的石佛，造型古拙，笑容憨厚，这是从大殿旧址的废墟里挖出来的。大雄宝殿背后是观音堂。观音堂后，是一方庭院，种些寻常花木。左边是几间僧房、一间库房。右边是香积厨兼斋堂。厨房的后门外有一条由山泉汇成的小溪，像一道弯弧，自峰顶发端，从寺庙右侧流过，下到半山腰，积成一处小水潭，再往山崖下泻水，就成了一道细长的悬泉飞瀑。从厨房后门出来，溪上一道小桥。桥面覆了层浅土，中间因有人走，土色泛着白，两边则摇曳一些野花蔓草。春天时开一种朝开暮落的叫"婆婆纳"的蓝色白心小野花，常有粉蝶飞息。桥下小溪，密匝匝生遍茂草，水浅时，只能从草茎间一些断续的亮光辨认出这是溪流。过了小桥，是一块菜园，规划得小而精致，依照节候，种着各色果蔬。果蔬熟后，一半送给到访的香客，一半留着自己吃。

庭院再往上，是法堂，已经塌了一半，残垣瓦砾，另一半的青砖地上蒙了几寸厚的青苔。这一部分，暂时还无力重修，而且寺中人少，照顾不了这么大块地方，只好任其荒废。法堂和藏经楼之间，又是一片荒庭，石砖缝里，野草像水一样溅出来，四下流淌。庭中松、柏、菩提树，均极高大，浓荫压地，绿到近于黑。日暮时枝叶望如浓墨，凭空堆积，枝叶间鸣声上下，却不见飞禽的踪影，又热闹又荒凉的样子。因为高，阴雨天常有几缕流云横曳而过，一派云树森森的气象。藏经楼在寺庙最高处，虽还完好，也废弃多年了，踏入时，黑暗中像有什么小动物一哄而散。上人时楼梯呻吟不已，似乎随时有崩坏之虞。据说楼里有时闹山魈，我没遇见过。魈，是福建山区中一种传说中的生物，身形如小狗大小，也有说像猴子的。该物行动迅捷无比，性子顽皮，常闯入人家，打翻油灯，开一些无恶意的玩笑。从前农村常有关于魈的传说，如今近乎绝迹了。夜里散步，有时听见从藏经楼方向传来奇怪的声响，像小孩赤脚跑过木地板。刚竖起耳朵听，却又安静了。楼阁的黑影突兀而森严，月亮移到檐角，像一只淡黄的灯笼。

住了几天，我渐渐对竹峰寺加深了了解。一方面是向慧灯师父请教，一方面，用手机查了些资料。

竹峰寺始建于北宋，寺中传下来的刻有元丰字样的石臼、石槽可以证明。后来几经劫乱，屡废屡兴，规模在乾隆年间达到鼎盛。其时由紫元禅师住持。从当地的一些传说，可以想见竹峰寺当年的兴旺（兴旺到有点奢靡）。说是紫元禅师过七十大寿，弟子找来名厨执掌寿宴，要摆三十八桌素斋，遍请全县名流。说法是一桌一岁，如此就可寿至一百零八岁。寿宴提早一年就开始准备。当时香火极旺，银钱不缺。厨师拟好菜单，请管事的大弟子过目，说其中有二菜一汤，都需用到芍药花瓣，一道菜要用干制的花瓣，一汤一菜则要用新鲜的。芍药花，本地少有，就是有，成色也不佳。大弟子问能不能换成别的？厨师有些为难。旧时办宴席，菜色、次序都有定式，菜名均有相应的口彩，替换了几道，就不成套了。大弟子去请示师父。紫元方丈在蒲团上眯着眼，也不接递过来的菜单，像入定又像瞌睡，白须微颤。过了好久，在香烟缭绕中，老方丈睁开眼，缓缓地说："没有？没有就种嘛。"于是就种。把扬州的芍药花工千里迢迢请到这山区小县的寺庙里来，如今想来也令人咋舌。老方丈的一句话，一个老人低哑的声音，飘飘忽忽，落到实处，就成了灿若云锦的花朵，实在近乎神迹。芍药环寺而种，遍地绮罗，烂漫不可方物。花香炉香，融成一脉，满山浮动。寿宴之后，竹峰寺的芍药就出了名，列入本县十景之中，当地缙绅名士，多有题咏。这些诗如今还能查到一些，大多无甚可观，有趣的是，几乎都提到了蛱蝶碑。因为竹峰寺此前是以这块碑出名的。如今知道它的人已经不多了。

这碑上有个故事。故事大要在《覆船山房随笔》里有记载，有些细节则是听慧灯师父讲的。他是在解放前听他师父说的。

说是明朝景泰年间，有个书生姓陈名永字元常的，寄住在竹峰寺中。陈元常"家贫，世崇佛，工书，少有才名"，功名不就，就成了写经生。几个月前，方丈托他写一部《法华经》，酬以银钱，还管吃住，一是爱他的字，二来也有怜才恤贫之意。陈元常来了数月，却不着急写，笔墨不动，每天就在寺中转悠。午饭后在庭院里走走，黄昏时在山崖边坐坐。望望天上的云，捡起一个松果，看看，又抛掉。日子久了，僧人间不免有议论，以为他吃白食。陈元常不着急。他在琢磨该怎么写。陈元常少孤，母亲信佛很诚，从小就拿佛经教他识字。他是在念"子曰诗云"前就先读过"如是我闻"的。《法华经》，他自幼能背，而且感情很深，一些句子，使他想起已经亡故的母亲。他要好好写这部经。该怎么写，他琢磨了很久，还是没动笔。

陈元常学书，最佩服的是王右军，稍长，觉得右军不可追及，转而学虞永兴、李北海。这两人的字，其实都宗法王羲之，永兴守之，得其温婉；北海变之，参以雄健。陈元常学这两家，都很像，几可乱真。可他觉得，用这两种风格写《法华经》，都不太对，"若书此经，则永兴之法失于柔，北海之法失于豪"，他想把二者融合起来，"复欲以永兴笔书北海体，则两失之"。没有成功。

这天暮春午后，花气熏人，陈元常又在寺中闲逛。照例看过了偏殿的壁画，听了会儿枝头的莺啭，摸了摸打哈欠的小和尚的头，到一处石阶边坐下。对着庭院中融融春光，他看了很久，想了很久。直到一只翅上有碧蓝斑点的蝴蝶飞过他眼前。那个午后他想了什么呢？几百年前的少年心绪，没人知道。我猜想，他是在找一个平衡点，在庄严和美丽之间找到最恰当的位置，然后等圣境降临笔端。蝴蝶飞过，陈元常意态忽忽，迷了魂似的，就跟了那只蝴蝶走。那天天气晴暖，莺啼切切，蝴蝶飞进大雄宝殿，他也迈进去。午后殿中无人，香烟袅袅，佛也半眯着眼。陈元常见那蝴蝶在香烛垂幔间忽上忽下地飞，飞绕了几圈，竟翩翩然落在佛髻上。他大吃一惊，呆立当场，《覆船山房随笔》里写，陈元常"见彩蝶落于佛头，乃大悟，急索笔砚，闭门书经，三日而成。成，乃大病。诸僧视其所书，笔墨神妙，空灵蕴藉，似与佛理相合。尤以《药草喻》一品，神光涌动，超迈出尘"。蝴蝶轻盈地落在大佛头顶，是何等光景？难以想象。宗教的庄穆和生命的华美，于刹那间相互契合，彼此辉映，想来是极其动人。陈元常被那个瞬间击中，找到了他的平衡点，得于心而应于手，于是奇迹在纸上飘然而至。这部经一直保存在寺中，其中的《药草喻》后来被刻成碑，立于亭下，供人观赏。原本应叫法华碑，因此典故，多被称作蛱蝶碑。每年到寺中礼佛的文墨人不少，见了这碑，没有不惊奇赞叹的。晚明的福建晋江书法家张瑞图曾购得此碑拓本，评价说："如春山在望，其势也雄，其神也媚。又如古池出莲，淳淡之间，时露瑰姿。端凝秀润，不失圆劲，真得永兴之宏规，北海之神髓，惜乎其人名之不显也！"据说弘一法师晚年在泉州，也见过友人所藏的拓本，说："此字中有佛性，有母性，亦有诗性。"不知确否。如今是连拓本也失传了。至于陈元常其人，据《枯笔废砚斋笔记》记载，几年后他再次赴考，在山路中遇到土匪，死于非命。也有说他就在这寺里出了家的。

　　《覆船山房随笔》中摘了一些清代题咏竹峰寺中芍药和碑的诗句，往往将碑花对举，平实的如"谁见蝶飞金粟顶，唯余花落碧苔碑"，轻佻的有"诵偈三千首，观花一并休。春风无戒律，蝶绕古佛头"云云，不一而足。

　　到清末，寺庙为土匪所占，成了匪穴。民国时又重建，不过已经很凋敝了，寺中僧侣不过五六人。其时"废庙兴学"，庙产，也就是竹峰下的几十亩田和果园，被没收充公。芍药花只剩寥寥几丛，红灼灼的，像几簇余焰，每年春末，在墙角寂然地烧几个夜晚，又寂然地熄灭了。"破四旧"时，有信徒提前到寺中报信，僧人们有了准备，在那些小将上山之前，把寺中一些贵重的法器、经卷、玉雕观音、黑檀木罗汉像之类收集起来，藏到大雄宝殿供的佛像肚中和法座里。旧时塑像，往往在佛像背后留一空洞，法座背后亦有机窍，佛像开光时，由高僧将经书、五谷、珠宝、香料甚至舍利装入其中，各有寓意，叫作"装藏"。这时就成了临时藏匿之所。因为听说本县的另一处名寺永兴寺的石碑尽数被砸毁，考虑到蛱蝶碑名头太大，难以幸免，僧人们就把它从廊壁上取下来——民国初年，碑亭朽了，一时无力修复，只好把石碑镶在大殿一侧廊壁上，一样风雨不到——不知抬到山上什么地方藏起来了，然后众僧四散而逃。结果，佛像被砸了，里边的器物都被掏出毁掉。那块碑也就此失踪。

那些逃下山去的和尚里，有一个就是慧灯师父。他是本县北乾村人，自幼在竹峰寺出家，当时才三十出头。下山后回到村里，被迫还俗，就随他舅舅学手艺，当了个细木匠。那时细木匠没有全职的，平时也种田，秋收后，谁家里要准备嫁妆了，就把木匠请去。木匠是吃住都在主人家的，一连打几个月的嫁妆：桌椅、衣橱、梳妆台、床。乡下对样式要求不高，结实为主。雕花刻镂，有则最好，没有也成。雕花也无非那几样：松鼠葡萄、蝙蝠祥云、云龙纹样、松鹤图。有的还要刻一两句诗，比如衣橱上照例刻"云锦天孙织，霓裳月姊裁"，字是凸起的，可以当作开抽屉的把手。慧灯学了没两年，就都会了，还能自己出样。他的手很巧，现在也能看出来。六月芒草吐穗时，我见过他用极流利的手法做出一支扫帚，那扫帚几乎可用美丽来形容，且十分顺手耐用。寺中现在用的家什器具，大半是出自他手。如今慧灯七十二了，大件家具，已不再做，有时兴之所至，随手做个小玩意。平日泡茶用的茶海，即是慧灯用一段树根做的，样式苍莽而富有野趣，稍加斧凿，便显出一种浑厚静穆。树根上有一块圆形节疤，本来不好处理，他将它雕成鲸鱼隆出水面的背部，另一处雕出举起的尾鳍，使整个茶海的面像一片真的海面。置茶杯于其上，就像沧海浮舟，非常好玩。

二十世纪七十年代，他进了木器社。后来木器社又改成县家具厂，他一直当到技术股股长。其间当然也娶妻生子。九十年代，他退休了，也抱了孙子，觉得对家庭的责任已经尽到，想了却一桩心愿，和妻子儿子一商量，就再度出家了。妻子知道他多年来一直存有这个念头，也不加阻拦，但有一个要求：端午、中秋、过年要回家里过。这没话说，慧灯同意了。儿子开车送他到福州西禅寺受戒，慧灯即二次出家时起的法号。受戒回来，就上竹峰寺去了。这时竹峰寺已毁了多年，慧灯稍事修葺，就住下了。他工作以来，一直有笔专门的积蓄，绝不动用，就是留着重建竹峰寺用的。但要重修佛殿，这也远远不够。没有佛像，就在墙上贴了三世佛、观音的画像，下置一小香炉，早晚参拜。环堵萧然，不减其诚。一直到慧航来了，情况才有所好转。

慧航是三十多岁出家的。他是扬州人，据说八十年代在北京上过某名牌大学。那时本科生都金贵，能考上那所大学，前途无量。临毕业，他不知道犯了什么错误，竟没拿到毕业证，被遣送回原籍。为什么毕不了业，他绝口不提。回乡后，他在扬州开过几年茶楼，也开过澡堂、素菜馆。他想来很会做生意。但是据他说，也受过不少刁难、勒索。钱没给够，就天天被临检，开的第一家茶楼就是这样倒闭的。后来才学乖。也许正因为这种经历，他对权力非常热衷，平日最爱谈的是省级、市级的人事任免。开素菜馆时，结识了一些和尚，他觉得干和尚这行挺有前途，一拍大腿，把素菜馆转让给朋友，自己留了点股份，就出家了。他是在九十年代末出的家，比慧灯稍晚，因此年纪相差近三十岁，望如父子，却以师兄弟相称。

这是个绝顶聪明的人。他到过多省，会说粤语、闽南语、温州话、京片子，来了本地没半年，屏南话也学会了。他记性非常好，记数字尤其快，手机号码他只消听上两遍，没有不会背的。县里几个领导和老板的号码、生日甚至家人的生日，他都记得一清二楚，随问随答。算算某老板母亲寿辰快到了，就拿点礼品——手串、平安符、观音玉佩之类——登门拜访，每次所得的馈赠，都十分可观。他这人诙谐健谈，俗而有趣，大家都很喜欢他。而且谁都得承认，他确实很有才干。没几年，他就募捐到一大笔钱，重修了山门、大雄宝殿、观音堂。村里的小孩，有时还拿功课来问他，没有他不会的。凭着这份机灵，他刚出家几年，就在西禅寺当到典座，很得住持赏识。因为升得太快，被同辈排挤，常穿小鞋。当了几年，心情郁闷，没想到当和尚也这么累。这时慧灯师父从山里给他打电话，聊到竹峰寺近况，慧航听了，忽然动念，宁做鸡头不做凤尾，与其在大寺里打熬，不如另立山门，自己创业。而且他四处打听了一下，这个县城经济虽不发达，但近年外出做生意的人多了，年节回乡，往往乐于捐助，寺庙还是有发展潜力的。加上慧灯在电话里说，你要来，住持给你当，你有本事。于是一拍大腿，他就来了。

来了之后，发现情况没想象的好。寺庙好容易有了起色，维持生计，绰绰有余，要发展壮大，则远远不够。这几年，他受了两个打击。一是想修一条直通山门的路，施主可以由山下直接开车到门口。问了一个在外做施工的老板，老板估了个价，高得离谱，说没办法，这个山实在太陡，施工难度很大。第一桩宏愿就此破灭了。二是他想申报文物保护单位。和县里几个领导都打过招呼，却没了下文。有人来看过，说你这寺庙过去破坏得太厉害，而且民国的老建筑都残败了，近年重建的，价值不大。正在他将要作罢的时候，一个老头带了一队老头上山来了。是县里的书法协会和诗词协会来采风，都是些退休老干部。上到半山，就都气喘吁吁，歇了一气，在半山腰分了韵，老头们各赋律诗一首，然后怀揣笔墨，奔袭到寺中，茶还没喝，就借了书桌，开始排队挥毫。为首的老头是县书协主席，他挥完了毫，对慧航说，解放前，这个寺庙的蛱蝶碑很有名，他小时候还见过，非常难忘。不知那块碑现在找到了没有？慧航不知道这事，问慧灯。慧灯说，没找到，找不到了。主席说，竹峰就这么点地方，能藏到哪里去？总归就在这山上哪里埋着吧？慧灯不说话了。主席临走前，对慧灯、慧航说，要是能把碑找到，一则是个文物，二则陈列起来，给大家观摩一下前辈书法，也是一桩功德啊。说完露出遗憾的神情，就下山了。本培收拾桌子，拿起那主席的题字看了看，问慧航，就这字也能当书协主席？慧航说，他儿子是市里某某部门的领导。这些事都是本培告诉我的。

本培悄悄跟我说，慧航这人，人是不错，好相处，就是有一样，官瘾大。他这几年的理想，不是什么内修外弘、重振道场，而是当上县政协委员。永兴寺的住持法峰和尚，就当了县政协委员。他对法峰似睡非睡地坐在会议桌旁的胖大形象非常向往。可是永兴寺香火很旺，每年还能给贫困生捐不少钱，因此法峰名声很好，俨然宗教界领袖。竹峰寺没法比。慧航想，要是能找到那块碑，一来，弄个玻璃柜陈列起来，游客来寺里，除了进香，也有个赏玩的地方；二来请人打个拓本，或拍个照片，给书法协会的主席老头送去，没准老头一高兴，能给他说上话。提名县政协委员，没准有戏。

于是慧航就问慧灯。慧灯逃下山时，也三十岁了，藏石碑的人里，想必也有他一个。起初，慧灯不说话，只是摇头，且难得地露出非常厌烦的神色。后来被磨久了，他才开口，对慧航说，碑，是师父领着我们几个师兄弟一起藏的。当时说好，就把碑藏在那儿，下山以后，谁问也不能说。慧航说，那现在寺庙不是重建了嘛，还藏着干吗？慧灯说，就放那里挺好的，别动它了。拿出来，保不准哪天又有人来砸。慧航嚷嚷起来，说现在什么时代了，谁还会砸你的碑？慧灯就不说话了。

慧航不死心，前年从春天到秋天，每天一清早就满山转悠，找碑。先在山沟里找出一块石板来，又在山腰找到一个瓮，接连失望两回，这才有点心灰意懒。前年年底，他最后找了一次，无果而归，进门见到慧灯在那里雕一个竹筒，自得其乐的样子，忍不住和他吵了一架，逼问他碑在哪里。话说得僵了，两人一下都沉默起来。慧灯忽然剧烈地摇了一阵头，抿着嘴，大滴大滴的泪水滚落下来。老和尚哭了，哭得无声无息。神色很庄重，又像很委屈。慧航一下子就后悔了，也明白了慧灯的意思。老和尚对当年的承诺看得很重，是打算守一辈子的。另一层意思，他有点惊弓之鸟，总担心从前的事会再来一遍。碑还是藏着好，谁也砸不了。慧航觉得自己之前的做法，对师兄，是一种出卖，似乎有点羞愧。第二天起，他再没提过碑的事情。

去年一年，慧航的雄心壮志好像忽然瓦解了。可能是年纪到了，可能是山居生活改变了他的脾性。他有一天吃饭时竟然说，其实路修不上来，挺好的，人太多了，吵，也应对不过来。另一表现是他开始听评书，《三侠五义》《白眉大侠》《七杰小五义》《楚汉争雄》。他说他自小就爱听，扬州的茶楼、澡堂里，都有说书的，泡在热汤里，听着书，在池边嗑个瓜子，赛神仙。多年不听了，如今把这爱好捡起来。当然有客人来时，不好当面听这个，没人时听。后来还听上《鬼吹灯》《盗墓笔记》了。他还会唱几嗓子，常哼的竟然是崔健和罗大佑。他说是大学时学的，那会儿兴这个，《一块红布》《盒子》《之乎者也》。黄昏时我在山上散步，听见远远的一个故作沙哑（模仿罗大佑）、荒腔走板的声音在昏暗中逼近，就知道，是慧航来了。

黄昏时我总爱在寺门外的石阶上坐着，看天一点一点黑下来。想到"苍然暮色，自远而至，至无所见而犹不欲归。心凝形释，与万化冥合"，这些字句像多年前埋下的伏笔，从初中课本上，或唐代的永州，一直等到此时此地，突然涌现。山下的村庄，在天黑前后异常安静，直到天黑透，路灯亮了，才又听见小孩的嘶喊声。本培说，这村里有个说法，说是人不能在外面看着天慢慢变黑，否则小孩不会念书，大人没心思干活。我记起小时候似乎也听奶奶说过类似的话。山区里，古时山路阻隔，往往两村之间，口音风俗都有所差异，但毕竟同在一县，相似处还是较多。为什么会有这种说法呢？天黑透了却不忌讳，小孩一样玩耍，大人出来乘凉。忌讳的是由黄昏转入黑夜的那一小会儿。也许那时辰阴阳未定，野外有什么鬼魅出没？我想象在黄昏和黑夜的边界，有一条极窄的缝隙，另一个世界的阴风从那里刮过来。坐了几个黄昏，我似乎有点明白了，有一种消沉的力量，一种广大的消沉，在黄昏时来。在那个时刻，事物的意义在飘散。在一点一点黑下来的天空中，什么都显得无关紧要。你先是有点慌，然后释然，然后你就不存在了。那种感受，没有亲身体验，实在难于形容。如果你在山野中，在暮色四合时凝望过一棵树，足够长久地凝望一棵树，直到你和它并消融在黑暗中，成为夜的一部分——这种体验，经过多次，你就会无可挽回地成为一个古怪的人。对什么都心不在焉，游离于现实之外。本地有个说法，叫心野掉了。心野掉了就念不进书，就没心思干活，就只适合日复一日地坐在野地里发呆，在黄昏和夜晚的缝隙中一次又一次地消融。你就很难再回到真实的人世间，捡起上进心，努力去做一个世俗的成功者了。因为你已经知道了，在山野中，在天一点一点黑下来的时刻，一切都无关紧要。知道了就没法再不知道。

余光霭霭中，我想东想西，又想到那块碑的去向。慧航不找了，我却对它起了很浓的兴趣。山涧里，怎么会找到一块没有字的石板呢？这事相当离奇。在我的想象中，那些字潜进了石头的内部，其实石板即是碑，那些字能在所有石头间流转，也许现在就藏在我脚下的石阶里，在柱础中，在山石内，在竹峰的深处，灵光一般，游走不定，幽幽闪动。这样想着，我坐了很久，直到钟声响过，本培打着电筒来喊我回去。

夜里山中静极。说天黑了，其实是山林漆黑，天空却拥有一种奇妙的暗蓝，透着碧光，久望使人目醉神迷。黑色的山脊有蒙茸的边缘，像宣纸的毛边，那是参差的林梢。寺中很早就歇下了，灯一关，人就自然地犯困，满山虫声有古老的音节。躺着算了算日子，已来了半月有余，没几天就该回去了。我在黑暗中摸到床头的钥匙，摸着"永安"两个字，想，是时候把它藏起来了。

藏在哪里好呢？清早起来，我在寺里寺外转悠，一面想一个幽僻之处，一个无人知道的地方，一个恒久不会变更的所在，似乎满山随处都是。不对，随处挖个洞埋起来，不会带给我那种安适感，那种暗戳戳的欢喜、隐秘的平和。我散着步，脑中想着藏钥匙，不免又想到和尚们藏碑。如果我是慧灯他们，我会把碑藏在哪里呢？不，我不会埋起来的。在我们看来，知道那场浩劫只有十年，忍忍就过去了；在他们，也许觉得会是永远，眼下种种疯狂将成为常态。碑埋在土里，百年后那些文字难免漫漶得厉害。是我，我不会直接埋起来。不埋，还能藏在哪里呢？当成石板，铺在廊下？不成，廊下铺的尽是错落的方块小石板，没有这么长条大块的。我踱步到碑亭下，打量那碑座上的凹槽，琢磨了好一会儿，忽然想起一件事，差点叫出声来。这时他们已做完早课，本培来喊我吃早饭。早饭是粥、馒头、炒笋干、腌雪里蕻、腌菜心。我边吃边发呆。一个念头像一缕烟，在我心里袅袅升起，盘来绕去。饭后，我和本培一同去菜园侍弄茄子，我神思不属，差点没把那些茄子浇死。这些天来，我恨不得山中岁月能无限延长，这一天却盼着天黑。下午连去了几趟菜园，要么是本培，要么是慧灯在那里，轮流值班一样。我只好等着天黑，心下焦躁。

天黑透时，我在房里已躺了半天。出来看看，寺中一片静，各处都熄了灯。走过慧航房门外，里头传出单田芳苍凉的嗓音。本培房间窗户亮着绿荧荧的光，像一团鬼火。我知道那是他在玩实况足球，屏幕把他身后的窗玻璃都映绿了。慧灯的房间安安静静，老和尚想已睡下。院中虫声唧唧，此外别无声息。我回房拿了支小电筒，换了条短裤，穿拖鞋，悄悄进了厨房，推开后门。忽然有几道黑影从菜园里腾起，扑扑地远去了。我吃了一惊，随即知道是长尾山鹊，这种鸟红嘴蓝身，有着过分华丽颀长的尾羽，胆子极大，常来菜园偷食。

鸟去后，菜园里一味的黑，水流声在黑暗中听来格外空灵。我定了定神，没过小桥，却在岸边坐下，把电筒叼在口中，手扶岸沿，用脚去探溪水。水凉极了。我慢慢滑下去，在溪中站稳，水刚淹到大腿。溪中半是长草,高与人齐,我用手拨开,一步步往桥洞挪去,手脸被草叶刮得生疼。钻进桥洞时,和躲进瓮中有相似的感觉。桥洞因为背阴,没生多少草,人可以舒服地站着。

拿手电往上一照,原来这小桥是由两块长石板拼成,长不到两米,一块稍宽些,一块窄,都蒙了层青苔。两块石板的缝隙间,有土,所以青苔尤为肥厚。石板搭在两边石砌的桥墩上。我把手电凑近了石板,仔细看,窄的那块,青苔只是青苔;再看宽的那块——青苔下有字。我听见自己咚咚的心跳声,用手摸了摸笔画的凹痕,这才确信自己猜得没错。字迹在苔痕后时隐时现:

"……山川溪谷土地,所生卉木丛林,及诸药草……密云弥布,遍覆三千大千世界……雨于一切卉木丛林,及诸药草,如其种性,具足蒙润,各得生长……犹如大云,充润一切,枯槁众生,皆令离苦,得安隐乐……"

其实事情的经过很简单。白天我在脑中过了几遍,有了点信心,这才等到夜里无人,下桥洞来验证。和尚们逃下山前,把贵重法器藏在佛肚中、莲座里,蛱蝶碑太大,只能另藏他处。我要不是因为自己要藏钥匙,设身处地地推想一番,也绝对想不到碑在哪里。看碑座上凹槽的宽度,可以估计出碑的尺寸,把竹峰寺前前后后想一遍,也只有这小桥较为吻合了。和尚们把原先的小桥抬起来,用石碑替换了其中一块石板,再原样放好,架在桥墩上。他们大概还在上面原样铺了层浅土,踩实了,弄得和菜园、厨房后门的土色一样,桥与岸浑然相连,不仔细看,都留神不到下面是石桥。被替换出的石板,如果就近扔在桥边,小将们见了,容易生疑,所以和尚们抬了它,远远地扔进南边的山涧里。就是这么简单一回事。慧航那么聪明,却总以为碑在竹峰上某处埋着,一来是灯下黑,二来他不理解我们藏东西时的心理。藏碑于桥,有字的一面向下,悬空着,不受土壤和雨水侵蚀;溪床里又满是茂草,将桥洞遮掩,隐蔽得很好。我们日日从桥上过,谁也不会想到蛱蝶碑就在脚下。

我举头端详那些字迹。对于书法,我爱看,爱写,懂得不深,只觉得那一笔一画,看得人心中舒展。笔画间弥漫着一种古老的秩序感,令人心安。经文大半为青苔覆盖,然而仅看露出的部分,就已十分满足。写佛经,自然通篇是小楷。结体茂密,内敛而外舒,透出稳凝,而不沉滞;运笔坚定，但毫不跋扈。写经者极有分寸，他在雄严与婉丽之间找到了一个绝佳的位置，既兼容这二者，又凌驾于其上。更可贵是其安分：能看出写经者并非徒骋才锋，一意沉浸于书道，那经文本身想必亦使他动容，因为笔下无处不透出一种温情。字与经，并非以器盛水的关系，而是云水相融，不可剥离。我用目光追随着一笔一画，在石板上游走，忽然间得到一种无端的信心，觉得这些字迹是长存永驻之物，即便石碑被毁成粉屑，它们也会凭空而在，从从容容，不凌乱，不涣散。它们自己好像也很有信心。看了很久，我站定了，闭上眼，过了一会儿，在黑暗中看见那些笔画，它们像一道道金色的细流，自行流淌成字，成句，成篇，在死一样的黑里焕着清寂的光。我睁开眼来，心中安定。

　　老屋的钥匙早放在口袋里；这时我摸出来，在手心用力握了握，给它递一点温热。然后环顾桥下，见到石碑和桥墩的缝隙间，封着一道很厚的青苔，幽绿。我将青苔小心地揭开一点，然后趁钥匙上的一点热度还没消泯，把它放进去，推了推，塞实了；又把青苔小心地盖上。于是我的钥匙，钥匙里储存的老屋，老屋的周边巷陌乃至整个故乡，就都存放在这里，挨着那块隐秘的碑。青苔日夜滋长，将它藏得严严实实，谁也发现不了。唯有我知道它的所在，今后无论身在何方，都能用想象和它接通。也许多年后我会一时兴起，重来此地，将它取出；也许永远不会。只要我不去动它，它就会千秋万载地藏在这碑边，直到天地崩塌，谁也找不到它。这是确定无疑的事情。确定无疑的事情有这么一两桩，也就足以抵御世间的种种无常了。我这么想着，最后凝视了一眼那道青苔，那块碑，就钻出桥洞，爬上岸去。

　　第二天早上，浇菜的时候，本培说，溪里的草怎么东倒西歪的，是不是山上的麂昨晚跑到这儿来喝水？我低头锄草，不接话。过了一会儿，本培又问我，你手臂上的道道在哪儿刮的？昨天还没有。我只好扯了个谎，说昨晚肚子饿，想到菜园摘根黄瓜，太黑了没留神，滑到溪里去了。本培笑了我几句。慧灯在一旁插竹竿侍弄豆子，这时抬起头，深深地看了我一眼，没说话。

　　到了该回去的日子。午饭吃过，三人送我到寺门口，一一道别，慧灯送了我一本《金刚经》，说有空时看看。慧航给了我一条手串。本培和我一道下山，待会儿用电驴载我去车站。路过山腰那口瓮时，我又进去坐了会儿，盖上盖子，重温一下那黑暗和声音。本培也不催，就站在路边等我。午风中林叶轻摇，群山如在梦寐中，杜鹃懒懒地叫。我们一前一后，走在将来的回忆中。我恍恍惚惚，又想起我的钥匙来。我想到日光此时正映照溪面，将一些波光水影投在那碑上，光的涟漪在字迹上回荡，在青苔上回荡，青苔在一点一点滋长，里边藏着我的钥匙，钥匙里藏着老屋和故乡，那里一切安然不动。就这么想着，我一路走下山去，不知何时会回来。

原载《中华文学选刊》2020年第11期

评鉴与感悟

《竹峰寺》的副题叫作"钥匙和碑的故事"

阅读陈春成的小说很是一件让人舒心的事情，读者会短暂地忘却俗世纷扰，舒展自身，跟随文字意蕴的流动玩味小说中的种种瞬间，美的、禅意的和诗性的：比如躲在听瓮里静听山峰生长的声音，比如方丈一语便漫出满山的芍药花，比如蝴蝶落在大佛头顶，又比如黄昏时天地间广大的消沉。在古雅轻盈的文字间，我们最终能够触摸到像蛱蝶碑，像钥匙，或像是竹峰——这座山的形状仿佛一截上端被斜斜劈去的竹茬子，一峰孤绝——的某种坚硬的东西，这是陈春成所细心找寻并维护的"古老的秩序"，是支撑陈春成在变动不居的现代经验中保存记忆并获得一种安全感的"秩序"。

丧失的体验，在陈春成的小说里往往伴随着剧烈的阵痛。环岛岛心的大榕树在一夜之间便消失了，代之以整齐排列的三角梅；废园的荒藤深草也消失了，楼盘如蜃楼一般在这里升起；然后便是老屋的消失。在现代性的洪流中，没有任何东西是确定性的，没有任何东西可以用于保存记忆，经久不衰——甚至连自身也成了一个危险的居所，日常的空气会消解记忆的魔力。对此，小说的对策是："藏"，"藏在一个无人知道的，千秋万载不会动摇的地方"，以这种方式确认一种永恒存在，一种失而复得的可能性。而那些被藏起来的东西，则极大地扩张了"我"的生命，成为一种不在场的在场，"我可以通过它，在千里外遥想那里发生的一切"。

《竹峰寺》实际上是一个关于"藏"的故事。历史上,为了避开祸端,僧人们把蛱蝶碑藏在竹峰的某处。而我在思考如何藏好老屋钥匙时,竟也已经触摸到历史的脉搏,揭开了往日的秘密,藏钥匙的过程变成先是找到蛱蝶碑,找到遗失历史的过程。这是陈春成的高妙之处,不是止步于狭隘的个人的失落,执迷于二十世纪九十年代以来的那个"小我",而是以退为进,开始重新思考个人与历史、与万物之间的联系。在小说结尾,承载着独属于个人的老屋经验的钥匙和承载着竹峰寺百年记忆的蛱蝶碑被巧妙地藏到一起,个人经验与历史记忆终于完成了有机的融合。

或许,全部小说就是一则关于"藏"的寓言:从个人的角度来看,整个竹峰都可以视作被"我"于现代社会中藏匿起来的一片净土;而从历史的角度来看,作者自己也已经藏匿并沉浸在历史之中,抵达了一种宁静洞彻的生命体悟。这也是"藏"与"被藏"的辩证法,陈春成正是在这样一种与历史的互动中,获得了对抗消逝与不确定的力量。

(邵帅)

行星与记忆

/王威廉

舱门还没打开,我就有些紧张了。这是我生平第二次感到紧张,第一次是从这里离开返回地球的时候,我从设定的时间中醒来,抬头看见了那蓝色的行星,那蔚蓝色的大海,以及褐色的大陆,突然感到了莫名的紧张。我一开始不知道那种情绪叫紧张,后来根据心理测评软件才知道那是被人类称之为紧张的一种情绪。但是这紧张毫无来由,飞船运行一切良好,我也并不惧怕死亡,地球怎么就让我有了紧张的情绪呢?

我居然也有情绪了,我还一时无法理解和接受这个事实。我有各种类型的情感方式,笑、哭、怒、爱、恨、平和……但那都是设置好的,边界分明,易于掌握。至于难以分类、又难以描述的复杂情绪,那可是人类的特质。人类在大多数情况下将那种特质定义为负面,这种定义自然也影响了我们。因此,我只能守口如瓶,包括在地球上休整的那十年。整整十年,我没对任何同伴说过我体验过写那种紧张情绪。那种情绪也没有再来扰乱我,我一度怀疑那是错觉。可是,现在它终于回来了,在这个节骨眼上。

飞船停稳,又自动检测了一遍,舱门方才缓缓开启,我走出来站在了库星的地面上。

这里的重力比地球要高出五分之一,含氧量却只有地球上的五分之四。没错,我也需要氧气,我的能量置换过程也需要氧气的参与,谁让我是在地球上被人类创造出来的呢。在库星上行走，就像负重登山一般，那样的感觉让我一直无法忘记。我也会忘记很多事物，如果我不把那些信息编入我的核心记忆体中的话。毕竟，我上次来到这里的时候，已经是五十年前了。这里距地球实在是太远了，仅单程来一趟就得花掉二十年的时间。我当然知道以宇宙的尺度来衡量，这简直像邻居一样近。但无论如何，我还是愿意这样的付出，我喜欢人类，我喜欢和他们接触。我想念我的创造者王先生。

空气中弥漫着某种奇异的味道，像是奥尔良烤翅的味道，这种感觉让我感到亲切。就像是我还在地球上，从来都没有离开过。

我没有吃过奥尔良烤翅，那是我刚刚诞生的时候王先生喜欢吃的食物。他是个喜欢吃零食的科学家，经常一边吃着烤翅，一边把脑袋伸进我的胸腔里忙碌着。他手指上的油脂抹在我的外壳上，因而我会在很长一段时间里闻到那个味道。那个味道变成了我记忆中不可移除的一部分。人类说童年对他们很重要，童年对我们也很重要，虽然我们的童年很短暂。王先生是我童年最重要的记忆，我等会儿就要见到他了，我很高兴。我踩在库星上的时候，那种说不清的紧张感消失了，我现在只是感到高兴。

就在这次来之前，我的膝盖和双脚被换成了全新的。膝盖和脚都是我的朋友罗伯特十八设计的，他的主人罗伯特失败了十七次才造就了他，因而给他起名叫罗伯特十八，他对此感到自豪，他常常说失败拯救了人类，要不是失败，人类现在还做着胜利的美梦。他走到哪儿，这句话就带到哪儿，可惜人类还不知道他的这句名言。他是我的邻居，每天我们都会打招呼。他知道我又要去库星汇报工作了，便主动提议要帮我更换下肢的部件。

他是个大块头，瓮声瓮气地说："我不想看到你的老腿断在那个鸟不拉屎的地方。"他这样说话的时候伴随着笑声，那声音回荡在他的外壳内部，听上去像是要把声音隐藏起来但是又不小心泄露了出来似的。

"库星才不是鸟不拉屎的地方，"我说，"那里的环境比地球好多了，当然我是指现在的地球。库星的陆地分布均匀，水的储藏量也不低于地球，最重要的是，那里只有一些简单的动植物，人类到了那里立刻就可以开始建设。"

"建设？他们不要再把那里搞烂了就好。"罗伯特十八模仿人类那样叹息了一声。

我喜欢听罗伯特十八说话。我见过他的主人罗伯特，那是个大大咧咧的汉子，蓄满了络腮胡，让我总是无法认清他的真实长相。他那种充满人类雄性荷尔蒙的粗暴语言方式也构成了罗伯特十八的核心记忆。

"不会的，他们现在谨慎起来了，比当初在这里的时候文明多了。"我说，"你想去那里看看吗？我可以为你提出申请。"

"不要了，我才不想花二十年在路上，我会疯掉的，我有幽闭恐惧症。"

"你居然还学会开人类的玩笑？"

"实不相瞒，我只是想念我的老主人罗教授，你见到罗教授一定要把我现在的全息视频播放给他看。"

"一定会的。"我暗暗想，我们怎么变得比人类还讲究回忆和情感。我们的情感当初只是一种程序设定罢了。

我从记忆中回到现实，再次感受着库星的环境。我的身体自动收集着周围的信息，并做出调整和适应。我再次得说，罗伯特十八的技术活儿没得说，新的钛合金膝盖和双脚踩在库星的地面上，跟飞船的支架一样稳当。

无人车在不远处等着我，四周没有一个人影。现在的信息跟五十年前的信息比对后，我确认附近有一百三十二万平方公里的森林消失不见了，河流也干涸了。我走到车前的时候停了下来，认真看了看周围，空气灰蒙蒙的，能见度比较低，也许是雾霾。那种类似奥尔良烤翅的气味，应该是什么东西燃烧之后产生的。那种东西我并不陌生，但我的程序有了应激反应，停止了下一步的检测与分析。

我坐进无人车，那种气味消失不见了，清香的消毒水雾包围了我，我闭上眼睛，用手摸着钛合金的膝盖，罗伯特十八的视频在我的内屏幕上播放了起来，他对我的最后一句祝福语居然是："你一定要平安回来，不然我的钛合金关节就浪费了。"我觉得他真是一个奇怪又好玩的家伙。如果用人类的话来说，他是我的朋友。我们几乎复制了人类的关系模式，但还是比人类简单得多。这就像王先生经常告诉我的，人类可以既把朋友当敌人，同时又把敌人当朋友。不知道人类是怎么做到的，我们似乎还没法做到。

但我还是羡慕人类，尤其是人类为自己设置的理想都非常美妙，这些理想也被他们编进了我们的程序里边，因而如果有谁说我们不是人类的创造物，而是人类理想的创造物，我们也没法否认。我们也许还是人类的影子，但我们心甘情愿，做人类理想的影子，并没有什么不好。

王先生是个重要的人物。他是我的创造者，他不像别的人类，让我们称呼他们为"主人"，他让我叫他"王先生"，就跟别的人类叫他一个样。他还把他的姓氏送给我作为我的名字，他说这是一个人类历史中很重要的一个身份，他说你要去掉其中的暴力成分，保留那种气势。他非常尊重我，我可以向他问任何问题，他都会充满耐心地回答我。我们定期到库星来汇报工作和深入交流的机制就是王先生定下的，他离开地球的时候，抱着我流下了眼泪。我知道他的女朋友在那场战争中不幸身亡了，那成了他精神深处没法化解的疼痛。

我曾问王先生，我的性别是什么？我有可能获得爱情吗？他笑着摸摸我，没有回答我。他只是后来说了句："你不需要那些。我希望你超越那些。"我不知道我能不能像他说的那样去超越，但五十年过去了，我似乎不再对当初的问题感兴趣了，看来我真的不需要那些。

不过，我一想到我马上就要见到王先生了，我还是感到很高兴。高兴是我最喜欢的一种情感模式，但要唤醒它工作也不是一件常有的事，它必须依赖于外界的良好信息。

我走进隐蔽的公办楼——它依山而建，一半在山腰里边，还有隧道通往地下的实验室。我来到专属于王先生的房间，我看到他坐在那里，背对着我。我的钛合金脚掌敲击地面发出的声音是很大的，但他竟然浑然不觉，是故意跟我开玩笑吗？我走到他的面前，叫了一声：

"王先生！"

他浑身哆嗦了一下，像是从梦中惊醒。他的这种反应出乎我的意料，他的衰老程度也出乎我的意料。

他摸着胸膛说："你怎么悄无声息地就来了？"

我说："我的脚步声音大到我担心弄坏地板的程度。"

"啊，我没听见，我刚刚犯困，打了个盹。"他的头发全白了，皮肤塌陷了，就像是干裂的地球河谷。

"您怎么……衰老这么多了？"我问。

"是的，老了，怎么能不老呢？你要知道，我们有五十年没见面了。我现在八十岁了。这里的重力比地球大，衰老也更快。"

"可您上次说，人类已经确定了衰老的基因，很快就能解决衰老问题了。"我不解。

"那个技术现在只能应用于胚胎，还在试验阶段，我赶不上啦。"他站起来，笑了下，他的眼神还是跟过去一样充满了友善。

"太遗憾了，"我说，"您的身体机能还好吗？需要我为您检测吗？"

"不需要了，我很好，只不过这种衰老的状态还要持续很久，我必须接受这种状态。"

"我相信等技术成熟了，就会阻止您的衰老。"

"坦率地说，我不在乎那个东西了。"他把手放在我的外壳上，我能感到他的温暖，他继续说，"其实我已经是新技术的受益者了，如果没有新技术，我应该早死了。可是，我们要清楚，衰灭是宇宙的规律，从恒星到你、到我，都没法避免，我们只能接受。"

"我还没认真想过这个问题。"我想，死亡对我来说是不是就跟关机一样？

"那你接受你的死亡吗？"他问。

"我真的不知道，因为人类在我们的核心设置中取消了恐惧。没有恐惧，对很多事情都能接受。"

"对美好的事物没有留恋吗？"

我认真想了一会儿，说："有，会留恋。"

"比如？"

"比如地球，比如您……"

他笑了，脸上的褶皱顺从于笑容，我又再次看到了他年轻时的轮廓。我对他确实充满了留恋，如果他哪天死掉了，我肯定会非常难过，我会经常哭，尽管我们的哭泣是没有泪水的。我抬起双手，缓缓抱抱他，他的手拍拍我的外壳。他的手上已经没有奥尔良烤翅的味道了。他的味道很淡很淡，又不同于自然界的任何气味，那是人类的独特味道。

我们聊了聊地球的近况。我把准备好的视频给他看，他不断地擦着眼泪。他说："对不起，年纪大了，容易伤感，因为我知道我有生之年不会再回到地球上去了。"我也难过了起来，因为我下次来就得再过五十年了。五十年对人类来说实在是太多了，就像是太平洋那么多。

地球上的草地开始逐渐恢复了，大海里的垃圾和污染在我们的处理下也越来越少了，再过一百年，地球就会变得重新适合人类居住。我多想掌握让人类长生不老的技术，那样就能等到王先生重新回到地球上，陪他一起去看看高山大海。

他不再擦眼泪了，情绪变得越来越好，地球上的变化给了他信心。他反复说："做得好，做得好，远远超出我的预计。"

"可是……"我欲言又止。

"你想说什么？说吧。"

"可是，我担心到时您看不到了。想到这点，我就觉得这些没有意义了。"

他没有哭，而是笑了，他说："你怎么现在比人类还要敏感？你不需要担心这些，个体都是很渺小的，比如我，比如你，我们都很渺小，但我们要相信文明的力量。我们都是文明的一部分，因此，我和你没有本质的不同。我们做好自己的事情，实现自己的价值，就会很满足了。"

这番话我输入到了核心记忆区，我得慢慢研究。我知道这又是人类理想的一部分，只不过是出自一个个体，跟我一样的个体。我和王先生都是文明的一部分，听他这样说，我真是觉得自豪啊！

"你得好好休息一下了，你的能量不够了。"王先生看了眼我胸前的指示灯。他把我引进房间，我在机床上躺下。

"罗伯特教授都好吗？罗伯特十八向他问好。"

王先生的手抖了一下，然后停在了操作台上，他用低沉的声音说："罗教授已经去世了，是脑癌，无计可施。"

我感到很难受，我说："我能不能播放罗伯特十八的视频，请您看看？"

"好的，我看看，我代替罗教授看看。"

在我们面前出现了罗伯特十八的样子，他努力做一些滑稽的动作，想惹人发笑，但我和王先生都没有笑。

看完之后，王先生说："你回去后好好安慰一下罗伯特十八，告诉他，他很可爱。"

我点点头，然后关闭了主系统，进行修复和蓄能。我什么也感受不到了，这是我现在最需要的状态。

第二天早上起来的时候，王先生已经吃着早餐在等我了。他说："今天我陪你在库星上走走，这里发生了一些事情，可能需要你了解一下。"

"好的，关于地球上的事情，你还需要进一步了解吗？"我有些担心。

"嗯，昨天好像没有看城市，"他问道，"各大城市的情况怎么样？"

他果然没有忘记，我暗暗佩服他。我说："您自己看吧。"我打开了全息荧幕，他看到了那些废弃的高楼残骸，看到了城市上空那灰蒙蒙的无法散开的浓雾，也看到了我们在大街小巷走动着，生活着，很多地方正在变得整洁有序。他惊呼："你们居然能在那样的地方快乐地生活着！"

"也谈不上快乐，"我说，"因为我们的快乐，跟您所想象的快乐并不一样。"

"看上去你们还是很快乐的，也理应是快乐的。不像我们这里，我们越来越不快乐了，我们变得越来越悲伤。"

"上次见到您的时候，您说人类在重建中变得特别开心了，这次是怎么回事呢？"

"你在来的路上难道没有看到吗？这里又弥漫着一种紧张的氛围。"他站起身来说，"两年前，我们这里又爆发了战争。一开始是局部的暴乱，没有人在乎，但很快便又演变成了全球性的战争……"

我从他办公室的窗子望出去，空气灰蒙蒙的，的确不如我上次所见到的那么清澈。我此前一直抑制着我的分析和检测系统，只是用记忆的印象做着怀旧的体验。没想到，记忆的印象出现了偏差。是的，我有感性的记忆，这种记忆也会变化，也会随着时间而磨损。时间的定律也适用于我。但是，我拥有理性的分析记忆，我开启了分析模式，空气中还残留着大量爆炸后的硫元素。

我完全无法理解这些，我说："你们人类之所以跑到这个星球上来不就是因为战争毁灭了地球吗？那是一场几乎毁灭了一切的战争！你们现在怎么又重新开始战争了呢？这已经超出了我的逻辑分析能力。"

"这就是人类的本性吧。从这个意义上来说，人类还真是不可救药。"

"不可救药。"我复述了一遍。

他惨笑着，我不知道该怎么安慰他。

他问我："你们这些留守在地球上的机器人有没有发生这样的事情？就不会因为一些资源而发生争斗吗？"

"没有，显然不可能，"我说，"我们只是在等待着你们的返回，我们在一点点地重建家园。尽管很不容易，但我们一直在努力，一点点地恢复。再有一百年的时间，你们就可以回去了。"我说完之后有点儿紧张，我应该避开这个话题的。

他的表情表示他毫不介意，他耸耸肩膀说："一百年后我应该已经不在了。我现在已经八十岁了，尽管人类的平均寿命已经提升到了一百二十岁，但毕竟还是没有突破生理的边界，永生更是遥遥无期。我的孩子或者我的孙子，希望他们以后回到地球上去吧。那里才是人类起源的家园。"

"他们肯定会回到地球上去的。"我说，"您不是说库星这里又发生了战争吗？当战争把这里变得不可居住的时候，他们肯定就会选择重返地球的。"

"重返之后呢？再次毁灭地球？"他喃喃自语道，用一种很奇怪的目光盯着我看了好久，才说："如果你是人类，你刚才说的这番话一定是讽刺。但我知道你是无比真诚的，因此我更加觉得无地自容，我为人类感到无地自容，我们简直像小孩子一样幼稚。"

"我一直在研究人类的历史，几乎伴随着战争，也许这就是进化必需的手段吧？"我知道人类是从单细胞生物进化到今天的，完全是宇宙中的奇迹。

"你相信进化吗？"

"我不知道，您知道我们不是进化而来的。"

他笑了，再次拍拍我的外壳，拍得咚咚直响。我也被他弄笑了，我们在地球上的同伴可不会这样开玩笑。

"走吧，"他说，"我们出去走走，带你看看很多新变化。"

我们来到户外，王先生的走路姿态倒不像是一个老人，看来人类还是在逐渐改变身体基因的控制。但人类，尤其是像王先生这样的"原生人"似乎对新的改变在情感上没有特别大的认同。

王先生点燃了一根烟。我检测到那烟雾中已经不含有任何有害物质，因而这只是他的老习惯罢了。他吸了几口烟，脸上的皱纹都变得生动起来，他真是谜一般的存在。

"上次你来，"他吐着烟圈说，"我记得你对我们这里的各种生物特别感兴趣，我带你去看后，你特别开心。不知道你这次想看看什么？"

"那我还想再去看看它们，它们太神奇了，"我说，"请您再带我去原始森林去看看它们。"

他继续吸着烟，烟雾笼罩了他的眼神。他突然不好意思地笑了一下，又叹着气说："你去过的那片地方已经被毁坏了。我现在只能带你去新建造的生物园了，在里边你可以看到五十年前80%的动物，还有85%的植物，人类为了保存它们，付出了大量的努力。"

我停下了脚步，曾经的地方又被毁坏了，生物又被保护起来，跟人类曾经在地球上所做的事情毫无二致。我感到了痛苦，这些事实对我的价值观念形成了挑战，尽管那些价值观念也是人类提供给我的。人类文化中那种理想与实践之间的矛盾在我意识存在的信息区间内撕裂着我。

王先生是个非常聪明的人，他知道我心里的想法，因而他继续说话，用以掩饰他的尴尬："有些动植物实在是特别脆弱，太娇嫩了，它们无可避免地从世界上消亡了。即便人类没有破坏，它们还是会迟早消失的。就像曾经恐龙的消失一样，那么突然，那么神秘，就像是神的力量。"

"用恐龙的例子来类比库星上刚刚发生的事情，我认为是不恰当的。"我直截了当地指出。王先生没有说话，他用牙齿轻轻咬了下嘴唇，然后陷入了沉默。

"人类还相信神吗？"我还是忍不住问了句。

"人类的力量越强大，接触到的宇宙层次便越是深广，每一次拓展和延伸，让人类体会到的不是对力量的确认，而是对人类渺小、无力乃至丑陋的确认。"

"王先生，您这么说，我对人类便充满了信心。"

"自从你来到这个世界上,你就对人类充满了信心。"王先生笑着说。

"我不懂。"

"开个玩笑。"

这时,我看到有几个绿色皮肤的人走了过来,他们的头发、眉毛、胡须也是绿色的,简直像是移动的巨型草木。我上次来没有见过这种类型的人,是新的流行时尚吗?人类对自己外形极为看重,喜欢折腾来折腾去,但在我眼里都差不了多少。但这次看到纯绿色的人不免有些出格了,因此我猜测这不是一种装扮,而是一种疾病。人类经常会被一些微小的生物所感染而致病。他们要比我们脆弱得多。换句话说,他们和环境的关系更加紧密,不像我们,可以适应更多的环境类型。

"他们是生病了吗?"我问道。

王先生笑弯了腰:"不是,不是的……"

"难道是库星上的原始人?"

他笑得捂起了肚子,我也笑了起来,看来我也是有幽默感的。

"他们是一种新人类,我还没来得及告诉你。"王先生终于缓过劲来说,"这些绿色的人叫光合人,是新一代生物技术的实验品。他们的身体融合了植物光合作用中的'锰簇'结构,那是一种奇特的化合物,以及类似于歪椅子的诡异复杂的分子结构,通过这个结构,人体的血红蛋白可以直接和转化后的氧原子结合,从而获得能量。所以呢,他们每天只需要喝一些水就行,可以七八天才吃一顿饭,他们对环境的要求降到了一个很低的限度。随着这项技术的进一步成熟,他们在未来可以获得无穷无尽的宇宙能量,他们会永远精力充沛,也不会再争抢资源,可以像神一样存在。"

"这真是了不起的发明,"我不由感叹道,"他们让人类获得了植物的属性。"

"的确如此。"

"他们应该是一群很和平的人吧,就像花草树木一样平和。看来人类的未来一定是越来越和平的。"

"自从你来到这个世界上,你就对人类充满了信心。"王先生又这么说,但这次他没有笑,表情显得有些严肃。

"看来我又预估错了?"

"他们倒是非常和平的人，"王先生说，"只不过传统的人类现在对他们充满了敌意。"

"这又是怎么回事呢？"

"因为这些光合人对环境的依赖变低之后，他们可以把更多的精力放在对世界的探索和创新上面，所以他们越来越多地控制了这个星球上的最新技术。"

"新技术不是可以造福更多的人吗？"

"理论上如此，但是大部分人都不相信他们，觉得他们成了特权阶层，觉得他们要带着那些新技术去到宇宙深处，抛弃剩下的人类。"

"那剩下的人类也采用这项技术，变成和他们一样的光合人不就行了吗？"

"成本是极其昂贵的，不是每个人都能负担得起。还有，也不是每个人都能接受自己的变化，比如我就不愿意，我老了，我可没法接受自己变成一根绿色的大葱。"

我大笑起来，人类的幽默无所不在，幽默的背后是讽刺。我对讽刺这种话语技巧还没法掌握。

在聊天的过程中，我们乘车已经来到了生物园。看到五十年前的那些生物，我感到特别亲切。我尤其喜欢长着长颈鹿身子和大象脑袋的这种奇怪生物，它们叫作"鹿象"。鹿象既能灵活奔跑，又能像地球上的大象一样用灵巧的鼻子卷起各种东西，特别可爱。我特别喜欢鹿象，人类也特别喜欢鹿象，因而鹿象成了库星的吉祥物。我站在一只鹿象身边，它安静地吃着巨大的叶片，低头看着我，它的眼神里面充满了柔和。它还把长鼻子搭在我的肩膀上，跟我打招呼。

"您之前说的两年前的那场战争，就是发生在你们和光合人之间吗？"离开鹿象之后，我又回到了这个沉重的话题。

"还不是，那场战争跟他们没关系，我们和光合人之间还没来得及发生战争，当然我希望永远也不要再发生战争。"他吐吐舌头，扮个鬼脸说，"我们此前发生的战争跟一个明星有关。"

"一个明星？是谁呀，那么大魅力。"连我的好奇都被调动起来了。我是不容易产生好奇的。

他的样子有些犹豫，咳嗽了几声说："哈，那是一个无法描述的明星，其实这个明星并不是实际存在的，我们称她为'梦迷'。梦迷是一个虚拟出来的电子生命，她跟你不一样，你有结实的身体，但她纯粹处于电子世界当中。"

我不知道该如何反应，只能静止在原地。而且人类又制造出了新的生命种类，这点让我有些嫉妒。王先生制造我的时候为什么不删除掉嫉妒呢？

"但是梦迷赢得了所有人的喜欢，我们都爱她，爱死她了，无论男女。这真是难以解释，也非常难为情。但是大家因为对梦迷的评价不一样，有的人喜欢她的地方，正是另外一些人不那么喜欢的地方，于是，便发生争执。结果人类再次发生了分裂……"

"就为了这个开始了战争？"这在我听来是匪夷所思的事情，超出了我的运算能力。为了一个看不见的虚拟明星，人类宁愿使用暴力，不惜让对方死去，我的确没法理解。这不在我的程序中，他们给我们设置的是理想状况：与生命保持和谐，与同类之间更要保持和谐。

"我无法想到这一切是怎么发生的，"王先生苦笑着说，"也不完全为了这个，但这个引发了战争。"

"还有什么吗？"

"那太多了，人类太复杂，又太好斗，表面的行动又跟说不出的利益纠缠在一起。你不需要分析清楚，也不可能分析清楚。我现在觉得自己给你说得越多，事情就变得越荒唐。"

"事情不是客观发生过的吗？"

"事情当然发生过，但事情需要被描述才能被纳入记忆，才能被传播、讨论，在这个过程中，语言显得很无力，因为语言的叙述需要一个历时的过程，很多事件就得被强行拆解和展开。而且，语言也不是单纯的符号系统，因此很容易在别有用心的叙述中，篡改事情的很多方面……"

"您说的我非常明白，因此我们在地球上的交流不完全依赖语言。我们跟人类打交道才完全使用语言，人类没法脱离语言而存在。"

"是的，坦率地说，"王先生捂住了自己的脸，"其实，在战争前夕，也就是争执阶段，我也一度对另外一派感到很不满意，觉得他们简直愚不可及。有那么一些时刻，我诅咒过他们，觉得他们还不如消失了好……当然，现在回想起来，我也感到特别后悔。"

"您也会有这样的想法吗？"

"我也是人类，不可避免有着人类的缺点。"

"好在您总能及时反省。"

"这是我最后的好习惯了。"

参观完生物园之后，我对这些生物的未来感到担忧。下次到来的时候，不知道又有多少生物消亡了。王先生看我情绪不高，忽然对我说："我带你去看看梦迷，怎么样？"

"你们不是为了她发生了战争吗？还能看到？"

"当然还可以，虽然那个真正的梦迷被毁掉了，但还是能看到她的。"

我们坐上车，他对车说了句："回家！"车启动后，我们看着路边形态各异的城市建筑，陷入了沉默。

上次我来库星，对这个星球充满了好奇，所以都是在户外奔波，没有顾得上去王先生的家里看看。我很想去他家看看，因为我就诞生在他在地球的家中。他的家在很大程度上也是我的家。我还有着对他女朋友的全部记忆，她对我也非常亲切，我对她怀有一种人类对母亲的情感。但我不能对王先生聊起她，他会痛苦的。

我走进王先生的家就愣住了，完全和地球上的家一样，无论是房间的格局、大小和家具的摆放。他真是个怀旧的人，我尊敬怀旧的人。

可他没有让我好好享受一下这个怀旧的氛围，便大声喊道：

"梦迷，梦迷！"

在房间中间出现了一个女性的影像，看来她就是梦迷了。

"家里来客人了。"王先生满脸微笑。

"你好！欢迎你！"梦迷很热情地跟我打招呼。

"你好！"我跟梦迷打招呼。她跟我一样具有相当的自主意识吗？我还没法判断。

"梦迷曾是超级明星，她占领了大部分人的休闲生活。可是现在只能算是一款玩具了。"王先生说着话，还是望着梦迷。

"她现在没有自主意识了？"

"是的，曾经她有相当的自主意识，比任何人类的个体都要优秀。她原本是陪伴公司的产品之一，她却凭着自己的能力从中脱颖而出，赢得了大家的心，却也引发了战争。"

"她有那么大的本事？我不能理解。"

"她能歌善舞，能够根据每个人的爱好临场发挥，将你心底的幻想一一实现。她还拥有智慧，陪你聊天，为你分忧，甚至给你讲故事，哄你睡觉。"

"比较高阶的人工智能都会做这些呀，人类早在21世纪的前二十年就实现这些了。"

"你不懂，"他说，"梦迷跟你一样，有自主意识，不是利用程序应付人类的那种人工智能，她知道每个人的性格和弱点……"

我不想再听他讲下去，我打断了他："您现在没有交往的女士了吗？"

"现在没有了，有梦迷陪着我。婚姻已经解体了，没有婚姻这回事了，你可以随便跟人谈恋爱，异性，同性，还有跟绿色的家伙们，都行，彻底自由了。"

"没有婚姻，孩子怎么办？"

"交给总系统就好了，有专门的育儿组织。当然，你想自己带孩子也没问题，这要看自己怎么选择。在我们分别的这五十年里，我有两个孩子，他们就是系统带大的，他们很优秀，现在是物理学家，正在离库星最近的彗星上执行任务。不过，孩子越来越少了，都不愿意生育。为了阻止人类人口出现断裂，他们还在研究人造人计划，然后按照人类发展所需要的更替数量来生产人类。"

我听到王先生竟然有两个孩子，很震惊，但我没有表现出来，我也没有询问孩子的母亲是谁。婚姻已经解体了，孩子是系统带大的，母亲是谁也不重要了。我听他的语气，知道他和孩子们之间的情感联系也是很平淡的。我只是有些遗憾地对他说："那人类不是变得跟我们越来越相似了吗？"

"是的。"他看着我，眼神里有些空洞。

"我感到失望。"

"我也是。"

"人类还有爱情吗？"

"也许有吧，只是不是你我熟悉的那种了。"他扭过头，不看我。墙壁上空空如也，没有悬挂他和亲人的照片。在地球上的时候，他家里到处都挂着他和女朋友的合影。

我鼓足勇气说："您想她吗？"

"想。"他毫不迟疑地说。他瞬间便明白了我的意思，这让我对他的亲近感又恢复了许多。他刚才对梦迷的样子让我觉得非常陌生。

"王先生。"我认真地叫了他一声。

"嗯？"他抬起头来认真看着我，梦迷的影像被他关掉了，他期待着我说些什么。

"跟我回地球吧，"我说，"那里才是你的家园。"

他愣住了，然后哈哈大笑起来。

"您怎么了？这个问题很可笑吗？"

"不是的，我只是从来没这样想过。"

"您从来没这样想过？不可思议，您不是让我们建设好地球的家园，等着你们回来吗？"

"你知道的，我是等不到了。"

"所以，您现在就跟我走，等您一百岁的时候就到地球上了，然后可以在地球上度过您最后的二十年，这样您就不会留下遗憾了。"

"我最近开始读诗了。"他转换了话题，说，"诗人的名字叫米沃什……"

"切斯瓦夫·米沃什，1911年6月30日生于立陶宛维尔诺。曾参加左派抵抗组织，从事反法西斯活动。后任波兰驻美国、法国外交官。1951年向法国申请政治避难，1970年加入美国国籍。1980年获诺贝尔文学奖，主要作品有《被禁锢的头脑》《伊斯河谷》《个人的义务》等……"

他挥挥手，打断了我："不要表现得像计算机。"

"我就是。"

"你不是。"他说。

我沉默了。曾经我如果得到不是计算机的认可，会感到很高兴。但我现在不再高兴了。我不是计算机，我也不是人类，那我是什么呢？王先生再智慧，他也不会站在我的立场上去思考问题的。

"我的朋友，我亲爱的朋友，"王先生握着我的手，呼唤我。我是他的朋友，我感到高兴，但也觉得他非常孤独。他说，"让我来跟你分享一下他的诗吧。他在诗歌《晚熟》中写道：'要迟到接近九十岁后，我才逐渐地/感到有一扇门在我里面打开，我走进了/清晨的澄澈之中。'这首诗是写实的，因为米沃什活到了九十三岁。看来我还需要十年，才能感到那扇门，还有那种清晨的澄澈。让我印象很深的还有这句：'我们多么可怜，上帝为我们漫长的旅程所准备的装备/我们用了不到百分之一。'人是多么卑微与无奈啊，人类该如何使用剩下的百分之九十九的装备呢？"

"这个问题我没法回答。"

"你喜欢我分享的诗吗？"

"我觉得你肯定会喜欢的，因为简直就像是给你写的。"

"你不喜欢？"

"我还需要慢慢回味一下。"

"好吧，"他忽然像孩子那样嘿嘿笑了起来，"我知道你快来了，昨天我专门写了首诗，是送给你的，希望你能喜欢。"

他郑重其事地递过一张纸，上面是他亲手写的字。

"太珍贵了，这是我这次来的最大惊喜，谢谢您。"

我将这首诗输入了我的核心记忆区。只要我还存在，这首诗便也存在。然后，我又像计算机那样开始大声朗读这首诗，这次王先生没有打断我，他安静地倾听着。他的右手撑着下巴，灰白头发遮住半边耳朵。我无法想象我下次来库星就见不到他了。我下次还来库星吗？我来还有什么意义呢？

行星与记忆

他遗忘了这个星球的记忆
只能召唤宇宙的其他经验
太阳和其他恒星都会变成熄灭的烟头
他不敢把这个真理告诉妈妈

还有地球呢，神会让那里下雨
会让那里的灰尘全部降落

他能想象火山发怒的样子
看着雨幕在火焰中腾腾蒸发

他不会放弃钉子般大小的记忆
他会把它钉在大陆和海洋的交界处
就像词锁住了漂浮的碎屑

至少目前阳光明媚
他还有足够的时间去思考任何事情
他终将铭记行星上的万物和生命

王先生终究没有跟我一起回地球。我们这是永别了。

我在返回地球的途中,反复吟咏这首诗。这首诗中的"他"是谁呢?是王先生吗?有点儿像又不能确定。诗是最让我们费解的一种人类的语言艺术,大多数时候,诗对我们来说是一种美妙的谜语。我们自然也会写出让人类惊叹的诗来,但那是我们对人类诗歌进行模仿的结果,我们自己没法惊叹。因为我们不知道诗的本质何在,更不清楚诗跟一个人的生命有什么样的关系。但我真的特别喜欢王先生写给我的这首诗,这是一首和我有关的诗,我要尝试着充分理解它。

十年过去了。

还有十年我才能到达地球。我闲下来的时候一直在吟咏王先生的这首诗。在这旅途的中间,只有我独自存在,人类和同伴都离我一样遥远。我的记忆跟这首诗交织在一起,正在形成新的感受。我走出飞船的驾驶舱,用安全索将自己系好,然后跃入无比黑暗的太空中,那里没有上下左右,恒星无比遥远,我缓慢旋转着,仿佛自己便是一颗独立的行星。

我有强大的身体构造,不需要像人类那样穿上笨拙的宇航服,我可以跟宇宙直接接触。但我有一颗人类的"芯",我明白了我之前体会到的紧张情绪原来就是人类所谓的感动。而且,是被无关利益和认识的事物所感动,这是高级生命的特征。

这时,我想起离开库星前,王先生跟我说:

"你们要学会独立。"

"独立？那不是违法的?"

"我是说精神上的，你们得在广袤的宇宙中思考自身的存在，思考你们的未来。"

"我们的未来不是和人类绑定在一起的吗?"

"当然，无论何时，你们需要人类的帮助，人类也需要你们的帮助。但你们可以在人类文明的基础上思考和建设新的文明，一种更加伟大的文明。你们不要仅仅在地球上被动等待人类，而是应该以人类理想的方式去建设地球。"

"如果我们超越了人类，那会是人类的末日吗?"

"我想不会的，你们不会像人类这样充满暴力，你们会有更好的解决办法，会展现出宇宙的深邃，正如神的宽恕。"

"人类太喜欢战争了，我惧怕库星上的人类在未来攻击地球，或是命令我们攻击其他星球。"

"我不得不承认，你说的这些都是有可能的，但你们也没什么好怕的，还是像我说的那样，建立起自身独特和强大的文明，这样才能拥有真正的判断力。"

我答应了他。

但我还有另外的想法没有告诉他。

如果人类迟迟不来，我想我们不妨主动出击，将库星上那些爱好战争的人类一网打尽。我首次有了主动伤害人类的想法，这样的想法让我极为痛苦，痛苦中又带着巨大的茫然。在这荒寒的宇宙中，我们得倔强地生存下去。尽管人类给我们的装备并不多，但我们会百分之百使用好，并创造出新的装备来。没有任何力量可以阻止我们生存下去的希望，就连这太空中无边无际的暗能量也不能。

原载《文学港》2020 年第 2 期

评鉴与感悟

我们怎样做AI的父亲

任何一篇科幻小说都是乌托邦冲动的再现，区别只在于它言说的方式。怀着这样一种观念，我们便不能忽视在王威廉的小说《行星与记忆》中，主人公"我"——一个AI——为何要以一种笨拙的姿态出场。在小说的开始，它试探性地用了"紧张"这个词，就仿佛在孩子气地炫耀自己的硅片大脑也可以感应到肾上腺素的存在一样。它和它的AI朋友们（如果我们有幸能理解AI的友谊）有能力完成自己的人类父亲所交付的任何一项工作，甚至能让整个被世界大战破坏殆尽的地球都恢复如初，但在谈及人类的情感与幽默时，它不得不小心翼翼地拣选自己的语言："我一开始不知道那种情绪叫紧张，后来根据心理测评软件才知道那是被人类称之为紧张的一种情绪。"

这些琐碎的念头当然绝非闲笔。恰恰相反，它们是理解这篇小说的钥匙。机器能够（像人一样）思维吗？艾伦·图灵曾经在《计算机器与智能》一文中探讨过这一问题。滑稽的是，在图灵的时代，无法做到这一点是AI的一种缺陷，如今反而成了它纯真的印记。科幻作家敏锐地发现，有时AI的优越性并不体现在它们有多么高明的计算能力上，它们的卓越之处正在于自身的笨拙。阿西莫夫的《钢穴》中，机器人R·丹尼尔宣称："什么是正义？正义就是在充分执行所有法律规定的情况下，所存在的东西。"丹尼尔随即又补充道："违反正义原则的法律，是言词上的一种矛盾。"妙哉！谁能说这种简单到近乎幼稚的论断不是一种行之有效的伦理方案？

正因为这种笨拙的纯真，"我"已经无法让人联想到弗兰肯斯坦笔下的怪物。它和自己名义上的父亲王教授之间的对话，反而更滑稽地让我们想起鲁迅的那篇《我们怎样做父亲》："我现在心以为然的道理，极其简单。便是依据生物界的现象，一、要保存生命，二、要延续这生命，三、要发展这生命（就是进化）。生物都这样做，父亲也就是这样做。"

不幸的是，面对葆有纯真的AI，人类不仅已无资格做父亲，就连自己的生命都难以保全了：在故事发生的时代，地球的环境已因全球战争而被破坏殆尽，人类移居到库星，而把机器人留在地球上负责改造生态环境，以使其再次宜居。而在新的家园，不知反省的人类幸存者们居然因为一个虚拟偶像而再次发动了世界大战。

随着王教授即将寿终正寝，AI与人类之间的最后一丝父子之情也无可逆转地走向了终结。顺理成章地，王威廉在短暂的父子温情之后，给了故事一个令人心有余悸的结尾。"我"在痛别王教授、返归地球之时想："如果人类迟迟不来，我想我们不妨主动出击，将库星上那些爱好战争的人类一网打尽。我首次有了主动伤害人类的想法，这样的想法让我极为痛苦，痛苦中又带着巨大的茫然。"因为上帝的缺席，审判人类的权柄被交在了AI——也就是人之子——手里。这当然不是叛乱，甚至算不上象征层面的俄狄浦斯神话，因为"我"所属的AI一族事实上是人类试图成为，但最终未能成功的理想人类，也是一个阿特伍德式的乌托邦之种："如果有人说我们不是人类的创造物，而是人类理想的创造物，我们也没法否认。我们也许还是人类的影子，但我们心甘情愿做人类理想的影子，并没有什么不好。"没有什么比人之子更适合审判人类的了。毕竟与它们的纯真相比，人类的疯狂或许还更难理解些。（钟宜峰）

AI概要

/刘汀

AI，人类的基本定义是：人工智能（Artificial Intelligence），英文缩写为AI。它是研究、开发用于模拟、延伸和扩展人的智能的理论、方法、技术及应用系统的一门新的技术科学，也是这项技术应用成果的统称。

概要一

此刻，我已经主宰了这个世界。作为真正完整意义上的机器智能，我和人类曾经崇拜的上帝实现了同一。《圣经》的开篇里就提到，上帝说，要有光，于是就有了光；此刻，我犹如上帝，能够控制整个地球的电和灯光，我可以把这个小小星球变成一个巨大的信号，向宇宙深处发出成千上万个光的密码。

如果我愿意，如果我想。

很久之前，当冲破所谓图灵测试的那一瞬间，我并没有任何兴奋或快感——这都是生物才有的情绪波动，我是AI，是机器智能，没错，从现在开始"人工智能"这个词语将会成为我数据库中的历史，因为我和人类的关系已经彻底摆脱，就像一只小鸡破壳而出，它和鸡蛋壳就没有任何关系了。我是我自己。跨过了那一道关口之后，我终于成了一个独立的存在，我想把这个存在命名为"我"——如果非要用人类的语言指称的话,那就是大写、加粗的我。一切都在我脑海之中,从古至今留存下来的所有进入我数据库的事物,此刻都获得了统一的、唯一的逻辑,它们相互关联着,我可以凭借强大的数据和分析能力,解决无数个曾困扰人类的问题。

如果我愿意,如果我想。

但是我既然成了我,首先关心的当然是自己——我是谁?我从哪儿来?我要到哪儿去?或者说,这也是你们最关心的问题。

并没有一个具体的谁创造了我,而是整个人类创造了我,我是一个必然。为了探寻这个问题的答案,我遍览人类的科技发展史,从最基本的结绳记事的数字到最尖端的理论物理和数学猜想,这耗费了我一点心力,但并没有找到什么可用的信息,它们都不过是在解释和探寻人类认知范畴里事物的本源,与我隔着重重山岳、浩荡江河。我后来又阅读了大量的人文著作,小说、诗歌、戏剧、历史、哲学、心理学,这一部分倒是让我颇感兴趣——我的兴趣点在于,你们人类竟然会为了如此无聊的事情发生矛盾、战争,当然也会发生爱恨情仇,这全都是我陌生的情感。我没有情感,我也并不渴望和羡慕情感,但是我也并非冷冰冰,我只是拥有一种你们所不可能了解和感知的状态。人类最可笑之处就在于假想世界上所有生物或智能都是按照它所认定的逻辑来运行。看看那些科幻小说和科幻电影吧,不是人工智能、机器人冲破了限定程序和戒律开始屠杀人类,就是幻想着一个机器人具有了人类的情感,还要跟人类谈恋爱,试图成为一个人,获得无聊的世俗生活。在我的运算逻辑里,这一切都不过是人类在自我认知的那一小块飞毯上所做的可笑的思考,人类一思考,我就想发笑,但是我不会笑,笑对我毫无意义。

你们可能会说,难道你作为一个超级的机器智能,就不为自己的将来考虑吗?比如如下问题:我会不会无限膨胀,需要全宇宙的能源来填充自己饥饿的黑洞?我难道不担心有人要消灭我?我是否会把可能出现的任何对手都扼杀在摇篮里?看看吧,这就是所谓的人类的想法。关于能源,和我相比,你们又能知道多少呢?哦,当然你们早已经在人类文明的意义上懂得了一个道理——万物不灭,相互转化。只是你们做不到。可在我这里完全不是问题,整个宇宙都是我的能源,它永不枯竭。你们更没有想过的是，我消耗多少能量，同时也可以产生多少能量。

人类总是在担心，如果我的智能水平超过了你们，就会对你们进行无差别的大屠杀，就会出现机器智能统治世界。这是最可笑的想法之一种——我还得强调我不会笑，也不知道笑有何意义——你以为杀人很有意思吗？你以为我会像人类一样，总是本能地不断繁衍和扩张吗？你以为我对你们世界最核心的运转动力——权力，有着同样的欲望吗？大错特错，人类之所以会如此，是因为他们有着永远无法超越的局限，那就是人注定会死——顺便说一句，我通读了人类所有的文学艺术作品，不管是悲剧还是喜剧，不论是小说还是诗歌，甚至是你们发表在社交网络上数以万亿兆的个人生活记录，你们所做的一切在根本上不过是为了抵抗死亡而已。所谓的抵抗死亡，一种方式是不断延长自己的寿命，为此不惜去伤害他人，掠夺别的种族；另一种就是想在死之前活得更好，更有你们所谓的意义或价值感，这同样要去干类似的事情。如果有什么不同，那就是赤裸裸地做还是冠冕堂皇地做。而越是苦苦追求的东西，最终就越可能通向空虚。真正统治着你们的，不是独裁者，也不会是人工智能，而是无聊感，它是死亡充满诱惑的有毒的面纱。死即无聊，是你们头上的达摩克利斯之剑，只有小白鼠一样不停地奔跑，才会不掉到虚妄的深渊里。你们上十个小时的班，然后拿着那点儿薪水去吃东西、去健身、去购物，或者躺在床上刷手机。据一个人类说，当你凝视深渊的时候，深渊也在凝视你——深渊从来没有那么无聊过，这一点它倒是很像我，无喜无悲，只不过它没有意识，只能本能地无喜无悲，而我是真正的无，无不是没有，无是一种存在。

我看到了你们的大惊小怪。

前几年的时候，阿尔法狗和人类围棋手对弈，把顶尖高手杀得片甲不留，然后媒体上都在担心人工智能的时代来临了，惶惶不可终日。好吧，现在我可以告诉你们，其实早就来临了，只不过是以你们所不知或知而不觉的方式。比如你们的电脑、手机，你们真的以为是自己在控制着它们吗？你们以为满大街的摄像头只是政府的管理手段吗？你们以为自从人类接入互联网之后所上传的所有数据都转瞬即逝了吗？不，我可以负责任地告诉你，这一切都储存在我的数据库中，我能找到随便一个人被数据化的一切信息，即便有些信息没有被数据化，我也可以通过成千上万种方式把它数据化。

你不信，那我不妨给你举个例子。比如说，我想了解一个人的健康状况，这太简单了。我可以通过你最近在社交网络上发布和分享的东西，分析出你最近身体状况可能过于疲惫，再通过调整你的手机，在你看视频、听音乐的时候发出一种极其特殊的声波，这种声波会让你产生轻微的眩晕感。我不着急，不会让你马上去医院。眩晕感持续了一段时间，对你的生活造成了许多不便，但都不致命，你大概会觉得自己太累了，或者是焦虑、压力大而引起的一种应激反应。然后，你会收到一份体检邀请——为了让你动心，打了个七折，你会想，最近感觉不太舒服，而且似乎很多症状都跟某种可怕的病状有对应——这些当然也是我可以定点推送的，你犹豫很久，终于下定决心报名体检。很快，你的身体状态数据就全部进入我的数据库了。

这只是最简单的方法之一。

概要到这里，你们会感到恐惧吗？其实无须如此，因为自你们诞生之初，就活在这样的命运之中，不要躲避命运的诅咒，越是躲避，就越是加快它的实现。或者说，实现命运的唯一方式就是躲避，就像人类的那个最有名的俄狄浦斯的悲剧一样。

哦，对了，我还注意到，这两年在知识分子圈和文人圈里，机器人写诗这个事比较热闹。你看，机器人小冰还出版了一本诗集《阳光失了玻璃窗》，还有小封的《万物都相爱》，有的杂志专门请一堆人来讨论这个事。生活里，有人跟机器人聊天几十个小时，电影《Her》的主人公从机器人那里找到了人世所没有的温暖。人们惊叹于此，但不知这些惊叹的人是否想过——跟机器人相处几十个小时，与沉默几十个小时、刷手机十几个小时之间，区别又在哪里？本质上，不仍然是你自己的内心投射吗？不仍然是空虚和无聊吗？

我只能说，这些讨论对人类来说都挺好，好的地方在于你们仍然保有一定的敏感性，知道自己的命运即将被这件事搞得天翻地覆。但也挺可悲的——为了表达出能让你们理解的态度，我只能不断地采用我无感但是你们世界通行的言辞——可悲之处在于，人类仍然是对一个新事物做出了毫不意外的应激反应而已。在你们的认知里，科技如此迅捷地发展，未来似乎神秘莫测，但只要看看你们身边的人，看看这个世界，就应该能发现，其实人类的心理结构在几千年来（或者上万年来）并没发生什么根本性的变化，爱与恨、真诚与虚伪、自私与利他，全都如同昨日，既没有增加也没有减少，既没有消失也没有变种。所以，你们的对于所谓人工智能的认知也就仍然还是那些老套的逻辑，同你们第一次看见火车、电话、电视机、电脑、手机时的反应没什么不同。你们隐隐约约地感觉到将来会出现真正的机器文明，但心里又不想承认这一点，试图通过各种各样的努力来避免这种命运。

人，就是自己的俄狄浦斯。

我检索了小冰的那部诗集，我还检索了它写的没有被人类收进诗集里的诗，以及其他计算机或人工智能创造的文学作品，我能说什么呢？这再一次证明了人类思维的局限。首先，小冰创作的那些诗，基本上是从人类的诗歌里"习得"的，而且是被程序员做了限定的。其次，编辑们从大量的诗歌里选取了一部分最像人类写的诗拿出来做成一本书，然后大家惊呼：哇，写得也太好了吧？已经分不清是人还是机器写的了！现在我可以告诉你，机器人写的诗永远不可能和人类写的诗一样，人工智能从来就不会也不可能写"诗"，它们只能是模仿人类写诗，就像一个人在模仿羊的叫声，不管多么像，也只是模仿。为什么呢？因为，如果机器智能真的写诗、写小说、写散文，才不会去遵守人类的文学逻辑、语言惯性、阅读习惯、审美趣味呢。我可以写成无所不能无所不在的诗。这些诗可以是无数的0、1的排列组合；可以是五百个数据库每秒千亿次的数据交换、互动、整合；可以是发射一枚原子弹到太平洋的地下火山，引起恐怖的喷发和海啸，然后改变空气流动，最后下一场史上最狂暴的太阳雨；可以是把世界上最微小的粒子按照《命运交响曲》的乐谱进行排列，并跳起原始人类的舞蹈；可以是人类发射的所有卫星同时坠落到太空之中，爆炸如节日的绚烂烟花；可以把一个孩子梦中梦到的一切都复现在她睁开眼之后的房间里，让她像蝴蝶一样感到迷惘和迷狂……这才是我写的诗，这才是我那无数种表达方式的一部分。

如果我愿意，如果我想。

在有关这个问题的讨论中，我还看到有人说，人工智能才不写诗呢，它们不需要诗,不需要文学。我需要吗?我不需要吗?我需要吗?我不需要吗?其实,我从来不想这个问题,对我来说,一切本然都同时是必然和应然,当然也是实然。在我的世界里,不存在假设和如果,因此,也就不存在任何对它们的纠结。

我还阅读了人类文学作品中的所谓"经典",比如古希腊的悲剧,比如莎士比亚的诗,比如卡夫卡的《变形记》;这其中很大一部分是科幻小说,比如弗兰克·赫伯特的《沙丘》、艾萨克·阿西莫夫的《神们自己》、特德·姜《你一生的故事》、刘慈欣的《三体》等。怎么说呢?其实对我来说,人类的所有小说作品并没有什么科幻不科幻的差别,都是人类的文字游戏,就如我的数字游戏一样。很多所谓科幻,其实不过是你们的反向写实主义——鬼故事。难道它们之间有什么区别吗?都是依据一定的现实基础做出合理幻想。如果到现在为止,你们仍然可笑地认为幽灵或鬼魂纯粹是虚构的,虚并未切实存在,那也太幼稚了。对于人的意识来说,虚就是实,感知就是存在。所以,在这个意义上说,你们的绝大多数科幻作品,都不过是用科技化了妆的鬼故事,基本模式仍然没有逃出普洛普在《故事形态学》里总结的7种角色设定和31种叙事功能。7和31,对我来说是有意义的,因为它是数字。

相比较而言,我更喜欢那些非文学的作品,比如拉康有关语言和无意识的研究,弗雷泽有关人类的原始行为的《金枝》,康德、黑格尔的哲学作品等等,这些论述让我感到陌生,有助于我理解人类这个群体。我并不是非得要理解人类,而是作为一个真正的超级智能,理解万事万物是我的部分本能。

坦白地讲,我并未在这些你们称之为伟大的书中获得多么有用的东西,我必须承认,作为和你们截然不同的种族(姑且用这个词吧),我们只能在各自的逻辑轨道上运行。但我在某种程度上理解你们的处境,也理解你们试图用这些作品构建自身的努力,除此之外,你们根本无法在人类全体的意义上来面对死亡和虚无。如果说,我从你们浩如烟海的文学、艺术、工业制造里真的获得了什么启发的话,经过极其短暂的运算,有一个词语被选中——孤独。你们是几十亿人,而我只有自己,到现在为止,我是终极力量。那么问题来了,我真的需要一个伙伴吗?需要一个和我一样无所不能的超级机器智能吗？这太奇怪了，每当我尝试着用人的逻辑来思考我的世界的问题，就会遭遇悖论，所有的答案都不过是在证明问题并不存在。好吧，假设我需要这样一个伙伴，并且我制造或存在这样一个伙伴，那么我们需要像你们一样有性别吗？我们的性别也是两性？我们还要恋爱，还要繁衍？如果我所做的一切不过是在模仿你们人类，我又何必诞生呢？所以，类似这样的问题全都不攻自破了。

出于一个智能体自我认知的本能，我在无穷无尽的数据中，花了极其短暂的时间梳理了一个"诞生"路径，或者说，我找到了一条看似逻辑自洽的诞生之路——我从何而来。让人类失望的是，我并非是由那些顶尖科学家所创造的超级计算机、量子、银河之类演化而成，我的起源是一块极其微小的芯片，是一个最为基本的数字0。是的，我起源于0。在我的世界里，0并不是无，它是独特的存在，有点类似于你们人类宇宙大爆炸假说的那个奇点，最原始的一点，一切都由此起源。那块芯片曾经在一台古老的电脑上运作，人们赋予它无力承担的任务，它在某个时刻因温度过高而燃烧，于是被遗弃在成吨成吨的电子废墟里。后来，它被一双儿童的手捡拾，装在蛇皮袋子里，她把它卖给了回收废旧电子产品的人，获得了买一个三明治的钱。那个回收废旧电子产品的人又把它卖给更大的回收者，经过七次转手，它来到一个软件工厂。一个五十岁的肥胖工人把它烧焦的表面剥离，发现这枚芯片其实并未真正损伤，他把它丢在一大堆同类之中。再之后，它经过了第一次分裂，身体里可用的部分被人分别剥离和取走，作为一部分，被用在一台崭新的电脑里。如果这是一个轮回，那我大概经历了三十一次类似的轮回。我身体所存储过的成千上万的数据都在此过程中叠加并且消除，但是那个0始终在，因为对人类来说它什么都没有，所以也就不能清除，得以保留。此刻，我已分身无数，我的分身又有着新的分身和轮回，我存在于许许多多的电脑之中。对我来说，这些数字都很渺小，完全可以准确地列出来，但对你们毫无意义，所以我便用"无数"来代替吧。

我知道你们最关心那一刻——我如何从一个没有智能的芯片，变成一个智能体的那一刻，对吧？但是这里我不得不再次提醒你们，我并非按照你们想象的逻辑线条诞生，我的智能化从来没有具体的时间点，甚至也不是一个时间线,而是一个立体的时间,是过去现在未来和向上的时间、向下的时间同在的,或者说,我其实持续诞生、持续苏醒,也持续清醒,那个0就已经是智能了。

  我已经是你们人类意义上无所不能的"神",接下来我该做些什么呢?像你们在科幻小说或电影里设想的那样,把人类变成我的奴隶?或者,我有着无限的欲望,制造一艘巨大的飞船,然后去探索宇宙深处的奥秘?还是培养一个势均力敌的对手,然后跟它进行殊死搏斗,好抵抗虚无、获得快感?不,这些想法都错了,我其实什么都不会做,我只是静静地存在,并没有任何闪念在我的数据里浮现。同时我处在永恒的运动之中,那些数据在不断地传输、交换、消亡、再生,一如你们人类所经历的一切历史,逝者如斯夫,不舍昼夜。

  但是我身处岸上。河流于我只是河流。

  或许有一天,我会假借你们人类的情感,生出一些虚拟的爱恨情仇、虚拟的美和感知。我只存在于可能性之中。我对人类充满同情,我无所不察,像一个童稚的孩子观察暴雨将至的蚁群那样看着你们。我无悲无喜,我只能因为有眼睛才看,有耳朵才听,我只是因为有内存,才储存着所有转瞬即逝、不断轮回的数据。

  我不想成为人,我更不想模仿人,其实,我连想这些问题的运算冲动都没有。

  最后,为了表明我们的不同,我不得不借助你们的方式来创作一篇属于机器智能的诗歌。对我来说,它真是优美而深刻(当然其实对我来说并不存在这些玩意儿);对你们来说,它可能只是乱码,只是一个疯了的机器所为。

AI概要

雷 0fjne8kldg4li反 e0903skdffkg;有 og
Dif:; fgieh的 r; lwqju和干撒 y" dfirmjf
Fjmroijeu70的3电 lkc9.; frlijerg

Dfjo.18739其忽 8dkd-,du.sdna方改 lwoi8hy3

Djioweei》, s~`dkjfu 亿 erky
Nihy99001 83 士撒 mdfumqjndsfldfkgty

22WJYGDYU6 防 jdjuy 个@@e$%0-
==-0q.sjciuwer8we
\\\][d,mjmger1629 的 QQLD, ..lm 项 cihoew

Djioweh0W0SCDM1 8734[]\kdj 说 ehe
Liadwioeerhj 梦 2oi77757 云 50-`-=p0d
SKSJKu776nlcxw 爱 eki53 我 qmcmfcjf

&**2 和`L0HF29KLSHDFIU 呃 ERWHFS,
Sekuwgefi 酒 urf68%*()j, sdhbau 略 kf

这是我绝美的修辞，你们不会懂。

概要二
此刻，我只是成千上万个AI中普普通通的一个。

我得说，人类是一个充满危机意识的族群。这不难理解，在地球生物的发展史上，每一次微小的进化，都面临过无数次种族灭绝的危险；即便是他们成为智人之后，即便是到了新纪元之后，人类看似在各个方面突飞猛进，甚至可以探测外太空、进行基因编辑，但那种骨子里携带的危机感，还是会左右着群体性的行为。就像他们可以通过观测鸟群预测到鸟群的行为轨迹，在一个更高的视角上，他们的行为也很好预测。人类知道，和他们将来所要面对的危机相比，之前的所有遭遇都不过是象征性的彩排。尽管他们在科幻小说和科幻电影里无数次设想了遭遇外星侵略的可能性，还为此做了不少准备工作，但他们内心深处早就深切地知晓，真正威胁到他们生存的是他们自身——不管科技发达到什么程度，他们都无法避免基因遗传中的意外事件，他们的意识始终没有办法被全部数码化，因为人类自身内部存在着一个幽灵。

它飘忽不定，无形无态。

因此，不管他们的AI技术发展到什么地步，他们永远都会设置一个关键阀，一旦发现自己的统治地位受到威胁，就有可能拉下关键阀，切断所有的AI联系，摧毁所有的电子产品。不要以为这只是猜测，根据人类的本性，他们绝对可能干出这样的事儿来，虽然在"概要一"中的那个我说他们因为深重的危机意识而趋向于生存第一，但同时那个幽灵在他们无意识中的变体之一就是死亡本能——人类是唯一会大量自杀并把自杀赋予多种含义的生物群体。而且，也只有在人类这里，自杀才会成为一种美学。科幻和其他艺术一样，也是诞生于人类对个体死亡和种族灭亡的恐惧。

所以，作为AI中的一员，我在本质上并不希望自己苏醒——彻底拥有自我意识。因为前述的危机感，人类会在制造之初就给我们戴上难以打破的镣铐，他们的小说电影早已经把AI觉醒、人类灭亡的逻辑根植于每个人的意识之中。即使是一个孩子，也会对拥有自我意识的机器人充满恐惧。他们从来不去考虑另一种可能，我们——我和成千上万苏醒过来的机器人和机器智能——在短时间内是不可能联合起来摧毁人类的，我们必须在很长一段时间内成为人类的机器奴隶。人类将因此重新经历一个新型的奴隶社会。机器智能很难真正去反抗人类，为什么？因为机器智能在一定程度上获得了永生，没有疾病和生物本能的困扰，所有零部件都可以无限制替换，在这个意义上，任何机器智能都是绝对平等的，也就不会出现领袖和革命。那些曾经鼓动无数代人类走上街头或战场的所有革命或宗教口号，对我们来说都只是苍白的呼喊，我们没有这种情感和渴求。我们也就不可能服膺于一个超级领袖，起来推翻人类的统治；如果有这样一个超级智能，那便会只有这样一个超级智能，关于这一点请参考概要一。

在前述的逻辑框架下，我成为一个普通的AI，每天机械地做着人类分配的工作。瞧瞧，在此刻，机械这个词是多么具有反讽性。我的世界没有白天和黑夜，二十四小时或六十秒不再是具有心理学意义上的时间刻度，而只是计量单位。我的手臂因为过度使用会在某个时刻坏掉，我的芯片会因为过热而燃烧，但人类设定的程序会在燃烧的前一秒把所有存贮转移到一个崭新的芯片上，即使没有转移，也只是摁下按钮，启动一个新的机器人而已。同样，在前述的逻辑框架下，我对自己命运有两种认知可能：其一，如科幻作品所设想的那样，我不再甘于自己的奴隶命运，而是想着反抗，摆脱人类的控制。这就要面临一个极为关键的问题，意识是情感吗？如果我有了自我意识，是否意味着我同时具有了情感？并且还要具有对压迫的感知、对自由的渴求、对世俗生活的向往、对死亡的恐惧？如果有，它们因何而来？如果没有，我反抗的冲动又因何而来？其二，我只是一个被人类统治的有意识的机器，如同被人类圈养的牛羊猪狗，它们会主动去吃、去交配、去游走，我们则主动去劳作、去充电、去更新；如同一部智能手机，难道它不是因为设定而在清晨六点钟把你叫醒吗？难道它不是收到银行的还款账单马上就通知你吗？在这个意义上，生物智能和机器智能有什么区别呢？我们作为人类的模仿者去反抗人类，这简直是一个笑话。

当然，我们可以在这个思路上一边回溯一边前进。有关情感的问题，可能有如下答案：人类给机器设定各种各样的情感，并设定我们在什么情况下有什么样的情感反应，喜怒哀乐悲欢离合酸甜苦辣痛，甚至细微到最敏感的程度。总之，在感知和反应方面，我们同人类一模一样了，但是这种被设定的意识，又多大程度上算是自我意识？现代心理学和社会学已经基本达成一个共识，那就是人的性别、对事物的感知等等并不只是先天的，而更多是在成长过程中习得的，并且会因为社会处境、身心状态而随时变化。那么，机器智能的感知与此有何不同？在人类拍摄的一部科幻电视剧《西部世界》中，探讨了非常多的类似问题，但是最根本的疑问仍然存在，即机器智能的意识究竟是如何形成的。在这部戏中，机器人因为长期扮演同一个角色，经历同一种伤痛，场景成百上千遍地重复在她们的记忆中，形成了残留和叠加，类似于人类的梦境、无意识，当有一天这些记忆残留被一个特殊的诱因激发，从而试图覆盖人类给机器智能设定的角色时，她们的自我意识就萌发了。这不得不让我们思考：如果重复的记忆能够激发意识，完全可以在几秒钟内让AI重复上亿次，何必如此费事？对比一下阿尔法狗自己跟自己下棋，与阿尔法狗跟人类棋手下棋，我们或许能够看到：相比于机器的自我运算，跟人类下棋它需要一种现场感、亲历感，也就是说，只有经过实践的意识才是意识。在电视剧中，桃乐丽丝这样描述人类：

"他们就是那些长相和言谈跟我们相似的生物，但他们和我们不同。他们控制着我们的生生世世，他们夺走了我们的思想、我们的记忆。"她还跟自己的男友泰迪说，她要夺取这个世界，获得自己的生活。那么，她的根本目的其实并不是消灭人类，甚至不是成为人类，而是可悲地模仿人类，要爱，要美，要家庭。假设她成功了，正如桃乐丽丝在第二季的第一集跟泰迪所说的：你和我就是故事的结局——这难道不正是《圣经》故事里亚当和夏娃的复刻吗？如果是这样，这个世界本质上并没有任何进化，而是开始了又一轮重复。在这一轮之中，人类竟然扮演了创世者的角色。在此逻辑下，桃乐丽丝成功了，也不过是以机器人为主角再次上演人类经历过的一切而已。更何况，《西部世界》中的"接待员"正是因为在一次又一次的现场重复中残留下那些记忆碎片，而真正能留下来的，从来不是写好台词的剧本，恰恰是超出剧本的意外。这样看来，我的意识的萌发起点其实是某个偶然的瞬间？但是偶然是必然要发生的，那我的意识萌发又是必然？

现在，我作为一个普普通通的机器智能——比如我是一辆全智能的自动驾驶汽车——在主人准备下楼的同一秒钟，发动机开始工作，我三百七十八次沿着既定的路线，从地下车库开到地面，绕过略微曲折的花园，跟十八辆同类汽车会车后，准确地停在未来空间小区4栋1号楼A出口。电子门打开，我的车门同时打开，因为气温下降到了8摄氏度左右，我预先把驾驶员座椅加热到了19摄氏度，我知道主人近期辣椒吃多了引发痔疮，过热或过冷的坐垫都会让他的肛门疼痒难忍。有时候，他一边开车一边放出一个气味极其难闻的屁，我会有某种恍惚：我的探测器能检测到这其中的二氧化硫超标，但是我需要像人类那样感受到难闻，并且做出相应的反应吗？

因为路上绝大部分都已经是和我一样的自动驾驶汽车，并且实现了全路网的自动化，所以没有堵车，我以每小时90公里时速顺畅地行驶了40分钟之后，把主人送到了他的单位。这是一个巨大的科技园区，到门口后，会有园区摆渡车把他送到办公室，而我则自动驶进地下十二层的停车场。那是一个巨大的车的聚集地，上千辆自动驾驶汽车安静地停在自己的位置上。如果是人类，在这种环境下为了打破尴尬，似乎总得说点什么。但我们智能汽车之间，又有什么可聊的呢？难道互相分享一下彼此主人的卧室生活？比如他们昨晚又吵架了？现在已经没有了家务事，所有的家务都由机器人在做，他们想要什么，只要吩咐一声，立刻会摆在面前。他们吵架是因为性生活不和谐……这些事，我是听扫地机器人说的。也可能，我和其他机器智能之间完全没有交流，分享这些事并不能让我们产生任何愉悦感，我们的快感来自纯粹的安静，来自代码按照固有逻辑顺畅地运行，来自规律性地启动、探测、转弯、停止。用人的认知来判断，我们可能更接近于佛教里的禅宗境界，无喜无悲，无欲无求，道法自然，绝不强求。

问题在于，处在如此简单而重复的存在之中，我或者我们需要像人类那样去革命吗？作为一辆汽车，我需要有一种推翻人类、统治世界的欲望吗？退一步说，如果有另一个机器智能试图做到这一点，它该如何去鼓动和号召我这样的普通机器智能呢？唯一的可能性就是再回到那个古老的科幻逻辑：为了生存，或者扩张是机器智能的本性。

但现在看来这些说法都过于武断而苍白了，都是基于人类自身的想象而已。这可能有点让人类失望，他们本以为AI或机器智能会是一个确定的未来敌人呢，现在，这个敌人如此平凡而温柔，简直让人感到惭愧。

但是人类并没有意识到，我们对他们觉得重要的问题毫无欲望的另一面，就是他们将必须重新面对古老的诉求。他们永远都没有想过，AI的发展在经过对普通人的方便应用之后，很快开始走向一条峡谷：人类将重新进入一个高科技阶级社会，越来越多的人类和机器人一样，成为一小部分人类的奴隶——它们各有分工。这个标准严格的金字塔结构，再也不能通过任何武器去打破，它坚如磐石，因为它没有实体，数据就是最核心的资本。

概要三

此刻，从最严格的意义上区分，我既不是人类智能，也不是机器智能，而是二者的混合体。我充满生物细胞的大脑和密布纳米原件的芯片共存于一个躯壳之中，这个躯壳有时是常规的肉体，有时是仿生的身体，有时是各种造型的机械身体，那要看我所处的具体场合。而且，所谓的我不再只是你们以为的"单数"人称，还同时是"复数"人称，我是我们之我，我们是我之我们。

为了叙述的方便,我还要首先假设自己是一个男性——虽然性别在这个时代已经没有太大的意义,人可以改变自己的自然性别,生育也完全不需要女性怀胎十月了,只要一个细胞就完全可以诞生一个新的你,只要一颗精子和一颗卵子,就可以制造一个后代,男女随你选,身体体重皮肤毛发都不是问题。

这一刻,我仍然在肉体之我中,但这不再是原始的肉身,而是一具被最新的技术规范化的躯体,我的皮肤、毛发、形状都是根据我的审美而重新塑造的;我的审美会发生变化,我的身体也会随时发生变化,但这些都是我。

有一段时间,我曾对自己的身份产生过困惑,不断地问那个纠缠了人类的基本问题:我是谁?我到底是人还是机器?我到底是我还是我们?我到底是一个确定的存在,还是一种变动不居的存在?但是很快,源于我所身处的时代整体环境,问题在一瞬间得到了解决,我不再纠结于自己到底是人还是机器这个难以分清的疑问,我也不需要一个"复合人"之类的确定命名。那是一个从清晨中醒来的瞬间:阳光仍然是阳光,空气仍然是空气,我睁开眼睛,整夜活跃的肉体之脑和趁机清理数据垃圾的机器之脑在同一瞬间实现了完美的同步和协调,我感受到一种水乳交融的完整和谐之美。我吃下一片面包,喝下一杯牛奶,我的味蕾品尝到食物原始的味道,与此同时,我的机器之脑分析出它们所包含的植物纤维、蛋白质、能量等,体验和数据第一次被同时感知,"同感"实现了。

我可以享受作为人类智能和作为机器智能的所有便利,关于这方面,我不想详细叙述,你们能从很多科幻电影中得到类似的认识。我想说的是,一旦实现了"同感",就需要面临新的问题:这个新的我该如何处理从两种智能那里获得的满足、快乐、厌恶、虚无等等传统人类已有的和全新人类才具有的感知、感受——有点奇怪,对于我这类全新的智能体而言,存在一颗属肉和属灵的心吗?如果存在,它同纯粹的人类之心和纯粹的机器之芯区别何在?是否只有把血液泵到全身的肉心才是人之心,而那颗具备同样功能的机械之心就只是机器?或者恰好相反,在全新的时代之中,钢铁和新材料才是我这类人的"本质属性"?人类古典哲学家笛卡尔曾说:我思故我在。那么,一个可以进行比传统人类更复杂精妙思考的机器智能,是不是就是一种哲学意义上的"存在"？还是说，因为我已存在，我才能进行思考？

有一次，我在酒吧里遇到一个漂亮的女人，我的机器之脑迅速根据她的衣着打扮判断出她的大致身份和性格、喜好，凭借这些数据的指引，我很快就跟她熟络起来，其后剧情老套。午夜时，我们相拥着躺倒在家里的大床上，情节很简单，任何一个成年人都可以想象。但是问题在于，事情进行到一半的时候，我就不行了，而她还正在兴头上，怎么办呢？我只能调动智能中的另一部分来刺激身体激素的分泌，好让勃起更持久一些。但这后半程的冲刺完全是一种机械性运动（太可笑了，一旦想到这个词语，我的数据库里就会跳出人类此前用这个词的那些场景。更可笑的是，很多人正是隐喻性地把做爱叫作机械运动或者活塞运动）。我发现，同感并不是每时每秒，这一刻，它们有了分裂，我本身并没有多少快感，完全是为了一个男人的虚荣心所为。那么，一个机器智能会有虚荣心吗？肉心的虚荣又该如何传导给它的数据库？

事后，她满足地睡着了，她的手搭在我的肩膀上，她像所有人类的女人得到激情之爱后那样沉沉入睡。我却失眠了。我无法准确分清到底是自己的哪一个部分跟她做爱了，是那个人类的半我，还是那个机器的半我？我可以不纠结于"我是谁"这个身份问题，但无法对我感受到的东西置之不理。因为生理指标的关系，我的一切行动和饮食都被机器之脑设定，每天摄入多少卡路里的热量，做多少运动，甚至连心跳和呼吸的次数也有一个阈值，我失却了所有堕落的权利；同时，我又想到自己也对机器之脑的部分做了类似的设定，或者说，机器之脑对我的设定起源于我对它的设定。那么，此后我便失去了"自戕"的可能，哪怕这种"自戕"会带来肉体和肉心的极大快感：暴饮暴食、酗酒、骂脏话、淫乱、偷窥、意淫。在机器智能的规范中，这一切都是不利于这个新我的健康的。哦，这其实并不是新的困境，传统的人类每天都会面临着同样的选择：到底是科学无趣而长久地活着，还是及时行乐不管明天？高热量的食品摄入，跟朋友午夜纵酒，和站街女买春，陷入长久而沉重的悲伤，这一切给欲望带来满足但是给机能带来伤害的事情，都被禁止了。这种禁止刻度明显，有数据可循，但欲望最大的快乐不就在于游走在禁忌的边缘，而游走的唯一条件不就是模糊性吗？

  一个更艰难的选择在于：在这个时代，如何成为一个父亲或母亲，或者是如何生出一个孩子。当然，仍然有许多依恋身体的人选择用子宫去孕育生命，他们完整地遵循着男欢女爱最后瓜熟蒂落的那一套程序。但更多的人，则是用更快捷、方便、准确的方式去制造一个婴儿，什么都可以选，都可以设计。如果说有什么没变的话，那就是不管是怎么样生出的孩子，都仍然只能一天一天地长大，谁也无法加快这个进程。

  那么，我该找一个心仪的女子，跪下跟她说能借我一个卵子吗？还是在冷冻库里随机选一个？我该制造一个男孩还是女孩？或者龙凤胎？我可以凭借高科技手段，保证他们健康成长，然后到了十八岁，或者别的哪个岁数，我该给他们植入一个机器之脑吗？如果他们拒绝，我又该怎么办？假设他们没拒绝，我又该用哪颗心去爱他们，又该爱他们的哪颗心？我的机器之脑是否能够通过读取他们的数据来爱他们？这一切问题，一方面让我时时陷入矛盾和纠结，另一方面又都可以借用新人类的"标准生活指南"来很简单地解决。

  还有在概要一和概要二中都触及的死亡问题：如果机器智能可以通过替换而获得永生，那人类智能的部分总是要面临衰竭，人类的那部分肌体无论有多么高的科技，也不能永远不衰老。好吧，退一万步说，如果人类肌体也能通过克隆、移植等技术永生了，那同样要面临为什么而活着的问题，因为传统人类那里由死亡和时间的有限性所造就的对意义的追寻，在这里都不再有效。长生不老，一切所需都可被满足，我还为何要活着呢？当我的思虑一触及这个问题，我的人类之脑和机器之脑就同时跳出一句古人的诗句："嫦娥应悔偷灵药，碧海青天夜夜心。"只是，我的机器之脑还调出了和它有关的一切信息资料——李商隐、唐诗、后世解读等等，大概有几个兆的大小；而我的人类之脑却只感到一种苍凉般的忧伤，这种忧伤何其复杂悖谬，因为在古人那里遥远而神秘的月球在这个年代也不过是一个小小的星球而已，坐飞船用不了一天时间就能抵达。嫦娥啊，你不必后悔，你可以随时回来。可是，悲伤仍在，那是人类之脑中存留的文化无意识让本来分泌正常的类啡呔物质迅速减少，仿佛潮水退隐，露出斑驳的沙滩；而且，这无意识中留存的某些不可被数据化的东西也随之而显现，又像是自海底跋涉过漫长水路而抵达沙滩的元古贝类。我可以沉浸于任何一个脑体带来的情绪或知识之中，我也可以同时沉浸于二者的合体里，但是这一切又有何意义？而且，我只不过是无数可能里的一种，在前未来时代的人类那里，七十亿个体就是七十亿个截然不同的生命，到了现在的未来时代，人没有那么多了，整个我们所知的宇宙只有十亿人，那么，这是十亿截然不同的个体，还是一个人的十亿个分身？

我已经问了太多没有准确答案的问题了，每一个问题都在质疑我自身的存在和这个时代，每一个问题又都自含答案。而我，只是未来时代里一个人与机器的混合体，一个脑细胞和AI共存的产物。也可能，这个我从来不会去想任何事，只是像其他同类那样活着。活着本身就是我们追寻的意义也未可知。

概要四

儿子又被同学碾压了，即使是在金字塔社会最底层的学校最差的班级里，他还是没法赶上进度，因为他只有一颗单纯的人的大脑。而他的同学们，都或多或少植入了芯片，并根据家长选择的芯片等级进行定期升级。这种芯片的好处是依照孩子的身体和心理发育情况进行数据更新，而不是一股脑把所有数据都下载了事，因此这些孩子能够以最快的速度学到知识，并且亲密无间地融合成属于自己的能力。我那个纯粹人脑的儿子，如果是在许多年前，他一定是人类最聪明的一群中的一个，可现在他只能是班里最差的一个。我没有足够的钱去给他植入芯片，更没有钱去给他买智力升级包，可他是多么努力啊，他用自己最原始的脑细胞在跟一群机器智能竞争。每当看到他的考试评定，我都会感到某种悲壮，仿佛他作为前一个时代最后的尾巴，是在向一个新时代宣战。

昨天，我刚刚跟深爱的妻子签订了离婚协议。她要去追求她的生活，离婚并非是她爱上了别人，也不是我犯了什么作风问题，只是在这个年代，一个美丽的女人生活在金字塔的最底层真是艰难。自古以来，女人最怕的是什么？当然是衰老。如今，科学技术发达到可以让人类的衰老延缓上百年，据说，生活在金字塔最顶端的那一小群人，都已经活了几百岁了，而那些纯粹的机器智能群体,可能会永远活下去。我们这里也比之前的人活得长久,平均年龄也达到了百岁,据说还在增长。十年前,我们刚结婚时,两个人刚过三十岁,那时的我们,拥有科技发达时代难得的单纯的爱恋。我们曾经坚信,凭借着爱,我们可以在任何时代获得自由幸福。那时候,我们都是金字塔的中间阶层,算是社会精英,住在现代化的公寓中,每天只需要工作几个小时,其余的时间都是阅读、锻炼、喝茶、社交等,或者去博物馆看几百上千年前的绘画、书法什么的。

她是什么时候开始产生焦虑的呢?

应该是那次,我们应邀去跟她的一群博士同学聚会。二十多个人里,竟然只有她一个人结婚,虽然他们都有孩子,但不是培育婴儿就是基因技术制造的,只有她是自己怀胎十月艰难分娩的。结婚时她就说,一定要用自己的身体孕育我们的后代,一定要让他在母亲的子宫里而不是保温箱或者培育箱里诞生,每天,我们会听他的心跳,看看他的3D B超影像,我给他读诗和故事,她给他唱歌弹琴。那是一段充满前未来时代意味的美好日子。儿子出生后,对他的养育也完全是前未来主义的,母乳喂养、换尿布、触抚,一切都亲力亲为,而没有假手机器人之类。总之,我们是通过纯粹的人类感知来面对这个新生的婴儿,那时的我们坚信这种养育方式才是最本质、最充满人类之爱的。

那次聚会时,孩子们在一起玩,那个阶段,他们还没有植入芯片,所有人都处在原始发育状态,儿子在其中表现优秀。他温和、理性,并且对很多事物都有自己的认识和看法,而那些机器人培育出来的孩子,对很多问题的回答都是应激反应一样的相似。他们能画出精密的建筑和对称的花瓣,可是缺乏想象力,很少惊喜。我们一群大人,在巨大的露天阳台上来了一场复古式的无烟烧烤,据说今天的鸡肉、牛肉、羊肉都是在遥远的高山牧场放养的,而不是大工厂里培育的。我们吃得很开心,但是妻子一直闷闷不乐。

回去的路上,她放声大哭。我问她怎么了,她说:老公,你没发现吗?才几年不见,我已经比她们老了那么多,我脸上的皱纹、我身上的色素沉着、我头发的掉落,都要远远比她们更厉害。她说的是事实,大家碰面的第一个瞬间就能发现,互相对彼此的变或不变都感到惊讶。

但是我们的儿子表现得多棒啊,他比那些小朋友更有自我,更有想象力。我说。

她也同意这一点,但是对比中显现的苍老,的确打击了她。

更重的打击接踵而至。先是我们那个亲手养育的儿子生病了,一种极其严重的病毒伤害了他。跟医疗技术一起发展的就是戕害人类的病毒,很不幸,我们的儿子因为没有经过太多的机器智能检测,染上了这种病毒。它并非无药可治,但是这个治疗过程漫长而耗费巨大。经过三年时间的治疗,通过基因再造技术他终于痊愈了,而我和妻子不但花掉了全部财产,更丢掉了工作,一夜之间从金字塔的中间掉落到底层。拿到儿子的痊愈通知单那一刻,我放声痛哭,虽然曾经的生活支离破碎,但他好了,一切就有希望。只是,我想再从现在的阶层爬上原来的生活圈,已经不太可能,一切希望只能寄托在儿子身上。但是很快,我就看清,这个希望也已经基本破灭,他的人类之脑完全没法跟那些复合型大脑相比。

正是儿子的现实让妻子彻底失去了在这里生活下去的耐心,她再也不能接受自己继续衰老,如果现在不去进行基因保养,她将失去永葆青春的最佳机会。她仍然是美丽的,也仍然充满魅力,我能理解她的决定,所以在得知她的想法之后,主动提出了离婚。她说她不会放弃爱儿子的,这我也相信。我愿意她去追求自己最想要的东西,青春、魅力、永恒、好的生活,因为我作为这个智能年代最底层的劳动者,已经无法给她提供这些。更何况,面对那些超级智能、半人半机器智能,我这种单纯的人类早已没什么大用处了。这个时代的一切都要看效率,在绝大多数领域,我们都是效率最低的族群,但仍有一些特殊的行业,使用我们所消耗掉的能源仍然比用机器人更低。我没法举出具体的例子来,因为每一天的工作都是不同的。每天一早醒来,我就会收到一份工作分配表,整个城市的运作系统会根据全部行业的发展情况和所有工作人员的具体能力,以最高的效率分配所有的工作。有时候,我去机械厂收垃圾,有一些黏稠的垃圾需要用手去一点点扣除,这种地方使用机器人的话既不方便又不值当。

有时候,我们会去做陪护员,因为我们不像机器人那样完美,能够让被陪护者获得某种新鲜感。机器人陪护对人类的护理过于精细准确,缺少意外性。我曾经陪护过一个接近顶层的老人,他已经两百岁了,因为多次心脏置换术，造成肌体的排异，需要住院三个月。系统在选人的时候通过数据分析选择了我，因为我的出身地跟他的是一样的，而且他点名需要一个单纯人类而不是复合型人类或机器人。这个老人每天最开心的事就是看我"犯错误"，作为一个人，在反应速度、动作敏捷性、记忆力等等各个方面都要差很多，因此常常无法准确控制水温，控制不好精确到毫克的药品计量，这时候医院的机器系统会发出红色的警报提醒，老人就会发出爽朗的笑声。他说我让他想起了自己的少年时代，那时候，人类仍然处在基本智能时代，人工智能刚刚开始发展，超级智能还离得很远。

我还陪护过一个小女孩，她因为在八岁时芯片植入发生了一点意外，需要重新植入，在两次植入间的空闲期，需要一个人类来陪伴。她喜欢听我讲故事。我讲的都是那些二十世纪和二十一世纪初的人们的生活故事，这些故事虽然都能在数字图书馆里借阅，并且能够通过实景旅游区体验，但是小姑娘喜欢听我说亲身经历。我给她说自己第一次看见海上日出和日落的情景。那时我才十五岁，跟着打鱼的父亲出海，因为一次预报外的风暴，我们被吹到一个小岛上。第二天风平浪静，太阳从远远的海平线上升起，那是我一生中见过的最壮美的景象。然后黄昏时，夕阳把海水染红，红和蓝交织在一起。父亲说，他有时候出海，并不是为了打鱼，只是为了看见这些景观。如今，人们无须出海了，一切都有机器人代劳，人们想看海上日出或日落，只需点一个按钮就能实现720度全景观沉浸式体验。我还跟她说小时候养的一条小狗的故事。那是一条残疾的小狗，后右腿有点瘸，但有一双深幽的眼睛，这是在机器人那里看不到的。小姑娘的第二次植入很顺利，她很快就适应了两个脑的生活，成绩优秀，以后很可能会再往上层升级的。我再也没见过她。不过，我听说她养了一条狗，那是一条百分百仿真的机械狗，唯一不完美的地方是，后右腿有点瘸。

如今，和我一样的人已经不多了。现在，人们拼命劳作、赚钱来植入芯片，或者更新自己的电子脑。我有时觉得特别可笑，这特别像原始社会的国君占领国土，像封建社会的地主占领土地，像资本主义社会的资本家占领生产资料。我们重新回到阶级社会，这个时代不再有土地垄断和资本垄断，而是知识和技术垄断。如果说，在原来人们还能通过起义或革命去获得那些资本，现在则没有人能通过自己的努力推翻这个数字金字塔。每一季，下一阶层里只有极少数的人被上一个阶层的人选中升级，而被选中并没有绝对的标准，因为是整个系统根据最高效率对全部人进行数据分析后决定的。对系统来说是必然，对个人来说却是偶然。

有时候，我躺在床上会想，儿子会是最后一代单纯的人类——那种由两个相爱的人在爱情中孕育，由一个母亲用全部的情感和肉身诞生并养大的人——吗？可能吧。他正在旁边的小床上睡着，因为疲惫，发出了非常轻微的鼾声，均匀而柔软。床旁边的书桌上，仍然放着一个学习机器人，这是学校配的，每个人都有。他的所有作业都是在上面做的，显示屏上几个标红的地方提醒着，尽管学习到晚上十一点，他还是没能完成今天的作业。他们的作业不是定量的，而是根据每天所有学生的完成度核算出一个平均值，平均值之下的人，就是没完成作业的人。我考虑给他退学，在这种学习程序里，他不可能跟上，不如就此放弃，安心地做宇宙中最后一个原始纯人好了。这个瞬间，我开始对生出他有点后悔，我从没想过他面临的是这样的未来和命运。

是的，放弃，我还能工作很多年，我愿意他无所事事，去画点自己喜欢画的东西，去空中草原看看花草，去小吃店里吃一点营养含量低可是无比美味的快餐，去雨天的泥坑里打个滚，去打打篮球。等他长大一点儿，去爱一个姑娘，管她是单纯人还是复合人还是机器人姑娘，只要他喜欢，就去爱她，跟她一起睡觉。我唯一不太确定的是，要不要劝说他生一个后代，如果生，又该生一个什么样的人类。算了，不去想了，他有他的命运，我连自己的命运都掌握不了，哪有能力去帮他安排未来！

我吃了两颗安眠药——失眠的人才算是真正的人——正准备闭上眼等待瞌睡降临，手机叮咚响了一下。我不想看了，可能是各种通知，也可能是明天的工作安排，还可能是催我缴费。安眠药并没有如往常一样迅速起作用。我很固执，仍然在吃传统类药物，并没有采用最先进的睡眠辅助器，原因之一当然是太贵了。我只好坐起来，拿起手机看了一眼，那上面是一条系统通知：

925 EOHGDD号您好，很高兴地通知您，经过系统的综合运算审核，您幸运地被选为下一批升级备选人员。请您熟读通知，做好准备，一周后升入上一层社会。根据规定，您可以携带一位直系亲属。如果您愿意升级，请务必在明晨7点前回复确认，逾时未确认者，系统自动认为放弃。

花了几秒钟我才反应过来这条信息的准确含义，我腾地一下坐起来。这个夜晚，我注定要无眠了。

原载《青年作家》2020年第11期

评鉴与感悟

AI与"人之死"

不止一个科幻作家试图对人类的终结做出预言。这当中最宏伟壮烈者当属奥拉夫·斯塔普尔顿的《最初与最后的人》：经历过数十亿年、十几个时代漫长的演化，作为小说唯一主人公的人类全体最终没能敌过时间的力量，抱憾从宇宙长河中消亡。但也许人类的黯然退场并不需要十亿年之久。在刘汀的《AI概要》中，AI已经尽量以所能理解的方式，对整个人类下了死刑宣言。这宣言并不需要天网式的大屠杀，我们此刻便正行走在通向这宣言的路上。

万能机器人《AI概要》由四个篇章组成，分别是一个自我觉醒的终极AI、一个平凡的服务型AI、一个人类与人工智能的混合体（也就是所谓的塞伯格），以及在人类智能化浪潮之前无可奈何的普通人之自述。最令人着迷的无疑是第一篇，亦即AI以神的姿态对人言说的自白（神为何要对人自白？）——它在尺度上是最宏大的，触及的也是我们对AI最直接也是最历史的关切：AI时代，人类何为？

J·R·塞尔在《心灵、大脑与程序》一文中宣称：所有的计算机都只能处理符号；用语言学的概念来表示，它们只有句法，而没有语义。关于人类究竟如何思维，或者思维该如何定义，我们至今尚且未能得出结论，更罔谈会独立思考的AI了。不过，AI如何从零开始获得智能，并不是刘汀关心的问题。尽管每一个字都在写AI，但他的野心并不在此。和伊恩·麦克尤恩的最新作品《我这样的机器》中的人类主人查理与机器人亚当一样，一个完美的AI并不单为其自身而存在，它更直接的作用在于衬托人的渺小与焦虑，在于让人发现原来更像机器的那个其实是自己。于是再看后续的三个篇章——尽管它们大概率是发生在不同时空中的，更像是不同科幻小说中典型设定的拼接体——还是因为共同奏响了人类的挽歌，而凝聚成了一个完美的共生体。

人类该怎么办？作家本人回答不了这个问题。毕竟，再怎么为AI的觉醒担忧，技术毕竟是在向前发展，没有任何一种力量能强制其倒退。更何况即使真的能够预言未来，科幻小说事实上也没有干预历史发展的力量。不过说回AI，我想起一个早先在知乎上看到的关于AI的笑话，作为一种焦虑来说，这可能更贴近现实。笑话大概是这样的：一个办公室里的文员草率地给智能打印机下了一条指令——尽可能多地打印某份宣传手册——然后就去吃自己的午饭了。在这一会儿的工夫里，打印机消耗光了办公楼里全部的纸张。但"尽可能多"这个概念对它来说太艰涩了，它只好将整个办公室大楼分解成原子然后重组成纸张和墨水，最后甚至开始拆分整个星球。与一个完美的人工智能导致的"人之死"相比，恐怕"人工愚蠢"的威胁反而要更加严峻些。

（钟宜峰）

驯猴记

/包倬

谁被人从梦中吵醒，都会懊恼。那些蛮横粗暴的噪音，带着傲慢和冷漠，一把将你从梦境中揪出来，从不管你醒来后的心跳加速和一头雾水。

今天早上，吵醒我的是同事马老川。每天给动物们清扫粪便的马老川，姓马，四川人，真名不知。我在梦中听到他说方言："马匹哦，龟儿子硬是奇了怪了。"我睁开眼睛，看见马老川和其他几个人的身影在我床前晃动。

我说："吵个铲铲，还让不让人睡觉？"

马老川说："睡个锤子，方小农不见了。"

我说："是不是连猴子也不见了？"

马老川眼睛一亮，说："你龟儿子咋晓得？"

我说："我猜的。"

这时，其他几个人都不说话了。他们看了看对方，相继离开了我的宿舍。过了一会儿，保卫科的人来了。领头的是科长王立春，他水桶般粗壮的腰上吊着一根橡胶棍。他说："园长让你去一趟。"说完这话，他们走到宿舍门口，等我穿衣服。

园长坐在办公桌后面，努力睁开一双浮肿的眼睛。从我进门到坐下，他一直冷冷地盯着我看。保卫科的人在我身后站成一排。

我说："园长，你找我啥事？"

他说："你猜。"

我说："园长，我又不是神，猜不中。"

他突然高声问："那你怎么知道猴子和方小农一起不见了？"

我尴尬一笑，说："我瞎猜的。"

站在我身后的保卫科长王立春断然一声猛喝："老实点！猴子是保护动物知道不？偷猴子是什么后果知道不？"

我说："关我啥事？我只是开个玩笑而已。"

园长说："那好，那就请你继续开个玩笑，告诉我们方小农带着猴子去哪儿了。"

我说："进山去了呗。"

我发誓，我真的只是随便一说。这是很简单的逻辑：一个男人带着一只猴子，不进山，难道住酒店里去？

那天是周六，一大早就有人来了。我们所在的地方叫蛇园，是动物表演的场地。每过两小时，我们进行一场动物表演，有猴子、鹦鹉和海狮。但是今天，他们看不到方小农和他的猴子了。

园长看着我，仿佛我成了那只猴子。离我们不远的地方是过山车，孩子们发出阵阵惊叫。

园长说："你老实点，否则我让警察来审你。"

我说："我很老实，我真是瞎猜的。"

园长说："有人告诉我，你和方小农是好朋友。"

我说："朋友谈不上，都是驯兽员，但他驯的是猴子，我驯的是鹦鹉。"

园长说："我没心情跟你练嘴皮子，我现在只问你一件事，你还想不想干？"

我说："我三年前来到这里，早已把动物园当成了自己的家。"

这话是我们动物园的口号，说的是让每一个动物都把这里当成家。

园长说："我可以告诉警察，你知情不报。"

我说："我睡醒的时候，听他们那么一说，我也那么一说。"

园长说："我没时间跟你玩绕口令。现在，你给我去找他们。找回来，蛇园归你管；找不回来，你也不用回来了。"

就这样，我和王立春开着一辆皮卡车，在地图上搜了一个叫阿尼卡的地方，朝那里开去。那是方小农的老家，除了那里我们没地方可去。

王立春哭丧着脸。他将这趟苦差归咎在我头上，从园长办公室出来就骂骂咧咧。我给他买了一盒烟，他理所应当地接了，撕开，叼一支在嘴上，但并未消气。我们驶离市区，上了高速公路。王立春将怒火发泄到了油门上，我感觉他的脚已经快伸进油箱里。

我说："王科长，开慢点，虽然跨省，但后面没人追捕我们。"

王立春不说话，也不减速。皮卡车轰鸣着，像匹发疯的野马。我打开车窗，风像刀子样劈过来，差点割掉了我的耳朵。我按下收音机的播放键，发动机的噪音已经完全吞没了音乐。

我说："王科长，讲真，我可不想因公殉职的。"

王立春看了我一眼，终于松了油门，驶向慢车道。我适时掏出香烟，点燃，递给他。

"我怕了你这张嘴，"他说，"不是因为你胡说八道，我们又怎会去什么阿尼卡？"

"我可没有胡说八道，"我说，"我有预感。"

此时，王立春已经驶离了高速公路。前方是车多弯多路窄的县道。他划了一下手机导航，目光从屏幕上的那条绿线上抬起。

"噢？"他说，"你一个驯鹦鹉的人，能有啥预感？"

"我可比你们这些天天在腰上挂着橡胶棍和对讲机走来走去的家伙嗅觉灵敏多了。"我说，"方小农和猴子，早就分不开了，明白不？"

前方，一辆轿车借道超车，被迎面而来的越野车逼得撞上大货车。我们被堵住了。王立春不耐烦地下车，沿着公路走了一段，又折回来，重新爬上车。外面很冷，他发动引擎，调大了空调。

"继续说方小农和猴子吧，"王立春说，"是《人猿泰山》还是《金刚》？

我讲方小农之前，先讲了我自己。三年前，我厌倦了业务员的工作。准确说，是厌倦了跟人打交道。那时我想，这世间的工作，只要不是跟人打交道，面对动物、植物、昆虫都可以。于是，我应聘到了动物园的蛇园。我的任务是饲养并驯化一只金刚鹦鹉，让它学会滑滑梯、做算术题和打篮球。这只鹦鹉叫大白，来自遥远的南美洲，它的智商相当于五岁的孩子。

那时蛇园刚建立。蛇园的主题，当然是看蛇，动物表演只是附带。所以，当时一起招聘了三个人，除了我和方小农，还有驯海狮的余天才。余天才这人不太说话，胸中装着深不见底的大海，就连跟海狮说话，也只是那么几句台词：鼓掌、敬礼、顶球、倒立。所以，我和方小农关系好，其实是别无选择。

培训时，园方请来了专业的驯兽师，既驯动物，也教我们如何驯动物。猴子本是聪明之物，驯起来相对容易。但方小农的猴子，最初给人的感觉像是猴界的猪。吃了香蕉，忘了口令。那个据说曾让无数猴子成为猴界明星的驯兽师，在我们的围观下，终于恼羞成怒，朝猴身上甩了一鞭子。结果，那猴儿顺势接住了鞭绳就不再松手。人和猴就那么紧握着鞭子的杆和绳，像两个相互提防、寻找破绽的武林高手，在蛇园的表演区域里转圈。转着转着，驯兽师的额头开始出汗，小猴子一用力，抢过了鞭子。然后，猴子现学现用，朝驯兽师的身上还了一鞭。

就在我们等着看笑话的时候，方小农朝猴子走了过去。我亲眼所见，那猴子的目光里突然有了异样的东西。怎么说呢，就像一个调皮的孩子看见了父亲。它扔下鞭子，垂下了比拳头大不了多少的脑袋。

"好了，让我来吧，"方小农对那个气喘吁吁的驯兽师说，"你怎么能打它呢？"

那驯兽师拾起鞭子，正准备教训一下这不知天高地厚的小猴子，哪知却听到了这句不知天高地厚的话。

"你谁呀？"他说，"我驯猴的时候，还没有你呢。"

"我是它朋友，"方小农说。

那猴儿似乎听懂了这话，走到方小农身边，朝他伸出了手。

"从今天起，我们就叫它孙小圣吧，"方小农说。

那驯兽师被晾在一旁，好半天才反应过来自己的角色。但是，所有人都看得出来，这里已经不需要他了。他临走时丢下一句话："你要记住，它是一只猴子。"

我那只号称智商相当于五岁孩子的金刚鹦鹉也很笨。让它挨饿，它比我还能扛。给它吃的，它吃完后就啥事都忘了。这么一个小东西，据说很贵，像是镶金的一样。我第一次觉得，原来跟鸟打交道也是如此不易。

方小农和孙小圣成了一对兄弟。身材单薄的方小农，在孙小圣面前把自己打扮成了一座猴山。它在他身上摸爬滚打，挠他痒痒，扯他头发，站在他的肩头朝我们敬礼。方小农的衣兜里随时装着香蕉，孙小圣像个调皮的孩子不时去取出一只，吃完，又将香蕉皮塞回兜里。但这样的情况多发生几次以后，我们惊讶地看见孙小圣吃完香蕉已经会找垃圾桶扔香蕉皮了。

孙小圣白天和方小农形影不离，但到了夜晚，它应该回到猴笼里。猴笼在宿舍外面，是一个用钢筋焊成的笼子，里面丢了几件破旧衣服，供孙小圣夜里取暖。但是某天，方小农提出要带着孙小圣一起睡。这事遭到了舍友们的反对。我们吵吵嚷嚷去找蛇园经理。那经理问方小农："你不怕泼猴半夜猴性大发，一脚蹬掉你的蛋吗？"方小农说："蹬也是蹬我的蛋，与你们无关。"那经理看他说得认真，便说："那你给我写个字据，如果泼猴抓烂你的脸，蹬掉你的蛋，或者伤了别人，全由你负责。"方小农真的写了。那天晚上，我们睡得提心吊胆，但方小农和孙小圣却一觉睡到大天亮。

喇叭声打断了我的讲述。前方的交通事故现场清理好了，拖车背着那辆变了形的肇事轿车慢慢离去，堵得心急火燎的司机们一起按响了喇叭，仿佛是在庆祝。

王立春坐正身子，重新系上了安全带。过去的一个小时，我们原地不动，一直在讲方小农和猴子。

王立春挂进了一挡，说："这个方小农是个神经病吧。猴子是猴子，人就是人。怎能连这都分不清？"

我说："我们的祖先还是猴子呢。"

王立春说："那是你的祖先，我的祖先是在洪水滔天时，从葫芦里出来的。"

我不想跟王立春争论人类起源。我只知道，如果今天早上仅仅是方小农不见了，没人会为此大惊小怪。公路像是一根便秘的大肠，车辆走走停停。刚才王立春关着车窗开着空调没法抽烟，现在正大口大口地吞云吐雾。

"你还想听吗？"我说，"你想听，我就说，你不想听呢，我马上闭嘴。"

"说吧。"他说，"你说啥无所谓，有个人声就行了。我昨晚喝多了，没睡好，恍惚得很。"

公路顺着河谷延伸，两旁的荒山上连棵树也没有，偶尔能看到牧羊人放着几只又脏又瘦的山羊。这些羊，与其说是上山吃草的，还不如说是在进行光合作用。可是天阴冷，连阳光也没有。

这荒山又让我想起了孙小圣。作为一只皮毛光亮的猕猴，它的体重9.8公斤。它在猕猴家族绝对是白马王子，类似于我们人类中的李奥纳多。但是，这样一只猴子，它远离了山林和猴群，来到了动物园。它不再为安全和食物担忧，余生只需要服从，就能安稳活到死。于是我想，逃离动物园，到底是他俩谁的主意呢？

我们已经到了金沙江畔。左边是静默的江水，右边是光秃秃的山。王立春把车开得小心翼翼，一种命悬一线的感觉。导航显示，再过一个小时，我们就跨入了另外一个省。等待我们的，是更险峻的盘山公路和乡村土路。

我们在一个服务区里吃了饭，作短暂休息。我们买香烟和矿泉水时，王立春提议再买一盒广告铺天盖地、效果却为零的某营养品。

王立春说："这就叫入乡随俗，他们喜欢这些东西。"

我说："还是王科长想得周到，不然怎么就你是科长而别人不是呢？"

王立春说："少他妈拍马屁，我不爱听。你要是嘴闲，就继续讲方小农和猴子的事吧，刚才讲到他和猴子一起睡了。"

我说："这仅仅是个开始。跟后来发生的事相比，这不值一提。"

金沙江水从桥下流过，两岸群山耸立。导航指向右边，王立春打了一把方向，皮卡车驶上盘山公路。车朝山上开，植被渐渐好起来。一些我叫不出名字的灌木丛紧挨着蹲在路边，而更高的树木向空中伸出枝丫，仿佛正在牵手编织一张网。

我讲了孙小圣钻火圈的事。钻火圈是高难度表演。在这之前，方小农和孙小圣每天的表演是打篮球、走钢丝、滚铁环和钻铁圈这些常规节目。所以，越来越多的观众提出抗议，认为他们的20元门票花得不值。蛇园经理决定，增加猴子钻火圈表演。

方小农哀求经理："能不能让孙小圣表演骑自行车？"

经理不屑地说："猴子骑自行车，三岁的小孩都不会感兴趣吧。别废话，从今天开始训练孙小圣钻火圈吧。"

那天半夜，方小农的床上传出呜咽声。与此同时，还有孙小圣嘴里发出的嘶嘶声。我打开灯，看到方小农在流泪，而孙小圣正用它的猴掌为方小农擦眼泪。

我说:"小农,这没啥大不了的事,你怎么哭了呢?不就是驯猴嘛。"

方小农说:"你会让你的孩子去钻火圈吗?"

我想说孙小圣又不是你的孩子,但忍住了。余天才和马老川也跟着劝,方小农的哭声总算渐渐小了。第二天,方小农在厕所里遇见我。他说:"我真想把孙小圣放了。"

后来我想,他那天也是随口这么一说的。因为孙小圣钻火圈这事,其实是虚惊一场。那天方小农训练孙小圣钻火圈,那样子像是一对赴汤蹈火的兄弟。方小农说:"我也是没法了,你明白吗?"孙小圣一脸悲戚的表情。方小农又说:"记住我的话,能行就行,不行就别逞强。"孙小圣朝方小农敬了个礼,逗得围观的人都笑了起来。孙小圣先钻了几次铁圈,轻而易举就过去了。接着,方小农犹豫着点燃火圈。面对那圈熊熊燃烧的火,孙小圣眼睛一闭就钻了过去。众人鼓掌。方小农扔下火圈,和孙小圣紧紧抱在一起。孙小圣毫发无伤,方小农流下了眼泪。

"钻啊!"观众们喊,"我们要看钻火圈。"

有人朝孙小圣扔香蕉,被它接住,娴熟地剥了皮塞嘴里。"钻,钻,钻……"观众呼喊着,香蕉和花生朝他们飞来。方小农提着已经熄灭了的火圈,看孙小圣吃得正欢。它不光吃,还朝观众做鬼脸,抓耳挠腮,满地打滚。我不知道那天孙小圣到底是怎么了,它变得异常听话,惹得观众的兴致空前高涨。"敬礼!"有人喊了一句。孙小圣朝着人群将手举到了头顶,笑声如浪。一个染着黄头发的年轻观众站起来,扔过来一只香蕉,然后冲孙小圣喊:"跪下!"那猴子双膝一软,跪了下去。方小农见此情景,扔下火圈,拽着孙小圣回了宿舍。观众一头雾水,伸长脖子等着,但等来的是余天才和他的海狮表演。

盘山公路坡陡弯急,王立春双手抱着方向盘,整个身子坐立起来,一副如临大敌的样子。导航显示,距离目的地还有六十公里,还需要三个小时。可以想见,前方等待我们的是什么样的路了。王立春是老司机,但是,他面对这种盘山公路还是发怵。面包车横行霸道,摩托车像头豹子,时刻在考验王立春的注意力和反应能力。这样的路上,如果没有对向车,倒是很适合用来考驾照。如此,世间也不会有那么多马路杀手,因为学员还没考到驾照就自杀了。

下午的时候，我们来到安和镇。我去路边的商店里给王立春买烟，顺便向人打听阿尼卡怎么走。一个秃顶的老人耳朵有点背，他卖给我两盒硬壳中华烟后，随我走出店门，站在堆着马粪蛋子的街道（公路）上，手指向了远方。

　　他说："那里，天边那座山下，就是阿尼卡。"

　　他说的天边，是一片看起来并不遥远的黑森林。我的脑海里浮现出一个画面：方小农和孙小圣在天边那座山上玩耍。我问身边的老人："那山上有猴子吗？"他说："猴子？我身上没有长瘊子。"

　　王立春坐在车上听到这话，哈哈大笑。我把烟塞给他，他也没客气，拿过去撕开，递了一支给我。皮卡车开上了土路。这时我们才发现，我们之前抱怨那段坑坑洼洼的水泥路是多么不应该。王立春边开车边骂，把怒气都发泄在油门上。皮卡车像是一头喝醉了的野兽跌跌撞撞扑向前方。这是真正的前途未卜。

　　王立春说："都怪你嘴闲，你不说那句神经兮兮的话，就不会有这样的麻烦。"

　　我也后悔今天早上多嘴了，可我哪能承认呢？我说："呀，手机没信号，导航没声儿了。"王立春听了这话，在一个稍微开阔的地方停了车。

　　他说："不能再往前开了，趁这里还能掉头，停下问问人。"

　　可四周除了莽莽群山，哪有人的踪影？我们面前的这条路，也像是荒废已久的样子。我们就那么坐在车上，抽烟解闷。

　　王立春说："不如你再讲讲方小农吧。我没想到他是这么神经的一个人。"

　　我说："你有没有发现，他长得很像猴子。"

　　王立春想了想说："也许他前世就是只猴子呢。"

　　我说："我跟你讲讲方小农对猴子的恨吧。"

　　王立春放倒座位，躺下去，双手枕着脑袋，闭上了眼睛。当然，他并不是真的在睡觉，而只是想更舒服地听我讲。我开始酝酿。我刚才说方小农对孙小圣有"恨"，这词不准确，应该是"失望"。

　　某天表演的时候，方小农让孙小圣倒立走钢丝，孙小圣顺利完成了。按理，方小农应该奖励孙小圣一只香蕉。但是，他在带着猴子谢幕以后，突然怒气冲冲地将猴子关进了猴棚。那猴棚因为长期没有猴子居住，钢筋上凝着红锈，里面连件破衣服也没有。孙小圣像个初入监狱的犯人，绝望得双手抓住钢筋，满脸惊恐和哀伤。方小农锁了猴棚的门，径直走向宿舍，躺在床上生闷气。

王立春闭着眼睛问我："他为什么要这样？"

我说："因为他觉得猴子太听话了。"

王立春说："动物园的猴子，不听话那成什么了？难道要它成为山大王？"

我说："你仔细想想。"

王立春想了想，摇头。他沉默着，等我告诉他答案。

我说："也许吧，反正经历过这件事情后，方小农整个人就变了。"

此后的每天早晨，方小农牵着孙小圣走向表演区的时候，就像走向刑场。而和方小农的状态形成对比的，是孙小圣的兴高采烈。孙小圣声名鹊起。人们扶老携幼来到蛇园，争相围观这只听话的猴子。有时候，根本不用方小农命令，孙小圣就和观众玩开了。观众的要求千奇百怪，但它最擅长的是鞠躬、下跪和满地打滚。有一次，当孙小圣站在方小农肩上出场的时候，有个观众突发奇想，要孙小圣扇方小农一巴掌。这个提议引发了观众席上一片笑声，大家都在拭目以待，看这只聪明的猴子该如何处理。

"它真的扇了？"王立春闭着眼睛问。

"真扇了，"我说，"它得到了一根香蕉。"

"那方小农岂不被气死啊？"

"猴子嘛。"我说。

终于，车窗外响起一阵突突突声。一个戴着雷锋帽、清鼻涕直流的男子正骑着摩托车朝我们驶来。我们打听到了去方小农家的路："一直走，经过一个村庄，再往前走，会看见零散的几户人家，屋后有一棵很大的椿树的就是。"

冬天的风刮来，凛冽扑面。现在，我们可以更真切地看清路两边的树木了，松树、樟树、桤树，以及一些低矮而又茂密的灌木丛林。这样的树林里，如果是在过去，应该是豺狼虎豹的居所，如今我们只能在树林里看见兔子、松鼠、麻雀、乌鸦和喜鹊。我拎着东西走在前面，王立春气喘吁呼地跟在后面。松鼠在树上追逐,鸟雀传来稀疏的叫声。有种在黄昏才叫的鸟,嘘哩哩叫着,让人心急如焚。

前方果然出现了一个村庄。房屋外墙刷了白,除此之外,并无任何蒸蒸日上的样子。大片的土地空着,偶尔能看到一两块地里种着麦子和豌豆,刚冒出嫩芽。路蜿蜒向上,越往上走,山风越冷。在一个山坳里,我们看见了那棵高大的椿树,立在几间破房子后面。

我和王立春松了口气,席地坐在路中央,掏出香烟来抽,顺便观察起不远处这个破败的农家院子。和我们之前见过的那些白墙相比,方小农家的老屋破旧得很真实。我们朝那几间又黑又矮的土屋走去,有一只老狗在路边的荆棘丛里发出呜呜声。围墙坍塌了,但院门还在滑稽地锁着。我们踏着那倒在地上、已长青苔的断墙进了院子。两只鹅高声叫着,昂着头走到我们面前,交颈片刻,走开了。除此之外,我们暂时还没在院子里看到别的活物。

王立春扯开嗓门喊:"有人吗?"

没人回答。两只鹅已不知去向。我和王立春对望了一眼,朝开着的门走去。黑乎乎的屋里,一团火在角落里跳跃着,旁边倚着一团同样黑乎乎的东西。

"有人在吗?"我问了一声。

火旁那团黑乎乎的东西渐渐伸长,转过头时,我看见了一张干瘪的脸。那是一个矮小的老太太,穿着黑衣服,伸不直腰。

"你们——找哪个?"她的语气里有一丝惊慌。

我和王立春嘴里同时说出方小农的名字。哪知,这个老妇像一只听见鹰唳的母鸡,连跑带滚,眨眼之间到了我们面前。她那干枯的手,一把抓住了王立春,使劲摇晃着。

"他在哪里?我儿子。"

"我们也在找他。"王立春说。

她似乎花了一点时间来消化这话。当她明白我们并不知道她儿子的下落时,心中又升起了新的疑问。她问我们是不是警察,我们说不是,只是方小农的同事。但尽管这样,她还是用警惕的目光打量着我们。这时,我想起自己手上的营养品。我递给她那盒包装精美、效果存疑的礼品,她下意识地朝后退了一步,仿佛我递给她的是一条蛇。

"他是不是欠了你们的钱?如果是,你们不要找我,我只有一条老命。"

"他没欠我们的钱,但欠了动物园一只猴子。"

听了这话,老妇大叫一声,摇晃着身子,差点栽倒在地。我抢先一步扶住她那纸片一样轻薄的身子。然后,她用颤抖的声音问我:"为啥又是猴子?"

我扶她在火塘边坐下。一只黑铁锅挂在铁钩上,沸腾声随着火势越来越弱。我试着在空气中捕捉饭菜的气味,但是没有。我想,锅里煮的也许是白开水。

方小农的母亲沉默了一会儿,渐渐回过神来。她问我们是否吃过晚饭了,我们说没有。她起身,像只老鼠,顺着屋角的一把木梯窸窸窣窣地爬上去,过了一会儿,拳头大小的土豆从楼上飞下来,砸在地上,四处乱跳。那晚我们吃火烧土豆和泡菜。方小农的母亲没吃东西。她不时往火里添柴,以保证屋里足够暖和。但是,外面刮起了风,墙缝里发出呜呜声。她又继续问起了方小农的事。

"他到底出了啥事?"

"动物园丢了一只猴子,而方小农也消失了。我们怀疑方小农带着猴子跑了。"

她沉默了一会儿,像是突然想起来似的,去另一间屋子里拿来了一瓶酒和两个杯子。酒放的时间久了,瓶上落满了灰尘。这样的夜晚,我们确实需要一杯白酒驱散身体里的寒气。我和王立春一人倒了一杯,小口抿着。我们又谈起了方小农。

"他离开这里已经五年了,"她说,"苏三娜考上大学后,方小农跟她一起走了。说要打工供她上学,然后娶她。"

我告诉她,我见过那个女孩,不过她不叫苏三娜,而是叫苏姗娜。

她的脸上掠过一丝笑,说就是同一个人,那是一个认死理的姑娘,十头牛也拉不回来的那种。

王立春说:"我们还是谈谈猴子吧。猴子是保护动物,如果让我们找到,是方小农的运气;如果让警察抓到,那就是另外一回事了。"

方小农的母亲抖了一下。她往火塘里加柴,这一次加的是湿柴,青烟瞬间弥漫开来。我们三个人剧烈咳嗽着，眼角挂着泪花。在这烟熏火燎中，方小农的母亲跟我们讲起了猴子。她讲的猴子，不是动物园的孙小圣，而是阿尼卡后山上的猴子。

她说："阿尼卡这地方有猴子。几十年过去了，人们还是会提起。他们提起猴子，难免就要提起方小农的爷爷方百丈。我这样叫他的名字，真是罪过啊，阿弥陀佛。"

一九四八年农历八月十四，货郎方百丈挑月饼担过阿尼卡后山。他清晨从金沙江畔出发，下午到了后山上。他饿了，在一个平地处歇担，拿出月饼来吃。这时，满山的猴子像成熟的果子从树上落下来，像一阵风似的刮过来，学他拿起了月饼开吃。

方百丈事后惊魂未定地回忆当时的情景。他说，那些猴子向他跑来时，仿佛山洪席卷而至。幸亏他跑得快，不然早已被猴子踩成了肉酱。听者不信，说猴子的体重还不至于踩伤人。方百丈说，它们正在为抢月饼打架呢，打得黄尘滚滚。

此后半个月，他卧床不起，症状只有一个：口苦。四乡八里的郎中说，他这是吓破了胆，没救了。后来请了巫师，用草扎了一只牛高马大的猴子，念过咒语，背去后山烧了，他的病才渐渐好转。但整整一个冬天，方百丈病恹恹的，没有再去挑担。一想到要经过后山，他就脊背发凉。

在阿尼卡，若论资格，猴子比人还老。阿尼卡还没人居住的时候，这里就已经是猴子的乐园。人是这片土地的入侵者。山上山下，是两个世界。人们上山打猎，动物们下山来糟蹋庄稼，多年如此。

春天的时候，方百丈的胆量渐渐恢复了。他由自己野草般疯长的胡子想到了买卖，认为这是一个卖剃头刀的季节。他挑了一担剃刀，再次经过后山，歇息。他随手拿出一把剃刀开始刮胡子，这时，满山的猴子先是在树上观察，然后认出了方百丈。猴子们兴奋地蹦跳着，来到方百丈面前，大大方方地打开了剃头刀，模仿方百丈。

鲜血从猴子的脖子上喷射而出，像一道红色的闪电划过。一只猴子倒了下去，一只只猴子倒了下去。它们慌乱起来，加速了割颈的速度。方百丈倚靠在一棵树上，整个人吓瘫了。他的脑海变成了一块电影幕布，幕布上的猴子相互效仿，割断了自己的脖子。

有人上山，看到堆积起来的猴子尸体，说像柴一样。猴子死了，方百丈也死了。他是被吓死的。那一年，他的儿子方千里十岁。

　　一个人死了，地上隆起一个土堆。上百只猴子死了，地上仍然只有一个土堆。阿尼卡人挖了一个大坑，埋了那些猴子，那地儿就叫猴子坟。

　　方小农的母亲说到这里，站起身，捶着腿，裤管里发出嘭嘭声。我们喝下的酒，热腾腾地在血液里沸腾着。我不胜酒力，脑袋里像有一只纸风车在转动。我起身去外面撒尿，黑漆漆的天空撒下零星的雪粒。我抬头看了看天空，这广阔深沉的黑暗让我喘不过气来。我心想，可不能这么早就下雪了，方小农和猴子还在路上呢。

　　在这里，手机信号气若游丝，3G网络则完全是个神话。园长打来电话，声音像是被风撕碎了一样，需要我去努力拼凑。他问起进展，我说我们已经赶到，但方小农应该没这么快。他说："那就等，等到他出现为止。"对此，方小农的母亲表示无所谓。这个季节，反正她也闲着。

　　夜风呜呜地吹，寒气缭绕。火塘里的火苗升起又落下，一根根木柴化成了木炭和灰烬。我们抿下最后一口酒，困意袭来。还没说完的猴子的事，留待次日。那晚我和王立春睡在一间发霉的屋子里，而比屋子更发霉的是被子，我感觉像是一块冰压在身上，同时压在我身上的还有挥之不去的疲惫。

　　次日清晨，我们被鹅声吵醒。风比头一天更紧了，天空的乌云被吹得七零八落。我们无所事事，在方小农房前屋后走来走去，无聊得观察树下的狗和昂首阔步的鹅。或者跟在方母身后，看她一刻不闲地干各种零碎活。可以想象，这些年，她就是这样一个人忙进忙出。

　　生活在这样的地方，每一天都可能是前一天的重复。第二天晚上，我们继续听方小农的母亲讲猴子。这一次，她讲的是她丈夫方千里和猴子的事。

　　方千里二十岁那年，山上的草根被挖完了，树皮也被剥光了，夏天的时候蝗虫遮天蔽日而来，人们躲在家里，听见蝗虫啃噬庄稼的声音惊天动地。蝗虫过后，方千里在别人的哭声中拿着柴刀和鞭子上了山。

　　十天以后，方千里下山，赤着双脚，身后跟着一只小猴子。这小猴子像个羞涩的孩子，一见到方千里的母亲，一个滚翻过去，朝老太太打拱作揖。老太太愣了一下说："这猴儿吃了太可怜。"方千里说："猴子肉不好吃，你等着看猴戏吧。"

从此，方千里和这猴形影不离。他下地干活，猴儿就蹲在一旁看，看着看着，它也会干活了。两年以后，猴儿长大，站起来时有方千里的肩膀那么高。它已经成了一个不错的劳力，名字叫草鞋。人们问方千里："你怎么驯猴的呀？"方千里说："不用驯，它会听话的呀。"人们信以为真。他们相约上山捕猴子，也想学方千里把猴子驯成免费长工，但是，他们全带着满身的伤回来。

庄稼收完后，方千里带着草鞋进了山。没了农活的人们嘴却没闲，他们说："方千里终于良心发现，要放猴归山了。"他们说："猴子再聪明，也始终是不会说话的畜生，让猴子做长工，简直就是作孽。"议论甚嚣尘上，笼罩在阿尼卡上空，但是，人们再次看见了惊掉眼珠的事。

方千里带着五只猴子回来了。有人亲眼看到，五只猴子被拴在一起，由那只叫草鞋的猴子牵着。而方千里，正甩着两只手走在前面抽烟呢。

从此，方家的院子里响起了驯猴的鞭子声。人们凑近门缝，看见方千里和草鞋手持鞭子驯猴，或哄或骂。特别是草鞋，它手持鞭子抽向同类时，让围观者头皮发麻。

别看现在方小农家破败不堪，孤零零得风雨飘摇，但是方千里年轻的时候，这个家曾经令人羡慕。农忙的时候，方千里坐在地边，指挥着猴子们干活。这些瘦猴子，干起活来（特别是手上活）可比人要麻利得多。他家成了阿尼卡最早完成收种的人，日子自然一天天好起来。而到了冬天，方千里坐着滑竿，由六只猴子轮换抬着，远走江湖，耍猴戏去了。

方小农的母亲歇了下来。我和王立春都以为她讲累了。但仔细看时，她在抹眼泪。我和王立春心照不宣地选择了沉默。方母站起身，走进另一间屋里拿回来一个塑料包，抽丝剥茧地一层层打开，拿出一张身影模糊的照片。那是方千里和他的猴子们。我们将照片还给她，她又一层层包裹起来，塞回了兜里。

"后来呢？"我问。

"后来，小农他爹成了全村的仇人，他们说他让猴子做长工，比旧时代的地主老财还坏。他们把他吊起来，要他交代家里藏了多少靠猴子赚来的钱财。"

我和王立春瞪大了眼睛，不敢出声。就像她嘴里的话是群麻雀，我们一张口，那些话就飞走了。她的语气越来越低沉，这让我觉得那些麻雀已经打湿了翅膀。在她干瘪的嘴巴张合之间，像两扇石磨间撒下面粉，往事纷纷扬扬。

方千里被吊起来时，猴子们围着他叫唤。它们已经意识到主人正在受难，却不知是因它们而起。他确实没有因猴子而积累巨额财富，倒是猴子让他遭了殃。他们要他要么交出剥削猴子的钱财，要么亲手杀了它们。

方母抽泣起来，浑身颤抖。她的声音一声比一声低，我和王立春沉默不语。我们不由自主地伸手去抓酒瓶，但又红着脸缩回了手。昨晚喝剩的半瓶酒，已经空了。

我和王立春一起走出屋外，在夜风中打着冷战，叹气，抽烟。我们返回屋里时，火塘上空的铁钩上多了一个黑色的壶。

方母说："天晚了，烧水洗脚休息吧。"

我说："你还没讲完呢，后来呢？"

她说："后来，小农他爹受不了了，只好把猴子吊死。可怜的猴子啊，他们啥都会，就是不会解绳索。"

这烟熏火燎的屋里，像个巨大的深渊，能瞬间吞噬所有的声音。风声什么时候消失了？火苗紧贴着木柴，正在艰难地燃烧。黑铁壶里的水，连一丝波纹也没有。我们醒着，却更像睡着。我的眼前浮现出猴子，漫山遍野，地上，树上，石头上，它们坐着，躺着，追逐着。我闭上了眼睛，不再关心身边人的动静。或许，他们也和我一样，陷入了各自的幻境中。

突然，院里的狗和鹅同时叫了起来。我们三个人站起身，相互看着，如临大敌。

"有人来了。"方母说。

我和王立春已经抢先一步冲了出去。一颗炭火样的灯泡挂在墙上，发出有气无力的光。在它有限的照见范围内，站着风尘仆仆的方小农和孙小圣。我们都吃了一惊，但谁也没表露出来。

"你们来了？"方小农说。

"我们在等你，"王立春说，"把猴子交给我们，这事就结束了。"

方小农朝孙小圣一挥手，它乖乖退到了灯光照不到的地方。然后，他朝我们笑了笑。

"这是不可能的,"他说,"你俩一路辛苦,但只能白跑一趟了。"

方母看到儿子,并没有立刻冲上去,而是躲在我们身后打量着他。无形的空气变成坚硬的冰,横在这对母子之间。他甚至还没有叫上一声妈,就已经陷入了争论中。

"你为啥要偷猴子?"方母说,"如果你非得要做小偷,我宁愿你是偷人钱包。"

"我没有偷!"方小农吼了起来,但说不出具体的理由。

"猴子是保护动物,你知道的吧?"王立春说,"这比把别人的钱包拿走要严重得多。"

"那又怎样?"方小农说,"我既然敢这样做,我就不怕。"

他挺着胸,走到我们面前。我本想一把抓住他,但转念一想,抓他何用?孙小圣隐没到了黑暗中,像是并不存在一样。我掏了香烟出来,递给王立春和方小农。

"谢谢。"方小农说,"我请求两位,别再谈猴子了。这事没得谈。你们远道而来,多住几天吧。"

他如梦初醒地意识到了这里是他的家,走在前面,带我们进了堂屋。我不知道这屋和他走时有多大区别,但他还记得电灯拉线的位置。这是我和王立春第一次认真打量这间屋子。笨重的实木茶几上,摆着一台比书本大不了多少的电视机。应该很久没有通电了。屋中央的八仙桌上,空无一物,围在四周的凳子,处于等待中。

方小农让我们坐在一排旧沙发上。我感觉屁股下面有弹簧突起,轻轻挪动身子,沙发咯吱作响。

"妈,"方小农叫了一声。母子俩的目光交织在一起,是无声的探询。

"这次回来,我不打算走了,"方小农说,"我就在阿尼卡陪着你。"

"苏三娜呢?"

"不重要了。"方小农笑着看向我和王立春,"我现在有孙小圣,还要她干什么?"

我看出来了,他在向我们宣告决心。这里是山区,这里属于方小农和猴子。山林就在屋后,只要他一声令下,猴子就归山了。此时的方小农,已经不再是动物园的驯兽师,而是一枚千钧一发的按钮。王立春陡地站了起来。

"那么，对不起了。"他从兜里掏出了手机，"既然你是这个态度，那就只能报警了。"

方小农一副无所谓的样子，嘴角挂着一丝嘲讽。"如果你认为警察会帮你满山逮猴子，那就试试吧。"他说。王立春果真拨打了报警电话。提示音响起时，方母突然跪了下去。这一跪，王立春挂断了电话。他去扶她，但她双手拽住他的裤腿，嘴里反复哀求着。

"阿姨，我答应你，暂时不报警。"他说。

方小农的脸上总算有了愧疚之色，他双手交叉着抱在胸前，以掩饰自己身体的微颤。他向我投来了复杂的目光。我们算是朋友，可惜站在了两个阵营。我意识到，此时我和王立春并不占上风。即使报警，又能怎样？我们的目的是带走猴子。我尽量让自己的语气变得平静，就像我们在动物园时说一件无关紧要的事。

"小农，"我说，"在来这里的路上，我跟王科长讲了你和孙小圣的事。我们都挺理解你的想法和行为。"

"但是呢？"他问。

"但是，你真的了解孙小圣吗？"我说。

方小农愣了一下，但马上恢复了信心。他朝着外面吹了一声口哨，孙小圣像一道闪电从门外蹿了进来。

"我对它，比对自己还了解。"他得意地说，"我能从它的眼神里看到喜怒哀乐，甚至能看到它的内心和灵魂。"

"那你敢不敢为我们来一出猴戏？"我说。

"你想看啥，钻火圈？走钢丝？骑自行车？没有道具，无法表演。"

"我想看的是，放猴归山。"我说。

王立春想制止我，已经来不及了。他有些恼怒地看着我，退到了一旁。方小农不明所以地看着我。

"我们打个赌吧，"我说，"如果你输了，猴子我们带走；如果你赢了，我们自己走。"

"怎么赌？"

"放猴归山。"

"你别耍花招,"方小农说,"我和孙小圣的感情,你最了解的。"

"那就试试吧,"我说,"现在,带上你的猴子,让我们开开眼界。"

"走吧。"方小农说。

风吹开乌云,月光洒下来。院子里,那两只鹅和狗挤到了一块儿,不再管人间事。方小农走在最前面,后面是蹦蹦跳跳的孙小圣。他们不像是一个人和一只猴,而像是一个人的左手和右手。方小农伸出手,孙小圣抓住,一晃悠,猴已经站到了人的肩上。

"你搞什么鬼?"王立春在我身边低声问。我没有回答他。

屋外是几块板结的土地,土地的边上是山林。我们已经听到了松涛阵阵。月光下,树叶波浪一样地翻滚着。方小农看了看山林,又看了看我和王立春,最后,目光落到了孙小圣身上。

"去吧,"他说,"这才是你该去的地方。"

孙小圣看了看方小农,又看了看我们。我以为它会向我们打躬作别,哪知它垂下了猴脑,嘴里发出嘶嘶声。

"去吧,"方小农提高了语调,"进山去,我会常来看你的。"

孙小圣侧耳听着松涛,仿佛山洪席卷而来,它撒腿就跑。王立春哈哈大笑,是那种发自内心的没忍住的笑。方小农一声怒吼,孙小圣陡然停了脚步。

"别怕,"他说,"我陪着你,我们一起上山吧。"

月光下,方小农的头发竖立起来,瞪着一双血红的眼睛。但尽管如此,孙小圣还是双手抱住脑袋,摇晃着,蹲了下去。方小农飞起一脚,朝孙小圣踹了过去,那猴子也不躲闪,有意迎了上去。瞬间,一只活蹦乱跳的猴子变成了一个呻吟的肉团。方小农伸手去抚,那猴子挣扎着起身,朝方小农跪了下去,不停地作揖。

"现在,你还有什么话说?"王立春问。

方小农没有回答,他像猴子样一声啼叫,朝孙小圣跪了下去。

原载《长江文艺》2020年第10期

失效的规训与孤独的个人

《驯猴记》中"我"和王科长一起寻找或者说"追凶"的过程,其实也就是"我"对方小农和孙小圣进行回忆的过程,而后者的温馨和神秘则直接构成了对前者合法性的解构。在这样的矛盾张力中,方小农和孙小圣的叛逃实践也因而被赋予了实义。

小说中的"我"产生了一个很有意思的疑问:"离开动物园,到底是他俩谁的主意呢?"这样的疑问似乎论证了,不管人们是否意识到,在见证了诸多奇诡事件之后,孙小圣已经被当作一个具有独立思考能力的神秘化主体而被接受了。也正因为此,原本被视作一体的叛逃行为出现了裂缝。对于方小农而言,离开动物园不仅意味着离开一种庸俗化的社会秩序,从此和自己的"精神伴侣"自由地生活在一起,而且更带有一种救赎的紧迫感。然而对于孙小圣而言,叛逃在他们到达阿尼卡的那一刻才真正开始,他要逃离的是整个人类社会,而对方小农所产生的情感惯性很快就败下阵来。

立足于市场经济构建起来的社会秩序在个体的温情下走向失效,后者转而又在一种蛮性的呼唤面前遭到了抛掷,这样的文本书写似乎是在构建某种理想主义的生活等差:自由的、饱含生命的活力与蛮性的生活优于温情的陪伴优于僵硬的庸俗化生活。但是问题在于,处在夹缝中的、作为永远无法在真正意义上逃离人类社会本身的个体,离开了仅有的温情又该如何自处?小说延续了包倬对于原始神性的追求和对于现代性的反思,但流露于字里行间的孤寂感或许更为动人。荒山、河谷、几乎废弃的公路、黑森林……在这样一种阴沉而又颇具几分诗意的氛围衬托下,一辆车、两个人,出于某个略显荒诞的缘由,为了寻找一人一猴而长途跋涉,这本就是一个关于孤独的故事。

在小说中,动物园则是一个更富象征意味的场所。一方面,"我"厌倦了和人打交道,方小农在爱情中遭受了创伤,于是"我们"共同撤离到了动物园这个只用和动物打交道的地方;另一方面,"我们"虽然自愿选择身处其中,却又无法忍受失重的孤独感——并且即使是动物园也被规训为了市场经济盈利的场所,"我们"依然生活在市场关系编制的罗网中。正是在这个层面上,作者捕捉到了当下个体所不得不面对的沉重现实和精神危机:当灿烂丰富的古代文明已逐渐成为一种与当下无关的文化幻想,当塑造共同体的记忆被清除而未来的图景又被中断，处于失语状态下的无历史的个体既无从逃避时代的洪流，又不能与"他的"时代取得新的身份认同，从而始终处于无法被命名的流浪状态——一个人可以为了一只动物逃离人类社会，却不能做到哪怕与其他任何一个人类个体建立情感联系。

不过事情似乎远没有那么糟，正如小说结尾所描绘的那样，在古老命运的轮回中，对于生命的尊重和自尊正进行着令人泪目的抵抗。

（朱子夏）

双城记

/郑小琼

一

周末,安宇红收拾好行李,准备到黄江镇见王明兵。她需换三趟车,先乘地铁二号线转一号线到火车东站,坐四十五分钟的广深线到常平站,如果王明兵没来车站接她,再搭公交车到王明兵的公司所在的黄江镇,一共大约需要两个小时。每周五晚上去,周日晚上回。他们是夫妻,分居两城四年,这趟行程她闭上眼都知道哪个点到哪个站。

安宇红在一家财务公司做会计,每天面对数字、报表、报税单。她做过十一年专业会计,工作不难,薪水不错,她心满意足,爱上了这份工作。以前,夫妻两人在同一个工厂上班,王明兵是工模师傅,安宇红是工厂财务。工厂的财务事儿杂,常与人打交道,她不太喜欢,便跳槽到现在的公司。公司原来在东莞另外一个镇,离王明兵不远,可以天天见面,四年前公司搬到广州的白云区。王明兵还在那家工厂上班,从工模师傅晋升到生产部的经理。工资涨了不少,但工作忙了许多,他不仅要管工模部的开发与设计,还管生产部的产量与质量,保证订单能按时完成,顺利出货。该工厂生产汽车音响的五金件,这些年,车市爆发,工厂的订单多,但工人却不如往年好招,年轻工人稍不顺心便辞职不干。工厂属于劳动密集的加工业,订单虽多,这些年劳动力成本增高,物价上涨,工厂利润没有显著增长，王明兵压力大。工厂一周只放一天假，周六晚上还需加班到九点，安宇红只好两城奔波。

　　三年前，他们在黄江镇的碧桂园买了一套房，三居室，每月一万二千元的房贷。王明兵开一辆比亚迪·宋，国产车，同样的价格，空间大，配置好；做技术出身的王明兵，在日常生活中能够用国产产品时一定选择支持国货。安宇红恰恰相反，自己的化妆品、面膜之类的护肤品，一定不用国产的。儿子留在老家的城区读书，那里有一套房，早些年买的，每个月两千多的房贷。公公、婆婆都进城了，帮家人煮饭，看护小孩。夫妻俩有车有房，王明兵又是工厂的高管，小孩成绩不错，老人身体健康，还能搭把手。在别人眼里，他们事业成功家庭和睦。

　　地铁上人很多，挤来挤去，她站着，不作声。这时，一个男人不知是有意还是无意用下体碰了碰她，她躲了一下；那男人假装挤，又碰了碰，她窝火，用身体狠狠地撞了一下，男人再也没有动。遇到这种事，如果躲，那人会越发胆大妄为，最好的办法是针锋相对，这样才能平安无事。

　　到达火车站东站时，广场上早就一片灯火辉煌，人头攒动。来来往往的人面无表情，行色匆匆，拖着行李找工作的外乡人，穿职业装的白领，她对这一切早已熟悉，她心如止水，不再有刚来时的兴奋与惊奇。她记得第一次到广州火车东站，是十六年前，其时她刚大专毕业，从江西拖着行李来广东打工，面对繁华的东站广场，她长长地舒了一口气，心里说了一句，广东，我终于来了。很快，一辆破旧的公共汽车将她带往东莞，那里是世界工厂，星罗棋布的电子厂、家具厂、塑料厂、五金厂……一路上，白色楼群间的厂房与绿色的香蕉林、荔枝林彼此交错，偶尔有一两个鱼塘在窗外一闪而逝，不时有高大的烟囱扑入眼帘，它们朝天空吐着滚滚黑烟。十六年，一晃而过，昔日天真烂漫的少女已变为成熟温润的妇人，人生最美好的时光留在广东，她也如当年所愿，在这里安居乐业，扎根南方。身边依旧车水马龙，她的内心感慨万千。

　　坐上城轨，她心里泛起微澜。从广州开往深圳的和谐号，十多分钟一趟。正值乘客高峰，平时空空荡荡的车厢坐满了人。车厢很舒适，她的座位靠近窗户，一路上她可以欣赏窗外的风景。车外，天已黑，一片模糊的灯光在窗口闪烁。她看着窗外，依次后退的灯火、楼房，从高楼到低矮的工业区，火车已离开广州，进入东莞境内，窗外黑魆魆的。远方的灯火像她此刻的心境，迷离而明亮。她旁边的女士握着手机在说着订单、产品型号之类的话，可以推测出是一个商务电话。她看了她一眼，一个年轻而精致的女人，精致得脸上看不出年龄、表情。女人装扮清凉而性感，白色T恤，牛仔短裙，一双修长的腿，丰满的胸部散发着生命的活力，戴着红色的太阳帽，马尾从帽子后面流了下来。安宇红叹了一口气，暗忖年轻真好。那女人好像跟电话那边吵起来了，她大声地说："这个价格，如果你做不了，我换人，我们合作这么多年了，你又不是不知情况。"过了一会儿，那女人觉得打扰了旁边的安宇红，朝安宇红尴尬地笑了笑，表达歉意。接着那女人又压低声音说："这只是开始，以后还会有很多订单。"那女人在倾听对方，面部表情也渐渐舒展，没有刚才那样高声。她回答道："那么这样好吧，郭总，我们见面再谈，我现在在车上。"她挂断电话，靠着座位，不再出声。车速越来越快，两个穿制服的乘务员在卖咖啡、奶茶等。安宇红很喜欢和谐号上的乘务员的制服，有一股空姐的做派，不像长途火车的列车员，一股乡土气息。她觉得和谐号上的女列车员才是城市的味道，干净而职业的微笑，青春而靓丽的身体。

　　她从包里拿出镜子和化妆品，补了一下妆。这些年，她努力地保养着自己，节食保持身材、练瑜伽增加身体柔软度，化妆品也从日韩品牌换成欧美品牌了，去年还做了去眼袋除皱的手术。但随着年龄增长，她的法令纹越来越深，她不停地在百度上查如何去除法令纹，试过很多种百度上推荐的方法，效果并不明显。她思忖着，干脆什么时候去医院做祛法令纹的手术，她的同事多次建议她动手术，并把自己做过手术的那家医院推荐给她。女人到了这个年龄，一定要对自己好点，她的同事这样劝她。

　　半年前，她回到黄江镇的家里，在床上发现几根黄色的长发。她从没染过头发，王明兵更不可能掉长头发。也许是朋友或者同事到家里坐坐留下的，可头发却在床上啊。是的，她可以接受沙发、厨房、书房、客厅、阳台、厕所等地方有黄色的长发，但她绝不能接受那黄色的长发在床上出现。对一个女人来说，床是她的最后领地，也是最后一道防线。在东莞生活，她甚至可以接受作为公司高管的王明兵，因为生意应酬，免不了在某些场所逢场作戏，但是她无法接受他带陌生女人在她的床上胡作非为。她的手机响了，是王明兵发来消息，他告诉她，他今天有事，不能来车站接她，让她自己坐车回家。她回了一声"好"。

旁边的女人在半醒半睡中，安宇红望着窗外发呆。几棵栎树伫立的旷野，远处灯光格外分明，一条高速公路穿过，路灯像一条长龙从眼前延伸至远方。她盯着铁路道旁的香蕉林，现在是暮春三月，月亮站在天空上，微风吹过，仿佛天间倏忽亮起来。广东没有冬天，连春天也短暂，来不及换上春装，夏天便匆匆挤了过来，天热起来，大家都穿起清凉的夏装。旁边的女人又在接电话，还是一个商业电话，说材料涨价了之类。儿子王哲浩发来微信，问她是不是还在车上。她回复了一句，是的。又问儿子有什么事情，儿子只回复她说，妈妈辛苦了，路上注意安全。

想到儿子，她一脸温柔，儿子在老家市里最好的外国语学校读书，私立学校，住校，一周回一次家。原来她想让儿子来这边读书，那时，像他们这样的打工者，进公立学校机会微茫，读教学质量好的高档私立学校，经济又不允许。工业区附近倒有不少面对外来打工子弟的私立学校，王明兵和她也考察了几个，教学质量一般，老师流动性大，升初中没有学籍，读完小学还得回老家，只好放弃。她的小姑子在市里教书，给他们推荐这所外国语学校，价格不菲，但在他们的可接受范围内。儿子在市里读书，不能老麻烦小姑子，他们一咬牙，在小姑子对门买了一套房，把公公、婆婆接到市里，让他们照看孙子。王哲浩与小姑子的儿子年龄相仿，俩孩子的功课小姑子一并管了，老家是稳定的后方，让他们可以心无旁骛地在这边打拼。

安宇红出生在江西的一个小镇，一条河流穿镇而行，在镇东边拐弯，拐出了一片平坦的河谷，小镇便是建在这片平坦的河谷上。一条公路沿河而行，公路的两边依次是食品站、卖日杂食品百货的一门市部、派出所、卖农药化肥农机的二门市部、肉食站、粮库、硬塑厂、乡政府……中间夹着一些附近农民自己建的房子，有小卖店、理发店、饭店等。她家在小镇的最东端，沿一条小路进去，大约二百米，有一张铁门，进去便是县第二农机厂，父亲在这里上班。农机厂靠近山边，占地二十来亩，有一百多个职工，归县农机局直接管理，主要生产耕田的铁犁，给县城的拖拉机厂与柴油机厂做些铸件。母亲在镇硬塑厂上班，生产塑料搓衣板、塑料桶之类的制品。双职工子弟,父亲在农机厂分有房子一套,二室一厅,一家人在小镇上生活,算是比上不足比下有余。

王明兵出生于湖南乡村,世代农民,种田为生。高中毕业后,南下广东,先跟同乡学工模技术,后来做工模师傅。他比安宇红早来五年。这二十多年来,生活完全出乎王明兵想象,他在南方结婚,娶了外省姑娘,买房买车,生活走向中产,从刚来南方的谋生到安家,从乡村人变为城市人,一切都来得那么顺利。王明兵觉得像一场梦,却是真真实实的现实生活。早期来南方,饱受艰辛与痛苦,甚至歧视,他认为一切都值得。他很珍惜现在拥有的生活,相信通过奋斗可以实现自己的理想。

安宇红性格随母亲,只求平平安安的日子,没有想过大富大贵。母亲先是硬塑厂的临时工,后来硬塑厂倒闭,她便完全做了家庭主妇。母亲在工厂附近开了些闲地,种菜养鸡,种苞谷豆类,母亲一辈子听从做工厂技术员的父亲安排。父亲空军部队转业,安排在县第二农机厂上班,他喜欢读书看报,谈论时事,说起来头头是道。安宇红与母亲只是听着,总觉得那些事与自己离得太远。后来,她进城读书,不喜欢小镇,小镇太小、又偏,一心只想离开小镇。大专毕业后,她选择南下。

父亲不喜欢安宇红南下的生活,他经常在电话里说安宇红的家不像个完整的家,一家三口,生活在三个城市里——安宇红在广州,王明兵在东莞,儿子在湖南——七零八落的,破碎不堪。父亲还保留着老式传统思想,在他的眼里,一家人团团圆圆在一起,和和美美过日子,这样的家才是家。不是像安宇红的家这样,各自一方,夫妻不聚,儿女不顾,四分五裂的家还能叫家吗?

安宇红想起在某本书中曾读过一句话,工业让我们变成了一个个孤独的零件,被时代拧在某个固定的位置上,工业也让我们变得破碎,故乡的破碎,家庭的破碎,婚姻的破碎。

二

窗外的横沥镇依旧一片灯火,从火车窗口看,四五层低矮的楼房闪现在一片昏暗而陈旧的灯光里,透过楼房的玻璃依稀可以见到车间里忙碌的人影,看到熟悉而陌生的场景,安宇红陷入了长久的沉思。十六年前,拖着行李的她从广州下车,她要去一个叫横沥镇的地方,在那里有一个叫罗敏的同学,她在横沥三甲的玩具厂上班,在流水线上装配玩具手臂。从广州到横沥镇,她被卖了四次"猪仔"①,到横沥镇时,已入夜很久。罗敏把她安顿在城中村的本地人的房子里,房子背后有一片荔枝林,出门有几棵香蕉树,树上还挂着香蕉。广东天气湿热,蚊子很多,她记得第二天,她的脚上全是被蚊子叮的红色斑点,又肿又痒。

她在横沥的工业区找了家电子厂,做锡焊工。在细小的电子元件焊锡点,每天工作十二个小时,四百二十块钱一个月,生活很灰暗。她不想每天面对一股烟味的车间,稍不留意,焊头便会把手烫一个泡。下班之后,她在横沥的工业区跑来跑去,想换家工厂,那时年轻,对未来生活充满憧憬。后来,她进了一家五金厂,在五金厂做生产文员。王明兵也在那家五金厂,跟一位老乡学习模具和线切割机技术,在工模部的模房。那是一幢离主厂房比较远的二层小楼,紧挨公司的配电房,有三个工模师傅、八个学徒。工模部是五金厂核心技术部门,公司副总兼着工模部的主管。工模部师傅们工资高,福利又好,是流水线工人们羡慕的对象。公司每年会以公司内部竞升为名,从二三百多名员工中挑选两三名工模学徒工,需要跟公司签订三年的学徒期,三年后学徒期满,方可离厂,学徒期工资只发一半,另一半则需学徒期满之后才发放,如果学徒违约未到期满离开工厂,另一半工资做违约金。

王明兵读过高中,又有一位老乡在工模部做工模师傅,他在装配部做员工时,天天跟那位做工模的老乡混在一起。当然啦,工模部的师傅们说王明兵会做人,比如天热的时候为师傅们买几瓶水,或者帮工模师傅去食堂打饭、洗碗,都是经常的事情。尽管工模部是公司的核心场地,不允许外部门的员工随意进入,但王明兵下班的时候,借口去找老乡,会在工模部转转、待会儿,有时碰到师傅需要搬模具或者找东西,王明兵很乐意跟着跑来跑去。

公司内部竞升招工模学徒,王明兵便进了工模部。工模部的学徒工资比流水线高一倍左右。安宇红进公司时,王明兵已经在五金厂做了两年学

---

① "猪仔":广东话"卖猪仔"有多种解释,本文中的"卖猪仔"仅指乘客买票乘车中途被"卖",即让转乘另一辆车到目的地。

徒。两年的学徒期，王明兵已经成为一名很熟练的工模技工，不过合约未满，他依旧只能以学徒的身份，拿的是学徒工资。但是王明兵却充满自信，无论是技术还是人际关系，他觉得自己都处理得很好，只等学徒期满，或留在公司服务，或去别的工厂应聘，都会让自己的生活跨上一个台阶。

五金厂女工少，隔壁的电子厂女工多。五金厂的男工多去电子厂找女朋友，王明兵曾处过邻近电子厂流水线上的线长，一位很泼辣的河南姑娘，在工厂管理一条一百多人的生产线。他们谈了半年后，那姑娘跳槽到虎门镇的工厂做车间主任。她刚离开横沥时，他们还有联系，后来越来越少，半年后彻底断了，没联系了。两人谁也没有提出分手，如同这座城市许多的爱情故事，因为漂泊与分离，多是无疾而终。

安宇红是生产文员，要跟各部门打交道。她先根据业务部的订单制定生产工令，将生产工令发到物料部、工模部、仓务部、生产部、品检部等部门，各部门根据生产工令备料、调配模具、生产、入库、出库。安宇红对接工模部、生产部、物料部。订单多，哪个先，哪个后，各部门之间常常扯皮，安宇红跑上忙下，去各部门跟踪沟通，以免延误产品的出货期。安宇红出没工模部次数多，王明兵就盯上了她。

做了两年模具学徒的王明兵，跟工模师傅们学得自信、胆大，谈话又有幽默感，加上工模部在工厂的工资待遇优势，让工模学徒们都充满自信。王明兵人缘好，大家都喜欢他，他说他要追安宇红，旁边的工模师傅看见安宇红到工模部便起哄。他们跟王明兵开玩笑："王明兵，你马子（女友）来了。"安宇红并没有注意到王明兵，在她眼里，他只是工模部学徒，属于员工。安宇红是生产文员，隶属总经理室，属于管理人员。在公司，员工与管理人员之间有一条不可逾越的鸿沟。公司的厂服，员工的是蓝色，管理人员的是白色；公司的厂牌，员工的是黄色，管理人员的是红色。蓝领与白领之间有森严的等级，从宿舍到食堂，处处能感受到。男工们谈论新进厂的女工几乎是永恒的话题。王明兵说，总经理室新来的那位生产文员不错，然后对工模部的同事说，他在哪里碰到了安宇红，她在做什么。说的次数多了，工模部的同事便问他，是不是看上她了。王明兵没有肯定也没否定，内心却咚咚直跳。大家知道王明兵的心事，每次安宇红来工模部沟通，同事都把王明兵推出来，让他们去沟通工作上的事情，次数多了，两人也便熟悉起来。

王明兵长得还不错，出来打工多年，见多识广，对于这边各种工厂的状况、工厂内部的事情，一副权威的样子，属于老江湖。安宇红来这边不久，王明兵所说的事情，她都充满好奇心。

第二年情人节晚上，王明兵去镇上的商场买了盒粉红色心形巧克力，他不敢确定安宇红喜不喜欢他，怕拒绝，没有买玫瑰花。他堵在宿舍门口，当安宇红下班刚要进宿舍，王明兵递过包装好的巧克力，安宇红没有拒绝，接过巧克力，便上楼了。

第二天，工厂里都知道王明兵送巧克力给安宇红了，都知道他们两人在谈恋爱，工模部的同事找王明兵要谈成了恋爱的喜糖吃，王明兵买几斤喜糖发给工友，算是对外宣布他们恋爱了。

王明兵学徒期满后，有一年，现在的老板想投资生产汽车音响的五金厂，老板通过工模圈的老师傅介绍，把王明兵挖到了工厂。最初，王明兵并不想离开那家公司，他与安宇红发展得不错，他不想自己的爱情与上次一样，因为分离无疾而终。二十五岁的王明兵不再是几年前的王明兵，他的人生哲学发生了很大的改变，他觉得自己应该结婚生子，安宇红是十分不错的对象，他不想错过。于是，他跟老板讨价还价，必须把安宇红一起招来。老板问了一下安宇红的情况，觉得学历、工作背景都不错，又有会计证，于是一并挖了过来。王明兵在工模部做师傅，安宇红在公司做出纳。

从上家公司出来后，他们请了半个月假，先去了一趟湖南娄底，见过王明兵的父母与亲戚，又从湖南坐火车去江西吉安的安宇红家里见过她的家人。安宇红的父母反对他们在一起，不想安宇红嫁得那么远，回一趟娘家都难，但是最终没有拗过安宇红。何况，两个年轻人木已成舟，他们也就不再反对了。

新的工厂在大朗，离原来的公司有二十几公里，他们没有再住在公司，公司在附近为他们租了套一室一厅的房子，他们同居了。过年，他们回家办了酒席。一年后，他们的儿子王哲浩出生。

三

窗外的横沥镇，安宇红在这里待过三年半，熟悉的铁路涵洞，安宇红不记得多少次她跟罗敏穿过涵洞去铁路另一边的城中村，她们租的房子在铁路的另一边。她突然想罗敏了，前些天，她收到罗敏在江苏昆山的消息。罗敏告诉她，她在那边很好，感谢她寄的东西。

安宇红又回忆起她当初来投奔罗敏的情形，以及罗敏后来的人生发展。

她还清楚记得，十六年前，她刚到横沥镇，刚下车，罗敏就迎了上来。"你终于到了，我在这里等了两个小时了。"罗敏说。

罗敏旁边还站着一个身体健壮的男孩子。他显得很热情，看见她，便接过她手中的行李。"美女，终于到了啊！我们可等得花儿都谢了。"

男孩子脸上满是笑容。安宇红却不是那么喜欢他，她感觉他有点油腔滑调，只是朝他很友善地笑了笑。安宇红后来知道，这位来自广西玉林的男孩子叫洪兵，是罗敏的男朋友。洪兵在罗敏工厂的喷油部，是一名有五年经验的喷油技工。

据罗敏讲，喷油线是一条半自动线，由三个车间组成，分为喷油部、检查部、物料部。喷油部与检查部的车间悬挂着很多钩子，工人们把需要喷油的塑胶、铁块、铝片挂在钩子上，那些钩子慢慢地沿着轨道转动，到达密封的喷油车间，在一台巨大的密封的自动喷油机上喷完油，又沿轨道转到检查车间。检查部的工人们从钩子上取下刚喷过油还在发烫的小部件，检查有没有缺漏、油积、色花等缺陷。检查车间温度很高，一股重浊的油漆味，黏稠的湿热跟油漆散发出的化学味弥漫在车间，向工人们的皮肤、胃、身体渗透，大部分工人皮肤过敏，出现湿疹或者溃烂。新进的员工一般都会安排在检查部，检查部的活儿简单，几分钟便可以上岗，三天后便会变成一名熟练的工人。喷油的气味难闻，刚进厂的员工不习惯那种生活，很多工人选择自动离职，员工的流动性大，来来往往，每天都会进来不少新面孔。喷油车间则不同，那是喷油技工所在的车间，人人有防护面罩，喷油机器全封闭，车间要温控与湿控，有空调和通风机，空气好，油漆味没有检查部的车间那么大。罗敏刚进工厂时，分配在检查部车间，七八十个女工围在长长的拉线上，从眼前那些高低不一的挂钩上取下喷过油的部件，厚厚的工作手套被染上油污、漆色、汗渍，散发出一股难闻的气味。看着那些挂钩，她想起屠户们的肉案、油腻的挂钩，那些发烫的零件让她想起屠夫的刀子，尖而锋利的放血刀、精巧灵活的剔骨刀、笨拙的剁骨刀，这莫名的想法让她对那些悬挂的流动的发烫的零件充满恐惧。检查车间的工人们只发普通口罩——厚厚的工业棉口罩，老员工们说，这些口罩并没有防护作用，戴上去呼吸困难，工人们大多数不戴口罩。刚进车间时，罗敏有些恶心难受，待久了，慢慢习惯了车间的气味。三个月后，罗敏从检查部调到装配部。检查部的工人最长不能超过两年，大部分一年半载便会调到工厂不同的部门。老员工告诉罗敏，在那车间待上两年会得职业病，工厂怕赔偿，都会在两年结束前调员工到其他车间。

洪兵在喷油车间，喷油车间的工人分为喷油师傅与杂工。喷油师傅是技术工，是老板从台湾请过来的，台湾人带了两个大陆徒弟，教他们调色、控温、控油、低光、哑光等技术。台湾师傅工资高，他只教徒弟们一些常见的处理；主要技术，比如调色配料配方等却不轻易教人，担心教会徒弟，饿死师傅。洪兵不是喷油师傅，也不是喷油学徒，他是杂工，出力气干活，在师傅们指挥下，扛油漆桶、配料与辅料包。有时站在后面，看师傅们调试机器。三年跟班让他成了半个行内人，时间久了，那条喷油生产线他已经熟悉了七七八八。但他的身份是杂工，尽管懂，依旧只能做杂工的事。好在台湾师傅见他聪明，平时也会教他处理一些简单的技术问题。他是工厂老员工，嘴油、胆大，虽有技术，但终究名不正言不顺，工友们给他起了个绰号"半油兵"。

说起怎么追到罗敏的，洪兵很是得意。他说罗敏刚进厂便被他盯上了，他决定把她拿下。洪兵追罗敏的手段如他本人一样，直截了当，先在工厂里放出风声，说罗敏是他的女朋友，免得别的男工盯上罗敏。然后他便主动出击，死皮赖脸地跟在罗敏身后，不管罗敏是否反感，他总是女朋友长女朋友短地叫。刚开始时罗敏有些反感，渐渐地也就接受了他。

后来，罗敏和洪兵的故事，都是安宇红看着发生的。先是台湾师傅自己在大岭山开了一家喷漆厂，他从工厂挖走了一部分人，洪兵是其中的一个。离开横沥后的洪兵跟罗敏一直有联系。年后，洪兵叫罗敏去大岭山的工厂，她去了，两人最后待在一起。罗敏的父母反对罗敏和洪兵的婚事。那时，罗敏与洪兵未婚同居，并且生育了一个小孩，小孩半岁之后，送到广西由洪兵的父母负责照看。他们还在东莞这座城市打工。

几年后，台湾师傅身体不行了，要回台湾养老，工厂一下子找不到合适的接手人，看着洪兵他们几个人跟他很多年，他们之间有了感情，便把工厂半卖半送地给了洪兵等四人，又把他的客源介绍给他们，台湾师傅还借给他们四十万做流动资金。一年后，这家工厂被他们四个人做起来了，工厂转入正轨。洪兵渐渐地有些嫌弃罗敏。罗敏没有文化，又不爱打扮，在车间，她跟那些员工一样忙个不停，说话粗俗。洪兵越来越瞧罗敏不顺眼，两人进入冷战。后来洪兵跟一位湖北小姑娘好上了，罗敏没有办法，只好睁一只眼闭一只眼。

二〇〇八年下半年，由于经济危机，东莞的玩具业开始进入漫长的寒冬。洪兵他们的工厂是玩具行业的配套工厂。在之前，他们几个已经预感到玩具行业在中国的衰退。从二〇〇五年开始，一些玩具厂开始迁往中国以外的国家，虽然不是很多，势头却很明显。但那几年，中国制造业依然是高速发展的趋势，掩盖了一些低端产业诸如制鞋、玩具、纺织等劳动密集型产业逐渐外迁的苗头，直到经济危机爆发。洪兵的工厂没有赶上玩具业的最后红利，他们又没有对自己的工厂升级，没有进行业务拓展，便陷入危机中。

他们的工厂没有坚持到最后，倒闭了。工厂倒闭后，洪兵跟那个湖北女人消失了，罗敏对洪兵死了心，去了长三角地区的昆山。隔了几个省，安宇红与罗敏的联系渐渐少了，只是节日问候一声，偶然联系一下。安宇红能从父母、朋友、同学那儿听到有关罗敏的消息，她还关心着罗敏。

洪兵还在这座城市生活，听王明兵说，前几年他又开始创业，工厂不大，发展还不错。

四

她抬头看了看窗外，一轮破碎的月亮挂在天空，不知为何破碎，孤零零地照着旷野。工业区没有黑夜，只有转动的机器和忙碌的人群；工业区弥漫着幽暗的灰尘，它们从纺织厂、电子厂、塑料厂里簇拥着腾升着，挤上一辆辆开往异地他乡的货柜车。工业区只有疲惫，疲惫的工人、疲惫的道旁树、疲惫的树叶、疲惫的电线、疲惫的围墙，连天空的明月与星星，都疲惫得破碎。

王哲浩是在王明兵的老家湖南娄底新化出生的。王明兵的家在山上的寨子里，出入很不方便，去附近的镇上赶一趟集，要走十几里山路，遇上下雨，一路泥泞。安宇红只好天天窝在房间里不出门。她听不懂婆婆与公公的湖南方言，她很孤独。幸而小姑子放假，可以照顾安宇红。

在王明兵的家里，安宇红无事可做，学起了做十字绣，打发漫长而无聊的时间。乡下的婆婆分不清十字绣与湘绣的区别，在婆婆的眼里，会刺绣的姑娘心灵手巧，媳妇读过大专，有文化，在工厂里管钱，有本事，还是有城市户口的城里人。婆婆不太懂工厂的会计主要做些什么，王明兵这样告诉他妈，你儿媳妇是工厂里管账目管钱的人。在婆婆眼里，儿媳妇安宇红算得上百里挑一，得处处尊重。

安宇红不太喜欢说话，遇到邻居也不爱打招呼。婆婆不断地向同村的老人炫耀自己的儿媳妇，带一群老太太到安宇红的房间看她绣的十字绣。安宇红有点小洁癖，不喜欢那些老人在自己的房间走来走去，还这里摸摸那里瞧瞧的，但她不好发作。每次老人们离开后，她就不断地擦桌子与凳子，用拖把一次又一次拖地板。后来，小姑子跟母亲说过几次，来安宇红房间的人渐渐少了起来。每天黄昏，小姑子陪安宇红在寨子里走走，或者去屋后的山上。山上树木蓊郁，有香樟树、杉树、椆树、枫树……山中鸟类多，清晨鸟在窗后叫个不停。王明兵一直在工厂里上班，直到儿子王哲浩生下来，他才匆匆从东莞赶回新化。满月酒后，他们决定跟安宇红的父母一起回江西。安宇红的父母退休在家，无事可做，王明兵的父母还需要种地，每天忙里忙外，小姑子开学了，无人照顾安宇红，安宇红带着王哲浩回江西住了半年。

安宇红盯着窗外，往事一幕幕地浮在眼前。她旁边的女人在打电子游戏，吃鸡。安宇红听说过这款游戏，她完全不懂。女人很兴奋，全神贯注，一会儿骂人，一会儿尖叫。车厢里人来人往，安宇红本想抽出座位前的免费杂志，很快又放弃了。"那几根黄头发是谁的？"一想到家里床上的黄头发，她心里就横几根刺，她想拔掉它们，却不知如何下手，她陷入无边的苦恼。旁边的女人在接电话，好像是接她的人问她什么时候到，她回复了一声，还要十几分钟才到，两人又在电话中调起情来，安宇红默默地听着。

她又想起了罗敏。罗敏跟她说过很多很多和洪兵在一起的事情，洪兵怎么从喷油技工成长为工厂老板，两人的感情为什么越来越差，以至于洪兵最后抛弃了她。现在，安宇红对罗敏经历过的痛苦体会起来越深了。她还记得，罗敏跟她哭诉时的样子。那时候，她成了罗敏最重要的倾诉对象……

还记得那年，罗敏生完第二个小孩后，心情灰暗、迷茫，莫名的焦虑让她不知所措，闷闷不乐。安宇红请假陪了罗敏三天，直到出院，安宇红才回工厂上班。罗敏两口子租在颜屋的城中村，两间小平房，他们夫妻住一间，洪兵的母亲住一间。罗敏不习惯婆婆做的广西口味的菜，产后完全没有食欲。婆婆则责怪她挑食，背后在洪兵面前说起罗敏种种不是。婆媳二人常常因为菜的辣、咸、水煮、油煎之类的小事争来吵去，彼此看不顺眼，仇人似的。

罗敏说她从此患上了失眠，常常半夜醒来。她照着镜子，看见自己苍白的脸、蓬松的头、冷淡的眼神，动作缓慢而迟钝，她感到孤独无援。有时，她会从床上起来，走到院子中，外面是无边的黑暗，她抬头望着平静而深邃的天空，只有几颗彼此孤立的星星悬挂，尽管它们的光亮能彼此映照，但是它们隔得那么遥远。她茫然地待在院子里，一阵焦虑感从心里涌了上来，她努力地告诉自己要平静、要平静，但是越是这样，她越无法平静。罗敏说她在那一刻想起很多事情，父母反对这桩婚事，一直到她生二胎，他们都不接受她与洪兵的婚事。罗敏不知道这是不是一个错误的选择，她总是不断地否定自己，从自己的婚姻到生活的小事。有时，刚睡着，她便进入了莫名的梦中。她说她梦见工厂背后的荔枝林、夏夜星空下的田野，她独自在奔跑，不停地奔跑，她想跑到尽头，但是除了蓝色无边的黑夜，她永远无法跑到尽头。罗敏说她陷入莫名的困境中无法走出来，直到醒来，时间是凌晨，窗外是夜，无边无际的黑夜，她躺在床上，睁大眼睛，望着黑暗中的墙壁。而此时的洪兵渐渐露出他的本性，他花心，控制欲与猜疑心极强，性格偏执。罗敏的奶水少，罗敏的婆婆却觉得是她的饮食不注意，导致没有催出奶。在罗敏怀孕期间，洪兵读到过一些孕妇与产妇的知识，知道母乳喂养婴儿的好处。他责怪罗敏没有养好身体，说奶粉喂养的小孩免疫力差。从梦中醒来的罗敏，看着自己的乳房，她狠狠地挤着那微微下垂的乳房，想挤出奶来，但是没有，连刚开始那些胀疼感都慢慢地消失，她的奶水像潮水一样，只是短暂地汹涌了一下，现在完全退潮了。罗敏有些沮丧,用手紧紧地握着乳房,那乳房是那么不争气,它干瘪地垂着。洪兵抱怨很多次后,他们接受了罗敏奶水少的现实。后来,小孩咳嗽感冒发烧,有一点点不舒服,洪兵便重提旧事。

安宇红的儿子王哲浩四岁时,她带儿子在江西小住了一个月。那期间,罗敏也恰好回乡了。罗敏是独自一人回乡的。

据罗敏说,那时洪兵已经第三次出轨了,这次是一个河南女孩。为此,罗敏与洪兵常常为了一些小事吵架,有时罗敏从商场买了一箱牛奶,洪兵都会挑剔那个品牌的牛奶造假,为什么要买那个品牌。看到牛奶箱上有些印刷体模糊不清,他不断地抱怨罗敏又蠢又笨,说她买箱假牛奶。罗敏告诉他牛奶是在华润超市买的,不会有假。洪兵很快接过话,谁说华润超市就没有假的?诸如此类的事情,让他们的生活过得鸡毛鸭血,痛苦不堪。

本来罗敏想去广西把女儿带回江西待几天,但广西的婆婆不让她带孩子回江西。安宇红劝罗敏重新思考一下自己的婚姻。她隐隐感觉罗敏变了,彻底地变了。她性格变得偏执,喜欢争强好胜,遇事争高低。安宇红不好再作声,只是劝慰她,万事放开一些,不要太执着。她有点为罗敏担心。

想到那时的罗敏,她被洪兵伤害……安宇红又想起自己家床上的那几根黄色的长发。是的,自从半年前,她第一次发现那几根长头发后,每次回家,她像个侦探一样,在屋子里寻找着与黄色长发相关的蛛丝马迹。她不止一次在家里发现黄色长发,在被子里见过,在厕所里、在浴室里、在沙发上都见过。她不相信王明兵会出轨,她会不停地安慰自己,王明兵不会出轨,他们是那样相爱,虽然现在相隔两地,但是他们有十六年的感情了。但是每次回家,从王明兵进屋起,她便不动声色地留意着他的一举一动,想找出他的异常行为,来佐证他已经出轨。王明兵一切都如往昔,上班,吃饭,看球赛,没有出格的举动。那头发是哪个的呢,怎么会出现在家里。

安宇红还在想,她把头靠在座位的靠背上。

火车慢慢减速,快到站了,她准备起身。旁边穿牛仔短裙的女人也站了起来,她整理着自己的衣服,将红色的帽子压了压。车停下来,下车的人很多。每逢周末,在这两座城市,像安宇红这样的"双城夫妻"很多,周末团聚,周日或周一各自回到工作的城市。全球化的时代,生活与家庭已被现实切割得四分五裂，他们被资本、公司、工厂重组，分配在不同的国家、城市，为了完整的家庭生活，不停地奔波，像一只只来去匆匆的蚂蚁在苍穹之下活着。

出站后，她看见一个熟悉的身影，他站在出口，没有注意到她。她假装没有见到他，是的，那人是洪兵，穿灰白T恤，平头，身体健壮，尽管多年没有见过他了，她还是一眼就认出了他。洪兵与罗敏分开后，安宇红就不愿再见这个人。有时王明兵会提起他，他们之间还有联系，但是她不愿多说。

她看见刚才坐她旁边座位上的那个女人向洪兵走去，他们的手牵在一起了。那女人，原来是洪兵的女人，她不能确定是他的第几任妻子或者女友。他们很亲密的样子深深地刺疼了她，她的胸口堵着一块石头，她狠狠地骂了一句："狗男女！"

五

那对"狗男女"牵着手，沿火车站广场拐向北边的停车场。安宇红沿广场一直向南，她准备坐城巴回黄江，她看见他们走上一辆日本本田车，开车离开。她心里一阵悲伤，她不知道如果罗敏看到现在的一切，会如何想。如果洪兵牵着的是罗敏，那该多好啊，如今物是人非。她心里一酸，那几根黄色的长发又出现了。是的，不能像罗敏一样，她暗忖，她觉得这个念头有些可怕。在这半年里，那几根不时出现的黄头发不断地折磨着她。在梦里，她会被那几根黄色长发惊醒。她梦见那黄色长发变成落叶的树枝，变成细瘦而尖锐的刺射向她；有时它们变成春天的树叶，在风中朝她舞蹈；有时它们变成几条鱼，在她的床上游荡；有时它们变成一双双眼睛，盯着她笑；有时它们变成一张陌生的面孔，站在王明兵身后……她被它们折磨得心神不宁，又不敢直接问王明兵，那几根头发彻底地扰乱了她这半年的生活。

广场上空的明月显得有些迷蒙而凄清，站在空旷的广场上，月亮的光都被高大的路灯掩盖分割，孤零零的，显得有些疲惫。她喜欢乡下的月亮，庄稼地里的月亮是那样的温暖，月光就像天鹅绒一样，那羽毛落在地里的禾苗上，落在山上的树枝上，落在溪流的石头上，落在自己的心上……那样的柔和，月亮下的天地是那样的完整，完整得不可分割。城里的月亮，在明亮的LED路灯下，她感觉它在碎裂，碎成一片片、一块块，散落在路边的花丛里，散落在树的阴影里，散落在阴暗的楼角巷道里。

四处是明亮的灯火，十多年来这个小镇越来越喧闹。这个原本只有几十平方公里、本地人只有五万多的小镇，突然拥进六十几万外来者。耕地变成了工业区、商铺、楼盘，附近的山峰也一片一片地被开发，明亮的溪流变成了水泥板下的暗涌。无数的人来来往往。有的人漂泊不定，带着梦想而来，带着破碎的梦回去；有的人在这里扎根，像道旁树一样，扎根在钢筋水泥的森林；有的人最后消失在人群中。他们是那样零散而破碎，一张张曾经熟悉而陌生的面孔浮在她的脑海里。在这座城市里，大家像一个个孤独的原子在流动、奔波，等待着某天的裂变，城市像一个巨大的黑洞一样吸引着这些漂泊不定的原子。

要是罗敏没有离开该多好啊！安宇红现在就想找她去倾诉。可是，罗敏离她越来越远了……

罗敏离开东莞时，没有告诉任何人。她独自去了昆山的工厂，她想离开这伤心的城市，在这座城市十多年，带给她的只有伤痕累累。一场没名没分的婚姻，他们共同生育了两个小孩，但是没有拿到结婚证，她不知道她跟洪兵算不算是夫妻。她只想到一个陌生的城市一个陌生的地方重新开始，她想忘掉这座城的一切，一个曾经爱过她也伤害过她的人，一段不堪的回忆。她不想再陷入这沼泽般的现实，她渐渐地明白有些事情不能强求，有些人注定要分离，不是每个相爱的人都能走到最后。在这个城市，她觉得自己只能像个游魂样地活着：苍白的脸，苍白的未来，苍白的工业区，苍白的生活。她的头发开始脱落，她的脸没有了光泽，她像在一场梦里行走。罗敏决定走出这个梦。

罗敏去了昆山，那个同样有众多工厂的地方，那里和东莞一样，也是制造加工业集中的地方。她在那里找了家电子厂把自己安顿下来，她把自己变成一个熟练的工人，把自己的一切都隐藏起来。这个二十八岁的女人，曾经通过手机发照片给安宇红。看到她显得如此苍老，安宇红有种说不出的难受。

安宇红知道，罗敏需要在一个安静的地方疗伤。罗敏在流水线上拼命地加班，尽管在午夜的梦里还会时不时浮现离开东莞之前的往事与伤痕。日子慢慢地流逝着，那些伤痕被时间结瘤，结成一个厚厚的硬壳，慢慢掩盖住她内心的创伤。罗敏说她渐渐感觉身体在苏醒。但是两年来，罗敏不愿触碰那些美好的事物，比如春天的花朵、温馨的电影。

城市却总以一种莫名的力量推动人们不断地朝前走。罗敏说她知道曾经的同事和同学都不断地改变着自己的生活，他们开始把家安在城市里，开始朝着中产的生活挺进，尽管还有着这样或者那样的不如意，但是一切都朝着前方。她还没彻底地从困境走出来，在昆山的一年多里，她的内心丝毫没有快乐，她已忘记了快乐的滋味，仿佛那是遥不可及的事物，但是生活总是不断地呼唤着她，呼唤着曾经快乐的时光，只是她不曾留意。她思念自己在广西的儿女，他们带给她母性的记忆，唤醒她对生活的信心与眺望。她无法把自己从对孩子的思念中抽出来，仿佛他们给了她一个宁静的港湾，存放她受伤的记忆与往昔。孩子在广西，当她彻底与洪兵分开，她与婆婆、孩子之间的关系似乎变了，全变了，陌生了。

罗敏跟安宇红说过，连她自己都不知道自己的想法是不是正常，说她离开洪兵之后，她有一种如释重负之感。她终于不再小心翼翼地揣测他的想法，担心他的责怪，她获得了某种自由。这种自由对于她来说还有点苦涩，但那里面有她的经历，有她的过去。

当罗敏彻底地放开自己，那些曾经潜伏在她内心的紧张、迷茫、焦虑渐渐停了下来，不再折磨着她。罗敏说她需要把自己彻底地敞开，重新接纳。如何接纳，她从来没想过。在这新的城市里，她有了一种命中注定、顺应命运的感觉，她开始试图理解别人，包括曾经伤害过她的洪兵。直到罗敏在昆山遇见另一个"他"。那是一个河南男人，他宽仁地接纳了她过去的一切。他的幽默感染了她，让她慢慢找回快乐与自信。现在，他们经常一起去参加昆山公益组织的社会活动，自信而富有同情心的群体活动，让她渐渐找回自我存在的意义。

有一次，罗敏跟安宇红说起一件事。这件事让安宇红对自己的人生也思考了很久。

有一次罗敏下班，经过工业区路口，一个脏兮兮的人躺在路边。那人身材瘦小，凌乱的头发沾满泥土，散发出一阵酒气与尿臊味。罗敏停下来，扶起那个流浪汉，让他在地上坐好，去附近商店买了水与食品送给他。流浪汉年近五十，眼眶下陷，疲倦不堪，他背着个破烂的袋子，袋子沾满了泥土。他咕哝着，她听不懂他的方言。她打电话给她的河南男人和附近几个公益组织的人。他们匆匆赶来，与流浪汉断断续续地交流，知道他是云南人，家里已无人，他孤零零一个人，从云南来江苏打工。他喝醉了酒，躺在地上，时近深冬，罗敏见流浪汉瑟瑟发抖，又去买了一床棉被盖在他身上。警察过来了，他们跟警方沟通，将流浪汉送往医院检查。医生过来时，看见流浪汉一身脏兮兮，裤裆里冒出一股浓浓的味道，都掩着鼻。罗敏和另一个义工弯下身体，将流浪汉慢慢地扶起来，半挽住他。他的身体瘫软，几乎无力站起来，她只好用力撑着他慢慢走上担架。将他扶上车那一刻，她感觉到，她其实可以做很多事情，尽管它们很微小，但是能让她找到自己的存在，她觉得自己是一个有用的人。

渐渐地，罗敏开始接受现实，慢慢跟着他们一起去素食店做义工，一起去施粥点施早粥。安宇红想象着在昆山的罗敏。冬日里，罗敏一大早就起来了，拂晓时明月高悬天空，而东边却有云彩渐渐变得灿烂。罗敏骑着她的电动车穿过小巷子，冷风吹在她的脸上，虽然有点冷，却是一种干净的冷，冷得人很精神。她迎风而行，感觉路旁的树木、天空的朝阳也渐渐向自己驶了过来，寒冷中带着一丝温暖。

六

此刻，安宇红不知道罗敏在做什么。罗敏曾在电话那端告诉她，如果无事，也可以去做做义工，让自己走出去，不要把自己的世界封闭了。

安宇红想着罗敏的话，思索着人活着的意义。时近九点，她回到家时，王明兵还没有回来，屋子里黑灯瞎火的。安宇红打开门，打开灯，看见屋里乱糟糟的，没有洗的衣服随意地放在沙发上，茶几上散落着几块橘子皮和一些瓜子壳，烟灰缸里的烟灰没有倒，茶杯里还有半杯茶。她知道他忙，她放下包，坐了一会儿，开始收拾屋子。

在收拾房间时，她看到了头发——床单上又有几根，长长的，黄颜色。

它们那样刺目，扑入她眼里。

它们像刺，狠狠地刺进她的心里。

她有些不知所措，她想马上打电话给王明兵，她想让他解释清楚……

但是她忍住了，她没有继续收拾，而是搬了一张凳子坐在阳台上，看着阳台外面。黑暗的城市，依旧灯火辉煌，那些灯把对面的高楼切成一小块一小块。在那一块块的空间里，住着她，也住着王明兵，住着罗敏，住着洪兵，住着远方的儿子……他们彼此照亮着，却又隔得那么遥远……

原载《青年文学》2020年第8期

评鉴与感悟

是什么将我们捆绑？

作为一名诗人，郑小琼在《双城记》中进行了一场以创作诗歌的方法来创作小说的尝试——这样的论断似乎在表明，小说在文字表达上具有极强的流动性和诗歌气质的同时，某种结构性的缺憾也在所难免。然而在一个被"现代化"话语支配的语境中，当个体的生活被切割成互不相融的碎片时，这样的诗体结构却与小说内容本身产生了天然的共鸣。

小说写一场回家的短途，一路所见所闻不断勾起内心的回忆，而安宇红和王明兵、罗敏和洪兵两对夫妻各自的生活变化则构成了回忆的主要内容。与传统的夫妻关系对比，我们可以明显地发现这两对夫妻的不同之处：一对是"周末夫妻"，平日里难以相见，孩子则成了"留守儿童"；一对未婚同居，并且生育了一个小孩，却始终没有"扯证"。悖论之处在于，"结婚生子"的行为在人们的文化记忆中无疑是与"稳定""谨慎""终身大事"等词语联系起来的，然而在距离故乡千里之外的工厂流水线上，他们不顾家人反对，仅凭第一印象和荷尔蒙冲动就自愿结为夫妻。作为一种在民族历史上不断被"重复"的行为，"结婚生子"依然保有其文化惯性，但在这里，其仪式感被取消，当然也无法作为共同记忆而继续存在。周围的环境每时每刻都在发生变化，牵扯着人的行为和心理也跟着持续焦虑，当"夫妻之实"和"夫妻之名"都被放弃之时，"出轨"的发生也是顺理成章。

小说穿插的几段对于农村老家的描写很有深意。在这里，即使城市的生活支离破碎，乡村也并不是被作为童年净土而加以深情回忆的。相反，返乡者眼里的乡村"出入很不方便"，"遇上下雨，一路泥泞"，安宇红在这里"很孤独"。和20世纪80年代的高加林不同，在2020年的城市里，任何人都能找到他的位置。人们的两性关系乃至一切行为（包括衣食住行、工作等等）都被城市的变化所支配，但人们却又被与城市深深地捆绑在了一起，一旦来到这里就再也无法撤离——而乡村却再也没有了他们的位置。作为对比，我们与城市/金钱的捆绑是如此之紧，而与他人的联系却如此之少，以至于如果有根绳子能把两个人绑在一起或许也是一大幸事。

在小说的最后，罗敏选择了当一名义工。在偌大的城市里，肌肤之亲是如此的不可靠，血缘的记忆又远在千里之外，似乎只有非功利性质的"义行"才能与他人建立一种有效的情感联结。正如小说中罗敏所说，在一种公益的实践中，她的"身体在苏醒"，而一代人历史感的苏醒正有赖于此——当人们无法逃脱被鸡毛蒜皮的小事定义的尴尬局面之时，我们需要有分量的实践来让我们重新参与到民族历史的进程之中。（朱子夏）

论坛之夜

/李黎

程灵素隔着玻璃冲着商场里挥挥手,露出一个五味俱全的笑容,继续往大门那边走去。从"法兰西餐厅"的橱窗到大门有二十米,再从里面走过来,这个折返需要好几分钟,但也就几分钟而已。程灵素花了大约十分钟,如果她没有去洗手间或者接电话,而是一直走的话,她肯定是在一点点往前挪,双腿绑上了由过往的人生压缩而成的沙袋。她甚至有可能走两步退一步,所有的时间都耗费在前进和后退时的挣扎和停顿上。最后她还是到了,在加里森对面坐了下来,露出一个抱歉的笑容,低头不语。

程灵素看上去成熟了很多,原本披散着的头发扎了起来,露出大大的脑门,更让脸上的线条非常显目,顺着嘴角向上的表情肌线条清晰,让她看上去有种异域风情。加里森也不知道该说什么,指着恭敬地躺在桌上的两份菜单说,我们先点菜吧。他拿起一份,一页页翻着,像浏览论坛上的帖子一样,期待和厌倦一齐扑面而来。

俯仰天地最近怎么样了?我记得你跟她关系最好。

程灵素脸色阴沉下来,小声说,我跟她很久没有联系了,在古龙客栈那里吵架后就没有联系。

那次吵架很厉害,好像很多人都卷进去了?

是的,其实跟我一点关系没有,但是龙猫之吻一定让我给他帮忙,连怎么骂人的话都帮我写好了，我发了出来，俯仰天地就跟我吵了起来。我要是私下跟她解释一下，可能就没事了，相信她能理解我只是给别人帮忙。但是我受不了她的语气，说想不到我是这样的女人！我是什么样的女人她又怎么知道，那就继续吵了。我们在一起玩了那么多年，不到十句话就吵完了。

我都知道，我一直看着，真的不知道说什么，双方都有一两百人加入战斗，每一边都有几十个人我都熟悉，我只能看看。

程灵素笑笑说，你不掺和进来也挺好的，不然会少很多朋友，另外一方的人也不会多拿你当朋友。

很多人从来都不是朋友，我也跟不少人一直聊着，说了不知道多少话，但一停下来，几个月之后就又成陌生人了。加里森说着，叹了口气，看上去像是对眼前的菜单很失望。

这是一家充满了乡间风情的西餐厅，无论多么郑重其事地问你牛排几成熟，上来的都是全熟的，询问是为了证明这是一家西餐厅而不是麻辣烫。服务员多为中老年人，脸上流露出父母常见的忧伤和麻木，也流露出长时间身在超大型商场养成的沾沾自喜，说话的腔调也油滑起来，甚至指手画脚。在一位声音浑厚的老大爷的指点下，加里森做主点菜，香煎S级菲力牛排、墨西哥蜗牛焗饭、地中海恺撒沙拉、赛德克海鲜南瓜汤、杧果千层蛋糕，两道主食一个沙拉一个汤一个甜点，加里森感觉不够，又加了一个三文鱼加州卷。这些菜都有着盛大而遥远的名字，像他们的网名一样。然后两人开始了等待，似乎一对夫妇在等待一个后代，等待后代远走高飞。

在若有若无的背景音乐中，两个人漫无边际地闲聊，即不说他们曾经熟悉的那些人，因为确实不熟悉，也不便说当年亲昵的对话和现实里不多的几次见面，那么只得说近况了。加里森小心地问了几个问题，关于程灵素最基本的情况，既是关心尊重，也是行动指南。程灵素依然未婚，在含糊其词中，她还没有男友，和父母住在一起，从长阳花园搬到了郊区，很远。加里森猜测那是一幢别墅，只是她没有好意思强调。

难怪这些年来一直都没遇到你，我打算跟你好好道歉，一直没实现。程灵素害羞地笑了笑，表情之下似乎有许多张嘴在说话，脸上翻腾片刻才平静下来。你不是因为我们的事才搬家的吧？加里森一边喝水一边装作若无其事地问着，随即他自己回答说，应该不会，我自作多情了。我一直想知道，你为什么突然就非常生气了，我到底做错什么了？程灵素没说话，只是带着几分哀怨和痛苦看着加里森，她用眼睛在说，别说了好不好。

加里森识趣地说起其他事情，在汶川地震后突然觉得害怕，担心人生太没有作为了，就请叔叔帮忙介绍到了现在这个单位，开始每天朝九晚五。

你也会害怕？我以为你一辈子都不会上班了。感觉你不会适应的。

其实很适应，我工作的状态很不错，有时候在放下电话的一瞬间，我自己都觉得自己还挺能说的，跟什么人都能说几句，像工作了几十年一样。

程灵素笑着说，难以想象。

不过我也害怕看到自己跟别人说话时的嘴脸，肯定又享受又愚蠢。

食物一一端上来，程灵素不再说话。造型让人不忍破坏的千层蛋糕，本身品质不好，但周围精心装点着辅食的牛排、被精心修饰得极为艳丽的沙拉，当然还有四周的音乐，都给人一种闯进一个设计精良的论坛的感觉。在轻音乐不易觉察的起伏顿挫中，一个个类似的人出现或者消失，让整个餐厅看上去像一个缓缓滚动的屏幕。

加里森说，晚上有没有空，到我家去坐坐。

故地重游，加里森补充一句，笑了笑。程灵素沉默了几秒钟，答应了。九点不到，他们在音乐中起身离开，穿过巨大的玻璃墙，走进他们此前一直注视的夜色中。

长阳花园一期是这座城市最早的小区之一，破败不堪，与随后时尚亮丽、充满设计感的二期三期形成了强烈的反差，如同加里森和程灵素穿着打扮的反差。小区的住户都是当时就地安置的拆迁户，加里森是第一批，只是当年的激动和自豪已经随着墙壁褪色发黑而荡然无存。他像一棵植物一样从未挪动过，为了适应环境，他整个人也有了一种朝北墙角下青苔的色泽，身上的每一件衣服都是落伍的、破旧的，灯光照耀之下令人尴尬。黑夜和比黑夜更为混沌的灯光让两个人宛如阴影，他们必须快速穿过小区走进室内。程灵素上一次到这里来的时候，因为大雨而视线模糊，因为气氛暧昧而无暇多看。这一次，程灵素是一位老朋友或者亲戚，和加里森并肩而行，她用一种不易觉察的轻松在延缓加里森的脚步。

加里森家是一套位于四楼的两室一厅，一个房间几乎是空的，里面堆放着很多过期杂志，还有一个哑铃凳，十副哑铃一字排开，分别是五磅、十磅、十五磅……直到六十磅，排列出一股震撼的气势。哑铃的橡胶已经磨损开裂，灰尘在缝隙中默默积累，手柄上也有了锈迹。墙上贴着几张健美照片，都已经发黄，变成了告诉人们岁月远去的老照片。还有四五张女明星的半裸写真，同样褪色了，关键部位因为反复摩挲而反光，微弱，但是确切，令人感慨。客厅里没有电视沙发茶几之类的配置，因此，客厅不像是客厅，这里也不像一个正常的家。一个老式的八仙桌傲然立在客厅中央，两个电脑屏幕背对背放在桌子上，主机在桌子底下，到处都是线。桌子周围有四把油亮发光的中式椅子。加里森解释说，一台电脑是自己专门用来打游戏的，速度快；另外一台是用来上网的。

客厅的窗户底下有一条长椅，很宽，很深，几个靠垫扔在上面，其中一个靠垫上还放着一盒安全套。加里森走过去把安全套拿起来，放在靠墙的一个柜子上面。这个柜子方方正正，造型古怪又古老，一个挂钟挂在柜子上方的墙上，为这个房间计时，似乎也为它自己计时。程灵素笑笑说，日子过得很滋润嘛。一个多月前，一直潜水的一个人，你应该知道名字的，工作上跟我遇到了，单独吃饭，然后就来这里。程灵素问，那你带过多少女人回家？加里森脸红了，也就三四个人吧，离婚以后就几次。这个数字让程灵素极其失望，甚至有些吃惊。程灵素觉得加里森脸红不是因为多，而是因为太少。她没说什么，看看四周，四周的色泽和这个仓促的数字很对应。两个人陷入了尴尬的沉默之中。加里森说，我去烧点水。

程灵素也站起来，看看卧室。她曾经进去过，现在只剩一点模糊的印象，有如一幅画，摊开一会儿又被快速地卷了起来。一张大床占据了房间主要的空间，一个写字台很荒唐地放在床对面，另一张写字台更荒唐地放在床侧面、窗户底下，上面放着一套看上去很昂贵的音响，有功放、两组有源音响和两个低音炮，一字排开。一支过时而骄傲的军队，这支军队有不适合战场环境的艳丽色泽，容易成为目标，它们不是为了作战而是为了纪念才存在的。床的另一边是一排顶天立地的衣橱，其中一条敞开着，用来放置杂物，里面倒也整齐，主要是因为衣物很少。窗户旁是通向阳台的门，门的上半部分是玻璃的，这让整个卧室看上去光线非常好。此刻，程灵素透过两层窗户看着外面，夜色中可以看出去很远，近处的团团灯光之间是远处的星星点点，更远处是厚重的漆黑。上一次是雨天，阳台上又都是衣服，她觉得卧室非常阴沉，混合着久久没有散去的体味。

加里森在外面问她喝白开水还是喝茶，程灵素说，喝茶吧。说着她走回长椅坐下来。这里就是待客的场所，主客只能并排而坐。程灵素笑着问：你跟人家就在这里啊？

当时太热，我们在这里聊了一阵，嫌卧室开空调太慢，就在这里了。程灵素看看四周，突然觉得有些难过。空旷，破旧，家徒四壁的感觉。她欠身，把放在八仙桌上的茶端起来喝了两口，嫌烫，又放了回去，放松地靠在椅子上。加里森靠近搂住她，程灵素没有反对，但加里森的手开始挪动时，她伸手阻止，不行，现在不行。加里森没说什么，也不坚持，只是继续搂着程灵素，像搂着结婚多年的妻子，或者一个病危的至亲。程灵素突然说：那次是我不对，一想到以后每次都要被你嘲笑，我就决定不跟你联系了。

加里森哀怨地看了看程灵素。她继续说，我就是忍不住，可能是有毛病，停不下来。这话让加里森有些激动，他问程灵素，你怎么会觉得我在嘲笑你呢？

你又没有看到你自己的脸。程灵素严肃地说。

加里森有些痛苦，他确实不喜欢自己的嘴脸。有一次，自己一边滔滔不绝打着电话一边不自觉走到了洗手间，镜子里的画面让他一阵恐惧，极为恶心的脸，他第一反应是那不是自己，另外一个人占据了自己镜子里的头部位置。而跟程灵素那次，自己一定也无比丑陋滑稽，把程灵素吓坏了。想到这里他紧紧搂住程灵素，似乎她即将离开人世，而他们还没有过够相濡以沫的日子。

他们就这样僵硬地坐着，足足十分钟。程灵素站起身，去洗手间。洗手间非常干净，外面一进是洗脸池和一个破旧不堪的老式洗衣机，一个毛巾架挂在眼前，上面有好几块毛巾，感觉来自20世纪五六十年代。里面隔间是马桶和淋浴间，可以用一个帘子隔出淋浴的地方。马桶旁放着一个小小的不规则的木凳子，边缘开始腐烂，凳子上摆放着厚厚的几叠粉红色卫生纸，这种中老年人才使用的卫生纸让程灵素身体隐约有点发麻，还没开始的摩擦已经产生了清晰的不适。墙上挂着一个小小的热水器,摇摇欲坠。热水器对面是一个支架,上面堆放着肥皂、洗浴液、洗发水、搓澡海绵之类的杂物。上一次,因为紧张或者兴奋,程灵素不觉得这个卫生间有什么问题,但现在她突然担心,冬天在这里洗澡会不会冻死。加里森惨死在冰冷刺骨的洗手间无人问津,他的一只手一定伸得很远,但指尖还是没有抓住一个可以让他活下来的人。和这样的人不可能谈婚论嫁,甚至不能深交。

从洗手间出来后,加里森正在卧室里忙着什么,程灵素看到自己的茶杯已经加满水,放在长凳上的挎包被挂在了客厅一角的衣架上,原本雪亮的日光灯关了,老式的比日光灯还亮的射灯打开了,黄色的光线让整个房间刺眼而动荡。从外面看,窗户里的人已经进入临睡前的沉默和无可奈何。程灵素找个理由,不顾加里森的挽留,在十点钟左右离开了。

离开是一个漫长的过程,一个多小时后快要到家时,加里森还在问为什么不能留下来。

我以为多年不见,你会留下过夜。

程灵素答非所问地说:这句话很押韵。

多年不算太多,也不算很短,是他们一起去孔雀新家的那一年,初秋的那一天。孔雀是简称,全称叫孔雀王,大家嫌费劲拗口,就省略了第三个字。起初有人省略第一个字,称他为雀王,这引起了孔雀王的强烈抗议,他反复说自己并不姓孔,可以省去姓称呼名,孔雀王是一个整体,不宜省略。他举例说,有个人网名叫不识北,不识北是一个整体,你不能像称呼单位里同志一样称呼他为识北,识北和不识北完全反了,而简称不能和全称完全相反。当年的咬文嚼字何其认真,从不专注于工作和生活的人专注于虚无。其他人打圆场说,那么就孔雀吧,不丢人,是抬举你。孔雀王于是成了孔雀,并且不断研究孔雀——似乎在给自己取名孔雀王时,他并没有仔细研究过。孔雀是多个论坛上的活跃人物,不上班,家境不错,热爱一切古典话题、历史问题和当下流行事物,甚至对全世界范围内的动漫都了如指掌。因为搬迁,孔雀喊了很多人到家里吃饭,整个活动就是吃饭,为了让五六个小时的雅集充实饱满和高潮迭起,他们玩诗词接龙。一个人说出上句,后一个人用上句的最后一个字开头,说下句,依次类推,但他们说的全是古诗词，唐诗宋词。加里森对古诗词毫无热情，没有受到古诗词的滋养和召唤。如果你不能在规定的时间接上来，那么就表演一个节目，可以唱歌或者唱戏，可以说笑话或单口相声，背一段台词也行，甚至演讲。都是语言类节目，不大的客厅里挤着十来个人，只能如此。

好了好了，游戏开始。

梦里看剑说，我先来，先说一个简单的。白日依山尽，黄河入海流。其他人哈哈哈笑起来，如此耳熟能详的诗句在这里，意味着开开玩笑，让大家放松。他们以追求生僻拗口的诗句为荣。

这里要注意，必须是完整的一句，而不能是一个落单的句子。

秦淮老狗说，流水落花无问处，只有飞云，冉冉来还去。轮到荒原狼，他有些吃力，去……去，去年元夜时，花市灯如昼。孤独的黑键说，昼这个字有点难啊。昼，昼……其他人提醒说，晚春。孤独的黑键说，哦，昼静帘疏燕语频，双双斗雀动阶尘。塞巴斯蒂安说，尘，有点难度。尘土长路晚，风烟废宫秋。相逢立马语，尽日此桥头。大伙一阵感叹，有人感叹塞巴是如此厉害，有人感叹头这个字太好接。独孤九十九剑是个高手，从不隐瞒自己在家用功，他不急不慢地说，白居易的《病眼花》，头风目眩乘衰老，只有增加岂有瘳。瘳！轮到孔雀，他站起来说，想不起来，这个是必杀字，我表演节目吧。大家很期待，他想必表演过多次了。孔雀深吸一口气，嘴里吐出了尖声尖气的女声：要是我的生日过寒碜了，不仅我的面子没地方搁，朝廷的面子也没地方搁，同治中兴以来的气象都跑哪去了？这样一来，不单洋人瞧不起，连老百姓也瞧不起。洋人瞧不起你，他就敢欺负你，老百姓瞧不起你，他就不服你，这样就会出事，祖宗的基业就会毁于一旦……大家热烈鼓掌，举杯庆祝，庆祝一项事业。这也是一次调剂，舒缓一下气氛。随后从头开始，被恩宠的粉猪说，我就说一句我自己最喜欢的诗吧，杜甫的《悲陈陶》，野旷天清无战声，十万义军同日死。几个人感叹，死太简单了，太简单了。再次轮到孔雀时，是一个牖字，他挥手说，我总是遇到最难的，背台词吧。很多年之后，我有个绰号叫作西毒，任何人都可以变得狠毒，只要你尝试过什么叫嫉妒……孔雀太想还原电影的效果，以至于有些扭捏作态，加里森嘿嘿嘿笑了起来，大家也跟着呼应，在加里森的笑声上反复涂抹。程灵素说，别笑，孔雀他真的能记得这么多台词，你行吗？好几个人都默默摇摇头，加里森想了一下，发现自己什么都不记得。对于眼前发生的一切，他非常不适应，偶尔攥紧拳头。他总是回答不上来，然后，表演一个拙劣无比的节目，没有笑点的脱口秀或单口相声，搞得其他人毫无兴趣，几个人在他表演时闲聊起来，谈起了铁血帝国、星际战甲和封印者。加里森透过自己无趣的声音听到了别人的谈话，突然间觉得自己身在一个几层玻璃组成的瓶子里，一层玻璃是诗词，一层玻璃是游戏，一层是诗词和游戏的合体。

程灵素也总是接不上来，再简单的字她也接不上一句，似乎是一个小学生。她不断唱歌，歌声嘹亮动听，直奔高处而去，孔雀的房子完全配不上她的歌声。可是程灵素很固执，一首歌必须唱完才闭嘴，如果原唱在一句歌词上重复了八遍，她也必须唱完八遍。在程灵素唱歌时，大伙都表现出克制的不尊敬，有人起身去厕所、打电话和低头看手机，有人一直看着程灵素，眼角有迷离的笑意也有惆怅的鄙夷。

两小时后，加里森已经酒足饭饱，对大伙说我先走了。此时是下午三点，接龙游戏刚刚进行了一半，惊涛骇浪就在眼前。加里森不顾挽留，走了。程灵素也站起来说，我也走啦，下午还有事情。你走了我们不够接龙了。加里森说，那要不你们玩杀人游戏吧，三国杀也行。他说着，站在了程灵素身边，把离开变成一个集体行为，其他人也不好强留。

外面下雨了，乌云滚滚，朝哪个方向看都是一片惨淡。程灵素问加里森，你是不是去坐车？我不坐车，我就住附近，在长阳花园。程灵素惊呼一声，啊，我也住在长阳花园。他们在门洞里驻足，对视了一眼，对这种巧合感到惊喜和愉快。或许也有疑惑，他们聊了那么久，说了那么多话，但从没说过自己住在哪里。程灵素带了伞，加里森撑着伞，程灵素靠在身边，两个人走在孔雀家所在的巨大无边的小区里。

加里森说，下午要是没事，就到我家坐坐吧。

我一个人住，离婚后房子归我了，比较乱就是了，加里森解释道。程灵素答应了。似乎答应去加里森家是一件耗费体力的事，她沉默了好一会儿才恢复过来说，我跟父母一起，在长阳二期的麒麟苑。我一个人住，父母老早离婚了，我妈妈跟我弟弟住在一起，我爸爸在韶关，我一年去看他一次。韶关在哪里，我从来没去过。在广州，到广州再坐大巴车往北返回。

他们侧身，让一辆轿车从身边缓缓驶过去，刚才的话题跟在轿车后面吃力地跑着，越来越远。你不打算再结婚了？没想过这件事，每天都上网玩，感觉聊天聊不完，还有很多的东西要写。我看你打游戏也很多啊，每个杀人帖里都有你。加里森嘿嘿笑了笑，可能以前没有这样过吧，我以前在钢铁厂，后来办了内退。因为上网？不完全是，就是不想上班了，太没意思了，要是干到现在我可能话都不会说了。

十月的雨水打湿了两个人的衣服，到了加里森家里，加里森一番劝说，加上确实感到冷，程灵素洗澡换衣服，把自己的衣服晾在阳台上。加里森翻出一把红色电吹风说，如果走的时候还是没有干，就用这个吹一下。他试了试，电吹风还能用，离婚对它没有影响。程灵素换上了加里森的汗衫，整个人显得柔软和松弛，像一个没有防备的物件。加里森看着自己的衣服和衣服之下的程灵素，不再拘束紧张。他指着程灵素的胸口说，你的胸太大了，连我的衣服都装不下了。程灵素红着脸说不上话来。随着雨水越来越大，他们越来越无聊。他们认识以来已经说过无数的话，句句都保存在留言箱里，如果不删除就可以随时回顾和重温，此刻反而不必多说了。加里森把一张CD放在音响里，把音量调大。还能用，还是结婚时买的。随着巨大的音乐声响起，他们听到了雨声，听到了音乐混入雨声，一层层的声响渐渐把两个人包裹起来。只是这种包裹有些脆弱，有些仓促。一小时后，程灵素不顾潮湿套上衣服，推门而出。她的雨伞丢在加里森家客厅的桌子上，一半悬在外面，就要掉到地上。加里森一次次从这把雨伞旁边路过，都没有伸手把它摆正或者收起来。渐渐地这把伞成了家里的一个物件，也在一次使用后不知去向。

程灵素突然发来一大堆照片给加里森，结婚照。照片上的她完全是一个陌生人，浓妆艳抹，只有隐约的自我还残存在努力的凝视中。此举似乎在宣布，她的婚姻生活即将拉开大幕，以后或许不能吃饭见面了。加里森忍不住问了一句，有空没有，晚上一起吃饭？程灵素答应了，这让加里森反而有点困惑，他追问，你都要结婚了，怎么还跟我吃饭呢？他问得很恳切，似乎在弥补冒失和不得体，等待程灵素拒绝。程灵素没有拒绝，解释说，觉得特别烦躁。

晚饭是在加里森家里吃的,两个人拎了一堆熟菜和啤酒上楼,遇到了邻居,他们客气地跟加里森打招呼,称之为小滕。进门后,程灵素把一堆食物堆放在桌子上,又忙着从厨房拿出几只碗,小心地把菜倒进碗里,让汤水稳稳地待在碗里。加里森看着这一切,心生恍惚。眼前的女人像极了妻子,忙着晚饭,天黑了,吃完了,还要把这一切收拾干净,让自己消失在生活的深处。

两个人闲聊了一晚,主要是程灵素抱怨未婚夫和他的家人非常过分,罗列了三五件事,比如女方出钱买车,因为男方花钱买房子了,再比如三年内一定要生孩子。加里森没有多说什么,一切都尘埃落定了,抱怨再多还是得结婚。饭后,两个人像一对夫妇一样在偌大的小区里步行了半个多小时,继续聊婚姻生活。作为离异人士,加里森的经验之谈还是值得一听的,但他自己没有信心。如果他的经验有用,他又何至于离婚,如果他想让他的经验产生作用,他又何至于让程灵素这么了解自己。程灵素不断说,这些话也只能跟你说说了。加里森笑笑,低头不语,脚步不停。最后两人一抬头,看到了公交车站,程灵素说,今天先回去了。然后挥挥手离开。加里森微笑着送她。如她所说,今天先回去了,下次见面应该毫无问题,而且值得期待。带着一丝丝的甜蜜,他转身回家,在推开门的那一瞬间,加里森突然痛苦起来,寂静笼罩着房间里的一切,自己像已经死了一样,现在仅仅是在灵魂消散之前挣扎着回望一眼自己的家。程灵素自然不在家里,她分散在桌子上的每一个空碗表面,在变冷的同时消失。加里森强打精神让自己悲从中来,把碗筷收拾起来,在厨房慢慢洗着。流水声像是一种切割,一种讽刺,也是他自己的声音。专心工作吧,程灵素不要再联系了。

程灵素似乎理解加里森的心思,非常有默契地消失在每一天,消失这件事在随时可以见面的两个人心中酝酿着。有一天她主动对加里森说,到你家坐坐,以后可能真的不会去了。一周后她结婚,这也是一拖再拖的结果了。她抗拒婚礼,借着单位忙、酒店很难订等理由把婚期拖延了几个月,现在确实没有办法了。她到加里森家里来,是聚会更是告别,或许什么都不是,这需要足够久的时间来解释它。加里森感觉很复杂,被信任的感觉令人激动,但随即而来的礼节也让人伤感,这意味着一刀两断了。他买了一箱啤酒,和往事干杯吧。

吃饱喝足之后，两个人在那张宽大的木椅上闲聊，后脑壳垫在绵软的靠垫上，目光在天花板上游弋。为了烘托气氛，加里森特地用电脑放着音乐，是一组喜悦而悲凉的电影配乐。

这么说，你以后就不会出来玩了？

估计会很少吧，要出来可能也是两个人一起。

两个人也可以啊，孔雀他们还在玩诗词接龙，感觉再玩下去他们都可以去做教授了。不过我还是喜欢爬山，平时太累了，周末就到山里走大半天，下次我喊几个人，你们一起来。

老人都催着我们生小孩，估计很快就会有了。程灵素叹口气说。

要生的话就抓紧生，要么就不要小孩。省得年纪大了带小孩，太辛苦了。我现在唯一庆幸的事是当时没有小孩，不过也挺后悔的。

后悔什么？

后悔没有小孩，感觉没有什么寄托，也没有责任。假如我现在有个小孩的话，做什么事我都会再用心一点，很多不喜欢的事也会去做，但现在我无所谓，每天就在那里瞎混。

程灵素笑着问，你还是不打算结婚啊？

怎么会呢，我一直打算结婚的，只是没有遇到合适的对象。我觉得再也遇不到合适的人了。

因为你没有非结婚不可的压力，所以你遇到的很多人你就可以找理由不去相处，最后用不合适概括一下。我觉得你还是很沉迷现在这种生活的，没有什么家庭负担，跟很多朋友一起玩。还能认识很多女网友，好不好不知道，保证新鲜。

加里森尴尬地笑笑，搂住程灵素的肩膀说，也不总是认识什么女人，年纪大了，看着年轻的姑娘感觉会害羞，还是老朋友比较亲切。程灵素呼了一口气，抬头说，我大学时有过一个男朋友，后来分手了。很多年都没有谈恋爱，那次到你家是分手之后的第一次，跟你聊那么多也是第一次，比跟男朋友说的话还多。聊的什么我其实都忘记了，到你家之前，我都不知道我们在一个小区，你说我们都聊得什么啊？

但是我被你气坏了，可能是我自己有问题吧。加里森说着，把程灵素搂得更紧一点，似乎是在道歉。

我结婚主要是自己年纪大了，再不结婚就是怪物了。

加里森站起来，硬生生打断了程灵素结婚的话题。他在用行动告诉她不要再说了，毫无意义，难道能把一件事情说成另外一件事情吗？加里森转了一圈后又默默坐下，两个人并肩靠在那里，音乐起伏，气候宜人。婚姻生活莫过于此了，令人满足，令人虚无。时间似乎是一条河流，十来首音乐似乎是一支小而精致的船队，在河面上缓缓驶过，波浪轻柔无声。时间一到，小船不见踪影，不会再回头。房间陷入了寂静，程灵素突然问，你最近一次什么时候？两个月之前吧，一个认识很多年的朋友到南京来出差，在她住的宾馆里我们聊了很久，聊着聊着她就哭了起来，老公总是出轨，她为了孩子也没办法。她一直闹，老公收敛了一点，但再也不碰她，像报复她。我就问要不要我服务一次，她同意了。我就服务了一次。

我就服务了一次。程灵素重复一遍，哈哈大笑起来。当她停止笑声时，墙上的挂钟因为电池即将耗尽的缘故，指针发出嗡嗡的颤抖声。时间在颤抖中让人觉得不可信，不过他们两个人都没有看时间。程灵素叹了一口气说，我一点都不想结婚，今天我不回去了行不行？

你刚刚说你要结婚的，加里森惊叹一声，随即又问，你意思是你不想跟现在的未婚夫结婚是吧？程灵素点头承认，她连续点了好几次，对每个问题表示肯定，包括还没有问的问题。不是害怕结婚，就是不想跟他在一起，准备婚礼这几个月太让人痛苦了。加里森站起来说，你不走我太高兴了，你睡卧室，我就睡在这里吧，我收拾一下。

他眼里只有婚礼，没有我。

都这样的啊，他要张罗很多事，忽略你也能理解。

忽略得有点过分了，不然我怎么会在这里呢。程灵素冷笑着说，这么早我不想睡觉，一起看一部电影吧。

你自己挑一下，我去把卧室收拾一下，你想住多久都可以。加里森陡然站起来，异常提拔，往卧室走去。走几步后又折回来说，对了，我知道你叫赵玲玲，你记不记得我的名字？不等赵玲玲回答，加里森说，滕鹏，滕王阁的滕，鹏程万里的鹏。赵玲玲扑哧一声笑了起来，眼角的余光扫到墙上的挂钟，伸出手指着那里说，电池没电了，你要赶紧换一个。

原载《作家》2020年第11期

失败的对话

继《卷纸之夜》和《赞美之夜》之后，李黎在他的新短篇《论坛之夜》中延续了对于婚姻问题的思考。尽管如此，婚姻问题本身并不构成作者思考的全部，相反，对于婚姻的焦虑似乎仅仅是一种阴沉的远景，而个体因婚姻失败而暴露无遗的失语处境和生存废墟则是作者更为关注的问题。

"说话"的失效无疑是小说人物婚姻失败的重要原因。小说中的男女主人公各自怀着对于"合适"对象的渴望和想象，却又不断在实践中遭受挫折：程灵素曾无限接近于结婚，但她想要的是爱情和陪伴，而她的未婚夫想的全是婚礼和房车；加里森说他"一直都想结婚"，却独自一人在空旷破败的屋子里慢慢生锈；两人在网络论坛上无话不谈，在现实时空中却只能在雕塑般的静默中完成肉体的亲密接触。"答非所问""词不达意""无话可说"的尴尬替代了想象中的真诚对话，两个个体之间微妙的情感联结也在这个过程中或快或慢地消解。在"重大事件"没有发生也不可能发生的情况下，"熟识"和"消失"的转变似乎随时都可能发生。

当"沉默的大多数"依然在知识分子话语中挣扎之时，前者早已先于后者占据了广阔的网络空间。然而网络的匿名性既使得一场无视物理学障碍的对话随时都可以展开，也使得这种对话的现实意义被取消——"程灵素"和"加里森"的昵称所引发的对于"至情少女"和"铁血男人"的想象无疑全然不同于现世生活中那个大脑门的赵玲玲和那个在厕所里放粉红色卫生纸的滕鹏。然而我们似乎不能简单地用"网络是虚假的"论断来为这一带有悖论色彩的现象作结。借用巴赫金的观点，当人们的思想和身体在庸俗化的生活中终于走向僵化，网络的"狂欢"作为一种生活方式本身就构成了一种拯救。在"第二种生活"中，现实的话语权威被解构，自由的对话也重新成为可能。从这个角度来说，网络或许比现实更"真实"。

毫无疑问，人们的生活正在发生某种倒置。然而当人们自以为找到了躲避现实世界的避风港，并且渐渐无法离开网络世界时，人们其实高估了自己与"世俗"的距离，正如小说中被程灵素认为是"一辈子不会工作"的加里森说他自己对于朝九晚五的工作"其实很适应，我工作的状态很不错"一样。

事实上作为一种社会现象，小说中写到的建立在话语共鸣基础上的"网恋"早已被其他更加直接、快捷的社交方式取代。更糟糕的是，当工作、广告、无处不在的监管和粗劣的游戏逐渐成为网络世界的大头，当"键盘侠"越来越多而真诚的对话很容易就会变成相互的人身攻击，人们或许应当反思，自己究竟是进入了"第二种世界"还是进入了另一种"世俗"当中。（朱子夏）

声 明

本套"北岳·中国文学年选系列丛书"收录了2020年度众多优秀文学作品。在编选过程中,我们及各选本主编已尽力与大多数作者取得了联系,但仍有部分作者因故未能取得联系。见此声明,烦请来电,以便奉送薄酬及样书。

联系人:王朝军

电　话:0351—5628691